国家社会科学基金项目课题研究成果（13BWW005）

U0369513

胡志红　◎著

A Study of
ECOCRITICAL
Theory of American Ethnic Minorities

美国少数族裔生态批评理论研究

北京大学出版社
PEKING UNIVERSITY PRESS

图书在版编目 (CIP) 数据

美国少数族裔生态批评理论研究 / 胡志红著 . —— 北京：北京大学出版社，2024.10
（文学论丛）
ISBN 978–7–301–33812–4

Ⅰ.①美… Ⅱ.①胡… Ⅲ.①少数民族文学评论 – 美国 Ⅳ.① I712.079

中国国家版本馆 CIP 数据核字 (2023) 第 035937 号

书　　　名	美国少数族裔生态批评理论研究
	MEIGUO SHAOSHU ZUYI SHENGTAI PIPING LILUN YANJIU
著作责任者	胡志红　著
责 任 编 辑	李　颖
标 准 书 号	ISBN 978–7–301–33812–4
出 版 发 行	北京大学出版社
地　　　址	北京市海淀区成府路 205 号　100871
网　　　址	http://www.pup.cn　　新浪微博：@ 北京大学出版社
电 子 邮 箱	编辑部 pupwaiwen@pup.cn　　总编室 zpup@pup.cn
电　　　话	邮购部 010–62752015　发行部 010–62750672　编辑部 010–62754382
印 刷 者	北京溢漾印刷有限公司
经 销 者	新华书店
	720 毫米 ×1020 毫米　16 开本　26.5 印张　478 千字
	2024 年 10 月第 1 版　2024 年 10 月第 1 次印刷
定　　　价	138.00 元

序

　　胡志红的国家社会科学基金项目《美国少数族裔生态批评理论研究》结项成果即将付梓,请我作序,我感到很高兴,在我的印象中这已是第三次为他的新书写序了,为此,我首先要对他表示祝贺。

　　志红的博士论文题目是《西方生态批评研究》(2005年),主要是对西方生态批评理论的研究,该文得到了国内多位知名专家的高度肯定。十多年过去了,他一直还在这个不断扩展的学术领域辛勤耕耘,并将两个国家社会科学基金项目都圈定在"生态"上,但都有新的突破,内容都是国内生态学界鲜有人问津的学术场域,学术视野逐渐拓宽,运用的理论也更加丰富多样,所以可以这样说,他的每一次新的尝试都可算作一次学术挑战,也是对他自己的超越,充分显示了他学术素养在不断提升,这些也都得到了国内乃至海外学界较为广泛的认可。作为导师,我欣喜地见证了他的努力和进步。

　　在此,我就简要谈谈他的《美国少数族裔生态批评理论研究》。如果从2013年获批立项算起,该项目(专著)也有七八年了。在项目正式立项时,该研究在国内几乎可算一个全新的领域,类似研究和相关第一手资料非常稀少,他一度还为此感到苦恼,所幸他成功申请到了国家留学基金委的资助,很快就到美国访学。在美访学期间,他不仅收集到了大量最新的第一手生态批评原版英文资料,尤其是涉及美国少数族裔生态批评的资料,而且还认真考察了复杂多面的美国生态现状,这实际上是在美国做生态田野考察。此后,他一头扎进了一大堆似乎杂乱无章的原始资料中,心无旁骛,潜心阅读,认真思考,深入分析,慢慢才整理出清晰可辨的学术路径来。一晃五年快过去,他终于写出了40多万字的成果,再经过细心打磨,顺利通过多位专家的匿名评审,并赢得了很好的评价。

美国少数族裔生态批评为何出现?我们为何要对它进行研究?这是首先要回答的两个问题。

美国少数族裔生态批评兴起的主要原因是前期主流白人生态批评的思想基础和研究范式出了问题,甚至可以说,前者是在对话、质疑、批评、挑战后者的过程中建构自己的学科理论和开展学术研究。前期主流白人生态批评主要是以生态中心主义哲学为基础,从人类中心主义/生态中心主义这种非此即彼的二元对立模式阐释文学与环境之间的关系并探寻应对环境危机的文化策略,固执地坚持人类中心主义是导致当今环境危机的终极根源,故仅简单地考虑人与自然之间二元对立关系,而淡化甚至忽视了“自然”范畴之上所附着的沉重社会文化负担,同时也将“人”从其生存的复杂历史文化语境中抽取出来,抽象考虑“一般”意义上的人,忽视了因种族/族裔、性别、阶级、文化及信仰等因素的差异而造成的人与人之间在环境经验、环境审美、环境认识上的不同以及在环境福祉和环境负担上的分配不公等。反过来,这些差异又进一步影响人与人之间的关系及人与环境之间的关系。换言之,导致今天环境危机的因素非常复杂,既有历史文化和思想意识层面的原因,也有现实社会体制层面的因素,因而不能简单地仅从人类中心主义/生态中心主义这种模式进行解释和探寻应对危机的文化策略。更有甚者,少数族裔生态批评还认为,主流白人生态批评基本上是个白人的文学批评运动,由于其思想基础和研究范式偏狭,必然伴随诸多局限或不足,诸如种族偏见、性别偏见、阶级偏见、文化偏见及文类偏见等,其中,最为严重的是种族偏见,从而招致草根环境公正运动中的少数族裔学者、环境哲学内部社会生态学学者和生态女性主义学者甚至主流生态批评内部一些学者的严厉批评,他们疾呼生态批评的环境公正转向。由此可见,前期生态批评遭遇严重的学术危机。

针对前期主流白人生态批评的以上种种弊端或不足,并受环境公正议题的强力推动,美国少数族裔生态批评应运而生,发展势头强劲,是当下美国生态批评中最为活跃的学术场域之一。但从目前的情况来看,主要有三支少数族裔生态批评引人注目。其中,美国黑人生态批评是重头戏,美国印第安生态批评次之,再次是奇卡诺(美国墨西哥裔)生态批评,而其他少数族裔生态批评有的恰似"小荷才露尖尖角",有的还未产生。《美国少数族裔生态批评理论研究》主要是对以上三支生态批评理论进行研究。

反观生态批评在我国的发展状况,尽管其已经走过 20 多个年头,从事生态学术研究的学者现在也不算少,还有一些有分量的学术成果问世,"生态"在国内学术版图上也已赢得了一席之地。在其兴起的初期,其势头真的还不小,照理说,当下的生态批评应该更兴盛些,声势也应该更大些,这也是国内生态文明建设的客观需要,因为生态文明建设已从学术圈的呐喊上升为国家战略,这客观上为生态学术的发展提供了强大的动力和支撑,但其后来的发展势头似乎变得疲软了,这是什么原因呢? 我们认为,这主要是由于其思想基础单薄,所运用的理论滞后,没有"与时俱进"。或者说,其思想基础和理论范式依然局限于第一波生态中心主义型生态批评的藩篱。当然,这并不是说我们要紧追西方,这样做反而不好,我们就缺乏文化自信了嘛。恰恰是要立足本土,"重估、重评西方",与它展开对话,批判地借鉴和吸收其生态文化资源并建构自己的理论,就是要实现"生态批评的中国化"。从这个角度看,针对当下国内生态学术的现状,《美国少数族裔生态批评理论研究》的问世可谓是一场及时雨,具有重要的创新性和现实意义。具体而言,其学术创新性主要表现在以下三个方面:

首先,该著是填补国内学术空白的研究,处处体现一个"新"字。该著的"新"反映在材料新、理论新、观点新及术语新等方面。该著所引用的文献几乎都是第一手英文资料,大量的术语都由志红自己翻译引入。更为重要的是,该著综合运用环境公正理论、种族研究、性别研究、后殖民理论、环境哲学中的深层生态学、社会生态学及生态女性主义等透视"生态"问题,深挖生态危机产生的历史、文化与现实根源,探寻应对环境危机的形而上与形而下的多元文化路径,说理通透,令人折服。

其次,该著充分体现了一个"全"字。所谓"全",指的是该著呈现了美国生态批评学术的"全貌"。首先,该著概要梳理了主流白人生态批评发展的来龙去脉,指出了其存在的主要问题,并简介了其环境公正转型的必然性和少数族裔生态批评的兴起及发展概况,然后着重呈现了其有影响的三支,即黑人生态批评、印第安生态批评及奇卡诺生态批评,其间既有理论的指导,也有文学、文化文本的支撑,点与面结合,结构与内容呼应,深挖各少数族裔文学、文化所蕴含的深沉、丰富生态智慧,进而充分揭示了多元文化是构建人与自然永续和谐共生的客观要求,有效应对生态危机的必然文化路径。

最后,该著处处体现了比较文学学科的精神,作者甚至提出将绿色化的比较文学视野作为少数族裔生态批评的方法论。具而言之,该著运用了比较文学跨学科和跨文化的方法研究美国少数族裔生态批评理论,无论是在研究黑人生态批评、印第安生态批评还是在研究奇卡诺生态批评,作者都在对话、质疑、颠覆或解构主流白人生态批评或白人文学、文化经典的语境下展开,在对比中凸显各族裔因独特的历史而铸就的独有的环境经验,彰显他们文学、文化的生态异质性,建构各少数族裔环境文学经典,从而极大地拓展生态批评的学术空间。

在此,我还要简要说说该著的现实意义。根据我国生态学术和生态形势的现状,我想该著至少具有以下几个方面的现实意义:

(1)对我国生态学术的理论建构具有多方面的启示意义,还可进一步深化生态学术研究的内容,拓展了新的研究空间;(2)极大拓展了国内学界对美国少数族裔文学的研究视野,为其增添了新的理论方法;(3)可为我国少数民族文学的生态批评研究提供理论和方法论的指导;(4)美国少数族裔生态批评对环境公正议题的强调及其多维度内涵的探讨,对我国生态文明的构建也具有一定的启示意义。

当然,该著中也存在一些需要商榷、完善和进一步思考的地方。比如,在研究少数族裔生态批评时,有如此多的理论介入,诸如环境公正理论、种族研究、性别研究、后殖民理论以及环境哲学理论,如何协调它们之间不同甚至对立冲突的诉求?就生态问题而言,每况愈下的全球性的、共性的现实生态问题与追求地方性的、个性化的多元文化策略之间如何达成妥协或取得共识?我想这些问题都值得我们生态学者深思。

简而言之,该著是国内外首部深入系统研究美国少数族裔生态批评的学术专著,它的问世定有助于拓宽国内生态学界的视野,助推生态理论和生态话语的中国化进程,建构开放、包容、多元并具中国文化特色的生态理论和生态话语,深化国内生态学术研究的内容,有效开启中外生态学术之间的深度对话和交流,进而为构建世界生态命运共同体出力、发声。

是为序。

曹顺庆

2021 年 1 月于川大花园

目　录

绪　论

美国第一波生态批评或曰主流白人生态批评，主要以生态中心主义哲学尤其是以其激进的分支深层生态学为基础，考究文学与环境之间的关系及探讨解决环境危机的文化路径，因而伴随着诸多缺陷，其中，最为严重的是种族偏见。为此，它受到了兴起于20世纪70年代末、80年代初的美国草根环境公正运动的质疑与挑战。随着环境公正运动的深入发展，作为生态批评思想基础的生态中心主义哲学，尤其是深层生态学，招致了以有色族人民、穷人为主体的弱势群体、第三世界以及环境哲学内部社会生态学家和生态女性主义学者的严厉批判，因此生态批评似乎陷入四面楚歌之窘境。

为成功应对学术危机，主流白人生态批评学者不得不认真评估来自多方的批评，重审自己的学术立场，总结生态批评学术的成败得失，终于在20世纪90年代中后期，进行重大的学术调整，积极推动生态批评的环境公正转型，自觉将种族范畴引入生态批评领域，从而催生了少数族裔生态批评。现在，它是美国生态批评中最为活跃、最为丰饶的学术场域之一。

一　美国少数族裔生态批评的兴起及其发展简况

美国生态批评的发展历程大致可分为两波或曰两个阶段：第一波是

以研究白人文学为重心的生态中心主义型生态批评学派的创立时期（1972—1997年），大体也可称之为主流白人生态批评；第二波是环境公正生态批评的形成及其发展时期（1997年以后）。主流白人生态批评主要透过生态中心主义哲学的视野，尤其是透过深层生态学视野，阐发文学与环境之间的关系，发掘文学所蕴藏的生态内涵，探寻走出环境危机的文化路径。第一波生态批评主要以人类中心主义/生态中心主义这种非此即彼的二元对立模式阐释文学与环境之间的关系及探讨应对环境危机的文化策略，这里的"文学"主要指自然书写、自然诗歌和荒野小说，"环境"实际上指倒空了多样化的人类环境经验的所谓"纯自然"抑或"荒野"，而人工环境和城市环境基本上未被纳入生态批评的视野，因而其必然伴随诸多局限，如种族偏见、性别偏见、阶级偏见及文类偏见等，其中，最为严重的是种族偏见，对此，彻丽尔·格罗特费尔蒂（Cheryll Goltfelty）在其第一波里程碑式的著作《生态批评读本》（*The Ecocriticism Reader：Landmarks in Literary Ecology*，1996）的"导言"中已指出，"生态批评主要是一个白色运动"。

1997年，少数族裔生态批评学者 R. V. 里德（R. V. Reed）率先提出了"环境公正生态批评"术语，1999年"文学与环境研究学会"（ASLE）也力荐从学术体制层面推动生态批评的环境公正转型。在环境公正议题的强力推动下，美国少数族裔生态批评应运而生，发展势头迅猛。迄今为止，美国黑人生态批评是最大的亮点，其次是美国印第安生态批评，再次是奇卡诺（墨西哥裔美国人）生态批评，而其他少数族裔生态批评则不多见。本书主要就以上三个少数族裔生态批评进行全面、深入的研究。

美国少数族裔生态批评倡导站在环境公正的立场，透过少数族裔文化视野研讨文学与环境之间的关系，在对话、质疑、矫正、颠覆或拓展主流白人生态批评的过程中，发掘少数族裔文学生态所蕴含的与主流白人文学传统迥异、独特的生态文化资源，探寻走出危机的多元文化路径。其发展历程可简括如下：2000年以前，有关少数族裔生态批评的研究成果并不多见，主要包括两部少数族裔生态批评的专著，其一是黑人批评家梅尔文·迪克森（Melvin Dixon）的《荒野求生：非裔美国文学中的地理与身份》（*Ride Out the Wilderness：Geography and Identity in Afro-American Literature*，1987），作者透过非裔美国人的视野探讨了美国黑人文学传统对荒野、地下及山巅的想象与再现，阐明了黑人个体身份、文化身份、个体解放及黑人族群振兴与现实的或象征的环境之间的关联；其二是罗伯特·M. 纳尔逊

(Robert M. Nelson)的《地方与境界：美国土著小说中风景的功能》(*Place and Vision：The Function of Landscape in Native American Fiction*,1993)，作者透过后结构主义的理论视角探讨了当代印第安作家莱斯利·马蒙·西尔科(Leslie Marmon Silko，1948—)、莫马戴(N. Scott Momaday，1934—)及韦尔奇(James Welch，1940—2003)作品中风景地貌的文化内涵，阐明了印第安文化的整体主义思想观及印第安土地本位的文化与印第安民族个体及群体的精神健康之间的关系，前一部作品可被看成是美国黑人生态批评的开山之作，后一部是印第安生态批评的里程碑式的作品。然而，它们却颇受主流生态批评界的冷落。其次，印第安女诗人、小说家、学者葆拉·冈恩·艾伦(Paula Gunn Allen,1939—)于1992年再版的个人文集《神环：重拾美国印第安传统中的女性特征》(*The Sacred Hoop：Recovering the Feminine in American Indian Traditions*)中收录了三篇明确涉及生态议题的论文，即《神环：当代视野》("Sacred Hoop：A Contemporary Perspective")、《西尔科〈仪式〉中的女性风景》("The Feminine Landscape of Leslie Marmon Silko's Ceremony")及《西部被占领的真相》("How the West Was Really Won")，小说家西尔科的论文《风景、历史及普韦布洛人之想象》("Landscape, History, and the Pueblo Imagination")也被编入《生态批评读本》中。此外，还有一些少数族裔生态批评的论文散见于一些学术文集或学术期刊之中。

直到2000年以后，具有强烈的环境公正意识和自觉的民族文化生态冲动的少数族裔生态批评成果才大量涌现，其中大多是黑人生态批评和印第安生态批评的论著。乔尼·亚当森(Joni Adamson)的《美国印第安文学、环境公正和生态批评：中间地带》(*American Indian Literature，Environmental Justice，and Ecocriticism：The Middle Place*，2001)及她与他人合作主编的《环境公正读本：政治、诗学及教育》(*The Environmental Justice Reader：Politics，Poetics and Pedagogy*,2002)是两部最具代表性的少数族裔生态批评作品。在前一部作品之中，亚当森透过印第安文化视野就"自然""荒野"等概念与主流白人生态批评开展深度对话，在质疑、挑战、解构主流生态文学经典的过程中，提出建构既具理论性，也具现实针对性，且富有土著生态智慧色彩的多元文化生态批评构想，该著可被看成第一部具有自觉的种族意识的印第安生态批评著作。后一部作品标志着美国少数族裔生态批评的基本批评范式已经形成，正式宣布了其与第一波主流白人生态批评不同的学术立场。

2006年，戴安娜·D.格莱夫(Dianne D. Glave)和马克·斯托尔(Mark Stoll)

合作主编出版了《热爱风雨：非裔美国人与环境历史》(*To Love the Wind and the Rain：African Americans and Environmental History*)，该著生动形象地分析了美国历史上黑人与环境之间的关系，重点探讨了三个主题：乡村环境、城市和郊区环境、环境公正。该著考究深入，所涉题材广泛，包括黑奴的打猎、垂钓、南方乡村妇女的花园以及宗教与环境行动主义之间的关系等。2007 年，黑人生态批评学者金伯利·K. 史密斯(Kimberly K. Smith)的专著《非裔美国人环境思想基础》(*African American Environmental Thought Foundations*)的问世，在生态批评界引起了不小的轰动。史密斯跨越学科界限，发掘了从废奴主义时期到哈勒姆文艺复兴时期丰饶的黑人环境文化传统，敞亮了一个被误解或被歪曲的真相——黑人一直关注环境问题。通过对多位经典黑人作家作品的深入分析，她充分揭示奴隶制和种族压迫深刻影响着黑人与环境之间的关系，该著奉献给生态批评界一份丰赡、新颖的思想资源。2008 年，生态批评学者保罗·奥特卡(Paul Outka)出版了专著《从超验主义到哈勒姆文艺复兴的种族与自然》(*Race and Nature from Transcendentalism to the Harlem Renaissance*)，该著荣获 2009 年"文学与环境研究学会"最佳生态批评著作奖。在该著中，奥特卡认真检视了在种族研究和生态批评领域中一个被学界忽视却又至关重要的问题：环境种族主义。他分析指出，从美国内战前到 20 世纪前期，美国自然经验就一直被种族化并以此撕裂美国。她还通过缜密的学术考究指出，白、黑环境经验在"根"上就存在本质的差异，因而必然影响他们的环境观和与环境交往的方式。2009 年，黑人生态批评学者伊恩·弗雷德里克·芬塞思(Ian Frederick Finseth)出版了《多彩之绿：美国奴隶制文学中的自然幻景(1770—1860)》(*Shades of Green：Visions of Nature in the Literature of American Slavery，1770—1860*)，该著确立了不同种族自然观与种族政治及奴隶制度间的联系，充分表明美国文化核心处所存在的种族性与环境问题之间的纠葛。

2011 年，美国女性生态批评学者阿妮莎·雅尼纳·沃迪(Anissa Janine Wardi)出版了专著《水与非裔美国人的记忆：生态批评视角》(*Water and African American Memory：An Ecocritical Perspective*)。在该著中，沃迪主要通过考察非裔美国文学艺术中水意象、文化记忆及非裔美国人历史经验之间的交融，揭示了水意象与非裔美国人命运、身份之间的紧密关联，水对他们的生存或促进或毁灭，水记载了他们沧桑的历史。

2014 年，非裔美国环境科学学者卡罗琳·芬尼(Carolyn Finney)出版了专著

《黑面孔，白空间：对非裔美国人与环境之间关系的再想象》（*Black Faces，White Spaces：Reimagining the Relationship of African Americans to the Great Outdoors*）。在该著中，芬尼跨越环境历史、种族研究、文化研究、文学、电影及通俗文化等学科，深入探究了非裔美国人在涉及自然之兴趣、户外休闲及环境主义等领域中再现不足的文化机制及其文化成因，从而进一步拓展了环境公正的话语空间，进而说明美国黑人在自然中的再现议题也是种族意识形态斗争的关键场域。

1999 年，美国人类学学者谢泼德·克雷西三世（Shepard Krech III）出版了专著《生态印第安人：神话与历史》（*The Ecological Indian：Myth and History*）。在该著中，克雷西梳理了"生态印第安人"的缘起、内涵及演变，并对历史长河中印第安人的现实生存方式及他们与非人类自然之间的关系进行人类学意义上的还原后指出："生态印第安人"一说绝非符合历史事实，多半介于"神话与历史"之间的人为建构，其间掺杂大量虚构的成分，是欧美人之需求、欲望的投射与印第安人参与、合谋的结果。该著的问世在学界引发了广泛的反响与争论，这些争论的结果或成果汇集在《土著美国人与环境：多维视野下的生态印第安人》（*Native Americans and the Environment：Perspectives on the Ecological Indian*，2007）[①]一著中。

2002 年，生态批评学者唐奈·N. 德里斯（Donelle N. Dreese）的专著《生态批评：环境文学和美国印第安文学中的自我与地方的建构》（*Ecocriticism：Creating Self and Place in Environmental and American Indian Literatures*），该著通过对当代多位印第安小说家作品的分析，阐发了印第安文学与环境之间的关系，探讨了印第安文学中的地方意识内涵、神秘的再土地化等议题，以凸显印第安文化与西方主流文化之间的本质差异。

2008 年，美国生态批评学者林赛·克莱尔·史密斯（Lindsey Claire Smith）出版了专著《印第安人、环境及美国文学的边界身份：从福克纳、莫里森到沃克和西尔科》（*Indians，Environment，and Identity on the Borders of American Literature：From Faulkner and Morrison to Walker and Silko*），探讨了美国文学中身份的混杂性和跨文化互动。史密斯认为，假如我们不局限于黑/白、白人/印第安人及东方/西方等二元建构，认识到"黑、白及红之间的互动与交流"，我们就能"更生动、更全面地理解美国文学中的种族问题"。此外，他还主张将文学中的多种族接触置于自然

---

① Michael E. Harkin and David Rich Lewis, eds. *Native Americans and the Environment：Perspectives on the Ecological Indian*. London：University of Nebraska Press，2007.

及文化地理中加以阐释。史密斯的以上观点强化了生态批评理论中种族性与环境之间关系的维度,深化、拓展了生态批评的领域。

同年,李·施文尼格尔(Lee Schweninger)出版了《倾听土地:美国土著文学对风景的回应》(*Listening to the Land: Native American Literary Responses to the Landscape*)一著,探讨了八位美国土著作家的作品中所表达的独特的美洲土著环境伦理观,质疑美国主流话语将美国土著人刻画为自然生态学家或大地母亲崇拜者的浪漫做法。施文尼格尔坚持认为,印第安民族与土地之间一直保持着动态的、独特的,当然也是生态的、伦理的关系。施文尼格尔的论点令人折服,一定程度上也纠正了生态批评学术中所存在的对美国土著人的一些错误刻画与偏见。

2015年,美国历史学教授菲尼斯·达纳韦(Finis Dunaway)出版了专著《看绿色:美国环境形象的运用与滥用》(*Seeing Green: The Use and Abuse of American Environmental Images*),并辟专章对主流社会中"哭泣的印第安人形象"的缘起、内涵、演变及其背后运作的意识形态力量给予了较为全面深入的批判与解构,疾呼还原现实生活中真实的印第安人形象,正视广泛存在的针对印第安民族等有色族人民的环境种族主义行径,因而该著不仅具有理论价值,也颇具现实意义。

2006年,墨西哥裔学者普利西拉·索利斯·伊巴拉(Priscilla Solis Ybarra)的博士论文《阿兹特兰的瓦尔登湖:1848年以来的美国奇卡诺环境文学史》(*Walden Pond in Aztlán: A Literary History of Chicana/o Environmental Writing Since 1848*)问世,该著是首部西语裔生态批评的著作,其旨在构建融合生态关切、社会公正及族裔身份于一体的奇卡诺环境文学史。

2013年,生态批评学者艾梅尔达·马丹·戎凯拉(Imelda Martin-Junquera)主编出版了《奇卡诺文学中的风景书写》(*Landscapes of Writing in Chicano Literature*),该著收录了18位来自欧洲、拉丁美洲及美国的学者研究墨西哥裔文学与环境之间关系的论文。该著视野宽广,内容丰富,多层面、多角度揭示了墨西哥裔美国文学、环境、身份之间的关联。所涉及的"环境"既指物理的、意识形态的环境,也指象征的、精神的环境,所研究的文本既包括长篇小说、短篇小说,也包括戏剧、诗歌、电影及纪录片。该著搭建了奇卡诺研究与生态批评研究之间沟通的桥梁,试图探寻奇卡诺人之身体和精神与土地共同解放的独特文化路径。

同年,墨西哥裔学者罗萨里奥·诺拉斯科·贝尔(Rosario Nolasco-Bell)出版了其博士论文《安娜·卡斯蒂略的〈上帝如此遥远〉和埃尔马扎·阿宾娜黛的〈鲁伊姆家的孩子们〉中的自然与环境》(*Nature and the Environment in Ana Castillo's So Far From God and Elmaz Abinader's Children of the Roojme*),该著比较研究了当代奇卡诺女作家卡斯蒂略(Ana Castillo,1953—　)的小说《上帝如此遥远》与阿拉伯裔美国女作家阿宾娜黛(Elmaz Abinader,1954—　)的《鲁伊姆家的孩子们》,尽管两部作品文类有异,前者是小说,后者是回忆录,但贝尔探讨了该两部著作中所涉及的类似或相同的环境议题,揭示了它们所反映的人物精神与环境之间、动物再现与人物—动物之间及风景再现与风景—文化之间等的联系,尤其凸显了奇卡诺文学所蕴含的万物相互联系和众生平等的生态精神。

2016年,伊巴拉又出版了其专著《书写美好生活:墨西哥裔美国文学与环境》(*Writing the Good Life*:*Mexican American Literature and the Environment*),深度探究了从1848年墨西哥战争至2010年出版的墨西哥裔文学与环境之间的关系,梳理了文学书写美好生活的历史,该著是墨西哥裔生态批评的又一部力作。

美国少数族裔生态批评具有以下共同的特征:同时关注社会公正、少数族裔人民的文化自觉及生态保护等议题;重新界定"环境"范畴,拓展其范围,将一切环境,无论是自然的还是人工的环境,都纳入生态批评的考察范围,城市环境当然成了其考察重点;所研究的"文学"已远超第一波生态批评的文类范围,甚至不受文类限制;透过多元文化视野解构主流环境文学经典,构建各自族裔的环境文学史;在强调各族裔独特环境经验的前提下,就环境议题开展跨文化对话,揭露形形色色的环境种族主义行径;在聚焦"环境"范畴的前提下,批评手法更加综合多元,以深化对环境议题的认识,等等。

简言之,美国少数族裔生态批评与第一波主流白人生态批评开展对话,突出种族视野,融合阶级和性别视野,接纳生态中心主义视野,以揭示环境经验的多样性,探寻能兼容社会公正议题与生态议题的多元文化路径。

二　国内研究现状述评

国内学界对美国第一波生态批评理论的引介与研究较多,可对其第二波中的少数族裔生态批评引介却不多见。迄今为止,胡志红撰写的专著《西方生态批评史》(2015)对美国少数族裔生态批评的几部专著做了简要的介绍。另外,还有几篇论文问世,其中两篇是石平萍于2009年发表的论文,即《美国少数族裔生态批评在中国》和《美国少数族裔生态批评:历史与现状》,作者对美国少数族裔生态批评的发展状况及其意义做了简略的介绍,具有一定的参考价值。其余几篇都是由胡志红撰写,即《试论生态批评的学术转型及其意义:从生态中心主义走向环境公正》(2013 年)、《从主流白人生态批评走向少数族裔生态批评》(2015 年)、《白色的城市,黑色的丛林:〈土生子〉的生态重释》(2017 年)、《身体、自然、种族:生态批评与身体美学中的主体性问题》(2018 年)及《崇高、自然、种族:崇高范畴的生态困局、重构及其意义:少数族裔生态批评视野》(2020 年)等,这些论文对美国少数族裔生态批评兴起的学术背景、发展简况及其城市维度做了简要梳理与分析,具有一定的学术参考价值。另外,龙娟的博士论文《美国环境文学中的环境正义主题研究》(2008 年)也涉及美国少数族裔生态批评中的"族际环境正义"议题,可惜着墨太少。以上状况严重制约了国内学界对美国少数族裔文学做深入的生态研究。尽管国内也有学者对美国少数族裔文学做过生态批评研究,但大多采用第一波主流白人生态批评的理论与方法,因而说理分析大多经不起少数族裔生态批评理论的拷问。

从总体上看,国内生态批评与以美国为重镇的西方生态批评之间尚存较大差距,因为前者依然以人类中心主义/生态中心主义这种非此即彼的二元对立模式阐释文学与环境之间的关系并以此进行理论建构与学术实践,缺乏自觉的环境公正意识,未综合考量种族、性别及阶级等范畴与环境之间的复杂纠葛,故严重制约了其发展。

美国少数族裔生态批评是西方生态批评第二阶段中最具活力、最为丰饶的学术领地,是可资借鉴的重要学术资源,可我们对它的研究非常稀缺,对它的了解还很欠缺,这种状况很不利于中国生态人文学术的发展、深化及生态话语的建构,也不利于开展中西生态学界的对话与交流。有鉴于此,我们完全有必要对其做全面、深入的研究。

三 本书的主要观点和主要内容

第一波主流白人生态批评从人类中心主义/生态中心主义这种非此即彼的二元对立范式阐释生态危机的形而上根源及探寻应对危机的文化对策,因而产生诸多偏见;多种族环境公正运动的兴起及其理论的成熟推动了其转型,也催生了少数族裔生态批评;少数族裔生态批评力荐社会公正与环境议题的结合,强调少数族裔人民的生存,但反对人类中心主义;种族范畴的引入既为生态批评开辟了广阔、别样的学术空间,也为新型环境主义找到了更为广泛的现实动力之源。

《美国少数族裔生态批评理论研究》除绪论和余论以外主要由四大部分组成。绪论将简要介绍美国少数族裔生态批评的国内外研究现状、本书的主要内容、创新之处、研究目的和意义、研究思路及研究方法等。

第一部分,即第一章,将简要分析主流白人生态批评的学术危机、环境公正转型、少数族裔生态批评的蓬勃兴起、其发展简况及其方法论特征等。

第二部分由第二章和第三章构成,是对美国黑人生态批评理论的研究。第二章将立足环境公正的立场,透过黑人族群的文化视野,一方面重审西方主流文学、文化生态,对其或解构或重构,或颠覆或拓展;另一方面也致力于发掘黑人文学中蕴含生态内涵的作品,以期构建基于种族平等和生态公正并能吸纳黑人独特环境经验的可持续人文生态。第三章主要研究不同地形和不同种类的环境,诸如荒野、地下、山巅、水域、城市等,与黑人文学中人物、黑人族群的身份之间所存在的复杂纠葛,环境对他们的生存和命运或促进,或钳制,或毁灭,因而不同的环境,无论是现实的还是隐喻的,成了上演黑人悲欢离合甚至生离死别的人生戏剧的舞台,并见证、影响、导演黑人族群悲惨抑或悲壮的历史。

第三部分由第四章和第五章构成,是对美国印第安生态批评理论的研究。第四章主要是关于印第安生态批评对文学生态的研究。该章将联系欧美白人对印第安民族长期施行土地殖民、种族屠杀、文化灭绝的暴力历史,在对话、质疑、解构主流白人文学、文化生态的过程中,揭露主流白人文化对印第安土地的操控和对印第安民族的殖民在逻辑上的一致性,发掘土著文化独特、神圣的生态内涵,探寻振兴严重破损的印第安文化生态、修复和还原印第安文化独有的神圣自然观、构建新型印第安土地伦理的文化路径。第五章主要是关于印第安生态批评对文学、文化生态的重审。具而言之,该章就是站在环境公正立场,透过印第安文化视野,让印第安文学、文化与主流文学、文化生态中的经典人物、经典作品、经典生态文化形象开展对话,揭露这些司空见惯、习以为常或信以为真的人物、作品、形象背后的本质,对他/它们或解构,或修正,或否定,或拓展,或重构,以彰显印第安生态批评独特的批判锋芒和生态建构潜力。

第四部分,即第六章,是对奇卡诺生态批评的研究,其主要涉及奇卡诺文学对存在之殖民性的解构、奇卡诺文学与奇卡诺民族主义的生态重构、奇卡诺生态批评与生态文化多元性及奇卡诺文学环境主义与美国的移民政策等议题的探究。

余论主要归纳少数族裔生态批评的几个共同特点、少数族裔生态批评与主流白人生态批评合作的潜力、障碍及其前景。

四 本书研究成果的创新之处

(1)本书是国内外学界首次对美国少数族裔生态批评理论进行全面梳理、深入研究的尝试,力图在广泛占有第一手相关学术资源的基础上为其勾勒出明晰的学术图景。本书所用的多是第一手最新英文资料,不少术语都将由研究者首次翻译引入,显然具有开拓性意义。

(2)本书首次通过对主流白人生态批评的学术危机、其环境公正转型及少数族裔生态批评蓬勃兴起的背景分析,深入探究环境、种族、性别、阶级及文化等范畴之间的复杂纠葛,显然具有重要的学术创新价值。

(3)本书将运用比较文学的方法研究美国少数族裔生态批评理论,在对话、质疑、颠覆或解构主流白人文学生态、环境经典的过程中,建构少数族裔生态批评理论,发掘、凸显不同族裔文化的生态智慧,建构少数族裔环境文学经典,从而极大地拓展生态批评的学术空间。

五 本书的研究目的和意义

由于美国少数族裔生态批评是对主流白人生态批评的借鉴、批评、超越与拓展,是当今美国乃至国际生态批评界最具活力、最具潜力的学术场域,因而本书对国内学界具有重要的学术与现实意义。具而言之,其学术目的和意义主要表现在以下几个方面:

(1)消解西方主流生态批评对生态议题的学术话语垄断;(2)深化国内学界对美国少数族裔文学进行生态阐释的内容;(3)对推动国内生态批评的理论建构与学术实践具有重要的学术借鉴价值;(4)为在我国开展少数民族文学的生态批评研究提供理论与方法论的指导;(5)美国少数族裔生态批评对环境公正议题的全面深入探讨,对我国生态文明的建构具有重要的启示意义。

六 研究思路

本书尝试根据生态批评思想基础的演变来界定美国生态批评的两个发展阶段,即生态中心主义型和环境公正型;环境公正型生态批评催生了美国少数族裔生态批评,后者在坚持环境公正的前提下,联系各自独特的文化传统、历史遭遇,与第一波主流白人生态批评开展对话,以彰显自己独特的环境经验;探寻解决环境问题的可行性多元文化路径。

七　研究方法

本书综合借用比较文学、环境公正理论、种族研究、性别研究、后殖民理论、环境哲学中的深层生态学、社会生态学及生态女性主义等理论或批评手法,从跨学科、跨文化的视角深挖生态危机产生的深层历史、文化与现实根源,探寻应对环境危机的形而上与形而下相结合的多元文化路径。

第一章

主流白人生态批评的学术危机与少数族裔生态批评的兴起

美国生态批评的发展历程大致可分为两波或曰两个阶段:第一波是以研究主流白人文学为重心的生态中心主义型生态批评学派的创立及其理论建构时期(1972—1997),大体也可称之为主流白人生态批评;第二波是环境公正生态批评的形成及其发展时期(1997 年以后)。主流白人生态批评主要透过生态中心主义哲学的视野,尤其是深层生态学的视野,探讨环境议题,锁定人类中心主义是导致环境退化的形而上思想基础,抽象地谈论文学与环境之间的关系,发掘文学所蕴藏的生态内涵,探寻走出环境危机的文化路径。从总体上看,它主要是个白人的文学批评运动,因而伴随着诸多局限,其中,最为严重的是种族偏见,从而招致环境公正人士、环境哲学内部社会生态学学者和生态女性主义学者的严厉批判,进而导致生态批评遭遇严重的学术危机。

有鉴于此,在环境公正运动的强烈冲击下,生态批评学者将环境公正理论引入生态批评领域并将其作为主要思想基础,推动了生态批评的转型,走向环境公正生态批评。环境公正生态批评主张透过环境公正视野审视文学、文化甚至艺术与环境之间的关系,探寻既能兼容生态议题与社会公正议题,又能引导人类走出环境危机的文化与现实路径。

正是深受环境公正议题的强势推动,种族范畴成了第二阶段生态批评最为引人注目的亮点,多种族视野成了考察文学与环境关系的基本观察点,少数族裔生态批评也应运而生。在该领域中,黑人生态批评是其重头戏,印第安生态批评次之,再次是奇卡诺生态批评,而亚裔等其他少数族裔的生态批评有的似"小荷才露尖尖角",有的还未诞生。少数族裔生态批评为生态批评开辟了别样、广阔的学术空间,是当今美国生态批评最为活跃、最为丰饶的学术场域。

在此,笔者将分析美国白人生态批评所面临的学术危机和主要盲点,指出环境公正转型以及少数族裔生态批评兴起的必然性,并概要介绍美国少数族裔生态批评的学术图景及其研究方法论。

第一节　主流白人生态批评的学术危机与转机

作为以大地为中心的文学、文化批评范式,生态批评在 20 世纪 70 年代前期发轫于美国,成熟于 90 年代中期,并建构了较为完善而开放的批评理论体系,具有坚实的哲学基础、宽广的学术视野和丰富的学术实践,对生态危机文化根源的诊断较为全面深入,所提出的问题发人深省。随着全球生态形势的日益恶化和范围的扩大,西方生态批评迅速发展成了生机勃勃的国际文学、文化绿色批评潮流,跨学科、跨文化甚至跨文明是其显著特征。生态批评的兴起一方面是由于现实环境危机的催逼,另一方面是由于走向成熟的生态哲学为文艺批评的新发展提供了新的思想理路。另外,回避严峻现实环境议题、痴想封闭自足、追精逐致的当代文艺批评理论已到处碰壁,陷入山穷水尽之窘境,这客观上为生态批评的萌生提供了难得的学术契机。

一　生态中心主义型生态批评范式的确立:文学研究走向荒野

1972 年,美国比较文学学者约瑟夫·W. 米克(Joseph W. Meeker)出版了专著《生存的喜剧:文学生态学研究》(*The Comedy of Survival：Studies in Literary Ecology*),该著被许多西方生态学者尊为生态批评的开山之作,因为米克在该著中首次提出了"文学生态学"这一术语,并明确界定了其内涵。"文学生态学"是"研究出现在文学作品中的生物学主题及各种关系,同时也试图发现文学在人类生态学中所起的作用"①。米克研究文学生态学的根本动因在于他认为生态危机本质上是人类中心主义思想主导下西方文化危机的物理表现,因此要根除生态危机,必须首先要根除文化生态中隐藏的危机,为此,他透过生态学视野重审了西方文学生态。1978 年,美国著名生态批评学者鲁克尔特(William Rueckert)在其《文学与生态学:一次生态批评实践》("Literature and Ecology:An Experiment in Ecocriticism")一文中首次提出了"生态批评"术语,并倡导运用生态学理念构建生态诗学的学术创想。② 然而,"生态批评"这一术语及相关学术研究在当时并没有引起学界广泛认真的关注,似乎沉寂了,仅有一些散兵游勇般的生态学术在惨淡延续。

直到 1989 年,生态批评学者彻丽尔·格罗特费尔蒂在美国西部文学学会会议上呼吁运用生态批评方法研究自然书写文学,其呼声得到生态批评学者格伦· A. 洛夫(Glen A. Love)的响应,洛夫还为此发表了《重审自然:走向生态文学批评》("Revaluing Nature:Toward an Ecological Criticism"),该文在生态批评界影响广泛而深远,因而被学界看成是生态批评宣言书。在该文中洛夫敦促文学批评家积极参与生态危机的解决,因为生态危机的根源实则是主导文化的人类中心主义思想观念,因而解决危机的路径必须要从文化入手,必须重审西方文学史。有鉴于此,我们要么拓展、要么拒斥孤立自负的自我意识,接纳、培育包容谦卑的生态意识。③ 第一个生态批评学术组织"文学与环境研究学会"于 1992 年在美国的成立及第一家生态批评刊物《文学与环境跨学科研究》于 1993 年的创刊,标志着生态批评学派的正式确立。劳伦斯·布伊尔(Lawrence Buell)的《环境想象:梭罗、自然书写及美国文化的形成》④、格罗特费尔蒂和弗罗姆(Harold Fromm)共同主编出版

---

① Joseph W. Meeker. *The Comedy of Survival:Studies in Literary Ecology*. New York:Charles Scribner's Sons,1972, p. 9.

② William Rueckert. "Literature and Ecology:An Experiment in Ecocriticism." Rpt . from 1978. In *The Ecocriticism Reader*. Ed. Cheryll Glotfelty and Harold Fromm. Athens:University of Georgia Press, 1996, pp. 105—123.

③ Glen A. Love. "Revaluing Nature:Toward An Ecological Criticism." Rpt. from 1989. In *The Ecocriticism Reader*. Ed. Cheryll Glotfelty and Harold Fromm. Athens:University of Georgia Press,1996, pp. 225—240.

④ Lawrence Buell. *The Environmental Imagination:Thoreau,Nature Writing,and the Formation of American Culture*. Cambridge:Harvard University Press,1995.

的第一本生态批评文集《生态批评读本：文学生态学的里程碑》①两部里程碑式的作品问世,昭示生态批评开始受到学术界广泛认真的关注,随即开启了声势浩大的英美生态批评运动,并波及欧美以外的其他国家和地区。前者主要透过生态中心主义视野探究了美国文学的生态演进历程,对因种族、阶级及性别的差异而产生的不同的环境经验几乎避而不谈,试图将人从其所处的历史文化语境中抽取出来,抽象地、泛泛地探讨生态问题,甚至倡导在矮化人类的前提下建构文学生态中心主义诗学,而后者被看成是初学者进入生态批评领域的入门教材,在该领域的学术地位可谓无与伦比,其开篇《我们生态危机的历史根源》("The Historical Roots of Our Ecologic Crisis")②一文为该著定下了基调——犹太基督教所蕴藏的人类中心主义观念是导致生态危机的思想文化根源,并指出,走出危机的出路是以基督教少数派所倡导的生态中心主义文化范式取而代之,其他论文则着重透过生态中心主义视野解析美国文学、文化现象,一方面旨在深挖文学、文化文本中隐含的生态内涵,另一方面也试图揭示其中潜藏的根深蒂固的人类中心主义元素,有的论文即使在分析美国土著文学文本,论文作者也只是发掘其与生态中心主义契合的生态智慧,而未提及其与种族紧密相关的独特的环境经验。在《自然女杰：四位女性对美国风景的回应》("The Heroines of Nature：Four Women Respond to the American Landscape")③一文中,作者诺伍德(Vera L. Norwood)在分析伊莎贝拉·伯德(Isabella Bird)、玛丽·奥斯汀(Mary Austin)、蕾切尔·卡逊(Rachel Carson)及安妮·迪拉德(Annie Dillard)等四位著名女性自然书写作家对待自然的态度时,也未从女性或生态女性主义的独特视角探讨性别与环境之间特有的关联,淡化性别因素,因而其分析就不够深刻全面,得出的结论也就难以令人置信。由此可见,这两部著作进一步确立并强化了第一波生态批评的基本批评范式,也即从生态中心主义/人类中心主义这种非此即彼的二元对立模式阐释生态危机的根源及探寻走出危机的文化路径。然而,这种范式将生态问题与现实社会问题进行简单二分,从

---

① Cheryll Glotfelty and Harold Fromm, eds. *The Ecocriticism Reader*：*Landmarks in Literary Ecology*. Athens：University of Georgia Press,1996.

② Lynn White Jr. "The Historical Roots of Our Ecologic Crisis." In *The Ecocriticism Reader*：*Landmarks in Literary Ecology*. Ed. Cheryll Glotfelty and Harold Fromm. Athens：University of Georgia Press, 1996, pp. 3—14.

③ Vera L. Norwood. "The Heroines of Nature：Four Women Respond to the American Landscape." In *The Ecocriticism Reader*：*Landmarks in Literary Ecology*. Ed. Cheryll Glotfelty and Harold Fromm. Athens：University of Georgia Press,1996, pp. 323—350.

而将生态议题与基于种族、阶级及性别等范畴的社会公正议题剥离开来,即使涉及这些范畴,也只是单纯地考虑其生态因素,这种对社会公正议题加以回避抑或忽视,试图将生态问题简单化的学术探讨实际上为生态批评埋下了危机。这一时期还有许多有着重要影响的生态批评学者,如斯科特·斯洛维克(Scott Slovic)、卡尔·克鲁伯(Karl Kroeber)及英国批评家乔纳森·贝特(Jonathan Bate)等,都出版了他们的生态批评著作。

如果我们对 1997 年以前问世的主要生态批评作品进行透析,就会发现,从总体上看,生态批评学者们主要透过生态中心主义视野探究文学与环境之间关系,一方面深挖其中的生态内涵,另一方面也试图涤除其中形形色色的反自然因素,旨在绿化文学、文化生态,培育人的生态情怀,塑造人的生态人格,让生态学化的文化引导人类走出环境危机的泥潭。这一阶段生态批评学术中所研究的"环境"实际上指的是"荒野"抑或无人干扰的"纯自然",所讨论的"生态"也近乎完全倒空了现实世界中因种族、性别、阶级的差异而产生的多样化的人类环境经验甚至人类的存在、被概念化、被抽象化了的完美的自然存在,都是些"无人踩踏的雪地"①,而人工环境和城市环境基本上没有被纳入研究的视野,种族、性别、阶级等范畴及社会公正议题与环境危机之间的复杂文化纠葛仍远未进行全面深入的审视,而针对与现实环境问题密切相关的生态政治及环境公正教育等议题的探讨则甚为稀缺,因而第一阶段的生态批评依然在人类中心主义/生态中心主义、人类/自然、城市/荒野等这种非此即彼的二元对立困境之中彷徨,大体上可归入生态中心主义型生态批评。

由于第一波生态批评以生态中心主义哲学为基础,凸显自然的中心地位,再由于深受日益严峻的现实生态危机所引发的普遍环境焦虑的催逼,一方面这些生态批评学者群情激愤,充满了对人类中心主义的仇恨,另一方面他们也群情鼎沸,期望采取激进的文化革命的方式,绿化人类文化,构建生态中心主义型人类文化以取代以人类中心主义主导下的主流文化传统,迅速扭转环境形势。由此可见,在这样一种语境下运作的第一波生态批评难免不浸染乌托邦的色彩,甚至透露出不少学究式的天真,表现出不少偏激或偏颇之处,因而其学术的合理性也难以经得起理智的推敲,这也充分说明了生态批评环境公正转型的必然性。当然,如果从更深层的

---

① Cheryll Glotfelty. "Introduction. " In *The Ecocriticism Reader*: *Landmarks in Literary Ecology*. Ed. Cheryll Glotfelty and Harold Fromm. Athens: University of Georgia Press, 1996, p. xxxi.

文化意义上说,第一波生态批评固守生态中心主义/人类中心主义这种非此即彼的做法本质上是西方文化宏大叙事惯性思维的产物,其试图将复杂问题简单化,以证明其理论的普适性甚至普世性,其结果是放逐、压制其他文化,尤其是弱势文化的生态之声,这不仅引发对其他文化的暴力与压迫,而且还排斥了解决生态问题的多样化文化路径,实际上又回到了西方文化主导的一元化老路上,从而使得生态问题的解决更加困难,更加渺茫。

从总体上看,第一波生态批评主要呈现出以下一些特征:(1)文类特征:以非虚构自然书写作为其研究的核心文类,尤其是以梭罗(Henry David Thoreau, 1817—1862)所开创的自然书写传统作为其研究重心,其中,梭罗的《瓦尔登湖》(*Walden*, 1854)是该文类传统的范例;其次,自然诗歌,尤其是英美浪漫主义诗歌和荒野小说也是其研究的重要内容;(2)批评家群体以白人男性为主,所研究的作家也是白人男性作家为主,即使在研究女性作家及其作品的时候,也只考虑其生态内涵,而淡化或忽视性别问题,因而第一波生态批评几乎不考虑性别范畴与环境之间的关系;(3)跨文化、跨文明研究几乎没有纳入生态批评学术视野,非白人作家及其作品几乎没有进入白人批评家的视野范围,即使极少数有色族作家及其作品"有幸"进入生态批评的研究范围,但批评家看重的依然是其生态中心主义内涵,那些经济落后的少数族群或土著民族往往被理想化为"生态人"或"高贵的野人",而其涉及"种族"特有的环境经验则被忽视,所以环境经验的多种族性,或者说,因为种族、文化的差异而产生的环境经验的多元性几乎没有参与生态批评的讨论;(4)在建构文学生态中心主义诗学的过程中,他们往往偏爱那些矮化或边缘化"人类"的文学作品;(5)在探讨生态问题的根源时,往往忽视造成问题的现实的、历史的文化原因,专注于抽象地、一般地谈论生态危机的文化根源,常常将环境问题非历史化、非政治化,仿佛只要是地球人,不论其什么肤色,是男还是女,是穷还是富,对诸如全球变暖这样的环境问题都应承担同等的责任,这样就回避了近现代以来西方殖民强国,尤其是美国,对内强行推行内部生态殖民政策、对外大肆奉行国际生态殖民掠夺的历史现实。在环境公正取向的少数族裔文学批评家看来,生态批评的这种做法实际上是从学术层面为西方强国推卸导致全球生态危机的历史责任;(6)跨学科性也是生态批评的主要特征,这是在开山之作《生存的喜剧》中已确定下来的基本特征之一,但总体上看,第一波生态批评所跨越的学科并不多,跨越性特征还未充分展开;(7)文学经典的生态颠覆与重构也是第一波生态批评的重要特征之一,这在《生存的喜剧》一著中已给予了充分的反映,第一波生态批评主要透过生态学或深层生态学的视野审视经典,往往笼而统之地忽视或贬低经典的人文维度,有矫枉过正之嫌。

根据以上分析,我们可看出,第一波生态批评大体可以这样界定:白人男性批评家探讨白人男性作家的非虚构环境作品的生态内涵,以揭示作品中所反映的人与荒野之间的关系,这里的"人"主要指脱离了具体社会历史文化语境、被抽象化了的人,"荒野"是白人男性所圈定"渺无人烟的自然存在",因而生态批评就是让文学研究走向荒野,由此可窥视出它的一些主要不足或局限,也即是文类偏见、性别偏见、种族偏见、非历史化和非政治化倾向、抽象化及泛化生态危机的实质等,这些不足为生态批评的第一波带来了严重危机,从而为生态批评的环境公正转型准备了条件。

二 生态批评的环境公正转型:文学研究从荒野回家

作为一种与人类中心主义思想主导下的主流文学批评截然对立的崭新的文学文化批评范式,生态批评由于具有强烈的现实针对性,因而其发展势头强劲。然而,由于其第一阶段主要以深层生态学为思想基础,因而也基本上承袭了美国环境主义固有的缺陷——在探讨环境议题时,严重忽视种族问题,淡化性别问题与阶级问题,专注于荒野保护、野生动植物保护及自然资源保护等,将少数族裔社群排除在环境保护运动之外,甚至认为他们生性对环境问题缺乏兴趣。惟其如此,主流环境主义遭到了多方的严厉批判。以有色族人民为主体的美国多种族草根环境公正运动谴责主流环境主义运动存在严重的环境种族主义歧视,其集中体现在主流环境组织之中。这些组织,无论它们是官方的,还是非官方的,不论在环境决策的制定、环境议题的确定、有关环境工作人员的聘用,还是对环境问题根源的探究等方面都存在明显的肤色歧视倾向,因而少数族裔社群的生存问题及其日益恶化的现实生存环境遭到了忽视,环境福祉遭到了剥削甚至剥夺,可是他们却承担了超高的环境负担,成了环境退化的主要牺牲品[1];以第三世界为代表的国际环境公正运动批判以深层生态学为代表的西方主流环境运动以人类中心主义/生态中心主义范式阐释环境问题根源真是漏洞百出,避实就虚,从而回避了生态问题的历史根源、

---

[1] Robert D. Bullard, ed. *Confronting Environmental Racism*: *Voices from the Grassroots*. Boston: South End Press, 1993, pp. 15–26.

现实根源及国际生态殖民主义根源。国际著名环境公正人士印度生态学家罗摩占
陀罗·古哈（Ramachandra Guha）在批判深层生态学对环境退化根源的追问及其
对策时就直言不讳地指出，当今全球环境危机与所谓的形而上人类中心主义思想
根源本质上并无关联，其产生的两个主要根源实际上相当世俗，其一是西方发达工
业国和第三世界城市精英阶层过度消费的生活方式，其二是当今世界日益走向军
事化和随之而来的永无休止的军备竞赛。这样看来，深层生态学用生态中心主义/
人类中心主义的二元对立模式来诊断全球环境危机的文化根源无异于缘木求鱼，
其所提出解决危机的策略当然就是无的放矢，只会给经济不发达的第三世界国家
及其弱势群体，尤其是处于主流社会边缘的少数族裔人民带来更大的灾难[1]。

　　美国学者汤姆·克努森（Tom Knudson）在《转嫁痛苦：世界资源供养加州不断
膨胀的胃口》（"Shifting the Pain：World's Resources Feed California's Growing
appetite"）一文中也对这种国际生态殖民主义给予深刻的揭露与严厉的批判。他
指出，以美国加州为代表的西方发达经济体宣称自己是生态保护的楷模，它们固执
地保护自己的自然资源和生态环境，然而却破纪录地从别的地方进口资源，可谓
"疯狂地保护"，同时也"疯狂地消费"。它们将"生产自然资源的痛苦（水污染、燃气
事故、人与森林的冲突）输出到远离美国本土的各个角落，输出到眼不见心不烦的
地方"。它们这样做不仅转嫁痛苦，而且还放大痛苦，因为输出国无严厉的环境监
控手段和先进的环保技术，因而给输出国的自然环境、文化以及人们的生计造成了
毁灭性的打击[2]，从某种角度上看，加州等西方发达经济体所反映出的保护与消费
之间的矛盾充分暴露了它们痴迷的环境保护运动的虚伪。

　　美国著名生态女性主义学者卡洛琳·默钱特（Carolyn Merchant）就曾指出，
欧洲殖民者在美洲大陆重构伊甸园实际上是以牺牲印第安人、黑人及土地为代价。
自由之土地给予白人殖民者重构伊甸园之自由，然而，印第安人和非洲裔黑人不能
享有这种自由，或者说，他们的自由遭到严厉的限制。[3] 美国著名环境公正人士、

---

　　① Ramachandra Guha. "Radical American Environmentalism and Wilderness Preservation：A Third
World Critique." In *Contemporary Moral Problem*. 7ᵗʰ edition. Ed. James E. White. London：Thomas
Learning，2003，pp. 553—559.

　　② Tom Knudson. "Shifting the Pain：World's Resources Feed California's Growing Appetite." In
Annual Editions：Global Issues 2004/2005. *McGraw-Hill/Dushkin*，2005，pp. 42—43.

　　③ Carolyn Merchant. *Reinventing Eden：The Fate of Nature in Western Culture*. New York：
Routledge，2003，p. 157.

黑人社会学家罗伯特·D. 布拉德(Robert D. Bullard)也直言不讳地指出:"长期以来,美国历史是浸透了白人殖民主义的历史,美国这个国家是建立在'自由之地''自由劳动'和'自由人'的原则基础上的,但是,'自由之地'是从美洲土著和墨西哥人那里偷来的,'自由劳动'是从非洲奴隶那里压榨来的,而'自由人'却仅指有财产的白人。"①为此,布拉德将美国白人对国内少数族裔人民的环境剥削与压迫称之为"内部殖民主义"和"环境种族主义"。②

在谈到欧美白人对美洲土地的殖民与重构时,默钱特指出,美洲印第安人与非裔美国人在此过程中发挥着中心作用,欧洲人通过"拯救"东部森林和西部荒漠,主宰并"改善"印第安人及他们的"自然"伊甸园。对黑人的强迫劳动得以让白人重构伊甸园的议程进行下去。其结果是新世界伊甸园蜕变成了被殖民的伊甸园,欧洲人居于园之中心,而印第安人和黑人遭到排斥或被放逐到边缘。美洲伊甸园叙事延伸发展的过程实际上也是确立白人、印第安人及黑人,甚至其他族群之间不平等关系的过程,借此欧洲人成了特权种族,他们统治非人类自然和有色族人民的权力也被合法化。当然,少数族裔人民也卷入到这场重构伊甸园的宏大叙事之中,并极力否定、抵抗这种伊甸园重构,甚至斥之为自然的衰退甚至堕落。③

社会生态学家指责深层生态学无视现实世界中无处不在的人统治人的等级制度与生态危机之间的密切关联,正是前者拓展与强化了对自然的无度盘剥,才造成了全球环境危机的失控。生态女性主义者则谴责深层生态学在阐释生态问题时,忽视性别歧视与自然歧视之间的内在联系,从而进一步恶化了这两种歧视,斩断了女性与自然之间互为盟友的天然纽带,从而削减了形成更为广泛的生态——社会联盟的动力之源。由此可见,以生态中心主义为基础的生态批评陷入了多面受敌的境地。

以上学者们的观点都充分揭示了种族压迫(歧视)、性别压迫(歧视)、阶级压迫(歧视)与自然压迫(歧视)之间的密切关联,也说明了环境问题的艰巨复杂性,而这些压迫形式之间的共同敌人就是西方文化中根深蒂固的理性主义文化传统或曰以统治为旨归的理性。为此,这些受压制、被剥削、被边缘而被放逐到"自然领域"的

---

① Robert Bullard, ed. Confronting *Environmental Racism*: *Voices from the Grassroots*. Boston: South End Press,1993,p. 16.

② Ibid.,p. 16—17.

③ Carolyn Merchant. *Reinventing Eden*: *The Fate of Nature in Western Culture*. New York: Routledge,2003,pp. 145—146.

广大有色族人民、有色族裔妇女、穷人、酷儿族群理应成为环境/自然的天然盟友，从而为环境主义运动找到了现实的强大动力。同样，以研究文学、文化甚至艺术与环境之间关系为重心的生态批评也理应拓展其理论视野，融合各派环境哲学之观点，相互借鉴，相互妥协，在冲突与对话中找到最大的契合点，从而找出解决环境问题的现实、可行性文化路径。美国少数族裔生态批评正是基于以上理念，将种族/族裔看成考察文学与环境之间关系的基本观察点，借此探寻走出现实环境危机的多元文化路径。

　　为摆脱生态危机之后的生态学术危机，1997 年，美国少数族裔生态批评学者R. V. 里德率先提出了"环境公正生态批评"[①]术语。2002 年，里德在其《走向环境公正生态批评》[②]一文中主要针对《生态批评读本》的内容与第一波生态批评开展对话，多角度指出了其所存在的诸多偏见与不足，其中最为严重的是种族偏见，并由此滋生了多种其他问题。在里德看来，尽管生态批评涉足许多方面，其研究范围似乎也颇为宽泛，但其"未严肃认真地对待种族和阶级问题，而这两个问题恰好必须成为探讨环境思想和环境行动的历史和未来的核心议题"[③]。换句话说，第一波白人生态批评在"深挖"环境退化的历史文化根源及探寻走出环境危机的文化与现实策略时缺乏环境公正立场，淡化或忽视了与种族有关的独特的环境视角、独特的种族环境经验，一直在主流环境主义的范围内兜圈子，无异于说白人生态批评学者在主流白人文学、文化的藩篱内自说自话，从而排斥了其他少数族裔人民探寻走出环境危机的多元文化路径的可能性，他们的环境话语权被取消了，或者说，在环境议题上，他们被言说、被代表。为此，里德批评第一波主流生态批评家重荒野本位的白人自然书写，而轻其他少数族裔作家关注现实生存环境书写文本的做法，呼吁构建一种更为包容、更具种族意识和阶级意识的生态批评，以阐明多元文化文学中所反映的人与环境之间的复杂纠葛。

　　坦率地说，几十年来，最糟糕的环境退化实际上都发生在少数族裔人民和贫穷的白人社区及第三世界地区，而主流白人环境主义人士对这种环境歧视现象要么

---

① Joni Adamson, Mei Mei Evans and Rachel Stein, eds. *The Environmental Justice Reader*: *Politics*, *Poetics and Pedagogy*. Tucson: The University of Arizona Press, 2002, p. 160.

② R. V. Reed. "Toward an Environmental Justice Ecocrtiticism." In *The Environmental Justice Reader*: *Politics*, *Poetics and Pedagogy*. Ed. Joni Adamson, Mei Mei Evans and Rachel Stein. Tucson: The University of Arizona Press, 2002, pp. 145—162.

③ Ibid., p. 145.

听之任之，视而不见，要么有意或无意与环境事件的责任者沆瀣一气，因而导致企业公司和政府竭力掩盖真相，其旨在安抚中产阶级，但加剧了美国及世界其他地区弱势群体的痛苦。对美国少数族裔人民来说，这实际上是一种国内生态殖民主义或曰环境种族主义，而对第三世界人民来说，这是一种国际生态殖民主义行径。为此，里德力荐站在环境公正的立场，透过种族、性别及阶级的视角探讨环境问题，发掘引发环境退化的历史文化根源，探寻能兼顾各方利益诉求与环境保护于一体的文化与现实策略，揭露因种族、性别及阶级的区别而引发的各种环境歧视或环境殖民主义行径。

实际上，里德在勾勒环境公正生态批评学术的"三个主要层次"①的时候，所提及的最为关键的范畴就是种族范畴，也就是说，少数族裔视野应该成为考察生态批评的核心理论视角，生态批评的一个核心维度，正如种族范畴是环境公正运动的核心范畴一样。

关于跨文化生态阐释文学的必要性和通过多元文化甚至跨文明合作应对环境危机的议题，学术界早就有人着手进行了认真的探讨。他们认为，生态危机所反映的是西方文化传统"主宰地位的危机"，是西方文明中占统治地位并指导公共生活的价值观、信念和意义的危机，价值和信念来源于文化传统，从这个意义上说，生态危机本质上是西方文化危机的客观对应物或物理表现，因此"凡不能从根本上改变他们的价值和意义以便适应新形势的社会，也不可能作为一个整体发生变化。这意味着他们不可能结束他们正在造成的毁灭。相反，他们所造成的对自然环境的破坏反过来又对社会本身造成破坏性的反作用，造成价值的丧失和意义危机"②。美国宗教学者塔克（Mary Evelyn Tucker）认为，"就环境危机的广度和深度来看，它不只是某种经济、政治及社会因素造成的恶果，也是一场道德和精神危机，要应对这场危机，需要对作为自然生物的人进行广泛的哲学、宗教的理解，因为我们不仅沉浸于生命周期之中，而且也依靠生态系统而生存"③。也就是说，环境危机之根源在文化，它无非就是文化顽疾的终极表现形式，即使它不是为西方文化敲响了

---

① R. V. Reed. "Toward an Environmental Justice Ecocrtiticism." In *The Environmental Justice Reader: Politics, Poetics and Pedagogy*. Ed. Joni Adamson, Mei Mei Evans and Rachel Stein. Tucson: The University of Arizona Press, 2002, pp. 152—154.

② 莫尔特曼：《创造中的上帝》，隗仁莲等译，北京：生活·读书·新知三联书店，2002年，第35—36页。

③ Mary Evelyn Tucker and John Berthrong. "Series Forward." In *Confucianism and Ecology*. Ed. Mary Evelyn Tucker and John Berthrong. Cambridge: Harvard University Press, 1998, p. xvi.

丧钟,也是为它敲响了警钟,为此,必须进行广泛深刻的文化诊断、文化治疗。迄今为止,在强大的生态压力催逼下,西方学者主要采取两条文化路径加以应对:一条是对自己文化的核心部分进行全面清理、深刻检讨,力图对文化中核心部分作出根本性的变革,同时也深入挖掘自身文化的生态资源,借此绿化其文化生态。另一条是走跨文化之路。也就是,西方世界必须跳出西方中心主义的怪圈,转向曾经被边缘化、受压制的非西方文化寻求生态资源,其目的是发掘或借鉴他种文化别样的生态智慧、生态模型以改造自己的文化,或从其他文化中寻求生态思想武器,以对抗导致生态危机的思想基础,即西方文化中的人类中心主义思想、机械论、二元论和还原论等。通过与文化的对话,了解与自己的生活习惯、思维定式完全不同,甚至是截然对立的他种文化,这就大大拓宽了他们的视野,在比照中更深入地了解自己,以便生态重构自己的文化,探寻走出危机的对策,可谓借"他山之石",攻自己的"玉"。

在华裔美国学者杜维明(Tu Weiming)看来,要解决全球环境危机,一要超越启蒙心态,二要走跨文化、跨文明对话之路,以构建全球共同体,为此,就要充分运用三种传统精神文化的生态资源,即:第一种是以希腊哲学、犹太教和基督教为主体的西方宗教伦理传统;第二种来自非西方的轴心时代的文明,包括印度教、耆那教、南亚和东南亚佛教、东亚儒学和道教以及伊斯兰教;第三种包括一些原初传统:美国土著人的、夏威夷人的、毛利人的以及大量的部落本土宗教①。要成功应对全球环境问题,全球各文化必须平等对话,平等协商,甚至达成妥协,以取得共识。与此同时,还必须走多元文化之路,在共识与多元之间达成一种平衡,拒斥解决环境退化困境的单一文化路径,因为单一就是霸权,就是统治,本身也是导致全球环境问题的思想根源,这不仅违背生态多样性原则,而且也违背生态文化多元性的客观要求。

作为《生态批评读本》文集的编者,格罗特费尔蒂也意识到第一波生态批评的主要不足,即它缺乏多元文化视野,并在该著的《导言》中指出:"生态批评主要是一个白人的运动",并预言"一旦环境与社会公正紧密结合,多元化的声音参与生态议题的探讨时,生态批评将会发展成为一个多种族运动"。②当然,该文集也收录了两

---

① Tu Wei-ming. "Beyond the Enlightenment Mentality." In *Worldviews and Ecology:Religion, Philosophy, and the Environment*. Ed. Mary Evelyn Tucker and John A. Grim. New York:Orbis Books, 1994, pp. 19—28.

② Cheryll Glotfelty. "Introduction." In *The Ecocriticism Reader:Landmarks in Literary Ecology*. Ed. Cheryll Glotfelty and Harold Fromm. Athens:University of Georgia Press,1996, p. xxv.

篇印第安作家的论文,其一是葆拉·冈恩·艾伦的《神环:当代视野》①,其二是莱斯利·西尔科的《风景、历史及普韦布洛人之想象》②,但他们对不同文化间文化模子的差异及理解土著文化应具备的土著文化意识的强调并未引起生态批评界的重视,甚至遭遇冷落。

当然,在《生态批评读本》中也不是没有作者关注在环境议题上的种族和性别问题,只是"少数派"的声音太微弱,几乎被"滔滔的生态中心主义洪流"淹没了。戴维·梅泽尔(David Mazel)就算是这个由"一"构成的少数派,他在《作为国内东方主义的美国文学环境主义》一文中称美国主流白人"文学环境主义"为"国内东方主义"③,旨在提醒生态批评学者关注环境的文化建构特性及环境研究的种族政治和性别政治等问题④。在梅泽尔看来,环境研究的重心"环境"实际上是文化建构的产物,涉及种族政治和性别政治,但他的这些观点没有引起第一波生态批评学者们的认真考虑,甚至被忽视了。梅泽尔还认为,美国环境主义不仅仅是一个环境运动,而且更是一个"相互交错的思想、文本、人群及体制的庞杂集合体——迄今依然是个不断拓展的集合体,在其间环境话语似乎获得真理性,借此并进一步确立知识、大众及法律的权威"。由此可见,美国文学环境主义是国内东方主义的一种形式或曰文学生态东方主义,它也是行使权力的许多潜在方式之一,一种了解、统治、重构及操纵遭环境所排斥的真正的领土和生活在它上面的万物生灵的特有的政治、认识论的方式,与兴起于19世纪后期的美国环境主义之间不仅没有断裂,而且是一脉相承,并得到进一步强化,话语也更加精致。⑤ 为此,梅泽尔提出了"文学环境主义的后结构主义理论"的构想,这种理论近乎于具有萨义德(Edward Said,1935—2003)后殖民理论倾向的生态批评理论,从一定程度上说,这为后来的美国少数族裔生态批评理论指明了方向。也就是说,在研究美国主流白人环境文学时,应该具有一种种族

---

① Paula Gunn Allen. " Sacred Hoop: A Contemporary Perspective. " In *The Ecocriticism Reader: Landmarks in Literary Ecology*. Ed. Cheryll Glotfelty and Harold Fromm. Athens: University of Georgia Press, 1996, pp. 241—263.

② Leslie Silko. "Landscape, History, and the Pueblo Imagination. " In *The Ecocriticism Reader: Landmarks in Literary Ecology*. Ed. Cheryll Glotfelty and Harold Fromm. Athens: University of Georgia Press, 1996, pp. 244—275.

③ David Mazel. "American Literary Environmentalism as Domestic Orientalism. "In *The Ecocriticism Reader*. Ed. Cheryll Glotfelty and Harold Fromm. Athens: University of Georgia Press, 1996, pp. 137—146.

④ Ibid. , p. 141.

⑤ Ibid. , pp. 143—145.

的视野,以揭示在环境议题上美国少数族裔与白人之间的种族关系。

世纪之交,以著名美国生态批评学者帕特里克·D. 默菲(Patrick D. Murphy)为代表的美国生态批评学者极力倡导生态批评的跨文化、跨文明研究。默菲认为生态批评应该、定将发展成为一个"国际性、多元文化运动"①,并提出了"三个位置"的理论构想,以指导这种多元文化生态学术研究。默菲在其编著《自然文学:一部国际性的资料汇编》(*Literature of Nature: An International Sourcebook*,1998)和专著《自然取向的文学研究之广阔天地》(*Farther Afield in the Study of Nature-Oriented Literature*,2000)中践行其多元文化或跨文化生态研究主张。②在后一部著作中,他提出了"生态文化多元性"(ecological multiculturality)③构想,也即生态多样性与文化多元性互动共生的世界真实图景,力荐倾听"边缘的声音",并在该著中开展了多元文化生态批评学术实践,让多元文化作家、不同文明的作家就自然或环境问题展开多角度、多层次的对话,以拓展生态批评的空间,深化环境议题的讨论。默菲还警告西方生态批评学者,在走向非西方文化时,再也不能充当18、19 世纪及其以后的西方文化"传教士"了,恰恰相反,应该虚心地向其他"弱势文化""弱小民族"学习生态智慧。为此,默菲指出,西方生态批评的国际化应该拒斥生态霸权、生态东方主义、"批评的帝国主义"④,应该注重生态智慧的异质性、多元性、互补性,拒绝消除差异的齐一化和均质化。通过他的多元文化或跨文化生态研究,默菲告诉我们,尽管不同文化、不同文明在自然观、在环境经验及现实生存境遇等方面存在或多或少的差异,有时甚至截然相反或对立,但在环境议题上也存在诸多合作的潜力。有鉴于此,维护和保存生态文化多元性是人类摆脱生态危机的出路,也是人类继续栖身于大地的出路。但是,要实现生态文化多元性,不仅必须涤除根深蒂固的人类中心主义和物种歧视,而且还必须根除欧洲中心主义、西方中心主义、文化孤立主义以及其他各种形式的基于歧视、隔阂、敌对、唯我独尊的"中心主义"或文化霸权主义,因为它们不仅反文化,而且还反生态。只有这样,人类才有可能构

---

① Patrick D. Murphy. *Farther Afield in the Study of Nature-Oriented Literature*. Charlottesville: University Press of Virginia,2000,p. 58.

② 关于默菲的"三个位置"理论的具体内涵,参见胡志红:《西方生态批评史》,北京:人民出版社,2015年,第 288－290 页。

③ Patrick D. Murphy. *Farther Afield in the Study of Nature-Oriented Literature*. Charlottesville: University Press of Virginia,2000,p. 144.

④ Ibid. ,p. 63.

建一个和谐的世界。否则,环境危机不仅不能得到缓解,而且将会日益恶化。

可以这样说,美国主流环境主义与其文学环境主义或曰生态批评之间在对待环境议题上可谓别无二致,都存在肤色歧视、性别歧视和阶级偏见。同样的逻辑,激进环境主义中的深层生态学催生的主流白人生态批评也继承了这些不足。当然,其中最严重的是或隐或显、或强或弱的环境种族主义意识形态,因而必然遭到环境公正人士、社会生态学家及生态女性主义学者等多方的严厉指责。

为了成功应对学术危机,"文学与环境研究学会"的学者们冷静权衡生态批评的成败得失,认真评估来自其他各方的批评,并积极进行学术探索,寻找转机,于1999年成立了"文学与环境研究学会多元化研究小组"(ASLE Caucus for Diversity),该"小组"的成立标志着生态批评环境公正转向的序幕已正式拉开,美国文学与环境研究学会已从体制层面作出了重大的学术战略调整,即从生态中心主义型转向环境公正型生态批评。此后,生态批评的触角不仅延伸到了城市及其他各种环境利益冲突交汇的中间地带,而且其所研究的文类还延伸到了城市文学、电视电影艺术等文化场域,其理论手法也更加综合多元,因而发展态势迅猛,学术著作如雨后春笋般涌现。

生态批评环境公正转型之后,生态批评主要增添了三个考察文学、文化及艺术生态的理论视野——多种族视野、生态女性主义视野(或从更广泛的意义上来说,性别视野)及阶级视野。从此以后,生态中心主义视野、种族视野、性别视野及阶级视野就在生态批评的学术场域中不断对话、冲突、妥协、合作,以探寻受压制的人类族群和受统治的非人类世界共同解放的文化路径。

2001年,美国学者乔尼·亚当森出版了专著《美国印第安文学、环境公正和生态批评:中间地带》①,该著立足环境公正的立场,透过印第安文化视野就"自然""荒野""环境"等范畴及"拯救自然""保护土著民族"等议题与主流生态批评开展对话,指出其盲点,并提出建构更具包容性、更富生态智慧的多元文化生态批评构想。2002年,她又与其他学者合作编辑出版了文集《环境公正读本:政治、诗学及教育》②,该著与第一波生态批评的奠基之作《生态批评读本:文学生态学的里程

---

① Joni Adamson. *American Indian Literature*, *Environmental Justice*, *and Ecocriticism*: *The Middle Place*. Tucson: The University of Arizona Press, 2001.

② Joni Adamson, Mei Mei Evans and Rachel Stein, eds. *The Environmental Justice Reader*: *Politics*, *Poetics and Pedagogy*. Tucson: The University of Arizona Press, 2002.

碑》持有迥然不同的学术立场,广受生态批评界的关注,并被看成是最具环境公正取向并能充分体现美国多种族视野间的对话、冲突、妥协与合作的代表性著作。编者们明确提出将 1991 年在美国首都华盛顿召开的"首届有色族人民环境保护领导人峰会"议定并通过的 17 条"环境公正原则"①作为环境公正生态批评或少数族裔生态批评的理论基础,这些原则坚决反对环境种族主义和环境殖民主义,力主尊重文化多元性,确保环境公正,表达了重建人之精神与神圣大地母亲相互依存、和谐共生的强烈愿望,该著的问世充分显示了生态批评的范式转变,标志着多元文化生态批评或曰少数族裔生态批评范式框架的雏形已经形成,开启了社会公正、多元文化视野、环境政治、环境诗学及环境教育等有机结合的新范式。此后,布伊尔又推出了另外两部力作《为濒临危险的世界而写作》②和《环境批评的未来:环境危机和文学想象》③,二著均具有明确的多元文化意识,并生态阐发了多位少数族裔作家的作品,其中,后者对生态批评环境公正转型的原因以及相关问题给予了较为深刻的透析。

　　由此可见,多元文化生态批评的兴起不仅仅是学术需求,也是现实使然,它不仅深化环境议题的讨论,拓展其学术领域,还可对话、质疑、纠正甚至颠覆主流白人环境话语,以构建更为多元、包容、开放的生态对话空间,进而形成更为广泛的环境学术联盟,变革主流环境主义运动并为其注入不竭的生机。

第二节　少数族裔生态批评发展概览

一　少数族裔生态批评的兴起

　　生态批评环境公正转型后,种族范畴成了生态批评的重心,多元文化视野成了考察文学与环境之间关系的立足点。在此基础上,生态批评开始探究土地、种族、

---

　　①　17 条"环境公正原则"的具体内容参见 Mark Dowie. *Losing Ground：American Environmentalism at the Close of the Twentieth Century*. Cambridge：The MIT Press, 1995, pp. 284－285.

　　②　Lawrence Buell. *Writing for an Endangered World：Literature, Culture, and Environment in the U. S and Beyond*. Cambridge：The Belknap Press of Harvard of University, 2001.

　　③　Lawrence Buell. *The Future of Environmental Criticism：Environmental Crisis and Literary Imagination*. Malden：BlackWell Publishing, 2005.

性别及阶级等范畴之间的复杂纠葛。在环境公正议题的强力推动下,少数族裔生态批评应运而生,成了第二阶段生态批评最为活跃、最为丰硕的学术场域,进而也促进了少数族裔生态文学、文化的繁荣,在生态使命的感召下,少数族裔文化也迎来了新一轮文艺复兴。

少数族裔生态批评倡导站在环境公正的立场,透过各种族/族裔文化视野对话第一阶段主流白人生态批评,指出其诸多盲点,探讨少数族裔文学、文化甚至艺术与环境之间的关系。其旨在凸显不同种族的自然观及其独特的环境经验,探究导致全球环境每况愈下的历史与现实根源,发掘少数族裔文学、文化所蕴藏的生态内涵,揭露白人环境种族主义行径,重现少数族裔人民英勇抗拒主流白人文化生态殖民、文化殖民的艰难曲折的斗争历史,探寻环境公正议题与生态议题互动共融的可持续多元文化路径。

少数族裔生态批评的诞生是对第一波生态批评的革命性变革,推动了其范式转变,为其注入新的生机与活力,也为其开辟了别样的广阔学术空间。从某种意义上说,主流/白人生态批评学者推动环境公正转型,引入种族/族裔范畴,既是对第一阶段生态批评的反思与纠偏,更是对西方中心主义思维惯性的批判与扬弃。

从更深层次的意义上看,深陷生态泥潭中的西方学者极力倡导生态批评的环境公正转型,推崇少数族裔文学、文化,甚至赋予它们在生态上的优越性,并将其作为西方社会摆脱生态困境的一剂良药,其根本的心理动因一方面在于平息草根环境公正运动中以少数族裔为代表的弱势群体的愤怒,满足少数族裔人民对社会公正、生态公正的渴求,让生态批评回归现实世界,另一方面还在于他们似乎又找到了一个"在结构上不同的社会和文化语境中的另一个自我指涉机制的形式"①,在他者文化中搜寻到了一种真实的"生态自我",一种被生态焦虑折磨得茫然困惑,甚至无所适从的现实自我的鲜活的生态替代物。简言之,他们要将长期被他者化、被妖魔化的所有"第三世界"弱势文学、文化作为批判第一世界的工具,借他山之石,攻自己的玉,这与启蒙时期西方知识分子借助异国情调来批判、改良自己的民族与社会没有本质的区别。

---

① 转引自胡经之主编:《西方文艺理论名著教程》(下卷,第二版),北京:北京大学出版社,2003年,第613页。

二　少数族裔生态批评的发展概况

迄今为止,美国黑人生态批评是最大的亮点,其重在揭示黑人文学中所反映的种族主义压迫、黑人奴隶制与自然退化之间的内在关联及种族压迫对黑人看似悖谬的自然观的深刻影响,探寻走出黑人与土地之间爱恨情仇的情感泥潭的文化策略,建构黑人与环境之间和谐、健康关系的可能文化路径;其次是美国印第安生态批评,其重在发掘印第安文学、文化中的神圣整体主义的自然观,构建新型印第安土地伦理,在对话、质疑、解构甚至颠覆白人文学、文化的过程中,还原、凸显印第安文化素朴、本真的生态智慧;再次是奇卡诺生态批评,其主张联系美国殖民与帝国的历史,凸显奇卡诺文学、文化所蕴藏的比深层生态学"更深层的"环境诉求,揭示社会公正与环境议题之间的复杂纠葛,探寻走出环境危机和实现奇卡诺族群复兴的文化路径。关于亚裔生态批评,迄今为止,已有一部文集《亚裔美国文学与环境》(*Asian American Literature and the Environment*)于2015年出版,而其他少数族裔生态批评则不多见。在此,笔者将首先对以上三支少数族裔生态批评的发展历程分别做简要介绍,然后,再对综合涉及少数族裔生态批评的著作做简介,简称"少数族裔生态批评综合类著作介绍",在此部分还将对《亚裔美国文学与环境》做简介。由于有的著作同时涉及其中的两支或三支甚至更多少数族裔生态批评,所以在介绍时可能有些交叉。

(1)黑人生态批评的发展简况

1987年,黑人文学批评学者梅尔文·迪克森出版了专著《荒野求生:非裔美国文学中的地理与身份》,该著可被看成是黑人生态批评的开山之作。迪克森透过美国黑人文化的视野,联系黑人被奴役、求解放的历史,阐明了黑人文学、个体身份、文化身份与自然环境之间的关系,从而揭示了实际的或象征的荒野、地下及山巅与文学人物思想意识及文化身份表演之间的紧密联系,以昭示黑人个体救赎或族群振兴的文化路径;1996年,约翰·埃尔德(John Elder)主编出版了第一部重要的生态批评参考书《美国自然书写作家》(*American Nature Writers*)(上卷、下卷),该著视野宽广,不仅囊括了从19世纪到当代的美国白人男性自然作家,而且还包括多位女性自然作家。其次,该著还对多位印第安自然作家及其作品给予了简介,反映了自然书写文类的拓展,与此同时,还对黑人文学、美国土著文学与自然之间的关系、加拿大英语自然书写、文学理论与自然书写之间的关系等都做了简介。

2002 年，生态批评家罗伯特·芬奇（Robert Finch）和约翰·埃尔德对 1990 年出版的《诺顿自然书写之书》（*The Norton Book of Nature Writing*）一著进行重大修订、扩充并更名为《自然书写：英语传统》（*Nature Writing：The Tradition in English*）后出版。其《导言》（"Introduction"）中解释了从 1990 年以来自然书写文类内涵的演变。对文集目录的重大修订就反映了这种演变。该著是第一部综合性自然书写文集，提供了较为完整的自然书写文体画卷，收录的作者包括多位美国土著作家、黑人作家、拉美裔作家、亚裔作家及其他少数族裔作家的自然书写作品。另外，该文集还增添了多位女性自然书写作家作品。也就是说，该著编者具有自觉的种族/族裔意识和性别意识。由此可见，该著对少数族裔生态批评学者具有重要的参考价值。相较而言，1990 年版的文类范围狭窄，仅收录几篇美国土著作家英译的演说，其余都是白人自然书写作家的原创英文自然书写作品。

2003 年，德国学者西尔维娅·迈耶（Sylvia Mayer）主编出版了《重拾与自然的关联：非裔美国人环境想象文集》（*Restoring the Connection to the Natural World：Essays on the African American Environmental Imagination*）。该著收录了 9 篇论文，论文作者来自德国、美国及瑞士，他们从不同的视点阐释了非洲裔美国文学与环境之间的关系，所涉及的文本不仅包括奴隶叙事，还包括黑人文学经典及当代科幻小说等，通过对黑人文学文本的分析，论文作者成功重续了非裔美国人环境想象的珍贵脉络，有效地抗拒了主流白人关于自然/文化的文化种族主义预设。总的来看，该著与主流自然书写传统及生态批评开展了富有成效的对话，借此充分揭示了美国黑人文学对美国环境想象的重要贡献。

2006 年，戴安娜·D. 格莱夫和马克·斯托尔共同主编出版了《热爱风雨：非裔美国人与环境历史》，该著生动形象地分析了美国历史上黑人与环境之间的关系，重点探讨了三个主题：乡村环境、城市和郊区环境及环境公正主题。论文探究深入，所涉题材广泛，包括黑奴的打猎、垂钓、南方乡村妇女的花园以及宗教与环境行动主义之间的关系等。该著通过多角度分析表明，尽管黑人长期遭受非人的奴役和种族暴力，但他们在抵抗种族暴力的过程中也创生了对大地的尊重，并与土地建立起了深厚的情感，这份沉重的生态遗产也成了他们追求环境公正和社会公正的动力，他们的环境经验可作为其他有色族群争取社会公正的一面镜子。

2007 年，黑人生态批评学者金伯利·K. 史密斯的专著《非裔美国人环境思想基础》的问世，在生态批界引起了不小的轰动。史密斯跨越学科界限，通过对多位文学、环境研究、种族研究、人类学等学科领域经典作家或其著作的深入考究,发掘了从废奴主义时期到哈勒姆文艺复兴时期一个丰饶的黑人环境文化传统,敞亮了一个被误解或被歪曲的真相——美国黑人绝非对环境问题漠不关心。她通过对黑人作家弗雷德里克·道格拉斯(Frederick Douglass,1818—1895)、黑人民权领袖、文化学者 W. E. B. 杜波依斯(W. E. B. DuBois,1868—1963)及黑人文化学者、教育家阿兰·洛克(Alain Locke,1885—1954)等黑人经典人物著作的认真解读,充分揭示了奴隶制和种族压迫深刻影响着黑人与环境之间的关系。通过多角度分析,她还进一步指出,在人与自然的关系中"自由"至关重要。对黑人自由的否定不仅扭曲了他们与自然的关系,而且还影响他们对土地的责任并疏离他们与土地的关系。此外,在该著中,史密斯还多维度考察了城市生态的内涵,颇具启发性。简言之,借助史密斯的这些洞见,我们可更好地理解世界,重构和再想象黑人与自然之间的关系,赋予自然或环境新的内涵,匡正黑人与自然之间的关系,从而为环境主义注入新的动力。由此可见,该著奉献给生态批评界一份丰赡、新颖的思想资源。

2008 年,生态批评学者保罗·奥特卡出版了专著《从超验主义到哈勒姆文艺复兴的种族与自然》,该著荣获 2009 年"文学与环境研究学会"最佳生态批评著作奖。在该著中,奥特卡认真检视了在种族研究和生态批评领域中一个被学界忽视却又是至关重要的问题:环境种族主义。他分析指出,从美国内战前到 20 世纪前期,美国自然经验就一直被种族化并因此撕裂美国。他运用崇高和创伤理论解析了美国环境主义史中一直存在的种族分野,时至今日,这种分野依然将环境运动大致拆分为白色荒野保护群体和少数族裔环境公正运动。该著能唤醒我们关注美国历史和意识形态中种族与自然之间存在的复杂纠葛,对此纠葛的深刻理解有助于变革生态批评学术,甚至美国环境思维。奥特卡还分析指出,白人与自然间的关系深深地扎根于浪漫主义崇高之中,与此同时,美国黑人与自然间的关系却深深地扎根于奴隶制及其遗产的种族创伤之中,广大学者们和环境主义者们只有深刻认识到黑、白与自然间的关系及其缘起之间存在深刻的分歧,方有可能接受美国风景蕴含的复杂内涵,以建构更具包容性并具环境公正取向的新型环境主义。

2009 年,黑人生态批评学者伊恩·弗雷德里克·芬塞思出版了《多彩之绿:在美国奴隶制文学中的自然幻景》,该著确立了不同种族自然观与种族政治及奴隶制度间的联系,充分表明了美国文化核心处所存在的种族性与环境问题之间的纠葛。芬塞思通过对爱默生(Ralph Waldo Emerson,1803—1882)、斯托(Harriet Beecher

Stowe,1811—1896)及道格拉斯等作家的作品和一些有名的绘画作品的分析指出，在美国内战前的近百年间，"自然"成了界定种族身份和种族关系的重要文化力量，也成了促进或限制废奴主义哲学发展的意识形态力量。有鉴于此，我们在理解种族范畴时，必须考量自然，反之亦然。

2009 年，黑人女性学者卡米尔·T. 邓吉(Camille T. Dungy)主编出版了第一部黑人自然诗歌集《黑色自然：四个世纪的黑人自然诗歌》(Black Nature：Four Centuries of African American Nature Poetry)一著，她精选了 93 位黑人诗人的 180 首自然诗。诗人们书写自然的语境涵盖奴隶制时期、重建时期、哈勒姆文艺复兴时期直到 21 世纪初，他们为理解美国社会和文学史提供了多种独特的视角，拓展我们理解自然诗和黑人诗学的视野，从而极大地突破了主流白人文学关于自然诗的概念，充分揭示黑色也是绿色的理念。

2010 年，黑人生态批评学者金伯利·N. 拉芬(Kimberly N. Ruffin)出版了《大地上的黑人：非裔美国人生态文学传统》(Black on Earth：African American Ecoliterary Traditions)一著。作者根据美国黑人环境经验中"生态负担与生态美丽并存的悖论"理念梳理和构建了非裔美国人生态文学传统，这种生态负担与生态美丽并存的悖论是由他们在美洲大陆遭受的种族主义歧视和奴隶制痛苦遭遇所铸就的，这种悖论也深刻影响他们对待环境的态度和与自然交往的方式。[①]

2011 年，美国女性生态批评学者阿妮莎·雅尼纳·沃迪出版了专著《水与非裔美国人的记忆：生态批评视角》。在该著中，沃迪通过对 20 世纪非裔美国作家理查德·莱特(Richard Wright，1908—1960)、托妮·莫里森(Toni Morrison，1931—　)等的小说、布鲁斯歌手马迪·沃特斯(Muddy Waters)和贝西·斯米特(Bessie Smit)的歌词及电影制片人卡西·莱蒙斯(Kasi Lemmons)的电影的深入分析，探讨了非裔美国文学中水意象、文化记忆及非裔美国人历史经验之间的交融，揭示了水意象与非裔美国人命运、身份之间的紧密关联，水对他们的生存或促进或毁灭，水记载了他们沧桑的历史。作者通过对非裔艺术家作品的分析，充分明证了水绝非仅仅是物理意义上的流动物质，水意象还承载着丰富的精神、生态文化内涵，从某种角度看，水或河流记载着非洲裔美国人的历史。

2014 年，非裔美国环境科学学者卡罗琳·芬尼出版了专著《黑面孔，白空间：

① Kimberly N. Ruffin. *Black on Earth*：*African American Ecoliterary Traditions*. Athens：University of Georgia Press, 2010, pp. 2—3.

对非裔美国人与环境之间关系的再想象》。在该著中,芬尼深入探究了非裔美国人
在涉及自然之兴趣、户外休闲及环境主义等领域中再现不足的文化机制。芬尼超
越环境公正话语之范围,跨越环境历史、种族研究、文化研究、文学、电影、通俗文化
及地理学等学科界限,检视了白人和黑人理解、商品化及再现环境的机制,并得出
结论:奴隶制遗产、吉姆·克劳法(Jim Crow)及种族暴力等已决定了文化理解环境
的方式并决定了谁应该或能进入自然空间。由此看来,非裔在自然中的再现议题
也是种族意识形态斗争的关键场域。

(2)印第安生态批评发展简况

1992 年,印第安学者艾伦再版了个人文集《神环:重拾美国印第安传统中的女
性特征》①。该著中多篇论文,像《神环:当代视野》《西尔科〈仪式〉中的女性风景》
及《西部被占领的真相》等联系近现代以来印第安民族的历史遭遇,透过印第安文
化视野,探讨了印第安文学与环境之间的关系,凸显印第安文学所蕴含的神秘主义
色彩的独特生态智慧,严厉谴责了西方殖民者针对印第安民族的环境殖民主义和
文化殖民主义行径,以充分肯定部落价值观、部落思想、部落理解及部落神圣宇宙
观在应对当代环境问题中的价值和意义,总体上看,该著可被看成是印第安生态批
评的早期论著。

1993 年,罗伯特·M.纳尔逊出版了专著《地方与境界:美国土著小说中风景
的功能》。该著较为深入地探讨了印第安作家莱斯利·马蒙·西尔科、N. 斯科
特·莫马戴及詹姆斯·韦尔奇作品中风景地貌的生态文化内涵,阐明了印第安文
化的生态整体主义思想,该著被看成是印第安生态批评的开山之作,然而,它的问
世却颇受主流生态批评界的冷落。

1993 年,美国人类学教授谢泼德·克雷西三世出版了专著《生态印第安人:神
话与历史》。在该著中,克雷西梳理了“生态印第安人”的缘起、内涵及演变,并对历
史长河中印第安人的实际生存状况及他们与非人类自然之间的关系进行人类学意
义上的还原后指出,“生态印第安人”一说并不完全符合历史事实,多半是介于“神
话与历史”之间的人为建构,其间掺杂大量虚构的成分,是欧美人之需求、欲望的投
射与印第安人参与、合谋的结果。该著的问世在学界引发了广泛的反响与争论,这

---

① 该著曾于 1986 出版,1992 年经修订和扩充后再版。

些争论的结果或成果汇集在《土著美国人与环境：多维视野下的生态印第安人》①
一著中。

2001年，美国生态批评学者乔尼·亚当森出版了专著《美国印第安文学、环境
公正和生态批评：中间地带》，该著被学界认为是最具代表性的美国印第安生态批
评著作。亚当森在该著中提出了建构多元文化生态批评的构想，并站在环境公正
的立场，透过印第安文化视野，与主流白人环境文学生态开展了广泛深入的对话，
并指出其盲点，从而凸显了印第安文学、文化所蕴含的更深、更实的神圣生态智慧。

2002年，唐奈·N. 德里斯的专著《生态批评：在环境文学和美国印第安文学
中的自我与地方的建构》问世。该著通过对当代印第安小说家、散文家琳达·霍根
（Linda Hogan，1947—　）、印第安诗人乔伊·哈约（Joy Harjo，1951—　）、西蒙·
奥尔蒂斯（Simon Ortiz，1941—　）及其他多位作家作品的分析，阐发了印第安文学
与环境之间的关系，探讨了印第安文学中的地方意识内涵、神秘的再土地化等议
题，重构了西方主流文化中的蛇、蝙蝠等动物形象，凸显印第安文化与西方主流文
化之间本质差异，谴责主流社会针对印第安民族等少数族群的环境种族主义行径。

2008年，美国生态学者林赛·克莱尔·史密斯出版了专著《印第安人、环境及
美国文学的边界身份：从福克纳、莫里森到沃克和西尔科》，探讨了美国文学中身份
的混杂性和跨文化互动。史密斯认为，假如我们不局限于黑/白、白人/印第安人及
东方/西方等二元建构，认识到"黑、白及红之间的互动与交流"，我们就能"更生动、
更全面地理解美国文学中的种族问题"。此外，我们应该将文学中的多种族接触置
于自然及文化地理中加以阐释。史密斯通过对詹姆斯·费尼莫尔·库珀（James
Fenimore Cooper）、威廉·福克纳（William Faulkner）、莫里森、艾丽斯·沃克
（Alice Walker）及莱斯利·马蒙·西尔科五位作家小说的分析研究，"揭示了跨种
族接触与环境之间的联系，回应了有关种族、文化、民族身份及生态的当代理论观
点"，确立了种族研究与生态学理论之间的密切关系。该著中，史密斯特别凸显了
印第安人在美国文学中的作用，他们"不仅是生态智慧的象征，更为重要的是，他们
还是深刻影响美国身份中文化交流的参与者"。史密斯还重申，印第安人不是一般

---

① Michael E. Harkin and David Rich Lewis，eds. *Native Americans and the Environment：Perspectives on the Ecological Indian*. London：University of Nebraska Press，2007.

意义上的自然或正在消失的风景的替代物。① 史密斯的以上观点强化了生态批评理论中种族性与环境之间关系的维度,深化、拓展了生态批评的领域。

同年,李·施文尼格尔出版了《倾听土地:美国土著文学对风景的回应》一著,探讨了八位美国土著作家的作品中所表达的独特的美洲土著环境伦理,质疑美国主流话语将美国土著刻画为自然生态学家或大地母亲崇拜者的浪漫做法。通过对这些作家所构建的环境伦理分析,施文尼格尔还认为,他们实现了两个相互关联的目标:(一)他们都深化或拆解了作为自然环境主义者的美国土著人的浪漫典型形象;(二)他们都坚持美国土著对自然环境的理解与欧美人,或更广泛的意义上来说,工业社会对自然的理解之间存在根本的区别。施文尼格尔的论点令人折服,在某些方面还纠正了生态批评学术中所存在的对美国土著人的一些错误刻画与偏见。

2015 年,美国历史学教授菲尼斯·达纳韦出版了专著《看绿色:美国环境形象的运用与滥用》。该著辟专章对主流社会中"哭泣的印第安人形象"的缘起、内涵、演变及其背后运作的意识形态力量给予了较为全面深入的批判与解构。达纳韦分析指出,这种静态、伤感的模式化印第安人形象的构建一方面将印第安人锁定在遥远过去,从而剥夺他们的发展权和生存权;另一方面,它淡化甚至忽视环境问题的体制根源,将其转嫁到个体层面,从而将严重的环境问题琐碎化、庸俗化、简单化。为此,作者疾呼还原现实生活中真实的印第安人形象,正视广泛存在的针对印第安族群等有色族人民的环境种族主义行径,因而该著不仅具有理论价值,也颇具现实意义。

(3)奇卡诺生态批评的发展简况

2006 年,墨西哥裔生态批评学者普利西拉·索利斯·伊巴拉的博士论文《阿兹特兰的瓦尔登湖:1848 年以来的美国奇卡诺环境文学史》问世。该著是首部西语裔生态批评的著作,其旨在构建融合生态关切、社会公正及族裔身份于一体的奇卡诺环境文学史。

2013 年,生态批评学者艾梅尔达·马丹·戎凯拉编辑出版了《奇卡诺文学中的风景书写》,该著收录了 18 位来自欧洲、拉丁美洲及美国的学者研究墨西哥裔文学与环境之间关系的论文,视野宽广,内容丰富。论文多层面、多角度揭示了墨西

---

① Lindsey Claire Smith. *Indians, Environment, and Identity on the Borders of American Literature: From Faulkner and Morrison to Walker and Silko*. New York: Palgrave Macmillan, 2008, pp. 1—2.

哥裔美国文学、环境、身份之间的关联。该著所涉及的"环境"既指物理的、意识形态的环境,也指象征的、精神的环境,"环境"不仅包括新墨西哥州的乡村田园风光、得克萨斯州和亚利桑那州干燥的沙漠,还包括西班牙语居民的城市贫民窟,所研究的文本既包括长篇小说、短篇小说,也包括戏剧、诗歌、电影及纪录片,该著搭建了奇卡诺研究与生态批评研究之间沟通交流的桥梁,探讨了奇卡诺人所遭受的歧视与对土地的压榨之间及女性,尤其女同性恋与土地之间的复杂纠葛,揭示了奇卡诺文学的空间不是一个独立的存在,而是存在于"墨西哥文学与美国文学的空间之间,不是一个连接二者的地方,而是存在于它们的夹缝之间,不仅存在于边界,还存在于孤独和生存斗争的地方"。由于论文作者们深刻意识到奇卡诺文学所处的特殊"位置",所以他们都试图探寻奇卡诺人之身体和精神与土地共同解放的特殊文化路径。①

同年,墨西哥裔学者罗萨里奥·诺拉斯科·贝尔出版了其博士论文《安娜·卡斯蒂略的〈上帝如此遥远〉和埃尔马扎·阿宾娜黛的〈鲁伊姆家的孩子们〉中的自然与环境》。该著比较研究了当代奇卡诺女作家卡斯蒂略的小说《上帝如此遥远》与阿拉伯裔女作家阿宾娜黛的《鲁伊姆家的孩子们》,尽管两部作品文类有异,前者是小说,后者是回忆录,但贝尔探讨了它们所涉及的类似或相同的环境议题,揭示了它们所反映的人物精神与环境之间、动物再现和人物—动物之间、风景再现与风景—文化之间以及性别化对待环境与性别化习得的知识之间的联系等,尤其凸显了奇卡诺文学所蕴含的万物相互联系和众生平等的生态精神。②

2016年,伊巴拉又出版了其专著《书写美好生活:墨西哥裔美国文学与环境》,深度探究了从1848年墨西哥战争至2010年出版的墨西哥裔文学与环境之间的关系,梳理了文学书写美好生活的历史,可谓是墨西哥裔生态批评的又一部力作。

(4)少数族裔生态批评综合类著作介绍

1999年,迈克尔·贝内特(Michael Bennet)与戴维·W. 蒂格(David W. Teague)合作主编出版了城市生态批评文集《城市自然:生态批评与城市环境》(*The Nature of Cities: Ecocriticism and Urban Environments*),并辟专章《城市

---

① Imelda Martín-Junquera. "Introduction." In *Landscapes of Writing in Chicano Literature*. Ed. Imelda Martín-Junquera. New York: Palgrave Macmillan, 2013, pp. 4—7.

② Rosario Nolasco-Bell. *Nature and the Environment in Ana Castillo's So Far From God and Elmaz Abinader's Children of the Roojme*. Ann Arbor: ProQuest LLC, 2013, pp. 5, 21.

荒野》("Urban Wilderness")着重探讨种族、电影、文学、社会公共政策与环境公正运动之间的关系。论文作者们站在环境公正立场，引入种族维度，考察了荒野隐喻的内涵，同时也指出，城市荒野的建构是白人用来为他们丑化城市空间以及妖魔化、压制和剥削内城区居民而辩护的幌子，城市荒野化也将内城区少数族裔居民贬低为野人，然后再借助所谓的文明工具对他们施加暴行。由此看来，环境种族主义也深潜于城市自然之中，城市也因此成为少数族裔生态批评研究的重心。该著也成了探讨城市文学中美国少数族裔与环境之间关系的重要生态批评著作。

2000 年，默菲出版了《自然取向的文学研究之广阔天地》一著，力荐生态批评走跨文化甚至跨文明之路，并致力于构建多元文化生态批评理论，践行多元文化生态学术探讨。在该著中，他不仅将研究笔触延伸到多位当代美国少数族裔作家，像印第安女作家琳达·霍根、奇卡诺女诗人帕特·莫拉（Pat Mora），而且还延伸到南非女作家贝西·黑德（Bessie Head），甚至日本作家石牟利道子（Ishimure Michiko）等其他国家和地区的作家。① 可以这样说，《自然取向的文学研究之广阔天地》就是一部多元文化生态批评著作。在该著中，默菲不仅强调因文化和环境经验的差异而产生的人们在自然观上的差异，以及由此而产生的不同文化或族群在应对环境问题时所提出的现实和文化路径的差异，而且还指出了跨文化、跨文明生态合作的可能路径。

2002 年，戴明（Alison H. Deming）和萨瓦（Lauret E. Savoy）两位学者合作编辑出版的《多彩的自然：文化、身份及自然世界》(*The Colors of Nature：Culture, Identity, and the Natural World*)一著是一部重要的少数族裔生态批评文集，共由 19 篇文章组成，是一本跨学科、跨文化、跨文类、跨职业的著作，旨在从多种族的视角探讨人类环境经验的多样性。论文作者都来自美国少数族群，分别属于非洲裔、阿拉伯裔、亚裔、拉美裔、美国土著人及混血人种后裔等，他们中有小说家、诗人、散文家、科学家、文化批评家、教师以及政策制定者，该文集的一个最明显的特征是多文化、多种族视野，质疑白人主流文化，让多元文化的声音聚焦"生态"，对话、交流、碰撞，凸显解决生态问题的多元文化路径之可能性与必然性。更重要的是，该著搭建了最为广泛的生态联盟之平台，为生态学术注入新的动力。

同年，亚当森、梅伊·梅伊·埃文斯（Mei Mei Evans）及蕾切尔·斯坦（Rachel

---

① Patrick D. Murphy. *Farther Afield in the Study of Nature-Oriented Literature*. Charlottesville: University Press of Virginia, 2000, pp. 182—184, 132—145, 119—22, 146—158.

Stein)共同主编出版了《环境公正读本:政治、诗学及教育》。该著采取灵活的叙事学术策略将种族、文化及环境公正等范畴编织在一起,揭示了围绕"环境"的诸多议题之间的复杂纠葛,该著也因此确立了环境公正生态批评的基本范式,与第一波生态批评的里程碑式作品《生态批评读本》一样重要。该著被公认为最具代表性的环境公正生态批评作品,后者确立了环境公正批评的基本理论框架和基本批评范式,它倡导环境诗学与环境政治及环境教育的结合,在环境危机这样一个复杂、严峻、庞大的问题面前,既需要学理上的探究,更需要现实的考量,否则,我们的一切理论都只是乌托邦式的空谈。该著立足本土,着眼全球,从社会、经济、政治及文化等多维度探讨了环境公正,尤其关注种族、性别、阶级不平等之间的纠葛,并对草根运动的新案例进行审视,也对环境公正运动艺术进行了文化分析,对多位少数族裔作家进行了生态分析,该著最后一部分也给希望将这些议题纳入课堂教学的老师提供了范文。

该著体现了少数族裔生态批评的几个显著特征:(1)种族视野是该著的一个最大特征。环境公正运动锁定"环境种族主义"广泛存在于主流社会的环境运动中,因此生态批评学者必须透过种族的视野审视环境退化与种族之间的关系,探寻全面解决环境公正问题的可行性文化、政治、教育甚至艺术等策略及其合作的可能性。(2)文本的多样化特征。也就是说,该著所阐释的文本大大突破了第一波生态批评专注于自然书写文本的局限,几乎不受文本类型的制约,除了包括研讨少数族裔小说家、散文家、戏剧家及诗人等撰写的直接涉及有色族人民和政治、经济上处于弱势的社群所遭遇的环境侵害的作品以外,还包括大量的非传统义学形式及文化产品,诸如环境公正运动人士的证言、口头历史、宣言、街头戏,甚至草根组织的广告画、雕塑、壁画、录像、电影、广播节目、田野考察小册子及社区的传单等。(3)跨越性特征。这种"跨越"不仅指跨学科研究,还包括突破大学教育、社会各阶层、各社团之间的边界,贯通了学术研究与环境公正运动,甚至可以说,环境公正生态批评破除了"阳春白雪"与"下里巴人"之间的人为界限,真正透过生态学视野考察社会与环境问题。(4)多声部对话的特征。环境公正人士的证言、采访、政治评论、课堂报告、文学比较等都强调政治解决环境不公问题的对话特征,凸显社会各阶层、各行业,甚至各种族、各个国家走在一起共同解决环境不公问题的合作潜力。

2004年,蕾切尔·斯坦出版了一部重要的环境公正生态批评论著《环境公正新视野:社会性别、生理性别及行动主义》(*New Perspectives on Environmental*

Justice：Gender，Sexuality，and Activism），该文集共收录论文 16 篇，种族/族裔、阶级和性别视野成了该著的基本观察点，其研究范围包括癌症研究、环境基因工程等议题，这些论文着重探讨了美国历史、文学及通俗文化中有色族妇女对环境公正行动主义的贡献，承认女性，尤其是有色族女性在环境公正运动中所扮演的中坚作用，也探究了当代美国黑人女作家奥克塔维亚·巴特勒（Octavia Butler，1947—2006）小说中有色族妇女的身体主体性遭否定、身体被殖民、被资源化、被商品化的可怕境遇，揭露了环境危机时代主流社会运用现代生物技术对少数族裔人民，尤其是黑人妇女身体的操控与剥削，谴责广泛存在的针对少数族裔群体的基因买卖和器官盗窃等罪恶行径。该文集不仅倡导建构基于种族取向的生态女性主义理论，甚至倡导建构酷儿生态女性主义理论，反对一切形式的性别压迫。

2005 年，生态批评学者杰弗里·迈尔斯（Jeffrey Myers）出版了多元文化生态批评专著《故事会：种族、生态学及美国文学中的环境公正》（*Converging Stories：Race，Ecology，and Environmental Justice in American Literature*）。在该著中，迈尔斯站在环境公正的立场，透过多元文化视野精辟地分析了种族主义与环境危机之间的内在关联，并指出种族霸权与生态霸权以及对这两种霸权的抗拒一直就深潜于美国文学，尤其是美国少数族裔文学之中。作者将梭罗、爱默生（Ralph Waldo Emerson，1803—1882）、托马斯·杰斐逊（Thomas Jefferson，1743—1826）、约翰·缪尔（John Muir，1838—1914）、黑人作家切斯纳特（Charles W. Chesnutt）和哈里斯（Eddy L. Harris）及印第安作家齐塔卡拉莎（Zitkala-Sa）等七位美国文学、文化中的重要人物及其代表作品置于种族研究与环境公正研究的语境中进行考察，重审美国文学生态。通过重审，作者认为，梭罗是一个彻底的生态中心主义者，既反种族霸权，也反物种霸权，因而梭罗可作为环境公正生态批评的典范，而托马斯·杰斐逊是个温和的种族霸权与自然歧视的代表，因此不能作为生态主义者效仿的榜样。爱默生是个不彻底的生态主义者。此外，迈尔斯还让这些多元文化作家与缪尔等开展对话，揭示了缪尔思想中的反种族、反生态本质，凸显了少数族裔文化中的环境公正诉求和生态精神。该作算得上一部里程碑式的生态批评作品，因为它开启了少数族裔生态批评对 20 世纪前美国主流文学进行生态研究的新领域。

2010 年，美国生态批评重要开拓者之一斯洛维克在其《生态批评第三波：北美对该学科现阶段的思考》（"The Third Wave of Ecocriticism：North American

Reflections on the Current Phase of the Discipline")①一文中提出了生态批评第三波或第三阶段的理论,并对其主要特征进行了界定,这是他对生态批评理论建构的另一个主要贡献。该文是亚当森和斯洛维克二人于 2009 年为《多种族美国文学》(MELUS: Multiethnic Literature of the United States)杂志的生态批评特辑《种族性与生态批评》(Ethnicity and Ecocriticism)②共同撰写的导言《我们站在别人的肩上:种族性与生态批评导言》("The Shoulders We Stand on: An Introduction to Ethnicity and Ecocriticism")的进一步发展,该特辑由亚当森与斯洛维克担当客座编辑,他们在导言中这样写道:

> 该特辑基于这样的前提:长期以来在美国及世界其他地区,多元化的声音有助于人们理解人与星球的关系。当然,像其他写作类型一样,文学对环境经验的表达也是多种多样的。然而,直到最近,生态批评界相对来说就不是多样化的,也许是受限于过分狭隘地将"白种人"与"非白种人"看成主要的种族性范畴建构,因此,该特辑将探讨似乎可称为新的第三波生态批评,它将承认种族与民族特征,然而也超越种族与民族的边界。第三波生态批评将从环境的视角探讨人类经验的所有方面。③

在该导言中,亚当森和斯洛维克已提及第三波生态批评,并特别强调新一波生态批评研究的多种族性与跨种族性问题,还列举了一些多种族生态批评的重要研究成果。

2015 年,生态批评学者安蒙斯(Elizabeth Ammons)与罗伊(Modhumita Roy)合作编辑出版了一部迄今为止最具国际视野的生态批评读本《共享地球:国际环境公正读本》(Sharing the Earth: An International Environmental Justice Reader),该文集视野宽,时空跨度大,收录的论文已不受文化和文明限制,当然也包括美国多个少数族裔作家或批评家的生态论著,中国文化经典《老子》的第 29 章全文及中国作家、诺贝尔文学奖获得者莫言的短篇小说也收录其中,对《环境公正

---

① Scott Slovic. "The Third Wave of Ecocriticism: North American Reflections on the Current Phase of the Discipline." In *New Ecocritical Perspectives: European and Transnational Ecocriticism*. Vol 1, No 1 (2010).

② Joni Adamson and Scott Slovic. "The Shoulders We Stand on: An Introduction to Ethnicity and Ecocriticism." In *MELUS: Multiethnic Literature of the United States*, Volume 34. 2 (Summer 2009), pp. 5—24.

③ Ibid. , pp. 6—7.

读本：政治、诗学及教育》也有诸多超越之处，真正算得上多文化、多文明在生态议题上的对话与共鸣。

2015年，美国生态批评界强势推出首部探讨亚裔美国文学与环境之间关系的学术文集《亚裔美国文学与环境》，反映了美国少数族裔生态批评图景的新气象，昭明了生态批评文类和环境主义形式的多样性，超越了欧美主导的西方生态批评重心。论文以环境公正、后殖民、批判的种族、反记忆及生态女性主义理论框架为基础，研讨亚裔从历史的、社会的、心理学的、经济的、哲学的及美学的角度对环境问题所给予的独特回应，广涉劳工、种族主义、移民、全球资本主义、污染、迁徙、战争、暴力及宗教等议题，对旧金山华裔唐人街、二战期间的日裔美国集中营、1976—1979年间柬埔寨波尔布特统治时期的农业改革等题材都有独特的阐释，是跨越太平洋文类的交融，跨文明的生态对话，批评笔触纵横捭阖，题材广泛，思想深邃，令人深思。① 用生态批评学者保罗·奥特卡的话说，"该著更关注社会生态、批判种族环境主义及环境公正，而不是对非人类自然做出明确的评判"。准确地说，从历史的角度来看，"亚裔美国人的经验更多的是一种环境退化的经验，而不是白人再现自然时所富有的那种令人欢欣鼓舞的崇高体验"。② 亚裔美国人独特的经验和传统东方环境思想的强势介入冲击了美国主流环境主义，也打破了生态批评界亚裔美国环境史的沉默，有助于消除美国批评研究中业已存在的或隐或显的东方主义和民族主义惯性思维，从而为开启扎实可行的跨民族、跨文化环境对话、搭建切实可行的环境行动主义文化平台创造了可能的文化条件。具体来说，该著主要由三个部分组成，即环境与劳动、环境与暴力及环境与哲学，所探究的都是人与自然交汇的中间地带，远超第一波以荒野或纯自然为书写重心的自然书写文类研究范式。由于亚裔文学中东方文学遗产的渗透，使得该著不仅具有跨太平洋文类的特征，而且更具跨文化甚至跨文明特色，诸如战争回忆录、诗歌及小说都纳入考察范围，从而超越了美国研究仅限于美国范围内议题的观念。

该著的另一个显著特征是运用慢性暴力理论阐释亚裔美国文学中对立环境意象并置的悖论，揭露体制环境种族主义给亚裔少数族裔人民带来"慢性的与结构性的暴力"。"慢性暴力"是美国生态批评学者罗布·尼克松（Rob Nixon）所提出的环

---

① Lorna Fitzsimmons，Youngsuk Chae and Bella Adams，eds. *Asian American Literature and the Environment*. New York：Routledge，2015，pp. xiv－xv.

② Ibid.，p. xx.

境学术概念,在他看来,这种暴力是"逐渐发生的、熟视无睹的暴力,散布于广阔时空之中的、延缓破坏的暴力,一种司空见惯的、不被看成暴力的不可控暴力"①。也就是说,面对这种环境危害,人们早已麻木不仁,不知不觉中都接受了这种暴力折磨,因而没有人去抵抗,也没有人去探寻解决此种暴力的策略,故这种暴力更隐蔽、更阴险、更可怕,从某种角度看,更具毁灭性,它让受害人将在似睡梦般的状态中死去。

该著从探讨广岛出发,还回溯了种植园、铁路、农业企业及矿产业如何得以成为可能的原因,准确地说,是运用生物政治对生死的操控,通过剥削种族化的亚裔劳动得以实现的。简言之,该著"不仅探究了政治环境如何围绕亚裔而建构,而且还探究了亚裔如何构建了他们的环境以及在环境变化中如何扮演关键角色"②。由此可见,该著对亚裔生态批评的发展起了极大促进作用,除它以外,还有一些亚裔生态批评的文章散见于其他著作或期刊之中。

关于美国少数族裔生态批评的相关研究成果,除了以上所介绍的以外,还有不少研究成果,诸如学术论文、少数族裔生态文学经典的介绍、少数族裔生态文学作品的发掘、整理等,散见于《文学与环境的跨学科研究》中或别的生态批评文集或有关的文艺批评期刊中。

三 美国少数族裔生态批评的方法论:绿色化的比较文学视野

由于国际环境公正运动的强烈推动和日益恶化的全球环境形势的催逼,发轫于美国的文学批评新范式——生态批评,迅速发展成为国际性多元文化运动,跨学科性是基本特征,跨文化甚至跨文明是其正在凸显的重要特征,也是生态批评发展的必然要求,因为跨文化、跨文明不仅为生态批评开辟了广阔的学术空间,极大地深化、丰富了有关环境议题的讨论,而且还有助于构建多元、包容、开放的生态话语体系,为环境危机的解决发掘、开辟新的文化路径,进而为形成更为广泛的环境联盟找到新的契合点和动力源。由于生态批评是跨学科、跨文化甚至跨文明的文学、文化研究,这三个"跨"也是比较文学的基本特征。③ 由此可见,生态批评与比较文学之间存在重要契合,在以"环境"或"自然"为共同关注中心的前提下可结成学术

---

① Rob Nixon. *Slow Violence and the Environmentalism of the Poor*. Cambridge:Harvard University Press,2011,p. 2.

② Lorna Fitzsimmons,Youngsuk Chae and Bella Adams,eds. *Asian American Literature and the Environment*. New York:Routledge,2015,p. 212.

③ 曹顺庆主编:《比较文学教程》(第二版),北京:高等教育出版社,2010年,第30—31页。

联盟,为地方乃至全球环境问题的解决提供学术资源,比较文学研究也在环境/自然转向中走向了绿化,甚至开辟比较文学的绿色维度,进而为构建全球共享的生态文化学术话语空间、搭建跨文化、跨文明生态对话的桥梁及推动跨文化、跨文明生态学术沟通与交流作出应有的贡献。

更为重要的是,比较文学的跨文化、跨文明研究中关于"求同"与"求异"的理念及方法论可为生态批评提供有益的指导,比较文学视野的参与一方面有助于帮助西方生态学者克服在阐释非西方文学经典所采取的或隐或显的生态东方主义思维惯性,另一方面还能增强非西方生态学者的文化自信,把握各自文学经典生态阐释的主动权。在此,仅以印第安学者保拉·冈恩·艾伦和帕特里克·D.默菲对生态批评跨文化中文化模子问题的讨论给予简要分析,以明证绿化的比较文学视野对美国少数族裔生态批评研究的重要意义。

艾伦在《神环:当代视野》一文中特别提醒西方学者在绿色阅读非西方文学文本时,一定要联系该文学所在的文化语境及其相关的预设,不要将它从中剥离出去,否则,不可避免地会曲解该文本的原意。为了说明这个问题,艾伦就从生态批评的视角简要地将印第安文化传统与西方文化传统以及它们有关宇宙的预设加以比较,并得出结论:只有从印第安文化自己的视角解读印第安文学,才能充分理解印第安文学所蕴藏的丰富的生态学意义,也只有基于他们的视点,才能充分理解印第安民族生活的丰富性、复杂性及其真实内涵,也只有以这种方式才能从美洲大陆的过去历史中吸取教训,领悟尊重万物的真谛。比如,印第安文学中的生态整体主义、生态平等主义以及多元共生等理念不仅与西方主流文化传统中的机械论、二元论、还原论和人类中心主义思想截然对立,而且还与深层生态学的思想有不少契合或相似之处。尽管如此,印第安神圣统一的宇宙观和神秘的土地本位的自然观的浸润,让印第安生态思想充满神圣、神秘的色彩,又将印第安生态智慧与深层生态学区分开来。由此可见,如果不了解印第安文化传统及其有关文学的预设,就很难正确地理解印第安文学的生态内涵,甚至会歪曲其生态意义。由此可见,生态学者绝不能简单地从西方文化的视角来解读印第安文学,否则,就犯了批评的帝国主义的错误。①

---

① Paula Gunn Allen. "The Sacred Hoop: A Contemporary Perspective." In *The Ecocriticism Reader: Landmarks in Literary Ecology*. Ed. Cheryll Glotfelty and Harold Fromm. Athens: University of Georgia Press, 1996, pp. 241–263.

艾伦所说的印第安文化视野实际上就是跨文化比较文学研究中的文化模子，由于西方文化与印第安文化的文化模子不同，它们是互为异质的文化，因而它们之间既有契合或重合之处，更有错位或不重叠之处，所以在对印第安文化进行生态批评阐释时，就不能生搬硬套主流白人生态批评的理论或方法，更不能把表面的生态相似，往往只是部分的相似，看作印第安抑或其他文化的生态整体，或用西方的取代非西方的。也就是说，在生态阐释美国各少数族裔文学时，各少数族裔的文化立场是基本的观察点。①

实际上，关于生态批评研究的文化模子问题，默菲有更为清醒的认识，并于1998 年就提出了"三个位置"生态理论，以提醒主流白人生态批评学者在阐释非西方文学时要提防"批评的帝国主义"②冲动。该理论中的"三个位置"指的是"作品来源的地理位置（geographical location）、作品的社会历史位置（historical location）、读者或批评家自己的位置（personal location）或自我意识"③。2000 年，默菲又在《自然取向的文学研究之广阔天地》中进一步丰富了该理论。默菲提出"三个位置"的根本目的在于敦促生态批评学者在从事多元文化或跨文化生态批评研究时，要有意识地摆脱自然书写惯性思维的束缚，自觉认识到表现自然文学的丰富多样性，超越文化霸权主义，远离文化殖民主义，拒斥生态东方主义。

默菲不愿让生态批评蜕变成"欧美人"的或"白人"的批评，甚至是"白人男人"的批评，更不愿让生态批评成为绿色的东方主义。他坦言："受美国教育的生态批评学者或浪漫主义者，是难以让他的批评小舟在国际批评的水域航行的"④。为此，生态批评学者必须从后殖民理论学者、批评家、比较文学家以及从事国际研究领域的学者中获得帮助。同时，生态批评学者必须虚怀若谷，随时乐意纠正自己的偏见、误解、疏忽等。在他看来，生态批评的跨文化比较分析应该突破传统比较文化分析中的"中心—边缘"的取向，这种批评方式是基于西方中心主义观念，是将一个传统、标准或民族文学的风格作为比较其他文学的基础。生态批评应该坚持生态学中的多元性和相互依存的观念，尊重差异性，崇尚多元性，主张平等对话与沟

---

① 关于比较文学中"文化模子"和文化的"异质性"问题的相关理论，参见曹顺庆主编：《比较文学教程》（第二版），北京：高等教育出版社，2010 年，第 230—239 页。

② Patrick D. Murphy. *Farther Afield in the Study of Nature-Oriented Literature*. Charlottesville：University Press of Virginia，2000，p. 63.

③ Ibid.，pp. 65—73.

④ Ibid.，p. 217.

通,反对垄断与霸权,在具体的批评实践活动中,应遵从"非二元的、多元主体建构策略,该策略鼓励倾听其他受压制的言说主体,在文学领域或在批评领域都该如此。无论这些主体来自人类社会领域,还是其他领域,也不管这些声音来自我们正在学习承认的世界上其他主体的声音,还是我们内在的自我"①。只有这样,才能使生态批评真正具有多元性、国际性。

默菲在他的生态批评学术实践活动中,不仅有意识地凸显美国多元文化作家,像印第安作家、奇卡诺作家及黑人作家等,重视女性作家,而且还从跨文化甚至跨文明的角度研究生态问题,让不同文化传统、不同历史背景的生态文学进行沟通、对话,让它们互识互证互补,以期实现生态多样性与文化多元性的互动。在建构生态多元文化性的过程中,他力图克服比较文学法国学派和美国学派所犯的西方中心主义和种族中心主义错误。

他特别提醒在美国文化范式主导下的学者,或在其他文化范式主导下并深受该文化影响的学者,因为我们太容易受我们"自己文化"的影响,往往混淆特殊性与普遍性,我们也往往将不同历史时期、不同文化特有的形式、态度、观点和概念与全球性的混为一谈,这种普世化、普及化的做法凸显了某些信息,同时也压制了其他的信息。

在此,笔者将对默菲的"三个位置"理论的内容做简要介绍。

首先,我们来看看默菲的"地理位置"。此"地理位置",不论是真实的还是象征的,主要谈的是地理位置对生态文学作品的重要影响。任何阅读或研究将环境作为背景、人物或题材的文学作品的人不可避免地要注意到作品位置的特性。由于作品所处地理位置的多样性,生态文学作品在风格、主题、文类等方面必然呈现多样性特征。当今的生态文集中绝大多数是西方的,或者更具体来说,是英美的,生态批评研究的文本主要也是西方的,但是,读者应该不断地提醒自己这些文集仅涉及几个民族文学的传统,甚至忽视了这些民族文学中大量有关生态的作品,尤其是土著民族作家和少数族裔作家。现有的生态文集不足以代表多元文学中描写自然和再现人与自然之间相互作用关系的多样性。简言之,默菲强调不同的地理环境,无论它是现实的还是隐喻的,会赋予文学作品不同的环境特征,对此,美国少数族裔生态批评学者应给予应有的重视。

其次,我们来看看默菲的"历史位置"。默菲提出"历史位置",是为了指出,不

---

① Patrick D. Murphy. *Farther Afield in the Study of Nature-Oriented Literature*. Charlottesville: University Press of Virginia,2000, p. 99.

同族群的文化传统、历史遭遇必然会对人与自然间的关系及其族群的环境经验产生深刻的影响并反映在其文学作品中。比如,要理解美国黑人文学中生态美丽与生态负担并存的悖论,就不能不认真考虑奴隶制和种族主义的历史及其遗产对黑人族群环境经验的影响。由此可见,认识"历史位置"有助于认识不同族群环境经验的差异性和丰富性,进而有助于推动不同文化间的相互理解,开展卓有成效的生态对话与交流。

最后,我们来看一下默菲的"自我位置"。它指的是某个具体的读者或批评家的自我意识,它是由个人特有的文化传统、环境经历甚至生理因素等确定的个人的综合质素。由此可见,默菲的"自我位置"与接受理论中的个人"期待视野"内涵近似,因为二者都强调接受主体在阐释作品意义过程中的积极作用,可不同的是,默菲提醒读者应该尽力避免"误读"生态文本。① 自我位置很大程度上确定了一个人对待自然的态度,也确定了他对不同类型的生态文本的态度和看法,但是,作为读者或批评家应该随时意识到自己的位置,不要以自己的立场格式化其他文化的生态文本,实行批评的帝国主义。

默菲对"三个位置"内涵的阐释旨在克服跨文化或多元文化生态研究的单一模式,认识到生态模式背后文化的多元性和社会历史背景的复杂性以及由此而产生的"生态内涵的丰富性、差异性、独特性",这与文化相对主义认可的多元文化的观点是一致的。当然,默菲也没有陷入文化极端主义或霸权主义,认识到生态文化建构过程中,不同文化之间具有互补、互识、互证和互利的潜力。正如乔伊·哈约所言:"变革就是怀着真正的同情心去理解另一文化的形态和条件而不是超越"②。默菲在他的生态学术活动中亲自践行他的生态民主化、平民化的主张,倡导生态多样化和文化多元化的互动共存。

根据以上分析可知,无论是艾伦强调不同族群文化的文化模子的异质性,还是默菲强调地理位置、历史位置孕育的生态文学的丰富多样性,实际上都敦促我们无论是从事美国少数族裔生态批评研究,还是跨文化、跨文明生态批评研究,都需要一种绿色比较文学视野,既要探寻不同族裔文学间的生态的相似性或契合性,更要凸显各少数族裔文学生态内涵的独特性,以实现不同文化间的生态异质的对比和互补,在对话、对比、互补中构建多文化共享的、众声喧哗的生态话语空间。

---

① 曹顺庆等:《比较文学论》,成都:四川教育出版社,2002 年,第 174 页。
② Patrick D. Murphy. *Farther Afield in the Study of Nature-Oriented Literature*. Ibid. , p. 65.

第二章

黑人生态批评对文学生态的研究

　　美国生态批评先行者约瑟夫·W. 米克在其开创性的生态批评专著《生存的喜剧：文学生态研究》中写道："人类是地球上唯一能够创造文学的动物……如果说创造文学是人类的一个重要特征，那么就应该踏实认真地审视文学，以发现它对人类行为和自然环境的影响——如果有的话，确定它对人类的福祉和生存会起到何种作用，对人与其他物种及其周围环境的关系提供何种洞见。它到底是一个让我们更好地适应世界呢，还是疏离世界的活动？从进化和自然选择不可抗拒的观点来看，文学有助于我们的生存呢，还是导致我们的灭亡？"①在该著中米克首次从生物学/生态学的视角全新解读了西方文学生态，重审了西方悲剧、喜剧、田园模式及流浪汉模式等经典文类，生态重释了但丁（Dante Alighieri，1265—1321）的《神曲》（*The Divine Comedy*，1321）、马基雅维利（Niccolò Machiavelli，1469—1527）的《君主论》（*The Prince*，1513）及莎士比亚（William Shakespeare，1564—1616）的《哈姆莱特》（*Hamlet*，1601）等文

---

① Joseph Meeker. *The Comedy of Survival：Studies in Literary Ecology*. New York：Charles Scribner's Sons，1972，pp. 3—4.

学经典,提出了生态美学的概念并阐明它的内涵,探讨了环境伦理的构建等议题。米克的批评理路成了西方主流生态批评第一波的主流,也就是说,对文学生态的研究是生态批评的重心。有鉴于此,美国著名生态批评学者彻丽尔·格罗特费尔蒂和哈罗德·弗罗姆在他们共同主编出版的里程碑式的生态批评文集《生态批评读本:文学生态学的里程碑》的导言中将生态批评界定为:"关于文学与自然环境之间关系的研究"①。该著论文几乎都是从生态中心主义的立场探讨文学、文化与环境之间关系,从生态中心主义/人类中心主义这种非此即彼的二元对立思维模式阐释环境问题,并借此探讨解决危机的文化路径,其理论基础是生态中心主义哲学,尤其是深层生态学,锁定人类中心主义是导致生态危机的终极根源,第一波生态批评大体上可归为生态中心主义型生态批评。

作为少数族裔生态批评最为活跃的一支,像主流生态批评一样,黑人生态批评最为重要议题之一当然也是对文学生态的研究,但其理论基础却不是生态中心主义哲学,而是环境公正理论。具而言之,黑人生态批评倡导立足环境公正的立场,透过黑人族群的文化视野,联系黑人族群长期被奴役、遭歧视的苦难历史,结合他们为争取充分公民身份而英勇抗争的悲壮历程,关照当下的生存困境,凸显他们独特的环境经验,对话、质疑、颠覆甚至重构主流文化中的环境、种族、阶级、性别等诸多范畴,一方面深入发掘黑人文学中蕴含生态内涵的作品,挖掘黑人文学的生态内涵,另一方面也积极主动地重审西方主流文学、文化中蕴含人类中心主义和种族主义的文学文类、文学和文化经典及美学范畴,对话白人经典作家,对其或颠覆、或解构、或拓展、或重构,以期构建基于种族平等和生态公正并能吸纳黑人独特环境经验的可持续人文生态。

在此,笔者主要透过黑人文化视野,审视黑人奴隶叙事中生态悖论的缘起、实质、思想基础及其化解之策,揭露白人田园叙事传统的阴险本质,对话美国早期环保运动的领袖、著名自然书写作家约翰·缪尔的自然崇高,在与爱默生和梭罗超验崇高的对比中,解构康德(Immanuel Kant,1724—1804)"崇高"美学范畴,以多维拷问主流文化与黑人环境经验及其环境观之间的关联,探寻黑人族群追求成熟完善生态公民身份的现实与文化路径,在凸显黑人族群独特环境经验的前提下重构多元共生的黑、白或多彩的文学、文化生态,进而全面了解黑人环境思想的形成及

---

① Cheryll Glotfelty. "Introduction." In *The Ecocriticism Reader: Landmarks in Literary Ecology*. Ed. Cheryll Glotfelty and Harold Fromm. Athens: University of Georgia Press, 1996, p. xviii.

其所蕴含的独特内涵。

第一节　奴隶叙事的生态悖论：缘起、
内涵、思想根源及化解之策

　　黑人生态批评的一个重要议题是探讨奴隶叙事中黑人奴隶与南方风景之间爱恨情仇的悖论关系，这种关系对于亲历南方奴隶制暴力的奴隶作家来说，情况相对简单，容易把握，也容易表达，读者也容易理解。大而言之，叙事主角的"痛苦与仇恨"大于"欢乐与爱恋"，所以他们将逃离南方囚笼，远离痛苦，奔向自由北方，作为叙事作品的基调。然而，对于像哈勒姆文艺复兴时期那些远离南方奴隶制暴力的黑人作家来说，他们对南方这片土地的情感则更为复杂，描写也更为微妙，爱与恨、情与仇绝非泾渭分明，用五味杂陈来形容也许更为贴切；他们的艺术技巧也更为成熟，或多或少也受到白人作家自然书写的影响，当然绝非机械模仿。换句话说，在奴隶叙事中，奴隶主角与南方土地间的关系是一种充满情感矛盾的生态悖论关系。总的来看，黑人奴隶叙事表达了种族暴力下黑奴独特的环境经验，反映了黑奴及其后代与南方风景之间一种特殊的关系，从某种角度看，南方奴隶叙事可被界定为一种新型自然书写文类，奴隶叙事也因此可被阐释为一种基于黑人奴隶独特经验的自然书写。

　　在此，笔者首先将联系黑人作家道格拉斯的奴隶叙事作品《我的枷锁和我的自由》(*My Bondage*, *My Freedom*, 1855)中关于作者与自然间关系的伤痛描写，结合对南方男女黑奴与南方风景之间暴力下融合的环境经验解读，以揭示黑人作家再现自身环境经验中的生态悖论的方式及其内涵；其次，将对奴隶叙事生态悖论给予简要的美学阐发，以彰明环境崇高与环境伤痛之间的区别以及对体验主体的不同作用；再次，笔者也将运用心理学理论阐明奴隶叙事生态悖论产生的心理机制；最后，笔者也将简要探讨化解生态悖论、构建反种族主义生态崇高美学的可能文化路径。

一　道格拉斯奴隶叙事的生态悖论：融入与逃离自然的对立冲动

　　模式化的田园自然是种族主义建构的产物，在这种商业化的历史和经济风景中长大的黑人孩子不知不觉就接受了这种人为建构,并认为它是自然的结果,难以质疑其反自然性。黑人孩子的"成长过程被看成既认可这种模式化田园自然的建构性,也认识到它与孩子之间联系的脆弱性,与这种建构的风景之间的关系可谓从健康有益的联系到难以言说的创伤接触转化,被暴露在南方风景的前存在的商业化面前,这种风景产生奴隶制,也被奴隶制生产。奴隶制形成风景,风景反过来也形成奴隶制"①。这种关联不是自然而然存在的,而是暴力建构的。这种观点在道格拉斯的叙事作品《我的枷锁和我的自由》中得到印证,充分揭示了作为奴隶的道格拉斯在奴隶制中成长,在种族主义意识形态操纵下的田园风景中生活,既体会到了作为无知少年的他自然而然融入风景的短暂欢乐,也尝到了长大后其主体性遭到暴力否定而融入风景后刻骨铭心的无尽伤痛。

在该著中,道格拉斯以高超隐晦的笔触多层次叙述奴隶儿童成长历程中自然经验和历史语境间交织方式的多样性,这种交织决定了他的童年甜蜜而辛酸甚至令人心碎,因为他们年幼无知,不知自己的未来命运。一方面他贴近自然的关系让他无忧无虑,无拘无束,这是同龄白人孩子难以体会到的:"他是真正的儿童,可照童年之天性做事""快乐而淘气""在开阔、纯净的空间中,在温暖明媚的阳光下"度过夏天,晚上可"幕天席地""一个生机勃勃、吵吵闹闹、快快乐乐的儿童,无论什么烦恼对他来说就像水掉在鸭背上"。无论受到何种压制,这种早年的经验描写反映了他与自然间的一种未被中介化的或曰最为直接的关系,这种关系让人联想起那种模式化的理想童年,一种"摆脱了一切羁绊"的童年,在此过程中,小黑奴被赋权,能与自然建立一种更野、更近的关系,当然也是更真实、更纯粹的关系,这是白人孩子不能享有的"天赋权利"。"道格拉斯让黑人孩子的行为成为人类的而不是种族的自然之典型,只可惜,好景不长",因为可怕的明天正在等着他。首先,他的一切"自然的"表演被丑化为动物性的表现,一种未被驯化的"野性"。② 其次,随着他身体和心智的成熟,他终于明白他的身份——奴隶,别人的财产。伴随暴力的来临,他的身体、他的心灵将受到沉重的打击。童年的快乐,无论是从自然环境还是社会环境中获得的,都将离他而去,就像亚当夏娃失去天堂一样,这或许就是成长的代价。然而,对于黑人孩子而言,情况必然更加糟糕。因为他的肤色,他的人性遭到

---

① Paul Outka. *Race and Nature from Transcendentalism to the Harlem Renaissance*. New York: Palgrave Macmillan, 2008, pp. 62—63.

② Ibid., pp. 65—66.

否定,就连做人的资格都被剥夺,他们漫长的自然进化过程也不被白人社会认可,因而又被迫从人类社会返回动物界,被还原成资源、商品,遭受形形色色的剥削与暴力,对他身心所造成的创伤是难以用语言来描述的。

随着年龄的增长,他逐渐了解到一个可怕的现实,那就是他周围的一切都完全商品化。他与祖父母住的"温暖的小屋"、小屋地基、祖父母及他们身边的小孩子都属于奴隶主,曾经给他许多欢乐的自然也完全蜕变。更令他伤痛的是,"他了解到,被占有的他与将他标记为奴隶的、被占有的土地之间的关联本身是可置换的,他沦为自然商品的地位使他转移方便,这意味着他与他生活的地方和亲属之间的有机关系必然痛苦地被斩断"。重要的是,这种经验被描写成可触摸的、人造的、无机的东西——"冰凉、冷酷的铁棍"。在奥特卡看来,"这种接触、这种商品化、这种与地方、家庭及自我之间认同关系的撕裂才是他创伤的实质,一种挥之不去的、难以忍受的思想"。①

道格拉斯的"长大",使他立刻从"自然状态"转变为私人财产,这指代大规模地将风景加工成更有用的资本形式,驯化荒野,由此可见,早期白人对生态和种族的殖民统治之间存在千丝万缕的联系,其中,"野生的被界定为种族他者,被操控的田园被界定为白色,这种殖民逻辑被移植到奴隶孩子身上,迫使他不仅代表野性的或田园的一面,而且代表从原材料到农业商品的整个转化过程"。② 在道格拉斯的《我的枷锁和我的自由》中,他描写了不可消解的美丽与伤痛的融合,这种融合体现了奴隶与自然世界之间的关系以及其与环境剥削间的基本关联。

实际上,一个奴隶从出生到成人,要经历与自然的两次融合,一次是他与自然的快乐融合,另一次是暴力下与自然的伤痛融合。由于他年少无知,他是自由快乐的儿童,一个独立自主的存在,他的快乐是发自内心的快乐,不受任何社会污染的快乐,此时的自然也是自由自在的自然,不受社会各种意识形态污染的存在。人与它的结合也是自然而然的融合。可是,随着年龄的增长,认识的提高,他逐渐意识到他的成长过程是人性和主体性逐渐被否定的过程,他也成为了供人买卖的商品,外在的自然世界也失去了独立性,被客体化,被商品化,从儿童时期与自然的自然而然的快乐融合蜕变为暴力下强迫的融合,是商品与商品之间的组合。两次融合

---

① Paul Outka. *Race and Nature from Transcendentalism to the Harlem Renaissance*. New York: Palgrave Macmillan, 2008, p. 64.

② Ibid., p. 66.

存在本质差异,前一次的自然是自由的自然,后一次的自然是被奴役的自然,前一次的"我"是自由的人,后一次的"我"是作为"物"或"商品"的奴隶,这一切都是道格拉斯身体的成长和认识的提高必然产生的伤痛结果。

在道格拉斯的个人成长史中,他与之融为一体的自然绝非浪漫主义作家笔下自由奔放的自然,而是一种被暴力框定的商业化自然——田园,他对这一真相的了解,体现了他身份的急剧转化,从人转化为"财产、资本或东西",从存在主义的视角看,"奴隶的存在必须要从'不是东西'中蹦出"。在奥特卡看来,这种几乎无意识地将动物、田园与纯粹的"物"、财产或金钱混为一团的思维惯性,不仅反映了广泛存在的、有决定意义的人类中心主义,而且还疏忽这种等同的特殊性,也就是,这种等同对奴隶存在的合理性和延续至关重要,①也记录了他最终不得不内化"难以忍受"的认识,也就是,懂得"认同自由自然与认同商业化自然之间的区别"。他这样写道:

> 我是个奴隶,生来就是个奴隶,尽管我难以理解这个事实,但它向我传达这样一个意识:我完全依附于某个我从未见过面的"大人物"的意志。不知出于何种原因,我开始害怕这个人,胜过害怕地球上别的任何人。我为别人的好处而生,作为小木屋里出生的一群孩子中的初生动物,我很快被挑选出来作为那位像神一样可怕无情的人物的见面礼,他的庞大形象不知多少次出现在我的想象中。②

在此,道格拉斯逐渐明白了,他身体的成长只是他日益商品化的标志,他的叙事也不像其他标准美国文学叙事,个人的成长意味着日益把握自我。恰恰相反,他的长大意味着对自我的失控,甚至失去自我,沦落为"物"的地位,成为别人的财产或有用的工具。他的成长就与白人孩子或其他未遭到种族歧视的孩子的成长有着迥然不同的内涵,前者失去的或许是童真或童趣,而道格拉斯或其他黑人奴隶孩子失去的远远不只是这些,而是失去"做人的资格",而后返归"动物"的地位,他们漫长的人类进化的历史也遭到了否定。由此,道格拉斯说:"我在享受各种各样的打闹嬉戏童趣的同时,不时有痛苦的不祥之兆来袭,我在家待的时间不会太久了,我

---

① Paul Outka. *Race and Nature from Transcendentalism to the Harlem Renaissance*. New York: Palgrave Macmillan, 2008, p. 54.

② Ibid. , p. 67.

一定要被叫走,到老地主家去"。他不得不与他的亲人,与他熟悉、热爱的一切分离,因为他,或者说,"他们"都不是人而是"物",因而无权享受人间"温情"。① 当然,尽管道格拉斯传记具有标准传记许多共同特征:美丽农庄旁孩提时代的自然欢乐、温馨的小木屋、可亲可爱的祖父母、老城墙、活蹦乱跳的小松鼠、老井、水车及小池塘……管南方田园风光旖旎,其本质决定了它不能免遭种族主义暴力的侵害,所以道格拉斯的少年童趣充满了不祥之兆,他的成长伴随着商品化的焦虑,浪漫主义的田园变成了动物祭祀的场景,欢乐的儿童游乐场变成了动物的杀场。天真无邪的儿童也沦为初生动物。田园自然成了创伤断裂的触发点,孩提时的道格拉斯与自然的亲密融合变成了可怕的成人现实:别人拥有自然和他本人。

二　童年纯美田园之梦失落之根源:奴隶制

要重拾纯洁的自然之美,既不是走向北方,也不是回到南方,而是回到自己,找回自己童年的自然之梦。那时候,道格拉斯不懂得、不了解抑或没见过奴隶制之血腥,他和他的兄弟姐妹们能从自然世界中得到"未被玷污"的欢乐,享受无拘无束的自然福祉。在黑人生态批评学者芬塞思看来,"田园理想的这种个体意义与失落、记忆和欲望间存在千丝万缕的纠葛,从而将道格拉斯处理自然的方式与意识形态宣传式的废奴文学,甚至包括他早期的自传及斯托的《汤姆叔叔的小屋》(*Uncle Tom's Cabin*, 1852)和《德雷德:阴沉大沼泽地之故事》(*Dred, A Tale of the Great Dismal Swamp*, 1856)截然区别开来"。生为奴隶的孩子,他不受白人孩子那么多清规戒律的限制,在自然世界中自由舒展,尽情欢乐,他"可在地上打滚,泥中玩耍,这些玩法最适合他不过了,真可谓逍遥自在,无拘无束……天气暖和时,他的时光都是在空气清新、阳光灿烂的开放空间度过的"。他还可开开心心,自由大胆地模仿"马、狗、猪及牲畜棚中各种家禽滑稽可笑的动作,无论怎么做,也从未感到有损尊严",不经意间他与自然间的那种亲密无间的关系得以养成,这些也算是奴隶孩子生存方式所赋予的"悖论式特权"。② 然而,长大后,这种与自然保持的纯真无邪、自由自在的关系被奴隶制和敏感的自我意识给败坏了。借用卢梭(Jean-

---

① Paul Outka. *Race and Nature from Transcendentalism to the Harlem Renaissance*. New York: Palgrave Macmillan, 2008, pp. 66—67.

② Ian Frederick Finseth. *Shades of Green: Visions of Nature in the Literature of American Slavery, 1770—1860*. Athens: University of George Press, 2009, pp. 281—282.

Jacques Rousseau，1712—1778)对人类文明与自然关系的相关论述,我们似可以这样说,道格拉斯的童年或许就近似于处于"自然状态"的人类的童年,在此状态下,人类个体之间鲜有差别,都能享受自然平等。然而,私有财产出现,人类的自然平等状态被打破,灾难接踵而至,人变得欲壑难填,为名为利为财,互相倾轧,不惜互相残杀,暴力和狡诈将原始人之天然的善良与怜悯之心一扫而光。①

由此可见,人类的"成长、文明、进步"实际上就等于从自然状态的堕落,就像"亚当、夏娃"偷吃智慧树之果实后,被赶出伊甸园一样。进入文明社会状态以后,若要重拾人与人之间原初的"自由、平等和善良",就必须重构不平等的社会体制,为此就得拟定"社会契约",以确保在公平正义之基础上,恢复人之原初自然本性。尽管这是无奈之举,但别无他法。当然,人类不知拟定了多少"社会契约",试图确保人与人之间普遍的公平正义,捍卫天赋人权或自然的权利(Natural Rights),然而,直到今天,公平正义之梦还远远没有实现,更有甚者,有的少数族群似乎离它渐行渐远! 最为可悲的是,人类忽视了一个对人类物种之生存最为根本的契约——"自然契约",在确保自然权利时,"自然"却被排除在权利关怀的范围之外,而在保障人之权利时,人之欲望得到无度的释放,扩大了对自然的掠夺、盘剥,斩断了人与自然的脐带联系,造成了难以控制的环境灾难或危机。环境危机与种族主义的结合,又产生了新的毒瘤——环境种族主义,这种歧视更隐蔽、更可怕,常常以"慢暴力"的形式出现,瞒天过海,难以界定,让人投诉无门,给少数族裔人民为代表的弱势群体带来无尽的环境伤痛,由此可见,少数族裔人民在通向解放的路上又增加了新的障碍。

实际上,道格拉斯在写美国"不允许她的孩子爱她"时,他既指隐喻层面,也指现实层面,已将黑人社区想象成了"孤儿群体",其伤痛包括孩子们与天真无邪的自然意识分离,也就是,种族主义已导致孩子们失去了昔日纯真、美丽的自然欢乐。②

三 暴力下奴隶的商品化:对人性的彻底否定

奴隶商品化呈现两种形式:田园商品和性商品。通过鞭打和拍卖,否定奴隶的

---

① Marvin Perry. *An Intellectual History of Modern Europe*. Boston：Houghton Mifflin Company, 1993，p. 141.

② Ian Frederick Finseth. *Shades of Green：Visions of Nature in the Literature of American Slavery*, *1770—1860*. Athens：University of George Press，2009，p. 282.

人性,迫使他们沦为动物,强行纳入自然,成为农业商品或田园商品。当然,在奴隶叙事中有两个最为伤痛的事件不断出现:一个是鞭打,另一个是拍卖,这两个事件被解释为人/自然转化的主要场景,强行对童年奴隶灌输奴隶身份的教育,这两种创伤形式不仅给他们的身心造成巨大伤害,而且作为象征的机器全方位运作,试图给他们打上退化的、种族标记的田园商品的烙印。在奥特卡看来,"这种转化对白人和黑人都产生影响——挨打或被卖掉是被当成动物看待;打人或买卖他人是将奴隶的身份纳入或压缩到白人/人统治自然的框架下"。鞭打所用的隐喻是"驯服"或"折断",其目的是摧毁奴隶的反抗精神,让他们在暴力下接受以至于内化"我是动物,我是商品"的观念。至于拍卖,它是"将人转化为自然资本的象征机制",是奴隶的动物化、自然化、商品化过程得到落实的具体过程。当然,对于被拍卖的奴隶而言,拍卖带来的侮辱与痛苦未必仅在于交易过程,还在于被还原成标价商品的预设。用奥特卡的话说,"拍卖内涵的重心不是买卖——或对白人卖家、买家来说是仅如此而已——而在关于黑人和商品化自然的预设,这种预设被合理化,为买卖创造了可能条件,成了支撑拍卖的基础"。①

至于女奴,她们的命运则更乖张、更悲惨。她们像其他男奴一样,首先沦为动物,成为田园商品,但还远不止于此。然后,她们的生理性别也成为被掠夺、被强暴、被买卖的对象,经性别商品化处理,沦为性商品。对男女黑奴来说,在大街上遭男人们"围观、摸摸、检查"是司空见惯之事,他们对这些侮辱已见怪不惊,无可奈何,但对女奴来说,除了像男性黑奴一样遭受非性别化的种族主义侵害,比如:挨鞭打、被拍卖、干极其繁重的田间体力劳动,等等,她们还经常遭受各种形式的性剥削和性暴力,其严重程度远胜一般意义上的种族暴力。在奥特卡看来,"女奴与土地和被驯化的动物之间的关系往往比男奴的情况更为复杂,矛盾也更多,因而与男奴相比,她们与自然世界之间的疏离常常也更为尖锐"。像男奴一样,女奴除了下地干活,诸如摘棉、收割甘蔗,还包揽大部分家务劳动,诸如做饭、打扫卫生、缝缝补补、生孩子、陪伴、照顾白人孩子,甚至当奶妈,等等。当然,除了以上家务劳动外,许多女奴的家务劳动还包括偶尔或经常被白人主人强奸。那些价格最贵的女奴——常常指那些浅肤色的漂亮女奴,被那些捎客称之为"性伙伴",其价格是干苦力男奴的三倍,供姘居专卖。令人伤痛、让人不可思议的是,身为白人男子的姘妇,

① Paul Outka. *Race and Nature from Transcendentalism to the Harlem Renaissance*. New York: Palgrave Macmillan, 2008, pp. 68—70.

似乎免去了完全等同自然的厄运,得到短暂的保护,然而,遭受性掠夺的痛苦让女奴更难以接受,可谓生不如死。在奥特卡看来,这些白人奴隶主的"性伙伴"实际上都是些"悲剧性的穆拉托人",即黑人与白人的混血儿。她们身份混杂,因具有黑、白的特征而更加诱人,引发白人男性的诸多幻想。她们是经"白色包装"的、性欲超强的黑人妇女,作为私有财产,是可被合法强奸的"白人"妇女。她们的"白色"为白人男子提供了某种掩护,他们实际上主要对深色皮肤的妇女感兴趣。这些矛盾"将女奴身体和性别从自我拥有的场域变成种族内涵丰富和各种冲突阐释共存的中心,一个符号与情欲身体共存的战场"。[①]

在哈丽特·安·雅各布斯(Harriet Ann Jacobs,1813—1897)的《女奴生平》(*Incidents in the Life of a Slave Girl*,1861)一著中,她通过直面黑人女奴的痛苦遭遇,尤其是性暴力,改写了奴隶叙事传统。在该著中她将奴隶制下对女黑奴的体制化性剥削比喻成毒素,污染整个南方的社会、家庭、种族及物理风景,腐蚀了与之有所接触的所有人和所有东西。来自北方的天真烂漫的白人新娘和已被动物化的南方白人妇女都被这种"体制化的不忠行为"毁了。北方新娘梦中"阳光明媚"的南方田园和一年四季为幸福之家遮挡阳光的"繁花似锦的葡萄藤"遭到了"浩劫",只剩下"嫉妒和仇恨"。南方白人妇女将"嫉妒和仇恨"发泄在丈夫与黑人妇女所生育的小奴隶身上,并将其付诸落实人/自然商品化过程的具体行动,尽快将这些像猪牛牲口一样的小黑奴卖掉,眼不见心不烦。雅各布斯谴责白人男人的性剥削,并将其归咎于"奴隶制所滋生的无孔不入的腐化堕落行为"。与此同时,我们还看清了广为人知的广大女奴的悲惨故事,她们实际上是白人男人的罪恶的替罪羊,被迫用于代替放荡不羁的情欲,她们才是真正的受害者。由此可见,"女奴既不能安全地认同自然世界,也不能安全地与之分离",这种尴尬的境遇是由于她的黑奴身份和性别特征所决定的,也注定了她们扑朔迷离、变化多端的可怜命运。[②]

四 奴隶制和种族主义的生态基础:前存在的生态工具主义

在奥特卡看来,"黑色与自然之间在根本的话语层面和物质层面的纠葛表明,奴隶制与种族主义一定程度上产生于欧美人奉行的一个前存在的生态工具主义。

---

① Paul Outka. *Race and Nature from Transcendentalism to the Harlem Renaissance*. New York: Palgrave Macmillan, 2008, pp. 71—72.

② Ibid., p. 74.

奴隶制和种族主义的谱系扎根于对非洲大陆、北美大陆及加勒比海岛屿的剥削过程中，他们与自然世界之间的爱恨关系已表明了白人对待土地的态度，从第一批欧洲殖民者到现在都是如此"。① 他们不只是对待黑人好像他们是自然的一部分，以支撑奴隶制度，更是使得黑人与自然一体共在，因为自然存在之目的仅仅是为了供白人剥削和改善，这样一来，照生态工具主义的逻辑，奴隶制的存在就合情合理了。由于人类中心主义思想在西方文化中源远流长，生态工具主义是人类中心主义对自然剥削与统治的现实体现。美国科学史家林恩·怀特（Lynn White）在批判基督教人类中心主义思想时指出，这种思想执拗地认为"自然除了服务于人类以外，就没有别的理由存在"，为此，他分析认为，基督教是"世界上人类中心主义思想最严重的宗教"，这种过分的人类中心主义使得人类对自然物的完整性漠不关心，允许人类无度地剥削自然。这样看来，基督教对自然的傲慢态度对当代环境危机"负有极大的罪过"。② 由此可见，人类中心主义思想是种族主义和奴隶制的思想根基。从这个角度看，美国南方田园实际上是种族主义与人类中心主义之间合谋的结果。

除此之外，自然还是人的意识形态建构，一般来说反映观者的政治、文化及经济需求。奴隶被强行与自然一体化建构后，他或她试图竭力摆脱的自然显然不同于未被染指的白色崇高自然，而主要被看成向人类提供资源和财富的自然，这也反映了早期欧洲殖民者对待荒野的掠夺性态度。黑三角奴隶贸易所反映的不仅仅是经济与种族主义沆瀣一气，而是一种更基本的环境观点。非洲人实际上被看成是原材料，"黑色大陆"丰富的自然资源加速将加勒比海岛屿和美国南方从生物多样的半荒野状态转变成单一耕作的种植园。由此可见，种植园奴隶制的经济活动——从非洲奴隶贸易到内部奴隶贸易，再到本土化的个体奴隶繁衍、鞭打、拍卖等，靠的不仅仅是一套经济实践和种族实践，而且是环境实践。一句话，一定程度上，"奴隶制是一套残暴的前存在的环境预设的变态延伸"。③

在南方奴隶制社会中，自然也在种族主义和生态工具主义意识形态的操控下呈现出两种似乎相异的形态，即商品化自然或可怜的自然与纯净的自然，两种自然

---

① Paul Outka. *Race and Nature from Transcendentalism to the Harlem Renaissance*. New York: Palgrave Macmillan, 2008, p. 53.

② Lynn White. "The Historical Roots of Our Ecologic Crisis." In *This Sacred Earth*: *Religion, Nature, Environment*. Ed. Roger S. Gottlieb. New York: Routledge, 1996, pp. 189—193.

③ Paul Outka. *Race and Nature from Transcendentalism to the Harlem Renaissance*. New York: Palgrave Macmillan, 2008, p. 54.

相互转化,自然时而是希望之乐土,解放之场域,自然时而又是被奴役的资源,可怜的商品。

由于鞭打、拍卖及性剥削代表奴隶制创伤合并黑人与商品化田园的典型时刻,这种实践随之强化了"可怜的自然"与"纯净的自然"之间的区别,前者被看成是原料库、利润之源及废品场,而后者被看成是未受人类历史沾染的纯净领域。奴隶叙事敏锐意识到两种自然之间的区别,这种区别对奴隶叙事的话语策略和找回黑人与自然世界之间关系中一些健康有益的成分的可能性至关重要,这种区别无论存在多少矛盾,也不论多么容易遭到剥削,但也是抵抗暴力和提供支撑的重要场域。奥特卡在分析黑人作家亨利·比布(Henry Bibb,1815—1854)自传时指出了自然之自由内涵与自然之奴役内涵之间的差异,从而提供一种强劲的话语途径以凸显奴隶制实践蕴含的根本暴力。在他的叙述中,美丽纯净的自然与退化的奴隶制风景并置,从而标记、拆解了长期存在的将自然世界按照生态意识形态划分的做法,即纯净的风景与剥削的风景。同理,两种自然并置也标记和拆解了与这两种风景关联的种族身份的二元建构。实际上,美国风景一直就是个具有明确内涵的政治空间,它与种族身份之间的关联注定它是种族意识形态的产物,旨在服务于强势白人种族的利益。根据雅各布斯的叙述,甚至极为野性的空间也逃不出奴隶制的魔掌。道格拉斯在描写他和同伴在逃往北方的途中时,也明确指出野性与人文之间的相互渗透,他们的荒野往往是生死之地,是通往自由的死亡之谷。

当然,这些曾经的奴隶作家在描写荒野时的感受与超验主义作家和浪漫主义诗人描写野性自然的感受是截然不同的。梭罗在《漫步》("Walking",1862)中这样写道:"对我而言,希望和未来不在草坪和耕作的土地,也不在小镇和城市,而在不能穿越、令人生畏的沼泽地""我想重塑自我时,我就去探寻最为幽深的森林,那繁茂芜杂、一望无际的,对其他人来说,也许是令人丧气的沼泽地。我去神圣的沼泽地,这里代表自然之力量和精华……要拯救一个城镇,主要不是靠身在其中的有德之人,而是环绕它的森林和沼泽地。"他甚至高度概括地指出:"世界保存在野性之中。"①在此,我们可以看出,超验主义作家对野性自然的全面认可和热情赞美。而黑人奴隶叙事作者却表现出对荒野自然的矛盾态度,难怪奥特卡说,"在我所阅

---

① Henry David Thoreau. "Walking." In *Thoreau*. Ed. Carl Bode. New York: Penguin Books, 1977, pp. 609, 611, 613.

读的奴隶叙事作品中，找不到对所发现荒野的崇高赞美"①，这是由于饱受奴隶制压迫的黑人族群与自然世界之间所形成的特有的环境经验所决定的。

根据上文分析可知，多数奴隶叙事的实质是既回避也回到黑人主体性与自然世界之间的这种伤痛融合。的确，奴隶叙事这种文类结构或许应该根据作者主体在"野兽"自然与表达明晰、富于创新的作家（当然一般指城市作家）这两种极端之间的变化进行理解。在此范围之内，最悲痛时刻出现在被奴役之人在暴力驱使下与非人类自然一体同构——他们饱受鞭打、被拍卖、"被配种"、被强奸及以别的方式被剥夺了性别自主权，他们被卖到南部腹地种植棉花、甘蔗，他们在田野而不是在室内干苦力，最糟糕的是，他们深感绝望而后内化这种自然化的退化并将其作为自我形象的组成部分。相反，解放时刻出现在与自然和动物性表现出明显的分离时，也就是他们在身体与心理对这样的退化时刻表现出抵抗，比如对失去家人和情侣表现出悲伤，声称自己的宗教信仰，从以田园为主的南方逃到城市为主的北方，也许最为突出的是，他们掌握了文化知识，尤其是能创作叙事作品。由此可见，黑人伤痛之根源在于他们从社会被放逐，在暴力下与自然为伍，成为自然的一部分，甚至是自然资源，甚至在身体和心理上内化这种向自然的退化，任凭白色暴力盘剥与宰制。为此，要获得解放，换句话说，要赢得做人的资格，就必须挣脱与自然为伍的境遇，从自然中"站起来"，甚至加入白色世界行列统治自然。由此可见，奴隶叙事中实际存在以人为中心的"反自然书写"的倾向，存在压制自然的冲动，因为它"表现作者与自然、与兽性及与田野的疏离"。这就是奴隶叙事中生态悖论否定自然的一面，这是种族主义压迫铸就的。若要黑人文学书写出黑人与自然之间那种自由自在的、生态智慧的正态关系，就必须让黑人族群走出环境种族主义的囚笼，消除种族主义环境压迫文化遗产之阴影，能公平地享受自然福祉，当然也能公平地分担环境负担，无拘无束地生活在城市中，行走在山川河流间。发出自己的文学声音，讲述自己的故事，就意味着要与南方商业化田园彻底告别。从这层意义上看，许多黑人作家在表现奴隶制伤痛所感到的困难一定程度上正是由于他们与被界定为失语的自然他者性之关联在作祟。因为黑奴被强制与自然而不是与人为伍，所以他们的痛苦一定程度上源于作为言说主体的可能性完全遭到了否定。从这个角度看，奴隶叙事作家表现被沦为商品化动物的伤痛的困难与自然书写作

---

① Paul Outka. *Race and Nature from Transcendentalism to the Harlem Renaissance*. New York: Palgrave Macmillan，2008，p. 80.

家用语言表现被界定为超语言的自然所面临的困难一样,因为"自然不能说话",自然与人不能沟通,而现在"要它说话"。①

五 南方:让人魂牵梦萦的精神家园

在芬塞思看来,道格拉斯"堕落为成人意识"及其背井离乡的主题重复了基督教亚当堕落的神话及其基本的悖论之一:相信人类疏离自然和优于自然,与此同时,也渴望与自然世界永远和谐共生。② 在道格拉斯看来,像基督教传统一样,人之命运注定要在世界上劳作,由于被逐出伊甸园,为在自然中生存就不得不抗争,而人类对与自然和谐共生的愿望却是与生俱来、挥之不去的,甚至是原初的。这种张力既存在于西方文化内核之中,也存在于道格拉斯灵魂的深处。作为一个奴隶,他有在皮鞭威胁下田野劳作的痛苦经历,但是,作为一位思想者,他也深知自然世界给他的远不止这些。因此,他融入自然的渴望很难像约翰·缪尔或亨利·戴维·梭罗那样瞬间可提升为超验主义的陶醉。在他的回忆中,自然世界纯洁美丽,充满欢乐,这反映、体现了他的童真,但残酷的奴隶制也浸染、玷污了人与自然的关系。因此,他的田园理想"表达了他与自然世界的矛盾关系,他既深深地爱恋它,但思想上又无法忘却自己的奴隶生活"。成年后的道格拉斯对待自然的功利主义态度实际上与他年少时对森林和溪流的热爱相冲突,这种冲突也反映了他认可甚至赞美的北方经济自由主义与田园理想之间的冲突,因为"二者代表着两种不可调和的思想理路,一个是现实主义的,另一个是伤感主义的;一个是前瞻性的,另一个是怀旧的"③。但二者都有着共同的思想基础:人类中心主义,并且都会滑向因差异导致的各种形式的歧视主义,诸如种族歧视、阶级歧视,甚至性别歧视。

无论如何,道格拉斯对待南方的态度不能简单地用"去"还是"留"两个字了却。他与南方之间的情感真可谓"剪不断,理还乱",尽管他凭自己的智慧和超凡的意志挣脱了奴隶制之枷锁,获得了自由,似乎成了普罗米修斯式的英雄人物,但南方的巨大引力依然深深地吸引着他,这种深沉的爱恋也蕴藏在该著中,从隐喻层面看,

① Paul Outka. *Race and Nature from Transcendentalism to the Harlem Renaissance*. New York: Palgrave Macmillan, 2008, pp. 57—58.

② Ian Frederick Finseth. *Shades of Green: Visions of Nature in the Literature of American Slavery, 1770—1860*. Athens: University of George Press, 2009, p. 282.

③ Ibid., p. 285.

在该著中他回到南方，为他依然忍受奴役的同胞而辛勤工作。他也预料到了战后许多奴隶叙事的南方向心力。他早已写道：如果自由自在生活，多数非裔情愿生活在南方，这是由于他们对依然生活在那里的家人和那片土地一往情深，马里兰的"地形地貌、宜人的气候、土地的丰饶、惹人的特产等使得它成为任何人生活的理想地方"。最为重要的是，就是在我们社区生活的南方，"我们才能生活在出身之地，才能埋在我们先辈的身旁，对个人自由的热爱无论多么强烈，也不能将我们与南方这片热土分离"。① 在此，道格拉斯实际上已谈到了一种深沉的地方意识，一种人之肉体、精神、记忆与地方（或环境）共在的、水乳交融的存在，只有这样我们才能说，我们栖居于该"地方"，我们的身份也由它而出，我们的精神健康也因此得到保障。

在芬塞思看来，尽管该著中并未从理论上详细阐明社区与环境之间的关系，但道格拉斯已"将自然看成一种康复性的心理和精神力量，这是关键的、最初的一步"②。生态文学家梭罗甚至认为，自然世界是保持个体、社区甚至社会健康的灵丹妙药。他曾在《瓦尔登湖》中这样写道："如果不是那些环绕在我们村庄周围的未遭踩踏的森林和草原，它将会因缺乏生机而萎靡不振，我们需要旷野来滋养……在我们急于探索和了解一切事物的同时，我们务必要求万物神秘不测，要求大陆和海洋永远处于荒野状态，不被勘察，也无人探测，因为它们深不可测。我们绝不会对大自然感到厌倦，看到生机无限、广袤无垠、威力无穷的自然风貌，我们定会精神焕发，充满活力……"③在这儿，梭罗精辟地说明了自然与人的健康之间的内在关联。19世纪俄国著名现实主义作家契诃夫在其名剧《樱桃园》中就向我们暗示，在气势汹汹的资本主义浪潮席卷而来时，生机勃勃、百花盛开、美不胜收的生态精神家园"樱桃园"之消逝给人们精神和心理上造成了巨大的创伤，他们感到困惑、无奈、焦虑、茫然、失落，他们的困惑与无奈既是个体的，更是群体的，甚至是普遍的。当然，"樱桃园"实际存在与否，这并不重要，重要的是冷酷的资本主义和无情的工业技术将人们赖以生存的生态文化空间撕得粉碎，不仅破坏了养育他们肉体的土地，而且还摧毁了支撑他们精神的文化记忆，从而逼迫他们成为无家可归的精神浪子。"樱

---

① Ian Frederick Finseth. *Shades of Green*: *Visions of Nature in the Literature of American Slavery*, *1770—1860*. Athens: University of George Press，2009，pp. 285—286.

② Ibid. , p. 286.

③ Henry David Thoreau. *Walden* in *Walden and Other Writings*. Ed. Joseph Wood Krutch. New York: Bantam Dell，2004，p. 354.

桃园"之死的困惑与无奈在危机四伏的今天更具紧迫性和现实意义,因为人们老是要在一座座美丽的"樱桃园"与一栋栋实用、赚钱的别墅楼之间做出太多太多的"鱼与熊掌"不可得兼的无奈选择。他们的困惑在于目睹一座座美丽的具有精神家园意蕴的"樱桃园"的毁灭时,深感无能为力,"困惑在物质与精神的不可兼得,困惑在趋新与怀旧的两难选择,困惑在情感与理智的永恒冲突,困惑在按历史法则注定要让位给'别墅楼'的'樱桃园'毕竟也值得几分眷恋",困惑在"发展进步"与"保守落后"之间界限变得日益模糊,让我们也像 18 世纪法国哲人卢梭一样不得不开始怀疑文明与知识,甚至怀疑我们自己,困惑在我们似乎总是听见:"远处,仿佛从天边传来了一种琴弦崩断似的声音,忧郁而缥缈地消逝了。又是一片寂静。打破这寂静的,只有从远处隐隐传来的砍伐树木的斧头声。"①若要恢复人之精神生态健康,接续人与自然间的脐带联系,必须扭转以追逐利润为宗旨的资本主义和以征服自然为目的的工业技术主导的社会发展模式,留住一座座濒危的"樱桃园",修复一座座衰败的"樱桃园"。由此可见,人之精神与肉体的健康与自然之间的关系问题绝非可有可无或鸡毛蒜皮之小事或琐事,而是人类个体和群体健康生存的首要问题。对祖祖辈辈生活在南方、又渴望自由的黑人而言,乍一看去城市北方当然是他们首要的选择,北方宛若自由的天堂,人间的乐土,但对获得自由的黑人而言,也许南方才是他们真正的家园,这里不仅可以养育他们的身体,还可以滋养他们的灵魂,也就是在南方,他们才可能如鱼得水,自由自在。在城市北方,他们似乎享有了与白人一样的平等与自由,但根深蒂固的种族主义又将他们圈定在狭窄的贫民窟,遭受与南方种植园奴隶制相差无几的环境种族主义的压迫与剥削,成了城市的游民,这种新型的城市种族主义及其滋生的恶果在理查德·莱特的《土生子》(*Native Son*,1940)得到全面深刻的揭露和骇人听闻的再现。由此可见,道格拉斯的田园主义既有违于美化城市北方的政治宣传式的白人废奴文学,也不同于一味妖魔化南方的多数奴隶叙事文学。

在芬塞思看来,道格拉斯的田园理想融合了两个田园主义修正版本:广泛关注他青年时期的自然世界和强化对非裔美国社区的重视。在该著中道格拉斯不仅回到自己的家,而且还回到了非裔美国人的大家庭,即使这仅停留在隐喻层面和不确定的未来,借此他提出了一个田园主题——个体的失落可以借助社区之爱

---

① 郑克鲁、蒋承勇主编:《外国文学史》(第三版)(上),北京:高等教育出版社,2015 年,第 358 页。

得到缓解，个人的自豪感也可以凭借责任得以复得。他实现此目标的路径部分是借助他童年神秘天真的田园主义，这当然只能在文学和记忆中得以重拾，部分是借助一种经过磨炼后成熟的田园主义，这种田园主义承认"人生本身就是欢乐与痛苦并存"①。

六　奴隶叙事生态悖论的美学阐发：被否定的主体性与自然间的亲密接触

崇高与创伤之间的关键区别在于主体与具有毁灭性威胁、难以言表的"他者"之间的相对位置，在创伤中主体被吸纳，他者的难以言表随之取代主体的自我表达；在崇高中，主体被远远地置于外面，表意的断裂成了被重构、被新赋权的个体或集体/种族身份的标志。换句话说，创伤主体做人的主体性遭到暴力否定，不能表达自己，而崇高主体短暂被终止表达，但被新赋权以实现超然的表达，这种方式反而成了崇高主体身份优越性或独特性的标志。从这个角度看，哈勒姆黑人作家远离黑人生活之恐怖和美丽的写作无异于占据了长期以来一直被白人独享的崇高位置。② 黑人作家深深介入崇高与田园，他们绝非亦步亦趋地步入白人作家之后尘，自然化（合理化）或神话南方历史和种族关系，他们的田园或崇高诉求，即使不是意识形态干预，客观上也具有强烈的政治倾向，因而他们的创作目的更复杂，而绝不是给白色传统戴上一副黑色面具。尽管这个时期首次出现了真正意义上的自然审美，但绝非白人作家笔下那种对崇高经验或田园经验的迷狂。甚至在哈勒姆文艺复兴时期黑人自然书写中出现了黑人身份"去自然化"的大趋势，这种状况曾出现在奴隶叙事中。由此可见，哈勒姆城市作家作品有一种"反白人自然书写"的特征，这是由于黑人与南方田园之间特有的伤痛环境经验所决定的。尽管这样，这些北方城市黑人作家对南方田园的消逝深感痛苦和惋惜，因为近来自然的失落被看成了是真正的失落。然而，对黑人族群来说，无论自然之美和他们的土地情结是多么的诱人，在与自然勾连时依然会感到恐惧，这是白人种族主义暴力给黑人族群造成的创伤，这种创伤铸就了黑人与自然之间一种"爱恨情仇"的关系。当然，总体上看，"恨"是主调，尽管这种"恨"是种族暴力胁迫产生的，但毕竟自然成了他们痛苦

---

① Ian Frederick Finseth. *Shades of Green：Visions of Nature in the Literature of American Slavery，1770—1860*. Athens：University of George Press，2009，pp. 287—288.

② Paul Outka. *Race and Nature from Transcendentalism to the Harlem Renaissance*. New York：Palgrave Macmillan，2008，p. 173.

的主要源头,这种与自然勾连的创伤已沉淀为他们的集体无意识。身陷南方时,黑人时常对自然恨之入骨,却挥之不去;漂泊北方时,自然又常常叫人魂牵梦萦,却遥不可及。城市艺术家们处于安全位置,怀着几分思念,眺望南方乡村景色,但他们并非真正希望回去。当然,我们不应该认为,在这些黑人作品中的自然审美是矫揉造作的,而应该认识到自然审美是历史的,并且总是语境化的,这是由于长期的、无所不在的黑人与自然之间的勾连隐藏的危险所造成的。在奥特卡看来,"这种新出现的文学是一种新型的自然书写,它既明确承认过去基于自然经验的、极为痛苦的种族历史,也明确承认这段主要历史所引发的,即使不是必然发生的,次生创伤——黑人与自然之间刻骨铭心的、多重健康有益关系的丧失"。① 也就是说,种族暴力下黑人与自然间的强迫勾连给他们造成不堪言状的痛苦,与此同时,贴近自然,他们也获益良多,从而形成了与自然之间爱恨并存的矛盾关系,北漂,意味着这种关系的断裂,因而也深感痛惜。

七 黑人南方土地情结的心理学阐释:一腔割不断的浓浓乡愁

实际上,在黑人作家中,不光是道格拉斯对南方土地怀着一腔爱恨交织的矛盾心情。从 19 世纪到 20 世纪美国民权运动时期,还有少数几位黑人有识之士、作家对南方土地依然一往情深,并从各自角度谈了黑人与南方土地间依依不舍的复杂情感,其中,19 世纪末、20 世纪初的著名黑人文化学者、作家布克·T. 华盛顿(Booker T. Washington,1856—1915)和黑人解放运动著名领袖、小说作家威廉·E. B. 杜波依斯在此方面都有着自己真情的表达。华盛顿曾这样写道:"如果我能借助某种神奇之力,我愿将绝大部分的黑人同胞迁回乡村,让他们植根土地,站在坚实牢靠、令人踏实的自然母亲根基上,所有国家、所有种族在那里繁衍生息已有了良好的开端,这种开端看起来缓慢艰辛,但却实实在在。"杜波依斯则认为,南方黑人区是"一片充满无数故事的土地,那里悲歌与欢笑同在,承载着丰富的人类生活遗产;那里既洒下笼罩着过去的阴影,也展示出美好未来的期许",这是一片千差万别的土地,希望与痛苦奇怪地交织。他也描写了种植园奴隶制对土地"冷酷无情的强暴"、种族压迫和剥削所导致的社会病态及大批黑人为追求自由而不得已加入"北漂进城"的人潮。"北漂"也导致严重的社会、经济、文化、心理的问题,这些问题

---

① Paul Outka. *Race and Nature from Transcendentalism to the Harlem Renaissance*. New York: Palgrave Macmillan,2008,pp.173—174.

单靠"经济"是无法解决的。① 因此，反过来说，黑人族群与南方土地间的问题绝不能简单地还原成经济问题，因而纵然在北方他们的经济问题得到解决，也不能说他们就过上了像白人一样的"幸福生活"。在道格拉斯看来，对于北漂的黑人而言，还有一个因离开故土产生的严重问题：心理问题。对此，道格拉斯在其著作《我的枷锁和我的自由》中也有许多表述，下文将做较为详细的分析。然而，无论什么样的生存理想，获得解放的黑人最急需的是实实在在的物质生活，接下来，他们还需一种健康的精神慰藉，对他们来说，这还远远不够。从长远来看，他们更需要一种生机勃勃的黑人社区，一种能振兴黑人传统文化、赋予他们独特文化身份的社区，这种社区一定是接续传统、扎根土地的社区，从中可获得一种深沉的归属感。否则，他们无非就是一群背井离乡、有体无魂的浪子。

在《我的枷锁和我的自由》中，"自然不只是被耕作的土地或天赋自由之领地，而且还承载着丰富的情感、多重的意义，是构建个体或家庭身份的源头。令人感到意外的是，道格拉斯还相信自然的生命力，这种意外主要归因于他的奴隶经历使他强力耕种自然，还由于西方主流种族意识形态将非裔黑人界定为'自然的一部分'"。有鉴于此，他亲身体验的自然代表"丰饶与美丽、权威与真切、危险与冷漠。这些品质都与他的归属感、责任感、艺术审美和自由观交织在一起"。为此，他能深刻体会"源于自然的解放性的集体力量，非裔美国人依依不舍的乡土情结"，就此可看出，该著对美国黑人文学史作出了别样的贡献。

（1）人类"他者"心理健康的心理基础：与"他者化"的自然为友

总的来说，斯托的自然符号激活了小说人物的生活、欲望和思想，但在《德雷德》中她对自然与黑人个体记忆或黑人社区之间关系的关注严重不足，也许这主要归因于她缺乏对奴隶制及奴隶生活的切身体验。对此，道格拉斯在其《我的枷锁和我的自由》中给予认真的关注并进行了精彩的描述。也就是说，道格拉斯不仅从政治层面、经济层面甚至宗教等层面考量黑人与南方土地之间的纠葛，而且还从心理层面探讨了黑人与自然之间的关系，并认为黑人与南方土地间的关系不能简单地还原为政治问题或经济问题，还应该甚至必须考虑心理问题，因为南方土地与作为奴隶的黑人个体心理或群体心理之间已凝结成了一种复杂交错的心理或精神情结，这种情结不能简单地用南方痛苦还是南方欢乐来浅度地加以描述，而是一种

---

① Ian Frederick Finseth. *Shades of Green*: *Visions of Nature in the Literature of American Slavery*, *1770—1860*. Athens: University of George Press, 2009, pp. 244—245.

"生态负担与生态美丽并存的悖论"①关系,这种悖论体验不仅深深地刻在黑人肉身上,而且还在他们的心理上打下深深的烙印,甚至已沉淀为他们的集体无意识,因而黑人解放的路径当然就不可能简单地将南方土地抛在身后,然后"到北方去"或"进城市去"就可实现了。关于自然与人之心理间关系的议题,美国生态批评学者苏珊·罗兰(Susan Rowland)在其《生态批评心理:文学、进化的复杂性及荣格》(*The Ecocritical Psyche*:*Literature*,*Evolutionary Complexity and Jung*,2012)一著中通过发掘瑞士著名心理学家荣格(Carl Gustav Jung,1875—1961)心理学生态内涵给予了较为深刻的剖析。

根据苏珊的分析,"荣格无意识理论的实质是为了凸显因性别之差异或在自然和被他者化的族群中遭鄙视、被边缘化的成员,这些成员会在个体化过程中因为自我的偏见而得到补偿"②。也就是说,针对作为奴隶的黑人而言,他们因为被剥夺了做人的基本资格被看成低级的"他者",而在现实语境他们会与作为他者的自然或其他弱势群体为伍,形成广泛的联盟,壮大解放自身和解放自然的强大力量。

苏珊还指出了人之心理环境与外在自然世界之间的紧密关联,甚至外在现实是心理现实的体现或客观对应物。"荣格心理学致力于在任何具体的社会环境中提升他者,他这样做是因为社会他者将会是心理他者的具体体现。荣格对创造性和无法完全被理解的无意识的强调涉及尊重他者的伦理立场,不论文化如何界定这个他者。鉴于无意识、性别他者、族裔他者、非人类他者本质上既被置于人之内又被置于人之外,荣格的心理学实际上解构了现代性对自然进行二分的他者化处理。"③在此,荣格不仅指出了心理与自然世界之间的对应关系,拆解了西方文化传统中存在并在近现代得到进一步强化的人与自然二元对立的惯性思维模式,而且还暗示我们现实中被"他者化"而遭受压迫的社会他者本质上是"心理顽疾"的表现,因此不能简单地被还原为经济、政治等"社会问题",因此,在解决这些所谓的"社会问题"时就不能采取简单粗暴的做法。那么,在探讨黑人、奴隶制、黑人解放之间的关系时,我们就必须认真考量黑人心理与南方土地之间关系、他们在南方这

---

① Kimberly N. Ruffin. *Black on Earth*:*African American Ecoliterary Traditions*. Athens:University of Georgia Press,2010,p. 2.

② Susan Rowland. *The Ecocritical Psyche*:*Literature*,*Evolutionary Complexity and Jung*. London:Routledge 2012,p. 21.

③ Ibid.

片土地上遭受的环境伤痛,得到的环境快乐和获得的环境力量。

荣格心理学还探讨了健康心理与自然环境之间的相互依存关系。他指出:"心理健康依赖于自我与无意识间富有成效的交流。的确,因为无意识是存在之源,深嵌于身体和自然之中,由此,心理成长致力于重构自然与文化之间的本然关联。"①荣格关于人的心理健康与环境之间关系的论述与废奴主义的政治宣传和废奴主义文学中对解决奴隶制的诸多探讨间存在着重要区别。南方土地不仅支撑非裔黑人祖祖辈辈生存的物理空间,还是培育他们心理成长的精神家园,与他们的无意识心理环境构成了不可分割的联系,因此,追求解放的黑人在离开这片土地后,他们很可能就成了有体无魂的浪子,意味着自己文化身份的消逝,精神家园的失落。甚至可以这样说,与自然相知相伴的黑人个体才是心理健康、生活完美的个体,与自然和谐共生的黑人社区才是精神健康、永续生存的社区,这才是黑人获得最终彻底解放的必由之路,难怪有学者、作家甚至主张获得自由的黑人应该返回、扎根南方,在那里,他们才可如鱼得水,恰如"旧林"之于"羁鸟","故渊"之于"池鱼",进入城市的黑人常常如出水之鱼,不仅不自然,而且还往往遭遇身份迷失、精神麻痹甚至死亡之困境。对此,道格拉斯有着精彩的描述,下文将做更多的分析。

(2)南方种植园伦理:"他者化"黑人和"他者化"自然

在《我的枷锁和我的自由》中,道格拉斯对南方种植园奴隶制给予了深刻批判,但他的批判并非像有些奴隶叙事或意识形态宣传式的白人废奴主义文学那样简单地采取反田园策略丑化或妖魔化南方,而是通过描写它的丰饶繁杂和病态奢华来揭示南方种植园经济实乃人类中心主义与种族中心主义合谋的产物。在该著中他这样描写种植园奴隶主豪宅中的病态疯狂物质消费:餐桌在琳琅满目、精心制作的山珍海味的重压下呻吟,这些美味佳肴来自世界各地,是用人的血汗换来的。天上飞的,地上走的,水里游的,地上长的,海里生的,北方的,南方的,美国的,外国的,应有尽有,似乎地球上的水果没有被忽视的,也没有被忘记的,奇花异草,珍珠玛瑙,都齐聚在这张餐桌上,都用来将餐桌装饰得金光灿灿,尽显豪宅之奢华。②

在此,最重要的不是食物而是胃口。他对餐桌的描写突出强调南方物质的充

---

① Susan Rowland. *The Ecocritical Psyche*:*Literature*,*Evolutionary Complexity and Jung*. London:Routledge,2012,p. 21.

② Ian Frederick Finseth. *Shades of Green*:*Visions of Nature in the Literature of American Slavery*,*1770—1860*. Athens:University of George Press,2009,p. 279.

裕而不是物质的匮乏,暴饮暴食的力量而不是奄奄一息的病态,因为自然的丰饶"都被一股脑儿地网络在这个大家族"之中。通过生动再现贪婪消费和种族排异的机制,南方田园这种荒唐的物质现实打破了对蓄奴家庭的浪漫形象。白人通过剥削他人劳动似乎已经实现了经书上说的上帝赋予人统治自然世界的权利,但是以魔鬼般的方式,将财富还原成了商品和地位的象征,以满足他们的权欲而不是食欲。种植园里"精心修剪、悉心照料的秀美草坪",柔软得宛若"鹅绒地毯",这些都显示白人文化对操控自然的痴迷,按照人之主观愿望人化自然以满足自己需要的强力冲动,在他们看来,自然无非就是满足人之需要、供他们消费的资源而已,因而他们对自然的态度就是功利主义、工具主义的。① 当然,奴隶主豪宅的井然有序与奢侈无度实际上都是通过对奴隶的暴力剥削而获得的,这样,奴隶经济就将动植物和奴隶通通纳入种植园贪得无厌的黑洞之中。在芬塞思看来,这些描写是对田园理想的否定,或者说,是反田园的,当然不是因为对牡蛎和芦笋等的欲望本身不道德,而是因为种植园代表着奢侈和剥削,不妨称之为"反农事理想",也就是,种植园不是自给自足的经济单元,而是寄生性的经济体。

(3)黑人对南方风景的矛盾态度之因:黑人被他者化处理

种植园白人文化的这种变态消费和种族主义暴力定制的奴隶身份扭曲了黑人的自然观,他们必须效仿白人,接受人类中心主义。在该著中存在大量想象中人与自然冲突的场面,揭示人与自然在心理层面和现实层面的矛盾,因而从某种角度看,该著记录了道格拉斯矛盾的甚至痛苦的心路历程。作为一个黑奴,他既要从自然中吸取精神养料,也试图操纵它,因为操纵自然是人之所以为人的标志,这是主流白人文化的精神内核,在这样的文化氛围中长大,为了争取享有"人的"身份,他只能甚至必须接受这种自然观,所以他时而将环境描写成为充满敌意、凶神恶煞的领域,时而又描写他控制自然的强烈冲动。这种操纵欲不仅源于人类中心主义的宗教风尚,当然也强化了这种风尚,也源于道格拉斯所生活在其中的文化的经济价值观,生活在这种文化中,黑奴要做自由人,就不得不抗争。就像他在农场劳作时,就必须控制桀骜不驯的牛。他知道,作为奴隶的他,他的命运实际上与牛相差无几,都是奴隶主的财产,都要挨鞭打。奴隶主打他,他打牛,"打与被打,这就是他生活的常态"。由此可见,他只有两个选择:要么与动物为伍,要么通过折磨牛之类的

---

① Ian Frederick Finseth. *Shades of Green*: *Visions of Nature in the Literature of American Slavery*, *1770—1860*. Athens: University of George Press, 2009, p. 280.

动物显示他的人性，证明他已脱离、超越了自然世界，通过操纵自然，以确保他在人类社会中的合法位置。也就是说，若要做自由人，黑人就必须效仿白人，就要剥削、操纵自然，这似乎是黑人之"宿命"。他曾这样说道："界定人的关键活动之一就是改变和改善环境，在此方面，非洲人，一点也不比欧洲人差，完全满足此标准。你会看见他把牛套在一起，给马套挽具，犁地……马用自己的背载着他，听从他的控制、接受他的统治。"①

　　作为奴隶，他们渴望实现"做人"的美梦，也因深受白人主流文化人类中心主义思想的浸染，他们确也接受了对待自然的功利主义做法。无论从现实层面还是象征层面看，他们都经受了抹不去的、无尽的自然伤痛。然而，古老的黑人文化传统并未彻底被同化或消失，他们深沉的生态情怀也得以惨淡延续，与此同时，南方秀丽的湖光山色给予了他们美好的精神享受，自然物质赋予他们抵抗种族统治和种族暴力的物质力量，也就是说，在黑人的环境经验中"生态负担"与"生态美丽"并存，他们特殊的环境经验使得他们与自然保持一种矛盾的关系，这种矛盾也深刻地反映在《我的枷锁和我的自由》一著中。从广泛的意义上来说，在《我的枷锁和我的自由》中，道格拉斯的田园主义伦理不同于其他废奴主义文学，甚至他自己早期自传中就确立了田园范式，因为他的伦理不仅质疑南方生存实践，而且质疑整个国家的价值观。在他看来，奴隶制及其种族统治和种族暴力污染了南方甚至整个美国的田园美景、山川河流，因而他的田园伦理颠覆了美国的田园理想。他在该著中这样写道：

　　　　一想到美国，我感觉到有时我对她真的充满了羡慕，羡慕她那湛蓝的天空、壮丽的老森林、肥沃的田野、美丽的江河、浩瀚的湖泊，还有她那耸入云霄的山脉。然而，一想到这一切都遭到地狱般可怕的蓄奴制之幽灵及其滋生的强盗恶行的诅咒，一想到我兄弟们的眼泪与她那滔滔的河水一道流向海洋，无声无息，被人遗忘，一想到她那丰饶的田野没日没夜地吮吸着我苦不堪言的姐妹们的热血，我的狂喜戛然而止，欢乐瞬间也化为忧伤，我的厌恶难以言表，我不由自主地责骂自己，对这片土地竟然还能说出溢美之词，因为美国不允许她

---

① Ian Frederick Finseth. *Shades of Green：Visions of Nature in the Literature of American Slavery，1770—1860*. Athens：University of George Press，2009，p. 283.

的孩子爱她。①

在此,道格拉斯将自然之丰饶与种族统治并置,用铿锵有力的声音说出了非裔黑人在美国这个自然之国的生存悖论:美丽与伤痛的畸形结合。有了奴隶制,一切都被毁了,美国已放逐了她的孩子们。他的谴责范围不仅包括奴隶制的南方种植园而且延及整个美国,南方田园遭到被奴役的人民的血液污染,而在其他地区则是无所不在的自然污染对非洲裔黑人施加体制化的暴力,也即是环境种族主义的压迫。作为曾经的黑奴,道格拉斯要在"美丽的"自然世界中找到真切的精神慰藉的确很困难,唯一的方式可能就是靠回忆,也就是回到天真无邪的童年。

八　黑人社区复兴的文化与现实路径

(1)回到文化之根:乡土

在《我的枷锁和我的自由》一著中非裔美国文学传统中的一个重要主题——"将乡村俗文化看成是力量之源和共同历史之根的一种形式"——反复浮现,尽管许多奴隶叙事也基于此文类,然而它们往往一味赞美北方的生活,主要是因为那里经济自由度相对较大,然而,该文类也对北方资本主义及其对社区生活的腐蚀作用持一种矛盾的态度,因为自由实际上也意味着必须离开南方,这就要离开故土和亲朋好友,为此,非裔美国人付出的精神代价难以言说,对此我们还未给予清醒的认识。因此,在该著中,道格拉斯极力倡导重建南方黑人社区,以克服离乡背井给个人在文化上和情感上所造成的漂泊无根的无奈,接续作者与其年少时的自然环境之间经验上的脐带联系。无论采取情感投射的形式回归还是现实的回归,作者总算回到度过美好青春时光的出身之地,也就在那里种族身份得以确立,也表达了一种基本的植根土地的欲望,因此,芬塞思认为,在《我的枷锁和我的自由》及其他非裔叙事中蕴涵的"南方引力"具有重要的启示意义,那就是,我们若要深刻理解人们熟知的大量非裔美国文学中存在的城市和北方引力,还应该联系作为反制力量的黑人希望定居在南方土地的深沉欲望。② 当然,回归故里并非要在法律上对作为家园的土地实际拥有,而只是一种想象拥有,这样反而更富有意义。正如布伊尔所言:"不管界定所有制的陈规如何,从更深层的意义上看,地方是归属而不是占有。"

---

① Ian Frederick Finseth. *Shades of Green*: *Visions of Nature in the Literature of American Slavery*, *1770—1860*. Athens: University of George Press, 2009, p. 280.

② Ibid., pp. 288—289.

对黑人而言，"地方情结内涵异常复杂之因在于南方土地被深深地打上了可怕历史和几代奴隶与大地交融的烙印，土地本身就像记载死者用血液写成的一部厚书，随着死者身体、经验及记忆的不断堆积而增厚，并变得日益沉重"①。由此可见，在诸多像《我的枷锁和我的自由》之类的黑人叙事中，黑人的个体身份、族群身份、他们的文化记忆、集体经验和南方土地是交织在一起，他们的记忆和经验不断地提炼、沉淀，几近化为"集体或历史无意识"，在他们的记忆和文化中不断浮现，拒绝入殓，从而将生者与逝者、过去与未来联系在一起。这类叙事呼吁不仅要在南方田野而且还要在北方城市重建非裔美国人社区，通过培育植根土地的自由社区来修复被扭曲的社会权利机制与破损的社会空间，医治社会创伤，遏制社会暴力，这是一种抵抗种族霸权和生态霸权的文化策略，这种抵抗归根结底是建设性的而不只是话语谴责，当然，叙事也涉及对南方风物的想象重构，进而重建具体的地方，以满足个体和社区心理、文化及实际需求。简言之，在芬塞思看来，道格拉斯最重要贡献在于"设想对社区的追寻与未受奴隶制污染的有机完整的自然世界之间存在基本的关联，不忘过去，追寻记忆，他的田园理想与非裔美国人社区之间存在广泛的联系，对此，他苦苦求索，以期在未来某个时候能梦想成真"。后来，道格拉斯这样说道，无论过去还是将来，非裔都不能离开农业，"高兴的是，我了解到，从肤色、形体还是外貌特征上看，我们是这片土地第一批最为成功的耕种者"。道格拉斯甚至将农业描述为"受压者的避难地，古老庄严的大地对种族、肤色抑或昔日的奴役身份没有偏见，对奔向她求助的人总是张开她那宽广的胸怀"。② 概而言之，他总是将种族的复兴、社区的重建与土地联系在一起，对此尽管有人不置可否，甚至横加指责，然而，在生态批评学者看来，乡村振兴与黑人社区重建的确是富有意义的构想，也是环境公正人士关注的重心。

总的来看，在《我的枷锁和我的自由》一著中，道格拉斯所描绘的田园理想超越了废奴主义文学惯用南方的"恶"与北方的"善"这种简单的二元对立模式，更为全面深入地看待黑人实际生存问题、其精神及自然世界相互交错的客观现实，从而深化了他的田园伦理。田园纯真的消逝不仅仅限于南方，甚至整个美国都是如此，当然，产生这种观念的直接动因主要是个人长大成人的无情现实，是自己精神的成

---

① Ian Frederick Finseth. *Shades of Green : Visions of Nature in the Literature of American Slavery, 1770—1860*. Athens: University of George Press, 2009, p. 289.

② Ibid. , p. 291.

长、认识水平的提高以及种族意识增强,等等。

有鉴于此,在芬塞思看来,《我的枷锁和我的自由》从黑人文化视角对美国生活给予了较为深刻的剖析。在探讨过程中,"道格拉斯重构了自然环境在他本人及其文化经验中的作用,并最终认识到无论从象征层面还是现实层面来看,自然世界都是振兴美国非洲裔社区之基础"。该著既是对早期奴隶叙事的修正,也是对奴隶叙事形式的必要反思,因而在19世纪50年代的非洲裔美国文学中其表现出更明显的想象自由和自信,自由能让道格拉斯重新想象与自然世界的关系,尤其他修正了美国田园传统和农事诗传统,旨在让美国的语言和象征颠覆它神话了的自我形象,借此宣称了自己不仅有别于南方,而且还有违北方之期待。也就是,他在熟知这两种话语传统的基础上,根据自己的独特经历和本族人民和本族文化之需,摆脱了南北双方文学传统"操纵性话语"的束缚,以独立的、独特的方式再现人与自然世界之关系。该著对自然的再现反映出作者对待自然复杂矛盾的态度,像其他废奴主义作家一样,他时而运用田园传统,时而运用反田园传统表达自己的自然理想。自然是个超越人类差异和人类冲突的特殊领域,即使它有时象征不同的区域身份。这种超越让"自然具有各种社会形态、社会习俗不具有的某种权威,同时也赋予了成功地将自己与'自然原则'联系起来的人之权威",当然,最为重要的价值是"道格拉斯将重建生机勃勃的黑人社区的事业与农事诗理想联系在一起,从而展示了一种非裔美国人的生活理想——文化健康取决于自然所提供的精神和心理食粮"。①同时,他也考虑到经济制度和宗教世界观对社区振兴战略的作用,这些又与美国主流田园传统和农耕传统之精神直接对立,因为这两种传统之思想基础是人类中心和种族中心,这也成了他对这两种传统进行重构或修正的原因。在该著中他时而也以自由之天堂的田园意象描绘北方,时而也以反田园的地狱之意象贬斥奴隶制南方,诸如:北方经济制度之优越对南方种植园经济,北方之自由对南方之压制,促进国家发展的北方自由经济制度对阻碍国家自然发展的南方蓄奴制,北方城市生活的和谐对南方种植园生活的非人道,等等。当然,尽管南北对照不无道理,然而仔细推敲起来,的确显得简单粗暴,有美化北方之嫌,让人难以置信。道格拉斯的这种做法有时仅是为满足一时的政治意图而已,并不代表成熟老练的"道格拉斯"恒久真实的想法,事实上,在他的叙事中,他一直就在试图摆脱这种简单粗暴的做

---

① Ian Frederick Finseth. *Shades of Green*: *Visions of Nature in the Literature of American Slavery*, *1770—1860*. Athens: University of George Press, 2009, pp. 272—273.

法或文学陈规。

（2）构建反种族主义生态崇高美学：可能与路径

从大迁徙到哈勒姆文艺复兴时期的黑人文学将自然之美和创伤融于一体，明显是为了对话和批评崇高和田园模式两种文学样态，也有助于阻碍白人种族身份建构的自然化过程。眼看作为文化源头之可能起点的南方农耕文化行将消亡，被自然之美与令人恐惧的暴力和衰败浸染的现实和传统共存的场域也随之逝去，对此，北方黑人作家忧心忡忡，在他们的字里行间透露出对故土的深切眷恋，从这个角度看，他们也参与了这种时空错位、欲望与失落相随的五味杂陈的文化风潮之中，这些都是崇高和怀旧叙事的核心元素。① 事实上，这些未曾亲历南方白色暴力的黑人作家们已经开始理性、平静地重审南方风景与黑人文化之间的关系，不仅继续再现商品化田园与黑人伤痛之间的关系，而且还开始摸索描写自然美与黑人文化之间有益的关系，尤其是自然美与黑人身份之间的良性互动。与此同时，他们还开始探索描写白色暴力所造成的南方田园的衰败及其对黑人文化的负面影响，甚至探索回到南方、拯救南方自然等主题。理性地看，黑人作家的这些文学尝试无疑对黑人文学和文化、南方自然以及黑人身份与自然之间的相互关系等都会产生积极的影响。

难怪奥特卡认为，现在到了构建一种反种族主义生态崇高的时候了，但要构建这样的美学，美国享受特权的白人应该意识到自然崇高经验在自然化（合理化）白色特权时所起的历史作用。当然，"白人生态批评必须进一步深入考量历史地理解自然经验何以不仅被白色界定，而且还将自己界定为白色。如果没有这样的意识，当自然变成白色时，那么白色只能不断寻找和具体化其独占山巅、无影无踪、无所不在的权力，也将总是与让自然成为自然的必然时刻失之交臂"②。也就是说，只有历史地考察种族之间的关系，厘清因土地而反映或界定的种族关系，才能让自然渐渐卸载其曾经的历史文化负担，不再增加新的文化负担，尤其是种族主义、性别歧视的负担。这样，自然不再是一个触发种族创伤和性别创伤的场域，它的本然面目得以还原，成为实实在在的生态自然，并最终成为最具包容性的、和谐共生的家园。如果说哈勒姆文艺复兴时期的北方城市黑人作家已能共享，更准确地说，至少

---

① Paul Outka. *Race and Nature from Transcendentalism to the Harlem Renaissance*. New York: Palgrave Macmillan，2008，p. 173.

② Ibid. , p. 202.

能分享一直被白人作家垄断的崇高位置,那么当今的世界,无论从历史角度还是文化角度看,昔日合理化种族创伤的漫长历史也许没有过去那样可怕,甚至黑人族群已经到达了一个"相对安全的时间节点"。具体地说,"自然崇高的经验也许恰好可用来有效抵御其所触发的种族创伤"。我们现在已到了构建具有普遍包容性、非歧视性、压迫性的自然崇高美学的时候。自然崇高高潮处突然喷发的不确定和关联的经验,与历史和人类文本之外存在物——我们都注定是其一部分的"自然他者"——的实实在在的接触,无疑开辟了重新想象历史、种族、具象及其他事物新的可能性,哪怕这只是片刻的接触。尽管崇高也最终滑入文本,但它依然指代与纯粹的超文本自然的片刻接触,依然指向文本外的某个东西或任何东西。强烈的自然体验所提供的这种对"人之文本的短暂而彻底的悬置"想必对超越昔日可怕历史之外思考问题的任何尝试都意义非凡,因为这种历史负担对人们可谓沉重不堪,如梦魔般挥之不去,人们常常无力改变。① 当然,在种族间关系的历史语境已发生极大改观的历史背景下,多元文化价值逐渐得到普遍肯定的前提下,体制化种族主义的自然创伤已成为千夫所指的对象,但在全球环境危机日益恶化的前提下,局部的、形形色色的甚至隐形的种族主义的自然创伤,用今天的话说,就是环境种族主义和环境殖民主义依然存在,有时似乎还呈现日益恶化之趋势,在这种现实背景下,如何构建生态崇高美学呢? 笔者认为,最重要的是要给"自然或环境"卸载,涤除其过去的种族主义环境创伤负担,为此,曾经作为环境殖民者的白人族群和环境被殖民的黑人族群都必须经历一番的"苦修",针对全球变暖等一系列全球性环境问题,二者必须相向而行,都必须在环境问题上达成某些妥协,形成共识。一方面,白人主流社会,尤其白人主流环境组织,无论是官方的还是非官方的,必须放弃根深蒂固的霸权心态,主动弃绝西方中心主义思维惯性,放弃对环境问题的垄断权,承认包括黑人族群在内的其他文化族群的"自然他者性"的合理性、环境经验的独特性以及他们诉求的正当性,让他们自然融入环境中,冲淡环境的单一"底色",逐渐让"白色的环境"变成"多彩的环境";另一方面,黑人族群应该立足现实,面向未来,对于过去所遭受自然创伤的历史应该采取"宽恕但永不忘却"的态度,在现实中积极参与环境问题的解决,帮助主流环境组织或社会修正或改变它们中所存在的有意或无意的、或隐或显的歧视性环境策略,增加其包容性,构建具有环境公正维度的新

---

① Paul Outka. *Race and Nature from Transcendentalism to the Harlem Renaissance*. New York: Palgrave Macmillan,2008,pp.202—203.

型环境主义,让自己成为环境议题积极的参与者和建设性的推动者,而不是消极无为的旁观者,不是愤世嫉俗的反对者,更不是肆无忌惮的破坏者。

小　结

黑人族群亲历的特殊历史在黑人心中乃至灵魂深处造成难以抹去的恐惧,这种恐惧不只是个体的恐惧或伤痛,早已演化成了集体的恐惧,集体的伤痛,不仅仅限于一代人的伤痛,而是一种挥之不去、刻骨铭心、具有隔代遗传的集体创伤或记忆,甚至已经变成一种集体创伤无意识。这种意识不仅影响黑人与其他族群,尤其是白人的关系,而且还深刻地影响了他们与环境的关系,这种关系总体上看是一种悖论式的关系。直到今天,这种生态悖论不仅依然存在于黑人文化之中,而且还潜移默化地塑造着黑人族群的生态意识,进而影响他们与非人类世界间的关系。当然,这种悖论还间接影响白人世界,尤其是主流环境主义运动。白人社会略过黑人族群奴隶制环境经验对其文化和意识的影响,从而误读黑人的自然观及他们对待环境问题的态度,诸如黑人对环境保护生性无兴趣,黑人对野生动物保护、荒野保护不关心,等等,因而排斥他们在环境运动、环境组织中的存在,甚至在制定环境政策时既不考虑他们的意见,也不考虑他们的感受,进而制定出带有歧视性甚至环境种族主义色彩的政策。

有鉴于此,在新的历史语境下,黑/白族群都应该或必须正视过去的种族主义暴力所沉淀的文化负担,厘清这种负担对彼此自然观的负面影响,走出彼此"仇恨"的历史阴影,在平等对话中认识黑人"生态悖论"的实质,让悖论逐渐得以化解,以构建正常、健康的黑人与自然之间的关系,这样,他们就能自然而然地行走于非人类世界中,穿行于山川湖泊间,体验自然的崇高。

第二节　白人作家田园叙事传统的实质:伤感怀旧,粉饰南方

美国内战以后,受到战争破坏的美国南方呈现一派荒凉景象,奴隶制伤痛笼罩整个南方,泪水浸透了土地,迷茫、失落渗入黑、白族群的精神世界。四季如春,鸟语花香,硕果累累的田园景象早已逝去,南方似乎成了悲凉、绝望的荒原。在南方溃败的大背景下,奴隶制度似乎成了千夫所指。然而,黑人和南方白人对待失败的

态度,尤其是文学上处理失败的方式却迥然不同。对黑人奴隶叙事作家来说,书写南方奴隶制的创伤,控诉奴隶制的罪恶成了他们创作的基调。与此同时,白人作家也被伤痛的气氛所感染,对奴隶制罪孽似乎也感到愧疚,因而书写"伤痛"和描绘田园,似乎也成了他们创作的冲动。然而,二者的田园叙事之精神实质却存在着本质的区别。南方白人的伤痛多半是哀叹、怀念南方伊甸园般神话的失落,美化种族主义暴力操控下的南方田园风景,回避甚至粉饰奴隶制的本质,从另一个角度为白人至上主义辩护。战后白人田园叙事与种族冲突白热化的战前保守绘画艺术家再现田园的方式在精神上一脉相承,其本质就是粉饰甚至颠倒种族关系,回避种族冲突,美化南方田园,无非就是为了宣扬南方种植园经济制度存在的合理性。

一 白人作家田园叙事实质:粉饰与回避

战后兴起的白人作家田园叙事传统,其实质是粉饰黑/白关系,美化南方田园,回避对黑与白及其与自然间关系的重构,在伤感怀旧中寻找失落的田园梦想,洗刷种族主义暴行,开脱反自然之罪。

内战的结束标志着奴隶制时期种族主义对人与田园进行体制化一体建构的结束,预示着环境危机和种族危机拉开序幕,也就是,"重构黑色、白色及战后环境之间关系的暴力斗争的开始"。内战的结束,宣告一个时代的结束,另一个时代的来临。然而,无论对黑人还是白人来说,他们都要直面南方环境而对黑色与白色之间关系进行激进的重构,对战前南方历史内容重新认识。至于如何重构以及如何适应这种新的黑/白关系及黑/白/环境之间的关系,这一切,绝非是明月清风下发生的一个渐进平稳的快乐事件,而是一场暴风骤雨似的革命斗争,是充满了腥风血雨的颠覆性社会浪潮。

造成这种可怕局面的根本原因在于,在南方这种根深蒂固的基于自然建构的白人种族主义面临颠覆性的挑战,而黑人身份面临激进重构。在奥特卡看来,内战结束后,这种合理化或曰自然化的白人至上主义面临双重挑战:一、内战后,需要对被割裂的种族与自然之间的关系进行重构,因为这种关系实质是为奴隶制辩护,支撑着黑/白种族身份的现实建构。新近获得解放的黑人不再被看成财产,不再通过鞭打、配种或拍卖等暴行而被迫与动物为伍,与自然等同。他们来往自由,付出劳动就得到薪酬,甚至有了自己的土地,经营自己的农庄。与此同时,白人身份也得进行重构。黑人的解放不仅从法律上结束了黑人主体与被驯化的动物等同的传统，而且还挑战长期以来从与"纯"自然的关联中"发现"自己非历史化的标准身份的白色，这种"纯"自然与奴隶田园截然对立。战争凸显了种植园经济对南方土地的破坏，战后的南方，满目疮痍，"纯"自然几乎消失殆尽，商业化的田园也难见踪影，笼罩在一派凋敝的气氛之中，这种气氛迅速呈现出种族化的特征。二、白人至上主义不仅需要重构黑色和白色与某些特殊形式的自然经验之间的本质关联，同时它还要试图将自己与战前种族历史的创伤割裂开来，而这种创伤恰恰是白人种族主义所酿成的恶果。然而，作为导致奴隶创伤的族群成员，南方白人不可能与战后的衰败、荒凉、伤痛气氛绝缘，更不可能完全推卸自己造成战前南方历史创伤的责任，这些创伤必然解构战前南方种植园白色幻想——南方伊甸园神话，为此，南方白人作家借助创伤模式，重写南方的白色基础神话，企图拯救失落的南方神话。①

战后白人文化产品浸透了伤痛，伤痛甚至成了某些所谓的败局白人作家战后怀旧幻想的核心内容，这些作家包括乔治·巴格比（George Bagby，1828—1883）、托马斯·纳尔逊·佩奇（Thomas Nelson Page，1853—1922）及乔尔·钱德勒·哈里斯（Joel Chandler Harris，1848—1908）等。他们试图根据阿卡迪亚模式重写战前种植园的奴隶史。这种失落的白色田园想象基于两个相互关联且歪曲历史的观点："种植园周围的土地异常丰饶肥沃，奴隶也乐意当奴隶。"这些田园书写的共同特征是抽空了奴隶的劳动，遮蔽针对奴隶的白色暴力，忽视了对自然的过度操纵，构建了一幅其乐融融、井然有序、稳定和谐的南方田园景象，他们"用战后怀旧取代战前的创伤，产生一种难以言说的满足，标志着不可言说的创伤被牵强附会地转化为败局之后的庸俗伤痛幻想"。在黑人奴隶叙事的"衰败、残酷、暴力及逃避"的气氛中虚构出"美丽、温柔、宁静和家园"，完全混淆甚至颠倒了黑/白与商业化自然之间关系。②用奥特卡的话说，内战后白人作家的战前南方田园神话书写疏忽的"不仅仅是奴隶的观点，而且还有风景自身的历史及其政治内涵"③。这种书写似乎切割了风景与种族范畴之间关系，让风景中立化，去种族化，去历史化，而在精神上，白色与"纯"自然实则水乳交融，二者互为表里，这样伤感怀旧的田园美景就能无意识、无批判地显示种族身份，并成为衡量给定主体种族标准的尺度。由此可见，战

---

① Paul Outka. *Race and Nature from Transcendentalism to the Harlem Renaissance*. New York: Palgrave Macmillan, 2008, p. 83.

② Ibid., pp. 85—87.

③ Ibid., p. 87.

后白人的田园神话书写依然是种族主义、人类中心主义的文化建构,其实质是为白人种族主义辩护,为白色与"纯"自然之间断裂的姻缘惋惜、伤痛。所以,奥特卡这样说:"不是无法忍受的过去打碎了现在,而是无法忍受的现在打碎了过去,掠夺性、商业化的方式将奴隶、动物及土地并置等同,构建了一个失落的绿色田园。"这种田园将奴隶的伤痛与针对他们的暴力遮蔽,并将伤痛虚构成了欢笑,暴力、冷酷的种植园主却被刻画成仁慈和蔼的父亲,血染的田园绿涂成丰饶的伊甸园,杜撰的白色神话取代了残酷的南方现实,这样推翻奴隶制的正义战争自然而然就被丑化成摧毁美丽南方的非正义战争。这样,是非完全被颠倒了,怀旧与创伤的内容也被颠倒,饱受伤痛的奴隶被忘却了,而伤害他人的奴隶主却被凸显了,他们及他们暴力维护的田园的逝去,让人留恋,令人惋惜,怀旧与创伤奇怪地被拧在一起,并希冀构建历史与当下的关系。

二 美国内战前保守主流白人绘画艺术:回避种族冲突,美化南方田园

生态批评学者芬塞思分析指出,美国内战以前的视觉艺术日益繁荣,图画如同文字一样,能极大地促进公众的种族伦理和奴隶制伦理的形成。在多种多样的图示再现之中,美国人的核心价值、预设及关注的重心得以反映并形成,在种族冲突矛盾激化的时期,除了政治话语,有关种族和奴隶制的视觉意象在政治危机时代也开始流行,并发挥其重要的影响,尤其是战前再现非裔美国人的南方风景艺术和绘画艺术,更不用说雕塑作品、照片、政治漫画及其他再现艺术形式了。这些图画艺术生动地再现、记录了南北的心理和意识形态差异,勾勒出地区间日益加深的分歧,其间经济冲突与政治冲突通过竞相凸显的种族形象和自然意象交织在一起,在这些艺术作品中,有的综合了这两种再现传统和它们独特的视觉话语,产生了一种被称为"种族风景"的艺术形式,该艺术同时再现了自然场景中的非裔美国人或白人与黑人之间的交往方式,进而"吸引观众去阅读风景中的种族:理解和发掘自然画面或意象中蕴含的种族内涵"。① 在视觉场景中,依据主/客、自然/文化二分的机制,种族风景实际在自然世界场景中上演了生动复杂的有关人类经验的戏剧,重要的是这种戏剧化的经验可能会打破或强化文化权力的主导范式,或更为常见的是,在这些文化权力框架中运作,要么利用,要么对抗这种权力机制。风景、自然场

---

① Ian Frederick Finseth. *Shades of Green*: *Visions of Nature in the Literature of American Slavery*, *1770—1860*. Athens: University of George Press, 2009, pp. 208—210.

景或自然物体可作为种族范畴的文化场域,正是因为它们似乎能明白无误、确凿可靠地言说人对自然世界的普遍反映,在这些看似风和日丽或美丽宜人的乡村风景下面,在田园或农事场景中愉快的劳动背后,潜藏着社会等级、人生无常、威胁与暴力。种族风景借助想象,运用美学技巧,试图唤起通达自然的经验,因此它能潜移默化地构建在社会秩序中对种族位置的认识。由此看来,"自然美学不会是,也永远不可能是未被中介化的自然之再现形式,这不仅因为艺术家个人的观点早已深深地受到了文化知识的制约,更因为绘画已经表明文化和自然早已相互交织"。对于种族风景而言,它保守的一面是确认现存社会、经济秩序的合理性,从反方向看,它也有解构和背离现存秩序的倾向。在此,笔者将简要梳理芬塞思对三幅保守白人艺术家战前的南方种族风景画的解读,以揭示它们背后所隐含的种族主义文化内涵。①

　　首先,他对白人画家威廉·西德尼·芒特(William Sidney Mount)的《在锡托基特叉鳗鱼》(*Eel Spearing at Setauket* ,1845)一幅画进行了详细的解读。

(威廉·西德尼·芒特,《在锡托基特叉鳗鱼》,1845)

---

　　① "三幅种族风景画"参见 Ian Frederick Finseth. *Shades of Green : Visions of Nature in the Literature of American Slavery* , *1770—1860*. Athens : University of George Press, 2009, pp. 212—213.

他在分析该画作时指出,它描绘了一幅风和日丽、景色迷人甚至诗意的田园景象,塑造了一幅黑白亲密合作的艺术形象,黑人妇女和白人小男孩优哉游哉地划着一条小木船在小河里捕鱼。在自然世界干这种活,她很是在行。她高高兴兴地指导白人小男孩,并很愿意与他分享人生智慧,生活经验。这种自然景象和社会祥和的田园理想超越了残酷的种族现实,遮蔽甚至颠倒了社会秩序中固有的种族和经济不平等现象,"将愤怒、嫉恨甚至背叛纳入社会和谐的幻想之中,因为在这儿没有麻烦事存在的空间"。对此,芬塞思指出,在这样的田园景色中,"自然美被用来传达社会和谐、精神自信及情感舒适""田园自身也希冀能做到最大包容,并认定对自然美有反应是人类基本特征,借助某种自然经验,个人和社会可以得到振兴,这是人皆具备的能力"。然而,事实上,这种艺术田园构建的虚假和谐完全从经济活动中消除人物的生产活动,压制了构建阶级身份和种族关系的经济力量。由此可见,自然意象是不能从现实世界的经济现实中抽出来进行抽象解读的。实际上,许多其他白人的绘画作品也存在类似的情况,它们都非政治化、非种族化劳动,让劳动成了黑人与白人"友好亲密合作"之乐事,更有甚者,将黑白合作美化成黑人主导,白人协助。它们都将黑人、白人的生存经验从现实生存环境中抽取出来,置入卢梭式的"自然状态"之中,制造黑白和谐的假象。种族间和谐的理想本身没有错,这些白人画家错就错在巧妙地将它作为遮蔽失衡的种族权力关系的残酷现实,甚至美化种族主义意识形态工具。所以,"这幅画让人从社会转向自然,并与自然世界激情遭遇,画中人物也沉浸在周遭环境之中,陶醉于他们共同的经验,以至于激烈的种族冲突早已不翼而飞"。无论对画中人物还是欣赏者来说,陶醉自然或许意味着忘却现实意识形态。然而,尽管画中人物及其美景是永恒的、静态的,对欣赏者来说,欣赏过程毕竟短暂,获得的愉悦宛若昙花一现,因为很快他还是要回到残酷现实,这样,"画中的种族和谐幻想反而变成一个更有力地衬托现实世界种族分裂的提示或对照"。① 由此可见,画家之本意是美化南方风景、粉饰种族压迫的残酷现实,而从欣赏者的立场来看,画家的意图最终可能被解构、被颠覆,因此,在种族矛盾激化的危机时刻,白人艺术家试图借助种族风景画作之影响维护现存社会秩序,稳定社会关系的做法,不仅成为空想,而且还会产生适得其反的效果。

环境和进化心理学的观点,在自然与人的关系方面存在某些共性,这是由于人

---

① Ian Frederick Finseth. *Shades of Green*: *Visions of Nature in the Literature of American Slavery*, *1770—1860*. Athens: University of George Press, 2009, p. 217.

类的心灵呈现出某些相似或一致的思想结构或模式。比如,人类一直相信大自然的心理疗愈力量,田园艺术就试图创生这种力量,这种信仰所反映的无非就是人类祖先对支撑生命的丰饶自然世界的依赖,正是这种残存的依赖情结将田园与敬畏自然和人类童年联系在一起,并在工业发展和社会存在损害了人与自然之间的关系时激活田园。由此可见,田园意识形态的意义超越了城市与乡村之间仅限于话语对立的观点,它所涉及的下意识和情感层面代表了田园最为强劲的方法——展示一种涵盖人类生活方方面面的愿景,为了承认其文化和话语力量,我们未必一定要共享此愿景。① 由此可见,田园理想具有一种普遍、深沉的魔力,这是田园艺术能经久不衰的深层原因。

　　然而,作为一种文化意识形态的载体,田园也隐含着诸多潜在的危险,它在竭力凸显人之共性时,淡化或遮蔽了人与人之间的差异性,因而不经意间强化了社会固有的统治结构。"田园文本常常唤起一种包容的平等主义,由此认为,不管人们具体的历史条件或身份如何,他们都基本以相同的方式回应自然,甚至野人都会从沉思外在自然中得到道德的提升,很明显,就是那些明确倡导平等的文本也提出了关于阶级和文明的有力预设,进而支撑着标准的意识形态框架,也就是,人类感受秀美或崇高有助于得到提升,从而摆脱'退化''无知'或'野蛮'。然而,田园试图掩盖人类对自然反应的差异模式,尤其是那些与种族和阶级相关联的问题。"② 也就是说,人会因阶级不同或种族差异而对自然产生不同甚至对立的反应,这要么是现实社会生存境遇的差异,要么是生存的自然环境的差异或历史文化积淀所造成的,掩盖差异或许意味着逃避社会现实,或许为了强化主流文化的结构,以标准化、齐一化、边缘化"他者",打压他者。对非裔美国人而言,他们的自然审美被深深地打上了种族歧视、种族暴力和奴隶制的烙印,他们所遭受的身体暴力和文化伤痛已经沉淀为一种挥之不去的集体无意识,这种意识与自然有着千丝万缕的联系,因而他们的自然审美或对自然美的反应显然与白人自然审美存在巨大差异,有时甚至对立。

　　美国白人视觉艺术再现非裔美国人劳动的另一个相关问题是黑人文化的失落。为了生存和适应新的环境,非裔美国人必须效仿白人,接受他们具有殖民特质

---

① Ian Frederick Finseth. *Shades of Green：Visions of Nature in the Literature of American Slavery, 1770—1860*. Athens：University of George Press, 2009, p. 213.

② Ibid., p. 222.

的文化,从而导致他们生存方式的巨变、原初身份的丧失,具体表现在两个方面,即新世界黑人社区的"去非洲化"(de-Africanization)和依照西方文化给定的二元对立模式重塑自己与自然之间的关系。为了适应西方文化,他们不得不采取人类中心主义式的态度处理人与自然间的关系,因为在西方主流文明中,文化主要是在与自然的对立中得以界定,要创造有价值的文化就必须超越或统治自然,所以在白人绘画作品中,非裔黑人的工作就是"为满足人之目的改善、管理或改变自然,作为文化的代表扩大或维护文明的疆域,当然,这也是农事诗的要旨"。在芬塞思看来,对此本无可厚非,而我们要问的是,绘画中的黑人代表哪一种文化? 他们带着什么样的文化价值或实践与自然遭遇? 对此,我们就必须要关注这些散居的黑人社区是如何适应复杂多变的社会和自然环境,为了生存,他们必须付出沉重的代价。这种代价首先指的是"新世界黑人社区的去非洲化,因为他们不得不使自己适应基于奴隶或基于贸易的经济模式",也就是说,不能像在非洲故土那样过着独立自主、自给自足、悠闲自在的生活,而是作为劣等的种族、受他人奴役的牲畜或工具而存在,因而,他们的身份和生存方式被彻底改变:从独立到被奴役。其次,"他们必须延续限制性的再现主轴——从古朴原始、无知无思的单纯(也就是,不适应)到掠夺性的操纵(也就是,适应)——据此黑人与自然的关系方能得到描写"。这种两极化产生的意识形态场域,也就是,作为自然力的黑人或作为西方文化维度的黑人,让我们难以从其他方式理解自然在人之生活中的位置,其结果主要强化了这样一种信仰:文明若要发展,自然要么被压制、要么被克服。① 美国白人文化(西方文化)对待非裔的文化态度可谓美国文化特有的"美国东方主义",对非裔黑人来说是一种沉重的文化负担,这种文化将黑人"他者化",他们被强行纳入自然领域,要么被规训、被开化、被重构、被统治;要么被放逐、被拘禁、被压制、被毁灭,就像哈里特·比彻·斯托的《汤姆叔叔的小屋》一著中被规训得逆来顺受的汤姆叔叔(Uncle Tom)和黑人作家理查德·莱特名篇《土生子》中对白人社会给予玩命的抗议与无情报复的黑人男青年托马斯·比格(Thomas Bigger)一样,然而,他们的结果都一样:走向毁灭。对其他非裔黑人来说,即使幸免于肉体之死的厄运,大多都遭遇文化之死,因为白人文化要求他们必须失去非裔文化身份特征,只能作为西方文化的副产品或负面而存在。由此看来,作为非裔的美国黑人,在与自然的关系上,他们必须接受非此

① Ian Frederick Finseth. *Shades of Green*: *Visions of Nature in the Literature of American Slavery*, *1770—1860*. Athens: University of George Press, 2009, pp. 234—235.

即彼的选择：要么与自然为伍，要么学会操纵自然，白人艺术在种族风景中再现黑人时多半遵循这样的文化逻辑。

至于种族风景之中对动物与人之间关系的再现不仅揭示了主流文化对待自然的态度，而且还从另一个角度反映了黑/白间的关系。在种族风景画之中动物常常作为一种重要的象征因素而存在，在视觉艺术作品中扮演着独特的角色，协调了文化世界与自然世界之关系，其中，鱼、马及狗是画中最为常见的三种动物。鱼通常仅仅作为猎物而存在，可是作为食物或商品时，它代表着自然的馈赠，与其说它是惹人爱怜或被人欣赏的食物，不如说它是人类智慧和劳动的成果。比较而言，马介入人类活动的程度更深，与人类间有着更多的心理默契，因而是在自然与文化之间内涵更为复杂、更具情感色彩的协调者，它既能替人做繁重的体力劳动，也能迅速地将人投送到目的地。然而，种族风景画上马所"承载"的却远不止这些，它还有助于阐明黑色与文化之间的纠葛，对此，芬塞思给予了恰适的分析。

（爱德华·特罗伊，《理查德·辛格尔顿》，1835）

他在分析爱德华·特罗伊（Edward Troye，1808—1874）以上这幅题为《理查德·辛格尔顿》（*Richard Singleton*，1835）①的画作时指出，乍一看，作者将画中三

---

① "Figure 4." In Ian Frederick Finseth. *Shades of Green*：*Visions of Nature in the Literature of American Slavery*，*1770—1860*. Athens：University of George Press，2009，pp. 212—213.

位黑人表现为强有力的文化代表,是体现自然力的马之塑造者和掌控者,他们为了特别的文化目的即赛马而驯马,因而他们充当了马直接的主人。尽管画中黑人的行为举止似乎蛮得意,然而,他们实际的文化权力却受到严格限制,他们都不是这匹纯种骏马的实际拥有者。此外,他们驯马不是为了从事农业生产活动,而是为了赌博,在多数情况下,法律上严格禁止黑人参加此类休闲活动。黑人所做的工作被纳入博彩经济之中,而奖金却不受他们支配,"尽管他们的服饰好像显示他们有身份地位,但他们的实际身份地位早已在驯马场外被界定、被限定、被强加,也被他们内化"。最后,芬塞思还指出了赛马业偏爱纯种或非杂交马的深层内涵。种族与品种的微妙类比,再配以作为表演者的马与驯马师在经济舞台中所扮演的相似角色,这一切都受到他人操控,由此可知,这幅画显示出黑人人性优于自然,然而,同时也必然揭示出他们在社会和种族等级制中的窘境。①尽管这幅画并未持守明确的政治立场,然而,其背景风景并未将场景自然化,主要是限定场景,尤其是画中这堵作为文化隔离墙物理象征的木栏,它似乎是一道不可逾越的屏障,它将风景隔开,将自然与文化隔开,也将黑人与白人隔开,这种一意孤行的文化力量弥漫整幅画。

芬塞思也对种族风景画《割草者之舞》(*Dance of Haymakers*,1845)中狗意象的文化内涵给予了解读②。

该画除了再现了黑/白融洽、和谐、欢快的场景外,室内舞场旁边那只小黄狗的存在也值得玩味。狗是最驯顺的动物,融入人类社会的程度也最深,狗因此承载的象征和心理内涵也最为丰富。在奴隶叙事中,狗往往以逃逸奴隶搜索犬的面目出现,本质上担当社会秩序执行者的角色,是令人生畏的白色权力的延伸。然而,这幅画中的狗以更为微妙复杂的方式协调种族、文化及自然之间的关系。室内几个白人劳动者在音乐的伴奏下翩翩起舞,室外一位黑人男孩注视着室内跳舞的白人,并伴随他们音乐的节奏,用一双小木棍在敲击,小狗则躺在地上注视着小男孩,顺着注视的顺序,这幅画建构了一种上升的叙事顺序,从动物到文化,黑人处于中间。室内文化达到顶峰,那里艺术活动和社区活动繁荣,室外的非裔小男孩和狗不仅因为都遭到排斥而且还因为他们的肤色而被联系在一起,可谓"同命相怜"。狗一直

---

① Ian Frederick Finseth. *Shades of Green*:*Visions of Nature in the Literature of American Slavery*,*1770—1860*. Athens:University of George Press,2009,pp. 237—238.

② "Figure 5." In Ian Frederick Finseth. *Shades of Green*:*Visions of Nature in the Literature of American Slavery*,*1770—1860*. Athens:University of George Press,2009,pp. 212—213.

（威廉·西德尼·芒特，《割草者之舞》，1845）

注视着黑人男孩而不理会身旁诱人的装有肉的盘，从而可看出小男孩明显是它的主人，尽管小男孩处于边缘，但他一直参与舞会音乐的制作，由此，他的"人性"从狗主人和参与舞会得以彰显，但还未充分发展，是介于狗与白人之间的，这种观点与那时主流文化流行的社会达尔文主义是一致的，是社会达尔文主义对文学艺术影响后产生的恶果，此类种族风景画实际上在借高雅艺术之名潜移默化地散播种族主义思想，支撑现实中的白人种族主义剥削与压迫。另外，室内风景居于中心，室外乡村风景有助于确立该画的隐喻内涵，即文明发展的等级制。①

　　总体上看，内战前的白人绘画艺术绝大多数刻画与家庭或社区失去联系的单个孤独的黑人，或存在于白人家庭中的黑人，他们都是白人家庭的延伸或附属品，就像气势宏伟的白人豪宅旁低矮的棚屋，白人艺术家似乎难以想象一个黑人家庭或黑人社区，这种不足不论是否是刻意为之，却代表着种族风景深层的意识形态危险。即使是那些刻画黑人英雄行为的作品也没能构想出在这片土地上存在健康的、自给自足的黑人社区，或盎格鲁社会藩篱之外成熟的黑人文化，在这片土地上，他们难以想象出自由、健康、独立的美国黑人家庭的存在。此外，黑人所干的工作也只能纳入白人主导的经济体系之中，而不是作为种族共同提升的基础。

---

　　①　Ian Frederick Finseth. *Shades of Green*：*Visions of Nature in the Literature of American Slavery*，*1770—1860*. Athens：University of George Press，2009，p. 238.

像那时的南方文学一样,在描绘蓄奴家庭时,白人艺术家往往竭力美化存在于田园乌托邦之中的种族交往,通过艺术处理,抹去种族冲突的一切痕迹,这些视觉艺术作品不仅是对事实真相的冒犯,而且对废奴哲学也是极大的威胁,这种威胁不仅否认了黑人痛苦遭遇的现实,而且不费吹灰之力就将他们卷入白人家庭的操控范围,黑人家庭不能独立存在,当然也不能完全融入南方大家庭。这样,在南方,黑人奴隶"既不在,也存在;虽是附属的,却是不可少的"。这种艺术作品实际上是在责备废奴主义试图摧毁和睦融洽的蓄奴家庭,捍卫南方"种植园幸福的神话"。①

三 白人怀旧田园神话的文化策略:消费黑色,粉饰白色,梦回田园

白人怀旧田园神话保留叙事时间结构,让温顺满足的战前奴隶的形象得以传递,并美化白人战前的历史,同时也将创伤内容转化成怀旧内容,让白人读者相信,奴隶制仁慈,战前南方"美丽、温婉、宁静,一如温馨之家"。无论是白人奴隶制辩护者还是黑人激进人士都认为,"黑人的记忆是生产奴隶制之真实的中心场域",因此,无论在奴隶叙事还是种植园田园书写中,"黑色是必要的确认历史叙事真实性的标志"。② 由此可见,黑色也成了黑/白族群争夺的话语场,因为黑色的真实与否,界定了奴隶制事实的可靠与否。在奥特卡看来,如果说在战前的南方,黑人奴隶被白色暴力强行纳入自然,与动物为伍,供白人掠夺,那么在战后种植园田园书写中,"黑人依然被看成是白人热衷生产和贪婪消费的南方田园风景的构成部分,他们自身却不是风景的生产者或消费者"。③ 换句话说,他们依然是沉默的他者,而被迫为白人代言,说出白人的谎言,其结果是,扮演的黑人叙述人在讲话时,失落的风景也与他/她一道述说,这样,真实的黑色与土地结合产生的创伤遗产原本蕴含不可接受的残暴和环境衰退,可现在却不断退缩,代之以伤感怀旧的种族和谐的伊甸园。在这种等级分明、丰饶无限的和谐田园中,黑人完全变成为人作嫁、隐姓埋名的背景,他们的内心生活及观点受到全面的压制。与此相对,白人是独立自主的演员,他们在种植园的事情是故事关注的重心,在他们的故事中没有黑人的位

---

① Ian Frederick Finseth. *Shades of Green: Visions of Nature in the Literature of American Slavery, 1770—1860*. Athens: University of George Press, 2009, p. 240.

② Paul Outka. *Race and Nature from Transcendentalism to the Harlem Renaissance*. New York: Palgrave Macmillan, 2008, pp. 88—89.

③ Ibid., p. 93.

置,黑色典型人物的存在无非就是为了增加被田园化的白人至上主义的那套离奇古怪的意识形态的可信度,试图借此取代战后南方现实的创伤根源,让怀旧取代创伤。用怀旧取代创伤的意识形态运作就需要消除黑色的内核,倒空黑人的主体性。当假扮的黑人开始说话时,他们行使的无非就是无限温存、宽厚的背景而不是人物的作用,他们是提供背景的、被想象的自然环境,只有白人及他们的生活才有意义。

这种白色田园怀旧神话书写"将完全打碎假扮的黑人叙述者的主体性,而后将其纳入浸透怀旧情绪的田园风情之中,为此,就得首先全面压制奴隶叙事记载的恐怖,尤其完全沦为动物自然之恐怖,这恰恰形成了许多奴隶被奴役经验的核心"[1]。换句话说,白人的怀旧田园神话是在否定现实、否定奴隶制暴力与恐怖的基础上构建起来的,是在现实暴力的基础上再施加话语暴力与话语殖民所产生的结果。"怀旧是规避主要通过否定而界定的当代语境,也依据失落的个体和集体的和谐幻想而构建当下"。正如黑人作家切斯纳特所说,奴隶制将奴隶的主体性打碎,而后将其融入各种形式的商业化自然之中,给奴隶造成极度的创伤,过度种族化、败局命定的田园风情或曰怀旧风尚,恰好颠倒了这种创伤,给白人提供了一种远离所犯下的血债的路径,也规避了他们深陷其中的战前创伤历史感染的风险。这种失落的白色田园幻想所引发的怀旧之风绝非只是治愈噩梦般过去的一种精神慰藉,这种对现实的否定也为失落的白人提供一种大胆行动的可怕资源,一种堂而皇之的迫害黑人的理由。换言之,就是否定刚获得解放的黑人的独立与自由。[2]

在萧条的战后南方,新近获得解放的黑人形象显得格外惹眼。他们的主体性曾经与南方风景无声无息地混为一体,可如今他们来去自由,可打嘴仗,可投票,可读书,可办农场,甚至还可与他们喜欢的人谈情说爱,这一切都应算黑人解放后作为常人该做之事,是符合人之常情,但于南方白人而言,这一切似乎违背天理人伦,要导致天下大乱。因为黑人在战后白色怀旧的田园神话中就没有存在的位置,怀旧风情构建的是一种僵化等级制的和谐幻想。从根本上说,奴隶制依赖于黑人与商业化田园,尤其是与驯养动物的等同合———一种感染性的伤痛场景,从超验主义运动及其后的时间,白色种族和文化身份主要在压制中形成——战后几十年经常发生暴力斗争,以图在与自然世界的关系中重构黑/白种族身份。斗争的形式多

---

① Paul Outka. *Race and Nature from Transcendentalism to the Harlem Renaissance*. New York: Palgrave Macmillan, 2008, p. 95.

② Ibid., p. 127.

种多样,诸如:吉姆克劳法导致的规模不等的微观或宏观种族隔离、土地租赁、"科学"种族主义及南方骇人听闻的私刑,等等。这些花样百出的种族主义表现形式尽管有所不同,但在精神上都是一致的,且与赞美西部、拥抱所谓非历史的、超社会的自然崇高之狂欢发生勾连,实质上都是拒绝承认或暴力否定被解放黑奴的人性,试图迫使他们重回商业田园,与动物为伍。①

四 白色田园神话与科学的合谋:白色焦虑不安的怪胎

从更深层的意义上看,战后白人种族主义如毒瘤般野蛮生长,种族暴力冲突不断,所反映的无非是白人族群对物种进化和种族身份不确定性深感不安,在曾经尚算"稳定的"传统种族身份面临瓦解时表现出强烈焦虑,为此,他们竭力甚至疯狂地将那些不稳定的种族身份严格限定在一整套种族主义预设的范围之内。恰逢美国种族冲突不断升级甚至有升级到战争危险的 1859 年,英国著名生物学家查尔斯·罗伯特·达尔文(Charles Robert Darwin,1809—1882)出版《物种起源》(*On the Origin of Species*,1859),全面阐明了他的生物进化论学说。白人种族主义者似乎找到了一根救命稻草,竭力运用被歪曲的达尔文理论或曰社会达尔文主义为他们的种族主义托词与暴行提供理论支撑。② 其次,种族主义者还运用白人主导下名目繁多的、带有"浓烈的"所谓"科学"色彩的种族学研究,"蛊惑人心,以便让人在与自然的勾连中形象地确定种族与种族等级制"。他们甚至宣称,"由于自然的原因,解放之说是走向种族屠杀的一步"。另外,种族主义者还从苟延残喘的原教旨主义和气势汹汹的种族主义中寻找理论支撑,运用恶毒的、耸人听闻的语言煽动对黑人族群的仇视,挑起种族冲突、对抗。他们宣称:黑人是洪水猛兽,应该接受白人的治理与惩戒,这是天经地义之事,否则,黑人的解放将会引发世界灾难。"《圣经》记载的无非就是上帝与人之间冲突的漫长历史,这是由于(白)人与黑鬼之间发生罪恶(性)关系的结果"。总之,哪怕一滴"黑色血液"掺和,无论多么久远,这个人就完全不再是人了,他就成了彻头彻尾的没有灵魂的"野兽",与其他任何动物或"自然资源"没有两样,都是上帝赋予白人的财产,供他们"剥削、屠宰、商品化、开

---

① Paul Outka. *Race and Nature from Transcendentalism to the Harlem Renaissance*. New York: Palgrave Macmillan,2008,p. 129.

② Ibid. ,p. 134.

发"等。① 这些荒诞不经的胡话明确表现在臭名昭著的白人种族主义者查尔斯·卡罗尔(Charles Carroll)的著作《黑鬼，野兽》(*The Negro a Beast*，1900)中，也许他被称为极端环境种族主义者更为恰当。由此可见，在白人种族主义者的这些胡话里，环境剥削与种族剥削是一致的，种族暴力与环境暴力也成了一码事，这些都是白人的宗教义务。这种白人种族化的环境态度曾经支撑中段航程奴隶贸易、早期对大西洋沿岸的开发以及牺牲荒野、殖民操纵田园化的美国南方，这些似乎都象征白人拥有土地的权利，但是在 1900 年似乎比以前任何时候更为活跃、更加恶毒。②

非洲黑人被界定为"难以归类的动物""人猴""介于非洲土著野人与野兽间的动物""介于猿人与黑人之间的动物""野兽与人猿间的动物"等进化过程中的过渡性动物。③ 更有甚者，黑人被赤裸裸地被界定为"黑野兽""色魔"或"黑色野兽色魔"④。像"难以归类的动物"一样，"野兽形象"具有双重作用：一方面是"否定黑人明明白白的人性"，另一方面是"净化白色或人性中任何与黑色或自然的联系"。至于"黑色野兽色魔"那就是更为恶毒的形象建构，黑人直接被界定为白人世界的威胁，尤其是威胁白人妇女人身安全的"危险的动物"，因而"罪该万死"，这实际上就为针对黑人尤其是黑人男性的各种极端的行为甚至暴行似乎找到正当的理由，诸如种族隔离、私刑等。在奥特卡看来，他们对黑人身份的这种界定实际上为了指出黑色与自然世界之间存在进化关联，而不代表未标识的白色人性与世界之间的联系，目的是切割白色与"野兽"之间的联系，如此也就顺理成章切割了白色与黑色之间的关联，这种双重切割将白色身份与自然和黑色彻底分开，从而为白色的田园操纵炮制出了充分的话语支撑。⑤ 简言之，黑色不仅在事实层面而且还在比喻层面，是一种过渡性动物，代表既非完全的动物，也非完全的人，是"处于人与自然之间的一个种族化的中间地带，这种地带标志着战后种族界定与自然经验之间关系正在经历重新调整"⑥。也就是说，战后的白人种族主义者要迫使黑人"回归"田园，让

---

① Paul Outka. *Race and Nature from Transcendentalism to the Harlem Renaissance*. New York：Palgrave Macmillan，2008，pp. 134—135.

② Ibid.，pp. 134，136.

③ Ibid.，pp. 129—131.

④ Ibid.，p. 136，139.

⑤ Ibid.，p. 131.

⑥ Ibid.，p. 130.

他们甘愿与动物为伍,而解放的黑人却要从地上站起来,要做人,要进入社会,甚至要与白人平分秋色,共享天下,由此可见,黑白之间的冲突就不可避免。

白人种族主义者认为,尽管黑人是野兽,但在奴隶制时期,他被"驯化",在一定程度上也算被"开化",他的温顺与其说是本性,不如说是奴隶制造就的结果。只要奴隶主的控制强硬,奴隶就快乐忠诚,有情有义,然而,一旦主人放手或弱化权力,他很快就会回到原初嗜杀成性的野蛮状态。在白人种族主义者看来,内战之后黑人的解放实际导致黑人人性的倒退,回到昔日最初的原始状态,这种状态准确无误地反映战后南方农业和工业所遭到的破坏。1901 年白人学者乔治·T. 温斯顿(George T. Winston)曾总结了黑人身份从驯养动物到野兽的所谓倒退:"在奴隶制时期,他像一个戴了挽具的动物,训练有素,温顺可人。在获得自由之初,解除挽具,但逆来顺受的习惯和温情依然还能持续,从而防止了脱缰。重建时期,出现了无挽具、无套绳、无笼头、无约束的意识,随之而来的是极度之狂野。"①这些都是白人潜意识焦虑、恐惧的外化,黑色恐惧是他们病态心理的投射,尤其集中反映在对黑人男子与白人妇女之间性接触的病态妄想之中,为此黑人男子被界定为"黑兽色魔"。在这种广泛存在的离奇幻想中,在白人妇女面前,黑人男子经历从人到狼的蜕变,这种变化进一步交织、强化了"战后对白人种族至上主义的种族、政治、经济、文化及环境压力",这种狂暴的幻想以象征的形式发挥作用,通过将黑人男子从内战前的温顺动物笼而统之地变成野兽而表现。战前的南方,种族关系在田园美景中似乎"融洽和谐",而战后的南方发生天翻地覆的变化,蜕变成了荒野,黑奴,尤其是男性黑奴也都成了"黑色畜生,恶魔般的野兽,总是潜伏在暗处,他色胆包天,残忍至极,甚至疯牛或老虎都没有他残忍"。② 由此可见,这种战后莫名其妙的"黑色恐怖"可谓发展到登峰造极的地步,恐怖之根源在于身份不确定的野兽般黑人在空间上、生理上、遗传上有入侵白人世界或白人妇女之危险,对白人领地的入侵必然腐化白人的本质,进而从根本上威胁白人身份在认识论和遗传上的稳定。那些种族偏见的人种学家和人类学家则着手运用科学的方法研究黑人的头、眼睛、鼻子、下颚、颈等,寻找"科学数据",以"科学"实证黑人与白人之间存在质的区别,"从而将他/她之前存在之偏见转化或绿化成'客观的'科学真理,将荒谬的仇恨、真切变

---

① Paul Outka. *Race and Nature from Transcendentalism to the Harlem Renaissance*. New York: Palgrave Macmillan, 2008, p. 137.

② Ibid., p. 138.

态的性幻想化为自然他者"。① 简言之,黑人获得解放后,尤其是重建时期及其后,作为支撑白人至上主义的中心隐喻——堕落、退化的黑色自然与纯白自然之间存在绝对区别——已经被打破,像败局怀旧田园风情一样,自然不再提供白色庇护地,黑色威胁侵入白色领地,黑人男子成了闯入白色领地最为危险的色魔,他威胁白色父权精心操控白人妇女的性纯净,就像解放的黑人威胁战前纯净田园并将其变成堕落、退化的荒野。和谐宁静的战前南方田园是生产白色崇高的场域,也是生产"纯化的白色女性生理性别——白色之子宫——的形象和宝库"。由此看来,田园、女性子宫都是白色父权精心操控的场域。这样,白色父权"玩命保护的白人妇女"获得了一种基本的土地或自然维度,从而使得私刑和种族恐怖主义都成了捍卫白人至上主义和白人男性统治黑人男性,尤其是统治白人妇女的意识形态工具"。② 由此可见,内战后包括私刑在内的针对黑人的各种形式的种族恐怖主义及种族隔离等实质上是为了维护白色空间的纯洁,严防黑兽色魔对白人妇女的性侵,从而从根本上污染白色领地。从这个角度看,三 K 党成员惩罚黑人,与其说是黑人犯罪,不如说是他的野兽身份,"对他施以私刑,既是因为他的所作所为,也是因为他的存在"。所以种族暴力"是、又是、总是、一直就是环境暴力的一种形式,换言之,野兽必须被杀掉,黑人必须被驯服,无论从实际层面还是从象征层面看,土地必须被置于完全顺从的、女性化的白色符号之下"。③ 也就是说,为了确保白色的绝对纯洁,野兽、黑人、土地、白人妇女必须在白色父权制的规训下存在,必须认可白色父权的绝对权威,照白色父权的规则生存。否则,黑色要么遭放逐,要么遭毁灭。在白人种族主义看来,战后南方的荒芜根本原因是所谓的"黑人解放和种族间欲望催化的恶果"④,因为解放导致黑人身份从战前的温顺退化为战后野蛮。

此外,奴隶制坚持"子从母"的传统,这种思想允许白人男子肆无忌惮地性侵黑人妇女,"子从母"就可在合理化的种族等级制框架下处理他们的后代并抹去父亲的义务,这实际上助长了对黑人妇女的强奸。然而,黑人男子与白人妇女之间的性接触则会产生完全不同的结果。这种跨种族的性接触严重威胁长期存在的种族/自然体系,也许这比其他任何别的方式的威胁危害都大。白人男子完全否认他们

---

① Paul Outka. *Race and Nature from Transcendentalism to the Harlem Renaissance*. New York: Palgrave Macmillan,2008,p. 140.

② Ibid. , p. 143.

③ Ibid. , pp. 145—146.

④ Ibid. , p. 144.

的孩子,而白人妇女则难以做到。基于此,几个世纪以来的白人意识形态都坚持认为,白人妇女,尤其是她们的生育,一直就是黑色动物之性暴力最容易、最实在可破坏的场域,由此可见,至少在白人种族主义者的臆想之中,白人妇女的生理性别,甚至子宫一直就是黑/白斗争甚至争夺的关键场域,当然也是白人父权极力捍卫的中心地带。这就说明了为何美国内战后"黑兽色魔"("the Black Beast Rapist")成了白色想象中挥之不去的梦魇,难以言状的恐怖,在私刑中也表现出美国历史上最为心理变态的施虐狂般的暴行和对黑人最为残暴的镇压。为了维护白人妇女/风景种族的纯洁和恢复自然种族等级制,白人妇女往往不得不牺牲自己的生命,这无异于"自我强加的私刑",这样白人妇女也将自己与动物等同并将自己并入田园风景之中,她们与黑人之命运没有本质的差异,可谓殊途同归,这是由美国南方奴隶制的本质所决定的。黑人、白人妇女、土地都是被白色父权制剥削压榨的客体。①

五 私刑:白色变态焦虑与恐怖的终极隐喻

白人种族主义者将黑人男子定义为"黑野兽"或"黑兽色魔"的真实意图是将黑人族群永远锁定在自然之中,与动物为伍,甚至认为黑人比真正的野兽还危险,这样就将野兽与色魔、黑色融为一体,生产了一个"自然的杂种他者",从而彻底将他们排除在白人/人的道德范围之外,任凭遭受包括私刑在内的各种形式的暴力。由此可见,白人种族主义者杜撰的"黑兽色魔"一说无非就是为他们施行惨无人道的私刑寻找荒诞的借口罢了。将强奸、黑色纳入野兽的自然化符号之下,随之而来的是为人熟知的种族暴力和环境暴力充斥在种族主义者的田园怀旧想象之中,提供了一个实际存在但却难以理解的种族暴力的重要模式——私刑。"私刑创伤的产生实际上是以极端的形式将黑色与自然世界的无言他者性之间的关联进行还原处理的结果,全面压制黑人的人性,正如我们所知,这一直就是白人至上主义运作的基本内容。"其具体表现为:获得解放后能说会道的黑人强行被转化为"疯狂的黑色野兽",然后在私刑中坠入生命的低谷,受摧残的身体被彻底剥夺了人性,实际沦为动物和土地,被剥夺了做人资格,被剥去了皮,被烧烤,挂在树上。② 在这些实施私刑的白人暴民心中,黑人就是野兽,完完全全的野兽! 当然,在实施私刑的过程中,

---

① Paul Outka. *Race and Nature from Transcendentalism to the Harlem Renaissance*. New York: Palgrave Macmillan, 2008, pp. 141—142.

② Ibid., p. 146.

这些疯狂的暴民在彻底否定黑人的人性时,他们也完全失去了人性,也变成了彻头彻尾的野兽!

至于实施私刑的白人暴民为何如此疯狂、如此残忍,以至于完全出乎人的理解范围,学者们也从多角度、多层面进行分析。大多数学者认为,白人暴民的残忍主要是由于他们内心的焦虑不安和古怪的幻想所致,诸如对黑人男子要强奸白人妇女怀有一种切切实实的,当然也是错误的恐惧,被压抑的情欲、愚昧的遗传惶恐、经济失衡、性别不安、经济和政治上机会主义的替罪羊,等等。当然,支撑这些解释背后的共同默契是一个主导型的隐喻:"黑人的低贱是由于自然世界的低贱,白与黑的关系反映人对动物和环境的自然统治。"①由此可见,人类中心主义是导致黑人悲剧的终极根源。当然,黑人男性色魔的隐喻是引发白人恐惧和憎恨的种族无意识关键意象,这既是把黑人转化成动物和自然的高度凝练的意象,更是现实体现,是无可辩驳、无可否认的铁的事实。针对私刑,学者们都给予不同的解释,试图揭示这些恐怖场景背后的种族化残暴的"真实"心理、经济或社会动机以及那种被强奸说辞所掩盖的实在的动机,私刑可谓无所不在,参与私刑的人数众多且来自社会各个阶层、各种职业,因而各种解释可能都有其合理的一面。比如私刑无疑涉及白人与黑人劳动之间的竞争和争夺黑人劳动而引发的经济焦虑;也涉及在面对所谓的黑人强大的生育能力而产生性焦虑和对这种能力的渴望;也给白人妇女提供了一个稳定她们政治权利的路径;面临自由资本主义制度下他们的无能表现,私刑的确也允许白人男子发泄他们受挫的情绪和心中的愤怒,等等。②但深入分析以上观点,会发现它们都有局限性。对受害的黑人而言,这些解释也许都是些无稽之谈。

为此,在奥特卡看来,我们难以完全理解私刑之内涵。"私刑代表理解可能性的完全坍塌,它的作用在于产生这样的坍塌。"由此看来,其他任何形式的再现话语都必然是残缺不全、无关紧要的。我们所有的解释或再现的尝试在无言的、摧残得面目全非的尸体面前,在面对白人旁观者全部沦为野兽般的疯狂时,必然显得苍白无力,滑稽的是,这些旁观者总是责骂受害者是疯狂的野兽。③换句话说,这些因

---

① Paul Outka. *Race and Nature from Transcendentalism to the Harlem Renaissance*. New York: Palgrave Macmillan, 2008, p. 147.

② Ibid., p. 148.

③ Ibid., p. 149.

私刑而疯狂的白色旁观者都变成了毫无人性的现实版野兽,而黑人男子至多是白人种族主义者臆想的黑人色魔隐喻,可怕的是真正的白野兽通过私刑将"黑野兽"变成了兽肉和自然,凭借暴力强行确立"黑色的本体论地位"——自然。私刑对黑人说:"你不是人而是自然,不是文本,而是语境;不是言说主体而是最初级的原料。"①也就是,私刑提供了一个人与种族主义化的自然等同合一的极端、彻底的例证,一个无法容忍的、不可再现的创伤物质基料,既不可能付诸象征而了之,也不可能付诸记忆叙事而沉寂,总是随时出击,伺机将自然世界还原成为恐怖、衰败之伤心地。

私刑及其创伤深刻影响黑人的环境观。深夜里黑人孩子们残缺不全的断肢被暴徒们随风洒落在自然世界中,私刑终于可怕地将受害人与非人类环境连接在一起,对此,不仅常人难以想到,体验自然崇高的超验主义作家们更不会想到。挂在树上摇晃的断膊缺腿的黑人尸体的意象必然深刻影响黑人心中的森林意象,并在他们心中打下深深的恐怖的烙印。独处森林,与风景融为一体,四面楚歌,与自然亲密接触,这些对于黑人来说意味着触发过去的伤痛,重逢昔日一系列伤痛意象。对于私刑,尽管我们可作出多种多样的解释,但对受虐的黑人来说,私刑是千真万确的,自然也是实实在在的,是他们环境经验中最为伤痛的部分,产生的创伤是挥之不去的,甚至沉淀、凝结为集体无意识,因而必然深刻影响他们的环境观。所以,奥特卡说,即使身处美丽和谐的自然环境之中,黑人的环境体验与白人必然迥异。"与产生崇高体验的风景之间的单纯融合存在着天壤之别,因为这种体验的自然流出,是为了显示白色。"②

第三节　缪尔自然崇高的实质:种族主义的建构

生态批评学者奥特卡在重审美国自然崇高之概念时指出,美国南北分界线与东西分界线相互交错,美国发展史理应是两条界线相互交叉且相互作用构建的历史。然而,实际存在的美国史却被限定在西部,这种对西部的痴迷隐含浓烈的、或

---

① Paul Outka. *Race and Nature from Transcendentalism to the Harlem Renaissance*. New York: Palgrave Macmillan, 2008, p. 148.

② Ibid., p. 150.

隐或显的种族偏见,是对真实奴隶制、奴隶创伤、内战、战后重建、私刑、吉姆克劳法等的逃遁,甚至企图用自然代替创伤,以抹去黑暗的奴隶制历史,因而亟待重审。在基于西部的美国史中,密西西比河所提供的严格限制的自由场域,奴隶制和经济暴力框定的自然空间被无章无法抑或自由奔放、意义模糊的西部领土取而代之,种族冲突的重心随之也从白/黑二元对立急转为白人/土著二元对立,奴隶制及其遗产、奴隶制创伤只能作为白人拥抱西部的背景、一个容易被忽略的背景,因为从某种角度看追逐西部的目的就是遮蔽这个黑暗的背景。

著名美国历史学家弗雷德里克·杰克逊·特纳(Frederick Jackson Turner,1861—1932)在其开创性且影响深远的论文《边疆在美国历史中的意义》①一文中就直言指出:"直到我们的时代,美国历史基本上是殖民大西部的历史","这个国家的真实历史观不是来自大西洋海岸,而是大西部……奴隶制斗争……在美国史上占有重要位置,因为它与西部扩张的关系","如果最终能这样正确地认识美国历史,那么我们就会明白奴隶制问题只是一个严重事件"。② 基于此,美国历史之真实内涵是广袤自由的西部边疆而不是令人伤痛、规整有序的南方种植园奴隶制。特纳的这种观点在崇高与创伤之间的纠葛之中有所反映,当然也反映在超验主义对奴隶制的那种暧昧态度之中。奥特卡甚至这样认为,崇高成了一种偷窥或对创伤的压抑,特纳的大西部象征完全能远离奴隶制事件,并将其纳入美国自我界定的民族崇高的大叙事之中。在他看来,奴隶制与边疆之间的纠葛提供了一个阐释、书写美国历史的基本框架:奴隶制创伤与大西部崇高之间,到底哪个真能界定美国历史的基本特征呢? 当然,于特纳而言,奴隶制仅仅是征服环境和制胜土著民族的宏大民族故事的一个重大事件,这样看来,白人中流行的西部热就不足为奇了。美国白/黑两个种族身份的构建都是在与自然经验的关联中发生的,因而如何处理与自然的关系不仅反映了白/黑两个种族的自然观或态度,还反映了两个种族之间的关系。

约翰·缪尔笔下的西部荒野及其体现的自然崇高可谓美国主流西部政治观的美学版,在看似崇高、中立的自然景色下面隐含着浓烈的种族主义偏见,因而亟待

---

① Frederick Jackson Turner. "The Significance of the Frontier in American History." Rpt. In *A Cultural Studies Reader：History，Theory，Practice*. Ed. Jessica Munns and Gita Rajan. New York：Longman Group Limited，1995，pp. 58—78.

② Ibid. ，p. 59.

重审。与此同时,如果我们将缪尔的自然崇高与爱默生的自然崇高进行对比,更显示出前者之不足,同时也看出作为超验主义作家、废奴主义者的爱默生在处理自然与种族关系的暧昧态度。

一 重审缪尔的自然崇高:白色的领地,黑色的缺位

美国早期环保运动的领袖、著名自然书写作家约翰·缪尔的自然经验及其自然书写明确反映了主流白人的自然观,也揭示了他们的种族观,他的观点与当代著名美国黑人女作家托妮·莫里森的观点可谓南辕北辙。对缪尔来说,西部是白人想象构建的超历史、超种族关系的纯自然空间,也是构建"纯白"种族身份的自然场域,这样就规避了与罪恶奴隶制之间的纠葛。然而,在莫里森看来,一种"持久的非裔"语境一直就存在于西部崇高之中,然而,黑/白种族冲突的历史却变成了新的、被称为去历史化的白色形态,尽管如此,西部依然保留奴隶、战争、私刑等创伤历史的痕迹,甚至可以这样说,西部荒野依然是种族中心主义的建构。尽管奴隶制及遗产似乎被抹去,但自然在试图取代创伤时,也不断地触发创伤,而不只是遮蔽或压抑它。有鉴于此,奥特卡认为,这也许合理解释了为何美国黑人往往"自然而然"地疏远当代基于荒野的主流环境主义和生态批评,因为二者都扎根于 19 世纪末兴起的去历史化的崇高西部风景热潮之中。① 西部风景的底色是白色,在当代语境中,赤裸裸的白人优越意识似乎已隐去,消失在合乎成规的自然背景之中,然而,白色依然占据主导,其他族群则无类似退隐之路径。可以这样说,在西部的白色幻想中,黑色明显缺位,如此创建的自然空间,因"纯洁"成了具有国家性质的地理空间,可在 19 世纪的创建过程中却洒满了少数族裔人民的血与泪。在现实中,种族创伤被忽视,白色似乎消失得无影无踪,散布在广袤的西部,融入"自然的而不是历史的存在"②。由此可见,自然崇高具有种族特征,自然崇高的经验也必然与种族身份相关联,忽视构建西部崇高风景蕴含的被自然化的种族历史,尤其是黑人族群历史的创伤,崇高自然经验成了让白色隐去的途径,与此同时,白色社会霸权阴魂依然无处不在,从而使得"崇高西部"充满文化迷雾,因而需要透过少数族裔文化视阈进行检视,拨开笼罩西部的迷雾,露出西部风景的"真容"。根据奥特卡的分析,崇高

---

① Paul Outka. *Race and Nature from Transcendentalism to the Harlem Renaissance*. New York: Palgrave Macmillan, 2008, pp. 153−154.

② Ibid., p. 154.

西部实际上是"激进超验主义的"自然与意识形态自然的融合,超验自然让崇高与白人主体相结合,赋予一种超自然的、超历史的身份,意识形态自然通过动用"自然"将社会凝聚在一起。[①]当然,奥特卡本意并非要宣称爱自然本质上是白色的,或认为自然崇高"必然"就是白人至上主义者的专属之地,而是要认清自然经验的历史种族背景,承认历史铸就的环境经验的多样性和特殊性,避免借自然或环境保护之名延续种族主义的自然文化遗产,甚至在环境危机日益恶化的今天,奉行环境种族主义行径,强化对少数族裔人民的环境剥削与压迫。

在19世纪大事频发的美国,除梭罗以外,也许没有谁比缪尔更为热烈地赞美美国风景,拥抱崇高荒野。在笔者看来,尽管二者无论在理论上还是在实践上都对自然表现出极大的热情,但相比较而言,梭罗更多地从理论上阐明荒野的价值和人与荒野自然之间的关系,强调人对自然的依赖性,并在其自然思想中渗透了强烈的社会批判性,或者说,其社会公正诉求与生态诉求交相辉映。然而,缪尔则更多地从实践上、行动上突出强调自然之崇高,践行人与自然一体化存在的生态构想,他的"人"主要指白人,比较而言,缪尔的生态诉求似乎显得更"单纯"些,表现出痴迷自然崇高的"偏执",在其生态思想和生态实践中有刻意回避如火如荼的种族冲突和奴隶制、种族隔离及种族主义创伤的倾向,因而存在着或强或弱的种族歧视。

作为美国19世纪新兴资源保护运动最早的发起人和领袖之一,缪尔创立了美国最重要的环保组织塞拉俱乐部(the Sierra Club),对美国国家公园体系的建立立下汗马功劳,因此被尊称为美国环境主义运动的保护神。他对荒野和荒野经验价值的诸多论述一直就是主流美国环境运动的核心内容,因而他对美国环境主义运动的形成及其发展发挥了举足轻重的作用,但他的环境思想是在回避内战创伤、奴隶制的暴力、种族对立、冲突的过程中形成并与他的种族观相互交错,因而他的种族观也深刻影响美国的环境运动,甚至可以这样说,他的种族偏见也深刻地渗透到美国主流环境主义运动中,或者说,美国的环境主义从根上就带着种族主义的歧见,并在发展过程与种族主义结伴而行甚至沆瀣一气。作为环保主义先驱,他教导整整一代美国白人要心存敬畏地看待荒野,理解荒野是"成千上万心力交瘁、文明过度"的人的还乡之地,在那里,个人在情感上和精神上都可重获生机。他告诫人们荒野是必不可少的资源,山中的公园和保护地有用,不仅是因为它们是"木材、灌

①　Paul Outka. *Race and Nature from Transcendentalism to the Harlem Renaissance*. New York: Palgrave Macmillan,2008,pp.154—155.

溉用水之源",而且还是"生命之源"。然而,缪尔却没有提到,这些"文明过度的人"主要指白人,对作为"还乡之地"的荒野来说,它的多数原住民绝无此机会,因为他们要么被赶走,要么被杀戮。此外,享受荒野体验绝非人人都可,也并非人人都对荒野有同样的审美感受,由此可见,缪尔的西部绝非是"人人共享的家"。①

作为一位"职业旅行家"、博物学家及自然书写作家,缪尔从一开始就采取一种自然与人文泾渭分明的立场,自然风景与战争引发的政治、种族动荡及其后果互不影响的观点。与此同时,其"游记"中描写黑人的笔触也浸透了主流白人社会根深蒂固的种族主义偏见。内战期间,他为了逃避兵役,竟然北逃至加拿大荒野。在其"游记"中,内战成了影响他旅行的障碍,所以他只好选择"令人愉快、自由顺畅"的路,他透过"野性十足、草木茂密、人迹罕至的原始森林"的视角欣赏浸透了种族和政治内涵的风景,一个远离战火、创伤、仇恨、悲痛及种族主义撕裂的地方,森林中高大橡树似乎"张开双臂欢迎他"。然而,就是这些欢迎他的森林,在美国内战期间,对逃逸奴隶和南北双方的士兵来说可不是愉快的荒野体验,更不可能享受非人类大树热情友好的拥抱,高大橡树可能是埋伏、私刑或藏身之地。缪尔与南方自然风景融为一体,可让享有特权的白人读者突然将自己置身于充满暴力、浸透种族内涵、具有强烈政治、历史甚至军事化色彩的风景之外,迅速忘却战争的创伤,轻松掠过种族主义的恐怖,尽情享受自然之美,让一切回归正常。可对于亲历南/北创伤历史和黑/白种族对立的人,尤其对于黑人族群而言,在欣赏自然风光时要彻底抹去风景上附着的社会内涵几乎不可能,往往触景生情,森林对黑人族群而言,他们真的会"遵四时以叹逝,瞻万物而思纷"。当然,他们所叹、所思的一定是奴隶制及其遗产给他们造成的难以言表、不可忘却的肉体和精神创伤,正如黑人生态批评学者拉芬所说,生态痛苦与生态欢乐共存于黑人的环境经验之中,这种生态负担与生态美丽并存于他们生存境遇中的悖论是他们在美洲大陆的痛苦遭遇所铸就的。②可在缪尔看来,人犹如树,经历战争创伤后能自然修复,大自然也因此能重获勃勃生机,什么种族主义、经济的冷酷等之类的老大难问题都被归在缪尔的主导性自然隐喻之下,创伤的代际传递被遮蔽了,消失在树丛之中。

① Paul Outka. *Race and Nature from Transcendentalism to the Harlem Renaissance*. New York: Palgrave Macmillan, 2008, pp. 155—156.

② Kimberly N. Ruffin. *Black on Earth: African American Ecoliterary Traditions*. Athens: University of Georgia Press, 2010, pp. 2—3.

二　缪尔的崇高风景：对黑人人性的否定

在美丽的自然风景中，在超历史的缪尔笔下，黑人实际上不是常态意义上的"人"，甚至可以说，黑人的人性惨遭缪尔的否定。他善于，当然未必总是有意识地，运用歧视性语言刻画善良的黑人，让模式化的黑人形象自然流出，但与自然融为一体的南方黑人是低贱的标志，可与崇高自然风景融为一体的白人却是种族优越的象征。白人通常被刻画成房主，他们以耕种、探矿等方式与土地打交道，与缪尔的谈话常常也幽默风趣。尽管他们并非总是拥有缪尔的自然之爱，但像缪尔一样，他们都享有主体的身份，都能欣赏、观察、描述、作用于作为客体的自然，毕竟他们是农场主、探矿者。比较而言，缪尔常常将黑人看成自然的延伸，以居高临下的姿态与他们交往，并没有按照描写南方白人的方式描写他们，依然延续了类似于奴隶制时期及后来的败局作者所采取的对黑人进行模式化刻画的套路。他将帮助他渡河的黑人男孩描写为一个"亚人类自然怪物"，比如，他像一条"虫"，一个"奇怪的家伙"、一个头发长得"像美利奴绵羊毛的印度橡胶洋娃娃"。缪尔的种族主义观念不仅表现在他看人、看事的方式，还表现在他的语言和眼神将黑皮肤的人碎化为非人后并入风景的过程中。① 在他与南方黑人的交往中，黑人始终处于被动的位置，与他们没有平等友好的对话与交流，他们几乎完全"失声"，黑人宛如他手中的橡皮泥，任他捏，他们被言说、被代言、被刻画。当然，对他那个时代的白人读者来说，这些刚获得解放的滑稽可笑的黑奴刻板形象就是茶余饭后的笑料，在轻松愉快的欢笑中确证自己的优越感，不受他们痛苦遭遇历史的影响，与缪尔一道沉浸在自然万物的狂欢之中。

尤其在他记述佛罗里达之行的文字中，他对黑人与自然风景一体化的种族主义式刻画可谓糟糕透了。由于他对当地的亚热带生态系统不了解，也感到不适应，因而当他进入不熟悉的森林时，将其想象为"到处都是黑人强盗的家园"，而后彻底打碎黑人主体性并将其并入野性的风景之中。这种黑色与风景之整体融合有威胁缪尔将世界构想为世界之家的危险。在奥特卡看来，缪尔之描写在衰败与崇高之间极力摇摆，对黑人的形象刻画实际上也在"天使与魔鬼，人与动物"之间剧烈晃动，他的感受可谓西部崇高经验的反面。他深入森林时，森林所呈现的不是超验的

① Kimberly N. Ruffin. *Black on Earth：African American Ecoliterary Traditions*. Athens：University of Georgia Press，2010，pp. 159—161.

风景,而宛如海洋般令人窒息,奥特卡称之为"美国生态批评之黑暗心脏,种族身份与自然世界坍塌的场域,借此缪尔的白色自然崇高最终得以确立"。① 在笔者看来,就白人与黑人之间的关系而言,北方与南方、东方与西方之间关系近乎后殖民批评家萨义德所指出的世界"西方"与"东方"之间的关系,即"权力、统治及程度各异的复杂霸权关系",西方构建庞大的知识体系东方学,旨在"操纵、重构、统治"东方,借此透视、生产东方,东方实际上是西方的"替身,甚至潜意识自我",西方通过生产东方而界定自己,彰显自己的优越性。② 美国主流白人生态批评及其思想基础在其发展过程中,就隐含浓烈的种族主义偏见,因而遭到以少数族裔为代表的环境公正人士和具有环境公正视野的白人生态批评学者的强烈质疑与批判,并极力推动其转型,走向环境公正生态批评,随之也催生了包括黑人生态批评在内的少数族裔生态批评。③ 在此,南方风景及其黑人居民都成了缪尔构建自我和构建白色崇高风景的他者化客体,只有通过对该客体全方位负面的甚至否定性的描写才能界定、凸显"白色"崇高的价值和白色的优越性。我们也可明白,奥特卡之所以称其为"美国生态批评之黑暗心脏",就是要敦促我们密切关注主流白人生态批评及其思想基础——美国主流环境主义——中存在的形形色色的种族偏见,倡导少数族裔文化视野的积极介入,警惕白色崇高下的压制,绿色背后的歧视,以实现基于环境公正的、有多元文化平等参与的普遍人文生态和谐。缪尔对南方的他者化描写透露出他内心"深刻的焦虑",也就是,他徘徊在两种矛盾、对立的诉求之间。一方面,他要毫无保留地接受主流白人社会中盛行的一种普遍的种族主义预设,也就是说,黑人本质上更贴近自然,是进化不充分的亚人类动物、野兽,或用缪尔的说,是"虫子""橡胶""魔鬼"。实际上,黑人与自然世界等同并置的野蛮历史是奴隶制运作的基础,也是白色建构黑人身份的基础。另一方面,他又致力于构建白色与自然世界之间的本然关系,将自然经验看成是"文明过度的"白人"返乡"。这种基本的结构性经验——人之身份与自然身份之间的强势融合——决定白/黑种族身份时而紧密关联,时而泾渭分明,甚至水火不容,从而建构了新型白人至上主义及其对立面——黑人臣属身份。白色本质上扮演"意识形态警察行动"的功能,它可根据

① Paul Outka. *Race and Nature from Transcendentalism to the Harlem Renaissance*. New York: Palgrave Macmillan, 2008, pp. 161—162.

② Edward Said, "Orientalism." In *Critical Theory Since Plato*. Ed. Hazard Adams and Leroy Searle. Beijing: Peking University Press, 2006, pp. 1370—1372.

③ 胡志红:《西方生态批评史》,北京:人民出版社,2015 年,第 120—124 页。

需要,时而将绿色变成白,时而又将其变黑,从同一物种、同一地方生产出绝对的种族差异,这就是缪尔的悖论,也是美国生态批评的悖论。①

当然,缪尔对黑人与风景之间的亲密关联的描写甚至对黑人与土地之间界限的消弭,实际上也是赋权和尊严的可能源头,至少缪尔的环境主义哲学理念推崇人与自然之间的关联对人极为健康有益,甚至认为自然是文明人归根、还乡之地。从这个角度看,缪尔对黑色与土地之间界限的拆解严重威胁西方环境主义运动的宏大意识形态工程——提供白色一个可体认的非历史化的自然风景,以弥补内战创伤后的缺失。为了确保白色至高无上的地位,他甚至简单粗暴地将黑色置于动物之下。不像"飞鸟和几乎所有的野兽……这些黑人让他们的小孩子一丝不挂、无巢无穴地躺在泥土中",黑人突然从动物与人的连续体上滑落,比非人类自然还低贱,这样可明证白人的优越,他这种观念深刻影响他所开启的现代环境主义运动,黑人还不如动物重要,因而"环保运动"的任务是保护生态环境及其上的稀有动物或濒危动物而不是保护"濒危的"人,当然,更不可能保护黑人。② 这实际上为历史悠久的美国主流环境主义打造了一个持续遵从的、不成文的默契或曰潜规则——白色/自然/黑色等级关系,将荒野保护置于各种形式的污染问题之上,而遭遇这些污染的人群往往与种族和贫穷紧密关联,这必然催生草根环境公正运动,以抗拒环境种族主义及其他形形色色的环境歧视。此外,美国主流环境主义运动还因为关注荒野而忽视城市,尤其是忽视城市少数族裔日益恶化的生存环境,这就是美国主流环境主义的最大"盲点",也是最遭少数族裔人民诟病的一点,尤其是它最为激进的分支深层生态学遭到了国内外环境公正人士及少数族裔族群的强烈谴责。③通过上文简析,我们也可理解针对环境问题所存在的两种对立的白/黑观点:一种是在白人生态学者中流行的说法,"黑人不关心环境";另一种是黑人族群中流行的看法,在主流环境运动中种族和社会公正多半是个无关紧要的问题,白人关心更多的是濒危的鲸和斑点猫头鹰而不是城市中黑人青少年的生存问题。④ 当然,白/黑就环境问题所发表的各种观点绝非偶然现象,也未必是故意诋毁对方,也并非都"不符

---

① Paul Outka. *Race and Nature from Transcendentalism to the Harlem Renaissance*. New York: Palgrave Macmillan, 2008, pp. 162—163.

② Ibid. , p. 164.

③ 胡志红:《西方生态批评史》,北京:人民出版社,2015 年,第 25—32 页。

④ Paul Outka. *Race and Nature from Transcendentalism to the Harlem Renaissance*. New York: Palgrave Macmillan, 2008, pp. 164—165.

合事实",这是由于长期白/黑交错、对立关系的历史在当今日益恶化的环境问题上的新表现,这种白/黑对立紧张的关系可望在兼容环境公正的新型环境主义中逐渐缓解甚至最终消失。美国主流生态批评曾因深受主流环境主义的影响,承袭了它的"盲点",将城市置于生态批评研究视阈之外,但因受到生态批评学术圈内外学者的强烈质疑,最终也顺应环境公正的诉求将城市也纳入其研究视野,从而极大地扩展了其研究范围。

根据奥特卡的分析,缪尔的自然书写一方面充满了对黑人族群种族主义式的模式化形象刻画,另一方面也致力于对西部自然风光的赞美,以希冀白人读者能像他一样以自然审美取代残酷的政治现实,或者以非历史的自然审美取代残暴的战前历史和战后种族创伤的现实,体认自然可为白人读者提供一个种族范畴之外的地方,一个完全被隔离的美丽风貌,由此可见,在缪尔的崇高自然描写中,"种族创伤不是被压抑了,而是完全被取代了"①。用自然之华美取代奴隶制之黑暗,用自然之崇高取代种族之创伤,这或许就是缪尔西部旅行和西部描写的要旨。独自陶醉在西部内华达山脉的崇高自然风景之中,身处去历史化语境中的缪尔似乎体会到了非历史的、赋权的主体性实现之可能。缪尔的自然崇高,他与巍峨的西部内华达山脉美丽风景的深刻认同,不是一般意义上的"文明过度之人"的逃避,或仅仅是沉浸在自然中获得个人化的新生,而且还是一个从非常具体、极其伤痛的奴隶制历史和种族罪恶中抽身的崇高逃避。② 从更广泛的意义上看,主流环境主义一直热衷于崇高体验,一定程度上是受到缪尔对西部崇高景色的狂热及其自然书写的影响,这也部分揭示了在荒野保护运动中荒野的主调是白色而却难见黑人踪影的历史原因。

三 缪尔的崇高与爱默生的崇高:一个指向自然,另一个指向上帝

当然,缪尔的自然崇高与爱默生的浪漫崇高之间存在较大区别。在《千里迢迢到墨西哥湾》(A Thousand Mile Walk to the Gulf, 1916)一著的最后几段中缪尔记述了他最终到达西部的感受。他激情宣称获得了新生,借此明证自然崇高的魔力,他的描写不仅独特,而且与他在佛罗里达州森林中对营火旁一家黑人的描写形

① Paul Outka. *Race and Nature from Transcendentalism to the Harlem Renaissance*. New York: Palgrave Macmillan, 2008, p. 167.

② Ibid., pp. 167—168.

成鲜明的对照,前者集中体现缪尔自然书写中的崇高时刻,而后者则充满对南方土地和黑人的诸多负面描写或曰生态东方主义式的刻画。[1]在西部,缪尔体验了一种宗教般的生态迷狂,一种自我与自然身份强势交融的崇高体验,以至于"崇高体验最终让崇高风景成为被重构、被新赋权的主体的象征"。沉浸在这样崇高的风景中,缪尔似乎"飘然欲仙,力大无比,逃脱了历史和时间的藩篱,变得自然透明"。在他看来,去观赏这样的风景,不仅可治病养生,而且能让你经历人生的洗礼,成为"新人"。生活苦闷之人、悲观厌世者到此一游,"难以解开的死结"顿时消失得无影无踪。你的肉身也消融,你的灵魂将沉浸在上帝的大爱、大美中舒展自如。灵魂将"很快让你就感觉不到自己的存在,你与风景融为一体,成了自然的一个颗粒,自然的一部分"。他的超然远非仅限于自己,而明确向所有能经受自然考验的人和能在阳光灿烂的风景中忘却自我、历史及政治的人发出邀请。当然,他的邀请也明显不针对生活在佛罗里达州洼地的人或其他族群,因为对他们而言,自然承载太多的历史负担,几个世纪以来,他们与自然的融合一直就无异于衰败、暴力及枷锁。

然而,在面临美丽的自然风光时,爱默生能瞬间经历的奇异升华,体验浪漫崇高,感受"自然而然地"存在于历史、文化及种族范围之外的强势、纯粹的主体性,一般而言,这种体验可作为某种标准的抑或透明的白色种族身份形式的理想化版本,这种版本尽管针对自然标示出黑/白之间的明显区别,但并不在黑/白二元对立的关系中界定"白色",甚至可以这样说,爱默生的崇高体验并不蕴含明确的或者说有意识的种族偏见,毕竟,爱默生也是一位激进的废奴主义者。他对超然、崇高的追逐旨在通过对自然的超越过程中实现他个人主义化的身份的超验与升华。事实上,尽管爱默生似乎从多层面、多角度高调阐明了自然的价值,他的自然与生态学意义上的自然尚存巨大差距。稍加留意,读者就会发现,他的自然观也未逃脱西方传统人类中心主义的泥潭。他这样写道:"因此,对灵魂而言,世界就是满足它对美之渴望",这才是世界的"终极目的""自然中的美不是终极的美",但"它预示内在、永恒之美"。一句话,"自然是精神之象征",表情达意的工具。[2] 也就是说,自然美

---

① Paul Outka. *Race and Nature from Transcendentalism to the Harlem Renaissance*. New York: Palgrave Macmillan, 2008, pp. 161—162.

② Ralph Waldo Emerson. "*Nature.*" In *The Norton Anthology of American Literature*. 2nd edition. Vol. 1. Ed. Nina Baym, Francis Murphy, *et al*. New York: W. W. Norton & Company, 1985, pp. 833—834.

不是自然固有的美，也不是独立存在之美，借助自然而显示出的精神美才是终极美。关于人与自然的关系，他还有更直白的人类中心主义式的表达："自然完全是一种媒介，它存在的价值就是为人类服务，并接受人类的操控，温顺得就像救世主耶稣骑的毛驴。自然王国就是人类的原材料，他将其加工成有用的东西……直到世界最终变成了一个实现了的意志——人类的自我复制。"①在爱默生的眼里，自然依然是个工具性的存在，充分暴露出爱默生生态思想的局限性。相比较而言，缪尔已超越了传统人类中心主义的局限，他强烈质疑采取功利主义的态度对待非人类自然存在物的合理性，并相信万物都具有为自己而存在的固有价值。正如他在《千里迢迢到墨西哥湾》中写道："自然创造动植物的目的可能首先是为了它们自己的幸福，创造万物不是为了其中一个物种的幸福。为何人类不将自己看成是创造物构成的大世界中的一小部分呢？"实际上，上帝创造的每一种存在物对宇宙的完整都必不可少。缺少人，世界似乎不完整。同样，缺少了任何一种非人类的存在物，世界同样也不完整。②

生态批评学者迈尔斯在《故事会：美国文学中的种族、生态及环境公正》一著中也重审了爱默生的生态思想，一方面挖掘爱默生作品，尤其是他的超验主义名篇《自然》(Nature, 1836)的生态内涵，同时也指出其不足，尤其是在与梭罗对照分析时更凸显其生态立场的不彻底性。迈尔斯在分析《自然》时指出，该著透露出爱默生的人类中心主义偏见，从而使得爱默生的生态理想大打折扣。在迈尔斯看来，"爱默生徘徊于生态中心观和自我中心主义观之间，而后者如此强烈，实际上抹去了前者"。因为爱默生最终目的不是"凸显自然的重要性，而是强调人之灵魂的主导性"，所以尽管本书赞美的是自然，其结果是表现出浓烈的人类中心主义思想和人与自然的二元分裂，尽管人与自然都受到重视，但是人明显处于支配地位。在爱默生眼中，自然很重要，然而，只不过是反映神圣的人类潜力的场所罢了。③

除了以上区别，根据奥特卡的分析，爱默生与缪尔之间还存在三个方面的区别。其一，爱默生的超验主义经验仅限于超级个人化的自己，而缪尔的超验主义

---

① Ralph Waldo Emerson. "Nature." In *The Norton Anthology of American Literature*. 2nd edition. Vol. 1. Ed. Nina Baym, Francis Murphy, *et al*. New York: W. W. Norton & Company, 1985, p. 841.

② John Muir. "A Thousandk-Mile Walk." In *This Sacred Earth: Religion, Nature, Environment*. 2nd edition. Ed. Roger S. Gottlieb. New York: Routledge, 2004. pp. 31—32.

③ Jeffrey Myers. *Converging Stories: Race, Ecology, and Environmental Justice in American Literature*. Athens: University of Georgia Press, 2005, pp. 56—59.

经验却明显延伸到或构成种族标准的庞大白色社区,缪尔的故事不仅仅是个人的故事,而且还开启了一个运动,一个可被称为"世界之家"的环境运动;其二,缪尔的崇高体验与从类似的标准黑人自然社区风景中所获得的体验形成鲜明对照,因为后者需要白人个体回避同样个人化的黑色创伤。在缪尔的自然书写中,他已将"不具备"自然崇高体验的人给予了标记;其三、爱默生与缪尔的自然崇高体验指向截然不同。前者指向"天",即上帝,而后者却指向"地",即自然。爱默生在体验崇高时,他变成了"上帝的一个颗粒,是上帝的一部分",而缪尔变成了"自然的一个颗粒,是自然的一部分"。换句话说,爱默生通过离开自然而体验崇高,而缪尔通过融入大化自然而体验崇高,让上帝走进自然之家,因而缪尔的超验主义完全是人性的而不是神性的。当然,对美国黑人而言,或许对所有弱势的少数族裔人民而言,缪尔的崇高更为阴险可怕,因为他的崇高不具普遍意义,实质上是"白色崇高",高度浓缩了19世纪后期种族身份变迁,从明火执仗体现盎格鲁-撒克逊种族优越的标准身份到阴险可怕的无标记、非历史现代身份过渡。缪尔的崇高西部风景是白色在光天化日之下的藏身之地,那里种族创伤时而完全被抹去,时而是一个隐隐约约、令人生畏的他者藏匿在东部,假惺惺地当成所有人的民主之家,一个"假定的"精神成长的中立试验场,也"假定"可产生中立的成果,而事实上,绝不可能"中立","种族隔离"一直就存在于崇高风景的生产过程中,风景生产的"成果"当然也是种族主义的产物,由此可见,崇高西部不可能是个中立的所谓"自然"存在,一直就是个歧视性的存在,用奥特卡的话说,"崇高荒野既能标记也能抹去种族"。①

根据以上分析可知,无论作为美学范畴的"崇高",还是作为现实自然风景的崇高,无论在哲学家康德的哲学论述中,还是在资源保护主义者缪尔的自然书写中,"种族"一直就是个核心的范畴,白色一直就是崇高的主体,崇高风景或物理现象一直就是为建构白人崇高主体性而存在。然而,黑人族群一直就是被"他者化"的客体,其主体性一直遭到贬低直至否定,是为凸显白色主体而存在。康德与缪尔的区别在于,康德的崇高是基于人类中心主义和种族中心主义的文化建构,但缪尔的崇高一定程度上承认了自然的主体性,但否定黑人的主体性,所以缪尔的崇高是基于种族中心主义的文化建构。

---

① Paul Outka. *Race and Nature from Transcendentalism to the Harlem Renaissance*. New York: Palgrave Macmillan, 2008, p. 170.

第四节 崇高、自然、种族：崇高范畴的
生态困局、重构及其意义

崇高是西方美学中有着广泛、深远影响的美学范畴，它既与人之心灵紧密相关，又与非人类自然世界发生勾连。如果透过少数族裔生态批评①的视野，尤其是黑人生态批评的视野对它进行检视，我们还会发现，通过自然，"崇高"还与种族范畴产生错综复杂的纠葛，进而与"黑/白"主体性发生关联。在美国历史上，它客观上还作为一种潜在的意识形态力量，与种族主义沆瀣一气，支撑种族主义暴力，助推种族主义意识形态的现实转化，从而给黑人族群造成了无尽的种族创伤。尽管如此，我们也不应该就此简单地将"崇高"一弃了之，因为其内涵中的自然元素随着时代风尚的变迁而演变，并得以凸显甚至走到了前台。具而言之，崇高在生态作家的笔下不断进行生态改造和生态重构，已成功实现了生态转型，早已远离自然歧视的暴力和种族主义的毒瘤，已升华为基于普遍环境公正意识的"生态崇高"美学范畴，并成为保护非人类自然世界的重要文化力量。

如果我们透过黑人生态批评的视野追溯崇高与自然和种族之间纠葛的缘起，检视哲学家康德的崇高论、19世纪著名超验主义生态文学家爱默生和梭罗及当代生态文学家爱德华·阿比（Edward Abbey，1927—1989）作品中的自然崇高，将会揭示出康德崇高论中所蕴含的双重歧视的严重危害、爱默生超验主义崇高中生态悖论的无奈、梭罗崇高中环境公正诉求的执着及阿比沙漠崇高中生态中心主义行动的纯粹，进而在比较和对比中，阐明生态拯救和重构崇高范畴的社会与生态价值。

一 崇高与自然和种族的纠葛：必要的回顾

西方传统美学是灵魂唱主角的话语场，一部冗长的美学史基本上是一部灵魂独白的历史，也是作为其对立面的非人类物质世界被打压和不断抗争的历史。灵魂总是以不同的面目出现并轮番登场，诸如灵魂/身体、人/自然、男人/女人、脑力/

---

① 关于"少数族裔生态批评"的内涵，参见胡志红、曾雪梅：《从主流白人文学生态批评走向少数族裔文学生态批评》，《中外文化与文论》，2015年，第29辑，第38—46页。

体力、理性/情感及文明/野蛮等二元对立模式。当种族范畴被强行纳入这种模式中时，又出现了白人/有色族这种二元对立模式。由于西方文化中根深蒂固的人类中心主义思想的运作，这些二元对立模式中的二元关系被扭曲成了统治关系，并分别直接与自然、种族、性别及阶级等压迫形式相对应，随即堂而皇之地穿行于西方文化中，渗入其文化的方方面面。当然，其他形式的二元对立模式也或隐或显地与此相关联。事实上，作为影响深远的美学范畴，"崇高"从其诞生之日起就未脱离二元对立思维模式和人类中心主义的影响，我们甚至可以这样说，"崇高"最初就是基于灵魂/自然二元对立模式而建构起来的。在其后来的发展过程中，当它与种族范畴发生联系时，又成了种族中心主义的建构。然而，由于自然书写作家的强势介入、干预和重构，崇高最终荡除了自然歧视和种族歧视的沉渣，升华为"生态崇高"，以期实现真正能与"伟大心灵"可匹配的"崇高"。

公元 3 世纪，希腊哲学家朗加纳斯（Longinus）在其《论崇高》（*On the Sublime*）一著中提出了"崇高"这一范畴，并将其引入文艺批评领域，但该著却遭到了空前冷遇。直到 1674 年，新古典主义批评家布瓦洛（Nicolas Boileau-Despreax，1636—1711）将它译成法文后才引起学界的广泛关注，并对 18 世纪及其以后的西方哲学和浪漫主义文学产生了深远影响。

在《论崇高》一著中，朗加纳斯并未给崇高下定义，但却指出了崇高的结果是"狂喜"，其来源是"伟大的心灵"。当然，在该著中朗加纳斯并未忽视崇高的客观现实基础，并以海洋、尼罗河、多瑙河、莱茵河为例给予说明，但他更强调作家先天拥有的伟大心灵和澎湃的激情对崇高风格的形成所具有的决定性作用。在朗加纳斯那里，崇高与自然的关系还算比较简单，自然主要起"媒介"作用，伟大的思想借助自然意象得以显现。换言之，一个自然事物之所以"崇高"或显得"崇高"，主要是由于人之伟大心灵的投射。朗加纳斯还进一步谈到了崇高与物质之间关系。他说道："在恰当时刻闪现的崇高就像雷电一样所向披靡，击碎一切障碍物。"[1]也就是，在崇高面前一切自然存在物都不堪一击。由此可见，在朗加纳斯的崇高里，心灵/自然之间不仅存在一种二元对立模式中的主次关系，而且在伟大的心灵面前自然客体明显苍白无力。

18 世纪的哲学家伯克（Edmund Burke，1729—1797）、康德及席勒（Johann

---

[1]　Dionysius Cassius Longinus. " Introduction. " In *Critical Theory Since Plato*. 3rd edition. Ed. Hazard Adams and Leroy Searle. Beijing：Peking University Press，2006，pp. 94－95，97－78.

Christoph Friedrich von Schiller，1759—1805)等人都从不同的角度对崇高做了进一步的阐发，从而极大地丰富了其内容、拓展了其外延，并对哲学、文艺批评及西方浪漫主义文学产生了持续广泛的影响。伯克在其论著中探讨了"崇高"之起源，并将"痛感、快感、安全距离"引入崇高发生的过程，尤其是将崇高之源归于"所有令人恐惧的事物"，也就是说，一切"能激起痛苦和危险之想法的事物"。如果观察者处于免遭危险的安全位置，这样就能将其他情况下令人感到"痛苦的恐惧"化为"令人愉悦的恐惧"或曰"崇高恐惧"。当然，在伯克那里，尽管崇高之源从源于作家心灵的语言建构转移到外在自然客体，但在崇高发生的过程中人与自然依然处于分离状态，他强调最多的还是自然客体对主体心灵的影响，而客体被忘却了。①

康德在其著述中也极为详细地分析了崇高，并增添了崇高的种族维度，但崇高又发生了自然歧视和种族歧视"蜕变"。席勒深受康德崇高论的影响，也对崇高进行了阐发，他的阐发继承的多，原创的少，关键区别在于"他将康德崇高论中作为人的对立面的自然转化为人类社会"，强调人之自由意志对物理环境的超越。② 直到爱默生、梭罗及阿比等生态文学家的强势介入，崇高中自然的内在价值才得以确立，崇高也因此成功实现了生态转型，进而升华为拥抱和保护非人类世界的重要文化力量。

二 康德崇高：自然歧视与种族歧视的产物

美国黑人文学生态批评学者保罗·奥特卡在生态检视崇高论时指出，它是基于自然歧视和种族歧视双重压迫的文化建构，其底色是白色，并遮蔽了美国崇高风景背后的严重种族创伤。③ 面对自然世界物理学意义上的浩瀚无边和磅礴之力，或曰"数学的崇高"和"力学的崇高"④，康德认识到了人之生物性的局限和不足以及对突如其来的崇高遭遇所造成的人之心灵瞬间的惊愕无措。与此同时，当然也是最为重要一点，他在心灵中发现了独立评判和超越自然的潜力，"自然被称为崇

---

① Edward Burke. "Of the Sublime." In *Critical Theory Since Plato*. 3rd edition. Ed. Hazard Adams and Leroy Searle. Beijing：Peking University Press，2006，pp. 340—341.

② 陈榕：《崇高》，《外国文学》，2016年，第6期，第101—102页。

③ Paul Outka. *Race and Nature from Transcendentalism to the Harlem Renaissance*. New York：Palgrave Macmillan，2008，pp. 14—20.

④ "Sublime." In *A Glossary of Literary Terms*. 9th edition. Ed. M. H. Abrams and Geoffrey Galt Harpham. Boston：Wadsworth Cengage Learning，2009，p. 356.

高,仅仅是因为它能提升人之想象力以掌控那些被显现的物理现象,进而灵魂能让人感觉到与自然可比照的、与它(灵魂)相匹配的应有的崇高性"。他还更直白地说:"崇高不存在于任何自然客体之中,而仅存在于作为评判主体的灵魂之中,以至于我们能意识到我们优于内在自然,因此也优于外在自然。"①也就是说,我们从崇高的经验中获得快乐,甚至我们在认识到我们的恐惧时也是如此,因为在经验中我们终于明白了我们的灵魂具有超越一切感性的能力。由此看见,我们真正体验到的崇高源于我们自己的崇高或不可量度的灵魂。可感知的客体只有指涉超感性的存在时,它才具有存在的价值。否则,它就没有任何存在的意义。换句话说,自然本身不具备任何崇高特质。由此可见,对康德而言,自然至多就是通达崇高灵魂的桥梁,在崇高的内涵中显然没有自然的位置,他自始至终都坚持这种认识,他对待自然的态度,恰如得鱼忘筌。简言之,康德的崇高范畴的内涵完全是基于人类中心主义的文化建构,是对自然内在价值的否定。

有鉴于此,奥特卡倡导重构康德的崇高范畴,要做到这一点,就必须颠倒康德崇高的发生过程与其结局之间的关系。康德的崇高是这样发生的:先是短暂、痛苦的阻滞,然后是急速愉快的释放,很快恢复常态,从而实现了心灵的崇高。奥特卡认为,康德这样描写崇高真可谓本末倒置。生态重构崇高就应该重视崇高的迸发阶段,淡化其结局,以突出自然客体的先在性和不可理解的神秘性,凸显人在自然面前的局限与无能。同时,奥特卡还指出了自然固有意义的独立性和不可建构性,从而拒斥了自然是人的语言建构和人之欲望投射的堂皇说辞。②

另外,奥特卡还透过少数族裔的文化视野分析指出,康德的崇高还是一种种族主义的文化建构,其中隐含对黑人族群的种族主义歧视。在康德的崇高之巅,霸气十足的主体坚称自己与风景之间存在质的区别,以捍卫未被污染的自我之自由与尊严,进而确立优于自然的主体性。在康德这里,尽管体验崇高的自由是作为主体的人大获全胜的标志,但奥特卡分析指出,康德早期的论述明确表明,这种自由绝非人人生而有之的天赋权利,缺乏此自由是主体受奴役和功能蜕化的标志。在他看来,非洲黑人就缺乏体验和表演崇高之禀赋,因为"他们天生就缺少超越那些鸡

---

① Immanuel Kant. "Introduction." In *Critical Theory Since Plato*. 3rd edition. Ed. Hazard Adams and Leroy Searle. Beijing: Peking University Press, 2006, p. 438.

② 胡志红:《身体、自然、种族:生态批评与身体美学中的主体性问题》,《文化研究》,2018年,第35辑,第277—278页。

毛蒜皮之琐事的情怀"。他们的这种"先天不足"与社会上广泛流行的种族主义传闻——"不论在艺术还是在科学抑或其他任何令人称赞的领域,黑人从来都无所作为"——遥相呼应,似乎再一次阐明了黑人不能产生崇高情感的根本原因就在于其种族的劣根性,这种缺失是显示他们种族低劣性的又一标志。更有甚者,早年的康德还试图运用生物学理论分析黑人与崇高无缘的客观原因。由此可见,康德的崇高论带有明显的种族标志,只不过在《判断力批判》(*Critique of Judgment*,1790)中这种标志被"自然崇高的超验表述"遮蔽或抹去,而在其早期的著述中崇高与文化、民族及性别的差异紧密相关。无论如何,崇高依然是一个客观公正、可有效检测人性的标准。有鉴于此,奥特卡认为,"如果将康德的检测标准应用于美国奴隶制时期及其以后的各种形式的白人种族主义压迫过程中黑人与自然世界并置的情况,那么这种结论早就注定:"崇高是建构白色身份基本场域的论点和崇高的白色主体与其对立面——'强壮、淫荡、柔顺、懒散、懦弱、拖沓的'黑色/自然——之间存在绝对区别的论点'就自然而然地'溢出。"①

此外,奥特卡还进一步分析指出,康德崇高论似乎成了支撑美国南方种族主义暴力的潜在意识形态工具,并表现在白色主体与主体遭到否定的黑色族群之间的现实冲突过程中,从而让崇高转化为黑人族群的种族创伤。

崇高与创伤形似而质异,绝不能混为一谈。创伤事件引发"一系列悖论":像"过去不可复得,过去不是过去""过去是未来的资源,未来可救赎过去""茫然无措必须被标记,但它不可被再现""茫然无措打破了再现本身,但它抛出了自己的表达模式",等等。由此可见,黑人"创伤经验中见证创伤事件的失败和理解力的坍塌"与崇高所界定的极度含混体验之间存在诸多相似之处,像朗加纳斯的"忘乎所以的欢乐"、伯克的"让人不知所措的恐怖"、康德的"想象的坍塌"等。像崇高一样,创伤指出了文本的断裂或主体理解其世界的能力之不足,这种断裂突然发生,重塑了主体及其世界。然而,崇高与创伤绝不是"不可想象的同一个超文本的两种不同表现形式"。因为崇高发生的全过程是精心调控的,不足以永远破坏主体观察事件的能力,也就是说,主体"处于相对安全的位置"。然而,黑人创伤主体是事件的当事人,

---

① Paul Outka. *Race and Nature from Transcendentalism to the Harlem Renaissance*. New York: Palgrave Macmillan, 2008, pp. 19—20.

是"内在的、感受的、亲历的自我,他/她与外在世界的界限完全坍塌"。① 一句话,崇高终究界定了动荡的极限,而创伤却无力驾驭这种摧折自我的过度震荡。

简言之,康德崇高一方面推动建构白色身份和白色主体的优越性,另一方面又强推建构黑人身份及其臣属性的低劣性。他的崇高论在矮化黑人时,也矮化了自然,并强行将二者融为一体,然后进行压制和盘剥。由此可见,黑人在南方种植园的伤痛在康德的崇高论中早已预设。

三　爱默生超验崇高的生态悖论

作为 19 世纪美国新英格兰超验主义文学运动的领袖和生态文学的先驱,爱默生不仅深受康德超验主义哲学的影响,而且他的崇高理念也未彻底摆脱康德崇高论的负面影响。奥特卡在生态分析爱默生著述时指出:"爱默生的超验崇高让令人可怕之事转化为令人愉悦之事,让早期殖民者肆意破坏生态的蛮劲化为对伊甸园的重构","超验崇高给白色主体提供了一种远离日益被奴隶制玷污的田园认同的框架,选择一种不断退却、永远存在的荒野"。② 换句话说,在废奴主义运动发展如火如荼的时代,爱默生建构崇高,要么是为了回避种族冲突,要么是为了遮蔽奴隶制针对黑奴的白色暴力以及给他们造成的无法抹去的伤痛,让自然成为服务其伟大文化工程——建构独立的美国文学、文化——的工具。他在解析爱默生《论自然》第一章《自然》中一段描写体验美国超验主义精神的精彩片段时指出,爱默生能将普通的田园之阴柔/驯化之秀美升华为崇高之劲美或野性之壮美,他的灵魂也与超验的秩序发生了关联。他从"那一望无垠、自由奔放、万古不变之美"中看到了自己的原生之美,他也变成了"一个透明的眼球",立刻体验到"全能的上帝之流在我体内流淌,我是上帝的一个颗粒,是上帝的一部分"。最重要的是,陶醉在如此"崇高"的景色之中,他已将尘世间的纷纷扰扰通通抛诸脑后,当然也包括惨无人道的奴隶制,因为无论是"兄弟、熟人,还是主仆",都是些"琐事,烦心事"。如果联系《论自然》写作的社会背景,那么这里的"主仆"显然指奴隶主和奴隶。在荒野中,他"能找到比在街道或乡村所能找到的更可爱、更可亲的东西"。奥特卡指出,很难找到一个比这更为美好的"认同转变"的例证了。在极小的时空范围内,"认同"发生突

---

① Paul Outka. *Race and Nature from Transcendentalism to the Harlem Renaissance*. New York: Palgrave Macmillan, 2008, pp. 22—24.

② Ibid., p. 37.

变,甚至蝶变,"从田园转到荒野,从殖民者变成浪漫的超验主义者","从空旷的公地"到"可爱、可亲的荒野",甚至是"崇高的客体",而不是普通的高山或大瀑布,他也从"普通的爱默生升华为预言家式的爱默生"。① 然而,由于体制化奴隶制的确立,白色暴力的大规模入侵,早期殖民者认同的田园风景的"本质"已经发生蜕变,这种"白色种族认同"的内涵及"基于自然建构的白色身份的稳定性和恒久性"也必然随之蜕变并遭到质疑。② 换句话说,基于田园建构的白色身份遭遇合法性危机,因而作为白人的爱默生,不得已只好去探寻"未玷污"的荒野,或曰将温顺的田园"升华"为荒野,借此重拾原初的"白色身份",由此可窥视爱默生超验主义自然观隐含的内在矛盾。

事实上,爱默生的崇高无非就是"重构白色世界的过程",就是让白色隐退在生产奴隶制或文化创伤之外的自然景色之中。在爱默生的经验中,白色没有人间伤痕、没有世俗尘埃。崇高时刻,"一切狭隘的自我消失得无影无踪"。荒野之"野"为爱默生提供了一个短暂摆脱种族冲突的场域,一个被赋权的白色主体性被自然化的地方,"一个由白色生产却又被它否认是它生产的世界"。换言之,他试图抹去被他重构的白色世界的种族标志。如此将爱默生的狂喜与奴隶的痛苦两相对照,我们就可看清楚了肤色界限的产生不纯粹是相互建构的白色/黑色二元关系,而且还存在于自然体验中并借助这种体验而具体化,这种对照既产生了不可消弭的奴隶的种族标记,还产生了不可改变的爱默生的种族之纯粹,借助所谓的"非人为构建的野地",白色既能产生、也能逃脱这种关联。也即是,白色在借助自然崇高给自己赋权时,能消除一切人为的痕迹,让一切都自然而然地流出。③

尽管在《论自然》中爱默生谈得最多的似乎是"自然",但他的着眼点却是"文化",他绝非要突出自然的第一性。坦率地讲,爱默生对待自然的态度依然是人类中心主义式的占有。用他的话说,"自然完全是一种媒介,它存在的意义即是为人类服务……自然王国就是人类的原料,他将其加工成有价值的东西……人类思想不断胜利,其影响将延及所有事物,直至世界最终变成了一个实现的意志——人类

① Ralph Waldo Emerson. "Nature." In *The Norton Anthology Of American Literature*, Vol. 1. 6th edition. Ed. Nina Baym et al. New York: W. W. Norton & Company, Inc. 2003, p. 448.

② Paul Outka. *Race and Nature from Transcendentalism to the Harlem Renaissance*. New York: Palgrave Macmillan, 2008, p. 37.

③ Ibid., p. 43.

的自我复制品"①。由此可见,在爱默生的自然观中,人与自然间无论在思想上还是实践上依然处于二元对立状态。当然,与西方文化传统中的强势人类中心主义自然观相比,爱默生的自然观已有很大的进步,因为他在谈论自然为人类提供生存物质基础的同时,还从其他多个层面,像精神层面、象征层面和审美层面等深入论述了自然的其他"高尚的"用途。作为美国超验主义的"宣言书",《论自然》对自然多重价值的论述和强调深刻影响了亨利·戴维·梭罗、沃尔特·惠特曼(Walt Whitman,1819—1892)及其以后的许多自然作家。它将彷徨中的青年作家们的眼光引向自然,鼓励他们走进自然,融入自然,感悟自然,书写自然,从自然中寻启迪,找良方。借此,小,可以之修身养性;大,可以之治国安邦,进而为美国自然书写文学的发展与成熟起了重要的推动作用。

由此可见,在废奴主义的大背景下,作为超验主义领袖的爱默生在书写自然崇高时,却难以摆脱种族主义的羁绊;在疾呼重建文化与自然的原初关系时,却又不能彻底告别人类中心主义的影响。甚至可以这样说,爱默生是在建构独立的民族文学诉求、种族主义势力的干扰、自然崇高的召唤及人类中心主义惯性等多重力量的拉扯或较量中负重前行,所幸的是他最终成了自然主义文学的先行者,废奴主义运动的坚定参与者。

四　梭罗崇高的本质:彻底的生态中心主义取向

在生态阐释美国超验主义文学中的自然、种族及种族身份之间的复杂纠葛时,奥特卡指出:"奴隶制创伤加速了白色与田园之间的分离,同时又加速白色与超历史、超政治的荒野产生新的认同。"②如果这样,那么如何评价梭罗这位坚定的废奴主义者和被封为"生态圣人"③的文学家呢? 在奥特卡看来,在梭罗的著述及其生活实践中,生态诉求、社会正义、种族平等都达成和谐一致,并都熔铸于其生态崇高美景之中。有鉴于此,我们在绿色解读作为超验主义哲学家和生态文学家的梭罗时,就必须从社会—自然整体合一的立场考量他的诸多主张,像简朴生活、自力更

---

①　Ralph Waldo Emerson. "Nature." In *The Norton Anthology Of American Literature*, Vol. 1. 6th edition. Ed. Nina Baym et al. New York: W. W. Norton & Company, Inc. 2003, p. 449.

②　Paul Outka. *Race and Nature from Transcendentalism to the Harlem Renaissance*. New York: Palgrave Macmillan, 2008, p. 43.

③　Lawrence Buell. *The Environmental Imagination: Thoreau, Nature Writing, and the Formation of American Culture*. Cambridge: Harvard University Press, 1995, p. 394.

生、个人主义和他对许多社会痼疾的诊断，并不能将他进入绿色世界的举措理解为对现实政治问题的逃避。

作为爱默生的追随者，梭罗不仅在自然观上与他存在巨大差异，而且在"自然"的路上比他行得更远。就 19 世纪内战前的美国而言，"超验主义对荒野和自由之爱总是被置于对被自然化的奴隶制创伤的恐怖语境之中"。换句话说，不管是有意无意，超验主义不仅与奴隶制之间存在或明或暗、或强或弱的勾连，而且还与非人类自然世界深深地纠缠在一起，因为奴隶制滋生的创伤被自然化了，被看成是自然过程的一部分，因而也就被合理化了，这当然令人恐惧。由此可见，在阐释美国超验主义运动、其思想及其代表人物和他们的作品时，就不能简单地从社会层面或自然生态层面单向度进行，必须从自然－社会整体的立场加以考量，才可能深刻认清他们的社会诉求与自然诉求之间的关系。正如奥特卡所言，"尽管不能一概认为爱默生超个人主义的狂喜或梭罗在瓦尔登湖畔重塑自我的执着一定蕴含有意识的废奴主义的内容，但却常常存在无意识的、被压抑的废奴主义语境"。实际上，超验主义强调人类观察者在建构自然中的作用已足以警示我们，奴隶制有强势入侵自然的危险，这样必然破坏爱默生和梭罗建构"崇高的白色世界"的文化工程。奥特卡这样写道："在超验主义自然书写中，奴隶制行使形而上毒素的功能，随时都威胁要污染所谓的原始荒野和所谓的透明白色身份，后者既生产荒野，也被荒野生产。奴隶制渗透到爱默生的超验主义之中，我们将会明白，它也渗入到梭罗的隐退过程中。"①当然，尽管他们未必明确意识到这一点，但他们，尤其是梭罗，不仅在思想上而且更在行动上成了最为坚定的废奴主义者，从而让他的"废奴主义的执着"与"自然崇高之爱"就达成高度一致。由此可见，非人类自然世界，像森林或荒野，绝非是所谓的纯自然空间，其实也是政治空间。

在梭罗的眼中，自然是人之品格和社会发展模仿的对象，不可企及的范本，因而奴隶制对自然之健康是个极大的威胁。1850 年《逃亡奴隶法案》②在国会的通过让他义愤填膺。在《马萨诸塞州的奴隶制》（"Slavery in Massachusetts"）一文中梭罗愤怒地写道："我终于想到我失去的是一个国家"，"被称为马萨诸塞州的这个政

---

① Paul Outka. *Race and Nature from Transcendentalism to the Harlem Renaissance*. New York: Palgrave Macmillan, 2008, pp. 44—45.

② 1850 年，美国国会为了缓和蓄奴制在南方引起的地区性矛盾，通过了《逃亡奴隶法案》（Fugitive Slave Law Act），允许南方奴隶主到北方自由州追捕逃亡的奴隶，结果引起了北方进步人士的强烈愤慨。

治组织所在的地方对我而言到处布满了道德的火山岩烬和各种沉渣,无异于弥尔顿(John Milton,1608—1674)笔下的地狱。"①这个罪恶的"法案"让梭罗再也坐不住了,再也不能保持平静了,甚至失去了退隐森林的能力。用奥特卡的话说:"自然不再仅仅作为超验主义者逃避文化与历史的场域。在梭罗看来,奴隶制重写了新英格兰风景及新英格兰白色主体。"②

尽管如此,他依然坚信,自然之美永不凋谢,自然之美反衬人之品格和社会状况的退化与堕落。在《瓦尔登湖》中,梭罗将自然的永恒之美全然寄寓给瓦尔登湖。尽管瓦尔登湖岸的树已被砍光,铁路已侵入它的附近,但梭罗发现它"最好地保持它的纯洁""依然未变""依然是我青春年少时看到的湖水,我反倒变了……它永远年轻"。瓦尔登湖代表他超验的自我,他承认现实的自我与它相去甚远,他说:"我是它的石头湖岸。"他的人生就是比照瓦尔登湖,向它看齐,向它靠拢。③

在《瓦尔登湖》的"春天"("Spring")篇章中,梭罗通过描写铁路旁的沙堤冰雪消融的情景,栩栩如生地再现了色彩斑斓的泥浆千变万化的形状,让他联想到"珊瑚、豹掌、鸟爪、人脑、脏腑以及任何的分泌物"。他还发出了这样的感叹:"人是什么,只不过是一堆融化的泥土?"④他肆意挥洒自然的象征内涵,旨在说明人的躯体与自然万物之间绝无本质的区别。借此,他也将人之主体交予自然,进而完全弥合了西方哲学传统中自我与自然二元的裂痕。

重要的是,在《瓦尔登湖》的"春天"篇章中他将普通的自然现象提升到崇高的境界,充分体验了自然崇高引发的狂喜。春之来临,万物复苏,他情不自禁地发出感叹:"世上没有无机的物质……地球不是一段死去的历史……不是一个化石的地球,而是一个活生生的地球;与它相比较,一切动植物的生命都不过是寄生在这个伟大的中心生命上……还不仅于此,任何制度,都好像放在一个陶器工人手上的黏土,是可塑的啊。"在观看沙堤消融产生的生机勃勃的壮丽景色后,他无比激动并说道:"如此看来,这个小斜坡已生动阐明了大自然一切活动的原则,可地球的创造者

① Henry David Thoreau. "Slavery in Massachusetts." In *The Norton Anthology of American Literature*. Ed. Nina Baym, Francis Murphy, et al. New York: W·W· Norton & Company, 1985, pp. 1800—1801.

② Paul Outka. *Race and Nature from Transcendentalism to the Harlem Renaissance*. New York: Palgrave Macmillan, 2008, p. 47.

③ Henry David Thoreau. "Walden." In *Walden and Other Writings*. Ed. Joseph Wood Krutch. New York: Bantam Bell, 2004, pp. 260—261.

④ Ibid., pp. 344—346.

只偏爱一片叶子",这真是一叶知春。"一小时的创造,我被深深地触动,从某种特别的意义上说,我仿佛站在这个创造了世界和我自己的大艺术家上帝的实验室中……难怪大地外借植物之叶来表现自己,内在这个意念之下劳作。"①身处万物争春的景象中,梭罗不仅彻底被激活了,而且变得如痴如醉,感叹不已。尽管每个季节各有其妙,但对他而言,"春之来临,宛如混沌初开,宇宙创始,黄金时代的再现"。"人诞生了。究竟是万物的造物主/为创造更好的世界,以神的种子造人/还是为了大地,新近才从高高的天堂/坠落,保留了一些天上的同类种族。"②在此,梭罗已将沙堤消融的普通情景提升到上帝创世的崇高境界,并寓指在自然中蕴含着美国社会,也许整个人类文明新的开端,一个能实现人与人、人与非人类存在之间和谐共生的全新未来。

尚需指出的是,在梭罗的自然崇高中,他强调更多的是产生崇高的自然因素,其旨在进一步证明人类文明对崇高荒野世界的依赖性。正如他写道:"如果没有未经探险的森林和草坪围绕村庄,我们的乡村生活将是何等死气沉沉。我们需要旷野来营养……我们必须从精力无限、一望无垠、气势磅礴的巨神形象中,从海岸和海上的破舟碎片中,从它那充满生机的树木或残枝败叶的荒野中,从雷霆万钧的黑云中,从持续数日而导致洪灾的暴雨中重获生机。"③

在梭罗的自然崇高中,他不仅消弭了人与非人类自然世界之间的裂痕,而且也不给种族主义留下任何生存的空间,因此我们可以这样说,梭罗的崇高是一种彻底的生态中心主义意义上的"崇高"或曰"生态崇高"。他的"崇高"既反种族霸权,也反生态霸权,因而可作为早期环境公正伦理的典范。④但他在谈论崇高时,依然还将其与上帝、天堂、巨神等关联在一起,所以他的崇高还带有几分神秘色彩。

五　阿比的沙漠崇高:彻底的物质性生态崇高

在阿比看来,从古至今大海和高山都曾受到许多伟大的作家、哲人、科学家及

---

① Henry David Thoreau. "Walden." In *Walden and Other Writings*. Ed. Joseph Wood Krutch. New York: Bantam Bell, 2004, pp. 345—347.

② Ibid., p. 351.

③ Ibid., p. 354.

④ Jeffrey Myers. *Converging Stories: Race, Ecology, and Environmental Justice in American Literature*. Athens: University of Georgia Press, 2005, p. 10.

冒险家们的探索和赞美。① 然而，唯独沙漠却备遭冷落，其主要原因在于它的贫瘠、干枯、荒凉、少绿、单调甚至无聊。为此，他要亲自走进沙漠，用血肉之躯去体验沙漠，用心灵感悟沙漠，并全身心去遭遇沙漠崇高。他的《孤独的沙漠》(*Desert Solitaire*，1968)可谓是一部精彩记录他全身心沙漠历险并在沙漠中构建生态乌托邦的杰作。

《孤独的沙漠》的问世不仅奠定了阿比作为一流自然书写作家的地位，而且其生态理念还对 20 世纪 70 年代环境主义运动的发展产生了直接的影响。② 该著的出人意料之处在于它的场景不是溪流潺潺、风光旖旎、鸟语花香、四季牧歌的阿卡迪亚，而是荒无人烟、桀骜不驯的浩瀚沙漠。然而，在阿比的眼中，沙漠绝非蛮荒之地，而是由"岩石、树木和云朵"所构成的多姿、宁静的风景，因而是构建生态乌托邦的最佳场域。

当然，《孤独的沙漠》与其他传统乌托邦著作之间的最大区别是其核心思想——彻底的生态中心主义。它关注的重点是土地及其非人类居民而不是人类居民，沙漠乌托邦中唱主角的不是人类居民而是非人类居民，但人类居民需创造性地参与沙漠生态社会。③ 在该著的《伊甸园中的蛇》篇章中，他向读者生动展示了如何创造性地运用生态学的方法去实现人与万物生灵，哪怕是一条冷酷无情、可怕致命的响尾蛇，和平共处的愿望，从而真正兑现深层生态学意义上的"生态中心的平等"。在该篇章结尾处他情不自禁地宣布："地球上所有生物都情同手足。"④借此，他也将自己的"小我"完全融入沙漠风景"大我"之中，从而完成了深层生态学的"自我实现"。⑤

其次，我们再来看看阿比是如何确立其生态中心主义的物质性特质的。沙漠咄咄逼人的物质性奠定了其沙漠崇高的客观基础。在《孤独的沙漠》中，阿比呈现给读者的和他竭力想传达的不是语言描述或语言建构的沙漠而是作为"物质沙漠

---

① Edward Abbey. *Desert Solitaire*：*A Season in the Wilderness*. New York：Ballantine Books，1968，p. 269.

② Daniel J. Philippon. *Conserving Words*：*How American Nature Writers Shaped the Environmental Movement*. Athens：University of Georgia Press，2004，p. 233.

③ Ibid.，p. 234.

④ Edward Abbey. *Desert Solitaire*：*A Season in the Wilderness*. New York：Ballantine Books，1968，pp. 17—24.

⑤ Bill Devall and George Sessions. *Deep Ecology*. Salt Lake City：Peregrine Smith Books，1985，pp. 66—68.

的沙漠",沙漠的这种物质性存在和它物质性的"真实"令他震撼。在"悬崖玫瑰与刺刀"篇章中,他在观赏指环拱时这样写道:"大自然经常会有一些美丽、神奇的事物,像指环拱,它也会像岩石、阳光、风和荒野一样,有能力提醒我们,在某个地方还有另外一个世界,一个比我们生活的世界更古老、更博大、更幽深的世界,它像海洋和天空一样环绕、支撑着人类的小世界,会让人感受到一种物质的'真实'的强烈冲击。"①

最后,阿比将物质性的沙漠确定为沙漠"崇高"之源。在沙漠公园中,阿比的身体随处都体验到这种物质实在性的"侵袭",这让任何人之意义上的力量的影响都显得相形见绌。阿比写道:"人们来来往往,城市起起落落,文明时兴时亡,而大地依旧,少有变化。大地依旧,其美依旧荡人心魄,可惜只是无心可荡。我将反向理解柏拉图和黑格尔,我有时情愿相信,毫无疑问,人就是一场梦,思想就是一场幻觉。只有岩石是真实的。岩石和太阳。在沙漠烈日阳光下,在朗朗乾坤中,一切神学传说和经典哲学神话都灰飞烟灭。这里空气干净,岩石无情地划入肉中,打碎一块石头,火石的味道就会窜进你的鼻孔,苦味十足,旋风舞过石板,升起一股烟尘,夜晚的刺灌丛爆裂地闪光。这是什么意思? 什么意思也没有。它就是它,不需要有什么意思。沙漠的位置很低,可它却翱翔在任何可能的人类限制范围之外,所以它崇高。"②以上描写充分说明了沙漠的实在性,它那不可用人之范畴加以限定的狂傲与霸气,当然也成就了沙漠无可辩驳地拥有了传统美学赋予给大海和高山的崇高,一种人之肉身可感觉到的"生态崇高"。更为重要的是,在阿比的沙漠崇高面前,一切神学传说和经典哲学神话都不仅变得软弱无力,而且消失得无影无踪,从而凸显了其"真实"的强大力量。它来自大地,起点似乎很"低",但任何人之意义上的范畴都不能界定、更不能限定其内涵,因而彰显了其"高"。

根据上文对崇高美学内涵的生态演变可知,从朗加纳斯到伯克、康德,甚至到爱默生,崇高所走的是一条人类中心主义的路线。在康德那里,还出现人类中心主义与种族中心主义之间的合谋。这样,他就可借助似乎中立、无色的自然,在他者化非人类世界和黑人族群的过程中建构白色身份,让崇高成为遮蔽殖民自然和其他族群的意识形态幌子,并潜在助推了这种孪生统治在美国南方的种植园经济体

---

① Edward Abbey. *Desert Solitaire*: *A Season in the Wilderness*. New York: Ballantine Books, 1968, pp. 41—42.

② Ibid., p. 219.

制及其后来的黑/白对立种族关系中得以充分显现,从而给黑人族群造成难以疗愈的种族创伤,这种创伤与康德的崇高之间表象相似,可本质却天壤之别。至于爱默生,尽管其崇高未彻底摆脱自然歧视和种族歧视的羁绊,但他终究成了一个坚定的反种族主义者和自然多重价值的倡导者。直到梭罗,崇高才彻底荡除了人类中心和种族中心的沉渣,并将自然崇高奠定在坚实的大地之上。然而,梭罗的崇高依然带有几分神学的色彩。

　　直到阿比的出现,崇高才彻底告别了自然伤痛和种族伤痛的阴影。他的沙漠崇高,无论从其源头、发生过程还是结局来看,既无任何超自然的色彩,也无任何一点种族主义的沉渣,并完全弥合人与非人类世界之间的裂痕。由此可见,就崇高的内涵来看,阿比不仅将朗加纳斯、伯克、康德甚至爱默生远远抛在后面,而且还与梭罗拉开了距离。他将崇高从灵魂带进了沙漠,从虚无缥缈的存在转变为物质性沙漠的特质,从不可量度的灵魂崇高转变为沙漠的物质性崇高,将崇高与人的感觉器官甚至整个身体直接对接起来,让人感受到了沙漠的实在、真切、单纯、典雅,远离了社会的虚假、飘忽、繁杂、矫情。作为沙漠观赏者,他能看、能听、能触、能闻甚至能吸产生崇高的物质,所以他的狂喜完全源自物质沙漠的崇高。正因为他的沙漠崇高纯粹、"土气",甚至被拉到"人的高度",因而特别具有穿透力,更能激发人内心崇高无私的情感。甚至可以这样说,他的沙漠崇高因纯粹而无私,因无私而激愤,因激愤而震撼,让人总能保持高强度的环保激情,总能奋不顾身地参与环境保护,这就是《孤独的沙漠》所蕴含的生态思想成了当今环境保护主义运动中不可多得的重要思想资源并成了激进环境保护组织"地球第一!"的思想基础。

第三章

黑人生态批评对黑人文学中不同环境的研究

　　环境一直是黑人文学再现的核心主题,不同地形和不同种类的环境,诸如荒野、地下、山巅、水域及城市等与黑人文学中人物、黑人族群的身份之间存在着千丝万缕的联系,对他们的生存和命运或促进,或钳制,或毁灭,因而不同的环境,无论是现实的还是隐喻的,成了上演黑人悲欢离合甚至生离死别的人生戏剧的舞台,见证、影响、导演、描绘黑人族群悲惨抑或悲壮历史的大背景。

　　有鉴于此,对黑人文学中环境所蕴含的生态文化内涵的研究就成了黑人生态批评的重要议题之一。具而言之,该章主要探讨以下几方面的内容:荒野、地下、山巅与文学人物身份、命运及思想意识之间的关联;女性作家如何创构生态女性主义的空间,以构建自己的身份和实现自我的救赎;黑人女作家莫里森如何通过再现不同地形——隐喻的或实际的——与小说人物之间的关系,映照他们的精神状况和生存境遇,以揭示她对黑人族群复兴之路的深沉思考和富有远见的探寻;探讨黑人文学、布鲁斯音乐和现实洪灾中水环境及水意象与黑人悲剧命运、黑人解放及黑人文化记忆之间的关联,发掘水意象所承载的丰富文化内涵,充分证明水既可给黑人族群带去灾难,也可化为他们的疗伤之源和救赎之桥;梳理黑人思想中关于城市生态的相关理论,揭示作为黑人自由天堂的城市隐喻所隐含的生存悖论,探寻构建和谐黑人城市社区的文化路径,谴责形形色色的城市环境种族主义对包括黑人族群在内的各少数族裔人民生存所造成的危害。

第一节　美国黑人文学中荒野、地下及山巅的生态文化内涵及其价值

黑人生态批评先驱梅尔文·迪克森在其《荒野求生:非裔美国文学中的地理与身份》一著中指出,"荒野、地下及山巅"是非裔美国文学中的三个宽泛的地理隐喻,分别代表"求索、发现及自我的实现"。① 它们勾勒了非裔美国文学史,其文本包括确定身体和精神自由之地的文本,诸如涉及荒野出逃的奴隶叙事和奴隶歌曲;确定身份表演舞台之地的文本及将这种表演提升为欢庆自我的文本。迪克森结合黑人文学文本对这三个隐喻的内涵进行了较为深入的阐释,以揭示黑人文学如何运用生活智慧和话语创新将压迫与奴役之空间转变成解放与自由之家园,在求索过程中,奴隶不仅挣脱奴役,获得自由,而且还重构了自己的身份,拆解了栖居美国土地的文化障碍,更为重要的是,"作者和主人公都实现了从漂泊无根到扎根土地的蝶变"②。

一　黑人文学中的荒野意象的生态内涵

奴隶叙事和奴隶歌曲是非裔美国文学最早、最重要的文学形式,它们构成非裔美国文学史的开端,反映了黑人奴隶开始自觉运用语言表达情感,表现自我,也记录了他们在自然中苦苦求索,追寻自我和家园的时期。他们的传统知识告诉他们,自然是可依赖的,荒野、荒凉的山谷和高山尽管捉摸不定,充满危险,但也是他们的救赎之地。他们的歌曲还告诉他们,如果新的名字和新的身份要产生效果的话,地

---

① Melvin Dixon. *Ride Out the Wilderness: Geography and Identity in Afro-American Literature*. Chicago: University of Illinois Press, 1987, pp. 4—5.

② Ibid., p. 4.

理必须要到达、遭遇甚至被征服。

正如里奥·马克斯(Leo Marx)所言,如果说美国"既是伊甸园,又是怒号的荒野"的话,那么奴隶们对秩序与混乱之二分提出了不同的看法。他们知道自己是奴隶主的财产,也是野生动物,为此,正常运行的种植园必须要被控制。附近森林中的飞鸟和动物给他们提供了不少通向自由的地理和自然指导。奴隶叙事著名传记作家亨利·比布认为,为自己争取自由是一项"森林中野生动物和空中飞鸟都高度赞赏"的权利。"猫头鹰在穿过茂密高大的森林时,从山顶到山谷,一路发出可怕的尖叫声,是给自己鼓劲,是唱给它同类听的欢歌。然而,当它的腿被拴住或被关进了笼子,它就不这样了,它的声音凄惨低沉,即使吃得饱,但成了孩子们的玩物。"奴隶们对种植园的花园理想表示一定程度的怀疑。道格拉斯对南方劳埃德(Lloyd)种植园的描写,尤其是对农场豪宅的详细描写及维护它那精心耕作的大花园所花费的劳动,让人瞠目结舌。果树品种之多,可谓应有尽有,"从北方耐寒的苹果到南方细嫩的柑橘",沥青覆盖的墙将饥饿的奴隶和偷盗者挡在外面,这样奴隶们对墙唯恐避之不及,粘上沥青就意味着皮肉之苦,所以他们害怕沥青犹如他们害怕皮鞭一样。由此可见,丰饶的种植园是种族主义的产物,靠暴力得以维护。在这种情况下,对奴隶来说,放弃田园般的伊甸园而走向充满变数的荒野一定是个不难的选择。用比布的话说,他生活在红河沼泽地怒吼的狼群中比生活在种植园要好得多,奴隶歌曲描绘的荒野意象也比种植园强得多。

> 我发现了自由之魂,在荒野之中,
> 在荒野中,在荒野中,
> 我发现了自由之魂,在荒野中
> 我将要回到那里。①

受奴役的非洲人开始挣脱奴役或将自己葬在新世界时,荒野既代表一个提供回家之路的地方,也代表一个确认他们与新世界广袤风景之联系日益紧密的神奇之地。

> 想知道我的弟弟去哪里了吗?
> 想知道我的弟弟约翰去哪里了吗?

---

① Melvin Dixon. *Ride Out the Wilderness*: *Geography and Identity in Afro-American Literature*. Chicago: University of Illinois Press, 1987, p. 18.

他去了荒野，

不回来了！

早上好，圣徒般的哥哥，

告诉我你要往哪里去？

或告诉我你要去哪里？

在这片神奇的土地上。

我的名字，可爱的圣徒

穿过这片荒野，

在这片神奇的土地，

我往迦南去。①

　　尽管奴隶主经常散布谣言说，种植园之外有多么的恐怖，以吓唬奴隶不要逃跑，但奴隶传说中存在大量的地理指涉，对应各种心理状态，在此，自然地理与精神风景联系在一起。如果奴隶被看成了低等动物，那么他们抓住机会赋予这种存在状态足够的应变能力，以便风景的变化，诸如山坡、山谷、沼泽及平地等，可表达奴隶情感的变化。奴隶之歌重构了这种物理环境，旨在从低落的精神和绝望的情绪中找到安慰。奴隶认识到社会处境与山谷一样，代表自己低落的情绪，甚至绝望，但山谷也是征服绝望的意象，高山就成了个人胜利的必不可少的见证，歌唱者将枷锁抛给罪恶或奴隶主，自己获得片刻超越。他能享受特权，享受主的恩典，"等到我登上山顶/张开翅膀飞翔"。他还高声宣布："去山顶上宣布/耶稣基督诞生啦！"他甚至还能见证翻天覆地的巨变：与上帝同在，得到自己应得的一切，包括拥有自我。

　　奴隶歌，或曰灵歌，建构了三种不同的安身之地，即荒野、冷清的山谷及山巅，对应了他们不同的心境或精神境界，也是他们建构新身份之地，在此，他们可开启自由之表演。与灵歌伴随的奴隶叙事为此增添新的内容，通过详细记录解放所必需的个人知识、勇气及自信心进一步检视地方与身份表演之关系，像灵歌一样，奴隶叙事是奴隶追求精神解放的萌芽或探索期的精神产品。

　　像在灵歌中一样，荒野在奴隶叙事中也具有重要作用，是奴隶安生之地和信仰形成的地理隐喻。实际上，两种表现形式都突出强调地理与奴隶处境之间的紧密

---

　　①　Melvin Dixon. *Ride Out the Wilderness*：*Geography and Identity in Afro-American Literature*. Chicago：University of Illinois Press，1987，p. 18.

关联,并都强调指出,奴役与自由之区别并非人性缺陷或种族偏见,而是对地理的把握。叙事者试图通过运用语言,操纵环境,重构身份,拥有自我,把握命运。这种推理在道格拉斯 1845 年出版的个人叙事《弗雷德里克·道格拉斯:一个美国奴隶的生平自述》(*Narrative of the Life of Frederick Douglass, An American Slave Written by Himself*, 1845)中表现得最为明显。根据迪克森的分析,由于奴隶出身,道格拉斯实际上没法按照常规,诸如年龄、家庭介绍他的身份,因而"交代他身在何处成为了解、介绍他是谁的方式",该著的第一句话揭示地理与身份之间微妙关系,甚至通过重塑否定他人性的地方而重拾人性。当道格拉斯发现知识是把握自我的最有用的工具时,他对奴隶制的认识逐渐加深。阅读拓展了他从地理维度对异乡奴隶制的认识:"我读得愈多,我愈痛恨奴役我的人。在我看来,他们无异于一帮一时得手的强盗,他们离开自己家乡,远去非洲,从我们家把我们偷盗出来,在陌生土地上将我们变为奴隶。"这种认识使得道格拉斯懂得了,他与奴隶歌手和其他叙事者都有共同之处,我们都是天下沦落人。"看看我凄惨的处境,真无可救药。"这种认识还"让我睁开眼睛看清了陷入的可怕深渊,没有可踏的梯子助我出去"。如果将道格拉斯的话转化成奴隶之歌的语言,他已陷入孤独可怕的山谷,无路通向山顶。深渊不仅是道格拉斯个人对囚禁人的奴隶制的体验,而且还是他对奴隶制最为深刻的认识,这是源于他对自由最为强烈的渴望,是绝望者"置之死地而后生"表现出的勇气。"现在,自由浮现了,绝不会再消失了……它从每个星星后俯瞰,总是平静地向我们微笑,随微风一起吹拂,伴暴风雨同行。"① 道格拉斯甘愿与其他奴隶一道经受暴风雨的洗礼,这场暴风雨伴随他们逃离非人的种植园奴隶制而后进入一种可怕、难以预测同时充满期许的荒野。对他们而言,生死考验来了,遭遇山穷水尽之绝境,方迎来柳暗花明之胜景。这些逃跑的奴隶怀着对上帝的信仰和北极星永远明亮的希望,但他们的装备极差,亨利·比布和其他奴隶常常不得不绕开大路,穿行在森林之中,也不知道到了哪个国家,因为随身没有东西,白天靠太阳,夜晚靠月亮和星星。当他们成群结队逃跑时,他们请牧师带路,由此可看出,宗教与追求自由之间的关系是多么实在!要逃离奴役,获得自由,就要相信上帝,得到他的保佑。黑人宗教呼吁走进荒野,在那里寻求救赎和解放,经受考验和洗礼。宗教鼓动奴隶追求自由,有牧师甚至策划了奴隶暴动,他们常常隐藏在森林

---

① Melvin Dixon. *Ride Out the Wilderness: Geography and Identity in Afro-American Literature*. Chicago: University of Illinois Press, 1987, pp. 20—22.

中，与神灵交流，认为他们的斗争得到上帝的恩准。荒野显示了人在和谐天地中的位置。亨利·比布这样写道："我想到水中的鱼儿，空中的飞鸟，森林中的野兽，它们似乎随心所欲，来去自由，而我却成了个不幸的奴隶。"在自然荒野中，随处可见生命和谐之实例，与传统非洲宗教很相似，对受奴役的非洲人来说，美洲荒野无异于人与上帝的另一个契约。道格拉斯就曾描写了他与上帝的际会："我身处密林之中，掩映在阴森的丛林之下，万籁俱寂，完全避开人类的眼光，与自然和自然之神独处，远离尘世的一切机巧，这儿是祈祷的好地方，祈求神助，祈求自由。"①森林成了祈祷的圣地，考验自我的场所，获得神助的地方，通向自由的必经之地。

奴隶争取自由的冲动也是他们性格变化的开始。因渴望自由，他们变得坚强起来，以应对逃逸途中所遭遇的各种艰难险阻。奴隶威廉·帕克（William Parker）写道："我渴望砸碎奴役的镣铐，因为它伤害了我自由之精神，我认识到我奴隶身份是不公道的……自由之冲动给我脚增添了飞翔的翅膀，提振了我的精神。逃跑者透过成年累月种族压迫所积压的无知的缝隙，瞥见了自由之曙光。在那个极不平凡的夜晚和多事的第二天，我们一路有使不完的劲!"亨利·比布逃跑的冲动如此强烈，以至于他"学会了完美的逃跑技术"，他一直这样跑，直到斩断"奴隶的锁链，踏上加拿大领土，那里我被看成了人，不再是一件东西"。在逃跑过程中，奴隶的生存是头等大事，这就需要一种"情景伦理"认可某些行为的合理性，诸如偷窃甚至杀人，也就是为了自由日常认为不合常理的行为都是正确的。他还必须学会精明，积极主动，调动一切聪明才智，随机应变，荒野可成事，也可碍事。逃跑者必须认识到自然的二重性，同一自然力量，诸如宽阔的河流、深深的山谷、湿软的沼泽、危险的暴风雨、难以翻越的高山，可能既是障碍，也是帮助。这就要逃亡者的技巧、行动、勇气，敢于直面荒野，化险为夷。荒野成了考验人自信心的场域，也成了考验是否相信上帝会带给人自由或自由之地的力量。这就是人如何与上帝为伴，与自然为伍，如何赢得自由。亨利·比布的叙事都是围绕荒野考验展开，他的表现就是迎接荒野的考验："人若照信仰而行动，他就参与了解救自己。他行动的褒奖不仅是通向自由之领地，而且还获得一个新的名字和新的身份。"②

概而言之，荒野，既给人死亡之威胁，也显示新生的期许，给那些认可自己为选

---

① Melvin Dixon. *Ride Out the Wilderness : Geography and Identity in Afro-American Literature*. Chicago: University of Illinois Press, 1987, pp. 23—24.

② Ibid., pp. 25—27.

民的人提供了希望。但挣脱奴役,进入、走出荒野是以严峻的考验为条件,因为忍受奴役或种植园制度无异于死亡,也考验他面对绝望、恐惧、孤独的能力,这种能力最终会为他赢得自由之身份。在美国内战以前,尽管奴隶们生活的种植园空间狭窄得令人窒息,但灵歌歌手和叙事作者确立别样的避难、新生和表演的空间,从而确保他们挣脱奴役。

奴隶之歌勾勒了宗教和世俗转变的要素,强调更多的是面对荒野奴隶个人信仰的转变,一种争取自由的冲动,是奴隶争取自由的精神操练,使得信仰提升和道德地位变化成为可能。奴隶叙事者突出奴隶逃离奴役的具体行动,经受自然和信仰的严峻考验,赞美他们解放自我、视死如归的英雄壮举。一句话,灵歌和叙事文本揭示了荒野、山谷和高山构成的辽阔地域是奴隶实现自我的风景。

二 黑人文学中地下意象的生态内涵

黑人作家将运用不同的地下隐喻并将其与神话联系在一起,对曾经由性别、种族、性剥削及艺术斗争圈定的文化游动范围进行拓展,从荒野般混沌无序中创生意义。对理查德·莱特、拉尔夫·埃利森(Ralph Ellison, 1914—1994)、勒鲁伊·琼斯(LeRoi Jones, 1934—)而言,下水道、地窖、地道所提供的是两种截然对立、令人不安的选择:主人公新生的摇篮,或咆哮的、湿漉漉的埋葬他的坟墓。地下要么是养育人的子宫,要么是令人头疼的痛苦的坟场。男女作家的区别在于他们的故事主角在不同的风景之中通过话语表演重构自我的方式不同。

莱特的人生经历及其小说创作的一个重要主题就是彰显他表达所有权的终极行动:唯有土生子可与故土断绝关系,断绝关系就是渴望被故土或社会忘却,或远离充满种族暴力的病态社会,要完成这个行动主要是通过在小说中构建避难和新生的空间,为此必须隐姓埋名,转入地下,就是在地下,他或虚构的自我才得以确立,才找到家的感觉。这已成了莱特经典小说中的一个恒定主题,并通过一系列地理隐喻得以表现:奴隶逃离社会,躲藏起来,要么获得新生,要么走向坟墓,这就是黑人生活形象。短篇小说集《汤姆叔叔的孩子们》(*Uncle Toms's Children*, 1938)中的第一篇小说《比格离家》("Big Leaves Home")记录了杀死白人的黑人男青年比格为逃避白人群体暴力,不得已藏匿在山边地窖里,在那里他亲眼目睹了他无辜朋友博博(Bobo)被实施私刑。他也深知,同样的厄运等待着他。为此,他不得已逃到北方,获得新生。该小说集第一版以中篇"火与云"("Fire and Cloud")结束,故事中"明亮晨星"隐喻空间上的乐观,从南方到北方意味着获得解放,也暗示一种崇高的意识指导比格及莱特的读者。

对莱特来说,地下是收集折磨人的家庭生活残片之地,也是一个观察点,借此他能参与现实世界,不论那里种族主义多么严重。下水道也是他最佳创作思考之地。《生活在地下的人》(*The Man Who Lived Underground*,1944)中描写了主人公弗雷德·丹尼尔斯(Fred Daniels)因遭诬陷被警察殴打后,采取的身体和心理赌博。他逃离社会,在城市地下污水系统找到安身之处,在这别样的地下空间,他能确立不同于黑人社会和白人社会强加给他的身份,并依照此身份做事。丹尼尔斯的下沉或隐身起初还是令人宽慰,但他很快发现,城市给予黑人青年的空间其实一点也不宽松。南方的地主与北方城市房产老板都一个样,他们需要的是忠实虔诚、逆来顺受的"汤姆叔叔",而不是《土生子》中桀骜不驯、反抗种族压迫的黑人青年托马斯·比格。"丹尼尔斯在下水道爬行的情形,也许与任何一个在人生中摸索的人经历相似,莱特也承认他一直在污水中穿行,以便较好把握自己生活。"①

在《生活在地下的人》中,莱特将隐姓埋名和离群索居的隐身变成重塑自我的前提。他在地下待得愈久,他与地上世界的价值观愈疏离,对莱特而言,他变得更加自由,进而摆脱了他祖母的压制和约束。在地下,丹尼尔斯改变了对钱的用途,挣脱了家庭的制约,甚至完全忘掉了老婆的存在,超越了社会规约。离开地下露面后,他完全变了个人,已不受家庭、教堂和国家的权威的制约。他在地洞发现,他能赋予物体和地下空间新的内涵,由此他接受了一个新的、自选的身份。他不再是一个逃逸奴隶,而是一个有情有义,甚至高智商的人,正因为如此,他反而比以前更容易受伤。这种脆弱是其人性的标志。此外,新的认识,无论显得多么猥琐,也成了他人性的证明。沉入地下后,他对人生有了新的认识高度。"他终于具备了一个正常人的各种感情,他只能掌控他能力范围内之事。人不能,也不应该离群索居,如果他硬要这样,他就不是人了。"②

作为一个充分体现了"人性"的人物,丹尼尔斯必须面对生活的悖论:死亡之必然。

丹尼尔斯的地下经历使得他不断面临死亡之威胁,因为环境的威逼,他才开始

---

①　Melvin Dixon. *Ride Out the Wilderness*: *Geography and Identity in Afro-American Literature*. Chicago: University of Illinois Press, 1987, p. 64.

②　Ibid., p. 65.

了"创造",开始了重构环境、重塑自我的一系列行动,诸如他随时都有可能葬身在地下污水之中,不得不杀死那只挡他去路的老鼠,还踩到一个死婴,等等。起初,他是一个消极的旁观者,渐渐他发现他的隐身并非完全是坏事,如果好好利用,他会成为一个积极的创造者。他计划从珠宝店保险柜偷钱,从值晚班的人那里偷工具,由此他开始为自己划定新的空间,他的身份也随之开始变化,他开始掌控自己的生活和过去,尤其是他对老婆、白人老板,还有折磨自己的警察的回忆。也就是说,他开始以新的眼光看待他的过去、他的现在以及他曾经打过交道的各种人。最为重要的是,他重新审视自己,这一切都因他地理位置的变化,从地面到地下。他脱离了过去那种动物似的存在方式,开始做人,因此他的身份开始有了人文的维度,此时,他总算成了艺术家。于是,他开始对熟悉的事物赋予新的意义。他用偷来的100元的美钞、手表、钻石装饰他的洞穴,当他开始用偷来的打字机打印他自己的名字,英文小写字母弗雷德丹尼尔斯(freddaniels),打印他的名字实际上是表演界定自我的行动,他的创造力在此达到了高潮。打印新名字是界定新身份的一种仪式,也意味着告别像动物一样的生活,那种被奴役、无思想的过去,因而新名字意味着新身份、新作为,由此可见,新名字对他的性格产生了全方位影响。从此,他颠倒了社会的空间地理,曾经被看成文明的地方现在却成了荒野:"这就是为何地面上的世界现在对他似乎是一个充满死亡的蛮荒森林。"由此看来,《生活在地下的人》可被看成了是逃逸奴隶叙事,展示奴隶对处女地的创造性回应,以赢得解放为目的。在此,他对两个世界和他自己情感矛盾的认识更加清楚了。

平心而论,除了他整体认识水平提高,自我意识的加强外,丹尼尔斯从他"隐身"的位置还得到了许多物质好处,这些都是通过其他渠道不可能弄到的。他可以蒙骗社会,弄到被社会剥夺的东西。"这种经验将他的认识提升到纯粹的种族语境之外,进入一般的人文语境,进而让他动了恻隐之心。"为此,他对那些与他处境相同的人寄予深切的同情。"他在地下看到的、经历的生活,教会了他爱他人,给了他必须与人分享的信息,不管他人是否愿意倾听",正如他这样说道:"我看遍了这些洞穴,清楚了他们如何生活,我对他们的爱不禁油然而生。"①具有反讽意味的是,他在地下对存在、对社会的感悟,地下生活在他心中唤醒的爱,迫使他重新回到地面,纵然这样做面临被社会、被教会抛弃的危险。当然,丹尼尔斯最终被警察抛弃,

---

① Melvin Dixon. *Ride Out the Wilderness*: *Geography and Identity in Afro-American Literature*. Chicago: University of Illinois Press, 1987, p. 67.

是因为他们深知,丹尼尔斯的自由对他们具有威胁性,会揭穿他们害人的勾当,所以当他们同意跟着他一道到他地下的"家"时,他们在洞口射杀了他,因为他"捣蛋、坏事",他最终还是死在水汪汪的坟墓旁边,可就在那里,他第一次下地时曾侥幸逃生。[1]在地下,他发现了与其他受冤之人之间的真情,冲突都是由于同胞情和种族心理引起的。

丹尼尔斯的自我创造,包括对熟悉的事物赋予新的意义,就是重命名它们和揭开它们的神秘面纱,比如,钱,与其他的纸没有两样,这与他重命名自己和激活自己一样,的确不是一件轻松的事情。曾经作为奴隶的丹尼尔斯,从来没有"做过自己",一直生活在一个极其狭小的空间,它"容纳、教育、规训,抑或最后限制他"[2]。一旦获得了自由,不知如何把握。自由成了一个沉重的负担,就像作家要在白纸上创作一个故事一样。在现实生活中而不是在地下,丹尼尔斯必须从头开始,重构生活,其风险之大可想而知,甚至往往遭遇失败,有了新的身份,获得了人性,难保性命,这就是地下与地上给黑人铸就的反讽人生。

在迪克森看来,丹尼尔斯真正的自由来自行动,他最重要的发现是行动自由,他因自由之行动付出了生命的代价,但他的死恰恰是为了捍卫自由行动的权利。"他那在下水道中生出的自我在社会沉渣中完成了再生之仪式,以医治社会和自己的疾病。"[3]但仅有仪式的再生远远不够,还必须有实在的行动。于是他离开地下,复出地上,说出他在地下所见,揭露黑幕,伸张正义,捍卫行动自由的权利,因而死得其所。他的牺牲客观上已超越了个体的范围,具有普遍的社会意义。他希望将个人新生变成社会的新生,自己的觉醒唤起族群或社会的觉醒,当然,这往往要通过个人之死才能实现,是个体必须付出的代价,这也就是社会进步的悖论。从这个角度看,丹尼尔斯升华成了耶稣般的殉道者,他之死与《土生子》中托马斯·比格之死其实都具有广泛的社会隐喻意义,以个人之死刺激、震惊或唤醒整个白人主流社会,迫使他们严肃、认真、痛苦地重审自己的行为、价值,关注环境种族主义对黑人乃至整个社会机体的危害。

著名黑人作家拉尔夫·埃利森在其名作《看不见的人》(*Invisible Man*,1952)

---

① Melvin Dixon. *Ride Out the Wilderness*: *Geography and Identity in Afro-American Literature*. Chicago: University of Illinois Press, 1987, pp. 66-67.

② Ibid., p. 59.

③ Ibid., p. 68.

中就说过这样的话:"如果你不知道你在何处,你可能不知道你是谁。"①这句话不仅简明扼要地说明了"地理位置"与"个人身份"之间的关联,而且还说明地理位置决定一个人的身份、他的思想境界,进一步说,一个人如果逾越他的地理位置行事,必然招致麻烦。在该著里他更是将"地下"隐喻的内涵发挥到极致。该著采用自传体小说形式,故事中的无名黑人男主人公从现在开始,回忆、反思过去的青少年时期,又以现在结束,故事从开始到结束,他都蛰居在喧嚣的大都市的地窖里。作者运用象征手法,"看不见"是小说主导性象征,标志着主人公的社会价值等于零,即他本人实际上早已名存实亡,在熙熙攘攘的城市中毫无社会地位,只好隐遁到另一个世界中去,即进入地下。然而,入地对他而言绝非无价值,恰恰相反,是他人生的一次升华,是他意识的提高,是对美国种族主义肆虐的社会现实的深刻认识,更是对自己身份的重新认识。就是在地下,他发现了很多被种族偏见黑幕遮蔽的真理,深刻分析了他"看不见"的根本社会原因——种族主义和阶级压迫,其中,种族歧视是导致黑人"看不见"的终极原因。当然,对他而言,"看不见"也并非全是坏事,他也尽力从"看不见"的境遇中得到好处。因为"看不见"而被世界遗忘,所以住在仅限于白人才能租用的地下室且不用付房租。在此隐秘的地方,他还能充分发挥自己的聪明才智,创造了一个温馨的家。靠偷市电力公司的电,还给房间安装了1369盏电灯,整个房间灯火通明,温暖如家。"我怀疑,能否在全纽约市找到一个比我的地洞更明亮的地方了,当然,还不排除百老汇,抑或摄影师梦幻夜晚照片上的帝国大厦。""这两个地方是我们整个文明最黑暗的两个地方",更准确地说,"我们整个文化"。是"光明中的黑暗",他要光明祛除黑暗,照亮现实。主人公还说,光是获得知识所必需的东西,"因为真理就是光,光就是真理"。从他在地下的观点出发,他开始理解、反思他的生活、他的经验、他在美国社会中的地位及美国的社会现实,尤其是洞悉他所经历过的"社会看不见"的种种方式。他还说,他存在了大约20年,直到发现自己"看不见"的状况后,他才"活着"。② 当然,小说主人公隐身地下并非意味着死亡或装死,而是一种类似于动物的冬眠状态,"冬眠是为公开行动做秘密的准备",因此,他说他要离开地窖,积极参与社会了,因为"看不见的"人也应该做一个有社会责任感的人,积极实施他的行动,宣告他的伟大发现,大声疾呼:种族主义的梦者和梦游者们,醒来吧! 否则,我们会为此付出沉重的代价。可是,

---

① Ralph Ellison. *Invisible Man*. New York:Vintage Books,1952,p.565.
② Ibid.,pp.5—7.

直到故事结尾,他依然未回到地面,也许,他怕回到地面后,会遭遇丹尼尔斯一样的厄运。

迪克森在分析比较埃利森的《飞回家乡》(*Fly Home*,1944)与莱特的《生活在地下的人》时指出,尽管二者在主题方面尽管有诸多契合之处,但在他的故事中,埃利森"通过运用对立的空间运动和不同的表演行动隐喻肯定而不是否定黑人文化表达的基础,因而该故事代表了埃利森对理查德的早期挑战"①。在《生活在地下的人》的故事中主人公丹尼尔斯通过下沉到地下而确立自己的身份和对人性亲缘关系的认识,人性因此得以复苏,返回地面而后回到地下过程中遭警察击毙,而《飞回家乡》的主人公青年黑人飞行员托德(Todd)通过飞行训练驾机上天、坠落而受伤才最终认识自己和社会,也因此开始重新审视自我和社会,一上一下的空间运动颠倒了两个故事中与地理隐喻相关的价值,一个下沉地下生活而觉醒,一个上天飞行训练失事落地受伤而觉醒。然而,无论是丹尼尔斯进入地洞,还是托德坠落地下,他们"认识水平"都提升到一个新的高度,丹尼尔斯和托德都回到地面或荒野,进而认清了种族主义社会的真实面目,揭开隐秘的文化风景,运用想象,创造自己的生存策略,确立了自己的独立身份,两个故事都说明,在种族主义盛行的美国社会,黑人要充分实现自己的人性而存在,要获得充分的行动自由,必遭厄运,但也只有行动自由才能认识社会和确立自己的身份。对托德来说,尽管他飞行训练达到一定的高度,但南方实行种族隔离的吉姆·克劳法②——南方黑人的生活现实,如影随形纠缠着他,不允许黑人飞行员有这样的英雄举动,因此当他飞得太高、太快,以期逃脱他的种族身份、种族文化圈及与土地的亲缘关系时,飞机不幸坠落地上,他身受重伤。这种"坠落"具有浓烈的象征意义,黑人青年绝不能像白人青年那样有鸿鹄之志,他们必须安分守己,生活在白人为他们划定的区域内。正如《土生子》中黑人青年比格所言,"我想当飞行员,但他们不让我进那所学飞行技术的学校。他们建了一所大的学校,然后在其周围画一条线,并告知,除了生活在线内的,任何

①　Melvin Dixon. *Ride Out the Wilderness: Geography and Identity in Afro-American Literature*. Chicago: University of Illinois Press, 1987, p.70.

②　吉姆·克劳法(Jim Crow laws)泛指从1876年至1965年间美国南部各州以及边境各州对有色人种(主要针对非裔美国人,但同时也包含其他族群)实行种族隔离制度的法律。这种法律强制规定公共设施必须依照种族的不同而隔离使用,且在隔离但平等的原则下,种族隔离被解释为不违反宪法保障的同等保护权,因此得以持续存在。但事实上黑人所能享有的部分与白人相比较往往是较差的,而这样的差别待遇也造成了黑人长久以来处于经济、教育及社会上较为弱势的地位。

人不得入内,他们将有色族孩子都挡在线外"①。如果谁要逾越吉姆·克劳法划定的红线,就要遭到惩罚。托德的坠落受伤既是对他种族自信心的沉重打击,更是给他上了一次生动而沉痛的社会课。用迪克森的话说:"托德的坠落让他体验到直到现在他一直生活在他回避的'黑人现实的时间和空间',只不过这次他要加倍补偿。"也就是说,这次坠落的伤害对他来说确实沉重。他的女友曾经就警告过他:"千万不要洋洋得意地、一遍又一遍地证明你勇敢,你技术精湛,因为你是个黑娃。"在种族主义的陈规中,"黑人只适合在地上依附白人,租地生存"。用白人奴隶主的话说:"你们都知道,你不能让黑鬼飞那么高,否则,他会忘乎所以,黑鬼的脑袋不适合飞行。"为此,在种族关系严重扭曲的南方社会,托德必须学会用更为灵活机巧的生存策略代替他飞行训练中获得的虚假尊严,他必须将"这是我仅有的尊严……这是世界上最有意义的行动"之类不实之词抛诸脑后。② 作为一名黑人青年,必须先认清自己的身份,然后再找准自己的位置,身份决定你的高度。

黑人作家勒鲁伊·琼斯开辟了别样的妇女主义地下空间,将黑人女性人物纳入地下空间的范畴,她或她们能为性别身份和文化身份迷茫的黑人男性指点迷津,通过下沉地下,认清自我,回归族群文化,找回迷失的身份,重拾自信,进而得到救赎。在他的小说《但丁的地狱制度》(*The System of Dante's Hell*,1965)中,黑人飞行员罗伊(Roi)误以为当飞行员的职业是逃脱黑人现实中"低俗"的途径,通过全面接受白人文化和逃避黑人族群,换得一种虚假的尊严:"我的灵魂是白色的,纯白色的,所以能飞翔。"为当好飞行员,他给自己强加了各种限制,导致他几乎成了一个性无能者,一个失去主动性、消极散漫被人蹂躏的同性恋者。为此,他苦闷万分,感到犯了弥天大罪,"他的同性恋不是欢庆他男性的阳刚与独立,而是渴望与人交往接触,超越自恋,但他无力改变"。在小说结尾,他沉入空军基地附近的黑人社会底层,通过与黑人妓女皮奇斯(Peaches)的一次性冒险而醒悟。皮奇斯是一个颇有进攻性、挑衅性的妓女,她几乎强奸罗伊,强迫他在底层做性表演并在"地狱的最深处"与他做爱,他的性表演、他的这次"做爱"尽管不算成功,但还凑合。从黑人文化的角度看,他们的性爱可不是一次普通的性交易。对罗伊而言,这是一次性别身份和文化身份的表演,瞬间他就被拉出了同性恋的怪圈,以后就拒绝其他同

① Richard Wright. *Native Son*. London:Vintage Books,2000,p. 383.

② Melvin Dixon. *Ride Out the Wilderness:Geography and Identity in Afro-American Literature*. Chicago:University of Illinois Press,1987,pp. 70—71.

性恋者的请求,并找回了男人的尊严与自信,昂首阔步走在路上。与此同时,皮奇斯的强奸行为也算是对他曾经对黑人妇女的虐待和南方的贬低的报复。他开始变化:"我咒骂芝加哥,在我看来,以前的一切都是谎言,是骗局,让人恶心。"①他下沉到黑人文化的底层后,经过皮奇斯咄咄逼人的爱的洗礼,将作为飞行员的他的意识提高到前所未有的高度,让他重新认识自己文化的价值,找回自己的性别身份,因而妇女主义的风景对他而言具有救赎功能。

下水道、地窖、地铁等地下空间成了男主人公们摆脱困境的舞台,他们的迷茫大多是无力为自己族群、文化和家庭有所担当。也许,这基本上反映了男性作家的自大的心态,在他们眼里,地球,像女人一样,必须被占有。黑人男性作家笔下的主人公都带着性征服的冲动而深入地下,但他们最终都被环境所占有,因为地下也有对抗的力量。女性人物和女性作家能开辟妇女主义的风景,创造关于地方、人及表演的新神话,以展示地理空间,尤其是所谓"粗俗、下贱的"地下空间对男人和女人都有救赎作用。

三　生态妇女主义新空间:拒绝沉沦,追求升华

黑人女性作家拒绝下沉,坚守地面,通过肯定甚至掌控地面风景而重拾自我。这主要是由于黑人女性作家及其塑造的女性人物以不同的方式看待自然,从不同的角度认识性别、种族与自然之间的关系,从妇女主义的角度重构社会风景,以抗拒种族主义、性别歧视及阶级歧视,进而为她们开辟赋予自由的新风景。在此,笔者主要就黑人女性作家佐拉·尼尔·赫斯顿(Zora Neale Hurston,1891—1960)、艾丽斯·沃克及盖尔·琼斯(Gayl Jones, 1949—　)的代表作做简要分析,以揭示"生态妇女主义"风景之内涵。②

赫斯顿是20世纪美国文坛的重要人物之一,集小说家、黑人民间传说收集研究家及人类学家于一身。她生在美国南方,是哈勒姆文艺复兴时期的活跃分子,她毕生为保持黑人文化传统而奋斗。《他们眼望上苍》(*Their Eyes Were Watching*

---

①　Melvin Dixon. *Ride Out the Wilderness：Geography and Identity in Afro-American Literature*. Chicago：University of Illinois Press，1987，pp. 80—82.

②　"妇女主义"是非裔美国女作家艾丽斯·沃克在其散文集《寻找母亲的花园:妇女主义散文》(*In Search of Our Mother's Gardens：Womanist Prose*，1983)中提出的术语,其要旨是黑人女性主义既反种族歧视,也反性别歧视,倡导欣赏妇女文化、其丰富的情感内涵和妇女的力量,致力于维护所有男女的生存与完整。

God，1937)是她最受欢迎的作品，是黑人文学中第一部充分展示黑人女性意识觉醒的作品，在黑人女性形象的塑造上具有里程碑式的意义，被公认是黑人文学的经典作品之一。该著成功塑造了大胆追求女性解放、实现浪漫梦想的黑人女性詹妮·克劳福德(Janie Crawford)的形象，借此作者表达了她的黑人妇女主义观点、生态妇女主义理想以及对南方黑人文化传统的珍视。然而，因该著体现出作者对黑人生活及传统保持积极、乐观的态度，再由于它的问世恰逢抗议文学风靡的时代，因而遭到了空前的冷落和同辈黑人作家的非议，黑人作家理查德·莱特就曾严厉批评该著缺乏对南方种族压迫的批判。在此，笔者将通过简要探讨女主人公詹妮的成长历程，揭示作者构建妇女主义风景的机制，以明证地方、风景、性别及种族之间的内在关联。

詹妮是《他们眼望上苍》中的女主人公。当她还是个小姑娘时，詹妮通过观察她外祖母菜园中的蜜蜂和梨花的活动就看到了自然之美和自然之性。她对自然中的爱和爱之本质的发现为她体验它们在生活中的二重性——"爱可以令人振奋，也可令人心碎；自然既可肯定生命，也可威胁生命"[①]——作了铺垫作用。詹妮就在自然荒野和社会荒野中穿梭，尤其是通过她与四个男人之间的情感纠葛，充分体验女性驾驭荒野的能力，她心智成熟，能颠覆男权，游刃有余，构建自己自信独立的妇女主义空间。作为逃逸奴隶，詹妮的外祖母南妮(Nanny)尽管在森林中学会了一些道理，但对荒野，尤其是社会荒野理解得却不够深刻，比如，自然地理中的低地也可能成为高地，反之亦然，社会荒野中同样如此。对此，南妮可不太理解，因而常常将自己的观点强加给詹妮，而詹妮在反抗外祖母的过程中明白此理，胸有定数，成功应对各种危机。书中这样写道："在此，南妮已抓住了上帝创造的最大礼物——眼界……把它拧成一个小东西，后又紧紧地套在她外孙女的脖子上，使她不能动弹。詹妮讨厌南妮以爱的名义限制她的自由，甚至想掐死这个老太婆。"詹妮奋起反抗，避开洪水，到达高地，以后又入住她家顶层房间，此时，狭隘不再缠绕她的脖子，反而在她肩上赋予权威。

当然，南妮对外孙女詹妮的做法并非一无是处，错就错在她把社会荒野中对土地的占有等同于对詹妮的安全和保护。实际上，詹妮真正需要的不是占有一片土地，而是要游刃有余地把握自我，要完全独立自主，为此就需要她逃脱有限的土

---

① Melvin Dixon. *Ride Out the Wilderness*：*Geography and Identity in Afro-American Literature*. Chicago：University of Illinois Press，1987，p. 88.

地,对风景的广泛探寻,从而体验地理提供的多种可能,诸如社会权力、独立自主或曰自由之精神。詹妮走过的路给人这样的启示:"踏实走过的路不仅引导我们走出低地,到达高地,而且还能引导我们走出文化洼地的深渊,回归、重拾、重构的家园地带。"①

詹妮从混乱无序的社会荒野回到家的走廊,开启了她最重要的表演,借此她回到黑人社区,成了一位新成员,招致社区的各种闲言碎语。她把自己的人生故事讲给了她的邻居、好友菲尔比(Pheoby)听,菲尔比听得津津有味,并成了她的传声筒。詹妮会讲,菲尔比爱听,由此她们的意识都提升到一个新高度,超越了性别差异限定的社会位置。菲尔比也成了詹妮价值的唯一接受者,并保护她不受那些依然身陷性别冲突和阶级冲突怪圈的人和被詹妮我行我素的作风所吓倒的人之伤害。詹妮鼓动菲尔比行动起来,走出钳制女人的社会空间,詹妮告诉菲尔比:"每个人必须独立做两件事,你必须自己去拜你的上帝,你必须学会独立生活"。通过讲自己的故事,詹妮也得到升华。"她提着灯登上楼梯,她手上的灯光像太阳的光芒,将她的脸照得红彤彤的,她漆黑的身影径直洒在楼梯下,现在,她的房间又充满生机了"。她最后的姿势将爱融入风景,显示出她成熟驾驭世界的能力,表现出她历经沧桑后的稳健与自信,更有一览众山小的妇女主义傲气。"她收拢那一幅像大渔网一样的世界""把世界收拢在腰上,然后将它扛在肩上。"②这种从容不迫的姿势是由于她实实在在地领略了她族群文化历史的地貌和成功驾驭坡坡坎坎的几次婚姻,最后将她引向自然。

詹妮的独立自主让她将地上的路导入自己的世界,其旨在征服通常由男人主导的领地,并在极为粗陋的自然中挣扎生存。她家的女人,像外祖母南妮和母亲,既是她的导师,也是她的前车之鉴,从她们那里她懂得了,必须挣脱荒野之束缚,拥有宽广的眼界,只有这样,女人方可能在自然荒野和社会荒野中安稳前行。为此,她大胆行动,"将充满性别歧视规约的地带转变成她掌控的妇女主义的地方,这些地方包括大路、走廊、荒郊野地,又回到走廊,最终,事情真的以不可思议的方式给颠倒了过来"③。也就是,由于詹妮的强势介入,社会空间不再是男人一统天下的

---

① Melvin Dixon. *Ride Out the Wilderness*：*Geography and Identity in Afro-American Literature*. Chicago：University of Illinois Press，1987，p. 87.

② Ibid.，p. 88.

③ Ibid.，p. 90.

领地,而有了女人的一席之地。詹妮也不再是装饰成功男人走廊的漂亮的洋娃娃或男人的附属品甚至财产,而是一个独立的自我。

当然,对詹妮来说,自信沉稳和独立自主绝非飞扬跋扈,而是懂得与男人平等合作并相互关爱。她与第三任丈夫蒂·凯克(Tea Cake)的关系可谓男女平等、合作、互爱关系的典范。在他们的关系中,她不仅充分把握自我,而且还尽情畅游人间风情,充分体验精神之自由,在自然荒野中爬坡上坎,经受风雨的洗礼,抵达自然之高地。"成了自己的女儿",甚至创生了自己。她欣赏乡村繁茂芜杂的景色,生命充盈的活力,也喜欢乡下人的粗犷,因为这些都体现生命本真与纯粹,也与她对生命的渴望契合,所以,她回家后,竭力抓住机会,继续冒险,重塑自我。"她将空间妇女化,将它们从性别管制的囚笼变成赋予自由的环境,借此她颠倒了熟悉的固化模式——肆意放纵的大路属于男人,静态、封闭、顺从的家居归属女人。"①笔者认为,詹妮站在妇女主义的立场不仅颠覆了传统,而且还重塑了传统。她不仅要踏上曾经属于男人的路,还要主导家庭空间,不让家庭成为男权的延伸或附属,也不愿成为男人的花瓶或摆设,至少应成为与男人平等对话的自我。

奥特卡也透过环境公正视野重释《他们眼望上苍》,深刻揭示了哈勒姆文艺复兴文学中自然崇高、种族创伤及黑人生态文化救赎之间的深刻关联。

当自然最终成为引发"非自然的、被建构的、完全人为的"历史创伤这种痛苦的导火线时,必然产生彻底摆脱自然的诱惑,借此避免自然触发的主要历史创伤产生的苦闷和随之产生的丧失自然之美和自然慰藉之伤痛。这两种损失必然相互冲突,难以调和,一种损失产生逃脱基于自然的恐惧,另一种则因逃脱而造成的自然失落而感到伤心,从而使得这种体验的痛苦更加难以消弭。我们甚至可以说,种族主义历史产生双重创伤,一种是黑人被动物化或自然化而产生的种族创伤,另一种是为避免种族创伤而逃避自然,从而产生次生自然创伤,我们不妨称之为黑人文学中的"创伤悖论",具而言之,接触自然痛苦,失去自然也痛苦,这种矛盾的伤痛成了黑人文学中表现的恒久主题,甚至在当代黑人文学中也依然如此。比如,在托妮·莫里森名作《宠儿》(*Beloved*,1987)一著中,黑人主人公赛丝(Sethe)的痛苦回忆既有"挂在世界上最美梧桐树上的黑人孩子",也有"让她想尖叫的无耻之美"。

---

① Melvin Dixon. *Ride Out the Wilderness: Geography and Identity in Afro-American Literature*. Chicago: University of Illinois Press, 1987, p. 91.

　　赫斯顿的《他们眼望上苍》可谓体现哈勒姆文艺复兴文学中这种创伤悖论的经典之作，表达她对南方土地深深的爱恋，证明了南方风景也是黑人文学艺术的丰饶土壤。当然，该著作的出版遭到一些同代作家的责难，其中，黑人作家理查德·莱特就是其最为严厉批评者之一。他很不看好她的创作才能，在他眼里，她更多是一位专注于"逗乐白人的歌手"而"不是促进黑人事业的作家"，①并斥之为"肤浅的感官描写……其无非以简单的方式设法捕捉黑人同胞的心理活动罢了"，"没有承载任何主题、信息及思想的感性笔触"。②该著招致批评的原因主要是它缺乏对南方种族主义的公开抗议，反而还满怀深情地描写这片南方土地的风土人情，倾吐对它炽热的爱。

　　实际上，该著从未回避南方种族主义压迫与暴力，相反，它通过对詹妮人生经历的描写，表达了作者对南方奴隶制、形形色色的种族主义压迫及其遗产的强烈谴责，深刻揭示种族暴力下南方文化中自然崇高与种族创伤之间的内在关联，表现在新的历史语境下黑人族群渴望"自然崇高"的强烈冲动，甚至执着追求，尽管他们的追求远未达到"白色崇高"之境界，但理性地看，还算得上卓有成效。詹妮对独立自由和妇女身份的追求实际上代表她对通向生态崇高路径的探索，她的成功一定程度上可作为弱势黑人妇女的典范，从而对构建最具包容性的反种族主义的生态崇高具有重要的启示意义。

　　如果我们将该著置入种族与自然一体化构建的历史背景中进行解读，就会发掘出它具有种族特征的生态内涵。小说的自然背景具有诸多象征的意义：梨花盛开是詹妮春情萌动的隐喻；驴代表黑人妇女的地位，也许也代表黑人族群的地位；在与飓风搏斗中咬伤詹妮丈夫蒂·凯克的疯狗可作为他的暴力和詹妮压抑的怒火；飓风除了是飓风，还代表任何不可阻挡的自然之力，一种上演种族关系大戏的自然舞台。这样看来，在该著中赫斯顿不仅全面涉入自然而且还深度介入漫长、痛苦的自然与种族交织的历史。由此可见，在该著中，赫斯顿不仅没有回避南方的种族冲突，而且还通过詹妮形象塑造，借助自然舞台，表达了她对种族主义的严厉批判，同时还表达了黑人族群对南方风景深深的依恋之情。根据奥特卡的分析，赫斯

---

　　①　Yolanda Williams Page，ed. *Encyclopedia of African American Women Writers*. London：Greenwood Press，2007，p. 290.

　　②　Paul Outka. *Race and Nature from Transcendentalism to the Harlem Renaissance*. New York：Palgrave Macmillan，2008，pp. 187—188.

顿在詹妮的成长过程中设定了她的主体性与自然世界重叠的两个片段,其间充分体现了崇高与创伤之间的生动转化。其一,春天来临,梨花盛开,忙碌的蜜蜂给梨花授粉,眼看这一切,詹妮在梨树下欣喜如狂,春心萌动,既标志着她性的觉醒,开始对情感自由追求,也标志着她开始遭受驯化动物的创伤,这种创伤一直折磨着她的外祖母南妮。因为南妮害怕她嫁给与她打情骂俏的年轻人约翰尼·泰勒(Johnny Taylor),急着宣布她已将詹妮嫁给了殷实的老头洛根·基利克斯(Logan Killicks),尽管詹妮对这桩强迫的婚事反对,但最后还是屈从外祖母的安排,因为外祖母希望她有"保护"。然而,基利克斯并不想让她作为一位"独立的"女人,为此专门为她买了一头驴,让她耕地,说白了她就是一头驴。实际上,在曾经作为奴隶的南妮的心中,黑人妇女就等于驴,由此可见,奴隶制及其遗产对黑人精神毒害之深。其二,在小说末尾,威力巨大的飓风摧毁了黑人田园社区,也造成了凯克染上致命的狂犬病,最终导致他悲剧的发生。这两个事件充分说明种族的自然化显而易见是伤痛的,如此界定的种族也必然令人不安。换种说法,这种时刻"既揭示自然崇高的最美好期许,也揭示了它堕入创伤的可怕危险"。对此,从社会层面解读该著的批评家还远未充分认识到。如此解读该著便可知,"赫斯顿对自然的介入绝不能简单地理解为她远离批评政治,深入虚假的乡土文化,而是导演一出作为非人类自然的他者与史上惨遭退化、自然化的黑人典型形象之间高风险的冲突对抗。这种对抗,常常就像自然一样,时而让人联想起一些最为丑恶种族政治的起源,时而又昭示超脱这些政治把戏之外的世界存在之可能"。也就是说,对黑人族群而言,通向无种族创伤的自然崇高之路尽管崎岖漫长,但无论前路有多少艰难险阻,毕竟充满希望,这条路可谓是一条通向自由的荆棘之路,赫斯顿已经提前上路了。

在奥特卡看来,詹妮在梨树下与自然融为一体时所表现出的销魂,甚至会让约翰·缪尔与自然融合时的陶醉也相形见绌,由此可见,黑人不是不具备崇高的能力,在种族创伤历史之外,黑人的自然崇高绝不比白人的逊色。詹妮的销魂也是她"意识生活"的开始,甚至是她自觉的女性意识萌芽。她看见忙碌的蜜蜂为梨花授粉,简直就是情侣之间激情的拥抱和做爱,她发出感叹:"这就是爱之结合!"在自然中她懂得了这个"天启",接着,"她感到一阵情不自禁的甜蜜隐痛,让她四肢无力,浑身酥软",她真想"做一棵梨树,或任何一棵繁花盛开的树!让成群的蜜蜂亲吻,歌唱世界的新生。她16岁了,她有油光的叶子,含苞待放,她要不负生命,但青春似乎弃她而去"。唱歌的蜜蜂到哪儿去了?她急匆匆地找遍了她能找的地方,无人回答。她"寻找、等待、累得上气不接下气,等待新世界的诞生"。在奥特卡看来,如果我们将詹妮在梨树面前失去自我的狂喜理解为性觉醒,抑或与泰勒初吻的前奏,那么就没有理解该著重要内涵。在此,不仅风景反映了詹妮,而且詹妮也反映了风景,这是一种"激情自然书写"或"自然化的激情"。詹妮的激情是春天风景的一部分,其源于她对发芽、授粉的亲密观察,这些本是外在于她的自然过程,但她将其与自己萌动的春情联系在一起,她的激情高潮是蜜蜂与梨树结合后的尾声,是她与自然结合后的产物,绝非自然的延伸。她的失望在于她强烈感受到丰饶的自然世界与她自己一厢情愿的欲望相分离,这种失望根源于她渴望参与她周围世界激情的"自然之爱""做一棵梨树",或任何一种开满鲜花的树",像"其他万物生灵"一样,得到"个人的答案"。① 简单地说,她期待能像一棵梨树那样与所爱的人热情相拥,尽情释放激情。但对她而言,这一切似乎都不可能变为现实,这进一步加深了她的失望,也激励她不断追寻的决心。造成这种状况的根本原因在于白人种族主义意识形态界定黑人不是人而是动物或自然存在,他们不具备内在价值,仅具有工具价值,白人还用这种种族观念对黑人进行规训。实践上,在种族主义的高压下,不少黑人还内化这种观念并以其为生活的指导原则。南妮就深受这种白人种族主义思想的毒害,所以她总想照种族主义观念教育詹妮,这就是詹妮的自然之爱的梦首先在她那里受挫的原因。詹妮几次爱的历险本质上就是她竭力挣脱基于自然的种族创伤,努力活出女性自我,是她实现自我与自然的超历史融合的大胆尝试。当然,在这种过程中,尽管她没有实现所期望的常态化的自然崇高,但毕竟在不断往此方向前行。

在南妮的眼里,詹妮激情自然崇高的时刻无非就是她萌动的春情,反过来,她这种春情必然有将其沦为驴的地位之危险,因而完全出于她的好意,也由于受制于她可怕的创伤历史的影响,她将自己的创伤泛化,并错误地强加在詹妮头上,为此,她武断地将詹妮嫁给基利克斯,具有讽刺意味的是,詹妮还是沦落到动物的地位。人、驴杂种形象在《他们眼望上苍》中一直频繁出现,明显表明赫斯顿在以她的方式直面体现自然化的奴隶制种族创伤问题。在与第二任丈夫乔·斯塔克斯(Joe Starks)关系中,詹妮似乎获得了自由,因为斯塔克斯释放了被囚禁的驴,"自由的驴"不仅代表奴隶制自然商品化的可怕遗产,也代表詹妮与失语的、退化的动物性

① Paul Outka. *Race and Nature from Transcendentalism to the Harlem Renaissance*. New York: Palgrave Macmillan, 2008, pp. 189—190.

关联的终结。然而,在与斯塔克斯的婚姻关系中,尽管她发出了自己的声音,但依然并未享有夫妻之间真正的平等,她并未赢得完全意义上的女性身份。尽管斯塔克斯精明能干,事业有成,颇有名望,并当上镇长,她也因此成了"斯塔克斯镇长夫人",对此身份,她既不乐意,也不完全理解,因为她意识到,此种殊荣将她与镇上的普通人拉开了距离,所以感到孤独。在这种格局中没有她的梦想存在之位置,她感到失落。换句话说,她与斯塔克斯没有共同的梦想,驴和斯塔克斯之死亡代表她至少已部分远离了创伤的自然模式,这也预示着她对代表田园形象的第三任丈夫蒂·凯克的拥抱。他们勤勤恳恳地劳动,踏踏实实地生活,与普通人生一道同甘共苦,在田野里劳动,在泥路上行走。他们平等相待,相亲相爱,生活充满青春的激情。[①]在奥特卡看来,在该小说的结尾处赫斯顿"描写了黑人与自然环境或花园之间的一种非创伤的关系,反过来,她也用同一个花园中的那种关系来呈现历史上曾经发生的以创伤为基调的创伤经验"[②]。詹妮与凯克的结合及他们贴近南方土地的生活实际上是一种新型田园生活,他们的社区也是南方黑人田园社区,她用宽广的、非疏离的、农耕的黑人田园社区替代了个人梨树下的销魂,借此取代美国内战后白人至上主义作家们的伤感怀旧、将黑人再动物化甚至野兽化的隐喻。正如凯克对詹妮说:"那里的人不干别的,他们只挣钱,想快活,干傻事。"赫斯顿这样赞美道:"布鲁斯现炒现卖,成天跳舞、打斗、唱歌、吼叫,想爱就爱,不爱则散,白天拼命挣钱,夜晚肆意作乐,像蚂蚁一样肥沃的黑土地贴在身上,咬人皮肤。"[③]南方不仅是养育万物生灵的一片沃土,也是产生活力四射的黑人民间文化的丰饶土壤。生活在这片土地上,詹妮不仅发出了自己的声音,也尽情释放了自己的激情。她的"生态自我"可谓得到了充分的舒展。凯克不仅代表田园,而且还带着她一道奔向自然崇高,这可从他们,尤其是凯克与飓风和疯狗的搏斗中得到充分展现。尽管凯克遇事常常能保持沉着冷静,但一只疯狗却让他感到恐惧。为了抢救洪水中的詹妮,凯克真可谓奋不顾身,视死如归,最终成功救出了詹妮,也尽显了其阳刚本色,达到了自然的崇高。然而,最具讽刺意味的是,因为疯狗的掺和,凯克染上了狂犬病,作为英雄的他也变成了失去理性的动物,他的人生也最终以悲剧性的死亡而告

① Yolanda Williams Page, ed. *Encyclopedia of African American Women Writers*. London: Greenwood Press, 2007, pp. 288—289.

② Paul Outka. *Race and Nature from Transcendentalism to the Harlem Renaissance*. New York: Palgrave Macmillan, 2008, pp. 192—193.

③ Ibid. , p. 193.

终,他的自然崇高也从自我界定的英雄气概坍塌了,又融入南方种族化的自然创伤历史之中,难怪奥特卡这样评价道:"如果从黑人与自然世界之间长期创伤勾连的语境中看,赫斯顿的整部小说都在发人深思,疯狗咬伤凯克不仅用狂犬病感染他,而且,我认为,还用白人至上主义的可怕历史感染他,最终将黑人男子变成黑兽。"①实际上,凯克有两重身份:受伤前,他曾经是一位温柔可爱、有血有肉、有胆有识,当然也有缺点的男人;受伤后,他被还原成了野生动物的黑色典型形象。通过凯克形象的转变,赫斯顿明确表达了崇高与创伤之间的关联,不是崇高吸纳自然他者,以此作为个体赋权的标志,相反,创伤使主体坍塌,而沦为自然他者,这样又回到战后将黑色与野兽等同的可怕状况,战后几十年,这种黑/兽等同的病态情结一直煽动着私刑暴民的种族暴力。根据奥特卡的分析,尽管为了抗拒已沦为疯狂野兽的凯克咬伤自己,以免感染狂犬病之危险,也竭力避免凯克的自然崇高(与飓风的搏斗)坍塌后成创伤之悲剧在自己身上重演,詹妮枪杀了他,她似乎获得了独立自主,但最终詹妮还是被咬,也许她已感染上了狂犬病,只是潜伏期较长,在小说结束时,她的病还未发作而已。但她将会发疯而死亡,她所获得的个性化声音和独立也将随风而逝。这种结局让人感到可怕、残忍、难以接受,但它有力说明"詹妮似乎成了永无休止的暴力和动物化创伤的化身,这也成了黑人自然经验历史难以抹去的标志性特征"②,这也许就是赫斯特在此著中所要表达的真意。由此可见,在该著中赫斯顿并没有回避美国种族冲突的历史,更没有忽视对白人种族主义暴力的谴责,只是以艺术的方式处理种族、自然、崇高、创伤、暴力之间的关系,突出种族主义暴力下黑人族群与自然的一体化构建的悲剧性,揭示了她对种族关系的深层思考,对黑人族群前途命运的深沉担忧,以及对黑人解放路径的苦苦探索,这也充分说明詹妮甚至整个黑人族群实现自然崇高之梦的路途漫长、坎坷。然而,尽管詹妮也难逃种族与土地一体化构建的悲剧,但她毕竟在繁花似锦的自然风光中,领悟了生机勃勃的自然世界中爱的内涵,唤醒了自己的性意识,在与四位黑人男子的爱之历险中领略了人间风情,活出了自我,出于自卫而枪杀了凯克,白人法官也判决她无罪,她的黑人同胞最终也原谅了她,进而确立了独立自主的女性身份,从这个角度上看,与广大的其他黑人妇女相比,无论从生态层面看,还是从社会层面看,至

---

① Paul Outka. *Race and Nature from Transcendentalism to the Harlem Renaissance*. New York: Palgrave Macmillan, 2008, p. 198.

② Ibid., pp. 199—200.

少部分实现了她的"崇高",她的人生也因此显得更为丰满。

艾丽斯·沃克不仅提出妇女主义术语,而且在创作中践行妇女主义主张,在社会生态中落实生态妇女主义理想,以证明自然—社会整体合一的生态理念。迪克森在分析沃克诗歌后指出:"紫色和牵牛花经常出现在沃克的著作中,完全是因为它们代表自然和自我克制。人们耕种花园是为了控制荒野,确定人类活动之边界,以对抗自然之侵扰,将美之创造看成人之情趣和意志之操练。"在此,笔者将对沃克头三部小说做简要分析,以揭示其生态妇女主义内涵。

《格兰奇·科普兰的第三次生命》(*The Third Life of Grange Copeland*,1970)是沃克的第一部小说,描写了贫困和绝望交加的黑人佃农格兰奇·科普兰(Grange Copeland)一家三代人的生活及三代女性在种族主义和父权制双重压迫下所经历的种种创伤。当然,小说中的第三代女性即布朗菲尔德(Brownfield)的女儿鲁斯(Ruth)在祖父老科普兰的帮助下点燃了她的人生,也给黑人女性的解放带来希望之曙光。

在该著中,沃克用沉重的笔调深刻揭示了黑人女性既被排除于白人社会空间之外,又被囚禁于规训的父权制空间之内的生存状况,强烈谴责了"与黑人女性同样无权无势的黑人男性对她们的统治"[1]。对黑人女性而言,整个社会空间无异于弱肉强食的丛林,女性只不过是林中最为弱小的猎物。在双重权力压制下的女性为了活命,只能逆来顺受,自我封闭,异化为物,虽生犹死,因为抗争多半都是无益的尝试,往往通向一条不归之路。当然,也有因封闭而疯狂的女性,对专制男性发起挑战,其结果当然是毁灭。然而,沃克站在妇女主义的立场,探讨了土地和人物身份之间的关系,为黑人女性甚至包括男性的黑人族群,指出一条自然与人共生的道路,或者说,生态妇女主义的道路。

作为佃农的科普兰年轻时债务缠身,前途无望,虐待妻子,最后竟然抛妻别子离家出走,去了北方。他儿子布朗菲尔德起初也立志过一种不同的生活,但最终也无奈地重蹈父亲之覆辙,身陷贫困的深渊,难以脱身,也开始虐待有反抗意识的妻子并杀害了她,这似乎成了种族主义重压之下黑人男性的宿命。老科普兰为弥补过去的罪过,赶回老家,抚养孙女鲁斯,资助她上大学或追求她的梦想。这就是科普兰第三次生命,也是他最后抚养家人和终结他们孤独状态的机会。沃克对土地

---

[1] Yolanda Williams Page, ed. *Encyclopedia of African American Women Writers*. London: Greenwood Press, 2007, p. 579.

与人之间关系的关注主要表现在她对人物和事件的选择两个方面。首先,沃克在对科普兰父子名字的选择上透露出她对南方故土的深深眷恋之情。格兰奇·科普兰与土地的关系从他的姓氏和名字都可看出,"科普兰"的英文"Copeland"是住所的名称,意思是"买来的土地","格兰奇"的英文"Grange"是"农舍"或"庄园"的意思,这自然与南方乡土相关联。然而,具有讽刺意味的是,格兰奇·科普兰债务缠身,没有自己的土地,不得不当佃农,凑合过日子,甚至最后不得背井离乡,北漂寻梦。他的儿子布朗菲尔德的英文"Brownfield"也与土地有关,他观察到他儿子婴儿时皮肤的颜色与肥沃土地的颜色一样,因而给他起了这个名,很可惜,他与儿子和土地都疏远,儿子也步入他后尘,遭遇同样的命运,对自己耕种的土地都没有所有权。家庭中,他们的夫妻关系也一样糟糕。布朗菲尔德的妻子因不满他的打骂和酗酒,进行强烈反抗,似乎颠倒了传统中男主女仆的家庭关系,从而严重"挫伤"他的男子气魄和虚幻的自尊,最后却招致他的报复而身亡。由此可见,在前两代人的家庭生活中,男女之间关系几乎不存在任何救赎的可能。

其次,沃克对土地的关注还反映在布朗菲尔德之妻梅恩(Mem)对培植花园的执着。她对种植花草的爱好实际上是她试图发挥自己的意志力以抵消频繁搬家给孩子们带来的负面影响并为家人提供安身立命的避难地。小说中这样写道:"她讨厌离开亲手修筑的家,她也讨厌离开她的花儿。无论何时,她的手一接触花的种子,她总喜欢把它们种下,每当她到一个新地方,看见那些不同的大老鼠,她就哭泣。每当她打扫房间的牛粪,以便让孩子们能住时,她看起来好像遭到了致命打击……为了孩子们,她就像牛一样辛勤劳作。她的温柔蜕变为麻木,麻木变成了恐惧、孤独,最后发展成仇恨。"[①]当然,她最后被布朗菲尔德彻底打垮了,她为她的反抗付出了生命的代价,其原因主要有两方面:一是种族主义剥削与压迫将男人逼得毫无退路,陷入山穷水尽之绝境,二是父权制对不平等性别角色的框定。在这样的生存语境中,男女都很难静下心来思考如何构建和谐的性别关系和家庭成员之间的关系,都是在统治/被统治、捕食者/猎物这种传统的二元对立霸权思维框架下处理人与人之间的关系,尤其是男女之间的关系,这样看来,科普兰家庭前两代中女性的悲剧,当然,也包括男人在内的整个家庭的悲剧,一定会"合乎逻辑"地发生。

---

① Melvin Dixon. *Ride Out the Wilderness*: *Geography and Identity in Afro-American Literature*. Chicago: University of Illinois Press, 1987, p. 98.

在该小说中,沃克将性别关系的改善和女性解放的希望寄托在第三代人身上,但前提是必须要有男人的合作,男人要醒悟,意识要提高,更需要具体的行动,这也是她的妇女主义思想内涵不排斥男性的原因。当然,该小说中唯一有点醒悟的人物就是科普兰。在重回南方之前,他就像拉尔夫·埃利森名篇《看不见的人》中的无名黑人男主人公一样,在北方深深体会到了他"看不见"的身份,还领略了莱特笔下黑人男青年托马斯·比格杀人后的释然,也一度与北方城市中处于社会底层的赌客和敲诈勒索者厮混,但科普兰与他们显然有很大不同,因为他对北漂和虐待妻儿的行为有所悔恨,更有醒悟,最终主动回到故土。这反映了沃克与作为黑人抗议文学代表作家的莱特、埃利森对南方持有的不同立场,并就此与他们展开对话,主要表现在以下两个方面:一、她对莱特安排人物前途命运的方式不满,她认为,他的人物死守北方城市,哪怕成为被处决的囚犯或进入坟墓的尸体也在所不惜。二、在黑人作家笔下,黑人成了环境的奴隶。莱特的人物在北方被环境种族主义的毒瘤击垮,是因为他们完全让生存环境来塑造他们的思想行为,割断与故土的联系。"他们脑子里老是想着白人",却搞忘了自己的根,自己的文化,对此,莱特还乐此不疲。① 沃克的人物即使人到了北方,可心依然在南方。在北方,科普兰体会到自己的"看不见"后,就提醒自己,要记住身份,"格兰奇,我的名字是格兰奇。格兰奇·科普兰是我的姓名",也即说,他的家在南方农村,这就是他永远也割不断的乡愁。在北方,人们,尤其是白人,睐睁着眼睛,毫无表情,好像"他不存在",南方可不同,尽管生活艰难,遭人白眼,但"他们知道他属于南方",甚至可这么说,正是这种蔑视的眼神证明他在南方的存在。然而,北方将他置于孤独的境遇,所以他不得不刻意做出敌意的眼神瞅瞅自己! 在迪克森看来,沃克回应莱特的方式是打破负面描写南方的怪圈,并坚决主张"回到南方人中去",在她以后的小说中,进一步抒发了她浓郁的乡情,这种乡情与南方黑人女性争取解放的斗争、与植根南方的乡土文化紧密相连,旨在恢复女性充分的人性,重构她们完整的自我。②

《梅丽迪恩》(*Meridian*,1976)是沃克小说中的佳作。在该著中,沃克刻画了黑人女性梅丽迪恩在民权运动中既感到精神解放又孤立无援的矛盾心理,也反映出沃克自己对所经历过的民权运动的深刻认识。作为重新站起来的独立的黑人新

---

① Melvin Dixon. *Ride Out the Wilderness*: *Geography and Identity in Afro-American Literature*. Chicago: University of Illinois Press,1987,p. 98.

② Ibid.,pp. 98—99.

女性形象,梅丽迪恩的精神与情感成长过程既是对种族主义的否定,也是对父权制的挑战,因而受到女权主义者们的高度赞扬,这个形象也算是沃克妇女主义的典型。从生态的角度看,梅丽迪恩形象的塑造反映了沃克对南方土地与黑人女性命运之间纠葛的早期思考,体现了她早期的生态妇女主义思想。梅丽迪恩拒绝接受民权运动中革命派和传统社会给她强加的角色,回到南方社会,生活在她的人民中间,当教师、洗碗工、园丁等,都是为了恢复被革命派抛诸脑后的人道主义精神,其目的在于"与他们朝夕相处,打成一片,理解他们和她本人,现在,这些人养育她,包容她,也以某种方式关心她"。然而,梅丽迪恩显然不是一个传统的黑人女性,她的成长过程就是打破传统女性角色固化模式的过程,她拒绝做一个传统意义上的贤妻良母型女性,具体表现在以下几个方面:首先,她不是一个孝顺女儿;其次,她不是一个称职母亲;再次,她不是一个贤妻;最后,她不是一个一味忠心赤胆的革命派成员。① 关于最后一点,主要表现在她对革命者的做法有所保留,故她没有斩钉截铁地发誓:为了革命,她会杀人。因而大家都骂她虚伪,误入歧途,不接受真理,面对客观历史,表现出优柔寡断,反应迟钝。不得已,她独自从一个镇漂泊到另一个镇,以实际行动证明她的正确,长途跋涉伤了她的身体,但弘扬了她的精神。她从南方到北方,又回到南方;从主张非暴力到主张暴力,后又回到主张非暴力;从草根或底层加入到"进步的"革命队伍,又回到草根,她的行程如同天体运行的轨道,她对人民的无私奉献将她提升了到圣徒般的崇高境界。她深入到普通人民之中,精神得以升华。不是她教导人民,而是她向人民学习。她一直默默无闻地干那些枯燥无味的工作,以改善社会服务。她唱的是人民的歌而不是革命者的战歌。她终于茅塞顿开,是由于这些满怀激情的革命者长期空喊救赎世界,实际无所作为。"她深入到人民中去,终于发现,尽管她也许不属于革命者们理想化的未来,但她至少能接续过去。"在迪克森看来,梅丽迪恩不是放弃她在历史或革命斗争中的作用,只是重新界定她的义务。具体来说,她要紧跟那些真心帮助穷苦人民、为黑人摆脱种族主义压迫而抛头颅洒热血的真正革命者,她也会站出去唱人民喜欢听的歌。"因为这是人民的歌,经过一代代人的经验提炼的歌,会将他们紧紧地团结在一起,如果失去任何一部分,人民将会遭殃,沦为有体无魂的浪子。即使我仅能做那么一

---

① Melvin Dixon. *Ride Out the Wilderness*: *Geography and Identity in Afro-American Literature*. Chicago: University of Illinois Press, 1987, pp. 101−102.

点,我的作用也终将会被证明。"①由此可见,梅丽迪恩归根结底属于社会底层的、弱势的黑人群众。借此,沃克已将阶级、种族和性别范畴都与南方土地融合在一起,从整体角度考虑土地与人之关系,尤其是反映了她对黑人女性身份、女性作用与黑人文化传统及黑人命运之间关系的思考。梅丽迪恩对待黑人传统观的态度、对人民及其富有感染力的音乐的尊重,以及她无私、实在的奉献的确具有救赎、感化、转化功能。对沃克来说,梅丽迪恩唱的歌,就是人民的歌,是来自历史的声音,因而"会转化而不是压抑仇恨,会生发自我认同"。

沃克的第三部小说,也是她最具代表性的作品《紫色》(*The Color Purple*,1983)继续探讨非裔美国妇女的身份问题,揭露种族压迫和性别压迫对她们身心造成的巨大伤害,探寻她们解放的文化路径。该小说离开了政治运动公共领域,进入家庭私人空间,那里性骚扰和家暴肆虐,女人失去自由,失去声音,而最终失去自我,沦为失去人性的木头人,又何谈认可自我和完善自我。如果说《梅丽迪恩》记录了黑人妇女梅丽迪恩从地理失落、政治迷茫到回归故土、政治澄明的过程,那么,《紫色》则运用风景隐喻描写在白人种族主义的语境下黑人妇女茜莉(Celie)从自我失落到表现自我和把握自我,从忍受紫色的累累伤痕到欣赏紫色之美的过程。

小说中的女性中心人物茜莉还是个小姑娘时,就被继父屡屡强奸并生下孩子,后又被嫁给黑人鳏夫艾伯特(Albert)为妻子,但她也遭丈夫的虐待、打骂,过着牛马不如的生活,整个人因紫色伤痛的折磨而面目全非。她因为受丈夫情妇布鲁斯歌手沙格·埃弗里(Shug Avery)独立意识的感染、影响和鼓励,逐渐恢复了自信和独立,终于重拾自我,重塑自我,进而欣赏自我,走向成熟。对成熟的茜莉而言,紫色不再代表伤痛而是美丽与尊严的象征,紫色内涵的变化代表她内在的意识的变化甚至升华。迪克森认为,"沃克将这种变化归于对耕种的风景——花园——的恒久尊重"②。

为了更好地保护自己,茜莉放弃自己的人性,沦为自然存在,主动与自然为伍,这既是种族主义所要的结果,也是种族主义与人类中心主义合谋的产物,更是父权制直接操纵下的必然结局,因为种族歧视、物种歧视及性别歧视都认为,自然存在、

---

① Melvin Dixon. *Ride Out the Wilderness*: *Geography and Identity in Afro-American Literature*. Chicago: University of Illinois Press, 1987, p. 103.

② Ibid., p. 105.

女性、有色族及人性中低劣一面是相通的，因而都应受到压制。茜莉的不幸根源在于种族歧视语境下，父权制黑人社会沉沦，并蜕变成了社会化的荒野，而她成了荒野中的猎物。她身陷乡村田野中，远离文明，成了继父、丈夫及继子虐待的对象，"她几乎失去了作为人的所有感觉"，变得麻木，甚至自我否定，在家是继父泄欲的工具，嫁人后，是帮丈夫干活的牲畜、被打骂的对象。传统女性角色或"美德"，诸如"孝女""贤妻""良母"等尽管在《梅丽迪恩》中遭到嘲讽，可对茜莉而言，想做这些角色都没资格，全遭否定——不仅被否定，而且她还内化了这种"否定"。既然在人类荒野中没有她生存的空间，找不到适合她扮演的角色，她唯一的选择就走向自然，沦为自然存在。在遇到沙格之前，为了保护自己少受男人们的虐待，她主动将自己变成不懂情感的木头。她说，丈夫艾伯特打骂她后，"我能做的就是不哭"，让自己成为"木头""一棵树"，"就这样，我终于知道了树害怕人"。她竭力挺住保护自己免遭痛苦，她甚至认为自己长得难看。作为一棵树，她当然与情欲横流、残暴无度的荒野融为一体，她竟然怂恿她的继子去打他不顺从的老婆。沙格初次见到她时，就在她身上看出荒郊野地的"野"和乌烟瘴气家庭的"乱"。沙格在她的照顾下逐渐康复以后，就将茜莉与自然联系在一起，其中的紫色，尽管是上帝的杰作，但仍然无人欣赏、无人尊重。茜莉尽管一直给上帝写信，算得上是上帝的好孩子，却一直无人问津，是一朵遭人冷落的花，一株需要人照料的、顽强的牵牛花。正是沙格第一个认识到茜莉的高贵，成了她的朋友、闺蜜甚至情侣，并将她从荒郊野地解救出来，摆脱麻木不仁的凄凉境遇，因为在沙格看来，"如果你从田野中的紫色旁路过，而对它却视而不见，会激怒上帝的"。①

　　在沙格的影响和帮助下，茜莉逐渐恢复人性，复得人的意识，并学会重新认识世界和自己，摆脱了挨打受气的日子，她懂得了树和女人都需要关怀。沙格告诫她，"不要老是盯着男人，要欣赏上帝创造的一切，包括你自己"②。最终，拥有了沙格情感和肉体上的爱，她完全复归正常，不仅认识了自己，还开始欣赏自己；不仅爱自己，还学会爱他人。最重要的是，她不再沉默，开始学会将布鲁斯作为表达自我的手段。

　　如果说茜莉帮助沙格在身体上康复，沙格则帮助茜莉在精神上康复。沙格帮

---

　　①　Melvin Dixon. *Ride Out the Wilderness*：*Geography and Identity in Afro-American Literature*. Chicago：University of Illinois Press, 1987, pp. 105-106.

　　②　Ibid. , p. 106.

助茜莉将自己的经验与布鲁斯文化联系在一起,将个体的声音融入到黑人族群文化的声音中。从这个角度看,布鲁斯对像茜莉这样的黑人女性来说就具有救赎功能。说大一点,受压制的黑人底层文化或布鲁斯音乐对遭受精神创伤或迷茫失落的黑人,包括黑人男性,都具有疗效作用,通过布鲁斯音乐,因种族压迫而下沉的黑人族群文化和被压制的黑人身份得以再次浮现。比如,在《他们眼望上苍》中詹妮第三任丈夫蒂·凯克通过唱布鲁斯给她听和把她带到这种音乐的发祥地而拯救她,让她真正体会到何为理想的夫妻或性别关系。《梅丽迪恩》中,女主角梅丽迪恩通过唱这种老歌获得精神升华,让她的文化走出种族隔离和无端暴力之荒野。广而言之,对于受压制的少数族群而言,他们的底层文化往往代表他们纯正的文化,蕴含他们文化之精髓,是他们身份之源头,精神之栖所,因而是医治精神创伤的灵丹妙药。一旦他们离开故土或抛弃族群文化,则意味着离开了自己的生存之根,宛如被连根拔起的树,他们变得漂泊不定,迷茫失落,甚至面临精神之死。这是一种文化病态,对于个体而言就是深层的精神病症,对于族群而言就是文化失语,要有效治愈这种病,唯一途径就回归故土,接续自己的文化之根,返本开新。用今天的话说,一个民族或族群要有足够的文化自信,因为文化是民族之魂,文化自信是一个民族生存、繁衍、繁荣最根本、最深沉、最持久的动力之源。

对茜莉的妹妹内蒂(Nettie)而言,只有回到了南方,她才拥有自由,而茜莉的解放源于她闪亮回归自我,回到自己族群纯正的文化布鲁斯。回归自我和回归风景是沃克持续关注的主题。有论者甚至认为,"沃克之作可被解读为持续叙述非裔美国妇女从因贫困、种族及性别的伤害导致的失语无名状态中崛起的过程"。尽管《紫色》问世后广受读者和批评界好评,并荣获普利策小说奖、美国国家图书奖、全国书评家协会奖,1985 年著名导演斯皮尔伯格(Steven Spielberg)还将其搬上银幕。然而,该著也招致了一些非裔男性批评家的愤怒,因为它对非裔男人做了太多的负面描写,他们指责她"以牺牲黑人男子为代价,宣扬女性主义议题"。[1] 尽管如此,沃克早已成为一位享誉国际文坛的非裔美国女性作家,成为表达非裔美国妇女的强音。其中,她所提出的"妇女主义"一词已经成为她作品基本的意识形态立场,成为抗拒种族、性别及阶级歧视的思想武器,其内涵在以后的作品中不断得到丰富。进入新世纪以后,她开始更多地关注当代人类最为严峻的环境问题,出版了著

---

① Yolanda Williams Page, ed. *Encyclopedia of African American Women Writers*. London: Greenwood Press, 2007, pp. 584,586.

作《鼻尖花儿香喷喷》(*There Is a Flower at the Tip of My Nose Smelling Me*，2006)，以诗的形式欢庆人在自然世界中发现自己的位置，从而将种族、性别、阶级与环境范畴联系在一起，明显表现出生态妇女主义的思想动向，这是沃克精神视野的进一步拓展与升华。

如果说赫斯顿和沃克小说中所描写的更多是妇女主义社会空间中黑人妇女对自我身份的探寻以及为此做出的艰难尝试，而最终往往会获得意想不到的成功，小说洋溢着积极乐观的情调，那么黑人女作家盖尔·琼斯的小说则大量运用美国黑人方言，以布鲁斯作为叙述方式，大胆探讨美国黑人文化中的奴隶制、性别暴力、性欲和疯狂等主题，揭示边缘黑人妇女性心理空间的内涵。当然，尽管她小说中女性人物遭受种族主义和性别歧视的双重压迫，但她们并非逆来顺受，大多竭力抗拒边缘化她们的话语，并试图"拆解这种社会结构和社会话语，因为它导致了对黑人女性主体的定位"，以建构一种"既非'自我'，也非'他者'的身份，前者是对压迫者的刻画，后者被看成是被压迫者固有的特征"。也就是说，琼斯女性人物"处于标准的自我与他者范畴之外，此二者都是悲剧性的，需要救赎，常常由于她们曾深受精神和身体的伤害，她们拒绝接受对她们进行霸权的、齐一化的刻画，因为主流社会借此钳制她们"。① 为此，在其小说中，琼斯试图摆脱两种极端身份的悲剧，探寻构建一种介于两极间的女性身份的可能文化路径。然而，人物在寻求这种身份的过程中，她们往往败多成少，因而她的小说充满悲观的情调。在此，笔者将对琼斯的头两部小说《考瑞基多拉》(*Corregidora*，1975)和《爱娃的男人》(*Eva's Man*，1976)做简要分析，以期揭示其独有的生态妇女主义内涵。在迪克森看来，这两部小说可当成配套小说来阅读，因为两部小说女主人公的追求相同，可她们的结局迥异。前一部小说中的女主人公厄沙(Ursa)将布鲁斯音乐看作表达自我、解放自我的途径，借助黑人口语、性别语言及布鲁斯音乐创生的文化空间，一定程度上达成了性别之间的沟通、谅解甚至和解，正如厄沙的丈夫马特(Mutt)对她说："正义不是一曲意义矛盾或情感疏离的布鲁斯独唱，而是破镜重圆的情侣间疗伤似的沟通交流"，人与人之间的沟通交流不只是文字之间往来，而是"他们谈话的节奏和通过语言交流的情感"。对于厄沙而言，她不仅实现了与女人之间的沟通，而且与男人之间也达成了谅解，"通过矫正性和惩罚性的行为终止了性虐待代际传递模式，并恢复了人

---

① Yolanda Williams Page, ed. *Encyclopedia of African American Women Writers*. London: Greenwood Press, 2007, pp. 321—322.

的尊严",最终找到了自我,并从祖辈所遭受的体制化奴隶制遗产的文化包袱中解脱出来,其情感和思想意义都得到了提高甚至升华。然而,后一部小说中的女主人公爱娃(Eva)始终都未得到解脱或救赎,这既有外在的因素,也有自己的过错。她实施没完没了的性暴力,自甘沉沦,自我封闭,走向疯狂,变态扭曲,失去人性,以至于毒杀了情人戴维斯(Davis),还咬掉了他的性器官。在迪克森看来,爱娃悲剧的根本原因在于"她从未掌控她的声音,她的过去,她的位置及她的身份",由于她不接受她的过去,"她愿意接受社会流行的关于荡妇的女性形象"。另外,不像厄沙,她几乎完全丧失了体验爱的能力,也就是,丧失了爱与被爱的能力,甚至不能与男人进行富有激情的性爱,一直扮演着被强奸的角色。在杀死戴维斯以后,她才开始与他进行一次冷酷无情、恐怖、疯狂、变态的性爱,在这场做爱的游戏中她似乎表现积极主动,然而,这恰恰"证明了她做女人的彻底失败,因为她深陷情感的囚笼不能自拔,永远独唱"[1]。这本来不应该是黑人妇女的宿命,从某种角度看,是她自甘堕落的结果,"因为她不仅被腐化堕落包围,而且接近她的人和她的亲人们又针对她干尽了各种腐化堕落的行为"[2]。生活在这样的社会荒野中,她几乎不可能有走出去的想法,更不可能理解作为风景的语言的二重性,也就是说,语言既是产生人之冲突之源,也是解决冲突的场域。借助说出的、唱出的、交流的言语,人与人之间,尤其男女之间是可以实现和解的,语言行为也可能是救赎性的,琼斯苦苦追求的就是"最终能砸碎男女相互强加的性别枷锁的语言和行动"[3],她的布鲁斯小说就是为此做出富有创新的艺术探讨。对此,爱娃一无所知,甚至麻木不仁,从未表现出改变风景的欲望,更不用谈改变语言风景的行动了,一直自锁在自己心灵的囚笼之中,这样看来,她的悲剧是必然的。沉默让她心理扭曲,让她疯狂,沉默最终爆发,她在沉默中灭亡。

当然,厄沙和爱娃都生活在社会底层,所见所闻也都是底层文化,比如,厄沙在夜总会唱布鲁斯歌曲,她因深刻领会布鲁斯的内在精髓,得以拯救。然而,爱娃放弃将语言当成获得正义和获得新生的有用工具,也误解了厄沙和她唱的布鲁斯的

---

① Melvin Dixon. *Ride Out the Wilderness*：*Geography and Identity in Afro-American Literature*. Chicago：University of Illinois Press，1987，p. 120.

② Yolanda Williams Page, ed. *Encyclopedia of African American Women Writers*. London：Greenwood Press，2007，p. 322.

③ Melvin Dixon. *Ride Out the Wilderness*：*Geography and Identity in Afro-American Literature*. Chicago：University of Illinois Press，1987，p. 109.

音乐的内涵，因而她永远是社会荒野中的猎物。

简而言之，黑人底层文化和艺术的价值在于其对构建黑人文化身份至关重要，黑人社会下层又是黑人文化、艺术生存的土壤，由此可见，下层是黑人的文化身份之根，是一切创生之源，文化迷失之人只有完全浸润于黑人社会下层，全身心体验黑人文化之精神，以实现"土地、文化及自我"的有机结合，方有获得救赎之可能。

四　黑人文学中山巅意象的生态内涵

下面，笔者主要以非裔美国作家詹姆斯·鲍德温（ James Baldwin，1924—1987）最具影响的小说《向苍天呼吁》（*Go Tell It on the Mountain*，1953）为例来说明黑人文学中高山隐喻的生态文化内涵。

鲍德温是享誉国际文坛的美国当代著名散文家、小说家、戏剧家、诗人和社会评论家，"在 20 世纪非裔美国作家和社会运动领袖中，也许没有人比他更为明晰地阐明存在于现代美国社会中的奴隶制和种族主义伤痛遗产的内涵"，作为20 世纪争取种族公正运动中最具说服力、最具影响力的声音之一，"他对非裔美国人生活中存在的种族仇恨和种族压迫的遗产表达了最富个性化的观点"。他一生著述颇为丰硕，涉及范围非常广泛，其中，种族问题和种族主义问题是他持续关注的重心，在充满种族仇恨的美国社会中对黑人身份的探寻是其作品的重要主题，并从宗教、自我、城市和种族等方面切入探讨这一主题的个体和社会意义。在第二次世界大战后的美国黑人文学发展进程中，鲍德温起着承上启下的作用，上承莱特下启埃利森，但与莱特秉持不同的立场，《向苍天呼吁》与莱特的《土生子》和埃利森的《看不见的人》被并列为 20 世纪四五十年代美国黑人文学的典范，他呼吁从抗议走向和解甚至融合，并在创作中进行了平稳过渡，"其作品重构了种族抗议的语言"。①

《向苍天呼吁》是鲍德温第一部，也是最具代表性的一部自传体小说，种族问题和宗教问题是该著关注的重心，就宗教而言，该著深刻揭露了基督教教士的伪善、狡诈、冷酷，明确地表达了他对宗教的严厉批判。在他的眼里，体制化宗教无非是蛊惑人心、欺骗、麻痹信众的思想工具，牧师们居高临下，垄断道德制高点，实则是卑污龌龊之流。教会是扼杀人之创造力、智力发展甚至使人异化、堕落的意识形态

---

① Yolanda Williams Page， ed. *Encyclopedia of African American Women Writers*. London：Greenwood Press，2007，pp. 12—15.

工具,所以他宣称,"无论谁想做真正有德之人……首先必须要摆脱基督教教会的一切禁忌、罪恶和虚伪"①。莱特、埃利森和鲍德温对待宗教的态度一致,他们都厌恶宗教,然而,他们小说人物都追求救赎,可他们的路径不是通过宗教而是立足现实。

迪克森在简要对比分析鲍德温与莱特时指出,作为鲍德温在文坛的引路人和多年的朋友,他们的道路取向却是不同的。莱特将小说人物置于地下,在那里他们质疑宗教,最后都拒斥了宗教,而鲍德温却运用宗教意象和宗教结构安排,构建他自己别样的风景:在此,高山绝不仅仅指地理意义上的高地,更指道德和精神的高地。莱特将宗教看成黑人生活缺乏人之温情和文化之标志,就像《黑孩子》(*Black Boy*,1945)中对祖母的负面描写、《土生子》中导致托马斯·比格走向毁灭的城市荒野。然而,鲍德温在对宗教中的文化元素进行筛选,涤除那些助长自以为是傲慢情绪的僵化教义,有效借鉴培育救赎和兄弟般仁爱的文化元素。此外,宗教帮助鲍德温超越莱特对黑人生活的自然主义描写,批判了美国文学,尤其是美国黑人文学中对种族模式化刻画的典型,也包括对莱特塑造的黑人文学形象的批评,倡导以理性、温和的态度对待种族关系,因而导致了他与莱特之间的争论而后分道扬镳。在迪克森看来,"鲍德温在《向苍天呼吁》中描写小说主人公约翰·格赖姆斯(John Grimes)皈依基督教的做法,实际上标志着他文学上已摆脱作为他引路人和黑人代言人的莱特咄咄逼人的影响范围"②,开始另立门户。通过将宗教表达作为主题、性格发展及叙述张力的结构框架,鲍德温推崇通过宗教表达而传承的文化,借此他掌控了他的素材,即他的过去。"莱特的地下空间让位于他巍峨的高山隐喻空间所呈现出的较为宽广的生活视野"③。也就是说,鲍德温并非一概拒斥宗教,而是吸取其有益的成分,尤其是宗教高山隐喻所表现出的宽广视野,并将其运用到文学创作之中,检视宗教,重审种族关系,倡导从激进的种族对抗走向理性的融合,以种族间的互爱与宽容替代仇恨与暴力,从而为黑人文学开辟新的发展方向。在迪克森看来,"鲍德温绝非仅是对地方的物理描写,他的高山更多是态度的隐喻",由此,在《向苍天呼吁》一书中他无情地揭露了罪恶与暴力,从而说明该著之目的是

① Yolanda Williams Page, ed. *Encyclopedia of African American Women Writers*. London: Greenwood Press,2007, p. 12.

② Melvin Dixon. *Ride Out the Wilderness: Geography and Identity in Afro-American Literature*. Chicago: University of Illinois Press, 1987, p. 124.

③ Ibid. , p. 124.

美学的与心理学的而不是社会学的或神学的。对宗教而言,他是个冷嘲热否的怀疑论者而不是一个虔诚的信徒。他十七岁就离开教堂,走下讲坛,拿起了笔,停止了布道,开始写小说和散文。在他的小说中,他将体制化宗教所允诺的关于拯救的期许化为小说人物的世俗信仰或人文主义的升华和超越,并对教会发起了严厉的抨击,深刻揭示了主人公约翰苦闷的人格。简单地说,在该著中,鲍德温的道德和想象地理已经远远超越了莱特坚持的社会现实主义或自然主义。

《向苍天呼吁》这个标题来自于 19 世纪的同名黑人灵歌,这首歌讲的是耶稣的诞生及叙述人见证该事件。尽管叙述人身份卑微,然而,此事件却意义非凡。歌词如下:

> 去高山上说,
> 面向山丘和所有地方;
> 去高山上说,
> 耶稣·基督诞生了。
> 那时我还是个探寻者,
> 日日夜夜探寻,
> 我祈求上帝的帮助,
> 他给我指了路。
> 他让我在城墙
> 当一名守门人,
> 如果说我是一个基督徒,
> 那么我可是其中最不起眼的一位。①

歌词将高山地理上的巍峨与诉说者身份的卑微进行对照,是为了告知人们,诉说者只有经历道德警觉的低地,他才能到达与此重大事件相匹配的崇高之地,他因此才有资格将此重要而必要的消息告知他人。高山代表讲述者精神之旅的完成,也是他宣布事件的舞台。在该小说中,约翰就是这个卑微的守门人和探索者,而他的继父加布里埃尔(Gabriel)是教会的代表,教会道德权威的象征,他虚伪、堕落且冷酷,鲍德温通过塑造这两个截然对立的人物形象,实际上要揭示这样一个真理:

---

① Melvin Dixon. *Ride Out the Wilderness*:*Geography and Identity in Afro-American Literature*. Chicago:University of Illinois Press,1987,p. 125.

高山象征精神和道德高地，是约翰孜孜以求的目标，然而，通过揭露他作为牧师的继父的虚伪狡诈、冷酷无情、男盗女娼，颠倒了高山与平地之间关系，高可能是低，甚至是地狱般的罪恶与堕落。然而，约翰的迷茫可升华为澄明，他的低可转化为高，他的道德低地也随之转化为道德高地，正所谓"上善若水，水利万物而不争，处众人之所恶，故几于道"。14 岁的约翰皈依基督教既代表他不再年少，长大成人，也代表他从世俗的罪人成为选民的圣徒，更代表他离开宗教，摆脱教会的道德权威和继父的权威。由此可见，该小说实际上运用宗教的语言、意象及结构讲述一个完全不同的故事：约翰战胜了宗教，尽管他身处社会底层，但他已找回了自我，站在道德之高地，代表世俗道德的权威。

在哈勒姆城市风景之中，从宗教的视角看，除了禾场与山巅之间存在空间二分以外，还存在两种治疗机构之间的奇怪并存。在莱诺克斯大道，一端是医院，另一端是教堂，一个可给予我们身体健康，另一个则赐予我们精神救赎。加布里埃尔洋洋得意地出入教堂，因为他自以为占领了信仰之高地，然而，他却不知道他不仅远远未达到约翰在禾场达到的精神高度，甚至更糟糕的是，他已从他那虚幻的道德优越之地堕落。有鉴于此，约翰已经走出荒野，并找到了不同的家、身份和道德以及不同的地方，借此，他可得救。当然，他得救的途径不是登上加布里埃尔陡峭的教堂山，而是从卑微的禾场崛起。装饰加布里埃尔家壁炉架的那条绿色的金属蛇生动形象地再现了他的罪孽。蛇是人从伊甸园堕落的视觉证据，更是加布里埃尔男性色欲的铁证，充分代表他傲慢、倔强的情欲。"绿色金属蛇，恶性永远不改，在这些猎物中傲慢地抬起他那凶狠的头，伺机下手。"①

在迪克森看来，导致加布里埃尔堕落的因素还有他高山观的扭曲。在他眼里，高山不是隐逸或与上帝沟通的卑微之地，而是胜利之地，选民游行之地，是他接受皈依奖赏之地。简言之，高山不是接受考验之地而是荣耀之地。他在布道会上以复活为题进行讲道时，就初次尝到自我授予圣职的甜头，因为该讲道足以让他跻身资深牧师的行列。他踌躇满志，多么希望曾经一直鼓励他皈依宗教的母亲能亲眼看见他，因为"她的儿子攀登到如此高的位置"。很快，他的理想与权力和优越感紧密联系在一起。实际上，他既不信上帝，也不爱上帝的孩子。他婚外通奸，还有私生子，更为伪善的是，他还借救赎之名，虚伪地娶了被白人强奸的女子黛博拉

---

① Melvin Dixon. *Ride Out the Wilderness: Geography and Identity in Afro-American Literature.* Chicago: University of Illinois Press, 1987, p. 129.

(Deborah)为妻,目的有二:其一是将自己提升到道德的高山上。其二是打击歧视她的教堂领袖们。他不善待继子约翰,甚至将他看成通向救赎的绊脚石,但他一直竭力隐瞒事实真相,让别人成为他罪恶的替罪羊,通向成功之巅的垫脚石,所以迪克森认为,"尽管他沿着陡峭的山坡艰难攀登,然而,他最终达到的无非是妄自尊大和道德懦弱的迷茫河岸"①。与他相反,约翰不满足于只当一个城墙的守门人,他要探索城市。就是他小规模的、更符合人性的世俗追求让他懂得了自知之明。他的高山实际上是中央公园的小山,这已让他感到自豪,"他愿意迫不及待地下山,进入在他眼前闪耀的城市"。在小山上,他拿定主意,城市生活让人毁灭的风险对他来说值得一赌,比做圣徒那条稳当、狭窄、冰冷的路要好,因为后一条路让他困惑迷茫。他也许像他继父一样有房子、有教堂、有工作,但"他愿意老了以后,受苦挨饿"。他的这种认识使得他能洞悉荣升或离开圣徒身份道德特权意味着什么。他发现了他具备"重新爬上去"的能力,由此,他如飞一样跑步下山。约翰在山上飞奔的时刻是一种情感内容丰富的超越,他在小山上的经验给了他控制自己的力量而不是受他人控制。后来,约翰发现加布里埃尔不顾一切追求的圣洁的寓言高山更多是一种幻境,绝不是他追求的把握自我所带来的实实在在的回报。"他(加布里埃尔)想到他梦寐以求的山巅,那里像金色长袍的太阳包围着他,像火一样的冠帽盖着他的头,手里握住生命的权杖。"这些意象来自摩西的故事。然而,约翰所处的地方却"没有高山……没有长袍,也没有冠帽,生命之权杖在别人手里高高举起"。在此,生命之权杖不是《圣经》中的蛇或摩西的杖,而代表色欲,也即是加布里埃尔家壁炉架上的金属蛇和他的阳具。

简言之,约翰的禾场不是对加布里埃尔山巅的简单空间颠倒,而是约翰逐渐确立自己身份的地方,是他懂得人与人之间关爱的地方,从而将他引向此地,而后又赋予它新的生命。从此,他完全变了一个人,一个充满自信、内心强大的人,他将走向完全不同的道德和生活领地。从这个角度看,约翰迷茫就是鲍德温的迷茫,约翰的澄明也是鲍德温的澄明,他不再依附于继父,鲍德温也不再追随莱特,形成了自己独特的文艺观和种族观,摆脱了抗议文学影响他的轨道,为黑人文学开辟了新的道路。

---

① Melvin Dixon. *Ride Out the Wilderness*: *Geography and Identity in Afro-American Literature*. Chicago: University of Illinois Press, 1987, p.131.

第二节　莫里森：飞越山巅，重拾自我

梅尔文·迪克森分析了美国黑人女作家、诺贝尔文学奖得主托妮·莫里森（Toni Morrison，1931—2019）早期小说对地下、荒野及山巅的精彩描绘，借助这三种地形隐喻的描绘，莫里森表达了对黑人族群生存境遇、前途命运的深沉忧虑和对黑人族群复兴之路的苦苦探索。

在小说中，她借助神话具体地描写了主人公通过飞翔攀登、征服高山的"欢乐"，实际上是表达她强烈的文化自信和对黑人族群的复兴充满必胜的信心。在笔者看来，她的头三部小说《最蓝的眼睛》（*The Bluest Eye*，1970）、《秀拉》（*Sula*，1973）及《所罗门之歌》（*Song of Solomon*，1977）已呈现出她为黑人族群复兴之路所勾勒的文化路线图：从放弃自我与迷茫失落、脱离族群与激进抗拒到倾听大地、寻根忆祖，最终找回自我的艰难历程，我们大致可用一个词来概括莫里森所倡导的族群复兴策略，那就是"回归"。具而言之，"回归"指的是重拾自我，回归大地，回归族群，认同黑人文化身份，赞美黑人文化，为此就必须回到"底层"，无论这种"底层"是隐喻意义上的还是现实层面的，诸如"底层"的黑人文化，"底层"的黑人社区，当然，还包括坚实的大地。唯有如此，黑人族群的振兴才有坚实的现实基础，黑人族群方能拆除种族主义锻造的种种屏障，真正能"飞翔"，飞越"高山"，跨越"大海"，甚至回到故土非洲，诚如是，黑人振兴也就有了希望。在此，笔者就对莫里森以上三部小说中主人公的成长历程进行简要的分析，以揭示黑人族群在筑梦路上的苦闷、彷徨、迷失、抗争、失败，彰显他们的觉醒、回归、探索、澄明、欢乐。从某种意义上看，他们的成长历程一定程度上反映了灾难深重的黑人族群为实现民族振兴的艰难寻路历程：从无地彷徨到落地生根，从而登上山巅，实现认识之升华。

一　皮科拉悲剧的根源：精神生态错乱

美国内战以后，南方种族主义毒瘤依然肆虐，获得"解放"的黑人为了能真正享受自由的生活，他们离开故土，放弃了植根土地的黑人文化传统，漂到北方，涌入城市。令他们感到意外的是，城市绝非自由的乐土，机遇的天堂，他们的城市境遇与南方种植园的遭遇本质上别无二致，甚至更为糟糕，因为对黑人而言，他们的生存

空间更像一个封闭的囚笼，超越种族主义压迫的梦想成了幻境，为了活命，他们不得不在城市环境种族主义的高压下艰难挣扎。城市环境种族主义导致城市人文生态扭曲异化，城市也异化为一个弱肉强食的丛林，黑人族群精神生态也全面扭曲变形。他们中有的人则破罐破摔，过着一种绝望的生活，有的人为过上理想的生活——白人的生活，否定自我，否定黑色，全盘内化白人文化，结果蜕变成了有体无魂的游民，更为可怕的是，这些万般无奈的黑人族群还互相伤害，甚至将对种族主义的满腔愤怒发泄在同胞中最弱的一群，尤其是黑人妇女身上。由此可见，追梦的黑人群体似乎又魂断北方，梦碎城市。

《最蓝的眼睛》的故事发生在 1941 年俄亥俄州洛林市，它讲述了某个黑人社区一个 11 岁的黑人小姑娘皮科拉·布里德洛瓦（Pecola Breedlove）的悲剧人生，皮科拉及其家庭的悲剧本质上就是这种精神生态失衡后引发的黑人族群悲剧的缩影。简单地说，皮科拉悲剧根源就是否定黑色，内化白色，导致精神生态错乱，误认幻觉为现实，从而走向毁灭。

通过对皮科拉悲剧的描写，莫里森深刻揭露和强烈谴责了白人种族主义文化对黑人精神造成的伤害以及对黑人优秀传统文化所造成的破坏。与此同时，莫里森也揭露了一个可怕的事实，对于非裔黑人或其他有色族人来说，美国梦是"排他的""不能实现的""令人窒息的""使人变态的"，最终一定是"荒诞不经的"。[①] 由此看来，皮科拉的悲剧既是个人的悲剧，也是黑人族群的悲剧。具体而言，该小说是对普遍接受的以白人文化为中心的审美观、价值观、种族及阶级等观念的深刻解构与批判。最为可怕的是，黑人社区在种族主义的高压下抛弃自己的文化精神，内化了白人的种族主义文化，他们不仅对自己族群内同胞互相伤害，而且还合谋加害社区中像皮科拉这样最脆弱的黑人女性。这就是造成皮科拉及黑人群体悲剧的根本原因。"世界上每个人都居高临下地对她们发号施令，白人妇女说，'干这个'，白人孩子们说，'给我那个'，白人男人说，'到这儿来'，黑人男人说，'躺下'。不能对她们指手画脚的只有黑人孩子和她们自己。她们忍受这一切，同时在自己的形象中重塑这一切。她们替白人打理家务，并深知这一切。当白人殴打她们的男人时，她们负责清洗血迹，回家还要遭受这些受害者的辱骂。她们一只手打孩子，另一只手又为他们偷东西。她们的双手既能砍倒大树，又能剪断脐带，既能拧断鸡脖子、屠

---

① Yolanda Williams Page, ed. *Encyclopedia of African American Women Writers*. London: Greenwood Press, 2007, p. 424.

宰肥猪,又能细心照料非洲紫罗兰,让它们花繁叶茂……"①由此可见,黑人女人实际上是社会中最辛劳、最不受人尊重的阶层。她们不仅承担传宗接代、养家糊口的重任,而且还要满足男人各种欲望、医治他们的创伤,更可悲的是,她们不仅像黑人男人一样饱受种族主义的凌辱,而且还深受黑人男性的侵害,甚至成了他们的出气筒,皮科拉的母亲宝琳(Pauline)可谓是这种黑人妇女的典型。日复一日,年复一年,她们一生辛勤劳作,饱受凌辱,逆来顺受,变得麻木,忍受生活的一切不幸,甚至不知道痛苦的存在,对她们而言,死亡也许是最后的解脱,"这些黑人老妇的一生都凝结在她们的眼睛里,浓缩了她们的忧伤与幽默,狡黠与平静,事实与幻想"②。

黑人生态批评学者迪克森在分析该著时指出:它是莫里森"对能振兴他们的土地和历史失去联系的社区的研究"③,也就是说,黑人族群背井离乡和忘却自己的历史文化是导致他们生存悲剧的主因。对于小说主人公皮科拉而言,与自己最为亲密的空间——家庭和身体——的疏离,是导致她彻底毁灭的根本原因。她与家的疏离主要表现在她的"家"是一个几乎没有"温度"的家,一个缺乏起码的温馨关爱的正常家庭,父母间打架争吵、互相伤害是家常便饭,以至于成了彼此从中"寻找存在感"的理由,她母亲宝琳疯狂地需要丈夫乔利(Cholly Breedlove)的罪孽,"他堕落得越深,越放肆,越不负责任,她和她的使命就越崇高,这一切都打着耶稣的名义"。反过来,乔利也极其需要她,因为"在他厌恶事物当中,她是触手可及且可以伤害的一个,他恨她,他可以将无名的怒火和无法满足的欲望通通发泄在她身上,可自己却毫发无损"。关于父母之间发生的一切,皮科拉看在眼里,将痛苦藏在心里,真希望他们之间一方打死另一方,或自己恨不得一死了之。社区是家的延伸,她与她生活的社区之间也存在严重的疏离,这也是她家庭成员作茧自缚及她渴望拥有一双蓝色眼睛的重要原因。比如,在学校她也遭到歧视,"老师和同学都不理睬她、瞧不起她,她是班上唯一单独坐双人课桌的学生",老师都不想看她一眼。至于她与自己身体的疏离则主要表现在她对自己黑色身体,尤其是自己眼睛的不认可,因为她将她遭遇的一切不幸都归咎于她"那双永不消失的眼睛",被父亲强暴以后,她与自己身体和"家"的联系可谓彻底断裂,与黑人社区的联系也被完全斩断,

---

① Toni Morrison. *The Bluest Eyes*. New York: Vintage Books, 2007, p. 138.

② Ibid., p. 139.

③ Melvin Dixon. *Ride Out the Wilderness: Geography and Identity in Afro-American Literature*. Chicago: University of Illinois Press, 1987, p. 143.

从而走向完全的孤独。①

在城市里，黑人饱受环境种族主义的侵害。皮科拉一家四口人住的是早已该拆除的废弃店铺，其外观和内部设施惨不忍睹，住在附近的居民路过她家时，都要把目光移到别处，店铺被简单隔开，分成两间，一间是客厅，一间是卧室，全家的吃喝拉撒洗都在这里解决，空间狭小可想而知。至于家具，破烂不堪，难以形容，整个家死气沉沉，唯一有生命的东西就是那个处在卧室正中供取暖的煤炉，火焰按照自己的节奏燃烧、变弱或熄灭。家里物质极为贫乏，常常难以维持一家的基本生存，皮科拉一家生活在此，悄然进出，对谁都秋毫无犯，也不向任何组织或机构喊冤或提出要求。②像皮科拉家这样的贫穷黑人生存的外部环境也非常糟糕。"他们生活的地方寸草不长，花枯叶败，阴霾沉沉，但废铁罐、废弃轮胎却随处可见。他们靠冰冷的黑豆和橘子汽水过活。他们像苍蝇般东飞西窜，像苍蝇般随意落脚。"③在这样环境中长大的孩子，怎能拥有健康的心理、强健的身体和健全的道德？

在该著中，我们还可看出，人类中心主义思想的潜入也是导致黑人族群生存境遇日益恶化的思想根源之一，从某种角度看，人类中心主义与白人种族中心主义的合谋侵蚀了黑人族群的生存文化根基。在此，笔者仅举两个例子予以说明。我们先看看殷实富有的黑人妇女杰拉尔丁（Geraldine）十多岁的小儿子朱尼尔（Louis Junior）杀猫的故事吧。杰拉尔丁只允许朱尼尔跟白人孩子一起玩，不准他跟黑人孩子一起玩。她向儿子解释有色人种与黑人之间的区别。有色人种既整洁又干净，而黑人既肮脏又吵闹，他属于前一种人，因而要随时注意自己的身份，也就是说，杰拉尔丁教她的儿子要洗掉自己的"黑色"标记。然而，朱尼尔却很喜欢跟黑人孩子一起玩，喜欢他们"身上散发出的粗野的黑人味儿"。一句话，他喜欢黑人孩子们的质朴、自然、率性，甚至顽皮。可是，他期盼的这些简单的童趣被母亲剥夺了，所以他恨他母亲，并学会将这种恨转向她母亲"最爱的"猫。在此需要指出的是，实际上她并非真正的爱猫，而是她空虚寂寞，猫无非是陪她消磨时光的有用宠物罢了，或者说，猫对她而言只是一种精神寄托。甚至更坏的是，朱尼尔还学会了欺负女孩，简直成了一个虐待狂，从虐待"他者"中获得开心。当然，他对皮科拉和猫的虐待实际上就是延伸的种族主义与人类中心主义沆瀣一气的充分展现罢了。皮科

① 　Toni Morrison. *The Bluest Eyes*. New York：Vintage Books，2007，pp. 42—45.

② 　Ibid.，pp. 33—37.

③ 　Ibid.，p. 92.

拉几乎被强行骗进他富丽堂皇的家,然后朱尼尔通过虐待猫、虐待皮科拉来取乐,最终摔死了这只可怜的黑猫,被吓坏的皮科拉准备逃离时,他说"你不能出去,你是我的囚犯",最可恨的是,面对他母亲的质问,他还将杀猫的罪过推给惊慌失措的皮科拉,她不得不听着杰拉尔丁"你这恶心的小黑婊子"的骂声痛苦地离开。①这就是跻身富人阶层的黑人妇女对同胞的伤害,杰拉尔丁也许已淡忘了她也是黑皮肤,她与皮科拉的主要区别就在于对金钱占有的多寡不同罢了,在笔者看来,这种伤害的根基依然是种族主义。

另外,浅肤色的、虚伪冷酷的牧师索阿菲德(Soaphead Church)叫皮科拉去毒死一只令他讨厌、病态无用的老狗一事,也充分揭示了人类中心主义的功利主义自然观对黑人文化的入侵,当然,对于天真无邪的皮科拉来说,由于完全不了解牧师要除掉老狗的阴谋,被毒杀狗的行为吓得魂飞魄散。无论是目睹朱尼尔虐杀猫的恶行还是无意协助索阿菲德毒死狗的暴行,她都感到惊恐万状,最终走向疯狂,从而说明在皮科拉的灵魂的深处,她与自然之间还存在着亲密的关联,肆意掠杀自然是逆天之罪,伤害自然必然殃及自身。

实际上,黑人,尤其是贫穷的黑人妇女本身也没被当成人看待,而被当成动物,因而从这个角度看,人类中心主义与种族中心主义实质上是实实在在的盟友关系。换句话说,白人对非人类存在物的殖民和压迫与对黑人的殖民和压迫在逻辑上是一致的。比如,皮科拉的母亲宝琳在快生她时住进医院,院方将她和一群烂哄哄的女人安排在大房间里,医生们对她做的临产检查非常简单,态度也生硬,不带任何感情色彩,尤其让人生气的是,老医生在给几个年轻医生指点生孩子的事后,走到她跟前这样说:"给这些女人接生不会有任何麻烦,她们生孩子很快,还不会感到疼痛,就像马儿一样。"可对白人妇女的态度则完全不一样,不仅非常友善,还与她们开玩笑,以缓解她们的紧张情绪。实际上,不仅黑人妇女生孩子会感到很疼,就是马儿产子也一样,只不过这位老医生不了解黑人妇女和马儿罢了。② 深受压迫的黑人妇女强忍一切痛苦,压在心里,保持沉默,甚至失声,这与长期遭受剥削的非人类自然一样,也许在万般无奈的情况下,才有可能激起她们(包括非人类自然)的反抗,对于少数族裔人民的反抗,白人社会称之为种族暴力或骚乱,对自然的反抗,他们称之为环境危机。

---

① Toni Morrison. *The Bluest Eyes*. New York: Vintage Books,2007,pp. 87—92.
② Ibid. , pp. 124—125.

迪克森认为,正是黑人离开了土地,进入城市,抛弃了自己的历史,全盘接受白人文化,而又不被白人文化所接受,从而造成黑人群体心理扭曲。由于白人强势文化的入侵,黑人文化的退却,黑人在追求心中理想时,不仅失去了原先属于自己的价值观,而且还落入了一个可怕的永远无法逃脱的陷阱,最终丧失了一切。年幼的皮科拉从家庭及黑人社区找不到抵抗白人文化的物理和精神力量,或者说,不但没有从家庭和黑人社区得到起码的温暖与关爱,反而饱受冷漠和歧视,屡遭肉体和精神上的伤害,甚至被父亲强奸,更得不到正确的审美标准、价值观之引导。有鉴于此,她完全内化了白人的审美观和价值观,并认为导致她个人悲剧和家庭不幸的根本原因是没有一双像白人女孩一样的"蓝眼睛",这注定她最终将彻底走向疯狂,进而完全混淆了现实与幻觉,失去了自我。"蓝眼睛"吞噬了她的主体性,一个真实的黑人自我被埋葬了,在她镜子面前出现的只是一个虚无缥缈的白人姑娘的幻影。

实际上,对于黑人群体来说,离开了故土,离开了自己的历史,他们的存在犹如无源之水,无本之木,他们的生活将永远失去动力之源,迟早会衰落,直至死亡。他们的梦想永远不能飞翔,他们的现实永远不能超越。在莫里森的创作中,她不断提醒读者关注文学和社会中"美国黑人无名、无家、无土的典型情景",皮科拉所构建的振兴、再安居的神话和虚无缥缈的期盼——有一双蓝色的眼睛——更令人心碎,因为这是以自我的毁灭、自己文化的隐退为代价。[①] 在该著中,莫里森探讨人与地方及身份(看得见的或看不见的)与土地之间的关系,集中体现在皮科拉和她的父亲乔利两个人物形象之中。"看不见"被强加在皮科拉身上,不仅仅是因为她既是黑人,又是女人,还因为她很丑。在学校,她遭到了老师和同学的"忽视或鄙视"[②];而她的家又是一个充满吵闹甚至打骂的战场,因而也不可能得到起码的温暖。这样,她遭遇了"人之认可的全然缺位——关注的眼光与她分离"[③]。也就是,他们与别人完全疏离了。由于凄惨的身世,懂事的肖莱就开始接受白人对他的负面评价,自暴自弃,行为丑陋古怪。丑陋的外表使他们如此扎眼,也因此使他们"看不见",这导致他们最终成了自己"寒碜店铺"里一意孤行的囚犯。"他们住在那里,因为他

---

① Melvin Dixon. *Ride Out the Wilderness*: *Geography and Identity in Afro-American Literature*. Chicago: University of Illinois Press, 1987, pp. 143-144.

② Toni Morrison. *The Bluest Eyes*. New York: Vintage Books, 2007, p. 45.

③ Ibid., p. 48.

们又黑又丑;他们待在那里不离开,因为他们相信他们丑,尽管他们的贫穷司空见惯,难以改变,却并无特别之处。然而,他们的丑是独特的,也许没有人能让他们相信,他们并非丑得出奇,并非丑得不可救药"。如果说作为父亲的肖莱的丑主要表现在行为上,这是由于他"悲观绝望,放荡不羁,惹是生非,动辄对弱势之人大发雷霆"所致,那么其他家庭成员的"丑",就不属于他们自身的"丑"了,而是"戴着丑"。也就是说,他们完全接受、甚至内化别人,尤其是白人对他们的负面评价,心甘情愿做"奇丑"的"殉道者",并为此做出牺牲。① 至于皮科拉,可谓是这种"自我强加的"丑陋的典型,并将她的丑归咎于缺乏一双蓝眼睛,因而"每天晚上,她都总是不间断地祈祷,只为拥有一双蓝眼睛",并期待这种奇迹能发生,"由此她永远看不到自己的美,只能看到自己能看到的东西:别人的眼睛"②。也就是说,她将自己的一切交给了别人,由别人来评判,尤其将白人的标准作为评判自己美丑的标准。万般无奈之下,皮科拉把最后的希望寄托于上帝。自然,当"奇迹"幻灭之时,也就是她的毁灭之际。皮科拉最后不可避免地精神失常,她的毁灭对几代美国黑人所遭受的心灵创伤提供了有力的注解。她走进教堂向牧师索阿菲德求助,他答应给她一双蓝色的眼睛。但条件是,皮科拉必须首先为他执行一项任务,除掉一只生病的老狗,于是,他给皮科拉一块有毒的肉,让皮科拉拿这块肉去喂那只老狗,并欺骗皮科拉说,只有这样她才能实现自己的愿望。当皮科拉眼看着那只老狗吃了有毒的肉之后在地上痛苦地挣扎并最终死去后,她吓坏了。③ 这次的惊吓,再加上她被父亲肖莱强暴的事件,这一切遭遇使得皮科拉变疯了,使得她完全混淆了幻觉与现实。这样,家庭和社区、她爱的人和风景已放逐了她,一种无所不在的毁灭性的麻痹消沉阻碍她实现她以为蓝色眼睛可带来的飞翔,她徒有天空的幻境,但一点也没尝到天空飞翔的好处,有的只是因她的疯狂带来的令人心碎的飞翔的幻觉。她却因精神崩溃变得神智失常。在混沌之中,她已不能区分幻想与现实,唯有那双令人无限陶醉的"蓝眼睛"与她形影相吊,她时时守在镜前,生怕"蓝眼睛"不翼而飞。④ 可怜的她并没有,也不可能意识到,正是镜子里代表白人文化审美标准的"蓝眼睛"吞噬了她的主体性。在这样一面镜子的审视下,一个真实的黑人小姑娘的自我彻底被葬

---

① Toni Morrison. *The Bluest Eyes*. New York: Vintage Books, 2007, pp. 38—39.

② Ibid., pp. 46—47.

③ Ibid., pp. 173—176.

④ Ibid., pp. 193—203.

送了，镜子里出现的无非就是个虚幻的白人洋娃娃的影子。

　　离开教堂的她真以为有了一双蓝色的眼睛，并成了一只飞翔的鸟儿，从此她就像鸟儿般穿行在"充满垃圾与美丽的世界中"，"她的头突然捕捉到只有她才能听见的如此遥远的鼓声。她的肘弯曲，手放在肩上，像鸟儿一样滑稽地不断挥动她的双臂，尝试那不可能的飞翔。一只长翅但被定在地面的鸟儿，拍打着空气，试图翱翔在它不可能到达的蓝色天空——甚至还不能看见——但它一直塞满了她心灵的山谷"。由此可见，这双虚幻的"蓝眼睛"对她的伤害是毁灭性的、"彻底的"，因为她不仅没有实现她的理想，像白人姑娘那样真正拥有一双蓝色的眼睛，赢得家庭、社区的爱，反而堕入地狱，甚至还误认为升入了天堂。也就是说，她已精神分裂，已经疯狂，完全不能区分现实与幻觉，也许误以为自己已经变成了一只拥有一双蓝色眼睛的鸟儿，翱翔在蓝天，能超越各种障碍，实现自己的梦想。其原因在于，她完全认可、内化、吸收了别人倾倒在她身上的"垃圾"，并将所有的美，当然，首先是她的美，也是她最为珍贵的美——纯真，都给予了别人。用莫里森的话说，"她的单纯装点了我们，她的罪过让我们崇高，她的痛苦让我们变得光彩照人"。① 因此，那年的金盏花种子不开花不只是他们"城镇大地、土地的错"，甚至"那年全国的土地对金盏花都怀有敌意，这些土壤对某些花的生存很不利，对某些种子也不提供养分，某些植物也不会结果。当土地决意杀戮时，我们默许，说什么受害者无权生存。当然，我们都错了，然而这无关紧要，现在一切都太晚了。至少在我们家乡的边缘，在垃圾堆和向日葵中间，一切都太，太，太晚了"。② 莫里森用这些话语结束了她的处女作，表达了她对整个美国社会根深蒂固的种族主义、人类中心主义及环境种族主义的强烈谴责，也表达了她对黑人族群放弃自我、内化白色及其文化意识形态而导致集体沉沦的深沉担忧与愤怒，甚至带有几分绝望，因为对于皮科拉之死，黑人族群负有不可推卸的责任，甚至是他们集体参与所酿成的苦果。换句话说，他们是酿成许许多多"皮科拉"悲剧的共犯，也许还有许许多多的"皮科拉"还会死于同样的原因，皮科拉之死让人心碎，黑人族群意识之死令人绝望。

　　由此可见，在皮科拉的悲剧中存在种族中心主义与人类中心主义之间的合盟，环境种族主义的作祟，为此，黑人族群要实现文化的复兴、民族的振兴，必须再续与自然的脐带关联，回归自己的文化传统，拒斥种族主义毒瘤。

---

① Toni Morrison. *The Bluest Eyes*. New York: Vintage Books, 2007, pp. 204—205.

② Ibid., p. 206.

二 秀拉之死的主因:脱离底层族群,单挑黑/白压迫

至于莫里森第二部小说《秀拉》中的女主人公秀拉(Sula)渴望借助飞翔和歌曲超越遭受种族压迫和父权制压迫的黑人女性地狱般的生存现实,但最终却还是被限定在外祖母伊娃(Eve)三楼的卧室里,尽管这间房屋与埃利森笔下的地窖似乎空间相对,但依然死气沉沉。她的飞翔主要借助在与男人做爱的过程中忘情释放自己的情欲后获得一种飞翔眩晕的感觉。莫里森认为,她的这种飞翔部分实现了她所要的自我创造。也就是说,"秀拉自我创造的艺术在于做爱,在于尽情放纵肉欲所获得的快乐",因为性爱让她摆脱传统束缚,挑战传统的性别期待,挣脱了通向婚姻的性爱禁忌,挑战淫乱的极限,她最大的性冒险要算她老是与白色勾连,比如:她与白人男子做爱,她决定将她祖母留在白人的养老院,等等,她像瘟疫一样游荡在黑人社区。简言之,长期生活在被压迫、被剥削、遭凌辱的白人社会中,秀拉不像其他黑人女性那样感到恐惧和无奈,她以自己独特的方式勇敢地,也许是鲁莽地向这个不平等的世界发起了抗争,她看似放荡不羁的行为实则是对白人种族中心主义和父权制的解构,一种"宁为玉碎,不为瓦全"的玩命挑战。在她生活的封闭保守的黑人社区中,她是一个不守妇道的坏巫女。正是通过无所顾忌的性爱,秀拉发现了跳跃边界和自由飞翔的感觉,并试图借此完全掌控自我,她住的三楼卧室既是她飞翔之地,也是她"死亡"之地。① 然而,秀拉从性爱中发现了她的高度和自由并借此确立她以自我为中心的身份和位置,她也试图借此彰显与其他逆来顺受的贤妻良母型黑人女性的差异。由此可见,秀拉并未真正地实现超越和把握自我,因为她的超越是以自我为中心的,是虚荣心驱使下产生的自我感觉罢了。在莫里森看来,挑战极限和飞跃需要完全掌控自我,为此就需要涤除压垮人的虚荣心。这种放弃本质上是一种胜利,也会引起道德位置的巨变:"从陆地到天空,从令人窒息的传统道德和自私自利的藩篱到自我创造的兴奋和腾飞。"为此,"你必须能放弃,放弃一切负担,放弃一切虚荣,放弃一切无知。你得相信自己身体的和谐,你还必须完全掌控自我"。② 秀拉渴望这种力量,可操控并能自由自在地飞翔。很遗憾,秀拉远远没有做到。她对完全自由和飞翔的希望最终也化为幻觉,宛如皮科拉的蓝眼睛,

---

① Melvin Dixon. *Ride Out the Wilderness*: *Geography and Identity in Afro-American Literature*. Chicago: University of Illinois Press, 1987, pp. 152—153.

② Ibid., p. 154.

因为她最终也滑落到传统的窠臼之中。

她试图自由领略世间风情，不受任何羁绊，然而，她却爱上了，也自以为占有了与她做爱却连名字都不知道的男人埃贾克斯（Ajax），而后者也是一个酷爱冒险，追求自由，挑战传统陈规的男人，并试图借此实现人生飞跃的人。他的不断冒险，他的求新图变，一方面凸显秀拉飞翔之梦的不彻底，另一方面也将她拉回实实在在的地面。秀拉尝到自己情感的脆弱，为情所困，蜗居三楼卧室，郁郁寡欢，不到三十岁就病死了。由此可见，秀拉的自由远未充分实现，她的飞翔之梦不仅流产了，而且伴随生命的终结而消逝。只有她想唱的歌也许可以提供给她不同的身份表演和展示她真实自我的机会，也因此得到救赎，可惜她已记不清歌词。也就是说，对于饱受压迫的黑人群体来说，回归自己的文化传统，或许才是通向族群振兴的可靠文化路径。由此看来，秀拉是一个不能表达自我，耽于幻想的人。当然，作为土地的孩子和社区的标志，秀拉悲剧不光是她个人的悲剧，她的命运反映了广大黑人女性甚至黑人群体的命运。秀拉竭力抗争，寻找自我，结果依然回到无声无息的蜗居状态，与生活在黑人社区底层的黑人女性相比，似乎没有两样。大而言之，就像生她养她的黑人社区一样，尽管它地理位置在山坡，但是社会位置依然是在"底层"，地理位置在底层的土地是最为肥沃的土地。① 最为遗憾的是，秀拉及其生活的黑人社区群体的意识层次依然在底层，种族意识还未觉醒，因而还未找到族群复兴之路。饱受压迫的黑人要确立自我的身份，抗争是必要的，但忘却坚实的土地，抛弃自己的历史文化传统的抗争不会走得太远，最终要么误入歧途，走向毁灭，要么遭受打击回到原点。然而，从更深层次看，秀拉通过自己的种种"恶"来消解黑人社区陈规、颠覆男权统治、挑战白人种族主义的做法并非完全错，"社区投射到秀拉身上的恶能界定善之存在并使之成了可能"②，也就是说，秀拉期待的飞翔本质上是对黑人女性自我的大胆追寻，尽管她的追寻方式颠覆了黑人社区的各种陈规甚至禁忌，甚至还对白人社会构成威胁，尽管她看似离经叛道的追求并未如愿以偿，甚至是惨败，最终依然两手空空，遍体鳞伤。然而，她的尝试是非常富有价值的，秀拉身上的恶会激发黑人群体思考何为善，并探究将善变为现实的可能路径。当然，直

---

① Melvin Dixon. *Ride Out the Wilderness：Geography and Identity in Afro-American Literature*. Chicago：University of Illinois Press，1987，p. 148.

② Yolanda Williams Page，ed. *Encyclopedia of African American Women Writers*. London：Greenwood Press，2007，p. 425.

到莫里森的第三部小说《所罗门之歌》的问世,黑人追寻自我,实现飞跃,通向文化振兴的道路才渐渐明晰。

三 奶娃成功之道:倾听大地,接续传统

《所罗门之歌》主要讲述了一个北方中产阶级黑人青年麦肯·戴德三世(Macon Dead Ⅲ)——绰号"奶娃"的精神成长过程。"奶娃"有幸成为白人医院诞生的第一个黑人婴儿。在家里,他被冠以麦肯·戴德(Macon Dead)这一怪诞的名字,顶着"奶娃"这一绰号。"戴德"是酒醉的白人士兵在给获得解放的黑奴登记时因疏忽给他的祖父起的名字,英文意思是"死亡"(Dead),祖父原名为"杰克"(Jake),错误被登记为麦肯(他的出生地),这样,祖父就被白人重新命名了。这一错误命名的过程在象征层面上至少有以下几层意思:(1)白人对获得"自由"的黑人的忽视和漫不经心;(2)白人对黑人在权力上的控制(登记命名),黑人似乎获得了"自由",但依然未享有与白人平等的权利,他们的身份就像泥人一样,可任凭白色权力捏弄;(3)白人对基于肤色不同而形成的权力的滥用(错误命名)。一个对新生活充满希望的黑人在获得自由身份的同时,也被白人重新命名为"死亡",把这次错误命名同他祖父日后死于白人枪口之下的命运联系起来,读者就可以了解这样一个事实:白人依然操控着黑人的生死大权,就像欧洲殖民者踏上新大陆后,宣称自己"发现"新大陆,因而要对它进行重新命名一样,这种不断命名的过程实际上是对这片土地及生活在其上的人和万物生灵殖民剥削的过程。麦肯·戴德这个家族姓名产生的过程似乎也预示着戴德家族为自己正名不断抗争的血泪家史。表面上看,奶娃的成长过程是寻找自我、个体寻根,但从深层次看,他代表着黑人族群争取文化身份、探寻民族复兴之路的艰难历程。

在该著中,奶娃的成长历程大致经历以下几个阶段:首先,他生长在充满种族矛盾、阶级矛盾和性别矛盾的北方社会荒野中。由于奶娃生活富裕,父母不和,他变得自私狭隘,浑浑噩噩,萎靡不振,苦闷迷茫,他决定离家出走。为此,踏上了南行寻金之路,渴望借此获得经济上的独立以确立自己身份的独立。在惊险、危险、刺激的南方旅程中,起初南方黑人族群并不接受他,甚至怀着敌意看他,比如,几个打猎的黑人就曾"恶狠狠地看着这个来自城里的黑娃,因为他的车坏了后又买了一

辆新车,就像买一瓶威士忌那样轻松"①,但奶娃逐渐被他们接受,还随他们一道打猎,赢得了他们的友谊,这表明他已经走出北方社会荒野,融入祖辈生存的南方黑人社会。其次,他进入荒野,深入即使在白天也伸手不见五指的森林,穿行在山谷之中,在此,一切身外之物,诸如金钱、地位、汽车等都变得无用,"人能派上用场的只有先天的本能或后天习得的能力"。他这个出生在有钱人家的城里孩子,在森林中也不得不学会荒野求生的技能了。最重要的是,他必须学会能与日月星辰、风雨雷电、自然万物生灵沟通交流的"自然语言",这种语言甚至还不能被称为"语言",这是"在语言存在之前、在事物被记录下来之前就存在的东西,那时,人与动物能谈话,人与猿能住在一起交流,老虎与人能共享一棵树并彼此能相互理解,抑或人与狼一起奔跑而不是追赶或害怕它们"。他以自己的肉身接触自然,了解自然,"倾听大地之声",与自然万物融为一体,感悟自然之道。作为回报,自然也赋予了他生存智慧,在森林之中,他的朋友吉他(Guitar)因误以为他找到了金子并还故意隐瞒时,试图谋杀他,幸亏自然的及时提醒,他迅速躲避,才幸免了杀身之祸。就是在森林之中,奶娃与南方黑人族群和大地建立了良好的关系,也认识了自己。最终,他"还与他们一起开怀大笑,仅仅行走在地上,他就感到无比兴奋。走在上面,好像他属于它,他的腿似乎就是植物的茎、树的干,他身体的一部分已伸进了岩石和土壤。站在大地上,行走在路上,他感到挺舒服,因为他一点都不跛了"。②奶娃已落地生根了,"在家时,他从未有这种感觉,好像他属于别的某个地方或别的某个人"③。在南方,他找到了归属感,这种归属感让他理解了儿歌中风景的内涵和他的家族史。尽管他没有纸笔,他"仅凭听就能记住",还能内化于心,将听来的支离破碎的家族信息"整合在一起",重构了散落如云的家族史。④

再次,"奶娃"的南方之行本意是为了寻找一袋金子,结果却发现了自己的家族史,他的寻金之旅演变成寻根之行。更为重要的是,当他发现自己是"会飞的非洲人所罗门(Solomon)"的后代⑤,他为此激动万分,跳进山谷间宽阔蓝色的河流之中,一是洗掉一路风尘,表明他已与过去的奶娃告别,二是在河流中演练飞翔。"他开始欢呼、跳入水中、溅水、翻转","他用拳头击水,然后直接跳起来,好像他也能飞

---

① Toni Morrison. *Song of Solomon*. London：Vintage Books，2006，p. 266.
② Ibid. ，pp. 278—281.
③ Ibid. ，p. 293.
④ Ibid. ，pp. 303—304.
⑤ Ibid. ，pp. 322—323.

翔"，并大叫："他能飞！你听见了吗？我的曾祖父能飞！唉！""他不要飞机也能飞"，"一直往上飞"，"飞回非洲了"，"他像一只黑鹰一样飞走了，所罗门飞走了，所罗门飞走了，划过天空，飞回家了"。① 最后，奶娃与他姑姑派拉特（Pilate）一道沿着通向所罗门起飞之地的路登上山峰，虔诚地掩埋祖父的遗骨。② 奶娃掩埋祖父遗骨的行为代表他身份的"终极表演"，是他最大的放弃，是"他拒斥尘世浮华，经受荒野考验后的飞翔"，既表示人与土地融为一体，也表明他与姑姑和解，并完全接受了她尊重祖先、传承家族传说的做法。③ 对奶娃而言，此时的高山不仅仅是地理学意义上的高山，更象征意识、精神的高峰，充分表明奶娃的思想意识已得到极大提升并日臻成熟，能像姑姑派拉特那样，"未曾离开大地，她能飞翔"。此时，他已能游刃有余，"顺应风势，驭风飞翔"。④ 奶娃获得自由独立的路径似乎与黑人主流背道而驰，因为其他人都是北漂寻梦，而他却南漂寻金，可笑的是，他的寻金之旅落空并发生了蝶变，升华为寻根之旅，他靠自己的努力，获得了精神之独立，找回了自我，他已脱胎换骨，成了一个新人，他的人生也经历了质的飞跃。小说中的"奶娃"了解到自己的身世之后倍感自豪，对自己民族的认同与热爱使他获得了真正的自由，是他精神真正的成熟与升华，当然，是"所罗门之歌"助他完成了这种精神上的飞跃。在这一过程中，他的精神经受洗礼，最后才真正断了"奶"，走向了成熟。他不再相信父亲戴德二世对他的教诲，"拥有财富，让你拥有的财富再占有其他财富。这样，你也将拥有了你自己和其他人"⑤，他甚至认为，他父亲这种"占有、积累和获得"⑥的生存哲学扭曲了人生，他反而相信吉他给他的启示："要飞翔，你得放弃压垮你的各种负担"⑦。在小说结尾的时候，他获得了飞翔的能力。会飞翔不仅意味着自由，更意味着认同自己的文化和与自己民族的真正融合。

奶娃的成长历程一方面揭示了美国黑人的生存困境，另一方面也反映了莫里森对黑人族群复兴之路的深沉思考，突出了"寻根、扎根"主题的重要性，也就是"植

---

① Toni Morrison. *Song of Solomon*. London：Vintage Books，2006，pp. 326－328.

② Ibid. , p. 335.

③ Melvin Dixon. *Ride Out the Wilderness：Geography and Identity in Afro-American Literature*. Chicago：University of Illinois Press，1987，p. 169.

④ Toni Morrison. *Song of Solomon*. London：Vintage Books，2006，pp. 336－337.

⑤ Ibid. , p. 55.

⑥ Ibid. , p. 300.

⑦ Ibid. , p. 179.

根于社区、植根于文化、植根于历史"①。为了改变现状，黑人族群的出路不是离开南方土地北漂淘金，抑或抛弃自己文化传统，全盘接纳白人文化，而是回归土地，倾听大地之声，寻根探源，重构被忽视、被遗忘、被压抑、被破坏的民族文化，找回自己的种族身份归属。她也借此与莱特、埃利森等黑人前辈作家展开了对话，因为他们笔下的小说主人公都留在北方或选择北漂。北方意味着自由，但北方也意味着黑人新的囚笼，那里也是环境种族主义猖獗之地！而在《所罗门之歌》之中，奶娃为摆脱他富裕家庭的种种束缚，选择了南方，踏上南行的寻金之路。尽管他的寻金愿望落空，可他找到了比金子还宝贵的精神财富：融入大地，倾听自然，寻根忆祖，重构自己的家族史。他终于摆脱掉种种虚弱、自私和软弱，挣脱了亲人们的各种羁绊，找回了自我，真正实现了他童年飞行的夙愿！他能飞翔，是因为他能立足大地，善倾听土地的声音，主动与土地融为一体，土地也因此赋予他生存的智慧；他能飞远，是因为深深地了解和认同自己的文化之根并接续和重构了自己的文化传统，成了一个顶天立地的黑人男子。

此外，莫里森还通过派拉特形象的塑造表达了她的民族振兴之路和性别关系的理念。在《最蓝的眼睛》中皮科拉因完全放弃自己的文化，全盘接纳、内化白人文化，不仅不能飞翔，反而走向疯狂与毁灭。在《秀拉》中秀拉因以一种近乎鲁莽、略带几分疯狂的方式反击、解构、颠覆父权制和白人种族主义，最终依然一无所获，英年早逝，从而宣布她争取解放的策略失败。然而，派拉特尊祖念根，在与其长兄麦克·戴德二世之间的冲突中，拒斥他物质中心主义的价值观，恪守信念，绝不退让，生活恬淡，脚踏实地，登高望远，故能像祖父所罗门那样飞翔，更为重要的是，她言传身教，教化奶娃，奶娃最终也不负厚望。

第三节　非裔美国文学中的水意象与黑人文化记忆

水与非裔美国人之间的纠葛可谓"剪不断，理还乱"，水与他们命运、水意象与黑人文化记忆之间的关系是非裔美国文学不断再现的重要主题，因为水承载着非裔美国人民无尽的伤痛，潺潺的溪流一直在诉说他们不堪回首的往昔，滔滔

---

① Yolanda Williams Page, ed. *Encyclopedia of African American Women Writers*. London: Greenwood Press, 2007, p. 425.

的河流一直在传达黑人族群对种族主义的愤怒。与此同时,水也带给他们难得的、短暂的快乐,承诺疗伤的期许,赋予珍贵的自由,甚至搭建挣脱种族主义枷锁的桥梁。为此,新兴的美国黑人生态批评倡导站在环境公正的立场,透过黑人文化视野,探讨黑人文学、文化中的水叙事与黑人生存境遇之间的关联,发掘水意象所蕴含的丰富独特的文化内涵,彰显黑人独特的水环境经验,勾勒非裔黑人沧桑的散居历史,揭露形形色色的环境种族主义,探寻黑人族群振兴的生态文化路径。

在此,笔者将透过黑人生态批评视野对黑人诗人南斯通·修斯(Langston Hughes,1902—1967)的诗歌《黑人诉说河流》("The Negro Speaks of Rivers")、黑人剧作家奥古斯特·威尔逊(August Wilson,1945—2005)的戏剧《海洋之宝》(Gem of the Ocean)、著名黑人作家理查德·莱特的短篇小说《顺河边而下》("Down by the Riverside")及 2005 年现实版的自然灾害卡特里娜洪灾做简要分析,从多角度展示黑人文学中水意象、现实中的洪灾与黑人深沉的文化、悲壮的历史、英勇的抵抗及凄苦的命运之间的复杂纠葛,揭示水意象背后凝聚的复杂文化因素和社会势力,以期对美国黑人文学的生态阐释有所启迪。

一 水:黑人散居历史之大隐喻

美国著名黑人诗人修斯的诗歌《黑人诉说河流》一直广受各国读者的喜爱,其深沉的内涵和真挚的情感不知打动了多少读者的心,也提振了黑人族群的文化自信,随着黑人生态批评的兴起,该诗又被尊为一首经典生态诗①,一首浸透了水的文学精品,因为它深情诉说了非裔美国人与水之间古老、幽深,也许是美好的关系。诗歌这样写道:

> 我了解河流:
> 我了解像世界一样古老的河流;
> 比人类血管中流动的血液更古老的河流。

---

① Ann Fisher-Wirth and Laura-Gray Street, eds. *The Ecopoetry Anthology*. San Antonio: Trinity University Press, 2013, p. 72.

我的灵魂已变得像河流一般深邃。

晨曦中我在幼发拉底河沐浴。
在刚果河畔我盖了一间茅舍，
河水潺潺催我入眠。
我眺望尼罗河，在河畔建造了金字塔。
当林肯去新奥尔良时，
我听到密西西比河在歌唱，
我瞧见它那浑浊的胸膛
在夕阳下闪耀金光。

我了解河流：
古老、黝黑的河流。
我的灵魂已变得像河流一般深邃。

　　黑人是具有悠久历史的种族，在现存的几类人种中，黑人最早在地球上留下自己的足迹。但在近代史上，黑人生存的土地受到殖民暴力的入侵，许多黑人沦为奴隶，并被贩卖到美洲从事非人的劳动，他们及其后代的肉体和精神都饱受凌辱。美国南北战争结束后，奴隶制被废除，黑人似乎获得自由，但种族主义依然阴魂不散，并以不同的面目出现，在环境危机肆虐、自然灾害频发的当今社会，它又渗入环境，以环境种族主义或环境殖民主义的面目出现，瞒天过海，继续摧残着黑人族群的肉体和灵魂。

　　这首诗"将非裔美国文化中的水体象征为历史场域，并探讨了水路之间纵横交错的关系"。"河流"是一个高度凝练的意象，是自然生态和社会生态的高度融合，既反映了自然演进的历史，也反映了非裔散居的历史，因而我们也可以把它理解为人类历史的象征，对美国非裔族群而言更是如此。诗歌以"我了解河流"开始，作为非洲人和非裔美国人的诗人，满怀深情，低声吟唱，诉说着自己与各种各样的河道之间的亲密关系，穿越古今，搭建跨越亚洲、非洲及美洲密西西比三角洲之间的桥梁。像抒情的灵歌一样，诗人勾画了一幅种族化的地图，借此让人联想到黑色的意象——泥土和黄昏，诗人将非洲人的身体比拟成水体，将河流比喻成血流，顺理成章,追溯河流就是追溯历史。[①] 尽管该诗基调乐观,呈现的河道景色宜人,但在黑人生态批评学者沃迪看来,它勾勒的历史时期也见证了河道是"暴力、斗争和抵抗的场域"[②]。也就是说,诗人并未回避河流带来的死亡,只是他不愿意让自然奇观被破坏而已。

"我了解河流:/我了解像世界一样古老的河流;/比人类血管中流动的血液更古老的河流。"诗中的"我"不是某个具体的黑人,而是代表整个黑人种族。在这一节诗中,诗人反复地强调黑人对"河流"(历史)的见证,并形象化地指出,这条"河流""像世界一样古老",比人类体内的河流——"血液"更古老。

"我的灵魂已变得像河流一般深邃。"第二节只有一行,它的作用是承上启下。上一节对河流的认识仅限于"了解",到了这一节,"我"已经深入地用"灵魂"去感受、体悟深邃的河流。换句话说,黑人的"灵魂"因见证"河流"(历史)而深邃,揭示自然生态与人之心灵之间的对应关系。下面一节,则是由此开始的历史回顾,沿着非裔族群的沧桑历史寻根探源。

"晨曦中我在幼发拉底河沐浴。"幼发拉底河是古代文明的发源地之一,这里曾诞生过灿烂的古代文明。

"在刚果河畔我盖了一间茅舍,/河水潺潺催我入眠。/我瞭望尼罗河,在河畔建造了金字塔。"刚果河是非洲流域面积最大的河流,尼罗河是世界最长的河流。尼罗河流域也诞生过灿烂的古代文明。

"当林肯去新奥尔良时,/我听到密西西比河在歌唱,/我瞧见它那浑浊的胸膛/在夕阳下闪耀金光。"密西西比河是北美洲最大的河流。林肯在担任美国总统时,废除了奴隶制,使美国的黑奴获得解放。但奴隶制时期,旧密西西比河也是奴隶被卖到南方的通道,因此,它也流淌着黑奴的血泪。而今,它"浑浊的胸膛在夕阳下闪耀金光"激发诗人"悖论式思考死亡与新生、奴役与生存"。密西西比河将荡涤非裔奴隶的伤痛与血泪,夕阳将"浑浊"浸染为"金色",将"忧伤的意象"幻化为"乐观的意象",黑人族群也必将告别骨肉分离、流离失所,踏上复兴之路,再续昔日的辉煌,从而表达诗人灵魂因水而升华。[③]

---

① Anissa Janine Wardi. *Water and African American Memory: An Ecocritical Perspective.* Gainesville: University Press of Florida, 2011, pp. 21—22.

② Ibid., p. 23.

③ Ibid., p. 22.

　　以上是诗人以夸张的手法回顾历史："我"的身影掠过亚、非、美三大洲,从古代到现代,在每一个地方都有令"我"难忘的河流。

　　"我了解河流:/古老、黝黑的河流。"第四节,在句式上与第一节相仿,但是句子更短,表意更简明。"黝黑的河流"可认为是喻指黑人的历史。

　　最后一节,"我的灵魂已变得像河流一般深邃",是第二节的重复,意在强化突出主题。黑人种族见证了人类的发展历史,黑人的"灵魂"里容纳着人类的文明,历史的积淀,因而显得"深邃"。

　　如果从黑人生态批评的视角来审视这首诗,如果我们再联系 2005 年 8 月卡特里娜飓风狂袭以黑人居民为主体的新奥尔良市之后,广大贫穷黑人所遭受的环境种族主义压制,我们将会更为清晰地认识到黑人与河流之间的关系。我们也会发现,它将非裔黑人在美洲大陆的苦难遭遇与非洲古老文明联系在一起,这种联系的纽带或曰中介就是自然中最为常见的流动物质——水。在此,河流就是高度凝练的自然意象,也可以被理解为历史的象征。黑人对河流的追溯,就是对自身历史的追溯,就是寻根忆祖。诗人以夸张的手法回顾历史:"我"的身影掠过亚、非、美三大洲,从古代到现代,在每一个地方都有令"我"难忘的河流,这些河流既代表黑人族群悠久的历史,也孕育了黑人灿烂的文明,同时也饱含黑人族群迄今为止依然难以抹去的屈辱与伤痛,河流勾勒了非裔黑人沧桑的散居历史。"河流"就是黑人历史文化的客观对应物,也是其美洲创伤的客观对应物,他们在古代亚、非故土的灿烂与自豪与近现代美洲大陆的苦难与伤痛都凝集在河流这个幽深的自然意象之中,也明证了文化对自然的依赖。黑人种族的历史见证了人类的发展历史,黑人的"灵魂"里凝结着人类的文明,历史的积淀,因而显得"深邃"。这首诗既表达了"我"对自己种族历史文化深感自豪,也是对种族主义者对黑人是未完全进化的人的谬论的强烈驳斥。但是诗人并不绝望,而是对未来充满希望,因而听到了"密西西比河在歌唱"、看见"夕阳下闪耀金光"。在诗人生活的时代,甚至今天,种族歧视的毒瘤在美国不仅远未根除,而且总是以新的面目出现,环境种族主义、环境殖民主义就是在环境危机时代种族主义的新表现形式,诗人代表自己的族群写下了这样的诗篇,无疑具有很强的感染力。从生态批评的角度看,该诗所传达信息敦促生态学者要透过各个种族/族裔的文化视野,联系他们的历史,看待一切环境议题。另外,从这首诗中我们还能感受到诗人一种淡淡的忧伤,这种忧伤源于诗人对黑人在非洲和亚洲古老灿烂辉煌的历史和美洲种族压迫深重苦难的生态沉思。

通过对河流的追溯,诗人将黑人在美洲的辛酸伤痛回忆与故土的灿烂辉煌历史联系在一起,诗歌主要通过对河流意象的呈现,既成功表达了诗人对黑人族裔创造的辉煌河流文明深感自豪和对古老河文明的深深眷恋,也委婉地倾诉了河流给黑人族群带来的深重苦难,尤其是在美洲大陆遭受的黑暗野蛮的奴隶制,更表达了他对未来的憧憬与希冀,充分揭示了自然历史和人类历史之间宛若水乳交融的关系,传达了一种近乎于整体主义的生态观。

二 水:黑人奴役历史记忆的场域

如果说《黑人诉说河流》主要是从象征层面探讨河道之间的相互关联及黑人历史与河流之间的关系,那么20世纪美国著名黑人剧作家威尔逊的剧作《海洋之宝》则不止于此,还指出了另一个主要原则,即"人,更准确地说,人之遗骸与水体之间的关系"。他将在水中长期浸泡而不分解的人之骨头看成是以物质形态呈现的对祖先的记忆。甚至有学者认为,对于非洲离散史来说,"海洋就是历史"。也就是说,"海洋不是历史的场域,海洋自身就是历史",水体是相互联系的历史实体,由此其形象不断变换。在该著中威尔逊强调指出,16世纪欧洲殖民者开启的"黑三角贸易",即奴隶贸易的中央航路上存在的黑奴遗骨是水路实实在在的实物存在,凸显水是死亡之地,记忆祖先的主要场域。与此同时,威尔逊还指出了水特性的二重性。一方面,水犹如奴隶的血液,象征奴隶伤痛的泪水,因而水蕴含他们昔日创伤的记忆。另一方面,水还是通向自由的媒介。《海洋之宝》是威尔逊为展现20世纪美国黑人波澜壮阔的生活画卷而撰写的由10部剧作构成的历史系列剧中的第九部,但根据剧本设定的时间背景,当属第一部,描写的是美国黑人20世纪头十年的生活,重点涉及获得解放的黑人从南向北艰难悲壮的迁徙之旅。该剧主角西特森(Citizen Barlow)因受到工厂不公正处理被克扣了应得的工资,为此他便偷了一桶钉子以示报复,结果他的工友加勒特·布朗(Garret Brown)被怀疑偷了钉子,布朗坚称自己清白,宁愿跳河淹死也不愿意认罪受罚。西特森在河边目睹了这场惨剧,可自己保持沉默,他因此深感自责。为此,他去向昂特·艾斯特尔(Aunt Ester)求助。艾斯特尔是个口头历史学家、灵魂的洗涤者,她曾经是个奴隶,声称已是285岁的高龄。内心痛苦的西特森在艾斯特尔的指引下进行一系列洗涤灵魂的仪式,追溯了作为奴隶的非裔族群被贩卖、被奴役和争取自由的沧桑史。西特森的灵魂要得到洗涤,就必须回到黑三角贸易的中央航路——非裔集体创伤的场域,也是触发他们集体创伤记忆的场所，从另一方面看，中央航路也是疗伤和康复的场域。由此看来，西特森的伤痛要通过集体的伤痛而理解，他的苦闷也反映在"所有因伤痛而淹死的人身上"。比如，中央航路航行中死亡的奴隶。由于跨大西洋航行既是地理上的也是形而上的转变标志，是从法律上的自由人到奴隶身份的转变，也是从非洲身份到被强加的美国化身份的转变，因此重演这种旅行就标志着西特森的转变。

洗涤灵魂的重要仪式就是西特森乘坐"海洋之宝"号纸船，在《去往白骨城之城》的歌声中开启了他的海底"白骨城"之行。"海洋之宝"喻指运载被贩卖奴隶的船只，因而西特森的旅行就被赋予了寓言般的内涵，去游览"白骨城"实际上是进入非裔族群集体的过去，借此他观察到了水路沿途纵横交错的先人遗骨，也标志着已把他带回了非洲。虽然水是《海洋之宝》的中心，但威尔逊也让我们关注水中的遗骨，说明他关注掩埋在水中的历史，因为遗骨是有形的实实在在的历史记录，这是他回到遗骨并将整座城市建在世界的中心的主因，威尔逊还声称这个复活古人的简短场景代表他艺术成就之巅峰。白骨城是用奴隶的遗骨建的，不管何种原因，这些奴隶们最终都葬身海洋。尽管死亡场景恐怖可怕，"它却成了救赎的空间"，因为"方圆半英里的整座城市都是由遗骨建的。各种各样的骨头，手臂骨、腿骨、颅骨等搭建的一座美丽城市"。尽管西特森不愿意看这种令人伤痛的场景，但他最后听见了来自海底城的声音并告知艾斯特尔："他们说，记住我。"西特森"惊叹城市之美"，感觉"街道看起来就像白银"。在沃迪看来，"他提到昂贵金属，是为了强调祖先们身体的珍贵，暗指奴隶买卖的生意，那里非洲人被沦为商品"。这实际上是对殖民者的强烈谴责。然而，到了20世纪，获得"自由"的黑人实际上并没有获得真正的独立与自由，北漂的、进城的黑人又成了"工资奴隶"，他们的身体成了工业机器的零部件，从另一个方向再次沦为了"商品"。在环境公正人士看来，对于极度贫穷的黑人来说，这无异于"环境工作胁迫"（environmental job blackmail），因为为了生存，他们不得不接受超低工资、有毒、危险或致命的工作。①

尽管"白骨城"之行危险，但西特森也圆满完成了作为黑人族群公民的任务，接受了集体记忆的洗礼，经受了中央航路的恐怖，也被奇异之美震慑，甚至短暂生活在彼岸世界的人之中。亲身遭遇、领悟海底海洋生态以后，他获得了新生，打破囚禁身心的锁链，获得坦白偷盗行为和活下去的力量与勇气，并迅速成为反抗压迫、

①　Elizabeth Ammons and Modhumita Roy, eds. *Sharing the Earth: An International Environmental Justice Reader*. Athens: The University of George Press, 2015, pp. 27—31.

追求真理的勇士,从这个角度看,水也意味着自由。

整部剧以自由为主轴,这与新获得自由的黑人生存状况密切相关,因为他们正在琢磨自由的复杂内涵,就该剧作而言,水就与黑人所要的自由相连。历史上,渡水尽管是伤痛的,但今非昔比,水是自由的助推器。为证明自己的清白,布朗跳水淹死,实际上与葬身大西洋的奴隶祖先的死因没有本质区别。水凝聚了事实真相和死亡,河流见证了布朗的清白,西特森经过水的洗礼发现了广阔的社会与历史现实。从象征层面看,布朗水中的身体类似于西特森后来的海上航行。"白骨城"中祖先的遗骨见证了奴隶船只和大西洋海底的历史,中央航路的海底生态实际上反映了人类社会生态。

简言之,《海洋之宝》不断提醒我们:在非裔美国文化史中,水本身就是矛盾,一方面是暴力与死亡的见证,另一方面又给人身体和心理疗伤。该剧作中的人物携带大西洋,将海洋之水变成了河水、泪水、血液,最终将地球之液体变成黑人祖先身体,海洋生态也变成了社会生态,由此"水反映历史","尽管形态万千,依然是水,总能记住它流过的身体,不管它是海洋的还是祖先的身体,非洲人的还是美国人的身体,'它是流动的生命线',从一个海岸流到另一个海岸"。①

三 洪灾:恶劣自然生态与种族主义的社会生态交汇的地带

如果说威尔逊的《海洋之宝》主要呈现水与非裔黑人被奴役的悲惨历史之间的关联,那么莱特的短篇小说《顺河边而下》书写的就是洪灾与现实种族主义之间的合谋,或者说,洪灾是种族主义表演的舞台,黑人再次成为"隐身的"根深蒂固的种族主义的牺牲品。

洪水是非裔美国人南方生活中经常发生的自然现象或灾难,带给他们无尽的痛苦,与此同时,洪水也成了展示种族间不平等环境关系的重要途径,甚至是种族主义、黑人奴隶制在环境议题上的重现,洪水也因此成了非裔美国文学中反复再现的主题。用生态批评学者沃迪的话说:"洪水勾画了人类世界与非人类世界之间的间隙,代表了水与政治交汇的生态系统,虽然洪水代表非人类系统的一个外在行为,可它却生动凸显了社会不平等、种族等级制、资源分配及政府政策。当然,伴随与洪水有关的各种恐怖,诸如财产损失、人之死亡及无家可归等,是洪水之后肥沃

---

① Anissa Janine Wardi. *Water and African American Memory: An Ecocritical Perspective*. Gainesville: University Press of Florida, 2011, p. 29.

的土壤。"①也就是说,洪水看似自然灾害,是自然生态的问题,但通过洪灾可观察社会生态,暴露社会生态的问题,反映基于环境的种族关系、阶级关系、性别关系及其他关系。简言之,南方抗击洪灾的过程可集中暴露传统种族主义、黑人奴隶制的新型表现形式——环境种族主义。由此看来,环境公正理论是考察洪水议题的有效理论话语、理论立场,甚至观察点。

　　《顺河边而下》②以1927年密西西比河发生的20世纪最为严重的洪灾为故事背景,以黑人曼(Mann)一家的抗洪经历为主线,揭示了无情的滔滔洪水与比洪水更无情、更难抵挡的环境种族主义合谋,给黑人带来的无尽伤痛。这是一场天灾,更是一场人祸,让人不得不得出这样的结论:种族主义猛于水也。当年4月21日,密西西比河河堤崩溃,导致许多日夜奋战、防守堤坝的黑人丧生,然而到底死了多少人,官方没有记录,媒体轻描淡写,报道不足,但有一点是清楚的,国家自卫队人员无人死亡。③ 从官方、媒体对待死亡黑人的态度反映了主流社会根深蒂固的种族偏见,在他们看来,黑人的生命无足轻重甚至没有价值,何必小题大做。尽管莱特于1938年出版的中篇小说集《汤姆叔叔的孩子们》中未明确提到1927年的这场洪灾,然而,水的意象,诸如倾盆大雨、池塘、河流、饮用水、井、洪流、云雨及眼泪等却弥漫整个小说集的字里行间,因此我们能有把握地说,作为密西西比的土生子,他一定将这场洪灾作为了小说的创作素材。站在环境公正的立场,透过黑人的视野来看,这场洪灾简直就是人祸,是根深蒂固的种族主义毒瘤在灾难面前的总爆发。密西西比河是该小说的主角。故事开始时,许多居民已下落不明,黑人曼大哥、他那不能动弹的临近生产的太太、岳母及儿子,千方百计从愤怒的密西西比河逃生,密西西比洪水肆虐,泛滥成灾,淹没了所有附近的地方,包括农田和村庄,从故事的开始到结束,一切都浸透了水,是一篇洪水泛滥的故事。故事开始就告诉我们,曼的房屋地基因湿透而松软,在故事结尾中,曼的尸体被冲到河边,一只手还留在黄色的洪流中,甚至可以这样说,"整个故事浸透了水,可被解读为对洪水的虚构描写"。该小说旨在强调被剥夺了经济、政治权利的非裔美国人生存困境,他们竭力抗击天灾——暴雨和洪水,但因人之力量的掺和,天灾更为恶化,莱特就是要强

① Anissa Janine Wardi. *Water and African American Memory: An Ecocritical Perspective*. Gainesville: University Press of Florida, 2011, p. 118.

② Richard Wright. "Down by the Riverside." 1938. In *Uncle Tom's Children*. New York: Harper Perennial, 1993, pp. 62—124.

③ Ibid., p. 118.

调自然的和人为的恶势力的叠加,难怪有黑人说,"白人在洪水中捣蛋",这句话点明了洪水之凶残本质,实际上无异于对白人种族主义的愤怒。①

在常人眼中,体制上的种族主义似乎早已不在,然而,种族主义意识形态根深蒂固,在特殊的历史事件中还会如复仇烈焰般爆发。比如,在该小说所描写的整个抗洪过程中,种族主义就不再是暗流涌动,简直就是明火执仗。尽管曼想尽一切办法抗击洪灾,拯救家人和自己,但最终还是未逃脱终究一死的厄运。他因接受朋友从白人那里偷来的一只船而招来横祸,尽管他最初对接受这只船犹豫不决,但为了抢救即将分娩的妻子和未出生的孩子,勉强收下。不顾狂风巨浪,他使出浑身解数,向医院奔去。途中还杀死了要杀他的白人船主,虽然小船成功到达医院,但此时妻子已经死亡,当然,还有那未出生的孩子。与此同时,也许更可怕的是,在白人的枪口威逼下,他不得不在河堤上抗洪。然而,他抗洪的超凡表现完全无助于他与这帮白人的斗争,"我到处都看见白人的枪"②。实际上,这些受招募在大堤上抗洪、干着超强度苦力的黑人是在白人士兵的枪口威逼下干活,从而揭示了威胁黑人生存的自然和社会恶势力的合流——自然灾害和种族主义,也印证了洪水中死去的总是黑人这一说法。

另外,对于这些灾民或环境难民来说,白人与黑人之间的待遇也可谓天壤之别,这些都完全符合历史事实。据记载,各种抗灾援助物资,包括食物、饮用水、帐篷及其他援助,都分发给白人,而这些在河堤上扛沙包以阻断洪水的黑人却一无所获,洪水退去后,强迫劳动仍未停止。黑人难民与白人难民的待遇依然相去甚远。黑人被安置在狭小、恶劣的环境中,诸如库房、油库、商店及河堤的帐篷里,缺乏基本的设施,他们睡在潮湿的地上,甚至基本的物资都匮乏,如餐具、食物等,而洗澡设施几乎没有,他们得到的物质援助大大低于白人难民的配额,他们的生活区附近有几千头牲畜,粪便恶臭无比。黑人不愿意住帐篷,但又不准回家,成了在押的囚犯,国家自卫队持刀枪在他们居住地巡逻、看管。然而,白人却可以回家。更为荒谬的是,奴隶制之幽灵依然死死缠着黑人灾民,政府竟然颁布这样的命令:"身强力壮的黑人必须带上标签,否则不给饭吃。"③尽管在莱特的这篇小说未提供洪水之

---

① Richard Wright. "Down by the Riverside." 1938. In *Uncle Tom's Children*. New York: Harper Perennial, 1993, p. 119.
② Ibid., p. 120.
③ Ibid., p. 121.

后的详情,但他指出了洪水期间及其之后强迫劳动一直普遍存在,还描写了曼一家的生离死别及曼抢救灾民的精彩表现。随便一提,他也救了白人船主一家,当然,他出于自卫,也杀死了白人船主,但当他将他们送到安全地带后,他在河堤上被枪杀。

　　故事中的"死亡"都与水有关。被曼杀死的白人船主哈特菲尔德(Heartfield)死后滑落在水中;曼的妻子及未出生的孩子死在奔往医院途中的船上;停放曼妻的医院最终也浸泡在洪水中。整个抗洪期间一直不辞辛劳、拼命救人的曼最终也难逃死在水中的厄运。面临滔滔的洪水,密西西比呈现的最后景象是象征自由与救赎的水,预示一种宗教般的净化,因为这是基于河水是神圣之水的信仰。从这层意义上看,曼与自然遭遇的最后行动可谓是升华,死到临头时,他还想到在河水中做最后一次浸泡。在批评家沃迪看来,这篇小说的标题将水作为救赎之地、圣地,因为在水边可洗涤人之罪恶。该小说的标题源于一首灵歌的歌词:"我将要放下我的剑和盾/顺着河边而下"。然而,无论自然世界给予的支持还是体制化宗教的期许都没能阻止南方白人社会的暴力,黑人曼一家无论多么虔诚,也没能逃脱黑人的宿命,葬身密西西比河。灵歌宣扬的放弃战争无非是欺世无用的谎言,白色恐怖在河边被放大,因而对黑人族群而言,"唯一正确的选择就是自卫还击"。[1] 在此,莱特实际上表达他对基督教所持的批评态度,他大量借用基督教的象征、主题及寓言故事,将1927年的洪灾置于宗教的框架之中,水时而被描写成令人生畏的恶势力,时而又被描写为助人疗伤的向善之力。牧师将暴雨说成是上帝对人罪恶的惩罚。即使没有牧师的布道,这些虔诚善良的信徒们自然会想到《圣经》中诺亚方舟的故事、世界末日和最后的审判。在沃迪看来,曼,一个勤劳善良的普通的人,一个上帝的虔诚信徒,总想努力过上规规矩矩、诚实守信的生活,实际上,他就是现实版的诺亚式人物,可他却远远没有诺亚那么幸运。在《圣经·创世纪》篇中,诺亚承担着延续人类的天降大任,在这篇小说中,曼的妻子有身孕,也是传宗接代。诺亚因勤劳、正直、善良、虔诚而独享上帝之恩典,在上帝对人类最后审判的洪灾中全家得救,而曼一家却与洪灾抗争,任凭狂风暴雨吹打,在饥寒交迫中丧生,延续生命的火种熄灭,这些都充分阐明莱特的基本论点,在密西西比河三角洲非洲裔黑人不仅被上帝而且还被法律遗弃了,这实际上是对美国体制化种族主义和体制化宗教

---

① Richard Wright. "Down by the Riverside." 1938. In *Uncle Tom's Children*. New York: Harper Perennial, 1993, p. 122.

的强烈谴责。

四 飓风卡特里娜:自然暴力与种族主义合谋的现实版社会悲剧

2005 年 8 月,卡特里娜飓风降临,再一次上演了水与非裔族群命运之间纠葛的悲剧。卡特里娜飓风席卷美国路易斯安那州、密西西比州及阿拉巴马州并造成灾难性的破坏,尤其给路易斯安那州新奥尔良市造成毁灭性的打击,因而被认为是美国史上破坏性最大的飓风。然而,飓风之后的"白色人祸"更令人心寒。换句话说,卡特里娜洪灾是自然暴力与种族主义势力合谋的恶果,从某种角度上看,种族主义不仅迎合而且还放大了自然暴力。

(1)卡特里娜洪灾:种族主义势力与自然暴力之间的合谋

尽管体制化种族主义似乎早已离去,但在环境危机日益恶化的当今世界,种族主义的幽灵一直在美国社会游荡,其阴魂一直威胁着少数族裔人民,并以新的面目出现,诸如环境种族主义或环境殖民主义,这样就将种族主义的罪恶转嫁给似乎中立的"环境灾难或自然灾害",种族主义就可瞒天过海,为所欲为,伴随卡特里娜飓风而运作的种族主义就是一个显例。它阴险地夹杂在或隐匿于飓风之中,它不仅仅是死灰复燃,而且花样百出,堂而皇之地浮现,从涌动的暗流演变为滔滔的洪流,与飓风沆瀣一气,将黑人族群葬身滔滔的洪水中,大西洋似乎再次将满腔的愤怒发泄在弱势的黑人身上。从历史的角度看,洪灾中死去的黑人与黑三角奴隶贸易过程中葬身大西洋的黑奴没有本质上的区别,他们都是种族主义的牺牲品。当然,对广大贫穷的黑人来说,这次洪灾中除了有种族主义的阴魂不散以外,还有环境退化的掺和。[1]墨西哥湾诸州环境退化严重,其中,路易斯安那州的环境破坏尤甚。那里湿地、沼泽严重退化,石化工厂林立,并且主要集中在穷人区。郊区的过度开发、湿地和沼泽的过度分割打破了生态平衡,使得该地区的穷人处于更加不利的地位,环境人士早已疾呼保护这些湿地,因为这些地方原本对狂风巨浪的破坏力具有重要的缓冲作用。另外,路易斯安那州的人为因素,包括对海岸完整性的破坏和对堤防系统没进行有效加固等,都为卡特里娜的肆虐提供了舞台。[2]也就是说,飓风的威力不断增强看似自然,实际上得到了社会生态中各种邪恶"人力"的配合,这种人

① Anissa Janine Wardi. *Water and African American Memory: An Ecocritical Perspective.* Gainesville: University Press of Florida, 2011, p. 139.

② Ibid.

力根源源于种族主义和阶级歧视,当然,还包括人类的傲慢与偏见或曰人类中心主义,针对黑人族群而言,种族主义是"终极恶势力"。

卡特里娜飓风不是一个孤立的暴风雨,更不是单纯的物理现象或自然灾害,其上附着了各种交错的文化恶势力,因而极大地强化了灾害对黑人弱势群体的危害程度。用沃迪的话说,"卡特里娜飓风与环境退化、有害地理环境、种族歧视、阶级歧视及我们民族的历史、物质及政治身份纠结在一起"①。由此可见,卡特里娜飓风绝不是纯粹自然现象,从它的发生、发展及其给人们,尤其是黑人所造成的实际危害程度来看,它那超乎想象的破坏力实际上是社会生态与自然生态合谋产生的结果,如果要对它进行全面深度的评估,认真严肃地总结经验教训以更有效地应对未来的自然灾害,公平地"救赎"灾害波及的所有人,就必须综合运用自然科学、历史学、社会学、文学等学科的理论和方法对它进行全方位的剖析,分析它的起因、演变、增强及后果,将其作为美国社会未来发展演进的前车之鉴,一本为构建未来公平正义的美国社会的反面教材。

(2)卡特里娜洪灾期间和灾后的惨状:种族主义历史的重演

从生态学术的角度来看,卡特里娜飓风与多种水叙事交织在一起,对它的跨学科研究有助于开启环境书写与蓝色生态批评之间的对话,有学者将这种对话界定为"对我们水陆星球中水区域的思想和伦理承诺"。当我们致力于理解非人类世界在美国文学、文化中的作用时,"非裔美国经验深化了用于理解人类与地理交错关系的现成文化框架,对非裔美国人水路概念的文学、象征及物理内涵的研究在当下文化语境下显得非常重要。当然,此处的水路既指实际的和隐喻的,也指政治的和地理的"。从时间上看,卡特里娜飓风早已离去,但自然灾难永远不会终止,类似的人间惨剧似乎更加频繁发生,因此制造人间地狱的卡特里娜梦魇依然笼罩美国社会,学界对它的探讨、争论还在继续。一旦充分认识了作为自然灾害和人为灾害的飓风给人们,尤其是黑人的生命财产、他们的家园、他们的城市造成的巨大破坏,深刻洞悉了给他们甚至整个美国社会的精神和心理造成的巨大创伤的内在机制,我们将会明白,水体远不仅仅是化学学科意义上的物质,"水体被民族的政治实体灌

---

① Anissa Janine Wardi. *Water and African American Memory: An Ecocritical Perspective*. Gainesville: University Press of Florida, 2011, p. 140.

注、限制和升华"。①

在沃迪看来,虽然老弱病残穷是决定一个人是否"被遗弃、被淹死抑或被拯救"的关键因素,可是,"卡特里娜飓风中被撤离者的公众面孔是黑色的",因为暴风雨栩栩如生地突出了非裔散居的历史,并借助水而清晰地表达出来,尤其是在飓风之后,水体与身体共存的现象比任何地方都更为明显,美国充斥着千方百计躲避滔滔洪水、抗击飓风的或者被困的黑人,不可思议的是那些漂浮在洪水上的尸体却遭到了忽视。在生态批评学者看来,再现卡特里娜飓风一定离不开人的身体。斯坦利·班克(Stanley Bank)的诗《卡特里娜之后:漂浮的身体》("After Katrina:The Bodies Are Rising")就揭示了一种不能掩盖的历史现实。该首诗将死者看成历史的承载者,因为漂浮的尸体暴露了吉姆克劳法时代的余毒依然存在,卡特里娜不是21世纪的新现象,而通过洪灾我们看见了20世纪种族主义的罪恶,洪水将20世纪死于同样原因的黑人的鬼魂冲刷到水面,尽管时代变了,但对黑人身体施暴的历史却一如既往,卡特里娜摧毁了新奥尔良市,大部分地区都被水淹,城市变成了黑色,这些都说明了水、地方及种族之间的关联。新奥尔良市无所不在的非裔信仰和文化习俗铸就了它"异域"风情的底色,其精神基调是非裔的、黑色的,猖獗的奴隶贸易曾在此发生,奴隶制遗产在此打下了深深的烙印。有鉴于此,在卡特里娜飓风来临之前,在此的贫困人口比例是全国平均贫困人口比例的两倍多,他们许多人是奴隶的后裔,他们一直就处在被忽视的境遇,洪水来临之后,被洪水淹没的人家中80%是黑人家庭,大部分黑人家庭没有车,这大大降低了他们躲避暴风雨的能力,从而充分揭示了种族与阶级之间交错。② 难怪美国学者迈克尔·埃里克·戴森(Michael Eric Dyson)这样评价道:"表面上看,自然灾害是种族中立的,因为其愤怒降临在所有处于脆弱地区的人头上,然而在新奥尔良,地势较高和较安全的地方总是被富有的白人占据了,而留给穷人的总是那些低洼危险之地",贫穷黑人的命运就更惨了。由此可见,人口统计学和地理学之间的差异蕴含着种族政治,也揭示了这样一种事实:"尽管自然愤怒是色盲,但其产生的恶果却一定不是,因为它们突袭目标文化并根据其社会和种族等级差异施暴"。令人联想到的"总是"强调新奥尔良静态的种族和地理社会状况,这种"不变"被飓风凸显出来,最为深刻地揭示了

---

① Anissa Janine Wardi. *Water and African American Memory:An Ecocritical Perspective.* Gainesville:University Press of Florida, 2011, pp. 140—141.

② Ibid. , p. 130.

美国社会,尤其是新奥尔良种族主义积重难返,这样看来,讨论卡特里娜的主要话题就不再是暴风了,还有罪恶奴隶制的遗产。

卡特里娜之后,主流社会对待黑人灾民——无论他们是幸存者还是死尸——的方式与 16 世纪"黑三角奴隶贸易"过程中处置奴隶的方式没有实质上的差异。黑人的避难所就像臭名昭著的大西洋中央航路上运载奴隶的凶神恶煞的船只,他们就像牲口或囚犯一样被关在狭小的囚笼中,没吃没喝,苦苦等待接他们的车,这些车就像运载奴隶的船,然后将他们发配到遥远的异乡。洪水退去,整个城市就像人间地狱,各种疾病猖獗,死尸随处可见,水源被污染,从而加剧了生者的痛苦。对死尸的处置让人回忆起埋葬奴隶的习俗。为了方便快捷地处理死去的黑奴,贩奴者和蓄奴者曾经将他们抛入河中实行水葬,水被染成红色。在新奥尔良,死亡与水并存栩栩如生地再现了灾难,又再次上演了美国历史令人不安的一章。漂浮在污水中的尸体成了悲伤的场域,人们将悲伤投射到其上。可笑的是,公众不再关心种族主义和阶级歧视施加的暴力,而认为卡特里娜是上帝愤怒的外化并从中找到慰藉。实际上,"并没有自然灾害这样的东西",这些都是白人主导下的美国政府长期忽视对大堤进行有效建设加固的结果。①

灾后的"搬迁"也令人揪心,更准确地说,不是搬迁,而是"强行带走",让人联想起他们曾经经历的强迫迁移,这似乎是黑人生活的常态。黑人突然失去了家园、社区和熟悉的环境,他们被连根拔起,除了生命,他们一无所有,只能背井离乡,更可怕的是,他们被人强制带走,与亲人分离,失去联络,就像黑奴的亲人被强行带走后卖掉的经历。有鉴于此,美国学者杰斯·杰克逊(Jesse Jackson)认为,卡特里娜"生动形象地在水上书写了一段黑人生活的历史,也指出了漂泊不定的黑人散居生活的一个支点"。"这种强制的搬迁不只是空间运动,而且还涉及心理的、情感的及精神的无助与绝望",尤其许多居民无权决定他们的去处,新奥尔良的重建也是失败,贫穷的地区被开发商夷为平地,成了旅游胜地,直到今天,许多失去家园的黑人还未回家,社区基础设施被毁了,家人或死或拆散,因为"黑"和"穷",许多新来的幸存者无法找到安全的栖身之地,不得已又被抛进了低洼的地带居住。②

---

① Anissa Janine Wardi. *Water and African American Memory: An Ecocritical Perspective.* Gainesville: University Press of Florida,2011,pp. 132—133.
② Ibid. , p. 133—134.

（3）主流媒体对黑人灾民的种族主义再现

媒体对黑人灾民的报道也带有严重的种族主义色彩。暴风雨期间媒体对黑人的报道延续了对黑人形象模式化刻画的惯用做法。具而言之，就是将黑人界定为罪犯。媒体竭力渲染、编造耸人听闻的黑人坏蛋形象，关于他们打砸抢盗、杀人放火、强奸的流言满天飞，甚至将"黑色与情欲、性变态及残暴"相勾连①，尽管政府不作为，没有保护公民，但散布黑人犯罪的谣言有助于证明粗暴对待以黑人为主体的幸存者至少部分是合理的。形象与文字之间相互配合强化了黑人生性就是为非作歹之徒的僵化叙事，他们总干坏事，违背社会、法律及道德原则，因此，沃迪说："透过种族主义的变色眼镜解读黑人形象对已经处于弱势的黑人族群无异于落井下石。"②与此对照，对白人的报道则是另外一番景象。尽管不算大肆宣传，但也够引人关注的是许多关于白人男子英雄行为和勇敢担当的报道，对白人的赞美是以牺牲黑人为代价，因为后者懦弱懒惰。这些似是而非的报道旨在证明不分青红皂白地向黑人开枪和不公平地分配已有资源等歧视黑人社区并施以暴力的做法是正当的。"黑色被塑造成危险、粗暴和犯罪的能指，这就提供了一个理解黑人在2005年飓风期间为何受到虐待的框架"。对黑人灾民的冷漠与歧视集中体现在严禁飓风受害者进入地处高地的安全白人社区。他们想尽各种办法以便引起官方的注意，急盼得到及时救援，可苦等了几天，救援车依然未到——尽管被洪水围困者甚至极力表现出高素质的公民形象，诸如主动排队、清理地面、打扫窗户等，以便告诉官方他们不是野蛮人，而是文明的公民。

美国的黑人诗人尼克·芬尼（Nikky Finney，1957—　）在《遗弃》（"Left"）一首诗中生动再现了卡特里娜飓风之后新奥尔良市广大贫穷黑人的无助、凄凉与绝望，强烈谴责洪灾中的环境种族主义偏见。新奥尔良市防洪堤因风暴潮而决堤，该市八成地方遭洪水淹没，滔滔洪水完全淹没了城市低洼地带的黑人房屋，年轻的母亲、出生一周的婴儿和82岁的老太太站在被困的房顶上苦等了四天三夜，可救援迟迟未到，甚至永远未到，低空飞行的直升机每天从他们的屋顶掠过三次，他们也想尽办法以引起注意，可直升机对他们的求救总是无动于衷，要么充耳不闻，要么视而不见，他们都成了现实版的埃利森笔下白人社会不愿看、不愿听的"隐身人"，

---

① Anissa Janine Wardi. *Water and African American Memory：An Ecocritical Perspective.* Gainesville：University Press of Florida，2011，p. 135.

② Ibid.，p. 130.

其结果当然是全家"死于洪灾"。可是,在许多人看来,如果富裕的白人社区被淹,州政府或联邦政府总会想办法救援。这种反差充分说明了冷酷的环境种族主义现实:面对负面的环境影响,政府乃至整个主流社会对待有色族人民采取不平等的救援措施,甚至见死不救,因而贫穷黑人的所面对的恶势力就不只是自然飓风,还有与飓风沆瀣一气的"盟友"——环境种族主义。①

实际上,黑人族群早已知晓种族、阶级之间的复杂纠葛,野蛮和粗暴已被刻绘在穷人和黑人身体上,因而这些洪水幸存者"要清洗掉黑色的污点及其各种负面内涵"。难怪有学者指出,几个世纪以来,美国的刑法就是惩治黑皮肤,不管这种惩罚以什么形式出现,都表现出惊人的一致,本质都一样,因为美国法律早已给黑人的所作所为贴上了罪犯的标签。②媒体对黑人形象的歪曲塑造,实际上反映了西方主流文化典型的思维模式——东方学,它从二元论思维出发,将黑人族群塑造为对立面的"他者"抑或"东方",赋予其负面的特征,诸如"非理性的、堕落的、幼稚的、不正常的",而西方则是"理性的、贞洁的、成熟的、正常的",这种二元对立思维根植于西方的焦虑和前见,以支撑自己种族优越的神话,旨在从思想上"操纵、重构和统治"他者,进而为现实他们对黑人"他者"的压迫、殖民、掠夺的合理性提供理论上的支撑。③

美国学者迈克尔·埃里克·戴森曾写道:"卡特里娜飓风所暴露的不是黑人的生存状况,而是让美国人尊严体面扫地的黑白两极的对比差异。"在此,戴森不只是责备政府对灾难受害者缺乏积极有效的应对措施,而且还指出了主流环境运动中存在的种族主义。当然,当今社会中公开的种族主义会遭千夫所指,然而,在平常的生活事件中,主流社会对黑人求助的声音常常听而不闻,对他们的凄惨处境往往也视而不见,再通过刻板媒体再现或歪曲再现将他们永远困在"无声无息、边缘冷落"的窘境之中,而这些却都能瞒天过海,无人顾问。政府不愿意承认政策的过错,环保组织决策者不愿意承认在维持结构性种族主义过程中的合谋。"否认种族主

①　Elizabeth Ammons and Modhumita Roy, eds. *Sharing the Earth*: *An International Environmental Justice Reader*. Athens: The University of George Press, 2015, pp. 127—130.

②　Anissa Janine Wardi. *Water and African American Memory*: *An Ecocritical Perspective*. Gainesville: University Press of Florida, 2011, p. 136.

③　Edward Said. "Orientalism."In *Critical Theory Since Plato*. Ed. Hazard Adams and Leroy Searle. Beijing: Peking University Press, 2006, pp. 1370—377. 也参见爱德华·W. 萨义德著:《东方学》,王宇根译,北京:生活读书新知 三联书社,2007 年,第 49 页。

义的责任使得种族鸿沟日渐变宽",这就是主流社会逃避责任的恶果,也是主流社会中个体长期有意无意与种族主义合谋的苦果。[①]

根据上文对三位美国黑人作家和卡特里娜洪灾中有关水叙事中水意象的简要分析可知,水不仅与非裔黑人之身体紧密关联,而且还与他们的历史、文化及生存境遇存在千丝万缕的联系,甚至可以这样说,水是自然生态与社会生态交汇的中间地带,是呈现社会矛盾与自然暴力交错共在的场域。黑人作家借助水创造了独特的黑人水文学和内涵丰富的水意象,高度凝练了他们独特的水环境经验,记录了他们灿烂的历史,描绘了他们背井离乡的无奈,刻画了他们被奴役、被贩卖而产生的刻骨铭心的伤痛,栩栩如生地重现了天灾与种族主义之间的合谋给他们带来的无尽苦难,也歌颂了他们英勇的抗争。尽管卡特里娜之类的自然灾难似乎是不可抗拒的"中立、无色"的事件,但却给形形色色的种族主义社会势力提供了表演的现实舞台,充分反映了种族主义阴魂不散,在环境危机时代不仅伺机复活,而且还会异常猖獗,放大黑人族群的痛苦,因而自然灾害无不打上种族色彩的烙印。简言之,水既是暴力与死亡的见证,又是洗涤人之灵魂和医治心灵创伤的神圣之液。由此可见,从某种角度看,对黑人文学中水叙事的研究就是对几百年来非裔黑人被贩卖、被奴役、被殖民的悲惨历史的研究。

第四节　黑人文学中的河流与水:疗伤之源,救赎之桥

尽管自 16 世纪奴隶贸易以来,河流给来自非洲的黑奴带去了无尽的伤痛,河流也记载了非裔黑人散居的历史。对他们而言,大西洋航行不仅意味着他们的自由之死,而且往往还成为他们的死亡之旅。在美国,河流和洪灾也给美国黑人造成了难以言状的灾难,几乎成了重演奴隶制悲剧的现实舞台,由此可见,对黑人族群来说,水一定是伤痛意象。然而历史上,河流也是他们通往自由、获得解放的通道,滔滔的河水也给予他们宣泄和释然的路径,提供了宽恕和精神疗伤的特殊空间。

不像跨大西洋航行,黑奴要获得自由,海上返航,几乎不可能。然而,美国的俄亥俄河和密西西比河则不同,它们既充满危险和奴役,也隐含自由和独立,严寒形

---

① Carolyn Finney. *Black Faces*, *White Spaces*: *Reimagining the Relationship of African Americans to the Great Outdoors*. Chapel Hill: The University of North Carolina Press, 2014, p. 113.

成的"冰桥"成了黑奴通向自由土地的安全通道。有鉴于此,尽管它们代表创伤和危险,然而,在美国文学和文化中也被描写为救赎的场域,穿越河道被描写为洗礼,因为他们逃脱了令人窒息的环境,获得了解放。

一　莫里森小说中水意象的生态文化内涵:救赎之圣水

莫里森的小说《宠儿》可谓"一部浸透了水的文本",河水就是神性之源,其主要涉及两种水域的穿越:一个是跨大西洋航行,另一个是俄亥俄河航行。在此,笔者将对该著做简要分析。从思想上看,这两种水上航行提供了解读小说中许多水纪事的框架。连接故国非洲和漂泊之地美洲的海水揭示了大西洋是一个有灵的环境,这也是《宠儿》的主要水域,并流经其他支流。与此同时,河水和救赎之间的象征关联被描绘在俄亥俄河上。许多黑人灵歌也受到河意象、船意象及穿越者形象的激发而产生,揭示了北方与乐土之间存在的许许多多的相似性。无论是劝告旅行者登上"锡安的古老船只",谴责发生在河边的暴力,重复"啊,迦南,甜蜜的迦南,我奔向甜蜜的迦南",还是直接对水流说"幽深的河流,我的家在约旦",灵歌将穿越河流活化为解放之旅。在《宠儿》中,俄亥俄河颠倒了大西洋之结果,因为穿越俄亥俄意味着解放,而大西洋中央航路之旅意味着要么死亡,要么奴役。①

在《宠儿》中,水既是危险与赦罪的空间,也是非裔散居历史的载体,人物之间的关系通过水意象而记录。女主人公赛丝小时候的保姆南(Nan)说,她与赛丝的母亲曾经是被贩卖的黑奴,就被羁押在大西洋奴隶贸易的同一条船上;分别18年后,赛丝与保罗(Paul)初次见面时,她送去凉水,问他是否要泡脚。尽管保罗没有接受,因为他还要赶路,但我们可看出水的疗愈作用。下水宛若洗礼,强调河水是疗伤、新生,更是升华,水是"脱胎换骨或发生蝶变"的能指。对处于河流"优势"一侧的赛丝和在水中出生的女儿丹芙(Denver)来说,水更具神圣性。赛丝流进俄亥俄河的羊水指代新生命的诞生,丹芙在俄亥俄河中既得到洗礼,也得到疗伤。难怪威廉斯·马克斯(Williams Marks)这样说:"即使在洗礼仪式上,水承载着多重意义和多种信仰……但从某种意义上说,清洗身体和精神复苏总被看成是水的共同特征。"在《宠儿》中,更是如此。丹芙在水中的再生对赛丝及其家庭来说标志着新的开端,对他们而言,河流是新生的门槛。他们或喝河水,或在河中洗手,赛丝饮用

---

① Anissa Janine Wardi. *Water and African American Memory: An Ecocritical Perspective*. Gainesville: University Press of Florida, 2011, pp. 64—65.

俄亥俄的自由之水,标志着她肉身的解放。

莫里森对宠儿形象的刻画是她对水最为生动的再现。她被空间化为水体,与赛丝构成母子关系,赛丝的双眼被描绘成两眼井。宠儿住在水中,住在各种各样的水体之中,这样,"宠儿就不仅仅是赛丝死去女儿的鬼魂,而是所有淹死的但被记住的母亲和孩子的鬼魂",另外,宠儿还坚称她占据了一座桥。这种桥梁意义非同小可。在沃迪看来,从隐喻层面看,宠儿搭建了连接非裔散居水域之间的桥梁,"时而她是俄亥俄河,时而又是大西洋,时而又是蓝石路上 124 号房子背后的溪流",借此,宠儿打破历史时空界限,将黑人的过去与现在联系在一起,奴隶贸易的历史、奴隶制的历史和黑人的现在并置起来,所以她的创伤既是个人的,更是集体的。宠儿,"一个饮水的女人""是一个流动的记忆地理"。① 在此,"莫里森开辟了阅读水,当然,也是阅读宠儿多重价值的、悖论式的、具象的空间:既要人的命,也赋予人的生命"②。

《宠儿》中的驱鬼仪式是社区妇女们举行的疗伤仪式,在此,莫里森又回到了作为主导隐喻的水,让赛丝和丹芙接受洗礼。丹芙在目睹了宠儿对母亲无休止的压榨和索取之后,终于走出"124 号",向社区求援。30 个黑人女子周末来到"124 号"举行了驱鬼仪式,她们的歌声壮阔得足以"进入深水,打落栗树的荚果,也穿透了赛丝,像在接受洗礼一样,她浑身颤抖"③,歌声在丹芙、赛丝那里获得了回应,她们最终进入黑人妇女中间,加入了歌唱,宠儿则神秘地消失了,这充分体现了水的精神疗愈作用。赛丝曾在俄亥俄洗礼,再次在记忆中的水域接受洗礼。"驱除宠儿的鬼魂是一种升华灵魂的仪式,一种洗礼般的净化和新生,还是一种心理的涤荡。"④当然,要得到精神的康复和回归正常的自我,社区妇女首先要认识到海洋的作用——宣泄的终极之地,因而当她们通过回到大西洋的原初水域后,作为水与记忆化身的宠儿,也随之消失,回到水中,最终与大自然融为一体。

在《所罗门之歌》中,河水是净身之水,也是净化灵魂之水,更是获得新生的起点。寻根的奶娃在清楚他是会飞的非洲人所罗门的后裔之后,激动万分,跳进山谷

---

① Anissa Janine Wardi. *Water and African American Memory: An Ecocritical Perspective.* Gainesville: University Press of Florida, 2011, pp. 68-69.

② Ibid., p. 70.

③ Toni Morrison. *Beloved.* New York: Knopf, 1987, p. 261.

④ Anissa Janine Wardi. *Water and African American Memory: An Ecocritical Perspective.* Gainesville: University Press of Florida, 2011, p. 71.

间宽阔蓝色的河流之中,一是洗掉一路风尘,表明他已与过去的奶娃告别,二是在河流中演练飞翔。"他开始欢呼、跳入水中、溅水、翻转","他用拳头击水,然后直接跳起来,好像他也能飞翔",并大叫:"他能飞! 你听见了吗? 我的尊祖父能飞! 唉!""他不要飞机也能飞","一直往上飞","飞回非洲了","他像一只黑鹰一样飞走了,所罗门飞走了,所罗门飞走了,划过天空,飞回家了"。① 在河流中,奶娃洗掉满身灰尘,涤除了过去晦气,净化了灵魂,出水的他从此脱胎换骨,获得精神自由,获得新生,找回了自己,还将他的精神觉醒与非洲——黑人族群的文化之根——联系在一起,从某种角度看,这是莫里森为黑人族群指引的复兴之文化路径。

二　布鲁斯音乐:疗愈族群伤痛的"水"艺术

布鲁斯音乐诞生于洪灾后南方肥沃的土壤,是浸透了水的艺术,是黑人伤痛的艺术升华,也是他们疗伤的文化空间。密西西比河洪灾给黑人造成了无尽的苦难和伤痛,也造就了大片肥沃的土地,这片土地是"土壤与水的糅合,也打上了明显的种族印记","就是这种浸透了水的土地蕴含了无与伦比的地形学意义上的丰饶","它那营养丰富的烂泥及其丰富的隐喻意义——地理学的肥沃、污秽及种族印记——给密西西比三角洲非裔美国人生活打上深深的烙印,这是一片诞生于洪水的风景"。② 从某种角度看,这片土地上营养丰富的烂泥孕育了新的生命,也产生了丰富的三角洲文化,这种文化不仅闻名全国,甚至享誉世界,究其原因在于它是被打上了深深水印的"水文化",诞生于水与土结合的烂泥之中,因而似乎永远生机盎然。对作为文学家的莱特而言,洪灾给他的文学创作提供了丰富的素材,也给创作提供了丰饶的艺术土壤,他也将洪灾升华为创造性文学艺术。与此同时,那些曾经被边缘化和受剥削的黑人能"化苍白无力的词汇为感染人心、留有水印的布鲁斯,并在其他各种类型的布鲁斯音乐及从爵士乐到摇滚乐的音乐传统上留下痕迹",难怪有学者认为,"在音乐的成长期,布鲁斯艺术家可利用的主要艺术资源显然"是密西西比三角洲。③ 布鲁斯音乐植根于密西西比河三角洲,诞生于洪水中,从中你能听见密西西比河在怒吼,三角洲在哭泣,洪水对黑人生活影响如此之深,

---

① Toni Morrison. *Song of Solomon*. London:Vintage Books,2006,pp. 326—328.

② Anissa Janine Wardi. *Water and African American Memory:An Ecocritical Perspective*. Gainesville:University Press of Florida,2011,pp. 124—125.

③ Ibdi. ,pp. 125—126.

以至于激发大量布鲁斯歌曲,难怪沃迪说,"洪水布鲁斯揭示了水、创伤及流离失所之间的关联,因为洪水是南方非裔美国人生活的延伸隐喻"。① 尽管艺术具有化现实丑为艺术美,化有限腐朽为无限神奇的不朽魔力,然而,洪水布鲁斯里始终蕴含了非裔族群的集体伤痛,尽管他们孤立无援,无家可归,但依然绝望地抗争。

布鲁斯歌曲《死水布鲁斯》("Backwater Blues")讲述洪水卷走了黑人家园的伤痛,通过多层次无家可归的意象象征地将他们族群所遭受的各种灾难联系在一起,诸如洪水、奴隶制、跨大西洋航行等,该首歌曲在对非裔族群的散居进行广泛思考的同时,还在暗示我们,黑人没有安全的栖身之地。由此可见,洪水布鲁斯已将悲剧转化为艺术。诗人拉蒙特·斯特普托(Lamont Steptoe)的诗歌《密西西比布鲁斯》("Mississippi Blues")将布鲁斯和它丰富多彩的主题描绘在这个气势磅礴的河水系统上,密西西比的气势堪比美国之力。满载布鲁斯的滔滔河流实质上是一个物质网络,将三角洲音乐家的艺术激情——再现非裔族群面对难以克服的障碍所表现出的淡定的诗歌——与布鲁斯多层面的主题融汇在一起。该首诗将密西西比河看成关键的参照点,然后指向宽广的散居地,河流从美洲流向非洲。尤其令人联想的是河道的轨迹,从明尼苏达州继续进发,流经路易斯安那州,最终挣脱国家的疆界,奔向墨西哥湾,河流实际上逃到了大西洋,"回到了非洲"。在沃迪看来,诗人遣词造句是经过深思熟虑的,"回到"这个词将非洲界定为原点,将水看成了是非裔美国人的身体,水流引发地方之间的空间运动。当然,水一直在中心,这种运动赋予了密西西比河多层的内涵,密西西比似乎既在美国之内,又在美国之外。② 川流不息的河流满载着布鲁斯歌手的声音,回到非洲,从而恢复了故土的声音。作为回归非洲旅行的模式,河流确证了密西西比河依然是环大西洋的组成部分,洪灾凸显了水道之间相互联系的普遍性,也将非洲、欧洲、美洲联系起来,进而将奴隶贸易、奴隶制度及当下种族剥削与压迫并置起来,充分揭示当下环境种族主义根深蒂固的历史文化根源。同时,布鲁斯音乐给长期处于高压下的黑人提供一种情感宣泄的途径,实现心理和精神的疗愈,诉说他们集体的伤痛,生发出一种族群意识,文化认同,有助于构建共同的文化身份。

---

① Anissa Janine Wardi. *Water and African American Memory: An Ecocritical Perspective.* Gainesville: University Press of Florida, 2011, pp. 126—127.

② Ibid., pp. 128—129.

三　湿地：抵抗霸权的生态文化场域

对深受种族压迫的黑人来说，水也是抵抗殖民、争取自由的空间，湿地就具有这种特殊的物理和精神特质。

"湿地常常是处于深水与陆地高地之间的边缘地带，也受到两种体系的影响"，它包括沼泽地、湿原、泥炭地或水域地带等，代表陆地与水域的中间地带，二者的基本区别在此消失。简单地说，"湿地代表陆地与水域的交汇处"。陆地与水域两种要素并存、交叉、重叠，以至于不能区分彼此，进而"产生了一种阅读地理、身体及文本的理论，即拒斥霸权的界定与归类"。湿地是地理学的边缘地带，形态多变，是一种意义模糊、含混的空间，就是这种复杂的地理协商现象，湿地难以被殖民或耕作，被解读为"颠覆和抵抗的环境"，难怪后殖民批评家弗朗茨·法农（Frantz Fanon，1925—1961）指出："桀骜不驯的自然最终被控制时，殖民就算成功了。"①美国文化学者罗德尼·吉布勒特（Rodney Giblet）在对湿地进行文化分析时指出："对自然的殖民与对土著的殖民别无二致；在殖民自然过程中，殖民沼泽地和殖民丛林也惊人一致。"②同理，对湿地的殖民与对湿地居民的殖民逻辑也一致。当然，湿地是自然中最难驾驭的部分。在美国奴隶制时期，湿地尽管被看成野蛮、危险、可怕的地带，是被种植园主忽视、遗弃的地方，但对被奴役的黑奴抵抗者来说却是避难地，甚至是难得的圣地。由此可见，湿地不是纯物理的或生态的空间，也蕴含人之历史与文化因素，甚至可以这样说，湿地的历史与人的历史是相互交织的，了解湿地的历史一定程度上就是了解边缘人的历史。

长期以来，人们认为沼泽地具有神秘特征，它不仅是边缘人生存的生态空间，而且还是他们赖以生存的物质空间，甚至是他们的精神栖所。"美国的沼泽地似乎是非裔美国人巫术、灵休之场所，种植园的巫师或巫医的活动处在社区的边缘地带，他们生活在沼泽地或附近"③。生活在种植园的人也常常去这种荒野地带短暂停留。年长的女奴对沼泽地各种物质的治病疗效非常了解，她们不仅能辨别各种

---

① Anissa Janine Wardi. *Water and African American Memory：An Ecocritical Perspective*. Gainesville：University Press of Florida，2011，pp. 85—86.

② Rodney James Giblet. *Postmodern Wetlands：Culture，History，Ecology*. Edinburgh：Edinburgh University Press，1996，p. 74.

③ Anissa Janine Wardi. *Water and African American Memory：An Ecocritical Perspective*. Gainesville：University Press of Florida，2011，pp. 103—104.

植物和草药,而且还用它们来治病或当做食物。以下将对卡西·莱蒙斯(Kasi Lemmons)拍摄的电影《伊夫的长沼》(*Eve's Bayou*,1997)和莫里森的第四部小说《柏油娃娃》(*Tar Baby*,1981)中的湿地与文化之间的勾连做简要分析。

沃迪在分析《伊夫的长沼》和《柏油娃娃》后指出,"湿地及其居民是难以驯服的,尤其是漫滩、沼泽地、被奴役的母亲及沼泽地居民被解读为后殖民抵抗的身体"①。湿地是一个生机勃勃的世界,其上交织着人之历史、理想及人与土地、水域及地方之间的关联。莱蒙斯充分利用路易斯安那沼地,将其看成迷宫,让人进行严肃的思考,这些幽深、缓缓流动的水域本身就让人沉睡,对他而言,这些思考与沼泽之秀美和非裔过去的恐怖与伤痛有关。

实际上,水体犹如祖先的身体,尽管它们在小说或电影中处于中心位置,然而依然缺位、沉默,只有祖先居住的自然世界可作为了解"古代特质"的通道。"在被剧烈改变、被殖民、被耕作的环境中,沼泽地蔑视随心所欲的人化、归类,由此成了抗争、抵抗的强大隐喻。"②在以上两部作品中,沼泽地扮演了生态学与边缘文化的交汇地带,通过自己的存在而挑战殖民文化框架的专制暴政。从这个角度看,湿地与生活在湿地的边缘人一样都是执拗的自然存在,他们誓死抵抗借文明之名的规训与压迫。

《伊夫的长沼》讲述一个曾经的女黑奴伊夫(Eve)的故事,她是个巫医,治好了主人让·保罗·巴蒂斯特(Jean-Paul Batiste)的霍乱病。作为感恩,主人释放了她,还赠与她一片沼泽地并以她的名字命名。此后,他们还生了 16 个孩子,因而伊夫长沼的居民都是曾经的奴隶主与奴隶、父亲与母亲及白人与黑人的后代。由于沼地是根据女黑奴的名字命名,所以该电影将奴隶制的历史引入当代,强调了过去与现在的关联。以伊夫沼地为背景,巴蒂斯特家族的故事时而回到奴隶制时期,时而又拉回女族长的当下。伊夫沼地的水不仅被女性化了,而且还被母亲化了。因为在许多文化中水都被看成与女性的身体有关。斯蒂芬·哈里根(Stephen Harrigan)认为,"水是人之心灵中最有力的母亲的象征——仁厚、哺育的存在,我们都由此而来"。巴舍拉尔(Bachelard)对水的母性特征也给予了深远的思考,他认为,"水都是一种奶"——"一种取之不竭的奶,自然母亲的奶"。莱蒙斯将女性特征

---

① Anissa Janine Wardi. *Water and African American Memory: An Ecocritical Perspective.* Gainesville: University Press of Florida, 2011, p. 86.

② Ibid., pp. 113—114.

刻印在沼泽地上的做法与具有女性特征的水文化范式是一致的。由于伊夫情况特殊，她曾经是一个女黑奴，因而她的奴隶身份要求重释沼地中母亲般温润的水。有鉴于此，伊夫沼地的水不能被理解为大地之奶，而是奴隶母亲被排拒的奶。沼地最好被看成是她的孩子们唯一可接纳的能赋予生命的身体，因为他们母亲的身体遭到排斥、遭到否定。① 当然，伊夫毕竟获得了自由，也就是说，她或许已摆脱了作为奴隶主的巴蒂斯特对她身体的操控，因为他们一起生下了 16 个孩子，并且伊夫用乳汁喂养了孩子们。她曾经作为奴隶主财产的身份打破了我们的推测。伊夫沼地处于路易斯安那州，那里沼地的水就不能简单地照美国黑人文化传统将其描绘为地球的水域，而是"真正的水、母亲的奶水、永远的母亲"，因为它是美国地形地貌的组成部分，是被奴役和被剥夺之风景，为强行斩断母亲与孩子、非洲与她的孩子、家庭与民族之间的关系负有不可推卸的罪责。由此可见，伊夫的故事是一个抵抗的故事，因为她是母亲和土地的主人，借此她拒斥了奴役。由此可见，伊夫沼地不是普通意义上的物理或生态空间，而是生态与文化的交汇场域，是奴役与抵抗文化空间，生态文化意义上的生机勃勃的水域。

《柏油娃娃》中的男主人公森（Son）在进入人工建筑物之前先光顾沼泽这一事实说明他与自然世界和土著习俗之间存在千丝万缕的联系，也是其性格和身份的一个显著特征，跨越时间的限制，沼泽成了浸染传统文化的场域，那里物产丰富，生机无限，当然，他在沼泽的停留不仅仅是为了生存的权宜之计，而且还是显示他与岛屿及岛民之间的亲密无间的关系。实际上，无论在非洲还是在内战前的美国南方，就一直存在沼泽与黑人男子勾连的传统。在非洲，沼泽是恶魔般鳄鱼和水精灵出没之地；而在南方，那些胆大的黑人男子就以沼泽地为据点抗拒奴隶统治，莫里森借此突出了森的危险神秘。由此可见，森的沼泽地之行可被阐释为回归传统，抵抗主流文化霸权、规训之策。而对于女主人公贾丹（Jadine）而言，则是完全不同的感受。这种沼泽烂泥令她恶心，不堪入目。她对这种未被规划的土地的态度强化了她对西方价值观及其隐含的等级制的、种族化的秩序的认可，因为"对风景的态度与社会价值和社会习俗紧密相关"。② 森的这种植根土地的身份特征与女主人公贾丹基于都市的、流动的性格形成鲜明对照。从本质上看，他们代表两种截然对

---

① Anissa Janine Wardi. *Water and African American Memory: An Ecocritical Perspective*. Gainesville: University Press of Florida, 2011, pp. 86—87.

② Ibid., p. 104.

立的文化与价值观。前者是固守黑人文化传统的代表,而后者是全盘接受西方主流价值观念的代表,这种对照既是他们相互吸引而走在一起的原因,也是导致他们矛盾冲突而最终分道扬镳的理由。头发,作为人与非人类世界联系的意象,是莫里森反复运用的种族隐喻,在此仅以森的头发为例给予说明。森的头发是黑色的,让贾丹感到吃惊。在她看来,"他的头发令人生畏、刚劲有力、狂放不羁"。森的头发,"植根传统,深入土地,无拘无束,像沼泽一样,是传统文化的宝库,就像沼泽生态文化抗拒殖民一样,森,一个沼泽匆匆的过客,抵抗文化同化,这从他的生活方式、体貌及其各种关系中可看出"。[①]

　　小说结尾处有关森的最后归宿问题的叙述引发多种解释。在沃迪看来,他最终谨慎地将自己置入周遭的生态系统中——人、动物、植物、岩石及水都凝集在小说的结尾,从而将生态与文化,风景与种族融为一体,其中,相互联系的隐喻——雾,是莫里森运用的关键自然意象,它将水与森的具象自我凝结在一起,他被置于神志恍惚的边缘地带,就像跨越陆地与水域的湿地一样,因此,森的未来难以预料,但无论如何,他的文化教养与水交织在一起,他身体与自然世界完全融合,为此,自然敬重他,在他乘船到岸时,"雾会消散,树将后退,好像为了使他的路途更顺畅"。但莫布利(Marilyn Sanders Mobley)认为,因为森深知他与贾丹是两条道上的人,他将放弃寻找贾丹,留在荒野中,"他最终屈从自然的物质力量,加入林荫覆盖的山上盲人骑士部落"。森,一位沼泽的过客,最终加入骑士部落,骑士们的存在就是文化记忆的场域,无边无际的水承载人类历史的印记,由此可见,森在水域之间的穿越就不只是灵魂净化的洗礼,而是浸润于文化历史。

　　对于未知地方的阐释有着不同的观点。19世纪90年代美国著名史学家特纳在其影响广泛的"边疆假说"中指出,美国人将自由和精神复苏之梦与无人居住的土地联系在一起,爱默生在《自然》一著中将超验呼唤具有新思想的新人的出现与向欧美人开放新土地之门户联系在一起,自19世纪90年代美国官方宣布边疆消失以后,美国的政治家、思想家、文学艺术家们一直在探寻新的"边疆"、新的"土地",无论它是现实中的还是想象中的,美国人需要边疆——未开发的领域。沼泽地一定意义上就是那种未被驯化的自由边疆,是黑人灵修、生存、抵抗的空间。

---

① Anissa Janine Wardi. *Water and African American Memory: An Ecocritical Perspective.* Gainesville: University Press of Florida, 2011, p. 112.

四　斯托的《德雷德》：以沼泽之狂乱重构南方田园之秩序

在处理种族、奴隶制与自然之间的关系及奴隶解放的愿景等方面，斯托与道格拉斯之间存在不少相似之处。他们前期作品在涉及种族之间关系及奴隶解放的路径和愿景的力度都显得疲软，后期则发力强劲并涉及奴隶解放的愿景更加美好。当然，就针对黑人解放的愿景而言，作为前奴隶的道格拉斯的考量显得更为全面深刻。然而，就作品的政治力度来看，尽管作为白人作家，斯托显得更为激进，其作品内涵对南方种植园更具破坏力。

相比较而言，在处理自然与人，尤其是黑人与自然世界的关系方面，斯托的《德雷德：阴沉大沼泽地之故事》①和道格拉斯的《我的枷锁和我的自由》都分别比他们之前出版的著作《汤姆叔叔的小屋》《弗雷德里克·道格拉斯：一个美国奴隶的生平自述》及主流废奴政治话语更积极主动、更具艺术创新。斯托著作中的思想更为激进，道格拉斯的理想更重社区，在芬塞思看来，"他们出版著作的一个首要目的是要读者想象出奴隶制固有的残暴，而废奴文学往往将北方的自由与南方的罪恶放在道德地图上进行直截了当的对照，这种策略可拆解南方田园的哲学和情感基础，然而，却以对心理现实和文化现实进行简单化处理为代价"②，而这种心理或文化现实与自然环境之间存在水乳交融的关系，因此，对黑人来说，没有考量他们心理和文化现实与自然环境之间关系的文学或艺术是不成熟的，即便激进从善，但往往事与愿违，常常失之偏颇，难以构想出奴隶解放的真正理想蓝图。在斯托和道格拉斯的后期作品中，他们都已经深入讨论了自然世界丰富象征内涵所涉及的思想问题，并就此开展对广泛的自然和人类生活间关系的探讨，他们也艺术地将种族身份与科学、美学及精神相关的自然话语联系在一起。相比较而言，道格拉斯对黑人解放的愿景的考量更为周全，因为他考量了黑人的心理和文化现实与南方土地之间的关联，而斯托鲜有谈及人之心理与自然环境之紧密关系，也许这主要是因为她缺乏与南方土地之间深切的肉身体验，而曾经作为奴隶的道格拉斯在南方的环境经验，无论是欢乐的，还是痛苦的，可谓切肤、切骨，甚至深入灵魂。在此，笔者将在与《汤姆叔叔的小屋》比照中对斯托的《德雷德》做简要分析。

---

① 为简便起见，下文中将《德雷德：阴沉大沼泽地之故事》一著简称为《德雷德》。

② Ian Frederick Finseth. *Shades of Green*：*Visions of Nature in the Literature of American Slavery*，*1770—1860*. Athens：University of George Press，2009，p. 252.

《德雷德》讲的是一个具有反抗精神的黑奴德雷德带领一群奴隶藏匿在荒芜的沼泽地的故事,通过该故事斯托构想出自然世界的创生性毁灭原则,旨在从哲理层面赞同奴隶的反抗和暴力,该主题极大深化了该著处理田园的方式,斯托认识到田园所蕴藏的力量,然而,她也突出其在应对美国重构种族观念之挑战时的不足。尽管斯托通过自然来界定小说人物,但她主要运用哲学和文学术语介绍自然世界,因而该小说基本未涉及人物的心理问题。然而,在《我的枷锁和我的自由》中,"自然不只是被耕作的土地或自然或天赋自由之领地,而且还承载着丰富的情感、多重的意义,是构建个体或家庭身份的源头。令人感到意外的是,与斯托相比,道格拉斯更相信自然的生命力,这种意外主要归因于他的奴隶经历使他强力介入自然,还由于西方主流种族意识形态将非裔黑人界定为'自然的一部分'"。有鉴于此,他亲身体验的自然代表"丰饶与美丽、权威与真切、危险与冷漠。这些品质都与他的归属感、责任感、艺术审美和自由观交织在一起"。为此,他能深刻体会"源于自然的解放性的集体力量,非裔美国人依依不舍的乡土情结",就此可看出,该著对美国黑人文学史作出了别样的贡献。

无论两著是对待"自然世界"的方式还是对待社会的方式,抑或二者之间关系的方式,《德雷德》与《汤姆叔叔的小屋》之间存在很大的不同。在该著中斯托已不再采取先前著作的那种伤感的策略和对经书的僵化理解,除了虔诚和感情以外,她还表现出对理性和战斗性的极大推崇,与此同时,她还吸纳了非裔黑人特有的观点。尤其在对待自然世界方面,她已拓展了环境的范围,关注重心不再是田园美景中汤姆的小木屋,而是大的沼泽地,这也成了该小说的道德中心。当然,斯托对自然的关注远远不只是室外环境的恶劣条件,而是更关注激进的种族政治和相关的哲学思考。在芬塞思看来,"在《汤姆叔叔的小屋》一著中,自然世界主要作为舞台布景而存在,而在《德雷德》中,它却直接影响小说的叙事结构,影响斯托对种族身份和历史进步的再现"[①]。总体上看,在表现自然时,斯托在《汤姆叔叔的小屋》一著中仍然采取二元对立的观点,诸如现实主义/浪漫主义、温顺的室内环境/男性的市场和公共空间、北方的田园/南方的堕落,基于此,她的自然意象也在遮蔽美国经济生活中的不愉快现实。斯托声讨南方奴隶制,可并不全盘认同北方的工资制劳动,而提出了"阴柔的家庭经济模式"作为解决当下社会问题的理想策略。这种非工资的、前资本主义的、自给自足的劳动制度不经意间让人忽视了美国家庭与市场

---

① Ian Frederick Finseth. *Shades of Green*: *Visions of Nature in the Literature of American Slavery*, *1770—1860*. Athens: University of George Press, 2009, p. 262.

经济之间，当然，也包括美国各地区之间的相互依存性。对《汤姆叔叔的小屋》的学术研究也进一步强化这种二分倾向，最终导致家与外在公共空间的分离。具体而言，家与外在街道的分离，那里是充满"冷漠与残暴"的空间；家与外在工厂的分离，那里是"为获取经济利益，原料和身体都被加工"的空间。再进一步看，家也与自然世界分离，但却要靠获得和利用市场分配的自然物品。仔细分析，在该著中，室内环境与自然环境也透过可穿越之障碍得以沟通，比如：自然为可居住的室内空间提供原料，为文明之家提供象征资源。室内之家和田园风景具有一定的同构性，二者都是"和谐有序的系统"，二者都依赖于精度加工的、人工化的自然，涤除了干扰或玷污人之自然经验的一切不利因素。简言之，这种温顺阴柔的室内意识形态是依赖于资源消费，当然要凭借对自然的加工处理甚至暴力。在 19 世纪中叶迅速扩张的新兴大国，虽然废奴话语和亲奴隶制话语之间似乎截然对立，但北方需要南方而生存发展，南北之间经济制度实际上构成了一个看似异质、实则统一的国家经济。由此可见，家与外在世界的交往也要靠南北之间的交往。所以在该著中，斯托尽管揭露了奴隶制的黑暗与残暴，但却对自然进行伤感化处理或分离自然，淡化人与自然间的紧密关联，从而滑入一种"美学悖论"，从而牺牲了对南方文化实践做全面深刻的理解。①

　　然而，在《德雷德》一著中，斯托直面自然，将它推向前台，成为关注的中心，并将社会、社会中人之智慧、性格甚至命运与自然世界相关联。她更加关注社会领域与自然领域之间的关系，将社会关系置于内涵丰富的地理环境之中，从而让她能自信地从自然出发探讨社会，也就是说，"为了重新调整读者对种植园南方的主观现象和文化现象的认识，她转向看似客观的存在领域"。也许与《汤姆叔叔的小屋》相比，《德雷德》引人瞩目之处是斯托自始至终运用源于自然的术语描写人或社会的行为，常常依据人物与自然间关系的强度来刻画他们，并将人之精神智慧与他对自然形态及其过程的认识联系在一起。尤其值得关注的是，该小说推崇一种近乎于自然神学的信仰，在某些地方就像唯灵论或超验主义，当然，未必与基督教水火不相容。比如，女主人公尼娜（Nina）曾描述自己"几乎是一位拜树者"，在花园读书时就体会到与万物融为一体的超验时刻："每一次空气的律动，每一次花儿的呼吸，每一次风儿的吹起，上帝创造的世界似乎在向她轻声地诉说。上帝永生，他永远爱

---

　　①　Ian Frederick Finseth. *Shades of Green*: *Visions of Nature in the Literature of American Slavery*, *1770—1860*. Athens: University of George Press, 2009, p. 264.

你。"斯托还这样描写德雷德的眼睛,"凝望蓝天摇曳的树梢",这种描写暗示:他具有诗人的潜质,如果条件允许,他会成为诗人。该著中存在大量描写人与自然沟通、交流甚至融合的描写,这些无非为了赋予小说中的好心人洞悉自然真理的智慧,真理源于神圣性,因而必然与压制和罪恶水火不容。① 同理,黑奴的自然宗教说明他们具有自然审美之情怀,也暗示黑人具有创造文明之能力。据此观点,若要做有素养的人,就要对田园理想敏感。

从最基本的层面看,"《德雷德》的田园伦理构想了外在自然的和谐状态,借此表现自然规律和天赋权利理论一贯预设的井然有序的内在原则"。然而,《德雷德》也与那些标准的废奴田园话语有所不同,主要表现以下三个方面:首先,避免废奴散文中存在的北方美丽与南方罪恶这种简单化的二元对立模式。其次,斯托在其田园中表现出较强的自主性意识,尽管废奴主义作家刻意运用田园模式,但斯托探讨其内部机制及其历史以说明田园与其他话语和现实一直处于协商对话过程中。最后,也是最为重要的一点,斯托运用她时代的科学思想以阐明自然秩序之愿景,一种超越传统田园主义视阈的愿景。该著反映出斯托对秩序与混乱的哲学及其社会内涵表现出极大兴趣,她建构了一种自己的艺术对话机制,让两种截然对立的自然理想——让人舒心的自然美景与令人生畏的荒凉沼泽进行对话,前者仅代表人类创造幸福社会的绝妙佳境,宛若"桃花源",但毕竟它也能放逐人生中的痛苦、死亡及罪恶。这种人为建构的理想也暗示我们,田园理想只是一厢情愿的做法,不可能将害虫、疾病、死亡等不愉快之事情"拒之门外"。在斯托看来,"自然的恶"才是尘世的常态。她借此规整她处理自然的方式。小说中存在大量稳定与激变、有序与混乱及守法与无法等意象,为此,斯托构想了一种创造性的破坏形式以从哲学层面支持《德雷德》激进的种族政治。她认识到美国存在基于种族、阶级等级制的恶性社会秩序,为此,我们要挑战这种压制人的结构和体制,甚至反对对奴隶进行宗教教化,因为这会导致"一切秩序的终结"。为此,必须靠创造性的破坏,必须靠暴力砸碎这种旧的秩序,构建新的秩序。"为了评判社会中守法与无法的相对价值,斯托将看似客观领域的自然作为标准。"为此,她通过平衡自然形式在发展过程中的可预见性与繁茂芜杂两种对立意象,在动植物王国创建了一个相似的井然有序与杂乱无章的机制,其旨在表明,根据自由发展的自然律,有机体的不断成长必然

---

① Ian Frederick Finseth. *Shades of Green: Visions of Nature in the Literature of American Slavery, 1770—1860*. Athens: University of George Press, 2009, pp. 264—265.

以不可阻挡之势克服一切障碍,不论这些障碍是人为的还是别的,就像常春藤攀石墙,或像"藐视一切规律"的霍乱一样神不知鬼不觉地横扫一切。至于自然的可预见性一面,则具有宗教意蕴,无非是说明上帝的创造物都服从铁定的规律而运行。另一方面,世界也是杂乱无序的。比如,小说中人物克莱顿(Clayton)在看见"森林中可怕、丑陋的生长物""荆棘在树上野蛮生长,有时甚至扼杀了它们"时,表现出极大羡慕,甚至还说,他喜欢"它们野蛮的自由"。斯托并不认为,这些自然世界这种无法无天的野蛮自由对神意充满敌意或构成威胁,"因为这些明显的杂乱遮蔽了表达神旨的深层有序原则。当然,它们是破坏性的,但同时也是创生性的,它们的终结意味着停顿不前状态的结束和体制不公的瓦解"。用克莱顿的话说:"没有任何东西是一成不变的,因为这样不对,上帝和自然要与邪恶开战。"①由此可见,在《德雷德》中,斯托不仅运用了科学话语,而且还运用宗教话语,解释自然善与恶抑或自然美与自然丑两种对立意象,承认有序与无序之间的对立统一、相互依存及相互转化,并认为科学话语与上帝之旨意是一致的,其目的是支撑她的激进的甚至充满暴力的种族政治。实际上,传统田园正是依靠自然的两种对立意象并压制恶的意象而存在,因此,从南方黑人文化传统来看,传统田园具有浓烈的种族偏见,客观上服务于种族主义政治。由于斯托将种族与社会的发展置于大的哲学背景、吸纳当时的自然科学成果,并借助所谓非政治的、超验的自然原则,因而她赞成一种特别的种族政治立场,这是她对种族问题认识的深化,不能不说也是对《汤姆叔叔的小屋》一著中种族思想的巨大突破,因为她通过塑造逆来顺受的汤姆形象,实际上反映了她不提倡以暴力抵抗种族压迫,而倡导基督忍耐精神。在《德雷德》中,通过塑造德雷德形象,她实际上预言了非裔黑人种族的发展道路,最终他们将自然而然地,当然也是必然地,顺应神意和自然律,对恶性的等级制进行反抗。当然,她与那些亲奴隶制作家之间也存在相似之处,那就是二者都借助科学理论,后者在论证奴隶制的合理时,借助科学种族理论将种族压迫"自然化",而她参照自然的运行模式将武力抵抗"自然化"。有鉴于此,德雷德与自然世界间神秘的关系不仅意味着对飞鸟和小溪的精神或审美鉴赏的认同,而且还意味着与威胁甚至摧毁当下文明的强大、可怕的自然力之间的亲和。对德雷德而言,自然世界蕴含丰富玄奥思想,这些思想有时也许就写在树叶上,自然就是革命的导师,有时它犹如暴风雨般的黑色精灵,

① Ian Frederick Finseth. *Shades of Green: Visions of Nature in the Literature of American Slavery, 1770—1860*. Athens: University of George Press, 2009, pp. 267—268.

怒不可遏,欣喜若狂,他可聆听它的启示。

斯托将大沼泽地的文学叙事置于生物学发展和种族矛盾激化的大背景之中的同时,也将此叙事置于超自然的目的论之中,无非是为了说明社会发展过程中的暴力冲突和表面的杂乱无序所体现的是神圣秩序的深层原则。

由此可见,《德雷德》中的田园传统揭示了理解自然世界的方法、其对人类社会的启示意义以及如何构建人与自然之间的和谐关系等。田园传统所呈现的是一派祥和宁静的天堂景象,一个不被黑/白撕裂的、不被鲜血玷污的绿色世界,的确令人神往。在这样的田园世界中,万物归一,超越、抹去了差异,大地的丰饶规避了人类冲突的根源。然而,斯托并不就此止步,在她看来,这种田园理想形成了一个一潭死水、毫无发展的静态封闭系统,至少在文学上是如此。为此,"她接纳了另一个乌托邦主义,承认发展的必然性,赞美差异和冲突的生机与活力,并将这些条件纳入具有自然科学和启示宗教权威的上升叙事之中"。由于这样,斯托的自然再现超越了主流废奴主义文学常用的田园与反田园这种非此即彼的简单化的二元模式策略。①

沼泽地也是一个充满诱惑的世界,那里有一种神圣的异域风情。对非裔美国人而言,沼泽之地有精灵。沼泽地之陌生感、对人之霸权给予令人生畏或充满诱惑的抵抗主要来源于它是未被驯化、未被描绘的土地。

黑人生态批评的诞生不仅为重释黑人文学中的水叙事提供了新的视角,而且还为探寻解决黑人,当然也包括其他饱受种族歧视与种族压迫的少数族裔人民,所面临的现实生存环境退化问题提供了新的思路,因为他们的环境问题不能简单地还原为科学或经济问题,还涉及复杂的历史和文化因素。也就是说,无论在乡村还是在城市,在寻求黑人环境问题的解决时,必须考量他们独特的历史和文化所造就的特殊的环境经验,还必须有他们的积极参与和配合,否则,在黑人族群看来,无论多么"美好的"环境工程,无异于环境种族主义或环境殖民主义的变体罢了。

第五节　黑人生态批评与城市生态

对黑人城市文学中"城市环境"的研究将生态批评从荒野拉回家园,回到人与

---

① Ian Frederick Finseth. *Shades of Green: Visions of Nature in the Literature of American Slavery, 1770—1860*. Athens: University of George Press, 2009, pp. 270—271.

自然交汇的中间地带,这既是对主流白人生态批评的挑战与纠偏,更是环境生态批评的客观要求,它力荐站在环境公正的立场,透过黑人文化视野研讨黑人文学中城市生态与黑人生存境遇之间复杂的纠葛,探寻黑人走出城市生态困境之现实与文化路径,谴责形形色色的环境种族主义行径。

在黑人生态批评学者金伯利·K.史密斯看来,黑人不是对自然缺乏兴趣,恰好相反,过去150年来,他们一直就在言说自然,诉说着自己与自然之间的悲欢离合,祖露着自己与沉默自然一道经历种族主义和人类中心主义施加的共同伤痛,也一直与自然合谋以不同的方式反击甚至报复施暴者,这种伤痛已凝结成了挥之不去的文化创伤、历史的记忆。① 到1930年,几乎有一半的美国黑人住进了城市,黑人环境思想的重心也随之从南方乡村的森林和田野转到由摩天大楼、穷人公寓、有轨电车、地铁、街灯及夜生活构成的北方城市风景。城市成了20世纪黑人思想中内涵最为丰富的主题之一,在哈勒姆文艺复兴文学中更是如此。哈勒姆成了城市的缩影,也因此成了哈勒姆文艺复兴文学再现城市最为突出的场域,呈现了异彩纷呈的城市意象,集中表现了黑人与城市环境之间的复杂关系。

一　城市主题的生态内涵

城市主题内涵深刻丰富,难以进行简单的归纳,对黑人作家而言,城市概念变化莫测,承载着多重甚至冲突的内涵,因而文学中的城市可谓是一个矛盾的主题,城市环境也存在诸多可能,在文学中常常通过多城市意象的拼贴而得以再现,这些意象既对话,也冲突。"城市时而是边疆,给人以自由之期许;时而是丛林,喷发出原始的动力;时而又是个有机的社群,与其居民的生活一道自然发展;时而又是个家园,体现了种族的共同意识,抑或一个现代的种植园,在种族压迫的高压下渐渐衰亡或爆裂。"②当然,多数作家依然将城市环境与公平正义联系在一起,也有作家认为有关城市的诸多美好愿望可能鲜有变为现实之可能,城市对美国黑人而言尤其危险。北方城市与乡村南方本质上没有多大差别,这是因为南方种植园与黑人贫民窟都是种族主义的产物,都是工业化、机械化并受白色势力严厉操控的社会秩序。在史密斯看来,黑人作家描写城市与描写种植园的目的其实都一样,都是为了

---

① Kimberly K. Smith. *African American Environmental Thought Foundations*. Lawrence: The University Press of Kansas, 2007, p.159.

② Ibid., p.158.

"探讨种族压迫如何遏制黑人与外界环境构建创造性、负责任的交往方式,这种压迫创造了一个种族隔阂场景,进而扭曲了黑人与土地间审美的、精神的联系"。当然,黑人作家也将城市作为一个表现他们乌托邦理想的试验场,探讨自由、平等的社区在美国实现的可能路径。概括地看,哈勒姆文艺复兴文学及以后的城市文学中的城市意象主要呈现三种形态:堕落的天堂、冷酷的丛林及温馨的家园,其旨在表现黑人压迫与黑人憧憬。由此可见,文学中的城市要么蜕变成令人窒息的囚笼,要么幻化为充满希望的乐土。

二 城市:诱人的天堂

19 世纪后期、20 世纪初的黑人城市文学主要探讨城市、文明及种族之间的勾连,城市描写的笔调往往阴冷、沉重、悲观,其话语具有反城市、尚农耕倾向,将城市喧嚣、肮脏、堕落与乡村的宁静、清新和淳朴进行对照。这种对城市的悲观描写在进步时代揭露黑幕作家的笔下尤为突出。描写城市的这种倾向既反映了作家们的文明观,也反映了他们的生态观、种族观及其相互关系。比如,他们在描写被工业文明糟践的河流时这样写道:河流奴性十足、宛若黑人,这种描写既反映了废奴主义意识形态的影响,也暗示工业生产既奴役自然也奴役人。大城市的发展代表着文明远离农耕理想后的道德沦丧,是专制统治和道德退化的温床——丑陋、腐败、肮脏的环境,城市的丑陋既可被解读为道德蜕变的原因,也可被解读为道德蜕变的结果。19 世纪环境思想假定有德之人不会让环境蜕变,城市居民因被剥夺了自然美之福祉,因而在精神上、道德上都要遭殃。[①] 城市白人因富有、奢侈而堕落,城市对于长期受到种族压迫的黑人来说可能是灾难性的,他们在南方乡村养成的淳朴美德可能会在城市丧失,甚至变成城市的一个下等种族。黑人作家道格拉斯就建议黑人务农,农业是保持美好德行的职业。他们在城市干的都是些下贱的服务行业,是粗活,不可能让他们获得真正的独立,因为这些工作的出现本质上反映了白人的"傲慢偏见与好逸恶劳",因为服务业没有生产出真正的必需品,所以就不能指望工作稳定。也有黑人作家认为,黑人进入城市后,可能禁不住诱惑,养成"无所事事、奢侈放荡"的恶习。总之,与南方乡村相比,城市太诱人,有太多的陷阱,对黑人来说风险很大。尽管白人作家常常将乡村社区理想化为农耕美德的宝库,借此美

---

① Kimberly K. Smith. *African American Environmental Thought Foundations*. Lawrence: The University Press of Kansas, 2007, p. 160.

化南方种植园经济,为南方农耕经济唱挽歌,令人怀旧,让人伤感,唱衰工业文明、城市化发展。他们对城市的批判与对南方田园乡村的赞美,与"根源于荷马对黄金时代的怀旧、对未玷污的伊甸园的向往、对城市的逃遁以及对技术文明的反动"①的田园传统一脉相承,如果说田园传统理想化自然的本质是由于人类中心主义作祟,那么白人作家美化南方种植园生产模式的主要动机则是为种族主义辩护,甚至可以这样说,南方种植园经济是人类中心主义与种族中心主义合谋的产物,因为白人奴隶主不仅肆意简化、无度盘剥自然,而且还残酷压榨、无情剥削黑人奴隶,甚至否定黑人做人的资格,而白人作家在哀叹南方田园逝去时,忽视了黑暗的奴隶制。由此可见,对于南方乡村生活,白人作家与黑人作家所持的立场迥异。尽管黑人作家也崇尚农耕美德,但他们绝不简单地美化南方种植园,这是由于南方农耕的存在是基于奴隶制、种族压迫。奴隶制给他们留下了道不尽的肉体痛苦,抹不去的精神伤痛,难以弥补的文化破坏,由此黑人作家对南方农耕生活采取一种矛盾的态度。对黑人而言,南方意味着经济机会的匮乏和枯燥乏味的非人道苦工,从而导致黑人与土地之间疏离,这反过来凸显了城市的魅力,更进一步揭示了黑人作家对南方生活的矛盾态度与他们对城市矛盾态度之间的关联。

在道格拉斯看来,南方种植园生活囚禁黑人肉体,摧折他们的精神,与之相对,城市代表黑人的美好愿景——"解放之空间",这在他的自传中表现得尤为明显。批评学者罗伯特·巴特勒(Robert Butler)在研究他的自传后就指出,道格拉斯"称赞城市是一种新空间,为黑人提供各种形式的解放路径"。道格拉斯心中的种植园则是残暴冷酷、等级森严,犹如苍凉之荒原,被无情的荒野包围,作为奴隶的黑人几乎看不到自由,享受不到做人起码的尊严,在奴隶主的眼中,他们就是一群会说话的牲畜。在城市里,尽管黑人远未享有与白人一样的公平正义,然而似乎获得了更多的自由,有了更大的独立自主,有更多的生存机遇,这就是城市最大的好处。根据道格拉斯的自传记述,"城市之于黑人犹如边疆之于白人:一个更为自由的空间,个人可更好地培养自己的个性"。② 关于边疆与个人主义和自由之关系,美国著名史学家特纳在其影响深远的论文《美国历史中边疆的意义》("The

---

① 胡志红、刘圣鹏:《生态批评对田园主义文学传统的解构与重构》,《社会科学战线》,2009 年,第 9 期,第 154—155 页。

② Kimberly K. Smith. *African American Environmental Thought Foundations*. Lawrence:The University Press of Kansas,2007,pp. 161—162.

Significance of the Frontier in American History", 1893)①一文中所提出的边疆假说早已论及。该理论认为,美国民主诞生于不断退却的边疆,新的自由领土给美国注入不断更新、不断进步的活力,也造就了美国人崇尚个性自由、反社会、厌统治的品格。但是,正如亨利·纳什·史密斯(Henry Nash Smith) 指出,特纳理论中存在诸多漏洞,其中,对种族政治的忽视是其一大不足。具体而言,边疆假说忽视了西进运动中对土著民族的剥削、暴力与殖民。② 换句话说,在美国西进运动中,白人的民主自由对土著人而言意味着非自由甚至流血与屠杀。因为白人借"天定命运"(Manifest Destiny)之说,靠枪炮赶走、杀戮印第安人,抢占了他们土地。特纳所指的"自由土地",实乃土著人之家园,因为土著被看成是野人,他们的家园被白人殖民者看成是荒野。尽管道格拉斯及其后来的黑人作家没有将城市边疆在促进黑人民主自由方面的作用提高到特纳所认为的那种高度,但对城市有助于促进黑人自由的认识还是给予一定的认可。我们还必须清楚地认识到,北方城市中的种族主义依然肆虐,黑人在城市边疆中依然是弱势一方,因而不可能获得白人在西进运动中享有的自由,拥有像他们那样的个人主义品格。

当然,尽管道格拉斯在其作品中肯定城市给黑人提供了一定的自由空间,但他并未一概认为城市环境就比乡村社区宽松自由,相反,他依然赞美农耕理想。关于他思想中的悖论,巴特勒给予了解释。"黑人有理由相信,在真正公平正义的社会中农耕可提供黑人被剥夺的自由、独立和社群。"然而,另一方面,"城市允诺的财富、默默无声及不受社会规约的自由也给弱势的黑人构成巨大的危险"。③ 对于长期未享受自由而又如饥似渴地追逐自由的黑人来说,初到城市又难以把握突如其来的"自由",真正享受自由带来的福祉,常常在奔向"自由"的路上滑入痛苦的深渊。也许我们可以借著名作家莎士比亚的第 129 首十四行诗来说明城市的悖论——"将人引向地狱的天堂"。城市的灯红酒绿、歌舞升平甚至醉生梦死的生活方式对来自既偏远又压抑的南方黑人来说是个巨大的诱惑。他们有获得身体自由

---

① Frederick Turner. "The Significance of the Frontier in American History." In *A Cultural Studies Reader: History, Theory, Practice*. Ed. Jessica Munns and Gita Rajan. London: Longman Group Limited, 1995, pp. 58—78.

② Henry Nash Smith. "The Myth of Garden and Turner's Frontier Hypothesis." In *A Cultural Studies Reader: History, Theory, Practice*. Ed. Jessica Munns and Gita Rajan. London: Longman Group Limited, 1995, pp. 215—224.

③ Kimberly K. Smith. *African American Environmental Thought Foundations*. Lawrence: The University Press of Kansas, 2007, pp. 122—123.

之亢奋,但又难以驾驭这种突如其来的自由,往往被城市之喧嚣搞得眼花缭乱,无
所适从,在迷醉中误入歧途,走向堕落。该诗最后四行这样写道:

> 感受是,痛快;感受完,无限痛苦;
> 事前,祈望欢乐;事后,一场噩梦。
> 世人皆知此道;然而,谁也不知如何,
> 逃避这个将人引向地狱的天堂。①

黑人文学中的城市就是一个充满无限诱惑的危险之地,令人向往,令人忧愁,
甚至让人堕落之地。由此看来,黑人解放的路径绝非像不少废奴主义政治话语所
宣传的"北漂"或"进城"那样简单。

城市作为诱人的危险之地的主题一直就存在于黑人文学之中。黑人作家保
罗·劳伦斯·邓巴(Paul Laurence Dunbar, 1872—1906)在其小说《众神的游戏》(
Sport of the Gods, 1902)中就讲述了一个老实巴交的黑人家庭在从南方迁居纽约
后,涉世不深的儿女们堕落的故事。

对于没文化、没见识、初到纽约的外地人来说,大城市呈现的是一派欢快与阴
沉交融的景象……如果他身心正常,城市一定会有让他着迷的东西,每当他回到这
个场景,都会流连忘返,离开后,他会魂牵梦萦。以后,熙熙攘攘的街道的灯光会令
他眼花缭乱,魂不守舍,无所适从。②

最后,"城市的狂热神不知鬼不觉地开始影响了他,纽约的美酒也开始让他陶
醉"。两个曾经天真无邪的孩子也迷上纽约的花花世界,像中了邪似的,彻底走上
堕落的道路。该小说尽管突出了城市给黑人提供了自由与机遇,这是令人窒息的
南方乡村所没有的。然而,该著也指出了北方城市的陷阱,尤其对于那些试图摆脱
南方农村贫困而涉世不深的南方黑人青年尤其如此,因此,该小说是一部警示性故
事。黑人作家詹姆斯·韦尔登·约翰逊(James Weldon Johnson, 1871—1938)也
在其流浪汉小说《一个曾经是有色人种的人自传》(*Autobiography of Ex-
Coloured Man*, 1912)中用一个生动的女巫形象来说明纽约城之可怕:"纽约就像
一个守在国家大门口的、身躯伟岸的女巫,露出一副迷人的白脸蛋,她丑陋的双手
和双脚藏在她宽大飘逸的外衣下,不断吸引成千上万来自国内偏远地区的人和漂

---

① 罗义蕴、罗耀真编著:《莎士比亚名剧名篇赏析》,成都:四川教育出版社,2005年,第96—98页。
② Paul Laurence Dunbar. *Sport of the Gods* [1902]. Miami: Mnemosyne, 1969, p. 81.

洋过海专程到美国的人,结果他们都成了喜怒无常的她的牺牲品。"①这段话自然会让人联想起巍然屹立在美国纽约曼哈顿的自由女神,她的美丽、她的魔力、她的召唤以及她的允诺,不知让多少不同肤色、生活潦倒的人魂牵梦萦,他们不顾生死,漂洋过海,憧憬承蒙上帝之恩典,定会梦想成真。然而,他们的一切美好愿景多半沦为失望、失落、疯狂、镣铐、囚笼,甚至死亡。哈勒姆文艺复兴时期黑人作家深受邓巴和约翰逊之影响,他们赞美城市之魔力,欢庆它的充裕、它的多样、它的生机,但他们也警惕它暗藏的危险。

三　城市丛林化:黑人的解放抑或殖民

哈勒姆文艺复兴艺术家们将哈勒姆自然化为丛林,一个人造丛林,从而赋予城市无限生机,注入城市原始动力,让城市成为艺术创造的灵感之源、活力之地,借以活跃美国文化,重振美国文明,这是文化原始主义创作思潮在黑人城市文化中的再现。

卡尔·范维克顿(Van Vechten Carl,1880—1964)的长篇小说《黑人的天堂》(*Nigger Heaven*,1926)以哈勒姆为背景,探讨了黑人文化与城市生态之间的关系问题。该主题一直吸引着其他哈勒姆文艺复兴的作家们,他们笔下的城市生机无限,活力四射,生活在其中的黑人男女激情燃烧,文思泉涌,可谓是灵与肉彻底解放的人间天堂,简直可以这样描写城市:

> 这里,黑人文化是主流,
>
> 黑人的身心获得解放,
>
> 人人都可尽情放飞想象,
>
> 也可尽情释放原始激情。
>
> 让狄俄尼索斯忘我迷醉,
>
> 让阿波罗安详沉睡。
>
> 这里是黑人的天堂,
>
> 他能活出原生的自我,
>
> 也能活出做人的尊严。

---

① Kimberly K. Smith. *African American Environmental Thought Foundations*. Lawrence: The University Press of Kansas, 2007, p. 163.

在黑人文学中,许多来自南方的黑人都强烈感受到城市简直就是充满机会与自由的地方,是富有激情与生机的场所,与那偏僻暴虐的南方乡村截然对立。在范维克顿笔下,哈勒姆是个"色彩斑斓、充满野性激情的丛林"。一个彩球就是一个"多姿多彩、激情四溢的万花筒",那里狂野的舞姿显示了"黑人文化异域风情的强烈节奏",舞者简直就像"原始人"和"野人",夜总会也像丛林,那里鼓声、异域情调的音乐声震耳欲聋,脸上有彩绘的美女在银色月光下狂舞,这是"爱情、激情、情欲……仇恨燃烧的场所"。最为重要的是,此处的丛林意象绝非贬义,哈勒姆的价值正是它的狂野、原始,因而《黑人的天堂》中的一位女主角玛丽痛惜她失去了自己灵魂中"野性的一面":"她丧失了与生俱来的权利,这种原始的与生俱来的权利,是如此重要珍贵的财富,以至于所有开化的民族都竭力复得之。"① 由此看来,哈勒姆给予玛丽和其他黑人的远不只是经济机遇,还包括重拾他们原始的与生俱来的权利,重回他们创造力之源。实际上,不仅在《黑人的天堂》中,而且在道格拉斯的传记或其他一些黑人文学作品中,城市,准确地说,城市黑人街区对黑人而言就相当于边疆的功能:"它不仅是解放人的空间,而且还是充满自然活力的地方,伴随种族意识的复苏,美国黑人可重获自然之力,因此,从某种意义上说,去哈勒姆就等于回到非洲。"②

其他一些哈勒姆作家也探讨了类似主题——作为丛林的哈勒姆抑或"现代人造丛林",其不受乡下小镇社区陈规影响,它那独特的城市社会组织机构和多种多样的艺术表达渠道成了"受机器折磨和陈规困扰的现代社会的安全阀"。他们将哈勒姆描绘为接续西方文明早已丧失的原始动力的机会。③ 在这里,人性中一切非理性的本能欲望可得到最为充分的满足,艺术家的创作灵感也可发挥到极致,这里的规则可谓"想干吗,就干吗"。当然,关于哈勒姆原始动力的说法,许多黑人精英颇有微词,甚至认为这些畅销一时、耸人听闻的小说实际上贩卖的是种族主义,也就是说,所谓的黑人原始文化本质上源于非洲,是种族心理的产物。换言之,黑人一直远离"机器的折磨和陈规困扰"的现代白人社会,哈勒姆黑人依然保留着自己的原始本质。比如,杜波依斯就认为范维克顿的哈勒姆原始主义主题歪曲黑人的

---

① Kimberly K. Smith. *African American Environmental Thought Foundations*. Lawrence: The University Press of Kansas, 2007, pp. 164—165.

② Ibid., p. 165.

③ Ibid.

真实本性,甚至扭曲了黑人文化,并非是对黑人文化真实客观的描写。在欢庆哈勒姆原始主义风情的表象下面,一个小心谨慎的主题一直存在:城市美丽动人,生机勃勃,但也极其危险,它的原始活力能重振人的艺术冲动,但也威胁着人的道德品质和身体安全。城市的"可怕力量"之于黑人就像鸦片之于吸食成瘾的人,让他们兴奋不已。简言之,哈勒姆文艺复兴时期小说中的丛林意象绝非凭空产生,而是"关于工业主义对美国人与自然间关系影响的广泛话题的一部分"。哈勒姆被形象地比喻为荒野的替代品,一个逃脱机器困扰的社会和接触自然之原生动力的地方,一个黑人意识中的荒野。然而,甚至尝试这个主题的黑人作家对此也有所保留,他们依然质疑哈勒姆之动力能否,或者说,是否应该,成为美国文明的范式。实际上,无论白人还是黑人,他们无非是期望哈勒姆能够产生一种更为真实、更为自然的城市生活方式罢了,所以,那些有见识的艺术家们在听到对哈勒姆活力的大肆吹捧的言辞时,对如影随形的"危险、暴力及冷酷"绝非视而不见。① 实际上,这与学界对德国哲学家尼采(Friedrich Nietzsche,1844—1900)关于非理性的观点持保留态度有相似之处。作为 19 世纪西方世界最具有影响力的哲学家之一,尼采力荐"罢黜理性",并大肆吹捧非理性。他认为,现代资产阶级社会的颓废没落与软弱无力是以牺牲本能和意志为代价、过度发展理性所产生的恶果,为此,他呼吁认可幽深、神秘的本能欲望世界,这是生命力的真正源头,用过度发达的理性扼杀意志,必然毁掉激发文化创造和点燃生活激情的自然冲动,理论分析的观点早已遏制了创造本能。为此,要实现人多样化的潜能,就必须放弃依靠智力,培育人类生存的本能之根。在其名篇《悲剧的诞生》(*The Birth of Tragedy*,1872)中尼采说道,根源于非理性的狄俄尼索斯精神(Dionysian spirit)是古希腊艺术和戏剧创造力之源,这种精神发轫于神话与仪式、激情与疯狂及本能与想象。然而,当阿波罗精神(Apollonian spirit)——宁静、清晰、秩序、形式、结构及算计——占上风时,希腊悲剧衰落了。由此看来,希腊悲剧是被危害生命的理性主义扼杀的。然而,尽管尼采完全认可和推崇非理性及本能欲望,彻底批判和扬弃理性文化,但他却没能为振兴西方文明指出一条光明大道,也没有提出一整套文化方案或一个行之有效的生存范式,他的言论反而在西方文化界引发了极大的轰动与争议,被西方文化界不断误释与误用,他解放本能的号召、对无意识的推崇反而为"反理性、反自由民主、惨无

---

① Kimberly K. Smith. *African American Environmental Thought Foundations*. Lawrence: The University Press of Kansas, 2007, p. 167.

人道的运动提供了生存繁衍的土壤"。① 由此看来,无论是哈勒姆原始主义还是尼采的非理性主义哲学旨在认可、发掘、激发艺术创造的文化力量,也能为文化政治提供一定的思想支撑,但未必能提供一种理想的生存范式。

现代精神分析学派创始人、心理学家西格蒙德·弗洛伊德(Sigmund Freud,1856—1939)一反启蒙思想家对人性的界定,认为人基本上是非理性的,人之意识层次的思想看似自由表达的,事实上是由隐秘的力量,也即人的下意识冲动所决定的。尼采赞美非理性,并以诗人的气质阐释它。然而,弗洛伊德却认识到它的危险,试图科学地把握它,并本着文明之需,规范它。其次,不像尼采,弗洛伊德并不贬低理性,而且总是试图唤起对它的尊重。用他的话说,心理分析的根本任务就是"以严肃认真的方式与非理性恶魔作斗争",使它成为"科学研究的研究项目"。当然,弗洛伊德也承认了非理性因素,诸如灵感、情感、直觉、自发性等,在艺术创作中的巨大作用。在他看来,艺术和文学创作归根结底源于潜意识原初本能,所以他尊重创造性作家的直觉,因为"他们善于洞悉天堂和大地之间万事万物,对此,哲学都还未让我们想到,就灵魂中的知识而言,他们远远超过我们这些普通人,因为他们吸取知识的源头迄今还未向科学开放"。②

还有学者对城市,尤其对城市黑人贫民窟的荒野化完全持对立的观点,甚至认为城市的荒野化是主流白人社会殖民内城区贫困黑人的意识形态工具,城市荒野是种族主义产物,其间暗藏着险恶的文化阴谋。

他们认为,当代城市无非就是古典荒野观的现实版。事实上,关于城市荒野化或丛林化的文化内涵,生态批评学者早已对它进行了较为深入的探讨。1999年,生态学者迈克尔·贝内特和戴维·W.蒂格共同编辑出版了《城市自然:生态批评与城市环境》一著并辟专章《城市荒野》③对荒野内涵进行研讨。论文作者们站在环境公正立场,引入种族维度,从多层面、多角度考察了荒野隐喻的内涵,集中探讨了种族、电影、文学、社会公共政策与环境公正运动之间的关系。与此同时,他们也指出,城市荒野的建构是白人用来为自己丑化城市空间、妖魔化并压榨内城区被野蛮化的居民等暴行进行辩护的幌子,由此看来,环境种族主义也深潜于城市环境之

---

① Marvin Perry. *An Intellectual History of Modern Europe*. Boston:Houghton Mifflin Company,1993,pp. 294—303.

② Ibid.,pp. 311—313.

③ Michael Bennet and David W. Teague. *The Nature of Cities:Ecocriticism and Urban Environments*. Tucson:University of Arizona Press,1999.

中。在《丛林男孩》("Boyz in the Woods")一文中,作者安德鲁·莱特(Andrew Light)认为,内城区的荒野化是古典荒野观的现实转化,再一次实现古典荒野的传统角色——蛮荒之地不同于、低于文明领域。他在对多部当代美国电影中荒野隐喻的内涵进行分析后指出,内城区的荒野化隐藏着阴险的目的,这种"贬损内城居民及城市空间的做法与过去妖魔化土著人、自然空间的做法如出一辙"①,其目的都是为了剥削与统治。在《创建少数民族贫民区:反城市主义与种族的空间化》("Manufacturing the Ghetto: Anti-urbanism and Spatialization of Race")一文中,贝内特进一步分析指出,种族的空间化是导致城市环境种族主义盛行的根本原因。草根环境公正运动的蓬勃兴起,其旨在反对不公平地将有害垃圾场与其他有害物质强加给少数族裔社群。贝内特认为,二者的出现都是种族空间化的具体表征——遭受歧视的几乎都是有色族人民居住的城市社区,他们的整个社区与生存环境每况愈下,这种糟糕的局面使他们成了"个体道德缺失的表现,而不是体制不平等的表现"②,从而将社会责任转嫁到有色族人个体的失败与无能,这样,种族歧视就具有地理象征的内涵,而种族的空间化本身也是种族主义意识形态主导下的公共政策与体制所造成的,但"种族"一词被抹去或被隐去,更准确地说,是被转移了,被挪到少数族裔居住地上,这是更阴险、更毒辣的种族主义表现。

这种种族空间化形态的少数族裔贫民区实际上是一种"国内殖民地"甚至是被殖民的"国内第三世界"。在贝内特看来,这种"无种族的种族主义"形式只能在拓展的环境公正运动的框架内得到最好的解决。③

四 城市社区:家园之意象

在 20 世纪前期的黑人环境思想中还存在另一种不同甚至对立的城市意象——作为家园的城市社区,这是城市黑人共有的一片土地,族群共同意识的场

---

① Andrew Light. " Boyz in the Woods." In *The Nature of Cities: Ecocriticism and Urban Environments*. Ed. Michael Bennet and David W. Teague. Tucson: University of Arizona Press, 1999, p. 141.

② Michael Bennet. "Manufacturing the Ghetto: Anti-urbanism and Spatialization of Race." In *The Nature of Cities: Ecocriticism and Urban Environments*. Ed. Michael Bennet and David W. Teague. Tucson: University of Arizona Press, 1999, p. 174.

③ Michael Bennet. "Manufacturing the Ghetto: Anti-urbanism and Spatialization of Race." In *The Nature of Cities: Ecocriticism and Urban Environments*. Ed. Michael Bennet and David W. Teague. Tucson: University of Arizona Press, 1999, p. 174.

域,它不仅是他们生存的物理空间,还是他们精神的栖所。该意象常常体现了他们的生活理想,一种乌托邦范本,借此可评判种族进步,阐明美国黑人持续疏离的社会实质和原因。

像所有深受种族压迫或背井离乡的族群一样,对家的渴望一直是黑人思想中的恒久主题,20世纪20年代的哈勒姆似乎兑现了这种渴望,"哈勒姆就是得到承认的黑人首都",城中的黑人城市,是黑人们,尤其有房产的黑人汇聚之地,从而使得哈勒姆有望成为这个族群可能的家园。"从前黑人从未生活得如此安稳踏实,从未拥有过这片土地,也从未有过如此成熟安逸的社群生活"。在这里,到处都是黑人,高的、矮的、胖的、瘦的、帅的、丑的,他们的肤色是黑色的、棕色的、黄色的,等等。"在哈勒姆,黑就是白,你拥有不能被否定的权利,也拥有受法律保护的特权。你有钱啦……这是一片丰饶的土地。"①一句话,在哈勒姆,黑人似乎拥有了政治、经济和社会权利,让黑人有宾至如归的感觉,宛若回归旧林的"羁鸟",重回故渊的"池鱼"。

当然,作为家园意象的城市无非表达了黑人深沉的渴望,一种对美好未来的憧憬,甚至是一种天真的、一厢情愿的幻想罢了,因而在哈勒姆文学中也有对此表示失望或嘲讽的作品。黑人作家鲁道夫·费希尔(Rudolph Fisher,1897—1934)笔下的主人公不仅未在哈勒姆找到安全的栖所,反而被骗,而后因贩毒而被捕。他终于明白,哈勒姆不是黑人的天堂,腐败堕落和种族偏见在那里的非裔社区依然存在。② 在克劳德·麦凯(Claude McKay,1889—1948)的小说《回到哈勒姆》(*Home to Harlem*,1928)中,城市暴力猖獗,人满为患,严重伤害和谐的社群生活和人之个性发展,对此,小说主人公深感失望。黑人学者阿兰·洛克敏锐地捕捉到黑人对城市的失落感,提出"哈勒姆就是黑人的犹太复国主义之家",也就是说,哈勒姆之于黑人就相当于锡安之于犹太人,在那里,"黑人世界的脉搏开始跳动"。在此,他强调了哈勒姆概念中的乌托邦因素:它还不是一个上帝允诺的福地,然而,此地能向黑人显示出伟大社区和美好机会的期许,由此看来,哈勒姆成了美国黑人在美洲大陆构建乌托邦社区工程的试验场,以期实现他们梦寐以求的黑人之家的目标。

当然,作为可能家园的城市社区概念与作为腐化罪恶、冷漠疏离的社区意象形

---

① Kimberly K. Smith. *African American Environmental Thought*. Lawrence:The University Press of Kansas,2007,pp.167—168.

② Philip Bader,ed. *African-American Writers*. Rev. New York:Facts on File,2011,pp.106—108.

成鲜明对照。但城市家园意象并非无源之水，无本之木，其历史源远流长，并具有现实基础，甚至可以这样说，该意象是基督教天国之城幻境与当时城市改革运动结合的产物。它首先从基督教天国之城概念获得灵感，天国是虔诚信徒的乌托邦之城，是人与人之间没有偏见和歧视，生态多样性得到最为完美落实的社区，那里人之社会与自然环境完全交融，是个顶级生态系统，能"融一切生命、思想和精神于一体的整体"。① 然而，上帝之城毕竟是彼岸世界的理想，与现实的城市生活有天壤之别，但黑人作家对在城市构建黑人社区的可能性日益感兴趣，为了探索这种可能途径，他们走向那些影响环境主义和城市改革的进步思想。哈勒姆文艺复兴作家对构建城市黑人社区的探讨也算是 20 世纪初对现代化结果进行广泛讨论的一部分。当然，他们也是对主导现代化进程之思想的严厉批评者。他们的讨论包括城市社会学，其中罗伯特·E. 帕克（Robert E. Park）的社会学深受他们关注，主要是因为帕克结合了杜威实用主义哲学与生态学这个新兴学科，进而将种族理论与环境主义联系起来。在其开创性论文《城市》（"The City"）中，他基本上自然化了城市环境，并将其纳入生态思想的范围。在他看来，城市就是"文明人的自然栖息之地"，因此它具有自然生态系统的基本特征，可以当成"人类生态"来研究，这样，帕克的城市社会学就致力于描写生命形式，它们的结构、外貌及其感觉，这些也存在于城市环境中。但是，帕克的城市生态意象在处理种族范畴方面显然存在不足。他突出强调在城市社区中，由于人与人之间近距离相处会促进沟通交流，所以共同的兴趣和本土情结自然而然地产生了"有机自然的社区"。理想地看，城市社区提供了参与"共同文化生活"的机会，或者说，产生"一种基于'我们团队'成员的团结意识"，进而提供了"接触社会各种经验的渠道"。也就是说，城市社区向所有人提供了参与"共同生活"的路径，在其中他们不仅能自由释放自己的精力和自然冲动，而且还能找到自己的职业，制定自己的生活计划。当然，表达共同生活或共同意识的途径除了报纸杂志外，还有一个重要的渠道就是艺术。在杜威看来，"在阻碍社区沟通交流的鸿沟与高墙广泛存在的世界里"，艺术表达是"人与人之间无障碍、充分沟通"的主要途径。城市不仅仅是一个大街区，宛如"许多小世界组成的彩图"，由许多社区构成，各个社区间可自由来往，通过社区联合，实现世界大同主义，这是一种构建和谐城市社区的乌托邦理想。有鉴于此，帕克赞赏城市居民日益增强的

---

① 胡志红：《西方生态批评史》，北京：人民出版社，2015 年，第 97 页。

流动性,因为不断体验不同的世界有助于促进个性发展和增长见识。当然,他也担心流动性有损于社区凝聚力、亲和力及稳定性。总体而言,帕克对和谐城市社区的构建及城市里的种族关系持乐观态度。在他看来,城市居民在价值观、世界观甚至情感等方面"实际上"或会"变得"相当一致。在此,"他不仅忽视了强制将黑人限制在某些街区的种族隔离法和群体暴力,而且还淡化分割种族社区的阶级冲突"。①也就是说,帕克在探讨构建城市社区时,淡化甚至忽视了广泛存在的种族主义和阶级歧视问题,更不用提性别问题了,仅从生物学角度切入,客观上缺乏环境公正视野,因而难以为构建城市和谐家园提供可持续的、可行性文化和现实策略。

黑人作家的城市家园意象也深受著名黑人民权领袖、文化学者 W. E. B. 杜波依斯社会学的影响,他的观点可算是对帕克城市观做了一定的纠偏。像帕克一样,杜波依斯也将城市社区看成基本的社会单元,也认识到城市中存在培养居民共同意识的力量,但他的城市社区比帕克的更为复杂,这是因为杜波依斯将种族范畴和阶级范畴也纳入城市社会学中进行考量。通过缜密的现实调查研究,他详尽地探讨了经济力量与种族偏见合谋创生了城市种族隔离的机理。种族偏见不仅排斥富有黑人入住条件好的社区,而且还限制了他们的就业选择,再通过限制住房供给,进而抬高了黑人住宅区的房价。这些因素反过来将多数城市黑人锁定在次等住宅区及危险、肮脏的自然环境中生活。杜波依斯拒斥将社会条件描述为非人化的、普遍的社会发展规律的倾向。在他看来,这实质上是转嫁社会矛盾,将社会问题归结为非人化的、铁定的社会或自然规律所致,甚至运用社会达尔文主义为种族主义辩护,证明种族剥削、压迫、殖民的合理性与不可抗拒性,因而劝导人们放弃改变社会现状的尝试与斗争,让他们"顺应"自然规律,"接受"种族主义。对此,杜波依斯给予强烈拒斥,强调种族偏见是导致黑人城市恶劣生存境遇的主要原因。甚至可以这样说,绝大多数黑人长期处于社会、经济、教育底层的根本原因是种族偏见所致,这反过来又决定他们只能选择恶劣的生存环境而居,种族主义偏见总让他们陷入一种暗无天日的怪圈之中,难有出头之日,常常自暴自弃,甚至破罐破摔,或者仇视社会,将满腔怒火发泄到整个社会。有鉴于此,杜波依斯坚持认为,黑人社会环境基础在"全美,无论是费城、波士顿还是新奥尔良,都普遍存在同一种感觉——黑人是不够格的美国人,因而不应该高看他"。事实上,杜波依斯认为,像南方乡村黑人

----

① Kimberly K. Smith. *African American Environmental Thought*. Lawrence: The University Press of Kansas, 2007, pp. 168—171.

一样,城市黑人遭受同样的疏离,也由于同样的原因,种族歧视和经济机会的匮乏阻碍了他们掌控城市土地,因此也就妨碍了他们参与改善环境的机会。^① 由此看来,"黑人问题"就比诸如黑人住房、黑人犯罪及涉及黑人的产业关系等更具体的问题所遇到的困难更为深刻、更为广泛",种族隔阂的恩恩怨怨已深深地沉淀到有接触的黑/白族群的心理之中,要清理这种"心理沉渣"绝非一蹴而就之事,既需要现实生活中实实在在的制度变革,也需要文化变革,既需要白人社群真诚地放下身段,以平等的姿态取信于黑人,以实在的善举感动黑人,也需要黑人的宽容、谅解,铭记过去但不要纠缠于过去,更需要双方共同展望和谐的未来,以修复长期破损的种族关系,构建和谐城市社区。^②

在探讨城市社区的构建时,黑人学者阿兰·洛克直接谈到了黑人与城市环境之间的关系。20 世纪 20 年代黑人文学中的城市社区概念也深受黑人思想传统中更具乌托邦色彩的主题——"爱之社区"的理念,该术语表达了"通过参与民主文化实现自我价值的社区理想"。该理念与黑人思想中实用主义因素和黑人农耕主义主题产生了共鸣,因而该理念也深深吸引了洛克。他吸取多种理论,包括特纳的边疆假说、帕克的城市生活调查等,创造了"作为新黑人乌托邦之家的哈勒姆意象",尤其是他提出了黑人"共同生活"的城市理想。他指出,哈勒姆是历史上如此多样的黑人生活元素汇集的第一个场所。在此,黑人生活首次抓住了族群表达和族群自决的机会。为了兑现"爱之社区"的理想,洛克想象的城市村庄需要对经济和政治制度进行根本变革,反过来又需要广泛的政治动员和体制变革,而这些都不是哈勒姆艺术家和理论家关注的重心。如果说洛克避免革命性的政治,但他却重视黑人与环境关系的政治维度。在他看来,为了克服历史上黑人与土地的疏离,他们必须通过创造性阐明他们的环境素材,大胆阐释与外在环境的经验。在他看来,环境自身并未具有丰富的内涵,只是等待人们去发现,我们还要赋予它意义。由于长期的种族压迫作祟,黑人被剥夺了以负责任的、创造性的方式参与环境交往,进而削弱了他们赋予环境意义的能力,导致他们环境审美能力的式微甚至泯灭。由于长期种族压迫的结果,风景承载的意义都是白人赋予的,甚至更糟的是,风景没有意义,至多是一片混乱的丛林。如果说杜波依斯等黑人理论家探讨了破坏南方农村

---

① Kimberly K. Smith. *African American Environmental Thought*. Lawrence: The University Press of Kansas, 2007, p. 172.

② Ibid., p. 172.

活力和创造性的经济和政治条件，那么，洛克更偏重探讨遏制黑人艺术表达的心理障碍——自卑感、耻辱感、狭窄的经验及思想激励的缺位。

　　迄今为止，尽管难以找到有效的现实与文化对策克服这些心理问题，但洛克认为，构建像哈勒姆那样的黑人城市社区是可以克服一些问题。城市文化杂多，经济机会多，一些族群集中在某些街区，与此同时，他们也进入其他的"小世界"。由此可见，城市可支撑某种负责任的力量，也就是说，黑人能与世界进行创造性的交往，从而将白色文明的丛林变成黑人的家园。作为村庄群落的城市概念与爱之社区乌托邦理想的结合会产生这样的愿景：城市社区可望成为黑人的家园，那里他们共享城市生活，通过象征文化参与美国文明建设。哈勒姆就是一个典型的黑人区，尽管它还不是一个理想家园，但它毕竟具有成为天赐福地的潜力。当然，要实现这种潜力还有很长的路要走，因为城市多元文化的愿景规避了几个有关种族、阶级和身份等棘手的问题。作为村庄群落的城市意象似乎让人感到城市的温馨，但黑人作家也敏感地感到，这些所谓的村庄不是有机自然的社区，都是些由种族和阶级分割的贫民区。理论上讲，黑人进入城市的其他小世界可增长见识和促进种族间沟通交流，但他们却发现其他小世界的边界戒备森严，要穿越种种障碍，不仅艰难，而且还危险。对那些跨越边界的黑人来说，他们又面临身份迷失的危险。黑人作家杰西·福赛特（Jessie Fauset，1882—1961）的小说《葡萄干面包》（*Plum Bun*，1929）就探讨了跨越小世界的诱惑及其结果。该著通过描写小说女主人公安杰拉·墨里（Angela Murray）在纽约不同地理和社会"小世界"的跨越，她清楚明白，她能在不同地理与社会圈子间来往穿梭，主要是因为她的白皮肤，而她黑皮肤的朋友则没有她那么幸运，这反映了哈勒姆文艺复兴的一个重要问题，即种族身份与艺术身份之间的关系，也揭示了种族障碍分割的风景依然是城市的客观现实。

　　此外，哈勒姆文艺复兴时期小说也探讨了社区与个人主义间的紧张冲突，而这是有机社区概念回避的问题，当然这些小说往往采取流浪汉小说的形式，主要描写男女主人公试图找到一个能确保他或她个性发展的社区。哈勒姆文艺复兴黑人女作家蕾拉·拉森（Nella Larsen，1891—1964）的小说《流沙》（*Quicksand*，1928）就是探讨了混血女主人公赫尔加·克兰（Helga Crane）因不满黑/白社区压制人的各种陈规，一直在抗争，不断在冒险，从南方乡村到芝加哥、到纽约哈勒姆，甚至漂泊到丹麦，以期找到一个能给予自己足够自由的社区，以能充分发展自己个性，但最后还是以回到自己的乡村南方而告终，回到自己的黑人社区，再次陷入一系列压制人的社会期待构成的网络之中,从而给她造成巨大的社会、心理及性别的挫折。在丹麦,她能"享受天赐的属于自己的归属感,但她不属于任何一个种族"。可是,丹麦波西米尔白人社区也没给她想要的自由。他们赞赏她的新奇,前提是她必须接受原始人的角色。克兰万分沮丧,孤苦伶仃,无奈之下重新回到美国,回到她的族群之中。"克兰将挣脱种种束缚之希望寄托于他国、他族的想法的确有点荒唐,这些束缚永远将她与这些神秘、可怕、诱人、可爱的黑人捆在一起。"①由此可见,在哈勒姆文艺复兴时期,黑人要摆脱种族歧视,似乎就要去哈勒姆,但哈勒姆社区也绝非天堂,社区的团结又要限制个性自由,没有免费的午餐,有得必有失。所谓的黑人社区与个人主义间的紧张关系似乎是一个不可解决的悖论,对此《流沙》也未提出明确的解决办法。②

由此可见,在城市中,人与人近在咫尺,交往密集,所以城市环境可能恶化而不能化解社区与个性之间的紧张,城市可能给予你家和社区,但对于黑人等少数族裔来说,跨越各种因种族、阶级、性别而分割的城市风景并非易事。另一方面,城市也提供了摆脱压迫性的社会体制的诱惑,但对黑人而言,城市风景的危险绝不亚于南方乡村。回到哈勒姆并非因为哈勒姆是黑人理想的家园,一个极乐世界,而是说哈勒姆是他们可能的家,一种允许黑人表达自我的文化场域,但作为一个黑人社区,族裔的团结、族群共同的期待与个性之间的矛盾永远存在。

简而言之,一方面借助其居民的象征表达,作为有机社区拼图的城市概念将会提供给他们参与共同生活的机会,城市社区由此将主流环境思想赋予给乡村生活相关的价值观,诸如"社群""团结"及"地方情节"等,与此同时,城市自身也带有自然生态系统的特征,像多样性及有序中的复杂性等。另一方面,城市社区的有机概念也遭到了一些黑人理论家们的严厉批判,其严厉程度不亚于他们对南方种植园的责难。

实际上,在他们眼里,"从某种程度上看,如同奴隶种植园一样,城市黑人社区是种族恐吓、种族胁迫的产物"。黑人城市居民无异于南方种植园奴隶,他们也许形成了族群意识,但依然四分五裂,与其他居民仍然处于疏离状态,甚至可以这样说,像南方一样,"疏离既是肮脏、丑陋、凋敝风景的原因,也是其结果",但城市黑人

---

① Kimberly K. Smith. *African American Environmental Thought*. Lawrence: The University Press of Kansas, 2007, p. 181.

② Ibid., p. 181.

面临的根本问题依然是种族主义。① 甚至有学者认为,将城市界定为"白色的城市,黑人的<u>丛林</u>",白人是猎人,黑人是猎物。由此可见,无论是作为家园、天堂还是丛林抑或荒野意象的城市,其内涵复杂多变,常常扑朔迷离,难以把握,不同作家笔下呈现出不同的特征,探讨了不同的主题,但无论如何,种族范畴主导的环境公正视野是阐发城市黑人生存境遇和诸多主题的基本观察点。

---

① Kimberly K. Smith. *African American Environmental Thought*. Lawrence：The University Press of Kansas，2007，p. 173.

第四章

印第安生态批评对印第安文学生态的研究

作为美国少数族裔生态批评的一支,印第安生态批评将对文学生态的研究作为其核心研究领域,其主张站在环境公正的立场,联系欧美白人针对印第安民族长期施行的土地殖民、种族屠杀、文化灭绝及鸠占鹊巢等暴力的历史,透过印第安文化视野探讨文学与环境之间的关系,在对话、质疑、解构主流白人文学、文化生态的过程中,揭露主流白人文化对印第安土地的操控和对印第安民族的殖民在逻辑上的一致性,发掘土著文化独特的生态内涵,振兴严重破损的印第安文化生态,修复和还原印第安文化独有的神圣自然观,构建新型印第安土地伦理,凸显印第安土著生态智慧在应对日益恶化的环境危机中的独特作用。

迄今为止,印第安生态批评对文学生态的研究主要涉及以下几个方面的议题:探讨美国印第安文学构建地方意识的机制和地方意识在疗愈印第安民族心理疾病和文化伤痛中的作用;在对话、解构西方主流文化中人、天二元对立分离的自然观的过程中,阐发印第安文化人、天一体的神圣自然观的深刻内涵;梳理当代印第安文学建构富有族群文化特色的流变、灵活、神圣的新型土著土地伦理,拒斥主流文化强加的"生态印第安人"刻板形象及专题研究当代印第安作家、作品的生态文化内涵等。在此,笔者主要通过探析当代印第安女作家琳达·霍根的小说名篇《力量》(*Power*,1998)的生态内涵,开展跨文化生态对话,彰显印第安文化的生态异质性,从而揭示建构多元文化生态话语的必要性。

第一节　美国印第安文学中地方意识的建构及其作用

地方意识的构建是文学的共同主题,无论是欧美主流白人文学还是美国土著文学都重视文学中地方的作用,但由于二者文化传统中的宇宙观、宗教观或哲学观等之间存在重大的区别并都对各自文学传统产生深刻的影响,所以它们对待地方的态度及处理地方的方式存在明显的差异,有时甚至截然对立,由此,对文学中地方内涵、地方的作用的探讨自然就成了主流生态批评和印第安生态批评的重要议题。在此,笔者将主要对印第安生态批评关于文学中"地方"的理论做简要介绍和对三部当代美国印第安小说中的地方的作用做简要探讨。与此同时,在对比中,笔者也将对主流生态批评关于地方的相关理论做简要梳理并指出其不足。

一　印第安文学中关于地方的内涵及其相关理论简介

表现和构建地方意识是美国土著文学的恒久主题,直到今天,依然如此。然而,与欧美白人文学的地方意识相对照,美国土著文学的地方意识有着明显不同的特征,其主要原因在于它深受美洲大陆自然环境和被殖民历史的影响。一方面,土地与家或故土和传统相联系。另一方面,土地让人联想起殖民统治下土地、生命及文化的失落。对土著小说中的主人公而言,回家往往是找寻印第安身份、重拾他们的历史和文化的途径,因为作为家园的土地承载着他们族群的历史、神话和故事,汇聚着他们的过去、现在和未来,塑造了他们身体,铸就了他们的灵魂,界定了他们的身份,确立了他们在神圣宇宙中与万物生灵的亲缘关系,所以地方界定他们文学的基本特征和取向,自然而然成了文学的核心主题。反过来,土著文学也将通过描写和刻画迷茫、失落、伤痛的主人公回家,寻找自我,融入土地,疗愈伤痛,克服异化,而将回归作为自己的神圣使命。①

今天,对于生活在城市或无固定家园回归的印第安人来说,有了对地方的记忆已够满足了,他们靠心灵中的家园来满足对地方的渴望。为此,文学成了想象家园、构建地方意识,以及构建身份的重要途径。对于离开故土后无家可归的印第安人而言,文学构建的那种乌托邦式的想象家园无异于一种精神寄托,就像迦南之于犹太人,桃花源之于中华民族,因为他们总在建构,总在想象,总在追寻永远不可能实现的家园梦想,由此看来,构建家园是一个乌托邦艺术工程,"永远在路上"。这就是为何记忆是当代美国土著诗歌和散文中的一个核心主题,记忆中的地方绝非是明确的地方,当然,对土地的认同不仅依赖于你住在何处,而且还要依赖于指向这片土地或记忆这个地方或该地方历史的方向。② 换句话说,一个人认同一片土地的决定性因素不完全取决于他住在何处,还取决于他的心之所向,他对这个地方的记忆或怀念。

美国文学批评学者威廉·比维斯(William Bevis)在对美国土著作品中的自然描写进行全面分析后指出,"美国土著的自然就是城市",因为"森林、动物、飞鸟及人都在闹市区"。也就是,自然是印第安人行动和权力的中心,那里关系复杂,难以预测。总而言之,自然就是家,如此看来,在美国土著小说中,主人公都是回家,至少他们努力回家。比较而言,在欧美男性作家的小说中,主人公总是离家出走,探索新领域,寻找新边疆。对许多美国土著女作家和环境人士而言,"关心家实际上也是对家园的关心",因为殖民者驱赶土著人民时,他们毁坏了土著人的家,这样"私密家庭空间"必然成了公共空间。土著人民在失去家园的同时,也必然失去家的语言,因而"重新安家"必然成了"冲突与和解的场域"。③ 也即是,异地安家不仅在物理上要适应新环境,还要重构新家的语言,这自然是一个充满矛盾、取舍的过程。

许多学者认为,当代美国土著小说中蕴含一种乐观主义的精神,暗示和解,也就是,接续被暴力斩断的过去、被压制或放逐的土著宗教和文化的可能性。相比较而言,现代和后现代欧美小说大多强调碎片化、异化及虚无,似乎永远找不到解决办法。然而,美国土著小说家却指出振兴与重拾之可能,尽管这种可能性非常微弱,其

---

① Hertha D. Wong. "Nature in Native American Literatures." In *American Nature Writers*. Vol. 1 and Vol. 2. Ed. John Elder. New York: Charles Scribner's Sons, 1996, pp. 1146—1147.

② Ibid., p. 1149.

③ Ibid., p. 1149.

路径就是回归故里或传统文化,比如莫马戴的《黎明之屋》(*House Made of Dawn*,1968)走的就是这条回归路径。

在《地方与境界:美国土著小说中风景的功能》一著中,美国生态批评学者罗伯特·M.纳尔逊对当代美国印第安小说家西尔科的《仪式》(*Ceremony*,1977)、莫马戴的《黎明之屋》及詹姆斯·韦尔奇的《吉姆·隆尼之死》(*The Death of Jim Loney*,1979)中地方的内涵及其作用进行深入分析后指出,印第安文学乃至印第安文化传统蕴含一种深沉的地方意识,其作用非凡,不仅可医治背井离乡的土著人之精神创伤,而且还可疗愈现代人的精神疾病,因为他们病症根源于对土地的疏离。罗德尼·西马德(Rodney Simard)在为该著中写的序言("Foreword")中指出,纳尔逊通过"用意义抵御虚无、地方抵御失所、远视抵御盲视、统一抵御断裂阐明了超越现代病的可能"。该著基于一个基本观点:从地球物理的意义上看,在许多美国土著文化传统中地方的意义重要,生命属于土地,生活在土地上的各种生命形态也是如此。作为文化之实实在在的"前文本"(pretext),地方的概念内涵基本决定了个体作家的创作视界和土著文化传统的群体视界,作家与地方之间或族群与地方之间关系扭曲或地方的失落,必然影响他们的视界,进而影响作家的创作或文化的品质,导致文学或文化病态的出现。有鉴于此,纳尔逊在该著的《导言》("Introduction")中指出,"一般来说,美国后现代小说是病态文学,其主人公所患的病基本都是异化或疏离,就存在主义思想的信条来看,这种病无药可治,只有虚构小说可提供镇静药"。"病态文学"中反映的症状之一,当然绝不是唯一的症状,是杂乱无章之感及由此导致的物理世界的无意义或现实风景的畸形,从而成为作家或他们的主人公对人类状况基本认知的隐喻。总的来看,在通过想象运作而将环境减缩或扭曲之前,后现代主义拒斥个体与世界之间关系内在修复的可能性。然而,纳尔逊通过对以上三部印第安小说的深入分析指出,作为小说,这些文本认定物理风景是神圣不可侵犯的真实存在,它先于文学文本而存在,而后又存在于文本之中。对于创作小说的作家和精神复苏的小说主人公来说,物理风景是一个值得信赖的恒定存在。也就是说,"随着这些小说中事态的发展,作为提供标准的地方,土地既不因作家或其主人公想象的作用而扭曲变形,也不受后现代病态情绪的感染而失色,自始至终都是校准自我意识的基础"①。对颠沛流离、迷失自我、身心

---

① Robert M. Nelson. *Place and Vision:The Function of Landscape in Native American Fiction*. New York:Peter Lang Publishing Inc.,1993,p.6.

疲惫的人来说,土地是矫正自我意识的标杆,地方是找回自我的路标,风景是医治伤痛的栖所。

甚至多数美国文学研究者认为,这三部小说反映了文学现实主义的复兴,或更准确地说,表现了一种"新现实主义",可称之为,"地理现实主义",这种再现范式逐渐被欧美文学传统抛弃,但在美国印第安文学中得以忠实地传承。在1959年以前,欧美文学传统中的现代主义和现实主义共同的基础是社会共识,此后,社会共识消失了。然而,对印第安作家而言,它们依然拥有相同的共识,那就是,像个体身份一样,文化身份不是产生于阶级斗争而是土地,这种认识充分表明,尽管美国印第安族群及其文化屡遭劫难,但其基于土地的文学、文化传统之成规并未中断,其势头即使惨淡,依然延续,并等待时机,迎接美国印第安文学的复兴。这种复兴不仅对印第安文学、文化意义重大,而且对主流社会文学文化传统也具有重要价值,甚至对主流社会异化病具有治疗作用,对后现代社会具有救赎功能。

在欧美经典后现代主流小说中,小说家及其主人公,他们失落彷徨,甚至孤独,无论从心理上还是文化上都处于一种疏离状态。他们与他人疏离,与社会疏离,与自然疏离。个人孤立无援,无依无靠,他或她"被抛在世上",像孤魂野鬼般,茫然游荡。① 患上这种社会病后,他们浑浑噩噩,无所抵抗,要么扩散,要么忍受,这三部印第安小说中的主人公,无论是《仪式》中的塔尤(Tayo)、《黎明之屋》中的艾贝尔(Abel)还是《吉姆·隆尼之死》中的隆尼(Loney),由于战争的伤害,战后他们在身体上和精神上都患了严重的异化症,从这个角度看,这三部小说也可归入后现代小说之列。所不同的是,从某种程度看,这三部小说的主人公意识依然清醒,从内心深处,他们不愿沉沦,更不愿堕落,或破罐破摔,而是自觉抵抗异化,探寻出路,最终找到了治病的药方,找回迷失的自我。在纳尔逊看来,这种异化病症的解药看似相当老套,但药性依然强劲,甚至可谓对症下药,产生奇效,这就是"地理现实主义"。具而言之,就是有意愿、有能力认同和融入风景——"他们的生活事件曾经发生和正在发生的地方"。认同风景也就意味着认同和融入蕴藏于故事和仪式中的土著传统,土著传统也正好发生在这些地方。再说明白一点,地方,那些被赋予了人文内涵的土地,是土著传统、人之事件以及其他一切生命形态赖以生存发展的基础,反过来看,土地也因土著族群和其他生命形态的参与充满生机与活力,所以,回归

---

① Jean-Paul Sartre. *Existentialism*, trans. Bernard Frechtman. New York: Philosophical Library, 1947, p. 28.

土地与回归传统就再次融入生命世界,焕发生机与活力。由此可见,再次融入土著传统成了这些小说主人公疗伤过程的重要环节。

像其他生命形态一样,故事和仪式都根源于土地,所以讲故事、听故事,举行仪式和经历仪式,实际上就是将我们引向大地,带回土著传统,重续与土地的关系。我们的病根在于异化,在于疏离,那么回到地方,回归传统,就是根治疾病。用存在主义的话说,土地的"存在"先于产生于土地的"本质"——个体身份、文化身份以及关于身份的仪式和故事。由此可见,"对风景的'现实主义'审视,是获得实实在在文化身份的前提",这就是这些土著小说的共同前提,这种前提时而决定了这些作品的独特的土著特征,时而又将其与多数战后美国作品区别开来。①

另外,纳尔逊还指出了土地的先在性和决定性作用。在他看来,对地方——具体真实风景——的热诚尊重是土著小说和诗歌典型特征,他的观点尽管并不新鲜,但美国印第安作家和批评家所作的关于风景对文学想象产生决定性影响的声明在批评界鲜有给予系统的阐发。相反,一般而言,文学批评凸显人之想象对土地的影响并赋予其生机与活力,而否定土地拥有自己的生命,这就是欧美人文主义传统的危险与不足。在运用这种传统的人文主义方法研究土著文学时,预设和夸大人的影响力,必然限制我们对它的理解,制约我们重拾文学中人类状况的前人类语境的能力,从而失去了发掘土著传统中的非人类中心主义思想资源的机会,放弃探寻生态可持续的、别样的生存范式之尝试。当然,纳尔逊还指出,他并不否定这些土著小说中的人文主义价值。他这样说道:"人文主义冲动"是这些小说中的有机构成元素,"在这些作品中,考验人性是土地而不是任何意识形态:这些小说主人公不是靠征服土地或不受其约束而是通过探寻——有时'传统的',有时'创新的',有时二者创造性结合的——与土地共生的方法来证明其人性,土地既养育生命,也被赋予生命,它先于、长于任何个体和文化的生命。"②

小说中的主人公重拾地方意识,认同具体的地方,通过"学习或再学习、经历或再经历族群的故事和生活方式",借此完全融入具体的文化风景中,由此可知,这些主人公的疗愈过程实际上是获得恰适的文化知识的过程,是深层嵌入文化风景之中的过程,这种知识是对具体风景的深刻了解,此时的风景绝非作为小说背景而存

---

① Robert M. Nelson. *Place and Vision：The Function of Landscape in Native American Fiction*. New York：Peter Lang Publishing Inc. ，1993，p. 7.

② Ibid. ，p. 8.

在,而是小说的主要人物,是作为"前语言、前概念、前文化的参照标准"而存在,它决定土著文本的创生性视界和语言,正如土著传统特有的语言和视界也一定是其相应的风景所决定的那样。① 简言之,地方或特有的风景优先,它决定诞生其上的文化传统之境界和文学文本的特质,回归传统和学习土著生活方式就是获得基于土地的文化知识,就是再次融入土地,这就是土著小说主人公疗伤和重拾文化身份的文化路径。以上三部土著小说的主人公大致都采取类似的文化路径找回自我,获得新生。在此,笔者将对以上三部小说主人公生态疗愈异化和创伤的过程做简要探讨,以期对生态阐释美国当代印第安小说中地方的作用有所启发。

二 塔尤:个人的生态治疗,族群的整体救赎

作为一个混血儿,《仪式》的男主人公塔尤难以确定自己的文化身份,一直处于社会的边缘地带,作为一个退伍老兵,患有严重的身体和精神创伤,退伍后,回到印第安保留地,"像一团白色的烟雾,无影无踪,无声无息",生活悲观绝望,浑浑噩噩,无所适从,在社会中找不到自己的位置,甚至不清楚自己到底是谁? 由此看来,塔尤是战后小说中典型的存在主义式主角。实际上,他得病不仅仅因为战争的创伤,而且还因为战前他就与社区和土地疏离,根据纳尔逊的分析,他患有严重的异化和疏离疾病,急需文化治疗。

纳尔逊通过对《仪式》分析指出,要治愈塔尤的异化病,需要他经历一整套传统仪式,以实现三种现实模式的契合:第一种现实模式是塔尤意识的"内部风景",第二种是他需要进入的文化模式,第三种是外在世界,相对客观的地方,前两种主观的模式都由此而生,并必须与它保持和谐,否则,必然导致作为个体的人之精神或作为群体的文化的异化,产生病态的人或病态的文化,进而导致灾难的降临。②塔尤的病根在于三种现实模式失去了和谐,他的族群和土地遭遇 7 年严重的旱灾是由于他们的生活与他们生活的地方失去了平衡,旱灾实乃他们精神荒芜的客观对应物。印第安学者艾伦认为,"塔尤的疾病是由于他对人、仪式及土地所形成的历史悠久的和谐整体的疏离所致,他的康复是认识到这种统一整体后的结果……土地干旱是由于大地的部分与她疏离,她的孩子们在思想上与她分离,他们与她构成

---

① Robert M. Nelson. *Place and Vision*:*The Function of Landscape in Native American Fiction*. New York:Peter Lang Publishing Inc. , 1993,pp. 8—9.

② Ibid. , p. 13.

和谐整体的意识或者若隐若现，或者已荡然无存"，这就是塔尤及其族群的基本思想特征。① 由此看来，塔尤与他的族群患的是同一种病，那么塔尤和他的族群急需的是一套"仪式"，旨在恢复迷茫的他和衰微的土著文化传统与世界的和谐状态，以再次确认族群的传统精神指导者或药师的存在及其作用，这些指导者或药师就在某些地方，为此塔尤必须拜访他们，实际上，就是回归土地本身，以重建人与地方疗愈之力间的关系，从而疗愈自己的精神病和族群的文化病，重拾与土地的和谐关系，由此看来，仪式不只是针对塔尤个人，还针对整个印第安族群，塔尤也不只是完全代表自己，他还代表族群。

　　在社区药师库吾士(Ku'oosh)、白托尼(Betonie)、夜天鹅(the Night Swan)和兹恩(Ts'eh)的帮助指导下，塔尤参加一系列传统仪式，再伴以其他土著智慧妇女为他讲故事、神话和朗诵诗歌，从而彻底改变了他的态度，恢复了他的信仰，明确了他的印第安身份，找回了自我，融入了印第安社区。在印第安文化传统中，神话对个体的存在具有重要作用。正如西尔科坚称，如果一个人要心智健全，他就必须要探寻神话，没有神话，他就不知道他的过去，因而难以接续未来，就好比他"悬在半空中"。在《仪式》中，塔尤实际上被剥夺了神话，他不得不从洪水般的暴力情感和意象中寻找意义，诸如：排山倒海的杂音、日本士兵、战火烧焦的平民等。他生活在文化的边缘地带，他一半是白人，一半是美国土著人，他实际上已失去了与神话的关联，所以从某种角度看，塔尤的问题也是"神话危机"。在接受了土著仪式后，他利用神话之力摆脱了巫术的控制。至于故事的作用，西尔科曾这样说：讲故事提供了"全方位看待你自己的方式"，并将你置入更为宽广的语境中，"如果你没有故事，你就什么都没有了"。通过听故事，塔尤内化了土著文化传统，因为印第安文化传统是基于土地文化传统，神话和故事都深深扎根土地，所以神话和故事蕴含的力量最终不仅将他拉回土著文化传统，再次融入印第安社区，而且还将他引向被白人文化改变了的"内、外"风景，使他恢复与土著族群和土地的紧密关联。②

　　在经历仪式的过程中，他遭遇多位地方精灵，它们都是土地创生力的化身，它们以人或动物的形象出现，其中最重要的是兹恩。仪式的成败取决于她与塔尤确

---

① 　Paula Gunn Allen. *The Sacred Hoop*：*Recovering the Feminine in American Indian Traditions*. Boston：Beacon Press，1992，pp. 119—120.

② 　Jennifer McClinton-Temple and Alan Velie. *Encyclopedia of American Indian Literature*. New York：Facts on File，Inc.，2007，pp. 74—75.

立的紧密关系,她懂得万物运行之机制,并愿意与土著族群分享这种知识。人的义务是承认她的存在,找到去见她的路径,在人们的世界精神地图上找到构建地方的方法。塔尤与女精灵的做爱象征他与土地的深度融合。仪式圆满完成后,他获得了新生,从而达到这三种现实的融合。① 由此塔尤的视界得到空前拓展,认识水平也得到极大提升。他认识到,原子能时代的来临,人类可以利用大地之力促进创生,也可以导致世界的毁灭,这种认识已从"泛印第安过渡到泛人类"。"世界没有尽头,没有边界,他已认识到,万物生灵甚至大地的命运交汇在一起。"在混沌无序的梦境中,他辨认出日本人的声音与印第安人的声音混杂在一起,从此以后,"人类又成了一个宗族,毁灭者为他们和万物生灵安排了同一个命运,从而将他们都联系在一起。他们被吞噬了生活在 1200 英里远的城市中人的死亡圈联系在一起,被那些完全不知道这些大山和从未见过这些色彩斑斓的岩石的受害者联系在一起,就是这些岩石将屠杀推向极致"。② 在此,塔尤的视界得到极大拓展,从对个体命运的关切延伸到对族群甚至整个人类,从人到万物生灵,从地方到星球,甚至整个生态的关切。

仪式完成后,他的异化病症得到彻底治愈,还结束了他的族群所遭受的长时间的旱灾。新生的塔尤行走在地方精灵为他指引的路上,并与精灵保持一致。当然,他最想做的是赶快回到族群,向长老们汇报他的故事。此时此刻,塔尤的个体生命已经完全化为族群的生命,他与创生之神的关系已牢固确立,借此他彻底回归了土地。他梦见那些死去的亲属们,他一直深爱他们,他们也依然爱着他,他梦见"他们在接他回家"。③ 他汇报的过程实际上是针对广大土著族群开展的一次土著文化精神的普及教育,对他们土著文化意识的再一次强化,敦促广大土著族群对土著文化身份的再认同,更是关于土地、人与土著文化之间关系新认识的宣讲。在新的历史条件下,这次关于风景的作用的宣讲,土著视界的范围得到空前拓展,内容得到极大丰富,层次得到极大提升,小说中仪式的意义性质也从当初塔尤的个人救赎升华为最终族群的集体救赎。

---

① Robert M. Nelson. *Place and Vision：The Function of Landscape in Native American Fiction*. New York：Peter Lang Publishing Inc. ，1993，p. 21.

② Leslie Marmon Silko. *Ceremony*. New York：Viking Press，1977，p. 246. 此处的"岩石"指能提取出制造原子弹的主要原料铀的矿石。

③ Robert M. Nelson. *Place and Vision：The Function of Landscape in Native American Fiction*. New York：Peter Lang Publishing Inc. ，1993，p. 37.

三　艾贝尔:修复土地视界,疗愈异化人生

根据北美印第安生态学的观点,在印第安人的眼中,世界是一个神圣地方,人与自然之间一体共生,自然是一个大的整体,人只是其中一份;人生活在自然中,而不是与之分离,人依赖而不是统治自然;世界的各部分之间存在精致微妙的平衡,人必须始终努力维护这种平衡并与之和谐共存。如果人遭殃,通常是因为他们与自然之间的和谐被打破,尽管这并不总是个人的错误,但和谐必须得到恢复。[①]《黎明之屋》的主人公艾贝尔之生存困境在于其与地方或曰故土的关系产生严重疏离,其精神的伤痛在于主导其与地方关系的土地视界的残缺,因而修复其土地视界是超越荒诞存在、回归正道之关键。

《黎明之屋》是美国当代著名印第安作家莫马戴的名篇,出版后在评论界产生巨大、积极的反响,并于 1969 年荣获普利策文学奖,该著也开启了美国印第安文学复兴的进程。该著反映了作者对欧美与印第安两种文化中相冲突的认识论的深刻领悟,与之前的美国土著小说相比,它更能充分代表对"一种迥异的观点的坚守",因而该著为莫马戴成为美国文学史上的重要作家奠定了坚实的基础。[②]评论界从不同角度对该作尤其对其男主人公艾贝尔的经历进行解读,以揭示迷茫失落的文化成因,发掘其丰富的内涵。生态批评学者纳尔逊将该作看成一部存在主义小说,并从印第安文化的视角重对艾贝尔的病根进行生态诊断。

艾贝尔从小生活在保留地,为逃离死气沉沉的印第安保留地,参加了二战,并奇迹般地幸存下来,身心受到严重的创伤。尽管作为战斗英雄回到家乡,但在生活中他却找不到自己的位置,难以适应保留地的生活,几乎不能与他人交流,甚至与将他抚养成人的外祖父也是如此,酒醉后的他竟然认不出祖父,这足以显示他精神的盲视,成了一个十足的战后迷茫的典型人物。他后因杀人入狱六年,出狱后被安排在洛杉矶工作。在洛杉矶他的生活也不好过,常常陷入困境:一方面无法忘记保留地的生活,另一方面又想在洛杉矶追逐自己的"美国梦"。可是在白人世界谋生,艾贝尔处处不顺,身心受伤,最终他决定回到保留地。艾贝尔的痛苦实际上早在出

①　J. Donald Hughes. *North American Indian Ecology*. 2nd edition. El Paso: Texas Western Press, 1996, pp. 14—15.

②　Jennifer McClinton-Temple and Alan Velie. *Encyclopedia of American Indian Literature*. New York: Facts on File, Inc. , 2007, pp. 172—173.

生时就已注定,作为一个混血儿、私生子,在保留地他是个外人,从小就遭受歧视。战争及洛杉矶的生活只是进一步恶化了他的问题。

纳尔逊认为,艾贝尔得病的重要原因在于没有处理好与土地的关系,或者说,他疏离了土地,造成了人与土地关系的扭曲,进而导致其失落迷茫、焦虑不安,其根源在于他的土地视界残缺。根据北美印第安生态学,人要保持健康,无论是身体的还是精神的,必须与土地维持和谐稳定的关系,这种关系一旦打破,或人与土地分离,人将遭遇灾难或得病。因此,艾贝尔的病需要进行文化治疗,矫正他的土地视界,以回归土地,化入风景。

为了阐明他的观点,纳尔逊首先与其他批评学者开展对话并指出他们的盲点。在他们看来,二战期间艾贝尔受到白人文化的影响是其迷茫失落和得病的原因。然后,纳尔逊在认真阅读《黎明之屋》的基础上提出,在小说第一部分的前几页就确认,在艾贝尔受到英裔文化或战争不良影响之前,他就得病了。[①] 也就是,他不愿意接受土地对他及他死去的家人的限制。具体来说,他拒斥"地方蕴藏的蛇精神"[②]。他对自己及其他人,像他的母亲、弟弟、年迈的祖父甚至他的捕蛇狗等,无力抗拒影响甚至最终控制人之生命的"地下力量"感到恐惧。他对"无能为力"的恐惧心态解释了他对鹰的态度。起初,他崇拜鹰,完全是因为它们似乎不受地方的限制,远离和控制蛇代表的地下力量,但后来看到一只他深爱的鹰在月光下"被缚、无助"惨状,被锁定在地上时,他感到万般"屈辱和恶心"。[③] 为此,纳尔逊进一步明确指出,艾贝尔土地视界的残缺才是其异化、不安的主要原因,这可从二战前他对亲眼见到的鹰蛇空中共舞的盛景的理解中反映出来。[④] 这场鹰蛇共舞的场景可看成美国土著整体生态观的隐喻。然而,艾贝尔对它的理解却存在严重的偏颇,因为他只吸取了鹰的智慧或视野,而忽视它蕴含了蛇视野或启示,这种残缺的土地视界影响着他的人生。

在鹰蛇舞蹈场景中,那对鹰的矫健、潇洒、凶猛深深地吸引了他,可那条蛇软弱

---

① N. Scott Momaday. *House Made of Dawn*. New York: Harper Collings Publishers, Inc., 1999, pp. 10—22.

② Robert M. Nelson. *Place and Vision: The Function of Landscape in Native American Fiction*. New York: Peter Lang Publishing Inc., 1993, p. 48.

③ N. Scott Momaday. *House Made of Dawn*. New York: Harper Collings Publishers, Inc., 1999, p. 20.

④ Ibid., pp. 16—17.

无力、被动挨打的处境却让他深感不安。在纳尔逊看来,这个具体的景象实际上既是二战前艾贝尔为自己感到的身份设定的语境,也是小说中他看待自己与其他人关系的语境,在笔者看来,更是他处理自己与地方间关系的前见。对这个场景他深感"令人惊叹,神圣难测,寓意丰富"。他惊叹不是因为见到了鹰,而是见到它们与蛇确立的特殊关系,鹰与蛇两种对立的动物,在一场舞蹈中结合在一起,因而产生了"惊叹、神圣"的事件,看见鹰与蛇如此紧密地扭打在一起,他感到茫然无措,作为目击者,他自己也参与了这个事件,突出了鹰的作用。根据他的理解,在这场空中鹰蛇舞蹈中,这对鹰彰显了它们的优越性,也反衬了蛇的劣势。他的目光锁定在鹰身上,直到它们从视线中消失,蛇则显得无关紧要。在纳尔逊看来,这就是小说主体所反映出的艾贝尔视界上的明显缺陷。也就是说,他仅认同这场空中仪式的一部分,即鹰——"大地的正确眼睛"。然而,他将蛇之精神看成精神的敌人而不是可能的盟友,因此在他的精神上和他认同的地方中不给其留下任何存在的位置,无论何时他一旦遭遇,他试图避免或毁掉蛇或其化身。由此可见,与其说他的病源于他与土地的疏离,不如更准确、更具体说他的疾病是由于长期与土地中蛇的精神相分离所致。实际上,在印第安文化传统中,由于鹰能翱翔天空,纵横驰骋,所以其视野宽广,它比任何其他动物更能充分领略万物都相互联系、相互依存的道理,这体现了一种整体主义的地方视野,因而印第安部落文化都认同鹰作为文化的象征或标志,从这个角度看,艾贝尔对鹰的认同本身也与他的文化传统一致,只是他误读了鹰蛇空中舞蹈的内涵。[1] 他视界的残缺成了他常常感到"渴望"与"疏离"的原因。他渴望鹰的自由,以期达到对地方的超越,离开"约束、限制"他的保留地。然而,当他在保留地外遭到挫折和打击时,他身份中被压抑的地方视野或曰蛇的精神又浮现出来,他开始思念故土,不得不回到家乡,融入风景。只有鹰的精神或视界与蛇的精神或视界融合时,他也许才能真正享有自由。实际上,关于鹰蛇舞蹈蕴含的生态整体主义精神内涵,美国著名生态文学家、生态哲学家奥尔多·利奥波德(Aldo Leopold,1886—1948)在其名篇《沙乡年鉴》(1949)中的"像山那样思考"一节中已给予了生动形象的阐明。他在谈到猎人、鹿及狼之间的关系时指出,鹿与狼的共生在维护健康、稳定、可持续的生态系统中发挥至关重要的作用,从而突出让猎人或俗人痛恨的鹿的天敌狼的生态价值,对此,俗人和猎人难以理解,可是鹿和狼生存

---

① Robert M. Nelson. *Place and Vision*: *The Function of Landscape in Native American Fiction*. New York: Peter Lang Publishing Inc., 1993, p. 50.

的山"懂得",大自然"懂得",因此利奥波德敦促我们要"像山那样思考"。① 同理,鹰与蛇同属印第安风景中的动物,他们相生相克,在维护印第安土地生态、文化生态及人之精神生态的和谐健康起着同等重要的作用,无所谓谁优谁劣的问题,所谓优劣之分,无非都是人之无知、偏见或自私所致,如果不给予纠正或限制,说小点,迟早会危害个体身心健康,造成痛苦。说大点,会危害族群文化生态的和谐稳定,导致文化病态,甚至威胁其在大地上的可持续生存。

在小说的第四部分,艾贝尔又回到了保留地,照顾他临终的外祖父。外祖父向他讲述了年轻时的经历并强调固守土著传统的重要性。这次回家,对他来说事关重大,因为他不得不在代表两种不同生存范式的人之间做出选择,一个是他外祖父弗朗西斯科(Francisco),另一个是神父奥尔金(Father Olguin)。尽管弗朗西斯科和奥尔金都是本地人,并都是传统的维护者,然而他们在如何处理人与这片风景之间的关系和对待植根于该风景的文化传统上存在根本的分歧。奥尔金的观点近乎于艾贝尔昔日的鹰视界——"保存自我,脱离世界"。这种残缺的视界意味着将先验的价值强加在生存"事件"上,必然导致与土地的精神分离和异化疾病。与此相反,弗朗西斯科的视界源于他对土著风景的深刻领悟,而不是强行介入风景,他的人生、他的身份都是在参与家乡风景中产生的,他的整个人都与风景存在水乳交融的关系。② 艾贝尔认真倾听外祖父的故事,并领悟其故事真谛,真可谓茅塞顿开。他积极参与了传统的黎明奔跑赛,以履行对文化认同的仪式,充分表明他再次回归社区,彻底融入故土,进而疗愈精神异化病和疏离的伤痛。根据纳尔逊的分析,"艾贝尔参与黎明奔跑赛,不仅确认了融入土地的疗效,更重要的是,将疗愈的可能性置于具体的地方,并将疗愈的观点转化成疗愈的行动,新生运动的理念转化成新生运动的仪式,在此,仪式指的是冬季奔跑赛"③。换句话说,黎明奔跑将艾贝尔追求新生的愿望变成了现实。黎明奔跑是艾贝尔脱胎换骨的契机,他的思想境界正在发生蝶变。他自愿"顺应土地,由此屈从土地、文化及他自己心中的蛇之精神",任凭自然力的运作,他的视界逐渐澄明,获得了鹰的能力,像鹰一样能看清自己在何处,万物在何处,他早期归于蛇的视界和鹰的视界整合在他的经验中,所以"他奔跑

---

① 奥尔多·利奥波德:《沙乡年鉴》,侯文蕙译,长春:吉林人民出版社,1997 年,第 121—124 页。

② Robert M. Nelson. *Place and Vision: The Function of Landscape in Native American Fiction.* New York: Peter Lang Publishing Inc. , 1993, pp. 85—86.

③ Ibid. , p. 88.

的行动成了将鹰的行动与蛇的行动编织成一个更人性化的舞蹈的仪式过程"①。我们有理由预言,一个具有印第安整体主义生态观和在此指导下生存的艾贝尔将会诞生。我们可从《黎明之屋》的结尾处可看出:

> 他整个人都集中在奔跑的运动,他也不感到疼痛了。尽管他心已疲乏,终于不假思索也能看见,能看见峡谷、高山和天空,能看见雨、河流和远处的田野,还能看见那晨曦中黑黝黝的小山。艾贝尔在奔跑,并在呼吸之间开始无声地歌唱。万籁俱寂,他也没有发出声音,脑海中只有歌词。他在上扬的歌唱中继续奔跑。花粉之屋,黎明之屋。②

"黎明之屋"是他家乡的美名,是希望的象征。该结尾气势宏大,意境深远,不仅充满活力,还令人憧憬。更重要的是,在此奔跑事件过程中,艾贝尔的视界完全受风景的影响,无须思考,在黎明时分就能看见自然风景,尽管他似乎像在小说开头一样依然不能表达自己,但关键区别在于,结尾处的艾贝尔已复得了值得歌唱的基于土地的身份,无论在实际层面还是隐喻层面,他已明白了他的生命与土地生命,至少在此刻,已难舍难分,也难以区分。当然,与《仪式》相比较,《黎明之屋》更强调土地而不是讲故事的疗愈作用。有鉴于此,我们可将艾贝尔的这"回归"故里解读为对存在主义的荒谬现实的超越而不是妥协,借此告知其他美国印第安人,甚至任何有色族群,只有认同自己的族群文化才能恢复元气,回归风景,融入土地才具有不竭的力量,"黎明之屋"方能成为疗愈之所,升华为希望之地。

四　隆尼:孤独的仪式,终极的回归

在分析《吉姆·隆尼之死》时,纳尔逊与主流批评家开展对话,并透过印第安生态批评视野指出,韦尔奇用风景取代存在主义之荒诞,"将风景看成治疗心理和精神异化之源。像西尔科和莫马戴一样,韦尔奇之小说明确了认同风景之功效,这个前提成了许多美国土著文化传统及许多常被包括在美国土著小说范围内的文本之特征。韦尔奇与其他土著小说家的关键区别在于:通过分析他的早期作品我们可

---

① Robert M. Nelson. *Place and Vision*: *The Function of Landscape in Native American Fiction*. New York: Peter Lang Publishing Inc. , 1993, p. 89.

② N. Scott Momaday. *House Made of Dawn*. New York: Harper Collings Publishers, Inc. , 1999, p. 185.

清楚知道,认同土地不必通过任何其他具体的文化传统作为中介而实现。① 换句话说,韦尔奇的主人公在探寻救赎之道,化解异化顽疾时,未经过明显的文化或传统之治疗路径,独自直接遭遇土地之精灵,了解地方,融入故土,风景与人之心理直接关联,其作用得到进一步强化,完全独立于人文世界而发挥疗效。

乍一看,在《吉姆·隆尼之死》中,风景的作用似乎被边缘化,完全不像在《仪式》或《黎明之屋》中那样,自始至终,风景不仅作为背景,而且还作为人物而存在,并加以突出再现。在韦尔奇看来,对风景的相对边缘化处理完全是他的叙事策略之需,是刻意为之,其旨在敞亮和赞美他书写的风景——"人、植物、动物及气氛"之生命。换句话说,韦尔奇的叙事策略就是通过对风景的低调处理,得以对该风景及其上的万物生灵给予高调显现和颂扬之奇效。

纳尔逊指出,《吉姆·隆尼之死》具有对异化和绝望的常见当代美国研究的所有外在特征。其主人公英文名字吉姆·隆尼(Jim Loney)中的"隆尼"(Loney)与英文单词"孤独的"(Lonely)近似,借此暗示"孤独"是他存在之显著特征。隆尼是一个相当平凡的人,他离群索居,远离传统获得身份的源头,具体表现在以下几个方面:首先,他与出生的家庭断绝了联系;其次,他介于欧美与印第安两种文化传统之间,两边都"不在家",为此,他困惑,他追寻,明确自己的种族身份就成了他的毕生追求,当然,他最终选择做一名印第安人;最后,他还与他生存条件相当的群体保持距离,比如,他的"部落"篮球队成员们,有的已去世,活着的于他而言简直形同路人。韦尔奇不仅让隆尼疏离可能获得有意义身份的这些传统语境,而且还让他表现出认识到自己的状况,可他却毫无意愿,哪怕只是随意选择也好,去主动接触世界,去与他身外的人或物打成一片。由此看来,隆尼具有战后小说中典型的存在主义反英雄的所有外在特征。然而,在纳尔逊看来,"他绝不仅仅是另一个此类的人物。他还进一步重塑这位 20 世纪异化人物的典型,以便让此传统的欧美异化人物形象符合传统土著观点对异化的理解"②。根据土著观点对异化的理解,尽管"异化"疾病的症状表现有所不同,但其病根是人与土地之间的疏离,换句话说,就是人与自然之间的和谐关系被扭曲变形在人之精神和心理上的反映,要治愈这种疾病,就得恢复人与自然的和谐,因此,此病可防可治。这在《仪式》和《黎明之屋》中已经

----

① Robert M. Nelson. *Place and Vision：The Function of Landscape in Native American Fiction*. New York：Peter Lang Publishing Inc. , 1993, pp. 94—95.

② Ibid. , p. 99.

给予了说明。由此看来,像塔尤和艾贝尔一样,隆尼需要的是"恰适的仪式",参与仪式以找回自我,当然要实现这个目标就得调整他的个体意识,以便与土地的形态和谐一致,接触"显灵的土地生命力"或曰土地之精灵。在《仪式》中,对塔尤而言,土地之生命以创生原则之化身而呈现;在《黎明之屋》中,它以蛇和鹰之形态而出现,并与艾贝尔相遇;而在《吉姆·隆尼之死》中,它又以一张张模糊的面孔而出现,隆尼在不同的地方与他们相遇。

　　根据纳尔逊的分析,尽管隆尼的病根与塔尤、艾贝尔的病根相同,症状也相似,治疗方案也应该大致相同。首先,他们绝非彻底的虚无主义者,他们的疾病并非源于存在本身缺乏意义,而是不能正确认识或无力认清"他们生活的秩序"。其次,他们都意识到与环境的不协调,正如韦尔奇这样描写隆尼的心理状况:"在他的心中,所有的人和所有的事件完全像鸟窝般杂乱,无可救药。"这样看来,像塔尤和艾贝尔一样,隆尼的病不是人生本身荒诞的结果,而是残缺人生观所致。所不同的是,作者给他们开出的治疗方案不一样。塔尤和艾贝尔都在社区多位药师的帮助下,经受传统土著文化的洗礼,履行完仪式,被社区接纳,重获文化身份,融入故土。由此可见,塔尤和艾贝尔的疗愈是他们主动参与和社区帮助合力作用的结果。然而,隆尼却没有他们幸运。他在选择再次融入故土的过程中,没有作为人与土地中介的土著传统文化的介入和作为文化代理人的社区药师们的指导与帮助,他是借助"非社会的力量"或曰纯自然生命力,一个人完成的融入土地的"仪式",尽管与土地彻底融为一体,治愈了他的异化病,但他最终却未融入社区,所以选择死亡。①如果从更深层的意义上看,隆尼选择死与塔尤、艾贝尔选择生没有本质区别,于他而言,死亡未必是一般意义上的悲剧,可被理解为生态意义上的悲壮,借此他升华成了一个名副其实的印第安武士,从此彻底告别了身份的迷茫,依照印第安世界观,死后的隆尼将开启新生,并将获得一个完整、和谐的生存环境。

　　隆尼生活在一个破碎的人文世界,在经历一系列传统仪式过程中,遭遇一张张模糊的面孔,他们实际是土地之精灵或生命力的化身,在探索、折腾、思索后终于理解土著文化之精髓——土地本位,他也与风景融为一体,从而找到了存在之意义,获得新生。如果将隆尼的死亡结局解读成生命中"发生的一个事件",在此期间,人之身份成了具有决定意义的风景的一个功能,这样理解,《吉姆·隆尼之死》的事件

---

　　① Robert M. Nelson. *Place and Vision*：*The Function of Landscape in Native American Fiction*. New York：Peter Lang Publishing Inc. ，1993，p. 101.

结构与《仪式》《黎明之屋》在几个重要方面就没有太大区别。就像塔尤和艾贝尔一样，隆尼在经历了一系列仪式以后就不再困惑，最终明白，自己的生命与土地之间的关系可谓水乳交融。他们之间的区别在于获得这样的自然启示后所作出的不同选择：是选择保持人的形态还是隐身人形态？塔尤和艾贝尔再次与各自的风景融为一体，回到或重拾正常的生活方式，而隆尼则另有选择。这是由于在他生活的人文世界里，他的人生可谓无比彷徨，生存百无聊赖。为此，当他独自经历了许多仪式后，不仅与风景化为一体，而且还发现或构想了结余生的恰当方式——选择死亡。选择死亡意味着与风景的"终极融合"，也意味着融入风景后他不再有第二次选择，这依然是一种找回自我，重获身份的行动，是"一种回归而不是分离"，因而是对异化病的"终极疗法"。① 面对痛苦的人生，身陷无处解脱的人文世界，隆尼以死亡的方式融入自然，是"忘掉"一切痛苦的"终极选择"，这种选择近乎中国古代哲人庄子向世人指出的解脱人生痛苦的路径——"忘"。"忘乎物，忘乎天，其名为忘己。忘己之人，是之谓入于天。"②"入于天"，就是与天地为一，能与天为一，即与天同寿，从而超越生死，超越痛苦。另外，隆尼与自然的融合与西方深层生态哲学家们所倡导的人与自然合二为一的"生态自我"尽管有相似之处③，但却存在本质上的差异，隆尼是在经历了一系列土著传统仪式后对自己文化传统的再学习、再认同后做出的自主选择，而"生态自我"是西方哲学家在日益恶化的生态危机催逼之下、在借鉴或盗用其他文化传统基础上做出的被动选择，这种选择带有浓厚的乌托邦色彩甚至"生态东方主义"色彩。④ 由此可见，隆尼选择死亡，绝非弱者的表现，或对社会的逃遁，恰恰是他思想境界升华的结果，他的死亡绝非传统意义上的人生悲剧，反而具有积极的生态文化意义。

五 对话主流生态批评：文学中地方的作用

从根源上看，无论是犹太基督教传统还是从柏拉图以来的西方主流哲学传统，其主导思想都是主张人与自然二分、对立的人类中心主义，这种思想浸透了西方文

---

① Robert M. Nelson. *Place and Vision：The Function of Landscape in Native American Fiction*. New York：Peter Lang Publishing Inc. ，1993，p.131.

② 曹础基：《庄子浅注》，北京：中华书局，2002 年，第169－170 页。

③ 关于"生态自我"的内涵，请参见胡志红：《西方生态批评史》，北京：人民出版社，2015 年，第22－23 页。

④ 胡志红：《生态批评与跨文化研究》，《中外文化与文论》，2017 年，第37 辑，第289－290 页。

化传统之精神,根深蒂固,源远流长,反映在其文学、文化和人们生存方式的方方面面。①。这种思想当然也深刻地影响西方文学,在其浩如烟海的文学长河中大量存在通过以征服、掠夺、毁灭地方(或曰自然)和杀戮动物而展现人之超越与伟大的作品。比如,19世纪美国著名作家麦尔维尔(Herman Melville,1819—1891)的名篇《白鲸》(Moby-Dick,1851)是第一部剖析全球范围炼油工业的英语经典文学作品,也是描写人与巨鲸之间激烈对抗冲突,反映人对海洋的掠夺、征服,展现人之狂傲的一部西方文学经典,当然,其最终结果是以人之自我毁灭而告终,该著也因此成了一部伟大的警示性生态隐喻作品。

根据布伊尔的分析,在19世纪中叶,世界正在跨入全球资本主义时代,美国的捕鲸业在全球资本主义世界占据了绝对优势,炼油也因此成为推动新兴美国发展的支柱产业之一。英语文学也对资本主义大规模捕鲸的行为做出了强势回应,麦尔维尔的创作可谓英语捕鲸文学中一朵璀璨的奇葩。当然,在麦尔维尔的捕鲸小说及其同时代的其他捕鲸小说中,《白鲸》最为全面、最为深刻地反映了该行业冷漠、残酷、冲突及其他各种复杂的社会矛盾,也最为集中地凸显了世界上最庞大的动物鲸在小说中的位置,甚至成为小说的主角。然而,小说强调更多的是人之勇敢、冒险以及捕鲸带来的激动与兴奋,而不是追赶得无处可逃、被杀伤、被杀戮的鲸的痛苦遭遇,因为"鲸无非就是哑兽,照盲目的本能而行动"。作者珍贵的同情之心主要是给予了那些生活艰辛、危险的水手们,而对其猎物鲸的人道关怀非常稀缺,弥足珍贵。主人公亚哈把白鲸莫比·迪克(Moby-Dick)——自然伟力的象征——看做压迫人、折磨人、摧残人的力量。②

麦尔维尔虽然也曾通过叙述者赞叹巨鲸"惊人的力量"和"令人惊骇的美感"③,流露出一些敬畏的情绪,但更多的是赞美亚哈以征服自然来张扬人的尊严与崇高,赞美人的力量与勇气,甚至把亚哈赞美为普罗米修斯,并且以赞赏的口吻细致地描写了捕鲸者残酷捕杀鲸鱼的过程。可以说,小说的基本倾向是反生态的。正如布伊尔评价的那样:"《白鲸》这部小说比起同时代任何小说都更为突出地让非

① 胡志红:《西方生态批评研究》,北京:中国社会科学出版社,2006年,第23—24页。也参见胡志红:《西方生态批评史》,北京:人民出版社,2015年,第359—360页。
② Lawrence Buell. *Writing for an Endangered World: Literature, Culture, and Environment in the U.S. and Beyond.* Cambridge: The Belknap Press of Harvard of University, 2001, pp. 205—209.
③ 麦尔维尔:《白鲸》,曹庸译,上海:上海译文出版社,1982年,第526页。

人类世界似乎成为了主角,突出了人类对动物界施暴的主题。"①很可惜,麦尔维尔对鲸的兴趣主要表现在捕鲸,他对现实的兴趣主要受制于他对社会和宇宙象征意义的专注。可以这样说,在小说中,人与鲸之间的关系是敌对关系,实际上是金钱关系,鲸是可利用的资源,即鲸等于油等于利润。该著充分揭示了西方文化中人与地方间的截然分离与对立,于人而言,自然无非就是可被征服的物质客体,可被利用的资源库,或可彰显人之超越与伟大的训练场。照这种逻辑发展下去,必然造成海洋的灾难,全球性的环境危机。

尽管《白鲸》所反映的似乎是西方文学中人与土地间分裂对抗关系的极端例证,但总体上看,在人类中心主义思想观念的深刻影响下,西方文学艺术在处理人与地方或曰环境之间的关系时,不论有意还是无意,基本都是在二元对立框架下进行的。当然,也有极少数文学艺术作品尝试超越这种人与自然二元对立的主导范式,竭力展示二者之间的和谐甚至融合,以期摆脱人类中心主义的思想窠臼。为此,以研究文学与环境之间关系为重心的主流生态批评也将地方纳入其范围。其中,美国生态批评最具影响力的开拓者之一劳伦斯·布伊尔在其生态批评力作《环境想象》(*The Environmental Imagination: Thoreau, Nature Writing, and the Formation of American Culture*, 1995)和《为濒危的世界而写作》(*Writing for an Endangered World: Literature, Culture, and Environment in the U. S. and Beyond*, 2001)中就对文学中地方的作用进行了探讨。在前一部作品中他主要立足生态中心主义立场探讨了地方的内涵、文学中地方意识的构建及其如何激活人的地方意识等。他通过对西方文学的研究指出,如果要从文学中寻找地方意识,最好不要期望太高,因为"爱地方不是人最强烈的情感",甚至有学者认为,人是"自然的外人",在地球上没有属于他的栖息之地。即使在极个别作家的笔下,比如,在英国作家托马斯·哈代(Thomas Hardy, 1840—1928)的小说中,地方似乎显得很重要,但归根结底它依然是为人而存在,作为人的背景而存在,是为刻画人物形象而服务的,所以布伊尔认为,"地方是个乌托邦工程"。尽管如此,在他看来,活跃的地方意识可激发其生态情怀,培育其生态意识,唤醒其生态良知,塑造其生态品格,旨在构建生态型人类文化,以期缓解或消除日益恶化的环境危机,由此看来,布伊尔

---

① Lawrence Buell. *The Environmental Imagination: Thoreau, Nature Writing, and the Formation of American Culture*. Cambridge: Harvard University Press, 1995, p. 4.

生态批评议程带有浓郁的生态乌托邦色彩。①

在《为濒危的世界而写作》一著中,布伊尔专辟一章"地方的位置"("The Place of Place")对文学中"地方"的内涵、其相关理论及其生态价值给予更为全面、更为深入的探讨,尤为重要的是,他引入了环境公正视野,探究了美国印第安文学、黑人文学作品中的地方议题。② 首先,他肯定了地方的先在性,也就是,地方先于包括人在内的其他万事万物而存在。一切事物总都存在地方之中,没有地方的世界犹如没有躯体的自我,因而"环境不是外在于我们的他者",而是"我们存在的组成部分",这个不仅适用于人的"自然的"身体,也适用于"电子人"。地方界定毒性话语、赋予其力量、说服力及具体形态的具体事件,而这些具体事件总是发生在具体的时间、具体的地点并针对具体的存在物。由此可见,地方是环境想象的一个具体的资源。一个场所愈感觉像个地方,它就愈受人珍爱,那么人们就愈关注对它的破坏,甚至关注对它破坏的可能性。因而传统文学持续关注的一个领域就是创生地方意识,研究地方的内涵及其意义也因此成了生态批评关注的议题之一。其次,他明确指出地方内涵的含混性、多变性,难以把握。尽管如此,他界定了地方情结的五个维度。再次,布伊尔还引入种族视野,探讨地方在美国少数族裔文学中的作用,以期克服地方再现中的种族主义偏见。比如,他通过对西尔科的《仪式》及黑人作家约翰·埃德加·怀德曼(John Edgar Wideman, 1941—　)作品的分析,揭示了地方和环境再现的政治属性。前者凸显土著文学中地方的作用,具体来说,就是借虚构的家园弥补其现实的缺位,以实现小说主人公在精神上与地方的再次融合,进而疗愈心理疾病、精神创伤。后者强调文学中地方再现与少数族裔形象之间的关联。布伊尔指出,要将空间转变成地方,就要超越维吉尔叙事模式,扭转天堂/地狱、拯救者/受害者、向导/迷路人之间的关系,重拾被毁损之地。他通过对怀德曼创作风格转折情况的分析,充分说明重拾"地狱"般的城市黑人贫民窟的意义。20 世纪 70年代以来,怀德曼一改美国文学作品中对"美国黑人生活"的刻板式描写:城市黑人贫民窟是危险之地,那里街道破落不堪,经济萧条,饱受毒品、贫困、暴力和犯罪的困扰,真是无可救药。在怀德曼看来,这些肮脏、危险的黑人生活形象的传播实际

---

① 胡志红:《地方意识的生态建构:文学的乌托邦工程》,《当代文坛》,2007 年,第 2 期,第 57—61 页。也参见 Lawence Buell. *The Environmental Imagination*:*Thoreau*,*Nature Writing*,*and the Formation of American Culture*. Cambridge:Harvard University Press,1995,pp. 252—279.

② Lawence Buell. *Writing for an Endangered World*:*Literature*,*Culture*,*and Environment in the U. S. and Beyond*. Cambridge:The Belknap Press of Harvard of University,2001,pp. 55—83.

上重复了"为奴隶制度进行辩护的老调",就是在责备受害者。面对种种偏见,怀德曼希望"证明黑人生活尽管物质贫乏,依然一如往日的兴盛,创造了不同的生活方式和自救策略,也产生既憧憬未来,又懂得生活的民族"。荷姆伍德也成了生活在地方中的家庭与种族的典范①,在此,突出强调的不是地理,而是人民、社区、文化、语言以及他们的声音。由此可见,怀德曼境界的具体化至关重要的因素是透过家庭记忆与个人回忆的透镜追忆具体的地方。当然,怀德曼并不对荷姆伍德进行伤感化处理,相反,他将其描写为一个粗犷之地,而且日益如此,其旨在证明身居其中的人们对地方的执着与忠诚,其生活的丰富与活力,因缺少这些,"地方"真的会失落,社区真的就无望。这是一种环境公正的立场,这是一种来自草根的声音,它敦促主流社会倾听他们,关注这些"绝望"之地,重审当下的环境立场,反思相关的环境策略,环境绝非只是"荒野"或"纯自然",环境主义当然也不应该只关注"荒野"保护;城市黑人贫民窟,甚至任何边缘化的地区也绝非地狱,在那里坚强地挣扎的人们也绝非堕落的"罪人",他们是生活的强者,令人钦佩。同样,主流环境哲学家、环境人士也绝非环境"清白"的道德裁判、环境卫士,相反,有意或无意,他们可能是环境的"罪人",至少是"共谋",从这层意义上说,环境想象应该涵盖一切"地方"。②

最后,布伊尔还将"地方"的范围延伸到城市,探讨城市环境与文学人物命运之间的关系。布伊尔通过对从 19 世纪伟大的批判现实主义小说家查尔斯·狄更斯(Charles Dickens, 1812—1870)到 20 世纪的作家厄普顿·辛克莱(Upton Sinclair, 1878—1968)、20 世纪中叶的黑人作家理查德·莱特等的代表性城市小说中人物命运的分析指出,这些小说人物性格、心态甚至命运都是由其所处的社会、文化及物理环境所决定的。与此同时,布伊尔也探讨了出走决定论话语怪圈的文化与现实策略。③ 布伊尔在分析莱特的城市经典小说《土生子》后指出,"没有一部自然主义小说能像《土生子》那样将环境桎梏再现得更为真实了"。该小说大部分事件发生在封闭狭小的空间,而这些空间与小说主人公黑人青年托马斯·比格对他人所采取的"钢铁般的自控态度"相呼应。莱特也借比格塑造"一个美国生活

① Lawrence Buell. *Writing for an Endangered World*: *Literature*, *Culture*, *and Environment in the U. S. and Beyond*. Cambridge: The Belknap Press of Harvard of University, 2001, p. 79.

② Ibid., pp. 75—83. 也参见胡志红:《西方生态批评史》,北京:人民出版社,2015 年,第 246—248 页。

③ Ibid., pp. 131—142.

的象征人物",他体现了任何一个生活在"地球上最富裕的国家"而被剥夺了共享这种富裕权的土生子的凄惨、异化、暴力倾向。① 也就是说,比格的悲剧早已由其生活的地方或曰环境注定,布伊尔对比格悲剧成因的分析主要从环境决定论话语视角切入,带有浓烈的自然主义取向特征,环境公正意识较为淡薄,没有将黑人族群长期遭受的种族主义压迫的历史与现实城市悲惨处境联系起来,他认为,黑人在北方城市遭受的环境种族主义压迫与在南方种植园遭受的奴隶制压迫在本质上别无二致,只是形式或程度有所不同罢了,由此可见,布伊尔的分析明显缺乏历史意识和种族视野。

　　简言之,在布伊尔看来,地方、地方意识、地方情结对个体、群体甚至一个民族至关重要,以至于有人认为,在当今流动性日益加速、背井离乡日益普遍的时代,就个体而言,缺少地方情结会产生许多心理疾病,诸如失眠或季节性的情感紊乱,也可称之为地方缺失或离乡的焦虑。由此可见,地方情结对一个人的影响挥之不去,具有重要的道德力量与精神治病之功效。文学艺术想象的重要功能之一就是艺术地创造地方情结,在精神上再续人与地方之间的亲缘纽带。然而,我们也不应该将地方情结看成是医治现代人地方缺失精神病症的灵丹妙药,否则它就可能蜕变成为自鸣得意、固执偏狭的部落主义,这是非常危险的。因为地方情结本身有可能成为一种病症,诸如它会刺激人的占有欲、激起种族中心主义,甚至导致种族仇恨。为此,作为一个全球化时代的当代人,我们应该培养一种具有一定程度自动去"地盘性"的能力。用布伊尔的话说,在当今世界,只有当我们将"地方"与"星球"理解为相互依存的存在时,"地方'的内涵也许才会真的丰富多彩。②

　　总体上看,布伊尔对地方的内涵、地方情结、地方的作用等议题的分析极大地深化、丰富了有关地方的理论,为生态批评开辟了新的空间。然而,他在论及少数族裔文学中的地方议题时,也暴露出其研究的诸多盲点。具而言之,在分析少数族裔文学中地方的作用及其内涵时并未充分考虑到各少数族群具体的历史、文化传统的差异而产生的环境经验的差异性、独特性,以及因这种差异和独特而生发的地方的作用和内涵的不同。比如,他在分析美国印第安文学中地方的作品时,就没有将地方置入其万物一体的整体主义神圣宇宙观中进行考量。根据这种宇宙观,文

---

① Lawrence Buell. *Writing for an Endangered World：Literature，Culture，and Environment in the U. S. and Beyond*. Cambridge：The Belknap Press of Harvard of University，2001，pp. 141—142.

② Ibid.，pp. 76—77.

学的功能就是让人融入地方、认同文化,回归传统。① 换句话说,印第安文学、文化是土地本位的人文表达,其功能是修复、维护人与地方或风景间和谐稳定的关系,因为这种和谐关系一旦遭到破坏,或人与地方分离,人就要遭遇灾难或得病,由此可见,印第安文学具有强烈的生态人文救赎功能。他在分析美国黑人文学中的"地方"议题时,又没有将黑人长期被殖民、被奴隶的历史与文学中的地方再现,尤其北方城市中黑人贫民窟的再现联系起来,历史意识淡薄,因而对黑人文学中地方议题的分析缺乏应有的深度和广度。

概而言之,根据以上对美国印第安当代小说的分析可知,影响美国印第安小说的创生性视界的基本信条之一:主张地方作为活生生的物质风景,像人一样,也被灌注了相同的精神,不论针对个体还是群体而言,它都有力量构建土著民族的身份,因为他们的生命就发生在那儿。异化是当代西方的一种流行社会病,其既表现在人物的心理上也表现在其精神上,治疗该病的方案主要靠体现土著精神的传统文化及其相关仪式和关于土地的故事,当然这首先要取决于个体愿意进入具体的风景并与其融为一体。这种主张对非印第安人来说,听起来似乎浪漫天真,甚至荒诞离奇。然而,对这些作家及他们的小说主人公所代表的美国印第安文化传统来说,这种观点不仅不言自明,而且还切实可行,因为作为具有生命的现实——土地,一定先于作为个体或文化整体的人后来给它附加的一切价值。"看清了土地的现实和生命就是看清了发生在其上的每个事件的语境和前文本,不论这个事件被看成像文化生命那样多元主义取向的,还是像单个人之生命那样个体主义取向的。"②换句话说,无论从生物层还是从文化层面面看,活体土地决定作为个体的人之生命和作为整体的文化生命的本底,因而个体或文化与土地关系的和谐是其生理、心理、精神健康的基本保证。同理,个体身份不仅与土地关联,而且还与基于这片土地的文化传统关联。反之,这种关系的扭曲变形或衰败断裂必然导致人的异化,后现代的人之普遍异化一定程度上是由于人与土地间关系的异化疏离在人之精神、心理上的反映,因而回归传统。回归土地是治愈异化疾病之良策。在文化治疗异化的过程中,要重拾身份,就必须矫正自己视界,走进自己的生命事件曾经发

---

① Donald Hughes. *North American Indian Ecology*. 2nd edition. El Paso: Texas Western Press, 1996, pp. 10—22.

② Robert M. Nelson. *Place and Vision: The Function of Landscape in Native American Fiction*. New York: Peter Lang Publishing Inc. , 1993, p. 134.

生的具体地方,为此,就必须顺应地方的力量,而不是"强加于地"。碰巧,这种以地方之名再次认同和自我确证的过程自然而然就认同了族群的生命,其集体文化传统产生于类似的过程,并得到确证。也就是说,认同地方,无异于认同族群和认同他们的文化传统。个人的故事、个人的神话及文化神话如果被理解为文本,那么他们共享一个前文本——"它们都是人化的土地故事"。以上分析的西尔科、莫马戴及韦尔奇的小说与其他战后美国小说的最大不同点在于:它们的前文本不是另一个虚构小说,而是实实在在的现实——土地。有鉴于此,无论是传统小说还是新近小说中的主人公,在治疗自己的异化病时,"他们对自己风景的认同先于文化的再进入",因为这早已被土著文化传统所界定,沉淀在土著民族的集体无意识之中,迷茫的主人公一旦苏醒后,一般都不自觉遵照这样的救赎路径。①

第二节　印第安文化的自然观:人与万物共栖的神圣生命之网

一　对自然/文化二分的质疑

透过印第安文化视野,我们可发现,西方主流文化中的自然/文化二元对立观点不仅疑点重重,而且还隐含阴险可怕的意识形态意图,成了操纵掠夺非人类世界和殖民剥削其他族群的意识形态工具。对此,美国土著文化研究学者杰克·D. 福布斯(Jack D. Forbes)在《自然与文化:在美国土著人眼中有问题的两个概念》("Nature and Culture: Problematic Concepts for Native Americans")②一文中寻根探源,探寻"自然"与"文化"之根、它的本意及其在印第安部落文化中的内涵,并梳理了欧美主流文化对它的误释、误读及其演变,揭示了这种误释和误读背后的文化机制及其险恶目的,对当下西方生态批评,尤其少数族裔生态批评的研究具有较为重要的启示意义。

根据福布斯的考证,"自然"这一术语的词根是拉丁语的一个动词(nasci),本意

① Robert M. Nelson. *Place and Vision: The Function of Landscape in Native American Fiction*. New York: Peter Lang Publishing Inc., 1993, pp. 133–134.

② Jack D. Forbes. "Nature and Culture: Problematic Concepts for Native Americans." In *Indigenous Traditions and Ecology: The Interbeing of Cosmology and Community*. Ed. John A. Grim. Cambridge: Harvard University Press, 2001, pp. 103–124.

是"被生出"(to be born)。"自然"这一术语与这个动词的过去分词直接相关,最好被译为"出生后的状态",由此可见,"自然"最终指的是"某物与生俱来的、本质特征",也即"与某物本质相关并赋予其基本特性的固有的、不可分割的诸多特征"。由此可见,"初生"或"初生状态"(bornedness)是欧洲自然概念的基本要素之一,因为某个存在实体的基本或本质特征是与生俱来的,出生后就不会发生多大变化。另外,甚至在中世纪英语中,自然概念用在包括人在内的所有生物身上,指"人或动物自身固有的、天生的秉性"。人和其他事物都有某种特征或行动的方式,这在许多文化传统中都存在,但在英语中自然概念指代整个宇宙,具体而言,既指所谓的自然或物质世界本身,也指蕴含在可见生物生命中的运动过程。但文艺复兴已降,自然渐渐远离了人,更准确地说,人离开了自然。"自然终于指一种与基督教及后来的科学理性相对的存在状态。最重要的是,先天特性之理念从原初意义之场域被最终移走,转移到最大的想象领域,即不是靠人之技艺创造的一切东西,人类发明创造之外的整个领域",甚至可简化为"欧洲白人男性发明创造之外的整个世界"。如此浩瀚之领域,实际涵盖整个生命和现象的大部分,被认为基本处于"初生"状态,也就是,在出生或创造时,其本质就被预定,自身不再主动地发生变化。①这种将与生俱来的特性之概念拓展到非人类、非理性(非男性)世界的做法实际上是在"他者化"过程中建构自己,对"他者"采取本质主义的观点,隐藏了深刻的政治意图,借此搭建了区别对待非欧洲族群,当然,也包括妇女、动物、森林及其他所有"客体"在内的他者领域的舞台,这些被归入他者领域的客体是被作用的对象,欧洲人则成了施加动作的能动者、创造者。这些白人男性,无论是跨洋的侵略者、探险家,还是传教士、神学家抑或科学家,都代表"人类文明",其使命就是改变、统治,用今天的话说,开发"原生的、未加工的、野性的"领域,自然的产出被看成是"原材料"或"资源",今天,人也常被看成人力资源,等待开发,等待利用。随着西方思想的发展演进,自然最终主要指"物理的"和"生物物理"领域,所谓的"物质"领域及物质和有机体运行之规律的领域。

另外,西方主流思想或基督教信仰自然观的一个显著特征就是否认自然的精神性,排斥、压制基于自然的异教信仰或曰万物有灵论。西方思想界流行的观点是

---

① Jack D. Forbes. "Nature and Culture: Problematic Concepts for Native Americans." In *Indigenous Traditions and Ecology: The Interbeing of Cosmology and Community*. Ed. John A. Grim. Cambridge: Harvard University Press, 2001, p. 104.

自然是纯物质的存在,自然之外是诸神和精灵居住的超自然领域。当然,自然之外还包括人之物理和精神产品,也包括人之行动在物理－生物世界引发的变化。也就是说,人之精神和行动留下烙印的东西都被排斥在自然之外。自然被看成物理或生物领域时,它就不再具有生命,成了机器,按照既定的自然或机械规律运行。昔日自然世界中无所不在的神灵或精灵在科学理性的强光照射下将不复存在或遭到基督教上帝的暴力驱赶或压制,从此,欧洲白人管辖的"自然"失声了。

对此,美国印第安学者葆拉·冈恩·艾伦就在《西部占领的真相》一文中给予了深刻的分析。在西方殖民者踏上美洲大陆以前,印第安人的世界是人、精灵和神灵、四条腿的动物、两条腿的动物、长翅膀的鸟儿、地上爬的动物、打洞的动物、花草、树木、岩石等共栖的世界;日月星辰、风雨雷电、山川湖泊共存的世界,一个神秘的世界! 然而,自从 1492 年意大利探险家、航海家、殖民者克里斯托弗·哥伦布(Christopher Columbus,1451—1506)的到来,美洲土著部落及他们的传统生活最终遭到沉重打击,甚至可称之为灭顶之灾。他们万物生灵共栖的世界被彻底改变,神灵遭到压制,世界被物化、客体化、资源化,任凭殖民者的无情宰制与盘剥。女性取向的社会也被父权制社会取代,昔日享受崇高地位的妇女也沉沦了,成了被压制的下等人。用艾伦的话说,"五百年的欧美殖民,土著部落逐渐从女性取向的、平等的、仪式本位的社会制度转向世俗化的社会结构,近乎欧洲父权制度的翻版"①。从此,不只是多姿多彩、众声喧哗的自然失声了,在印第安文化中享有崇高威望、积极参与构建和维护人天和谐的女性也沉默了,她们都沦为父权制社会的操控的客体,压榨的资源。

生态批评学者马内斯(Christopher Manes)在《自然与沉默》("Nature and Silence")②一文中也指出,西方文艺复兴和启蒙运动时期盛行的人文主义在极度张扬人性、确立人的唯一言说主体地位的同时,却野蛮地剥夺了自然的主体性,并且凭借暴力迫使它沉默,这是导致当代生态危机的根本原因。马内斯运用福柯(Michel Foucault)的理论分析了人的唯一言说主体性的确立、自然沉默产生的社会历史文化原因。他认为,自从西方文艺复兴以来,"自然从一个有灵的存在变成

① Paula Gunn Allen. *The Sacred Hoop*: *Recovering the Feminine in American Indian Traditions*. Boston: Beacon Press, 1992, pp. 194—196.

② Christopher Manes. "*Nature and Silence.*" In *The Ecocriticism Reader*. Ed. Cheryll Glotfelty and Harold Fromm. Athens: University of Georgia Press, 1996, pp. 15—29.

了象征的存在,从一个滔滔不绝的言说主体变成了沉默无言的客体,以至于只有人才享有言说主体的地位"。狂傲的人文主义和启蒙理性将自然打入"沉默和工具理性的深渊",制造了"一个宽广、沉默的领地,一个被称为自然的、无言的世界,它被淹没在所谓的具有普世性的关于人的独特性、理性和超自然性的永恒真理之中"①。正是启蒙运动的工具理性,"产生了一个人类主体,他在一个非理性的沉默世界中独白"②,这个大写的"人"是文艺复兴和启蒙运动虚构的主要产品之一,我们必须揭开这个大写的"人"的面纱,这是我们试图重建人与自然沟通的起点,也是自然解放的起点,是人类摆脱全球生态危机的前提,因为"如果自然能与人交流,人就不会掠夺它"③。

为此,要走出危机之困局,必须罢黜人之唯一言说主体性地位,恢复"自然"言说主体的地位,传播生态谦卑的美德,让"小写"的人重拾昔日谦卑的美德,这种谦卑不只是针对人的谦卑,而是针对一切自然存在物的谦卑。我们必须随时提醒自己:"人只是成千上万美丽的、可怕的、有魅力的——象征的——存在物中的一个物种。"④马内斯主张颠覆人运用语言暴力所抢占的唯一主体性地位,凸显自然主体的中心性,让他回归自然,重新体验万化千变的自然中普通、平等一员的情感,认识自己的局限,尊重万物的他者性(otherness),这才是解决生态危机的文化出路。

1967年,美国科学史家林恩·怀特在《我们生态危机的历史根源》一文中指责基督教人类中心主义思想是导致当今全球生态危机的元凶,其中一个重要方面是基督教凭借暴力排斥万物有灵论,让人放弃对自然万物的普遍敬畏,从而导致对自然的无度掠夺。

在怀特看来,基督教通过摧毁异教的万物有灵论,驱赶了自然存在物中的精灵,导致自然的祛魅,实现人在掠夺自然时,可肆无忌惮,不顾及自然物的感受。在古代,每一棵树、一眼泉水、一条小溪、一座山,都有自己的"地方神"(genius loci)保护,因而人们在砍伐、开采、筑坝时,都要祈求神灵的息怒。然而,基督教由于反对偶像崇拜,禁止将自然赋予神性,摧毁了古代宗教的万物有灵论。因受基督教的打击,曾经栖居在自然物中,保护自然免遭人类破坏的精灵蒸发了,人对精灵的绝对

---

① Christopher Manes. *"Nature and Silence."* In *The Ecocriticism Reader*. Ed. Cheryll Glotfelty and Harold Fromm. Athens: University of Georgia Press, 1996, p. 17.

② Ibid., p. 25.

③ Ibid., p. 16.

④ Ibid., p. 26.

控制确立了,从而取消了禁止剥削自然的禁令。当然,基督教教堂也用圣人崇拜代替万物有灵论,但是圣人崇拜在功能上完全不同于万物有灵论,因为圣人不是物体,他在神殿中享有至高无上的地位,"他的公民身份在天堂"①。在很大程度上,由于圣经或基督教的革命性演替,自然被祛神秘化,这为以后的科学世界观奠定了基础,科学世界观将自然完全看成是非神性的、消极被动的,适宜被人操纵、控制的。正如著名的英国历史学家汤因比(Arnold Toynbee,1889—1975)说:"人与剥去了昔日神性光环的自然环境分离,人获得掠夺不再神圣的环境的权利。人类曾经怀着敬畏之情看自然,而这种情感遭到了犹太一神教的排斥,犹太教、基督教和伊斯兰教都是如此。"②怀特看来,"对于基督教徒来说,一棵树只不过是个物理事实,对基督教徒、对西方的精神来说,神圣的园林的概念,确实是不友善的。近两千年以来,基督教传教士一直在砍伐那些受人崇拜的神圣园林,因为树林中有精灵"③。由此可看出,基督教对基于自然崇拜的万物有灵论信仰的故视。

怀特坚信生态危机的根源在于基督教,是信仰问题,因而要根除危机,还得从信仰入手,故他认为,"我们对生态问题是否有所作为取决于我们对人类——自然关系的理念,更多的科学技术并不能使我们摆脱当前的生态危机,除非我们找到新的宗教,反思旧有的宗教"④。基于此论点,他为走出危机指明了两条道路。一是跳出西方基督教的圈子,从其他宗教信仰中寻求生态智慧,另一条是挖掘基督教的生态资源,绿化基督教。换句话说,不管是什么宗教,人类要从根本上解决生态危机,人必须从主宰地位退出,赋予自然万物主体性,用包括人在内的万物平等的观念取代人对自然的无度统治的人类中心主义思想。当然,作为西方文化之子,怀特更在意重审基督教,或绿化基督教的做法,尤其寄希望于复活基督教的少数派传统。在他看来,就生态智慧而言,阿西西的圣·弗朗西斯(St. Francis of Assis)可以作为典范。圣·弗朗西斯是自从耶稣基督以来基督教历史上最伟大的激进派,

① Lynn White. "*The Historical Roots of Our Ecologic Crisis.*" In *The Ecocriticism Reader*. Ed. Cheryll Glotfelty and Harold Fromm. Athens: University of Georgia Press, 1996, pp. 9—10.

② David Kinsley. "Christianity as Ecologically Harmful." In *This Sacred Earth*: *Religion*, *Nature*, *Environment*. Ed. Roger S. Gottlieb. New York: Routledge, 1996, p. 105.

③ Lynn White. "*The Historical Roots of Our Ecologic Crisis.*" In *The Ecocriticism Reader*. Ed. Cheryll Glotfelty and Harold Fromm. Athens: University of Georgia Press, 1996, p. 12.

④ Ibid.

因为他"试图罢黜人对上帝创造物的专制统治,在他的所有创造物中建立民主制度"①。除了人,上帝所有创造物也都有灵魂,都反射了上帝的光华。他要我们相信谦卑的美德,他提倡的谦卑绝非仅针对个体而是针对人类这个物种,他主张的谦卑也不仅仅适用于人,而且还适用于一切存在物,是一种最高的形式,即"宇宙的谦卑"②。另外,圣·弗朗西斯对自然的爱是非功利性的,他爱非人类的存在物,就像他爱兄弟姐妹一样,在这方面,他与其他基督徒,无论在他之前还是他之后的,几乎都不一样。无论是有生命的还是无生命的一切非人类的存在物都象征精神生活的某些方面,对圣·弗朗西斯都有用,但他看到的不只是对人有用,还承认它们本身固有的内在价值,对此,他虔诚地珍爱。有鉴于此,怀特提议将弗朗西斯尊为"生态学家的守护神"③,因为圣·弗朗西斯所代表的是基督教少数派的另外一种自然观以及人与自然的关系,一种近乎异教的万物有灵论或泛灵论信仰。

简言之,在西方思想界,自然主要有以下几层意思:(1)自然指某物或某人的本质性特征;(2)自然是人或物中的活力或冲动;(3)自然世界中运行的创造性、调控性的物理力量,也是产生一切现象的动因,常常被拟人化为女性存在,诸如大地母亲或女神等;(4)与人类文明相对的物质世界的存在物;(5)伦理上的"自然状态",指针对人的"自然"状态,包括在"社会组织"或"市民社会"创建以前的状态或"未耕作""未驯化"的状态。当然,在以上关于"自然"内涵的五个阐释中,后二者与美国土著文化的自然观存在较大差异,甚至对立。在近现代,美国土著常常被西班牙作家描写为"自然人",这种概念与后来德国人、英国人及法国人对他们的称谓基本相似,诸如"野人""野蛮人""森林人"等,尽管对美国土著的称谓不同,但精神基本一致,无非说他们"未驯化、未教化、未开化、原始",作为名词,"蛮人"(savage)指"野蛮、原始、粗野甚至残暴之人"。④

在现代欧洲世界里,自然与文化是两个分离甚至相互敌对的概念。自然常常等同于荒野。"野生的"意指"生活在自然状态"或"未驯服的或未驯化的",因而"不

---

① Lynn White. *"The Historical Roots of Our Ecologic Crisis."* In *The Ecocriticism Reader*. Ed. Cheryll Glotfelty and Harold Fromm. Athens: University of Georgia Press, 1996, p. 13.

② Ibid.

③ Ibid. , p. 14.

④ Jack D. Forbes. "Nature and Culture: Problematic Concepts for Native Americans. " In *Indigenous Traditions and Ecology: The Interbeing of Cosmology and Community*. Ed. John A. Grim. Cambridge: Harvard University Press, 2001, pp. 105—106.

受约束或操控"。在前或后哥伦布时代,"野生的"(wild)终于与欧洲社会机构管辖之外的动植物及山川河流联系在一起,也反映了欧洲关于男女"野人"的诸多想象。在他们的描写中,野人们赤身露体,全身是毛,与动物为伴,以动物为生,缺乏正常的社会约束,"照自然之教导而生活"。① 1492 年后,欧洲关于"野人"的刻板形象大部分被移植到美洲大陆。这样,美洲人就被欧洲宣传者界定为粗野、未教化、野兽样的人,也即"自然人"。欧洲几代作家珍爱的"原始"概念近乎于"初生"的概念,因为"初民"或"先民"被认为像出生时的状态,未经教化,因而是"自然的"。在美国土著文化看来,无论将"初生"的概念用在标明人或动物的长期不变的特征,还是将此概念用在充满活力的生命世界或不断展开的现象世界,都存在很大问题,而且与美洲初民的信仰直接冲突,因为他们认为生命世界万物都"富有智慧,不断创新,变幻莫测,不断学习,善于教导,不断进化,积极行动,既祈祷,也感受,还回应",基于此,可见世界与它初生或开端,即使它存在开端的话,鲜有相同之处。② 此外,生命世界绝非消极无为、受制于人,只能按照既定的恒定规律运行,其实它也不断改变自己以回应新的情形。

关于文化概念,福布斯在对它梳理时指出,"耕作"及相近概念"驯化"与自然相对,主要与园艺和人之思想理路有关,因为在自然状态下,花草水果都无须人之照料,能自然而然地生长或开花结果,也无人收割或采摘果实,这是一个自足的生态系统,似乎没有人之技艺的渗入,曾经许多美国土著人就是以这样的方式与生态系统交往。然而,主导欧洲思想的文化概念则源于务农或放牧的族群,他们早已与自己的村庄或城镇区域之外的世界隔断了充分的交往,由此可见,这种欧洲的文化观是非常狭隘的,是基于"墙内村庄"的观点,筑墙以防外面的"野生动植物"。③ 当然,这种文化观也源于对自己村庄或城镇之外世界的恐惧。长此以往,城市居民宛若井中之蛙,丧失对产生于非人类世界的丰富知识的了解,变得非常无知,荒唐的是,他们还将无知阐释为知识,将那些依然采摘野生草药的人或生活在森林中的人斥之为女巫或野人,然后进行迫害或消灭。欧洲文化观的另一个特征是与大部非人类世界疏离。这种疏离是美国土著人的一个显著特征之一"与整个世界一起"的

---

① Jack D. Forbes. "Nature and Culture: Problematic Concepts for Native Americans." In *Indigenous Traditions and Ecology: The Interbeing of Cosmology and Community*. Ed. John A. Grim. Cambridge: Harvard University Press, 2001, p. 106.

② Ibid., p. 107.

③ Ibid., p. 108.

观点截然对立。

欧洲人这种墙内城镇的世界观与对外面世界的恐惧的密切关联,墙内的城镇和村庄不断发展演变,成了大城市,从而与田野,尤其与山川丛林的疏离愈演愈烈。与此同时,他们与生活在丛林中的"野人"愈来愈陌生,用石膏或石头做成的各种人形的神像也随之代替了非人类神灵,它们实际上是大地、山川、森林之神的化身。

文学批评家萨蒙(Enrique Salmon)在《同呼吸,共命运》("Sharing Breath")一文中探讨美洲土著文化所蕴藏的独特生态智慧时进一步强调指出了土著文化中人与自然一体的土著自然观的意义。由于土著自然观与欧美自然观迥然相异,进而导致二者文化史观的截然对立。西方文化史的关注点是那些影响历史事件的和以统治、领导与征服为宗旨的英雄人物,这种文化史观反过来又进一步强化人与非人类世界的分离。而土著文化的关注点是风景,英雄人物是共享风景的植物、动物与孩子,他们之间的关系不是静态的关系,而是共生互动的内涵丰富的关系。其次,他还提出了文化风景是文化生存的必要条件的观点,用他的话说,内部风景反映了土著人与土地之间的关系,文化的生命力可以根据它与其生物区域维持和谐关系的程度来衡量。①

根据以上简析可知,自然与文化的内涵及其二元分裂与对立实乃西方主流文化建构的结果,其精神实质与西方文化传统中二元论的思想观念一脉相承,在这种二元分离的背后隐藏着阴险的政治内涵,其旨在支撑、强化对非人世界或曰自然及被界定为"自然的"或"野蛮的""未开化的""他者族群"的掠夺、统治、殖民。

二 人与自然一体化的神圣构建

当然,关于印第安部落文化的土地观或自然观可从西雅图酋长(Chief Seattle, or Seathl)的伟大演说中得到最为充分的表达。西雅图是北美印第安部落的一位著名酋长,于 1853 年获悉美国总统富兰克林·皮尔斯(Franklin Pierce, 1804—1869)要购买其部落时,他发表了著名的演说予以回应,阐明了印第安人与天地万物和神灵密不可分的血肉联系,其言辞铿锵有力,极富感染力。今天,尽管学界对该演说是否出自西雅图之口表示怀疑,并有学者指出,该演说是后人根据生态形势的需要而杜撰的。然而,就其思想内容来看,不论其是否真实,依然有不少学者赞

---

① Enrique Salmon. "Sharing Breath." In *The Colors of Nature*: *Culture Identity*, *and the Natural World*. Ed. Alison H. Deming and Lauret E. Savoy. Minneapolis: Milkweed Editions, 2002, pp. 88.

同,该演说表达了印第安生态观的基本精神,因而依然被公认为环境保护史上一份珍贵的材料。在此,仅摘录其部分,以窥见印第安自然观之精髓。西雅图这样说道:

> 您怎能买卖穹苍与大地? 多奇怪的想法啊! 假如我们没有了空气的清新与水波的激滟,您如何买到? 对我的民族而言,每一寸土地都是神圣的。每一枝灿烂的松针、每一处沙滩、每一片密林中的薄雾、每一只跳跃及嗡嗡作响的虫儿,在我民族的记忆与经验中都是神圣的……

> 假如我们将土地卖给了你们,请记住空气对我们是无比珍贵的,并且与它供养的所有生命共享其精灵,赐予我祖辈第一次呼吸的风儿也吸纳了他最后的叹气,风儿也赐予了我们的孩子生命之精神,所以假如我们将土地出卖给你们,你们将这一切四分五裂,人们将失去神圣之地,无法照常去品尝花香四溢的风儿之甘甜。

> 您愿意将我们传授给下一代的知识也告诉你们的孩子吗? 大地是我们的母亲,降临大地之灾难也降临到所有大地之子的头上。

> 我们深知,大地不属于人类,而人类却属于大地,一切事物都相互联系,就好像血缘将一家人紧紧连在一起。并不是人编织了生命之网,人只不过是网中的一条线罢了,他对生命之网所做的一切最终都会反馈到其身上。

> 我们也懂得,我们的上帝也是您的上帝,大地对他是珍贵的,所以伤害大地是对创世者的蔑视。①

也就是说,人与自然万物生灵共同构成一种神圣的"生命之网",一种近乎中国文化中"天人合一"的有机整体,其中,万物皆有生命,有灵性,可与人进行顺畅的沟通、交流、对话。

对此,20 世纪初期著名土著作家、哲学家、教育家卢瑟·斯坦丁·贝尔(Luther Standing Bear,1868—1939)也给予了更为全面、更为通俗的阐发并进一步丰富其内容。贝尔不仅阐发美国土著文化和智慧,教育和深化美国公众对它的理解,而且构建并推广了 20 世纪整体主义的敬畏自然的土著生态型文化形象。在贝尔看来,土著拉科塔族人是实实在在的自然主义者,他们从灵魂深处就爱自然,在

---

① W. C. Vanderwerth, ed. *Indian Oratory: Famous Speeches by Noted Indian Chieftains*. Norman: University of Oklahorna Press, 1971, pp. 120—125.

他们心中,人与自然万物共处于一个灌注精神的世界。他们爱大地和大地上的万物,这种情结不仅不会因时光的流逝而消减,而且还会与日俱增。拉科塔族老人们的行动都反映这种真切的爱。他们坐在地上或靠在地上有一种享受母爱之关怀的感觉。他们喜欢用肌肤触摸神圣大地,他们深知包括飞鸟在内的万物都要靠大地而成长,归根结底都要回到大地,对人来说,土地能"抚慰、强体、净化及疗伤",①大地具有赋予生命的力量。坐在或躺在地上,人能进行更为深入的思考,更为真切的感受,更能清楚地洞彻生命的神奇,体悟与周围生命的亲缘关系。

在拉科塔族人的心中,大地就是母亲,不论是白天黑夜,贴近大地,倾听大地,永远与母亲同行,享受母亲的关爱,就会一切安好,这种思想一直支撑和安抚他们,为此他们总是心存感激。

天地万物都是兄弟姊妹,这种普遍的亲缘关系是一个实实在在的原则,主导拉科塔族人的生存。在他们看来,一种"伟大生命力量"灌注万物——花鸟虫鱼,飞禽走兽,风雨雷电,岩石森林,等等。这种力量也给第一个人带去生命。拉科塔族人与鸟兽走得如此近,就像兄弟一样,他们说的也是同一种语言,能自然沟通。一句话,万物皆有亲情,都靠同样的伟大生命力量凝聚在一起。

拉科塔族文化还认为,动物拥有权利。有生存权、繁衍权、自由权,还应享受人的感恩,受到人的保护。由于他们承认动物的这些权利,拉科塔族人绝不奴役动物,除了必要的食物和衣物以外,绝不无故杀生。② 他们的这种权利观与当今主流环境运动中的动物权利观也有诸多契合之处。动物权利观要求进一步扩展人的伦理,将动物也纳入人的伦理关怀范畴,将人类的"天赋人权理论"平等地应用于动物界,反对人类中心主义和物种歧视,无疑这在客观上促进了生态保护运动的发展,也促进了生态伦理的发展和人类道德的进步。③ 然而,拉科塔族文化的动物权利观绝不只是理论声明或探讨,恰如宗教信仰或信条,都带着万般虔诚,将其落实到生存实践之中。

拉科塔族的这种生命观及其相互关系是充满人性的,因而赋予他们生命取之不竭的爱,让他们的生存充满欢乐和神秘,并对万物生灵充满敬畏,让万物在宇宙

---

① Gottlieb, Roger S., ed. *This Sacred Earth : Religion, Nature, Environment.* 2nd edition. London : Routledge, 2004, p. 36.

② Ibid.

③ 胡志红:《西方生态批评史》,北京:人民出版社,2015年,第14—18页。

空间中都有自己的位置并享有同等价值。也就是说,万物皆具有自身固有的价值,因而万物皆平等,都享有自己的位置,这远远超越了西方人类中心主义的、工具主义的自然观,而且实际上也将深层生态学生物中心主义平等的原则抛在后面。

根据上文可知,印第安文化生态观与科学生态学之间尽管存在诸多契合,都是一种整体主义取向的观点,强调包括人在内的万物之间的相互联系是二者的共同特征。正如印第安文化研究学者 J. 唐纳德·修斯(J. Donald Hughes)所言,一旦美国印第安人理解生态学基本观点,诸如“一切事物都与别的事物相互联系,我们不是地球的统治者而是与其他生命形态平等的公民”等后,他们一定会认同这些观点,因为他们的哲学早已是生态的了。① 但印第安生态学还有一个显著特征,自然的“神圣性”,一种只能体悟或感悟的自然的“神圣性”,为此,作为自然存在的人在自然面前必须保持敬畏之心,常怀感恩之情,对自然的馈赠要回报,决不能忘恩负义。否则,如果人一味向自然单向无度索取,必遭报应。印第安人的这种自然观构成印第安部落文化本然的一部分,贯穿印第安孩子教育甚至每个人教育的始终,并在各种仪式中不断强化,成为他们性格中一种直觉的意识,影响他们的行动,主导他们生存实践。在笔者看来,印第安文化的生态观与当代激进的生态中心主义哲学诸派别,尤其深层生态学之间也存在不少暗合之处,后者试图通过强调大写的“生态自我”(Ecological Self)凸显人与自然的整体合一,但这至多是现代科学精神和牛顿—笛卡尔哲学对“自然神性”摧毁后重建人与自然在物质上、精神上相互联系的一种精神诉求或尝试,乌托邦色彩浓厚,难以产生现实效果。② 由此可见,印第安文化生态观是一种比当代生态中心主义哲学更“深”、更“激进”的自然观。

三　印第安土地观点与梭罗生态观之间的暗合

印第安人的土地概念与生态文学家亨利·戴维·梭罗的土地概念多有契合之处。在《瓦尔登湖》一著中,梭罗提出了象征性或隐喻性运用或拥有土地的主张,谴责对自然的无度掠夺。在该著作的《我生活的地方,我为何生活》("Where I Lived, and What I Lived For")篇章中,梭罗讲述了他去买一个农场,交易完后,因农场主的妻子改变主意,农场主提出给他 10 美元以作为补偿,可他拒绝了。他还幽默地

---

① Donald Hughes. *North American Indian Ecology*. 2nd edition. El Paso: Texas Western Press, 1996, p. 22.

② 胡志红:《西方生态批评史》,北京:人民出版社,2015 年,第 20—25 页。

说道："我早已是个富人了,对我的贫穷毫发无损。""我保留这片农场的风景,不用推车,每年我都走了它出产的东西。"他还这样写道:

> 我勘察周围的一切,俨然是个皇帝
>
> 我常来常往,无人否认我的权利。

他还说,"我"时常看到一个诗人在欣赏了这片田园风景之精华后,就扬长而去。那些老实巴交的农夫还以为诗人拿走的仅仅是几枚野苹果,多年以后农夫还不知道:"诗人早已将他的农场押上了韵脚,这种最令人羡慕的无形的篱笆墙已将它圈了起来,还挤出了牛乳,去掉了奶油,把所有的奶油都带走,他只把去掉了奶油的奶水留给了农夫。"①他甚至还给财富下了一个极具主观感情色彩的定义:"谁最善于将自然用作隐喻和象征的原材料描写他人生,他就是最富有的人。"②实际上,梭罗就是这位诗人或曰诗性哲学家,无论对于自然还是他人,他绝不实际占有或剥削,至多是象征性使用或隐喻性拥有,并将这种拥有升华为启迪人心、唤醒社会的精神食粮,因为在他看来,无论对物质的占有还是对他人的奴役都是一种累赘,是对修身养性的障碍。"大部分的奢侈品,大部分所谓生活的舒适,非但没必要,而且对人类进步大有妨碍,所以关于奢侈与舒适,最智慧的人生活得甚至比穷人还要简单和朴素",他们都是"外在贫穷,内在富有之人"。③ 为此,他大声疾呼:"简化,简化"物质生活,丰富精神生活,过一种"比斯巴达式的生活还清苦且具有崇高目的的生活",在瓦尔登湖生活实践期间,他甚至过着一种"贴近骨头的生活,当然,也是最甜蜜的生活"。④ 他的这种生活就是一种绿色的、生态的生存方式,一种最低物质消费、最高精神产出的高品位生活。

他甚至对印第安人那种"与天地合其德,与日月合其明,与四时合其序"⑤、贴近自然、简朴富足、悠然自得的生存方式表现出极大的羡慕。他们所修建的房屋都是就地取材,花费时间短、建筑成本低,设施齐全,完全能满足家人的需要,与最好

---

① Henry David Thoreau. "*Walden*." In *Walden and Other Writings*. Ed. Joseph Wood Krutch. New York: Bantam Bell, 2004, pp. 174－176.

② Robert D. Richardson, Jr. *Henry Thoreau: A Life of the Mind*. Los Angeles: University of California Press, 1986, p. 291.

③ Henry David Thoreau. "*Walden*." In *Walden and Other Writings*. Ed. Joseph Wood Krutch. New York: Bantam Bell, 2004, p. 122.

④ Ibid., pp. 182, 183, 363.

⑤ 马恒君注释:《周易》,北京:华夏出版社,2002年,第103页。

的英国式房屋一样温暖，令人惊奇的是，他们的房屋还很先进。用他的话说，"印第安人已经进步到能够在屋顶上开洞，放上一张席子，用绳子来开关，控制了通风设施"。更让人羡慕的是，印第安人每家人都有这样舒适的房屋，这与文明社会形成了巨大的反差。在文明程度高的大城市，只有很少一部分人拥有自己的住房，因而梭罗不无讽刺地说："享受文明福祉的人真是个贫穷的文明人，而没有这些的野人却富得像野人。"①

简而言之，印第安人对待自然环境的态度基本上可称之为精神或宗教的，他们的宗教与其他万物生灵片刻不离。他们针对自然的行动与他们世界观要保持和谐一致，也即是，他们的世界是生命充盈的神圣之地，与欧美主流世界观截然对立，因为后者认为，世界要么是杂乱无序的无生命物质客体，要么是井然有序的、照既定规律运行的无生命机器。根据印第安自然观，人与自然和谐一体，自然是个庞大的有机整体，人只是其中的一部分，人生活在自然之中，而不是处于自然之外，人依赖自然而生，而不靠统治自然而活。万物不只是活着，而且像人一样皆有生命，有感觉，有意识，有灵魂。有鉴于此，印第安人自然而然形成了一套保护性的、维护生命的伦理，是"敬畏生命与肯定生命的结合"，人必须小心对待任何生物，不可伤害，甚至可以这样说，人无权杀戮任何形态的生命存在，除非万不得已。② 由此可见，印第安文化本然就是生态型文化。

第三节　印第安作家对土著土地伦理的阐发与建构

当代美国印第安作家、学者大都积极致力于阐明、建构具有印第安文化特色的土地伦理，揭示土著伦理在约束人之行为、调节人与自然环境间的关系，维护人天和谐中的关键作用，彰显印第安文化在当代所具有的独特生态魅力。在这些作家中，小维恩·迪劳里亚（Vine Deloria, Jr. 1933—2005）、N. 斯科特·莫马戴③及杰

---

① Henry David Thoreau. *"Walden."* In *Walden and Other Writings*. Ed. Joseph Wood Krutch. New York：Bantam Bell，2004，p. 134.

② Donald Hughes. *North American Indian Ecology*. 2nd edition. El Paso：Texas Western Press，1996，pp. 10—22.

③ Lee Schweninger. *Listening to the Land：Native American Literary Responses to the Landscape*. Athens：University of Georgia Press，2008，pp. 131—148.

拉尔德·维泽诺(Gerald Vizenor,1934—　)①颇为耀眼,其中,迪劳里亚的贡献最大。他站在土著文化的立场,质疑、挑战西方主流文化基本价值观,在与西方文化的对比中,提出自己具有浓厚宗教色彩的"人与土地共生"的土地伦理,他因此也备受学界关注。在此,笔者将在与当代西方生态伦理的对话中对他们的土地伦理做简要梳理。

一　莫马戴的土地伦理:体验与想象风景的行为

作为当代著名印第安作家,莫马戴集小说家、诗人、剧作家于一身,在其著述中,他表达了对印第安部落前途命运和印第安文化身份的深切忧虑,探究了印第安口头传统、神话、语言、风景之间的关系,并致力于对印第安土地伦理的阐释与构建,以彰显印第安文化在生态危机时代的独特生态价值。关于其土地伦理的主要内涵,他在 1976 年发表的论文《美洲初民土地观》("A First American Views His Land")一文中已给予了精彩表述,其土地精神在他之前和之后的著述中反复呈现,只是表述方式有异罢了。他这样写道:"印第安人对大地和天空怀着深沉的伦理关切,他对自然世界怀有敬畏之心,这与现代文明的古怪反常信条截然对立,因为后者似乎要人必须毁掉他的环境。"②这种关切对他的印第安身份至关重要,对所有人也是必不可少的,这种关切需要远见卓识,不仅要考虑人之行为对未来七代人的影响,而且还要考虑我们的行为对整个世界包括超自然世界可能产生的影响,他坚称:"针对大地和天空,现在我们美国人比以前任何时候都需要想象我们到底是谁、到底是何种存在?"③要再次构想美国土地伦理,他建议我们每个人都应该认真观察世界,他这样写道:

> 在他的一生中,一个人应该全神贯注于被铭记的大地……他应该顺应他体验的具体风景,从尽可能多的角度看风景、想风景、思风景;他应该想象每个季节他都用手触摸它,倾听大地上的声音,他应该想象生活在其上的万物生灵,其上的微弱风动;他应该常记正午时分耀眼的阳光、拂晓和黄昏时分的多

---

①　Lee Schweninger. *Listening to the Land: Native American Literary Responses to the Landscape.* Athens: University of Georgia Press, 2008, pp. 165—183.

②　Ibid., p. 131.

③　John Elder, ed. *American Nature Writers.* Vol. 2. New York: Charles Scribner's Sons, 1996, p. 1154.

姿多彩。①

在许多土著美国作家看来,一年四季的大自然都能调动我们的全部感觉器官注意、顺应、体验自然风景,想象、铭记大地以及人在大地中的位置,这些都是借助与大地的关系,重拾与历史、文化间血脉关联的关键行动。

在莫马戴的创作中他重视语言、地方、土地伦理及身份之间的关联。在他看来,如果一个人熟悉他家乡的地名,那么"他就在家"。作为作家,他的语言经验成了他构建人与土地间关系、通达神性的必不可少的媒介。他这样说道,"在语言接地之处,就有神性",借助语言,通过命名,大地被理解为神圣的。"名字和存在不可分割。"作为人,我们的本质和我们的存在都取决于我们身在何处和我们占据什么地方或空间,"在地方、在节点,我们出生、成长、死亡。在这简单的地图上,描绘着我们漫漫人生路之理念,漫漫人生路上充满了故事"。在此,我们可看出莫马戴创作的底色,对待人与土地间关系的态度及对待土地的态度。②他甚至这样认为,人与土地的关系是想象的结果,"土地伦理是一种想象的行为"。土著美国人与土地的关系是精神的,因此也是伦理的关系,而不是财产的,更不是统治的关系,这就是土著美国人与非印第安人对待土地的区别。③

在莫马戴的创作中,他尤为关注语言和地方的重要性,此二者居于他自我意识的中心,也是他小说的中心、生命的中心以及想象的中心,因为"敬重语言就是保护地方,也就是敬重和保护自我。由此可见,在语言触地之处,必有神性,当然,也一定有自我"。因为通过语言,人能洞悉土地的神圣性。实际上,语言和风景(地方)存在一种互动关系,语言确证风景,风景形成语言。地方总是独特的存在,如果无独特或被命名的东西环绕我们,我们将无家可归,无地彷徨,也因此丧失身份,失去自我。世上最重要的东西总是"存在于地方(in Place),并永远与名字共在"。"技术革命的结果之一就是将我们从土地上连根拔起,我们感到失去方向,在时间和空间上我们感到精神错乱。针对某个超市或下个咖啡小憩之处我们也许完全知道我

---

① John Elder, ed. *American Nature Writers*. Vol. 2. New York: Charles Scribner's Sons, 1996, pp. 1154.

② Lee Schweninger. *Listening to the Land: Native American Literary Responses to the Landscape*. Athens: University of Georgia Press, 2008, pp. 131—132.

③ Ibid., pp. 134—135.

们身处何处,但我怀疑针对星星或至日我们中有人知道他身处何处。"①也就是,现代人已经失去了与自然世界的天然联系,不能体悟土地的神圣性,而这些在土著故事中依然得以传承。在莫马戴看来,要重拾人与土地的关系,就要通过想象,就要借助语言之力,以捕捉或认识到土地的神圣。也就是说,土地总是神圣的,想象和语言让这种神性得以向人栩栩如生地呈现。

根据以上分析可知,莫马戴并非一概反对构建印第安形象,而是反对主流文化构建肤浅、静态、歪曲的印第安形象,他实际上一直在着手构建一种独特的基于土地的印第安形象。正如他这样说,"印第安人必须界定自我,必须找到界定自己的力量,必须拒绝让别人来界定自己。孩子是最大的难题,对我们土著美国人而言,尤其如此。我们都必须让我们的孩子认识神性",也就是,土著美国人必须要有足够的文化自信和文化自觉,培养孩子的神圣感。为此,印第安人必须保护、敬重圣地,圣地是培养孩子神圣感、敬畏自然的场域,接受土地伦理教育的真实场所。正如他在文集《词语造就的人》(*The Man Made of Words*,1997)中写道:

> 神圣大地遭到威胁之时,北美圣地也遭到威胁,我们必须采取行动保护大地的精神中心,那些承载我们祖先梦想和我们孩子福祉的地方。

> 对我们来说,触摸大地有益无害。我们和孩子都需要脚踏神圣大地的机会,这是万物生灵最后的永恒栖所,我们必须保护圣地,我们必须保护圣地以知道我们在时间长河中的位置,并由此通达永恒。②

二　迪劳里亚的土地伦理:人与自然间的神圣宗教关系

当然,在土著土地伦理的构建与阐释方面,迪劳里亚贡献最大。他是著名印第安历史学教授、印第安文化学者、社会活动家、印第安事业的主要捍卫者之一,在其名篇《卡斯特为你的罪孽而死》(*Custer Died for Your Sins:An Indian Manifesto*,1969)《我们说,你们听》(*We Talk,You Listen*,1970)及《上帝是红种人》(*God is Red*,1973)③中,他深入批判了主流文化对印第安文化浅薄无聊的解释、对印第安

---

① Lee Schweninger. *Listening to the Land: Native American Literary Responses to the Landscape.* Athens: University of Georgia Press, 2008, pp. 146-147.

② Ibid., pp. 148.

③ 注:《上帝是红种人》于1993年修订、扩充,并添加了副标题,即《上帝是红种人:土著宗教观》(*God is Red:A Native View of Religion*,1993)

人漫不经心的刻板描写,阐明了印第安文化与非印第安文化之间的区别,提出了一个独特、神圣的印第安土地伦理,他对印第安文化的阐发与传播深刻影响"印第安人的自我理解"。由于他的巨大影响,故被尊为美国当代印第安人的代言人,"他对美国和美国印第安人时而尖酸刻薄、却总是富有见地、切中要害的评论,一直影响联邦印第安政策和印第安人的自我理解"。① 他藐视主流社会强加的刻板形象,却又竭力构建具有土著生态智慧的印第安形象,他将物理风景或地方看成土著美国宗教信仰制度的一部分,提出了独特的土地观念,并坚信神圣性在整个印第安生存大背景中起着重要作用。

在他看来,"神圣性"这一特征既是印第安文化的重要特征,也是其土地观的关键要素,并深深地浸润印第安土地,蕴含于印第安的天地万物之中,并赋予它们无限的生机、不竭的活力与超然的灵性。在笔者看来,正因为印第安文化中的"神圣性",才赋予了印第安生态学一种比深层生态学还深的特征,才有可能更为深层地追问"生态与社会危机的终极根源"。为此,迪劳里亚在《上帝是红种人》中提到高级法庭的一个裁决,法官们拒绝承认美国土著圣地的神圣性。"这种不理解凸显了传统西方关于宗教观与印第安信仰之间的巨大的鸿沟,这是西方的个人良知和义务与印第安集体传统之间的差异。"尽管在人文知识领域印第安人似乎也接受了美国文化的价值和习俗,但二者在信仰与基本观念依然存在巨大差异。当然,这种差别深刻地反映在二者对待土地的态度与实践上。对此,迪劳里亚在《我们说,你们听》一著中介绍了印第安人与非印第安人在对待土地的态度和处理土地的方式上的区别:"印第安人与土地共生,而白人毁掉他的土地和我们的星球。"迪劳里亚阐明并借此具体指出土著美国人传统与非土著传统和信仰制度之间的区别,尤其明确了美国土著土地伦理。正如罗伯特・沃里尔斯(Robert Warriors)研究指出:"《上帝是红种人》通篇涉及的基本问题源于迪劳里亚对基督教的基本认识:基督教缺乏与土地的关系……他认为生态、政治及精神危机是将人与非人类创造物进行分离的错误做法产生的恶果"。生态女性主义学者罗斯玛丽・雷德福・卢瑟(Rosemary Radford Ruether)在评介迪劳里亚时指出:在他看来,"基督教关于历史中人的观点也可转变成生态灾难"。托德・D. 斯旺森(Tod D. Swanson)认为,在迪劳里亚的眼中,"土著宗教起始于地方,结束于地方"。由此可见,地方或曰土地

① Lee Schweninger. *Listening to the Land：Native American Literary Responses to the Landscape*. Athens：University of Georgia Press，2008，p. 150.

在印第安宗教或文化中居于至关重要的位置,宗教源于土地,旨在维护人与土地的和谐关系。难怪迪劳里亚这样说道:"部落宗教实际融合多种多样的态度、信仰、习俗于一体,以便让人们与他们生活的土地精微协调。"换句话说,部落宗教在维护土著人与土地的和谐关系中起着至关重要的作用。

三 印第安土地伦理与主流土地伦理之间的对话:契合与超越

关于宗教与环境之间的关系,美国科学史家林恩·怀特在 1967 年发表的《我们生态危机的历史根源》一文中有诸多独到的见解,从不同的路径,怀特与迪劳里亚有相似或一致的看法,只是在解决环境危机的文化策略有所不同罢了。在该文中怀特梳理了基督教主导下的科学技术发展与人类改造环境的能力之间的关系,并得出结论:基督教人类中心主义思想是导致当今全球生态危机的元凶。该文在欧美学界引起了轩然大波,并激发了学界长时间的辩论,不论其立论是否正确,该文实际上推动基督教的绿色化进程,甚至从更广泛的意义来说,推动了整个人文学科的绿色化(哲学、宗教、文学研究以及其他相关学科),开启了生态批评文化维度之先河,也因此成了西方生态中心主义型生态批评的经典文献。① 怀特认为,环境问题的根源在于宗教,因而解决问题的办法应该从宗教入手,用他的话说,"更多的科学和技术将不会帮我们摆脱生态危机,除非我们找到新的宗教或反思旧的宗教"。从这个角度看,怀特认定宗教对人的自然观,尤其是人与自然间的关系有着直接的影响,进而影响环境状况。关于解决环境危机的策略问题,怀特主张从宗教入手,正如他指出:"我们的生态危机将继续恶化,除非我们拒斥基督教的座右铭——自然除了服务于人类以外,就没有别的存在理由。"② 由此可见,怀特与迪劳里亚在宗教与环境之间关系问题上有着惊人的契合。然而,由于怀特秉持根深蒂固的西方中心主义文化立场,难以跳出西方文化圈,更不可能走跨文明之路,从其他宗教传统中寻找新的生态文化资源应对环境危机,他依然将解决生态危机的文化使命寄托于基督教。也就是,怀特主张通过振兴阿西西的圣·弗朗西斯开创的具有生态中心主平等思想的基督教少数派传统来绿化基督教,进而绿化西方文化

---

① Lynn White. *"The Historical Roots of Our Ecologic Crisis."* In *The Ecocriticism Reader*. Ed. Cheryll Glotfelty and Harold Fromm. Athens:University of Georgia Press,1996,pp. 3—14. 也参见胡志红:《西方生态批评史》,第 68—73 页。

② Ibid. ,pp. 12, 14.

的策略。要用弗朗西斯的"包括人在内的万物平等的理念取代人对创造物无限统治的理念",他甚至提议将"弗朗西斯尊为生态学家的保护神"。实际上,怀特已经排除了向其他文明或文化甚至美洲大陆的土著文化,借鉴或学习生态智慧以消解基督教人类中心的可能路径,更不可能从跨文化、跨文明的角度探讨解决环境问题的多元文化路径。他这样说道:"尽管禅宗所蕴含的人与自然的关系几近基督教观点的反面,然而,禅宗深深受制于亚洲历史的影响,正如基督教受制于西方经验一样,因此我怀疑它在我们文化中能发挥作用。"①由此可见,怀特依然固守近现代以来西方文明主导世界问题的一元化、霸权主义的老路,坚持西方宏大叙事解决问题的简单思路。

迪劳里亚还进一步阐明了印第安人土地伦理内涵。首先,他指出印第安人与白人在针对土地的关系上的差别及其产生的迥然不同的后果。在他看来,"土地的精神拥有者印第安人与土地的政治拥有者白人之间存在的巨大鸿沟,这种本质差异在全国的政治、道德及精神上明显造成了动荡不安"。印第安人与土地的关系更多是一种神圣的宗教关系,这反映在他们的土地伦理中。印第安人与自然风景间的关系归根结底是一种"宗教世界观,旨在将人类物种置于由自然世界、土地和所有生命形式组成的生命网络之中。只要有印第安人的地方,印第安部落将会与肆意破坏土地及其支撑的生命的族群发生冲突"。因为印第安部落从来都固守自己的土地哲学:"印第安人与土地共生,他害怕因改变它的自然形态而毁坏它,因为他懂得,土地远不只是可掠夺的工具,它支撑万物生灵,没有其他生命形态,人自己也不能生存。"迪劳里亚阐明了印第安土地伦理之理念,一种对土地或地方神圣性的欣赏,这是美国印第安人文化的独特之处。

在谈论印第安土地伦理时,自然会让人联想起美国著名生态哲学家奥尔多·利奥波德。他最重要的贡献是提出了整体主义的"土地伦理学"②,他的整体主义思想对当代生态中心主义哲学产生了深远的影响,也成为了生态批评的重要思想基础,其土地伦理学的主要观点如下:

(1)土地伦理学的任务是扩展道德共同体的边界。伦理学的发展已经历三步。

---

① Lynn White. "*The Historical Roots of Our Ecologic Crisis.*" In *The Ecocriticism Reader*. Ed. Cheryll Glotfelty and Harold Fromm. Athens: University of Georgia Press, 1996, pp. 13—14.

② 参见奥尔多·利奥波德:《沙乡年鉴》,侯文蕙译,长春:吉林人民出版社,1997 年,第 191—214 页。也参见胡志红:《西方生态批评史》,北京:人民出版社,2015 年,第 20—22、27 页。

最初的伦理学研究人与人之间的关系,后来的伦理学研究扩展到人与社会之间的关系,现在的伦理学研究要"向人类环境中的第三因素(大地)延伸",进一步扩展到人与大地之间的关系。"大地"是一个有机的共同体,是生态学的基本概念。

(2)人是大地共同体的普通成员与普通公民。生态学的历史研究表明,人只是生物队伍中的一个成员。土地伦理学改变人类的地位,从他是大地—社会的征服者,转变为其中的普通成员和普通公民。这意味着人类不仅要尊重共同体中的其他同伴,而且要尊重共同体本身。

(3)土地伦理学明确地提出了生态整体主义最基本的价值判断标准。传统伦理学完全以人类的利益为基础,人们往往只以经济价值的尺度对自然环境进行评价,只是从经济学的角度对自然环境进行开发和保护。建立在此基础之上的"自然保护系统,完全以经济价值为基础,这是它的一个最基本的弱点"。这种保护系统"是绝对片面的。它趋向于忽视并进而排除在大地共同体中那些没有经济价值的许多成员,而那些被排除的成员恰恰是大地共同体系统完善功能的所不可缺少的基础"。为此,利奥波德提出,"当一个事物有助于保护生物共同体的整体性、稳定性和美丽的时候,它就是正确的;反之,它就是错误的"。这种新的伦理价值尺度同时也就是新的道德原则。这种尺度可被称为生态尺度,它实际上已承认了自然存在物本身固有的价值,其价值不是以人的标准而是以生态的标准加以评判,所以从某种角度看,土地伦理学是对人类中心主义价值观的否定。

这种道德"从生态学的角度看来,是对生存竞争中行动自由的限制;从哲学的角度看来,则是对社会和反社会行为的鉴别"。对与错要看对整个群落的好坏而不是对其中某个成员或物种,他提出要"像山那样思考",即是从整体主义和非人类中心主义的视角来考虑人与自然的关系问题。

由此可见,迪劳里亚阐明的印第安土地伦理与利奥波德所提出的土地伦理在尊重自然万物自身的固有价值方面存在一定的契合,但更有差异,其原因在于后者的土地伦理是生态科学主义本位的,并且笼统抽象,在实践上难以操作。与此同时,由于过多强调整体的利益,而忽视个体生命,甚至有可能被误释、误用,成为沙文主义或法西斯主义的借口。难怪当代环境哲学中动物解放派对生物中心主义哲学家及整体主义哲学家发起了猛烈的抨击,指责他们对生命个体的忽视。譬如,美国环境哲学家美国哲学家汤姆·雷根(Tom Regan)将利奥波德的整体主义和J.

B. 科里考特（Callicot）生态中心主义界定为"环境法西斯主义"①。其意思是，就像20世纪的某些集权政府一样，生态中心主义者支持社区、团体或民族国家的利益取代个体利益的制度，在迫不得已的时候，环境法西斯主义要求牺牲个体的利益甚至生命以服从生态系统、星球甚至宇宙的需要。雷根秉承自然权利自由主义的传统，重视包括人及动物在内的每个个体的固有价值，因而当然不能接受环境哲学上的整体主义路线。此外，利奥波德因设定伦理学发展过程"三步"中的前"两步"似乎已圆满完成，因而其土地伦理学掠过了现实社会中广泛存在的因种族、阶级、性别及文化等因素的差异而导致的人与人之间的不平等的严峻现实，甚至有可能，借生态之名扩大与强化这种不平等，进一步恶化人与人之间的剥削与压制，换句话说，利奥波德土地伦理学缺乏社会生态学维度。

　　然而，在印第安土地伦理中，一切自然存在物，无论是有生命的还是无生命的，不只是具有自身的价值，更具神圣性，都应得到尊重，人应该怀着敬畏与它们交往沟通，这就是印第安土地伦理的独特之处，也是印第安人及其文化的特色，甚至可以说这就是印第安性（Indianess）。从这个角度看，迪劳里亚也促进了他竭力反对的对印第安形象的构建，乍一看，这似乎是他思想的悖论。然而，仔细深究，我们会发现，他真正反对的是白人主流社会强加给印第安人的僵化刻板的生态形象，他真正支持的是印第安人照自己的文化传统塑造自我的独特形象。在概括印第安人与非印第安人在欣赏土地的差别时，迪劳里亚指出，前者的欣赏涉及神圣传统、信仰及崇拜，由此他坚持地方对土著美国人的重要性，为此，他声称："非印第安人不可能有如此多的宗教体验，尤其多数教堂都有特殊的仪式清洗教堂建筑物，以便他们可在那里举行各种宗教活动，并不受自然世界的玷污。不仅非印第安人在美洲的时间不长，而且他们的家庭也少有在一个地方居住足够长的时间，因而难以与环境建立深厚感情。"②此外，由于他们在美洲大陆存在的时间不长，难以领悟神圣大地之深刻内涵，更不可能将神圣之理念融入自己的生活实践之中。由此可见，在非印第安人的眼里，自然不仅不是圣洁的存在，而且还玷污他们宗教的神圣性，因为他们神圣性完全是人化意义上的。与此同时，他们的地方意识也非常淡薄，因为他们

---

　　① Roderick F. Nash. *The Rights of Nature：A History of Environmental Ethics*. Madison：The University of Wisconsin Press，1996，p. 159.

　　② Lee Schweninger. *Listening to the Land：Native American Literary Responses to the Landscape*. Athens：University of Georgia Press，2008，p. 154.

的身体是无根的,灵魂是游动的,他们总是在运动之中,大地不是他们心之所向,天堂才是他们的终极栖所,对大地而言,他们无非是匆匆的过客而已。

四 迪劳里亚土地伦理与社会组织形式之间的关系:培育土地意识

迪劳里亚还指出,印第安部落的社会组织形式与主流社会组织形式之间存在根本的差异。部落社区完全由家庭关系确定,而印第安社区却按照居住地和人为政治管辖权确定或按照公众接受的思想原则来定。与此同时,非印第安人还可在印第安社区看到在自己社区中所没有的部落宗教体验和敬畏,这些都源于印第安人深信他们土地的神圣性和圣地的存在。由于受到"神性气氛"熏陶,即使从未到过这些圣地,仅从社区知识中获得的信息,他们也了解这些地方,因为"了解这些"已早已成了他们"存在的基本部分",成了他们的集体无意识,融入他们的血脉之中,这就是迪劳里亚竭力阐明的印第安人天生具有"欣赏风景神性"之禀赋的真意,而这种禀赋在主流欧美文化中即使不是全无,至少也非常稀缺。①

由此可见,尽管迪劳里亚一以贯之挑战印第安刻板形象的合法性,然而他却一直就在致力于塑造"能意识到人与风景之间的相互依存性并小心谨慎地敬重这种风景"的土著美国人典型形象。在他的著述中,他反复宣称,印第安人看待和回应风景的方式与非印第安人的方式确实迥然有别,然而他不让这种伤感无聊的呻吟被看成印第安人的生态智慧,或非印第安人接受这种智慧,为此,他满腔热忱,投入精力和智慧维护这种土著信仰。在部落社会中,宗教信仰与家庭和社区密不可分,靠的是集体传统,是集体本位。然而,西方传统思想中,宗教靠的是个人的良知和担当,是个体本位的,这就是西方宗教与土著宗教之间的分野,而这种分野也决定了他们的土地观。在迪劳里亚看来,土著宗教对集体依存的理念使得某个具体的地方变得神圣,在"在神圣中蕴含巨大的能量……神圣性并不取决于人对土地的占用,而依赖于让人能够在那里反复体验神性的故事描写",为此,就需要祭祀行动。"祭祀能让大地变得神圣,这样语言与故事就密不可分",由此可见,故事、口头传统、集体身份、圣地就浑然一体,人与自然万物生灵也就共生于一个生命网之中,他们之间必然存在千丝万缕的亲缘关系,所以彼此能顺畅沟通与交流。然而,就是这种居于部落文化中的土地神圣性和关于土地的口头传说却遭到西方基督教文化传

---

① Lee Schweninger. *Listening to the Land*:*Native American Literary Responses to the Landscape*. Athens:University of Georgia Press,2008,pp.154—155.

统和科学精神的否定,他们的偏执本质上是怀疑和否定印第安族裔。① 譬如,美国最高法院就裁定印第安神圣土地的概念无效,科学家们也坚持古印第安人是造成北美巨型动物灭绝的主因。由于主流美国社会否定印第安族裔的存在,因而剥夺了当代印第安美国土著的存在,也就否定了当代印第安人争取民族自决的权利。这种否定反映在美国主流社会对待土著、个人、风景及非人类自然的方式和态度中。

概言之,对土地神圣性的欣赏是印第安部落宗教和存在的本质要素,在这样的文化语境中,大家都能领悟"关于生命的基本概念,这种生命是一个涵盖土地和人的连续整体,因为土地是集体拥有,整个世界心理相通被展示得栩栩如生"②。由此看来,印第安部落文化的归根结底是一种宗教世界观,这种世界观将人类物种置于构成自然世界、土地以及其他一切生命形式的生命网之中。当然,迪劳里亚的印第安土地伦理不仅宗教色彩浓厚,而且还具有强烈的政治色彩,因为他疾呼其支持者积极采取行动。

五　维泽诺的恶作剧话语取向的土地伦理:对刻板"生态印第安人"形象的解构

根据以上分析可知,关于土著美国土地伦理议题,无论是莫马戴还是迪劳里亚都致力于阐明和构建内涵确定的、普适性土著土地伦理,这样似乎就陷入构建僵化刻板"生态印第安人形象"的陷阱之中,从某种程度上看,是对印第安人的本质主义化建构。有鉴于此,维泽诺对此颇有微词。对土著美国人与自然环境之间的关系,他反对采取笼而统之、本质主义甚至还原论的简单化做法,也反对采取还原论的方法建构印第安人形象。尽管如此,在他的著作中,他刻意反复介入环境,以让读者调和关于土著美国人的还原论形象和归纳中存在的表面矛盾。一方面,他拒斥对印第安土地观的还原论解释和对印第安身份进行还原的统一的"印第安标志",另一方面他也坚持独特的土著环境关系,乍一看,这似乎是他的生态悖论。③ 然而,在他的创作中他运用了融后现代主义、后结构主义及解构主义的喜剧手法于一体的"恶作剧话语",引入印第安神话中的恶作剧人物及其叙事策略,消解了他的悖

① Lee Schweninger. *Listening to the Land: Native American Literary Responses to the Landscape.* Athens: University of Georgia Press, 2008, pp. 160－164.

② Ibid., p. 164.

③ Ibid., p. 166.

论。在他看来,印第安部落中的恶作剧者不仅是神话中的人物,而且还是一个叙事策略。[1]

维泽诺是美国印第安文学复兴时期最高产、最富争议的作家之一,也是该时期第一个将喜剧色彩浓厚的恶作剧人物引入当代印第安小说的作家之一,在印第安文化圈,他被公认为恶作剧人物的化身。他就是运用恶作剧者形象颠覆对印第安人的刻板描绘。在人与自然世界之间的关系中,他用"生态恶作剧者形象"既抗拒白人强加的僵化的"生态印第安人"形象,也挑战其他印第安作家为自己族群建构的本质主义的生态印第安人形象。在以自然为基点的前提下,他用恶作剧者形象,充分揭示了富有印第安文化特色的土地伦理,同时展开了印第安与非印第安文化之间深层的生态对话,彰显印第安生态特色,揭露非印第安文化,尤其白人文化的反自然之罪和环境种族主义行径。

要对恶作剧者做明确的界定,是不可能的,他们的主要特点可用"矛盾、含混、不确定"等词语来形容,他们时而聪明过人,时而愚不可及;他们诡计多端,迷惑对手;他们身份多变,性格流变,他们既是人也是神,既是人也是动物,既是男人也是女人,甚至双性同体,他们也许还是混血儿,他们淫荡、贪婪、肮脏,他们行窃、行骗、撒谎;他们打破一切禁忌,亵渎一切神圣信仰,不受一切社会规范的约束,他们往往游离于社会秩序以外,断绝一切正常的社会交往,自由穿越各种文化界限。[2] 维泽诺在他的恶作剧小说《圣路易·熊心的黑暗》(*Darkness in Saint Louis Bearheart*,1978)《美国猴王在中国:一个悲伤者的故事》(*Griever: An American Monkey King in China*,1986)及《死去的声音》(*Dead Voices*,1992)等中,充分运用该神话人物形象,并赋予其时代气息,灌注其生态智慧,以揭示当代印第安人面临的生存、文化及生态困境,昭示他们走出困境的文化与现实路径。

《圣路易·熊心的黑暗》"就是一部恶作剧者撰写的关于恶作剧者的小说"[3]。此前的维泽诺批评主要从社会层面阐释该著,认为作者竭力操纵读者,让他们成为恶作剧者,以机智作为武器,奋起抗击世间恶棍,鲜有从印第安文化的视野探讨该著的土地伦理议题。然而,李·施文尼格尔分析指出,该著揭示了美国土著土地伦

---

[1] Jennifer McClinton-Temple and Alan Velie. *Encyclopedia of American Indian Literature*. New York: Facts on File, Inc., 2007, pp. 370—371.

[2] Ibid., pp. 370—372.

[3] Ibid., p. 377.

理不同于非印第安人对待土地和非人类自然的态度。在该著作中,维泽诺强调指出环境破坏是白人贪婪与冷漠造成的恶果,雪松林消失的原因在于"边疆政治支持铁路公司、伐木者及农业定居者,他们被允诺是大地的所有者"。在此,维泽诺坚持美国土著土地伦理的存在,并且区别了土著与非土著的土地态度,并指出殖民者往往并不成功,他们是风景的破坏者。当然,维泽诺并非要将自然的爱好者或大地母亲女神的崇拜者的刻板印第安人形象强加给当代印第安人,他的人物多变,难以归类。维泽诺推崇"混血恶作剧者的作用",因为他拒绝被白人框定在文化范畴之中。他超越了"盲目固守不变的过去"的僵化做法。在克斯廷·施密特(Kerstin Schmidt)看来,维泽诺的恶作剧小说挑战主导范式:"从不同的层面,一个能打破、颠覆、逾越主导话语确定的各种限制的原则一直在他的著作中发挥作用"。安德鲁·麦克卢尔(Andrew McClure)认为,该著"撕碎了单面印第安人的定义""表明土著美国人身份的丰富性与多面性"。路易斯·欧文斯(Louis Owens)写道:该小说是"一个将我们从浪漫主义的藩篱中解放出来的尝试,是解放想象力。该小说的主要目标正是'印第安符号',其能指与所指之间的路线早已预定并习以为常。维泽诺的目的是解放这两种因素之间游戏,解放'印第安性',这样做,将会从史诗般、万古不变的过去中解放了印第安身份,因为执拗坚持一成不变,对美国土著人是悲剧"①。一句话,维泽诺拒绝模式化的印第安人形象,让恶作剧者走出神话,进入当代充满矛盾的严峻生态现实,构建多姿多彩、变化莫测的当代印第安人新形象。

当然,尽管维泽诺的恶作剧人物体现了"矛盾与含混",性格"扑朔迷离",难以界定,但是"在无限的可能中,某特征还是可以把握",因为这些特征在人物身上、在不同的故事中反复出现,其中之一就是美国印第安人与风景之间的关系。正如他写道,"我们承受大地的伤痛","必须以大地的终极身份而行动",因为人的身份归根结底与大地水乳交融。当然,他为了针对土地区别印第安与白人,他似乎也刻画了一个"印第安—白人典型":"印第安人追逐美景,白人追逐美金","白人要土地,土著人要幽默,谁都无法像砍树一样砍掉土著幽默"。除了强调幽默重要,他不乏幽默地谈到自然在土著文化中的重要性。他写道:有白人科学家高调宣布他的重大发现,诸如发现树长有舌头,小溪里有藏书,鱼嘴能说话,小虫子翅膀上有口头文学,石头上有训诫之言,等等——换句话说,自然世界有语言,会说话。然而这些所

① Lee Schweninger. *Listening to the Land*: *Native American Literary Responses to the Landscape*. Athens: University of Georgia Press, 2008, pp. 168—169.

谓的重大发现对土著民族来说,早已不是新鲜事。因为自从有了文字,土著民族就知道这些事情,他们就一直懂得怎样倾听大地并从中学习,就能与自然进行顺畅交流。① 在此,维泽诺再次强调了语言、故事与大地之间存在的重要关系,还指出了印第安人和白人在与土地的交往方式以及对待土地的态度方面存在重要区别。简单地说,印第安人信奉泛灵论,白人信奉的是理性人文主义话语,就针对人与自然的关系来看,他们的话语迥异。泛灵论文化将自然看成是个生命充盈、众声喧哗的大世界。在泛灵论文化中,除了人,还有动植物,甚至"无生机"的实体,像石头、河流等,都被认为会说话,有时是智慧的主体,好歹也能够与人沟通、交流。除了人的语言,还有鸟儿、风儿、蚯蚓、狼、瀑布的语言,这是个言说主体构成的世界,谁无视它们的存在,将会招致不测之祸。承认自然在社会实践领域的地位将会产生重要的结果,它将会制约有关自然的知识以及人类体制对这些知识的运用。在泛灵论的社会中,道德关怀不只是来自上帝、天使、圣人以及其他人,也来自其他存在物,一切存在物都有神性。用奥地利哲学家、宗教家布伯(Martin Bauber)的话来说,没有任何东西是"它"(it),人与自然建立类似于人与人之间的关系是可能的。布伯称泛灵论的特征是人与整个自然的交往是"我—你"(I-Thou)的关系。② 当今许多部落社会的基础信仰是泛灵论,并且大量的证据表明泛灵论在人类历史上普遍存在,甚至在现代技术社会中,它也以各种不同的形式惨淡延续。最重要的是,泛灵论社会几乎毫无例外地避开了环境灾难。不少部落没有"荒野"的说法,因为自然与文化之间的关系从来没有紧张到"界定"荒野的程度。

难怪美国生态批评学者马内斯在《自然与沉默》③一文中也指出,西方文艺复兴和启蒙运动时期盛行的人文主义在极度张扬人性、确立人的唯一言说主体地位的同时,却野蛮地剥夺了自然的主体性,并且凭借暴力迫使它沉默,这是导致当代生态危机的根本原因。在马内斯看来,如果解决生态问题,不仅要创立一种新的环境伦理,还须创造一种新的语言。这种语言必须涤除人文主义褊狭的惯性、人的优越感,吸纳进化论、生态科学、无中心的后现代、后人文主义中蕴涵的本体论的谦

① Lee Schweninger. *Listening to the Land: Native American Literary Responses to the Landscape*. Athens: University of Georgia Press, 2008, pp. 171—172.

② Roger S. Gottlieb, ed. *This Sacred Earth: Religion, Nature, Environment*. 2nd edition. New York: Routledge, 2004. p. 197.

③ Christopher Manes. *"Nature and Silence."* In *The Ecocriticism Reader*. Ed. Cheryll Glotfelty and Harold Fromm. Athens: University of Georgia Press, 1996, pp. 15—29.

卑。这种语言一定要充分借鉴各种原始文化、部落文化以及其他各种生态型文化
生态智慧,关注它们的地域特性。这种新的语言也许,或者说,必然,挑战特权的人
文主义理性话语。这种新的语言让自然万物能说话,还能让它们与作为大地共同
体普通成员的人进行顺畅沟通、对话、交流。

　　由此可见,话语的差异反映不同族群与自然间关系及对待非人类世界的态度
与方式的差异,白人与自然的疏离映照他们的"心理错乱",这种"错乱"的客观对应
物就是自然世界的失衡或曰环境危机。

　　除了运用恶作剧者形象以外,维泽诺还运用变动不居的叙事策略,以消解印第
安文化、人物的"静态"特征,凸显其"动态"特征。将性格复杂、多维的小说人物引
入21世纪,因为他们不沉溺于过去,因而他们的人生当然不是悲剧。照巴里·拉
加(Barry Laga)的话说,维泽诺"惯用的策略是挫败翻译、再现、阐释、标示、归类或
限制他的部落想象的任何企图"。所以,阅读维泽诺的一个最大困难之一就是他的
摇摆不定,真真假假常常都出自"同样的嘴,同样的句子"。这样,维泽诺实际上排
斥了对类型化描绘人物、文化或思想的可能性。维泽诺曾悲叹道:美国土著文学
"经还原论、批评和新殖民消费主义的超现实转化已被挤压进了文化范畴中",失去
了新奇,丧失了活力,甚至失去了生命。为此,他要大胆尝试,让他的作品"拒斥分
析"。尽管如此,读者还是能确定他作品中反复出现的主题:生存要靠故事,故事不
断"传授花粉、发芽,而后认识到人之身份与自然之间的关系"。在《在死去的声音》
中,维泽诺说道:美国主流文化中非印第安人的最大不幸之一就是"他们已经失去
了自己的故事,敬重濒危动物,可对被遗弃的大地却充耳不闻"。① 由此可见,维泽
诺与莫马戴一样,都认识到身份与故事、故事与地方及地方与身份之间的关联。与
此同时,他的恶作剧人物都能倾听大地的声音,否定浪漫主义的窠臼,总能让人物
铭记大地。

　　归根结底,一方面维泽诺严厉拷问并最终拒绝了僵化的印第安典型形象及其
土地伦理,另一方面他也借助所建构的恶作剧者形象、叙事策略及修辞游戏表达他
对人与自然间亲缘关系的坚定信仰,这也是他恶作剧小说故事的核心内容,这也是
人存在和生存得以延续的关键要素。当然,他也坚信印第安人认同非人类世界的
方式不同于非印第安人。通过他的故事,他创造反叙事,时而驳斥,时而否定模式

---

　　①　Lee Schweninger. *Listening to the Land*：*Native American Literary Responses to the Landscape*.
Athens：University of Georgia Press，2008，p. 169.

化印第安典型,并反复坚称美国印第安人与土地的特殊关系,借此他将读者从"死文化"或"天定命运"的宏大民族叙事中解脱出来,保留别样的印第安生态底色,时而凸显他们捍卫自己文化传统的坚韧,时而揭露主流白人文化的环境种族主义的无情,赞美土著民族在变化中求生存、在适应中求发展的土地本位的文化策略。他将这一切都融入他的恶作剧者故事中并不断创造新的故事,融入时代精神,振兴族群精神,永续人与土地间的和谐关系。

根据以上分析可知,无论是莫马戴的体验与想象并存的土地伦理、迪劳里亚的具有浓厚宗教色彩的土地伦理,还是维泽诺的恶作剧话语取向的土地伦理,都是在与西方主流文化自然观的对话、争辩、质疑中提出与构建的,其旨在阐明印第安土地伦理与西方主流土地伦理之间的差异性,凸显其不足与盲点,彰显印第安土地伦理蕴含的独特生态智慧。当然,在构建独特的印第安土地伦理时,作家们也试图超越"生态印第安人"刻板形象的藩篱,强调印第安土地伦理的流变性、机动性、适应性、神圣性,其中,人与自然万物间关系的神圣性是印第安土地伦理最为耀眼的特征,是对科学生态学伦理的超越,借此,这些作家们也试图构建灵活多变、适应时代发展的新型印第安人形象。

第四节　《力量》中的狮子书写与跨文化生态对话：
建构多元文化生态话语

琳达·霍根是当今美国土著作家中最具影响力的女作家之一。她高产多才,兼诗人、小说家、剧作家、散文家及环境主义者于一身,其著广涉文化身份、土著文化保护、社会公正、环境公正、环境救赎、性别及仁爱等议题,其中,对人类/动物之间关系的探究也是其重要议题之一。在其各类著述中,动物都是常客,有时还是主角,因而成了作品关注或再现的中心,她也因此广受生态批评界的关注。可霍根处理动物的方式独特,她对动物与人之间的直接接触,无论是冲突对抗还是友善交往的描写往往着墨不多,即使它是主角也是如此。她这样做的主要原因在于借助对动物或动物与人之间关系的描写来反映美国土著与动物或非人类世界之间的关系,让动物成为反映人类种族间复杂纠葛的一面镜子。通过动物描写,霍根也开启了文化间在针对环境议题上的冲突与对话,彰显土著文化的生态异质性,以敞开、破解环境困局的土著文化之道,探寻应对环境问题的可行性多元文化路径。甚至可以这样说,动物是种族间、文化间开展对话的纽带、路径。由此看来,霍根的动物书写不仅具有明确的环境公正取向,而且还具有强烈、自觉的跨文化对话意识。

比较而言,在描写动物与人之间的接触时,霍根与19世纪的美国作家麦尔维尔或20世纪的美国作家海明威(Ernest Hemingway, 1899—1961)之间存在着明显的区别。在麦尔维尔的名篇《白鲸》或海明威的《老人与海》(*The Old Man and the Sea*, 1952)中,鲸鱼、马林鱼或鲨鱼似乎都成了故事主角,因而麦尔维尔就在其著中通过大量描写主人公亚哈(Ahab)船长与巨鲸之间的直接冲突、对抗来表现作品复杂神秘之主题;海明威在其著中也是通过大量描写老渔夫桑提亚哥(Santiago)与鱼,尤其与鲨鱼之间的殊死搏斗来塑造永不言败的"硬汉"形象。当然,不管有意还是无意,两部作品因对人与动物之间冲突的描写映照了人与自然之间的关系,一定程度上还反映他们的生态观。然而,他们的小说只是一般地考量"抽象化的"人与动物之间的关系,并不涉及小说主人公的肤色或性别问题。简要地说,他们的动物书写缺乏环境公正维度,强化社会维度,淡化生态维度,更未综合考量二者之间的复杂纠葛,因而从生态多元文化的视角看,他们的作品缺乏当代环境公正取向的生态文学应有的广度与深度。

《力量》是霍根的小说名篇,尽管该著谈的是狮子的力量,但它重点不是描写狮子与人之间的冲突,而是借杀狮事件和狮子书写开展土著文化与主流文化之间的交锋与对话,彰显土著文化所蕴含的别样的生态智慧,深刻揭示环境危机与土著文化生存危机之间的深层关联,谴责主流社会针对美国土著的环境种族主义行径。

一　杀狮事件悖论之真相:文化异质性

关于"动物"在霍根作品中的重要性问题,在其《力量》中可谓得到了最为充分的说明,因为整部小说故事都围绕一头被土著人猎杀的佛罗里达狮展开,而对它的具体描写则非常少。通过捕杀狮子事件所引起的各种纷争开展印第安文化与主流白人文化之间的对话,进而探讨土著人之生存、文化身份、土著信仰及环境保护、主流自然观及土著自然观等议题间错综复杂的纠葛。

《力量》的故事情节比较简单,背景设置在佛罗里达州,一位名叫奥米什图(Omishto)的16岁泰戈部落(Taiga tribe)少女是故事中事件的目击者和叙述人。她目睹了她姑姑土著妇女阿玛·伊顿(Ama Eaton)在暴风雨之夜捕杀一头濒危的美洲狮"西萨"(Sisa)而招来的两场官司。作为证人,奥米什图也与阿玛一道经历两场审判。一场因违反濒危动物保护法在白人法庭接受审判,因证据不足,阿玛被判无罪;另一场是接受部落法庭审判,她的罪与其说是杀了这头狮子,不如说是在杀狮子之前没有经泰戈部落成员共同商议和没有将被猎杀狮子之尸体带给部落长老看,从而展开一系列问题的讨论。表面上看,尽管阿玛遭到本族人的驱逐,似乎了结了这桩案子,但该案实际上并未真正了结,事实上也永远不可能了结,因为在捕杀濒危动物问题上土著文化与主流文化在立场上存在根本的分歧甚至对立,从而不可能找到明确、合理、公正的解决办法。正如霍根在《力量》中写道:"根据条约,阿玛可捕杀狮子,可此事激怒了要救它的人,尤其这头狮子已病入膏肓,他们几乎没有救它的可能,我赞同他们。同时,我也认同条约赋予土著人的权利,那么怎么会出现两种真理相互抵触呢?"① 由此可见,针对杀狮事件,两种文化的立场犹如两根平行线,没有交叉,所以找不到契合点,因而杀狮也就无所谓对与错的问题,如果真要判定当事人是否有"罪",完全取决于裁判人站在谁的文化立场上说话。令人啼笑皆非的是,阿玛无异于陷入"第二十二条军规"的窘境,因为不论谁来裁判杀狮事件,她都会遭到惩罚,这惩罚不是来自白人的法庭就是来自土著部落法庭。

白人法庭与土著法庭对待"杀狮"事件的不同回应揭示了两种文化之间的根本差异。对"杀狮"的审判"并不是关于法律、秩序或对错的问题,而是涉及在场与不在场、看得见与看不见以及这些范畴在一起运作的机制",换言之,在《力量》中,霍根试图借助"杀狮"开展两种异质文化在思维方式和看待世界方式之间的深度对话。当然,通过对话,霍根旨在倡导嵌入神话、自然及人类复杂关系中的传统生活方式和部落文化传统。② 白人法庭在裁定阿玛是否违法时,完全未考虑土著民族的文化因素,只是从濒危动物保护法的立场进行考量,捕杀狮子是法律问题;而土著法庭在裁定阿玛是否违法时,完全不考虑她杀的狮子是否是濒危动物,只是认定她捕杀的方式不对,没有事先经过部落的商定,捕杀狮子是文化问题。文化之间立场差异太大,可谓南辕北辙。更让人感到意外的是,阿玛既不认同白人文化,也不接受部落成规的约束,擅自做主,捕杀病狮,在法庭上还撒谎,不说出全部真相。由

---

① Linda Hogan. *Power*. New York: W. W. Norton & Company Ltd, 1998, p. 138.

② Jennifer McClinton-Temple and Alan Velie. *Encyclopedia of American Indian Literature*. New York: Facts on File, Inc., 2007, pp. 280-281.

此可见,她既不属于白人社会,也不属于部落社区,因而陷入一种可称之为"终极疏离与孤独"的窘境。然而,在她的"疏离与孤独"背后既隐藏着狮子成为"濒危"和"病态"动物的历史文化根源,也存在着当下主流社会动物保护主义话语背后的"终极文化悖论",这些都值得我们进行深入的探究。为此,我们就得去了解印第安生态观及其主导下的土著文化实践以及土著文化的生存困境。

二　印第安生态观:人与非人类存在物之间的神圣一体建构

美国土著生态观认为,人与非人类自然万物之间存在一体同构的神圣关系,都是神圣宇宙中平等的普通成员,他们不仅相互联系,而且还生死相依,共处于一个神圣的生命网中,作为生命网中掌握科技力量的成员,他应该做的不是征服"他者",而是为共同体的命运担当更大责任。简要地说,针对人与非人类世界的关系,土著文化传统具有两个基本特征,即世间万事万物的普遍联系性和生命世界的神圣性。① 这两个特征一直回响在土著文化传统中,并在霍根的著述中,尤其在《力量》中反复浮现。关于第一个特征,印第安文化研究学者 J. 唐纳德·修斯就认为,它反映了土著文化生态观与科学生态学之间存在重要契合,因为二者都强调包括人在内的万物之间的相互联系,都是一种整体主义取向的生态观。为此,他这样说:一旦美国印第安人理解生态学基本观点,诸如"一切事物都与别的事物相互联系,我们不是地球的统治者而是与其他生命形态平等的公民"等后,他们一定会认同这些观点,因为他们的哲学早已是生态的了。② 至于第二个特征,它却是印第安文化独有的世界观。该世界观认为,人的一切自然经验皆具有精神性,只能通过体悟或感悟方能通达天地万物,并与它们自然而然地合为"大一"(Oneness),对此,一个置身于该文化之外的人几乎是无法理解的。为此,作为自然存在的人在自然面前必须保持敬畏之心,常怀感恩之情,对自然的馈赠要回报,决不能忘恩负义。如果一味向自然单向无度索取,或肆无忌惮地对待自然,必遭报应。印第安人的这种自然观构成印第安部落文化本然的一部分,贯穿印第安孩子的教育甚至每个人的教育的始终,并在各种仪式中不断强化,成为他们性格中一种自觉的意识,影响他

---

① Donald Hughes. *North American Indian Ecology*. 2nd edition. El Pass: Texas Western Press, 1996, pp. 10−22.

② Ibid., p. 22.

们的行动,主导他们生存实践。① 在笔者看来,印第安文化的生态观与当代激进生态中心主义哲学诸派别,尤其深层生态学之间也存在不少暗合之处。后者试图通过强调大写的"生态自我"凸显人与自然的整体合一,但这至多是现代科学精神和牛顿—笛卡尔哲学对"自然神性"摧毁后重建人与自然在物质上、精神上相互联系的一种精神诉求或尝试,乌托邦色彩浓厚,难以产生现实效果。② 由此可见,印第安生态观是一种比当代生态中心主义哲学更"深"、更"激进"的生态世界观。

在霍根作品中贯穿的一个基本思想:"在这个世界里,植物和非人类动物的命运与我们人类的命运交织在一起,因为我们没有了解每样东西如何与其余万物如何联系,所以我们一直糟践它。"③从科学的角度看,霍根的这种观点与当代生态学家巴里·康芒纳的观点完全一致。康芒纳在《封闭的循环》一著中所指出的生态学的第一条法则中就说:"每一事物都与别的事物相关。"④对此,霍根在其创作中反复表现、阐释,在《力量》中也不例外。同时,她也像其他经典自然作家一样对当代人已失去曾经与自然世界保持的亲密关系深表惋惜。她在《栖居地》中写道:"我们要牢记,一切事物相互联系……这是疗愈与康复之必要组成,是修复我们与其余世界之间已破碎的关系之关键……那些话语也可重续与其他人和动物及土地之间的关系。"对霍根而言,真正失落而又必须复得的实际上是人之自我的一部分,重续人与自然的联系正是意味着重构实在的自我,而回归土著文化传统就是她竭力修复和完善自我的重要路径。⑤ 换句话说,回到土著美国传统就是重续人与自然间的本然联系,就是修复破碎的自我。难怪当代美国土著小说在探讨疏离、孤独、创伤的主题时,一般都描写迷茫、伤痛的主人公回到自己的故土,再次融入自己的社区,重续与自己文化传统间的联系,找回失落的自我,最终获得新生,这在当代土著作家莫马戴的《黎明之屋》、西尔科的《仪式》等小说中得到较为精彩的诠释。⑥

---

① Donald Hughes. *North American Indian Ecology*. 2nd edition. El Pass: Texas Western Press, 1996, pp. 18—22.

② 胡志红:《西方生态批评史》,北京:人民出版社,2015 年,第 20—25 页。

③ Lee Schweninger. *Listening to the Land: Native American Literary Responses to the Landscape*. Athens: University of Georgia Press, 2008, p. 185.

④ 巴里·康芒纳:《封闭的循环》,侯文蕙译,长春:吉林人民出版社,1997 年,第 25 页。

⑤ Lee Schweninger. *Listening to the Land: Native American Literary Responses to the Landscape*. Athens: University of Georgia Press, 2008, p. 185.

⑥ John Elder, ed. *American Nature Writers*. Vol. 2. New York: Charles Scribner's Sons, 1996, pp. 1149—1150.

在《力量》中,霍根的主要兴趣是找准人在自然中的位置和对待自然的责任,而不是对狮子进行科学的或历史的描写,也不是对杀狮事件法律审判过程的记述。正如批评学者卡丽·鲍恩·默瑟(Carrie Bowen-Mercer)在探讨《力量》中关于"生存"的议题时指出:在讨论有关人的话题时,我们会发现土著人与白人在人生观上的对立;还可认识到在对待土地、动物及传统方面,我们的哪些行为模式符合伦理规范;至于何种因素对人之生存和环境更为重要,对此不同族群有不同的认识。①借此,霍根挑战西方主流自然书写作家所确立的自我与自然之间二元分离的观点。同时,她也坚决认同阿玛与她周围世界间的"终结疏离"。也就是说,阿玛既拒绝被白人文化同化,也与传统部落文化保持距离。她的杀狮事件本身既有悖于主流社会之法,也违反了部落传统,这就充分表明她的"终极孤立"。小说的张力就在于阿玛性格的复杂性和对西方文化传统中的二元对立论的解构。霍根在该小说中否定了西方传统文化中生态(eco)与自我(ego)之间的二分。当然,她也接受了自然书写是科学与抒情的融合。她对佛罗里达狮子的叙述更多是一个宏大的隐喻,而不是一个自然历史。这头狮子代表土著民族的生存状况,当它带有抒情或诗意的色彩时,它就失去了与田野考察报告中所描述的现实中的佛罗里达狮之间的关联。其中,最明显的象征描写就是奥米什图认识到作为一个物种的佛罗里达狮的濒危状况与小说中虚构的她的部落泰戈的生存状况相似:"它们的数量如此少,简直跟我们一样少。仅剩下30头,也许更少"。她感觉到她与阿玛杀的那头狮仿佛"同是天涯沦落人",因而对它表示极大的认同。她说道:"就像这片被切割得支离破碎的土地,我现在明白,我们都有同样的遭遇,我们在这儿的三个,也就是,阿玛、狮子和我。"②他们都遭践踏,都面临濒危。

奥米什图除了明确这头狮与泰戈部落之间的同一性外,还通过反复提及阿玛与狮子之间的相似性,坚信人与非人类之间的融合。她强调指出:"这头狮子就像她,也像我。"小说中对狮子的描写与奥米什图对阿玛的描写非常相似。当读者第一次见到狮子时,小说是这样描写的:"它是活力四射的动物之体,肌肉健实。"奥米什图也是这样描写阿玛的:"她多么富有女人味,身体强壮,富有曲线美。"在奥米什图看来,阿玛尤其像这头狮,其眼睛就是证明,还有其声音和话语亦是如此,像狮子

---

① Lee Schweninger. *Listening to the Land*: *Native American Literary Responses to the Landscape*. Athens: University of Georgia Press, 2008, p. 189.

② Linda Hogan. *Power*. New York: W. W. Norton & Company Ltd, 1998, pp. 58,69.

一样,阿玛与自然浑然一体。阿玛浑身透露出自信,无所畏惧。然而,像狮子一样,有时她似乎也身心疲惫,茫然无措。奥米什图还注意到,"狮子的牙齿坏了,跳蚤和蜱都在从这个毫无生气的身体逃离"。像狮子和她的房屋一样,阿玛随时都可能顷刻坍塌。简言之,像她捕杀的狮子一样,她时而威猛强健,时而又软弱无力。在法庭上她精神抖擞,态度坚决,可有时她又萎靡不振,说话有气无力。在欧美人面前,阿玛"就像秋天的枯草"。同样,人与非人类世界之间的一致性也延及奥米什图自己。她这样坦言:"此刻,我已不全是自己。我是他们。我是老人,我是土地,我是阿玛和狮子。我全是他们,我不再害怕未来或过去。"一句话,奥米什图、阿玛、狮子都融合为一个整体——自然世界,这完全不是漫不经心的比附,阿玛和奥米什图最终"都与狮子共享同一个信条",遵从相同的自然法则,当然也遭受相同的命运。所以,当阿玛要射杀狮子时,奥米什图告诉她你在杀你自己,阿玛回答:"我明白。"杀狮子就是杀自我。显而易见,狮子的遭遇反映了泰戈部落和土地的遭遇:"狮族也饥寒交迫,病魔缠身。"在此,霍根坚信人与狮,大而言之,人与土地之间存在神圣同一性,而生态一自我或曰人与自然二分的西方传统观念自然而然就此坍塌。通过叙述人奥米什图的讲述,霍根深信人与狮子之间的同一性,对此自然书写作家往往不予认可。①

当然,面对狮子和狮子族的濒危处境,也为了表达人与土地之间的神圣同一性主题,霍根必须揭露导致"濒危"的历史文化根源,以探寻狮子和土著文化救赎的共同文化路径,为此,她被迫担当拯救狮子与部落的神圣使命,大胆"违背"科学事实。

三 狮子书写:对主流科学精神的神圣背离

霍根与西方自然书写作家之间保持距离的另一举措还表现在她刻意忽视佛罗里达狮健康状况的科学共识,而要借这头濒危的病狮服务于她小说的主旨。小说情节的最大悬念是阿玛一直向她的族群隐瞒这个关键事实——她杀死的是一头浑身跳蚤、奄奄一息的病狮。泰戈族群的信仰和传说都要求这头被命名为"西萨"的狮子永远保持强健的体魄,因为他们是西萨的孩子,在他们语言中西萨的意思是"像神一样,力大无穷"。从"西萨"的内涵及他们与西萨间的关系可看出,他们在狮子身上倾注了多么深厚的感情,寄予多么大的希望,所以他们绝不能接受"病狮"的

---

① Linda Hogan. *Power*. New York: W. W. Norton & Company Ltd, 1998, pp. 130,173,192.

残酷事实。如果告诉他们真相，或许"它会将他们的世界劈成两半，让他们身心俱毁，甚至将他们在世上拥有的一切都卷走"。① 关于这头病狮，奥米什图发誓对它的健康状况保持沉默，小说的核心要素，也是土著法庭对阿玛的最高惩罚——阿玛的放逐，也系于此。在生态批评学者李·施文尼格尔看来，尽管霍根对待关于佛罗里达狮健康状况的科学事实的处置似乎显得随意，但这并不减损该小说的意义。就针对这部小说而言，霍根需要读者关注的不是西方科学事实而是真理本身。② 正如奥米什图在法庭陈述道："我不能说出真相，我只能说出事实。我不相信这个法庭，但我也不撒谎，当然不是出于对法院或法官们的尊重，而是出于对真理的尊重。"③实际上，霍根用不准确的或误导人的科学并不是说该著不符合自然书写一般的标准，而是只是表明她关注的不是佛罗里达狮子个体身体的健康问题。归根结底，正是西方的世界观和有关进步的神话才导致作为一个物种的佛罗里达狮处于现在的危险状态。与此同时，她还传达了土著文化蕴含的巨大力量，一种面对西方气势汹汹的科技力量依然能在大地上持续生存的神秘力量。"霍根关心狮，关心、教育她的读者，与其说用关于狮的事实和科学，不如说告知他们人的罪孽和人应该对自然世界承担的责任。"④为了在狮子的世界和狮与人共生的世界教育他们，霍根将大众，也包括读者，都推上法庭，与阿玛一道站在被告席上进行审判。从广泛的意义上说，我们都在接受审判，这是集体起诉。当然，霍根深知，这头病狮典型的内涵丰富，透过它可揭示"濒危"背后深刻的社会历史及现实根源——病态、残缺的西方文化，但该典型未必具有普遍意义。在小说中，尽管濒危的狮是少数，濒危的人也是少数，但无论是人还是狮，濒危的个体依然是健康坚强的幸存者。从角度看，她又颠覆了该典型，因为即使是一个遭到贬损的病狮或一个年迈的泰戈族人在自己的地盘上依然保持着巨大、不竭的力量。由此可见，尽管霍根似乎故意"违背"了有关佛罗里达狮子健康状况的局部的科学真理，但她通过对一头病狮的书写，揭露了西方文化有关进步神话的真相，展示了土地本位的部落民族、土著文化强大、持久的生命力。

在《力量》中，霍根的主要目的之一就是要彰显印第安文化蕴藏的巨大"力量"，

① Linda Hogan. *Power*. New York：W. W. Norton & Company Ltd，1998，pp. 73，166.

② Lee Schweninger. *Listening to the Land：Native American Literary Responses to the Landscape*. Athens：University of Georgia Press，2008，p. 192.

③ Linda Hogan. *Power*. New York：W. W. Norton & Company Ltd，1998，p. 127.

④ Ibid. ，p. 192.

它包括自然的力量、狮的力量、神秘的力量。她也告诉人们,在极端的生存环境下佛罗里达狮和土著人能幸存下来依靠的就是神秘的力量。"神秘是力量的一种形式",狮子就是力量的体现,因而个体的狮子就代表现实的生存力量。小说中的这头佛罗里达狮从一出场就体现着神秘。小说中的泰戈族也叫狮族,他们从图腾动物佛罗里达狮中获取不竭的精神力量。狮比他们先到这儿,还教会他们说这个词"生命"。[①] 作为自然力象征的狮子一旦与人结合将会产生巨大的力量,这在阿玛身上得到体现。为此,霍根坚持以神秘的力量抵御西方科学真理,对抗冰冷的事实,挑战依靠所谓客观事实的主流美国科学。为此,她告诫人们,"我们必须记住,神灵和神秘之地就其实质来看并不希望让人了解"。[②] 然而,好奇的现代人,就像《圣经·创世纪》中因好奇而偷吃禁果的夏娃一样必然给自己、他人甚至世界带去灾难。在《力量》之中,霍根关注确凿的科学事实与事件之间的细微差别并进行了区别,后者的原因依然是难以解释的神秘,但却是真理,就像奥米什图在白人法庭上作证时所揭示的真理——阿玛杀狮事件实际上是一件自然而然的事情,是对西方主流文化强加的人与自然分离的二元观的挑战与否定。

另外,霍根还进一步深刻指出狮子濒危状态的深层原因——栖息地的丧失。由于人的入侵,狮子的一切都被暴露在光天化日之下,失去了神秘,失去了天然保护。奥米什图说:"我想到狮子,它们出没在柏树、红树丛林和沼泽地中,那里人是不应该闯入的。可是,自从高速公路开通后,十多头狮被车撞死。"[③]根据生态学家的研究,"佛罗里达狮是风景动物,它的健康和繁育取决于栖息地的质量"[④]。从这个角度看,霍根借奥米什图之口对狮的生存困境作出了正确的评估。安全栖息地的丧失是最大的问题,而不是个别或一群狮的健康问题,当然,土地自身的健康是关键。尽管法官、律师、地产开发商及果农等都完全了解,破坏狮的栖息地无异于猎杀保护动物。然而,毁坏栖息地却不违法,不受法律制裁,这就是奥米什图要告知大家的真理。实际上,公路的开通被赞为"令人愉快的惊奇",仅存的几块荒野地也难逃一劫,穿过荒野的公路成了历险者的必经之路,这简直是个莫大的讽刺,也

① Linda Hogan. *Power*. New York: W. W. Norton & Company Ltd, 1998, p. 85.

② Linda Hogan. *Dwellings: A Spiritual History of the Living World*. New York: W. W. Norton & Company Ltd, 1995, p. 20.

③ Linda Hogan. *Power*. New York: W. W. Norton & Company Ltd, 1998, p. 123.

④ Lee Schweninger. *Listening to the Land: Native American Literary Responses to the Landscape*. Athens: University of Georgia Press, 2008, p. 200.

是霍根小说价值之所在的"真实"。由此推论,狮子的濒危,其责任不在阿玛或泰戈部落,而在主流白人社会。为此,霍根坚持认为,尽管西方科学成就卓然,但世界依然充满神秘,我们依然被神秘笼罩,神秘依然是人们理解本土的重要方式,遭受浩劫的佛罗里达狮和虚构的泰戈族人要靠神秘之力量得以康复。在霍根看来,相信神秘、讲故事、靠勇气及深刻洞察本质的能力——洞察不同世界的能力,能给予他们生存的希望,将会带给他们震惊科学界的启示。"生存取决于我们是什么样的人和我们将会变成了什么样的人。"①换句话说,生存取决于我们的信仰,取决于我们如何接纳世界。

由此可见,泰戈族及其生存方式蕴藏着一种不可解释的神秘力量,总能呈现给他们的生活一种难以言说的神秘期许,并能确保他们与自然间保持一种可持续的、合乎伦理的、生机勃勃的关系。神秘对整个美国土著民族及其他信奉世界神秘力量的边缘化族群的生存而言依然具有至关重要的作用,祛除世界之神秘或曰"世界的祛魅"无论对人类自身还是非人类世界来说都具有浓郁的悲剧性色彩。

四　狮子救赎的根本路径:世界的返魅

实际上,为了服务于效率和产出的最大化,现代西方科学试图运用严格的科学方法,结合精确的计算,操纵自然和人,这一做法已毁坏了我们的星球,摧毁了我们的身体,麻木了我们的精神,并引发了严峻的生态和人文危机,导致了巨大的世界灾难。当然,这种世界性大悲剧发生的前提就是让曾经神奇、魔幻的有机世界失去神秘,变得透明,并沦为无生命的客体,任凭客观中立的科学手术刀随意切割和无情宰制。有鉴于此,霍根在《力量》中通过对一头神秘的病狮、神秘的狮族人及其与狮子间神秘关系的书写,充分揭示了在气势汹汹的工业技术文明进攻下狮子与狮族的强大与坚韧,以彰显神秘之力量。关于神秘的文化价值,社会学家和生态批评家也都给予了诸多论述。

现代德国著名社会学家马克斯·韦伯(Max Weber,1864—1920)在深刻检视西方文明时就从相反的角度揭示了神秘对于世界的意义。关于这一点,韦伯与霍根之间实际上存在诸多契合。韦伯指出,不像世界其他文明,西方文明实际上从自然和社会的概念中剔除了神话、神秘和巫术,从而导致"世界祛魅",其集中体现在

---

① Linda Hogan. *Power*. New York:W. W. Norton & Company Ltd,1998,pp. 123,167.

工具理性主导下的科学技术文化对自然世界和人之精神的宰制,现代工业文明为达到统治自然之目的,将一切不能量化、不能客体化的非物质存在赶出世界或进行压制,让鲜活灵动的自然世界和精神饱满的人都变成无生命的物质资源,任凭技术理性的盘剥。当然,韦伯并不主张通过让世界复魅而走出现代性困境,而倡导借助理性与道德责任迎接现代生活的各种挑战。①

美国著名生态批评学者劳伦斯·布伊尔在其《为濒危的世界而写作》②一著中依据韦伯关于世界祛魅的逻辑指出,要解决现代性问题,至少要解决最大、最复杂的现代性问题之一——环境问题。为此,就应该扭转现代世界的运行方向,让世界复魅。在他看来,海洋生态危机是现代性一个最大的危机之一,因此让海洋复魅也是解决危机的重要文化策略。由此看来,以布伊尔为代表的生态批评家将生态危机界定为文化危机是合情合理的。"海洋是最大的公有地,如果有公有地的悲剧发生,那么,这个将是最大的悲剧。"③

海洋的复魅,就是要将海洋及生活在其中的最大的动物鲸神秘化,将鲸作为海洋环境的偶像,恢复其昔日的神秘地位,让其成为保护海洋生态的守护神。为此,自然书写想象必须转变,不仅要让鲸等动物成为叙事的主角,而且还必须呈现明显的保护主义色彩。

布伊尔通过分析蕾切尔·卡逊、麦尔维尔及洛佩斯(Barry Lopez, 1945—　)的作品再现自然的方式,探讨让大熊猫、大象、狮子、老虎及鲸鱼等大型动物成为环境偶像的文化策略,实现跨物种间沟通的可能路径,从而最终让祛魅的自然重新罩上神秘的光环,成为解决环境问题的重要文化策略。

在布伊尔看来,让地球上最大的动物鲸成为海洋的象征,是因为自古以来鲸似乎分享了海洋的神秘、难以言说的"他者性",象征神圣的力量,不管这种力量是善意的还是可怕的。海洋被祛魅之后,人的行为失去了文化的约束,而却有了杀伤力很强的现代科学技术的帮助,这样人类就开始大肆向海洋进军,去征服,去掠夺,甚至还将海洋变成垃圾场,进而危及人类的生存,尤其威胁以海洋为生的边缘化族群的生存。可幸的是,人类的无知还没有发展到不可扭转的程度,所以布伊尔疾呼

---

① Marvin Perry. *An Intellectual History of Modern Europe*. Boston: Houghton Mifflin Company, 1993, pp. 330—332.

② Lawrence Buell. *Writing for an Endangered World: Literature, Culture, and Environment in the U. S. and Beyond*. Cambridge: The Belknap Press of Harvard of University, 2001, pp. 196—223.

③ Ibid. , p. 199.

"想象海洋",重构海洋文化的神秘力量。布伊尔甚至假设,如果麦尔维尔能预见现代的捕鲸者几乎灭绝了全球的鲸,他一定会"重新构思他的结尾以及小说的其他方面"①,也许他会撰写一本完全不同的关于鲸的寓言。

顺便一提,霍根于 2008 年就写了一部关于鲸的小说《鲸人》(*People of the Whale*),该著通过鲸书写着重探讨了美国土著人之生存、其文化传承与捕鲸传统之间的内在关系,深刻揭示了鲸与土著人之精神间本然的神秘联系,并立足环境公正的立场,透过土著文化的视野,广泛、深入地追查环境危机日益恶化的历史与现实根源,探寻应对危机的土著文化路径,深刻揭露了针对土著民族的环境种族主义行径,坚定地捍卫土著文化力量的神秘性、神圣性。

历史永远不会倒流,麦尔维尔也不会复生,我们也不应苛求所有人都像《力量》中泰戈部落那样生活,当然也不可能做到这一点。然而,土著人尊重、敬畏自然的生存方式,让自然永远保留几分神秘的做法,依然值得既陶醉于现代工业技术文明成果之中不能自拔而又饱受生态焦虑困扰的当代人学习、借鉴。

值得庆幸的是,部分有见识的生态批评学者和思想家已有所认识,并主动放下昔日高傲的姿态,转向这些曾经被边缘化的土著族群,向他们"讨教"人天沟通、交流的生态智慧。其中,生态文学家蕾切尔·卡逊早在其《寂静的春天》(*Silent Spring*,1962)一书中已经开始探索拯救海洋的文化途径;生态文学家约翰·缪尔早在《墨西哥湾千里徒步行》一著中就记录他从事动物与人之间沟通的事业,这一切都是为了早日实现人与自然之间的相互理解,为了让自然说话。

根据上文分析可知,在《力量》中霍根通过"偏离"主流自然书写传统,"违背"主流科学事实与精神,书写病狮,实则是为了与西方主流文化开展深度"环境"对话,彰显土著文化万物一体的生态异质性,敬畏自然的神秘力量,守护美国土著认知方式。当然,霍根也借狮子书写展开对主张人/天二分的西方主流文化的深刻批判。她对狮的描写真可谓深入自然通达精神,"病狮"的病因不在于狮自身,而在于貌似强大的西方文化压力下日益缩小的栖息地所致,归根结底,"病狮"之病根在病态的西方文化。霍根对"病狮"的关注,真正要传达的信息或真理不是佛罗里达狮子是否健康的问题,而是要揭露"濒危物种"和"濒危族群"面临"濒危窘境"的根本原因——人类中心主义与种族中心主义合谋的西方殖民文化。由此可见,霍根的狮

---

① Lawrence Buell. *Writing for an Endangered World*: *Literature*, *Culture*, *and Environment in the U. S. and Beyond*. Cambridge: The Belknap Press of Harvard of University, 2001, p. 222.

子书写所关注的就不限于濒危的狮子本身,还包括天地万物甚至人,因而她的狮子书写就自然而然地升华为真正的"自然书写"。

简言之,霍根借助狮子书写以揭示美国土著文化与主流文化之间在生态观、价值观及文化观等方面所存在的根本差异,旨在解构主流文化对生态议题的话语垄断,力荐透过多元文化视野综合考量社会、文化、生态及社会公正议题,开展生态议题的跨文化对话与合作,以建构涵括少数族裔生存和文化议题的多元文化生态话语。

第五章

印第安生态批评对文学、文化生态的重审

印第安生态批评的一个重要维度是站在环境公正的立场,结合印第安族群独特的土著环境经验,联系美洲大陆及其居民被殖民的苦难历史,透过印第安文化视野,重审主流文学、文化生态。具体而言,就是让印第安文学、文化与主流文学、文化生态中的经典人物、经典作品、经典文化形象开展对话,揭露这些司空见惯、习以为常或信以为真的人物、作品、形象背后的本质,对他/它们或解构,或颠覆,或否定,或修正,或拓展,或重构,谴责主流文化针对印第安族群及其文化的环境种族主义、环境殖民主义及环境文化殖民等行径,彰显印第安生态批评独特的批判锋芒和生态建构潜力,力荐构建基于公平正义的多元文化生态话语。

具而言之,本章主要研究以下三个议题:首先,将对当今美国学界、主流社会乃至世界大众文化中广泛流行的"生态印第安人形象"的缘起、内涵及其实质进行较为全面深入的考察,深刻揭示该形象所承载的混杂、沉重的文化负担,这种负担真可谓让人几多期待,几多愁,因而须认真检视和重构。其次,将对建构美利坚民族身份起着重要作用的崇高生态形象

"国家公园"进行历史的、跨学科的勘探,揭示该形象背后各种文化势力的复杂角逐及其文化政治阴谋,充分揭示国家公园实乃殖民主义的产物;最后,本章也将探讨印第安生态批评构建多元文化生态批评学术联盟的路径、策略及印第安文学经典与主流白人文学经典之间对话等议题,凸显主流生态文学经典之不足,以及印第安文学建构生态型人类文化的独特潜力。

第一节　生态印第安人形象:内涵、价值与问题

自欧洲走出中世纪,进入文艺复兴,并从中世纪的凋敝中恢复元气,其眼光从内向外转向以来,欧洲人及后来的欧洲白人后裔美国人,与定居在美洲大陆的土著居民——"印第安人"——之间就发生了持续五六百年的"剪不断,理还乱"的错综复杂的勾连,这种勾连,往往是单方面的、强迫性的,充满了血腥与暴力,时常带有强烈的殖民色彩的漫长过程,这对广大印第安族群来说,常常是悲剧性的,时至今日,依然如此。实际上,在欧美人与印第安人的漫长勾连过程中,一开始就存在欧洲人强加给美洲的一对极端对立的主导生态意象:美洲是丑陋荒凉的荒野,美洲是个美丽丰饶的大花园。与此同时,生活在这两种对立意象环境中的人也被赋予了两个迥然相异的人物形象,一个是惨无人道、令人讨厌、卑鄙狡诈的野人形象,另一个是温柔可爱、老实忠诚的牧民形象。这两个基础意象反映了截然不同的人与自然的关系和不同的价值体系。① 实际上,这些形象都不是对现实环境和环境中的人的再现,美洲既不是伊甸园,也不是荒野,其中的人既不是野人,也不是牧民,以上这些生态意象反映的都是欧洲人欲望、期待的投射,并对后世的欧美文学文化产生了持久的影响,后世的"高贵野人""下贱野人""生态印第安人""哭泣的印第安人"都是它们的变体,只是时代不同,欧美人的需求不同、欲望不同而形象有所变异罢了,但其实质都一样。

一　印第安的"生态之石"

1962 年,蕾切尔·卡逊的《寂静的春天》的问世开启了现代环境主义运动,唤

---

① Leo Marx. "Shakespeare's American Fable." In *Ecocriticism: The Essential Reader*. Ed. Ken Hiltner. New York: Routledge, 2015, pp. 3−9.

醒了大众深度沉睡甚至麻木的环境意识,迫使人们反思造成大规模环境污染和环境形势整体恶化的深层原因,探寻从根源上解决环境问题的根本性策略,重新思考和调整人与环境之间,从更为广泛的意义上来说,是人类与非人类自然之间的关系。1970 年 4 月 22 日的"地球日"活动,是人类有史以来第一次规模宏大的群众性环境保护运动,它推动了西方国家相继制定了各种环境法规,从而将现代环境主义运动推向高潮,比如:美国就相继出台了清洁空气法、清洁水法和濒危动物保护法等法规。1970 年的地球日还促成了美国国家环保署的成立,并促成了 1972 年联合国第一次人类环境会议在斯德哥尔摩的召开,有力地推动了世界环境保护事业的发展。此后,随着保罗·埃利希(Paul Ehrlich)的《人口炸弹》[①](The Population Bomb,1972)、戈德史密斯等人(E. Goldsmith, et al)的《生存的蓝图》[②](Blueprint for Survival,1972)及罗马俱乐部的《增长的极限》[③](The Limits to Growth,1972)等为代表的一系列启示录般的"世界末日"报告的问世,加深了人们对环境危机的认识,引发了全社会空前的环境焦虑,媒体的积极参与,为环境运动推波助澜,掀起了一波又一波的社会环境运动浪潮。1973 年联合国环境规划署的成立,国际性环境组织——绿色和平组织的创建,以及保护环境的政府机构和组织在世界范围内的活动的开展,是世界上最早的大规模群众性环境保护运动,这次运动助推世界现代环境保护运动往纵深发展,从而激起了全人类对日益恶化的环境问题的关注,并促使人类开始反思导致环境危机的根源性问题。

　　如何阻止或根除日益恶化的危机呢? 从思想意识的角度看,环境主义运动中出现两种明显的倾向:一、为了从根本上消除生态危机,一些西方生态人文学者主张对自己文化的核心部分进行全面、彻底的清理,痛苦的反思与检讨,涤除自己文化中反生态的价值观、信念和意义,力荐在西方思想的框架内构建生态哲学,以期从根本上矫正人与自然之间的关系,阻止甚至根除日益恶化的危机;二、另一些西方学者则主张跳出西方文化圈,探寻别样的、替代性思想资源,以应对日益恶化的生态困局。

　　具而言之,绝大多数西方学者认为,生态危机反映的是西方文化传统"主宰地位的危机",是西方文明中占统治地位并指导公共生活的价值观、信念和意义的危

①　Paul Ehrlich. *The Population Bomb*. London: Pan/ Ballantyne, 1972.

②　E. Goldsmith, *et al*. *Blueprint for Survival*. Harmondsworth (Enland): Penguin, 1972.

③　D. H. Meadows, *et al*. *The Limits to Growth*. New York: Universe, 1972.

机,价值和信念来源于文化传统。因此,"凡不能从根本上改变他们的价值和意义以便适应新形势的社会,也不可能作为一个整体发生变化。这意味着他们不可能结束他们正在造成的毁灭。相反,他们所造成的对自然环境的破坏反过来又对社会本身造成破坏性的反作用,造成价值的丧失和意义危机"①。生态危机即使不是为西方文化敲响了丧钟,也是为它敲响了警钟,它迫使西方世界反思、清理自己的文化,对自己文化中核心的部分作出根本性的变革。为了摆脱生态危机,西方一些有见识的生态思想家,尤其是深层生态学学者,走得更远,他们认为,要从根本上摆脱生态危机,必须拒斥主导现代社会发展的机械论世界观、二元论和还原论,以生态中心主义平等的观念取代西方文化传统中的人类中心主义观念。

另一方面,他们跳出西方中心主义的怪圈,转向其他曾经边缘化、受压制的文化寻求生态资源。从对"他者"的边缘化、压制甚至妖魔化转而向他者求助,其目的是吸收他种文化的生态智慧以便丰富自己的文化,更重要的是,从其他文化中寻求生态思想武器,以对抗导致生态危机的思想基础,即西方文化中的人类中心主义思想、机械论、二元论和还原论等。通过与他种文化的对话,了解与自己的生活习惯、思维定式完全不同,甚至是截然对立的他种文化,大大拓宽了他们的视野。比照中更深入地了解自己,以便建构自己的生态文化,探寻走出危机的对策,可谓借他山之"石",攻自己的"玉"。他们不仅走向非西方的轴心时代的文明,包括印度教、耆那教、南亚和东南亚佛教、东亚儒学和道教以及伊斯兰教,而且还走向原初传统:美国土著人的、夏威夷人的、毛利人的以及大量的部落本土宗教。

当然,其中一个最具代表性的标志性事件就是美国环境主义运动借力于印第安文化,希望印第安文化能帮助美国克服日益恶化的环境形势,甚至重塑主流社会的生态意识。白人主流社会塑造的"教我惭愧,催我自新"的"哭泣的印第安人"形象和对西雅图酋长伟大演说词的生态重构算是他们在茫然失措的窘境下所采取的一种生态自救策略。当然,他们对印第安文化的理解及"占用"引发诸多争议。

二 "生态印第安人"形象之缘起及其变异

实际上,"生态印第安人"之隐喻绝非当代生态危机语境下出现的"新玩意",也绝非源于"哭泣的印第安人"或"生态西雅图",但主流社会给了他一个当代公共面

---

① 莫尔特曼:《创造中的上帝》,隗仁莲等译,北京:生活.读书.新知三联书店,2002年,第35—36页。

孔并赋予其时代之内涵，其实质与 18 世纪末 19 世纪初期甚至自哥伦布踏上美洲大陆以来在欧美白人文化中开始流行的"高贵野人"或"下贱野人"的做法一脉相承，都是欧美白人思想、欲望的投射物。从那时起，他们就将印第安人看成自然之子或生态人。作为"高贵野人"的北美人生活在野性的森林之中，被理想化为"平和、智慧、天真"的民族，他们生性善良，简单纯朴，生活得自由自在，与自然和谐共生，彼此相安无事，不受文明社会之痼疾抑或福祉的困扰，文艺复兴法国著名思想家、散文家蒙田（Michel de Montaigne，1533—1592）和 18 世纪法国启蒙思想家、作家卢梭阐明了照自然律平等生活之民族的优点，与欧洲专制君主制、贫困阶层、资本、城市及文明社会的惨状形成鲜明的对照。他们生活在纯净、古朴的环境中，共享丰饶、广袤的荒野资源，与欧洲被圈定、被操控的、私有化的环境截然不同。由此可见，从一开始，"生态印第安人的形象"就是"为了批评欧洲人，他们与印第安人相对比已失去了后者的可贵品质，而不是想象建构，印第安人的真实再现"。[1] 当然，伴随自然自由之理性化光环，同时也存在"下贱野人"的形象，因为该形象可反复用来为压迫、驱赶及杀戮土著民族辩护，但总的来看，欧美思想家和作家们都接受印第安人是自然之子或自然之看护人的理念，借此谴责欧洲人之腐化堕落、欲壑难填、空虚无聊。换句话说，"就是将新世界当成一个鞭打旧世界的棍子"。[2] 当然，在对"高贵野人"之理念满怀深情并积极宣传的思想家之中，卢梭算是楷模，可谓这条思想理路的火炬，成了以后将印第安人描写为"生活在纯净自然中温顺、平等的自由人"的作家们的标杆，其影响延续并汇聚在英国"湖畔派"诗人华兹华斯（William Wordsworth，1770—1850）、柯勒律治（Samuel Taylor Coleridge，1772—1834）及其他诗人的自然诗之中，这近乎是一条没有间断的路径，他们都将高贵印第安人生活的时代置于过去，从华兹华斯诗歌到 19 世纪边疆小说家詹姆斯·费尼莫尔·库柏（James Fenimore Cooper，1789—1851）的小说、19 世纪著名美国印第安风景画家乔治·卡特林（George Catlin，1796—1872）艺术作品、历史学家弗朗西斯·帕克曼（Francis Parkman，1823—1893）的历史想象，直到 20 世纪 70 年代初开始流行的"哭泣的印第安人"形象，都是如此，他们都是 19 世纪受众固化了的"高

---

① David Rich Lewis. "American Indian Environmental Relationships." In *A Companion to American Environmental History*. Ed. Douglas Cazaux Sackman. Oxford：Wiley-Blackwell，2010，p. 193.

② Shepard Krech III. *The Ecological Indian：Myth and History*. New York：W. W. Norton & Company，1999，p. 18.

贵印第安人"形象的衍生品,这些形象日益远离真实的印第安人。

当然,以上这些构建和推广"高贵印第安人"形象的文化名人中,最具代表性、最具影响的印第安形象刻画者应该非库柏莫属。他是 19 世纪 20—40 年代最受欢迎的美国作家,也是 19 世纪推广"高贵印第安人"形象最重要的文化名人。库柏主要以系列长篇小说《皮袜子故事集》(*Leather-Stocking Tales*)闻名于世。系列小说中的男主人公既属于自然,也生活在自然之中,自然自身是一位超凡的女主人公,与男主人公共享舞台,小说生动描写印第安人的各种生存方式,无论是高贵的还是卑鄙的,都呈现或再现了各自部落的特点,他的印第安人物都是高贵、刚毅、完美、智慧、高雅、精明,很有同情心,他们身躯伟岸,若古典雕像般壮美。同时,他们自然技艺精湛,充分体现了"高贵土著性"之特征,库柏的"理想印第安人"形象集中体现了森林生活技能或荒野生存经验,荒野是"野性训练的学校"或"自然的方式"。随着西进运动的迅速推进,新兴工业对西部资源的大肆掠夺,西部边疆行将消失,印第安部落的传统生存方式也将随之成为历史,进而引发众多进步改革家、政治家、思想家及文学艺术家们的深深忧虑,他们强烈呼吁调整印第安政策,反对肆意掠夺自然,以提振民族阳刚之气,等等。就是在这种历史大背景下,库柏的"理想印第安人"形象正好切合这一时代的要求,与来自社会各阶层的有识之士一道协同将"高贵印第安人"转变成了印第安资源保护主义者。

在 20 世纪动荡不安的 60—70 年代,"高贵印第安人"形象又受到时代的催逼,再次华丽转身。具而言之,他们又再次被白人反主流文化当成有用的文化资源,他们的活法成了值得效仿的、理想真实的"纯正人生",他们的生活方式也成了生态的生存方式,可治愈西方文明的顽疾。就环境而言,他们成了"生态人","哭泣的印第安人"也就自然而然走上前台,是生态危机时代的"高贵印第安人"的新版本,这种新型生态印第安人形象被用于支撑环保和反技术统治的诉求。简言之,在这个特殊的时代,"生态印第安人"的确成了探寻五花八门的反主流文化生存方式的丰饶土壤。其中,"绿色和平"就是标志多种诉求的融合,诸如生态学、环境主义、对现存社会秩序的批判以及作为生态先知的美国印第安人,等等。从更为广泛的意义上看,"环境主义者携手印第安人共同追求他们的理想,甚至也将自己看成了部落主义者,在他们积极批判西方社会技术统治时,也让卢梭再次诞生"。① 根据以上的

---

① Shepard Krech III. *The Ecological Indian: Myth and History*. New York: W. W. Norton & Company, 1999, pp. 19—20.

分析可知,欧美文化中的挥之不去的"高贵印第安人"形象及其各种变体并不代表真实的印第安人,无非就是一种"可用可弃"的文化资源,实际上与白人眼中的"野性"西部没有太大区别,或者说就是"橡皮人"或"泥人",他们可根据自身需求的变化而不断重塑。借用后殖民思想家萨义德的话说,印第安人无非就是供欧美人"操纵、重构和统治"的对象,"高贵印第安人"不是真实的印第安人,是他们的"替身甚至潜意识自我",他们借助被"构建的印第安人"确立自己的身份,反映自己的需求与欲望。①

在《在山脉尽头》("At the End of Ridge Road")一文中,印第安作家布鲁查科(Joseph Bruchac)强烈谴责西方学者对印第安族群形象的东方主义建构,他们要么被升华为(或沦为)"环境偶像""高贵野人""他们与自然保持平衡,宛如蜘蛛照自己本能织网一样",有时也被贬低成危险残暴的食肉动物,这些都与事实严重不符。在美洲土著文化中,偶像化与人身诽谤相差无几,因为人不能作为偶像,他们与其他非人类生物没有太大区别,人类物种"与土地沟通、确立深刻的关系,甚至与其联姻"的情况比比皆是,无须证明。② 西方学者对印第安人形象的两极化建构,不仅反映了西方学者对印第安土著文化与土地及万物生灵之间所存在的丰富多彩的对话关系缺乏了解,而且还暗藏阴险的政治阴谋。

三　对生态占用印第安文化的质疑

关于对其他文化经典肆意生态占用或借用的做法,罗摩占陀罗·古哈在其影响深远的文章《美国激进环境主义与荒野保护:来自第三世界的批评》③早已给予了批评。古哈还指责深层生态学肆意曲解东方宗教哲学与传统。它把复杂而相互之间具有内在区别的宗教传统——印度教、佛教和道教,当作相互一致的、本质上与生态中心主义契合的世界观来阐释,这种做法"相当粗暴地歪曲了历史",是对东方的"生态他者化",将东方文化纳入西方思想轨道,其目的是论证深层生态学的

---

① Edward Said. "Orientalism." In *Critical Theory Since Plato*. Ed. Hazard Adams and Leroy Searle. Beijing: Peking University Press, 2006, p. 1371.

② Joseph Bruchac. "At the End of Ridge Road." In *The Colors of Nature: Culture, Identity, and the Natural World*. Ed. Alison H. Deming and Lauret E. Savoy. Minneapolis: Milkweed Editions, 2002, pp. 52—53.

③ Ramachandra Guha. "Radical American Environmentalism and Wilderness Preservation: A Third World Critique." In *Contemporary Moral Problem*. 7th edition. Ed. James E. White. London: Wadsworth/Thomas Learning, 2003, pp. 553—559.

"普适性",这种歪曲明显带有浓厚的生态东方主义色彩。

在 20 世纪 60 年代末、70 年代初,全美反生态危机的浪潮一浪高过一浪,形势十分严峻,整个社会陷入严重的生态焦虑,甚至影响社会稳定,为平息浪潮、安定人心,美国主流社会,包括环境组织、商界、大众媒体等合谋借用或占用印第安文化资源,其中,"哭泣的印第安人"形象的出现就是这种文化借用的集中体现,此形象出现也引发学界的激烈争论,尽管学者们各执一词,但总体上看,大多认为,这种形象并不切合印第安人及其文化的实际,是对印第安人及其文化的生态他者化处理。

无论是过去的"高贵野人"还是今天的"生态印第安人",反映的都不是印第安人的真实状况而是西方主流文化自身的需求,印第安人无非就西方文化欲望的投射客体,因而从"高贵野人"到"生态印第安人"的转变反映的是西方文化需求的转变。

四 对"生态印第安人"形象价值的多元阐释

事实上,20 世纪 60—70 年代,面临日益恶化的生态形势、严峻的生存困境以及族群文化身份危机,印第安人与环境之间的关系变得更为复杂,他们对待"生态印第安人"形象的态度也并不一致,有时可谓五味杂陈。自从 1970 年以来,部分美国印第安人也欣然接受时代思想潮流的新转向,积极构建自己的新形象,并借此争取自己的社会和政治权利,倡导建立印第安生态中心,也出版了畅销生态著作,有的已成了生态经典。在这类土著文学作品中,自然或环境的作用得到充分凸显,或明或暗是对白人文明的批判。"生态印第安人"形象充斥了大众文化,成了小说、非虚构小说封面人物,广泛进入儿童文学,在电影、电视中更是无处不在,在绘画、舞蹈甚至雕塑艺术中也司空见惯,还出现在博物馆、美术馆的各种展览上,甚至还印在 T 恤衫上,等等,"生态印第安人"形象可谓泛滥成灾。①当然,印第安人也给自己的行为设定了一些目标,以与流行的"生态印第安人"形象保持一致甚至加以强化。许多作家或诗人将他们描写为生态学家或资源保护主义者,他们从不浪费,总能保持自然的平衡,过着和谐的生活,他们对自然一直"怀着深深的敬畏""做事总是小心谨慎"。他们还说,"我们的生存哲学教导我们,对待自然要谨小慎微,我们的制

---

① Shepard Krech III. *The Ecological Indian*: *Myth and History*. New York: W. W. Norton & Company, 1999, pp. 20—21.

度、习俗及技术在发展时,我们也密切注意它们对我们赖以生存的脆弱平衡造成危害的可能性"①。

关于这样界定"生态印第安人"形象的做法,美国人类学教授谢泼德·克雷西三世也颇有微词。在他看来,为了把复杂问题简单化,有批评家一方面严厉批判主流社会,另一方面又免除了印第安人的一切生态责任,这样做就忽视了近年来印第安人与环境之间的复杂关系,也"对印第安人不公平,因为这样就剥夺了他们生活中的一切能动性,除非他们的行动符合生态印第安人的形象。由于土著民族被冻结在这种形象上,所以他们仅能获得他们必需的东西,使用他们能获取的东西,如果他们必须参与外面的大市场,最好获取水栽蔬菜、鱼或在其他'传统'产品,绝不能用石油、煤炭、垃圾等之类的商品",因为"土著民族应该是地球的保存者,而不是其有害物质的保护者"。② 也就是说,"生态印第安人"形象完全将他们退回低技术含量的远古时代,锁定在无知无欲的"自然状态",因而只能靠天吃饭,否则,有损自己神圣崇高的"生态形象"。这种形象被主流社会建构,供他们消费,当然也让他们"学习"。对身陷现实生存困境、饱受环境种族主义压迫的印第安人而言,实际上不会从这种形象中获得多少实惠,在大多数情况下,无非就是一种金光灿灿的枷锁。然而,欧美白人尽管对环境问题忧心忡忡,却依然甘愿让自己做堕落退化、远离自然的"文明人或社会人",大肆掠夺自然资源,尽享自然福祉,转嫁环境负担,远离环境痛苦。另一方面,主流社会赋予印第安人"高贵野人"或"自然人、野人"的形象,他们依然强健,胸怀怜悯之心,恪守公平正义,生活无忧无虑,让沉溺于物质主义狂欢的主流社会效仿。③ 由此可见,"生态印第安人"形象无异于将他们界定为博物馆中的艺术品或历史遗迹。

美国环境史学者戴维·里奇·刘易斯(David Rich Lewis)在评析"生态印第安人"时指出:"'生态印第安人'是一个非常积极、持久的理念,但它遮蔽的内容与其凸显的内容一样多"。人道主义者、环境人士、新时代宗教信徒、政治家、学者,甚至印第安人自己都宣称土著民族是原初的资源保护主义者、环境主义者、生态学家,他们都将印第安人刻画成"历史悠久的环境看护者",如果遵从他们,"他们的生态

---

① Shepard Krech III. *The Ecological Indian: Myth and History*. New York: W. W. Norton & Company, 1999, p. 213.

② Ibid. , p. 216.

③ Marvin Perry. *An Intellectual History of Modern Europe*. Boston: Houghton Mifflin Company, 1993, pp. 140—141.

智慧能引导我们走出环境毁灭的灾难"。他们大都非常浪漫地认为,土著人完全生活在和谐的自然中;他们与自然的交往方式是基于"精神而不是物质";他们不仅仅生活在自然中,而且他们自身就是自然的一部分,直到今天,最后一点还被认为是印第安人"历经沧桑却亘古未变的普遍特征",由此看来,他们比欧美人"更为环保"。环境主义和资源保护是"文化本身固有的、永恒的,也是前现代、前工业化的特征",因而印第安人理应是"现代环境主义者的天然盟友,生态科学家的土著导师"。在生态危机面前,印第安人被赋予了如此崇高的地位,其文化也似乎得到了前所未有的推崇与尊重。然而,在如此多的绿色光环下,印第安人的绿色刻板形象也遭到诸多质疑。它通过"过度简化和泛化某个族群与他们环境之间的关系,从而消解了所有人之间的复杂性、多样性",诸如在时间维度上表现出的文化信仰、欲望、行为等之间的差异性与丰富性。当然,刘易斯还认为,质疑"生态印第安人"既不是否定土著民族独特的世界观、宗教信仰或与生态系统维持的独特关系,也不是要否认印第安人对我们的现代思想或生活方式的有益启示,而是这些过度简单化的刻板形象难以了解现实印第安人的特殊性、他们对环境的真实理解以及他们与环境的真实关系等。然而,过度简单化的刻板形象所构建的一整套理想化的行为模式却难以合理解释过去或现在的环境记录。实际上,像所有动物一样,人总是不断改变环境以便满足自己的短期或长期的需要,即使这些行为与我们的理想化信仰或凭经验理解行为所产生的实际后果相冲突。与此同时,我们也要适应环境变化,变革旧有的信仰和关系,对生物过程做出新的解释,因而"如果否认人的主观能动性或执拗坚持静态而不是互动的文化——自然关系,必然也否定了人类的历史及他们的生物本质",这实际上也符合生物学的基本原则。生物学家早已不再用顶级平衡或稳定平衡而是用固有的不平衡和长期的动态变化来看待来生态系统,其中,人不是入侵物种而是自然力之一。所以,我们怎能否认文化不发生变化呢?

另外,刘易斯还谈到"生态印第安人"所蕴含的现实环境不公问题。他认为该形象实际上"让土著民族接受过度苛刻的评判,因为他们没办法去兑现一个'他人'强加给他们和自然的不可能实现的静态理想"。在现代世界,环境主义者与土著人在具体的环境斗争中常常处于对立面,诸如反捕海豹运动、捕鲸权利争端及许许多多的保留地土地开发,等等。有时,环境主义者妖魔化土著个人或群体不是"地道的"或"传统的"印第安人,将他们的利益诉求斥之为"文化失落或污染产生的恶果",这样,他们削弱了现代印第安人的"真实性、权威性和主权,而不彻底消解生态印第安宏阔的,有时在政治上有用形象"。换句话说,主流白人环境主义者借助主流社会为土著民族构建的僵化形象来约束、打压,甚至丑化现实中的印第安人,以实现自己的环境意图,由此可见,该形象还蕴含强烈的政治阴谋。

此外,根据人类学者克雷西在《生态印第安人:神话与历史》、环境史学者刘易斯在《美国印第安环境关系》("American Indian Environmental Relationships", 2010)①及理查德·怀特(Richard White)在《土著美国人与环境》("Native Americans and the Environments", 1984)②等中的分析,无论是在前哥伦布时代,还是在后哥伦布时代,甚至就在当代,现实中的印第安人的生存境遇非常复杂,他们对于环境的态度也因生存之需、宗教信仰、文化传统,甚至文化身份诉求等原因而呈现出种种不同,他们与非人类世界之间的关系绝非是一幅死气沉沉的静态图景,在非人类的自然力量面前也绝非无所作为,听天由命。相反,二者的关系是双向互动、充满活力甚至是充满暴力的、动态的万花筒般的关系。他们常常积极甚至强势介入、改变环境以满足自己的需要,如果仅从今天科学生态学的角度评判他们的行为,尤其是他们的行为所产生的生态结果,那么,时而他们完全有资格被尊为生态学家或资源保护主义者,时而他们可能完全是非生态的甚至反生态的,可被骂为"自然的破坏者"。然而,这种界定"往往成了一种简单化的政治解读,是阐释的底线"。③

美国环境史学者理查德·怀特认为,印第安人是否可称为生态学家、环境主义者或资源保护主义者,"往好的方面说,是一个充满许多棘手的知识和方法论难题的问题;往坏的方面说,本身就是个糟糕的问题"。当然,其中的麻烦之一就是"试图泛化一个'印第安'世界观,界定一个静态的'传统'状态,以期准确理解印第安人关于自然的想法,甚至试图了解他们在给定时刻的自然观到底实际是什么样子",试图用现当代的文化概念像"环境主义"或"资源保护"去评判过去的土著信仰,这

---

① David Rich Lewis. "American Indian Environmental Relationships." In *A Companion to American Environmental History*. Ed. Douglas Cazaux Sackman. Oxford: Wiley-Blackwell, 2010, pp. 197—205.

② Richard White. "Native Americans and the Environment." In *Scholars and the Indian Experience: Critical Reviews of Recent Writing in the Social Sciences*. Ed. William R. Swagerty. Bloomington: Indiana University Press, 1984, pp. 179—204.

③ David Rich Lewis. "American Indian Environmental Relationships." In *A Companion to American Environmental History*. Ed. Douglas Cazaux Sackman. Oxford: Wiley-Blackwell, 2010, p. 197.

些问题再通过运用变化不测的跨学科的研究理论、方法及语言政治进一步放大。① 也就是说,"生态印第安人"这个命题本身就成问题,再加上研究理论与方法的复杂多变和政治、文化诉求的介入,得出的结论也许漏洞百出或滑稽可笑,其在现实中的应用会产生难以预料的甚至压迫的结果,甚至成为环境种族主义和殖民主义的意识形态工具。

本着"对环境表示关切并据此而行动"之精神,克雷西在综合评估印第安人是否可被称为生态学家或资源保护主义者时写道:

> 一方面,土著人充分理解某种行动会导致相应的结果,比如,如果他们在某些时候火烧草地,一季或一年后就会产生绝佳的野牛栖息地。凭借他们的知识,他们有意识地促进饮食中爱用的动植物物种的延续。他们一以贯之地照此做,以后的人也能拥有这些动植物、栖息地及生态系统,从这个角度看,印第安人是资源保护主义者。另一方面,考虑到"牛跌崖"、许多用火的方式、为获取河狸、鹿皮毛采取的商业捕杀行为,等等,许多土著人又算不上资源保护主义者。反过来看,美洲的欧洲人数量庞大,对商业化的海狸、鹿之皮毛及其他动植物产品需求旺盛,在他们踏上美洲之前,印第安的行为可能对物种的延续影响很小。②

由此可见,我们不应该脱离历史语境,简单地将印第安人称之为"生态学家"或"资源保护主义者",更不能笼而统之地称之为"生态印第安人",因为为了生存或文化抑或信仰之需,他们也从自然中大肆"索取",有时甚至到了非理性或浪费的程度。

后哥伦布时代的欧洲殖民对美洲大陆造成巨大的社会、政治、经济和生态影响,像来自欧洲的殖民者携带武器、先进工具、入侵土著栖居地的新植物物种和包括家禽家畜在内的新动物物种以及看待和使用土地的新方式。当然,他们还带去了土著民族毫无免疫力的疾病,几百万土著人民直接或间接死于疾病,有的部落整

---

① David Rich Lewis. "American Indian Environmental Relationships. " In *A Companion to American Environmental History*. Ed. Douglas Cazaux Sackman. Oxford: Wiley-Blackwell, 2010, pp. 196—197.

② Shepard Krech III. *The Ecological Indian: Myth and History*. New York: W. W. Norton & Company, 1999, pp. 212—213. "牛跌崖"是美国土著大量宰杀野牛的悬崖,他们驱赶成群的野牛在惊慌中跳下被隐蔽好的悬崖,其他人则在悬崖下面等待宰杀这些摔伤或摔死的野牛,也参见 *The Ecological Indian: Myth and History*, pp. 123—149.

体文化消失或作为遗迹重组，其他则艰难幸存下来。由于农作物、动物、新文化成规以及针对土著劳动力、资源和土地的市场经济的引入，土著的政治经济或资源管理体制，要么崩溃，要么彻底被改变，也为战争、奴隶制、更多的疾病和社会瓦解铺平道路。面对这些空前的巨变和威胁，"土著人绝不仅仅是环境决定论意义上的生物入侵的受害者"，他们艰难地生存下来，对此已给了充分的明证。具而言之，为了生存，也为了捍卫自己的文化传统、生活方式及文化身份，他们也竭力抗争，与此同时，他们也不断调整自己以适应激变的形势。比如，他们以自己的方式灵活运用来自欧洲的动植物、物质资源及新的思想观念，以传承自己的文化，重塑自己的经济体制。反过来，因为他们的土著资源远到欧亚，从而实现了改变世界之目的。由此可见，"印第安人——白人之间关系的大故事既是一个多层面双向交流的故事，也是一个不同民族考量在与其他民族近处时如何生活、工作的故事"。① 在此我们也可看出，无论在与欧洲人的接触中还是在与自然的交往中，印第安人及其生存方式、其传统、其文化总是在变化过程中。用一个简单的词来说，就是"印第安性"（Indianess）总是在变化、在调整中，其内涵总是变动不居，因而没有所谓的静态的"生态印第安人"形象。

五 "哭泣的印第安人"形象的当代内涵及其批评

20 世纪 70 年代初出现的"哭泣的印第安人"画面可谓当代"生态印第安人"的经典形象，一出现便在整个美国社会产生广泛、强烈的反响，并引发整个社会的广泛共鸣，时至今日，尽管 50 年快过去了，但其影响持续发酵，似乎成了凝聚整个社会生态共识的文化偶像。当然，最具影响力的"哭泣的印第安人"形象出现在著名好莱坞演员艾恩·艾斯·科迪（Iron Eyes Cody）担纲的一部电视短片中。

1971 年是举办地球日的第二个年头，为了配合地球日活动，一个叫作"让美国保持美丽"（Keep America Beautiful, KAB）的组织拍摄了一部持续 60 秒的电视公益广告，题为"污染起于人，亦可止于人"（People Start Pollution, People Can Stop It）。片中一位粗犷的印第安人乘坐独木舟顺流而下，从他们宁静、美丽、繁茂的森林家园来到工业化的都市。在这儿，垃圾在河面漂浮并冲上河滩，驾车人把吃剩下的快餐扔出窗外，在他的脚下爆撒一地，让人触目惊心。该片除了由科迪担纲外，

① David Rich Lewis. "American Indian Environmental Relationships." In *A Companion to American Environmental History*. Ed. Douglas Cazaux Sackman. Oxford: Wiley-Blackwell, 2010, p. 200.

"哭泣的印第安人"①

还由曾获金球奖与艾美奖提名的康拉德(William Conrad)解说,公映后,立刻在社会上引起巨大反响,成为收视率最高的公益广告之一,1997 年被评为"全美所有时代 50 个最有影响力的广告之一",以"哭泣的印第安人"(Crying Indian)为名流传至今②。广告中印第安人进入工业区后,解说人用低沉的声音解说道:"有些人对自然美一往情深,这个国家过去就是这样,可有些人却不这样。"目睹被严重污染的家园,这位印第安人不禁潸然泪下,解说人又说道:"污染起于人,亦可止于人。"③"哭泣的印第安人"扮演者科迪"经典脸上的那滴经典眼泪"不知触动了多少人,让他们深感痛心,让他们产生强烈的负罪感,鞭策他们立刻行动,检视自己的行为,反思生态问题的根源,保卫生存的家园。

该画面的象征内涵强劲袭人,传达的信息简单明了,它"拟人化了自然,人格化了污染"。"哭泣的印第安人"也成了美国环境主义和"印第安性"的一个象征。④然而,现实却要复杂得多。科迪尽管声称或认领自己有印第安血统,并在好莱坞扮演印第安人的角色多年,也长期为土著人的事业呐喊助威,可是,他的真实身份却是第二代意大利裔美国人,作为演员,他在生活中扮演的角色与他真实的欧洲血统并不相符。这也反映了在环境问题上主流社会、主流环境组织与土著事业之间的"奇怪合谋",或者说,主流社会对土著文化身份的利用或操控。

公众的反应极为强烈。像"哭泣的印第安人"一样,艾恩・艾斯・科迪是其时

---

① "The Crying Indian." By Advertising Council / Keep America Beautiful advertisement,1971. Courtesy of Ad Council Archives,University of Illinois,record series 13/2/2.

② Shepard Krech III. *The Ecological Indian*:*Myth and History*. New York:W. W. Norton & Company,1999,p. 229.

③ David Rich Lewis. "American Indian Environmental Relationships." In *A Companion to American Environmental History*. Ed. Douglas Cazaux Sackman. Oxford:Wiley-Blackwell,2010,p. 191.

④ Ibid.,pp. 191—192.

代的文化产物,这与流行的西雅图酋长演说词情况一样,并非"真品",而是文化虚构的产品。该演说词并非西雅图本人的真实演说词,而是作家特德·佩里(Ted Perry)重构的,佩里参照 1854 年西雅图演讲时的听众记录的演说词,灌注个人生态情感,以服务于现代生态主旨之需而加以重构,这样的西雅图演说词在大众眼中似乎成了表达土著民族生态智慧之精髓的"经典文献"。① 由此可见,从某种意义上说,"哭泣的印第安人"和"生态西雅图"都出生在相同的生态危机时刻,服务于相同的文化目的,他们与具体的美国印第安人或许有很少甚至毫无关系。当然,在大众文化中,图像和文字与"印第安性"和"传统"融合在一起,"反映了西方社会对印第安人的需求和想法,而不是关于他们或他们过去的客观公正的或全面深刻的理解"。② 尽管"哭泣的印第安人"的扮演者不是印第安人,但却利用了印第安人"油然而生"的一滴眼泪进行煽情,从而产生巨大的广告效应。此外,"哭泣的印第安人"产生巨大的影响还因为 20 世纪 60—70 年代美国如火如荼的反主流文化运动对美国土著文化而不是商业文化的接纳,因为前者代表"纯正的美国身份"。"让美国保持美丽"对公众乱扔垃圾所做的不痛不痒的劝诫并不代表美国主流社会对生态价值的接受,反而揭示了工业对生态价值的恐惧,不愿对环境问题的根源进行深层的追问,面对日益恶化的环境问题所做的无非都是些"表面文章"。"哭泣的印第安人"默默无言、让人自责的眼泪激发了公众强烈的生态情感,并已经融入了生态价值,但也转移了公众对饮料业、包装公司乃至整个高耗能、高污染的产业的注意力,将环境问题的根源转嫁到个体消费者层面。顺便说一句,1953 年,创办"让美国保持美丽"的机构都是些与污染直接相关的工业企业,诸如饮料、包装企业等。然而公众都误以为它是一个中立的公益性组织,因此让"哭泣的印第安人"出现,将庞大的体制化的环境问题变成了个体责任问题,从而将环境责任转嫁给个体消费者,达到为工业企业推卸责任和广告宣传的效果,让宣传变得似乎"不是宣传",似乎没有借助政治策略就抵消了环境运动的政治诉求,由此可见,运用"哭泣的印第安人"形象的公关策略是多么阴险。直到今天,我们依然还能看到"哭泣的印第安人"形象对主流环境主义的影响,它竭力强调个体层面的环境责任,回避体制层面上的环境责任,淡化根本性政治变革,倡导零敲碎打的环境治理。

---

① David Rich Lewis. "American Indian Environmental Relationships." In *A Companion to American Environmental History*. Ed. Douglas Cazaux Sackman. Oxford: Wiley-Blackwell, 2010, p. 192.

② Ibid., pp. 191—193.

最后,广告"哭泣的印第安人"还存在一个严重问题,就是歪曲现实。在该短片中,穿越时间的印第安人划着小船从遥远的过去突然出现在危机四伏的现在,他无非就是据认为早已从美洲大陆消失了的土著人的视觉遗迹罢了。他不属于这个时代,与广告画面也不匹配,广告抹去了他们的历史,遮蔽土著生活现实,忽视了他们挑战殖民遗产和抗拒环境种族主义的现在,这种历史错位的"印第安幽灵"充斥了好莱坞电影,借此将印第安人形象定格在遥远的过去。① 画面上的"哭泣的印第安人"面对现实,一脸茫然,不知所措,似乎完全丧失了行动的能力,所能做的就是痛惜他们失去的、被糟践的土地,并伤心地流泪,这显然是一幅逆来顺受的黑奴"汤姆叔叔"(Uncle Tom)形象。而现实情况是,印第安民族一直在极力抗争,尤其近年来,他们有组织地大规模抗议工业企业对保留地的掠夺式开发,对他们家园的严重污染,以及随之而来对他们传统文化所造成的毁灭性破坏。他们强烈要求恢复对土地的所有权、对资源的控制权和使用权,振兴基于土地的传统生存方式和部落文化。

当然,面对严峻的生存境遇,再涉及自然资源和土地问题,不少印第安人也表现出复杂、现实甚至功利的态度,他们也渴望能享受中产阶级生活的资源,诸如小轿车、大房子、体面的工作,等等。为此,环境保护往往让位于资源开发、稳定的就业等,但这也并不就意味着他们要放弃自己的"印第安民族性"或"基于地方的归属感",所有这一切都表明当代印第安人再也不是19世纪流行的、欧美人模式化塑造的前哥伦布时代无知无欲、软弱无能的"高贵野人"形象。② 有鉴于此,当代不少印第安人士强烈拒斥"哭泣的印第安人"形象,否定其内涵的文化信息。虽然他是作为过去的鬼魂而出现,并试图从风景中抹去现实印第安人的存在,但这些激进的印第安人士实际上已为环境问题提出了明确的结构性解决方案,超越了基于个体的环境解决方案,抛弃了逝去的"印第安性理念",拒斥"成为制造污染的现代人效仿而杜撰的静态符号",更不愿意沦为"白人投射他们罪恶与欲望的银幕形象",并设想了一个公平正义、可持续的未来。③

在美国历史教授菲尼斯·达纳韦看来,"'哭泣的印第安人'充当世俗哀歌,他

---

① Finis Dunaway. *Seeing Green: The Use and Abuse of American Environmental Images*. Chicago: The University of Chicago Press, 2015, p. 90.

② Shepard Krech III. *The Ecological Indian: Myth and History*. New York: W. W. Norton & Company, 1999, pp. 227—228.

③ Finis Dunaway. *Seeing Green: The Use and Abuse of American Environmental Images*. Chicago: The University of Chicago Press, 2015, p. 91.

的眼泪就是对全国极端粗暴对待环境的响亮训斥。他的眼泪绝不会让少数族裔族群或农业工人感到内疚，因为前者一直在与铅涂料的危害作斗争，后者的工作要求他们使用农药，但会让中、上层的白人感到内疚，因为他们为制造环境危机而焦虑不安，浪漫化美国印第安人古朴的过去"。对许许多多的美国人来说，"他却成了环境主义的经典象征"。借助该形象，"让美国保持美丽"用"道德的话语而不是结构性的话语呈现生态问题，这样解决污染问题的办法也就与权力、经济或公共政策无关，它无非就是个体对待自然和日常生活中的行动方式问题"①。这样看来，"哭泣的印第安人"不仅忽视了对环境问题根源的深入探究，而且还转移了人们的视线，从"外在"转向"自己"，从体制转向个体，环境主义也随之沦为软弱无力的"道德说教式的环境卫生运动"。

美国主流环境主义者对"哭泣的印第安人"也有颇多指责。1971年"哭泣的印第安人"短片首次问世时，"让美国保持美丽"还得到主流环境组织的支持，其中包括全国奥杜邦协会（National Audubon Society）、塞拉俱乐部及荒野协会（the Wilderness Society）等。然而，到了70年代中期，它们都不再支持它，并对它煽情的"视觉政治"表示反对，主要原因有二：它那令人不安的政治议程和偏好视觉模糊策略。② 具而言之，该片运用视觉策略，塑造"生态印第安人"形象，突出他与其他人，尤其是白人之间在生态意识和生活习惯上的巨大反差，从而将严峻的环境问题还原成为个体环境意识缺失和生活习惯粗疏而造成的污染问题，准确地说，是乱扔垃圾造成的，为此，要解决环境问题，只需要强调普通人的意识转变和生活习惯的改善则可，这样实际上就排除了对社会发展模式、经济制度、企业发展战略、政府政策甚至社会制度等的根本性变革。

由此可见，他们的"生态印第安人"是西方社会在普遍生态焦虑催逼下对印第安人及其过去的生态想象或重构，是对印第安人的"生态他者化"或"生态东方主义"式占有，是文化殖民主义行径。因为该形象不仅忽视了种族、阶级甚至性别问题，而且还忽视了导致环境危机的体制问题，也就是说，对环境问题无须做根本性的体制变革或深层的文化追问。当然，也不因此就完全否定这些画面的现实意义，相反，具有重要的启发意义，因为多年以后，尽管人们对这些图像背后的事实已经

①　Finis Dunaway. *Seeing Green：The Use and Abuse of American Environmental Images*. Chicago：The University of Chicago Press，2015，pp. 94—95.
②　Ibid.，p. 92.

知晓,但他们依然记住、相信它们。这些图像继续以论点或证据的形式出现,主要是因为唤起积极联想,或具有鼓舞人心的力量。

六 印第安人被生态化的现实:价值与问题

总的来看,生态印第安人的形象蕴含较重要的积极意义,其魔力似乎经久不衰,然而,它在彰明印第安文化生态内涵的同时,也遮蔽了不少问题。

生态印第安人的这种刻板形象,其内涵尽管似乎积极,然而,依然是对印第安人的他者处理,因为这种做法过分简化和普遍化人类族群与他们环境之间的关系,这样必然消解了人之为人的复杂性——"在时间维度上,文化信仰、欲望及行为等方面的多样性"①。

谢泼德·克雷西三世在其著《生态印第安人:神话与历史》中对"生态印第安人"的缘起、内涵、演变以及对历史长河中印第安人的实际生存状况和他们与非人类自然之间的关系进行还原并给予较为详细的分析后指出,"生态印第安人"一说绝非完全符合历史事实,多半掺介于"神话与历史"之间的人为建构,其间掺杂大量虚构的成分,是西方主流社会学者的创造,首先是欧洲人或欧美人之需求和欲望的投射,然后,印第安人也积极参与、合谋。美国印第安人还欣然接纳了"高贵印第安人"/"生态印第安人"典型形象并将其作为塑造自己印第安身份的"文化模型",世界其他地区的土著民族对原初生态和资源保护典型形象也采取了类似的做法。在当今的生态危机时代,他们还将其作为一种界定自己文化身份的文化资源并加以强化。然而,这种做法与土著文化和土著行为之间却存在很大错位,因为高贵印第安人/生态印第安人的典型都扭曲了文化,遮蔽了文化的多样性,阻断了文化与具体行为之间的联系。此外,因为这种生态典型已进入常识领域,成了普遍接受的看法,最终被认可为基本事实,这样反而产生相反甚至负面的结果:"生态印第安人典型反而有助于转移人们探讨或直面印第安人与环境之间关系的现实证据的意愿。"②也就是说,如果我们将"生态印第安人"典型形象当成事实,我们就不再有探讨真实的印第安人生态史、生态现实和生态行为的意愿,从而失去了从印第安人及

---

① David Rich Lewis. "American Indian Environmental Relationships." In *A Companion to American Environmental History*. Ed. Douglas Cazaux Sackman. Oxford: Wiley-Blackwell, 2010, pp. 194—195.

② Shepard Krech III. *The Ecological Indian: Myth and History*. New York: W. W. Norton & Company, 1999, p. 27.

其他土著民族文化中探寻真正具有生态智慧的生态范式之机会，这样也就不能从根本上检视主流白人文化的生态得失，走出生态泥潭的希望也变得更为渺茫。当然，我们也不能因此就简单肯定印第安人是生态还是非生态抑或反生态之族群，而应该竭力还原印第安文化真实的历史发展轨迹，研讨印第安人在不同历史时期的文化、信仰、生存方式、环境行为与环境状况之间的关系，揭示实实在在的印第安生态智慧，从而远离在生态危机催逼下主流白人对印第安族群的生态投射——白人文化虚构的"生态印第安人"。

由此可见，我们不应该脱离历史语境，简单地将印第安人称之为"生态学家"或"资源保护主义者"，更不能笼而统之地称之为"生态印第安人"，因为为了生存或文化抑或信仰之需，他们也从自然中大肆"索取"，有时甚至到了非理性或浪费的程度。

尽管古老的印第安人形象和理论分歧不可能一夜消失，生态印第安人形象也超越一切是是非非继续存在，有关印第安环境主义的观念或功能之实质的争论似乎已遮蔽了矛盾的信仰和行为确实能够共存之可能。人们依然在为印第安人与欧洲人接触后产生的本质主义的形象和观念纠缠，并试图依据这些界定土著美洲的过去和当下在文化上的独特性、土著生物人的特质及二者之间的特殊性。在刘易斯看来，印第安人、欧美人与自然间的关系在物质层面和精神层面一直就不相同，但无论在二者接触之前还是之后，差异并不妨碍印第安人所表现出的能动性和文化想象，以双向互动方式，他们改变生态系统，也被生态系统改变，他们在动态的文化和生物系统里创造了复杂精致的形而上风景和关系，他们不断观察、试验，常常也失败，但发现了有利于他们生存的经验和智慧，并将其传诸后世。今天我们遭遇麻烦的原因在于："误以为现在蕴含悠久的过去或传统，或过去蕴含现在。"也就是说，将过去等同于现在，现在等同于过去，将印第安历史看成是一幅静态图景，将'生态印第安人'抑或"非生态的印第安人"，姑且不说，他是否存在，当成分析问题的出发点，而不是文化产品，我们还忘记了人类经验，暂且不说个体经验的多变性和复杂性，以及庞杂的历史、文化变化，这些变化我们往往用"接触、入侵、殖民或征服"等术语轻描淡写，随意掠过。简而言之，所谓的"生态印第安人"或"非生态印第安人"无非都是欧美白人静态历史观、单一化种族观和文化观虚构的文化产品，往好处说，这种产品寄托了白人文化对迅速扭转日益恶化的生态形势，重拾绿色星球的美好愿景；往坏处说，这种绿色产品隐含着政治阴谋和环境种族主义歧视，因而必然导致无休止的争论,因为无论是过去还是现在印第安族群都生活在自然中,为了生存和自己的文化传统或身份的延续,常常积极介入非人类世界,铸就了自己独特的环境经验,由此可见,他们绝不是不在大地上留下任何痕迹的神仙或圣人。

生态批评学者蒂莫西·克拉克(Timothy Clark)认为,"生态印第安人"之理念是一个积极的、有价值的生态象征符号。自从 20 世纪 80 年代以来,第一世界的环境主义者与第四世界土著民族之间形成了奇怪的联合,以共同保护土著生活方式,二者也都从这种结合中大受裨益。北方城市环境主义者因将自己扮演成了土著权利的维护者而赢得了新的合法性;南方土著印第安人也因此成了偶像,在各种商业广告画面中出现,他们也充分利用自己身份所蕴含的"象征资本",更准确地说,在北方富裕社会中流行的理想化的身份形象,促进自己的事业。在理查德·怀特看来,这种联合可构建一个话语"中间地带",在这儿,各色族群都可通过一个创造性的、常常能超越许多误解的过程,调整他们的差异。他们总是努力说服与自己不同的人接受自己认同的价值观和习俗,他们也常常误解、歪曲与他们交往的人的价值观和习俗。然而,"通过这些误解,生成了新意义和新习俗——中间地带中可共享的意义与习俗"。① 在克拉克看来,北美的这类中间地带中一个有名的人物就是"生态印第安人",土著民族的后裔就是用西方环境主义者将他们理想化的话语坚称自己文化的生态独特性,借此争取自己的权利,拯救和保护自己的传统文化和生活方式。

由于历史的巨大变迁,今天的印第安人的生活与哥伦布以前的印第安人或曰生态印第安人的生活相比,可谓天上与人间之间的差异。今天的我们,也包括印第安人,都不可能回到 500 多年前的哥伦布时代,因而也就不可能采纳"生态印第安人"的生存方式,过"生态印第安人"的生活,但我们可将生态印第安人看作人与自然关系之理想状态的一个重要参考点,一种理想、生态的生存方式,因为我们可有把握地说,就他们的生活方式来看,生态印第安人绝不会遭遇今天的生态灾难,所以,我们可以从生态印第安人的文化或生活方式中吸取生存之灵感或启示,以指导或影响我们今天的生活,或许有助于启迪我们走出当今日益严峻的生态困局,从这个角度看,生态印第安人的理念当然具有现实生态价值。

---

① Timothy Clark. *The Cambridge Introduction to Literature and the Environment*. New York: Cambridge University Press, 2011, pp. 121—122.

第二节　印第安生态批评对国家公园的多维拷问

印第安生态批评的一个重要议题就是多维拷问美国国家公园文化形象。具而言之，就是通过检视文学、文化、艺术、政治与美国国家公园之间的复杂纠葛，深刻揭示了国家公园绝非像其所呈现的那样——原初、古朴、崇高、纯净，事实上其背后存在着各种复杂的文化与现实力量的合谋与较量。简要地说，国家公园是人类中心主义意识形态操控的自然、种族主义的自然、性别歧视的自然，甚至是全盘人化的自然，由此可见，国家公园实乃文化建构的产物。国家公园内的一草一木、一山一景也因此承载着沉重的文化负担。在此，笔者将以环境公正理论作为基础，主要透过种族、性别的视野，追踪国家公园理念及其现实演变过程，揭示其自然崇高背后的阴险与暴力，以期超越、深化、拓宽《生态批评读本》中仅透过生态中心主义视野来解析美国国家公园体制之内涵的简单、片面做法[1]，凸显少数族裔批评的独特锋芒。

一　国家公园理念：缘起、发展及异化

国家公园理念的始作俑者、推动者乔治·卡特林并未排斥印第安人在公园内的存在，相反，他认为，印第安人的存在才能显示自然原始古朴之美。卡特林是美国西部艺术画家，以描绘美国印第安人肖像、生活而闻名。他热恋野性的西部边疆及其美丽的自然风光。他对洪水猛兽般的西进运动感到忧心忡忡，因为他担心蜂拥而至的外来定居者将会破坏西部原始风情、印第安部落的生存方式及野生动植物。他还为作为"森林之王"的印第安族群"行将从地表消亡感到惊慌"。为此，他决心运用绘画艺术向人们展示西部的自然之美，描绘消亡之前的"原生野性的印第安人"，在此，"野性"并非贬义而是褒义，"野人指被造物主赋予了所有仁慈、崇高品质之文明人"。[2] 为此，他疾呼保护西部荒野，并向美国政府和人民解释保护西部的价值与意义。像梭罗一样，他要拯救行将消失的野性和印第安人，还率先提出并

---

[1]　Alison Byerly. "The Uses of Landscape." *In The Ecocriticism Reader*. Ed. Cheryll Glotfelty and Harold Fromm. Eds. Athens: University of Georgia Press, 1996, pp. 52—68.

[2]　Carolyn Merchant. *The Columbia Guide to American Environmental History*. New York: Columbia University Press, 2002, p. 76.

阐发了在西部大平原设立国家公园的理念。在其《北美印第安人》(*North American Indians*, 1844)一著中,他设想,"只要有了切实有效的政府策略的保护,未来依然还能在气势恢宏的公园里见到濒危的野牛,一睹它们原始的壮美和野性。那里的世界似乎亘古不变,能看见穿着古老服饰的土著印第安人,佩戴强劲的弓、盾牌及长矛,骑着骏马奔跑在四处逃窜的驼鹿和野牛中间。这是为未来的美国、其高贵的公民及世界在而保存的多么漂亮和令人激动的场面啊!一个国家的公园,拥有人和野兽,完全保存了自然美之野性和清新!"①由此可见,在其设想的国家公园内"一个真正伟岸、崇高的种族的生活方式和土地"②得以保存。也就是说,卡特林关于设立国家公园的构想之本意是要保存印第安人及其文化、生活方式。

然而,国家公园成为现实后,印第安人却从祖祖辈辈生存和放牧的土地上遭到驱赶,其目的是给白人创造休闲娱乐的生态场域。即使偶尔有他们的存在,他们至多是一种标本或博物馆橱窗中的展示品。除了作为旅游卖点,他们从人们视线和记忆中消失了。"荒野被重释为无人染指的净地,公园被设想为无人存在之野地,它的崇高自然之美能激发白人游客的灵感","一代代资源保护者、政府官员、公园游客一直认可和保护公园中无人居住的荒野,并将其作为先在性的自然之遗迹",由此可见,这种荒野观实际上抹去了印第安人在这些环境中生活几百万年的历史,更忽视了他们与环境之间的相互作用和对这些环境的改变。白人政府用暴力清除甚至倒空印第安人及其一切文化在这些环境中的存在,让荒野再次沦为英国哲学家约翰·洛克(John Locke, 1632—1704)设想的白板(a tabula raza),让白人在这些土地上肆意描绘西方文化的"辉煌篇章"。

根据生态女性主义学者默钱特(Carolyn Merchant)分析,欧美白人逐渐完善的一整套驱赶技术,诸如武装暴力、恐吓、条约割让及违约欺诈等手段在美洲横行三个多世纪以后,印第安人被驱逐出国家公园,他们的人性常常遭到否定。在旅游业或国家公园附近他们"将活生生的印第安人做成广告的图片"或将他们"隔离在模范定居点",用尽冠冕堂皇的话语或各种花招将他们赶走,这些花招在黄石公园、约塞米蒂(Yosemite National Park)等国家公园的创建过程中都得了充分的施展。这些被赶走的古老居民最终沦落为生态难民,即使这样,他们还向美国国会控告白

---

① Carolyn Merchant. *The Columbia Guide to American Environmental History*. New York: Columbia University Press, 2002, p. 146.

② Ibid., p. 76.

人肆意破坏约塞米蒂风景的行径。他们认为，这些白人渐渐砍光了它的树，吃光了
河里的鱼，他们的牛马踩遍了它的每一寸土，还在公园内大肆修建楼堂馆所，这一
切足以证明白人"只是为了捞钱"，而以前印第安人从来没有这样对待"公园"。约
塞米蒂最初还在古老的山谷里给印第安人留一小块地作为营地，营地也成了公园
的特色景点，在公园内残存了几十年。他们在那里表演舞蹈，与游客合影留念挣点
微薄收入，或卖一些具有民族特色小礼品。这些"不受欢迎的印第安客人"成了每
年蜂拥而至的游客的"好奇对象"。最终，这些展示文化特色的印第安人还是遭到
军队驱赶，公园管理者还将他们的营房看成"眼中钉"，放火把它烧了。他们的目标
无非就是重构国家公园理想——除短暂停留的旅行者和露营者以外，公园是无人
居住的崇高荒野。黄石公园可谓上演了驱逐印第安人的传奇故事。对印第安人，
他们，连哄带骗，软硬兼施，玩尽各种花招，最终将所有印第安人赶出公园，其理由
很简单，印第安人的存在对游客的人身安全是个威胁，禁止印第安人进入公园，是
为了保护游客的安全。如此之举，美国在文化建构荒野过程中掀开了新的篇章，荒
野是公园内崇高自然之再现，并完全排除了印第安人之存在。①

　　尽管各个国家公园的创建都充满针对印第安族群的暴力与欺诈，但在某些公
园内也允许印第安文化的存在。比如，梅萨维德国家公园（Mesa Verde）让政府纪
念古老的普韦布洛印第安人，然而，前提是必须隐去发生不久的针对印第安人的残
酷战争，忽视现在的印第安人，因为国家公园就建在他们的土地上。文化学者菲利
普·伯纳姆（Philip Burnham）这样评价："首先，现在可以这样认为，印第安文化早
在天定命运之前就曾存在而后消亡……其次，政府现在所扮演的角色是复活对印
第安人的记忆，而不是毁灭他们。"②由此可见，美国政府无非就企图借纪念印第安
人文化之事，洗刷掉自己针对印第安人的累累罪行，从而达到洗白自己的目的，将
自己包装成施恩者甚至救世主的形象。虽然，与约塞米蒂、黄石公园等不同的是，
梅萨维德公园有纪念印第安人的古代遗迹，但与它们相同的是，在精心打造的文化
风景中鲜活的印第安人依然缺位。

　　当然，尽管不同的国家公园驱逐印第安人的逻辑多种多样，诸如保护旅游业、
保护游客安全、保护崇高风景及保护古代遗址，等等，但印第安人与公园土地的纠

　　① Carolyn Merchant. *The Columbia Guide to American Environmental History*. New York：Columbia
University Press，2002，p. 147－148.
　　② Ibid.，p. 150.

葛几乎都说明了两个不变的主题：一、印第安人必须离开，除非他们有被用来招揽游客之需要；二、印第安古老土地必重新包装成因无人存在而未遭污染的野性自然，以供游客消费。①

由此可见，不论美国主流白人文化或政府如何包装自己，也不论它们如何杜撰驱赶印第安人的崇高托词并罩上神圣的光环，都不能改变这种铁的事实：国家公园的理念、其创建过程及创建后的运作方式都最为充分证明，国家公园无非就是人类中心主义和白人种族中心主义合谋的产物，是对自然和土著人民的暴力殖民和剥削，其目的是构建和凸显白人独特优越的种族身份。

也许，卡特林、约翰·缪尔，甚至大力推进国家公园工程的美国总统西奥多·罗斯福（Theodore Roosevelt，1858—1919）不知道，远在欧洲殖民者踏上美洲大陆以前，美洲土著人就设定了几百个保护地，这些保护地被称为圣墓或圣地，在保护区内严禁任何人狩猎或定居。②

欧美白人针对土著印第安人的种种暴行的终极目标无非就是强占他们的土地，当然，支撑这种目标的思想基础就是欧洲中心论或曰西方中心论，为此，他们就要"开化"这些野蛮的土著人。要成功实现他们的"开化工程"，这些白人还制定了一个周密的计划。③ 具体来说，西方文化的宏大叙事就是文明的不断推进，这就要求印第安人必须要开化，从低级的"野蛮"状态进化到农耕和商业时代，进步的理念充斥约翰·洛克、亚当·斯密（Adam Smith，1723—1790）及其他启蒙思想家的著作，并得到了社会达尔文主义思想的强化，白人是最高等种族，其他民族或种族都成了"白人的负担"，他们有义务，甚至他们的天赋使命就是去开化这些"负担"，让他们变成"文明人"。为彻底实现"同化"印第安人之目的，他们制定了"三位一体"的综合"开化工程"：一、改变印第安的教育，通过教授英语和灌输白人文化，抹去印第安人的信仰和习俗；二、禁止部落仪式，或者说，取消印第安部落文化；三、将公有的印第安保留地内的土地私有化，将印第安人变成自给自足的定居的种田人，从而达到解散部落目的。最后，部落解散了，完全融入白人社会。然而，印第

---

① Carolyn Merchant. *The Columbia Guide to American Environmental History*. New York：Columbia University Press，2002，p. 151.

② Henry Elliot. *John Muir：Protecting and Preserving the Environment*. New York：Crabtree Publishing Company，2009，p. 6.

③ Carolyn Merchant. *The Columbia Guide to American Environmental History*. New York：Columbia University Press，2002，p. 144.

安人最终还是未融入主流白人社会。美国作家塞缪尔·鲍尔斯(Samuel Bowles)对这种强占印第安土地的行为说得再明白不过了:"我们深知,他们不是与我们一样平等的人;我们还知道,我们的土地权先于他们,因为我们能对它进行改良。实际上,印第安人不属于西部,因此我们要告诉他:'你是我们的受监护人,我们的孩子……我们排挤你,保护你……我们要从你的狩猎场淘金,要在上面种庄稼,所以你必须离开。'"①

二　国家公园的实质:文化殖民与暴力框定的土地

美国生态批评学者威廉·克朗诺(William Cronon)在其《荒野的麻烦抑或回归错的自然》("The Trouble with Wilderness; or, Getting Back to the Wrong Nature")②一文中较为深刻全面地分析了西方主流文化对荒野态度的转变,即从对荒野的敌视到对荒野的狂热的历史文化演变,充分揭示荒野既是人类中心主义文化建构的产物,又是白人男性精英主义和白人种族主义建构的产物,反映了荒野构建过程中种族霸权与生态霸权的合谋。欧美殖民者凭借种族主义之暴力将印第安人赶出家园,创造出"无人定居的荒野",仿佛该地史前绝无人居住一样,从美国荒野被发明、被建构的真实过程可知,"荒野的概念其实一点都不自然""完全是珍视它的文化的创造物,是它竭力否认的历史的产物"。文化发明荒野的一个最有力的证据就是其彻底抹去荒野产生的历史,种种迹象表明,荒野代表逃脱历史,因为荒野产生的历史是一段印第安种族洒满血泪的伤痛史,是印第安民族与生俱来的权利被剥夺、遭践踏的历史,是被欧美殖民者杀戮的历史,是野蛮殖民的历史,也是以捍卫"人人生而平等"的原则,保障"造物主赋予的不可转让的天赋权利,诸如生命权、自由权及追求幸福的权利"而深感自豪的美国政治体制最为耻辱的一段历史。③

欧洲殖民者在踏上美洲大陆以后,对这片印第安人祖祖辈辈生活的热土充满

---

① Carolyn Merchant. *The Columbia Guide to American Environmental History*. New York: Columbia University Press, 2002, p. 145.

② William Cronon. "The Trouble with Wilderness." *In Uncommon Ground: Toward Reinventing Nature*. Ed. William Cronon. New York: W. W. Norton & Company Inc., 1995, pp. 69—90.

③ Thomas Jefferson. "Declaration of Independence." In *The Norton Anthology of American Literature*. 2nd edition. Vol. 1. Ed. Nina Baym and Francis Murphy, *et al.* New York: WW. Norton Company, 1985, pp. 610—611.

恐惧与敌意,首先将其界定为荒野,并用大量基督教《圣经》中的词汇、术语加以印证以强化北美的野性与荒凉,其根本目的是论证征服荒野的合理性,这种手法在19世纪美国西进运动中继续套用,并用"天定命运"来为欧洲白人殖民者大规模征服西部、抢占印第安人土地、驱赶杀戮印第安人的暴行辩护,用上帝旨意来证明暴力的合法性。荒野之本意是"杳无人烟、贫瘠荒芜、被人遗弃的蛮荒之地"①,其内涵多为消极负面,鲜有积极正面之意,所描写的意象常常令人恐惧,让人茫然无措。荒野指处于人类文明边缘之地,身处其间的人往往会情不自禁地感到道德的迷茫、失落甚至人生的绝望。荒野是摩西和他的人民在其中彷徨、挣扎、摸索了40年的地方,他们几近背弃上帝,崇拜黄金偶像牛犊。荒野也是耶稣与魔鬼搏斗,经受各种诱惑考验的地方。"神灵把耶稣赶到荒野里去,他在那里困了40天,经受撒旦的各种诱惑,与野兽同居,并有天使伺候他。"亚当和夏娃被赶出伊甸园以后,他们进入的世界就是荒野,一个受到上帝诅咒的地方,那里荆棘丛生,土地贫瘠,他们终身不得不辛勤劳作方能勉强糊口,也只有他们的辛劳与汗水方能拯救这方土地,由此可见,除非不得已,人是不会去这种令人恐惧、让人不寒而栗的穷山恶水,令人生畏的寂寞荒凉之地。对付这种荒野的唯一办法就是开化它、救赎它,照人的意图进行开发改良,迫使它从荒原、荒地变成花园、福地,甚至将它构建为万众瞩目的"山巅之城"。

关于国家公园的创立过程及其文化机制,生态女性主义学者默钱特曾给予了深刻的分析与揭露。欧美白人运用暴力屠杀或胁迫谈判、签约的方式占有印第安人故土,而后设立国家公园,其性质或功用也随着时间的迁移也在变化。大约在19世纪中叶前,白人去国家公园是为了体验荒野,去看野生植物,去遭遇红种人(印第安人),公园还容忍印第安人的存在,照他们自己的方式生活。然而,随着美国主流白人社会"将荒野/文明界定为对立的两极,并将荒野之理想形态界定为无人居住之地,文明被界定为人满为患之地"②之后,尤其在19世纪70年代,随着黄石国家公园的建立,公园的性质发生了质变。设立国家公园就意味着驱赶印第安人,游客去公园的目的只是看野生动植物,去赏无人的原生态自然风景。公园

---

① William Cronon. "The Trouble with Wilderness." In *Uncommon Ground: Toward Reinventing Nature*. Ed. William Cronon. New York: W. W. Norton & Company Inc., 1995, p.70.

② Carolyn Merchant. *Reinventing Eden: The Fate of Nature in Western Culture*. New York: Routledge, 2003, p.152.

被框定为广袤的管理花园,其中的野生供人欣赏,游客只需在被保护的环境中获得荒野体验,游客只是匆匆过客,不能久留。在 19 世纪 80 年代初期,"从意识形态层面对公园进行了重构,并将其作为完美无缺、未被染指的人间伊甸园而加以宣传"①。

这些"过度文明化的"美国人通过沉浸在古朴的荒野之中可重获新生。在公园的"处女地",男人可重拾"男性之阳刚",女人可随心所欲探险,当然,这种荒野体验并不包括印第安人。一旦印第安人在荒野之中出现,就遭到白人的贬低。1868年,约翰·缪尔在约塞米蒂国家公园旅行时,就贬低印第安妇女,认为他们"长得寒碜,还不如自然中毛色整洁的动物"。他还说道:"我所见到的多数印第安人的生活一点也不比我们文明化的白人自然……最让人难受的是他们不讲卫生,没有真正野性的东西是不干净的。"②

默钱特曾将国家公园与伊甸园进行比较,指出二者的相似之处,从而揭示国家公园构想不仅是人类中心主义的,而且还是种族中心主义的。国家公园就是现实版的伊甸园,也保留了伊甸园概念原初的波斯语内涵,即公园或圈地。像伊甸园一样,国家公园都是被圈定的土地,其间有葱郁林木、秀美的山川、芳香的野花、野生的动物,可谓应有尽有,美不胜收。像伊甸园一样,国家公园也是再生之"处女地",身临其境,人们可获得精神复苏。最为重要的是,国家公园都是些"被重构的空间",荒野完全被赋予正面的价值,在这种被管理的领域,在给定的地点,荒野遭遇是可预知的,允许"野兽"的出现,但排除了"野人"(印第安人)的存在。像在伊甸园一样,在荒野里,"人是不能久留的过客"。③

当然,也有生态文学家抨击对荒野的伊甸园式改造,主张生活在荒野的土著人照土地自身的规律来生活。著名生态文学家玛丽·奥斯汀在其《少雨的土地》(*The land of Little Rain*,1903)就这样道:"不是法律而是土地确定边界。"④尽管少雨,荒原依然美不胜收,繁花似锦,荒原这种土地是"不能随便居住的,除非遵循其自有的方式"。然而,印第安人却将荒原称之为他们的家园,家指的"不是饱经风

---

① Carolyn Merchant. *Reinventing Eden: The Fate of Nature in Western Culture*. New York: Routledge,2003,pp. 152—153.

② Ibid., p. 153.

③ Ibid., p. 154.

④ Mary Austin. *The Land of Little Rain*. London: Penguin Books,1997,p. 1.

霜的草屋,而是土地、风儿、小山和溪流".① 在此,印第安人没有被赶出家园,而是作为家的土地的有机组成部分。

默钱特指出,19 世纪后期,大多数印第安人已消失,剩下的被强行赶进了保留地,20 世纪的资源保护主义者随即将这些印第安人的家园转变成国家公园或为了最大产出和效率而受管理的森林。

三　被囚禁的荒野的华丽转身:从敌视到狂热

随着时代风尚的突变,曾经令人望而却步的荒野发生了质的飞跃,荒野成了人们的精神家园,心灵的栖所,价值的源泉。在克朗诺看来,推动荒野价值转变的主要动力是 18 世纪末、19 世纪初席卷欧美的浪漫主义思潮和 19 世纪的美国边疆意识形态。具体来说,就是浪漫主义的崇高范畴和美国的边疆神话,它们都照各自的方式重构了荒野,并赋予了其道德价值和文化意义。由此可见,荒野是文化构建的产物,现代环境运动就是浪漫主义和后边疆意识形态的产物,因而环境主义话语总是从荒野中寻找支撑。② 尽管荒野是众多环境关切之一,然而它确实成了其他诸多关切的基础,即使乍一看与它们似乎不太相关。由此可见,荒野的影响之深,范围之广,当然其中也暗藏危险。荒野要产生这样的影响,必须承载创造它、理想化它的文化最为深沉的核心价值:"必须变得神圣。"浪漫主义崇高和边疆神话两个思想运动实际上成就了荒野神圣化的过程。浪漫主义者强调崇高概念,是因为他们认为崇高风景是大地上稀有的人迹罕至之地,那里最有可能一睹上帝之真容,最能体验到上帝的伟大崇高和人之渺小卑微。上帝显现的崇高之地都是些广袤无垠、气势恢宏的地方,诸如峡谷、山巅、瀑布、雷电、彩虹及夕阳,美国的国家公园框定之境恰好就符合崇高范畴之要求,因而得到保护珍视。

克朗诺在对浪漫主义代表人物华兹华斯、梭罗及约翰·缪尔的崇高体验及崇高风景描写的分析后指出,尽管他们以不同方式体验崇高所引发的茫然无措甚至焦虑恐惧,赞美荒野令人迷狂之至美,然而,他们体验与描写的荒野实际上体现一种正在"被驯服的"或"已被驯服的"崇高。当然,缪尔算踩住了浪漫主义晚期"被驯

---

① Carolyn Merchant. *Reinventing Eden: The Fate of Nature in Western Culture*. New York: Routledge, 2003, p. 154.

② William Cronon. "The Trouble with Wilderness." In *Uncommon Ground: Toward Reinventing Nature*. Ed. William Cronon. New York: W. W. Norton & Company Inc. , 1995, p. 72.

服的崇高"的尾巴,此时的崇高之景已成了一种被囚禁的风景,已失去了早期浪漫主义艺术家笔下的焦虑、恐怖。尽管如此,华兹华斯、梭罗、缪尔的荒野体验与描写实际上相差无几,只是表现方式有所不同罢了。"三个人都参与了相同的文化传统,并为构建同一个神话出力:作为大教堂的高山。三人以不同方式表达了各自的虔诚——华兹华斯倾向一种令人敬畏的惊愕,梭罗表达了一种冷峻傲然的孤独,缪尔则表现出令人愉悦的迷狂。他们对所比拟的教堂看法完全一致,心甘情愿进去祷告。"①此后,崇高荒野就不再是一个野兽出没、撒旦引诱的危险之地,而成了一个安全的神殿。

在荒野形象华丽转身为神圣美国偶像的过程中,除浪漫主义的崇高劳苦功高以外,同样重要的还有强势的原始主义浪漫魔力,这种风尚至少可追溯到卢梭。这种原始主义之风认为,医治过度优雅、过度文明化的现代社会病的良方是回到一个更为素朴、更为尚古的生存方式,这最为集中体现在美利坚民族边疆神话之中,因为美国边疆孕育了美国民主政治、民族性格、核心文化价值甚至民族心态,诸如边疆民主、边疆个人主义及边疆怀旧,等等。② 简言之,美国边疆孕育了有别于旧世界的"美国例外性、独特性"。对此,1893 年美国历史学家特纳在其开创性且影响深远的论文《边疆在美国历史中的意义》③中有着精彩且极富争议性阐释。"美国的发展不只是直线向前,而且还沿着不断往前推进的边疆线回到原始状态,那个地区(西部)也得到新发展。美国社会的发展反复从边疆开始。社会不断获得新生,这种美国生活的流变性、这种带来新机遇的西进扩展、这种与原始社会素朴的不断遭遇,提供了塑造美国性格的力量,因而要真正了解美国发展的历史,不要去大西洋海岸,而要去大西部"。美国西部边疆的不断推进过程,就是不断摆脱欧洲影响,美国独立性不断增强的过程,"边疆就是最快、最有效美国化的边界线"。他甚至认为,"美国民族主义的形成和美国政治体制的演进都取决于边疆的推进""边疆最重要的结果是推动了美国民主乃至欧洲民主",因为边疆催生了一种边疆个人主义,而后者是推动民主发展形成的动力。"定居边疆的不断推进,伴随它的个人主义、

---

① William Cronon. "The Trouble with Wilderness." In *Uncommon Ground: Toward Reinventing Nature*. Ed. William Cronon. New York: W. W. Norton & Company Inc., 1995, pp. 73—75.

② Ibid., pp. 76—78.

③ Frederick Jackson Turner. "The Significance of the Frontier in American History." Rpt. In *A Cultural Studies Reader: History, Theory, Practice*. Ed. Jessica Munns and Gita Rajan. New York: Longman Group Limited, 1995, pp. 58—78.

民主政治、民族主义对东部地区和旧世界产生了深刻的影响。"①边疆孕育了美国独特性、例外性。换句话说,美国及其一切魅力所在取决于边疆自由的土地——荒野,边疆是美国民主、民族性格的摇篮,边疆的关闭意味着美国发展原动力的消失。由此可见,"野地不仅是宗教救赎之地,而且还是民族复兴之地,是体验美国精神的经典场所"②。有鉴于此,特纳悲叹道:"再也没有自由土地之礼物给"美国人民了,"边疆已经离去,伴随它的消逝,美国历史的第一个时期也宣告结束"。③ 为此,边疆或者荒野只能作为一种永不消逝的神话而存在,但是美国民族不能接受一种没有现实模型的边疆神话而存在,由此可见,消逝的边疆神话实际上播下了美国荒野保护的种子。

四 国家公园:民族兴旺的动力之源

既然荒野对美利坚民族的建国大业、民主政治乃至民族精神如此重要,那么美国就必须挽救残存下来的自由土地,以作为对美国过去的纪念,甚至"作为保护其未来的保险单",此后,他们开始打造作为美国荒野或边疆神话的现实版偶像——国家公园。实际上国家公园就是一个被框定的荒野,"保护荒野实质上就是保护美国民族最神圣的原初神话",④国家公园的最重要的目标就是"公园看起来像个自然荒野,不能看出有人工迹象的破绽。公园必须能支撑自然、原初状态的幻境。像如画美学花园里的残垣断壁,它象征一个消逝的过去,呈现一幅失落的美国荒野的完美画面"。国家公园通过复制荒野,精心抹去人类活动的痕迹,让更多的人感受近乎荒野的体验,但人自身并不完全被排除,因为他们的存在对荒野理念至关重要。⑤ 由此可见,国家公园绝非野性自然,无非就是荒野神话的艺术产品,旨在给

---

① Frederick Jackson Turner. "The Significance of the Frontier in American History." Rpt. In *A Cultural Studies Reader: History, Theory, Practice*. Ed. Jessica Munns and Gita Rajan. New York: Longman Group Limited, 1995, pp. 59—74.

② William Cronon. "The Trouble with Wilderness." In *Uncommon Ground: Toward Reinventing Nature*. Ed. William Cronon. New York: W. W. Norton & Company Inc., 1995, p. 76.

③ Frederick Jackson Turner. "The Significance of the Frontier in American History." Rpt. In *A Cultural Studies Reader: History, Theory, Practice*. Ed. Jessica Munns and Gita Rajan. New York: Longman Group Limited, 1995, p. 75.

④ William Cronon. "The Trouble with Wilderness." In *Uncommon Ground: Toward Reinventing Nature*. Ed. William Cronon. New York: W. W. Norton & Company Inc., 1995, pp. 76—77.

⑤ Alison Byerly. "The Uses of Landscape." In *The Ecocriticism Reader*. Ed. Cheryll Glotfelty and Harold Fromm. Athens: University of Georgia Press, 1996, pp. 60, 58.

更多的受众提供一种近乎于仿真的荒野体验罢了。

　　当然，克朗诺还进一步指出了边疆神话隐含的性别内涵和种族主义内涵。他指出，神话般的边疆个人主义者几乎都是男性，因为只有在荒野中，男人才算得上真正的男人，一个元气还未被文明伤害、阳刚还未被文明摧毁的粗犷男人。文明生活的各种诱惑和物质享受对男人具有太大的杀伤力，他们太容易受"文明阴柔之气"的影响而变得萎靡不振，当然，持这种观点的男人往往来自社会精英阶层。让人感到奇怪的是，边疆怀旧成了表达资产阶级特有的反现代主义的一种重要的方式。正是那些从城市工业资本主义中获益最多的男人热衷于逃避它的颓废影响。如果说边疆的逝去无法阻挡，那么这些悠闲的精英阶层就应该为他们自己保留一些残留下来的边疆野性风景，以便一如既往仰望星空，幕天席地，以种地、狩猎为生，获得身心复苏，这样虽然边疆早已远逝，可边疆经验依然长存。[①]　由此可见，荒野体现的是民族边疆神话，代表的是美国过去的野性自由，似乎也代表极具魅力的自然景观，以取代现代文明的矫揉造作之畸形。滑稽的是，在此过程中荒野实际上反映的是其热衷者竭力逃避的文明，这也可看出荒野内在的悖论。自从 19 世纪以来，荒野崇拜主要是城市有钱人的事，而乡下人大多对农耕之事太熟悉了，因而鲜有将未耕作的土地看成他们的理想。相反，因为城市精英游客和殷实的户外运动爱好者将他们闲时的边疆幻想投射到美国风景上，所以他们按照他们的形象构建荒野。由此可见，我们大体可以这样认为，美国荒野体现了城市精英的边疆幻想，荒野保护的目的是给殷实富有精英阶层男子提供体验荒野的生态场域，以重振他们阳刚之气。

　　国家公园和荒野还反映了白人种族中心主义的理想。美国设立国家公园和划定荒野区域的运动是在与印第安人进行一系列战争之后开始的。生活在这些所谓的野地上的原住民被集中在一起后赶进保留地。克朗诺认为："如果从印第安人的视角来看，作为无人居住的'处女地'的荒野神话尤为残酷，因为他们一直就将这些地方称之为家园。但现在他们被迫迁移到别处，结果游客们可放心地沉浸在这样的幻想中：他们见到了依然处于古朴、原初状态的国家形象，上帝亲自创造的黎明时分的国度。"[②]当然，国家公园最显著特征是反映了一种后边疆意识，在其边界内

　　① 　William Cronon. "The Trouble with Wilderness." In *Uncommon Ground*: *Toward Reinventing Nature*. Ed. William Cronon. New York: W. W. Norton & Company Inc., 1995, p. 78.

　　② 　Ibid., p. 79.

不仅人类暴力被抹去,而且人曾经在此存在的痕迹也将抹去。然而,现实边疆却一直是冲突的地带,入侵者和被入侵者都为争夺土地和资源而拼杀。

一旦被圈定在精心操控的现代官僚国家边疆范围之内,荒野就不再"野"了,完全丧失了其曾经的"野蛮形象",而变得非常安全——"多半是一个梦幻之地,而不是一个令人厌恶或令人恐惧的地方"。与此同时,印第安人被武力赶出,因而他们曾经使用土地方法或原有的生存方式被重新界定为不正确、反生态甚至非法。这样,土著居民的生存方式被迫改变,因而他们的文化传统必然失去生存的根基而遭遇浩劫。由此可见,通过暴力驱逐印第安人而创建"无人居住的荒野"的做法提醒我们:美国荒野纯粹是人为或文化建构的产物,"正是它竭力否定的历史的产物",一点都不自然,一点都不纯洁,当然也就不原初或古朴。"文化构建荒野最为鲜明的证据之一就是它彻底抹去自己产生的历史,实际上,种种迹象表明,荒野代表逃避历史[1]。它被珍视为原初的花园,是超越时间之外的地方,因而史上堕落世界正式开启之前,人类必须被赶出去。荒野代表自然"神圣崇高",也是超历史的上帝之家,尽管世事沧桑,它却依然如故。简言之,无论从何种角度看,荒野都能给人以幻觉:我们能逃脱尘世一切烦忧,让欢乐永驻,青春常在。

在克朗诺看来,滑稽的是,荒野未经审视,堂而皇之地成了现代环境主义的诸多准宗教价值观赖以存在之基础,环境主义的现代性批判或明或暗要借助荒野,并将其看成评判世界失误的标准,荒野是自然的、未堕落的,代表已失去灵魂的、不自然的文明的对立面,是"最纯正的风景之极品""从中我们不仅能知晓真实的世界,真实的自我或本应该的自我",而且"还能重拾真实的自我"。换句话说,荒野不仅是文化建构的产品,而且其上还承载建构者的诸多欲望,可谓病态文明欲望的投射物。[2] 为此,克朗诺认为,"荒野的麻烦是它悄无声息地表达、复制恰好是其热衷者试图拒斥的价值'。逃避历史可谓荒野之要旨,而这种逃避也代表逃避责任的虚幻,也就是,我们能清除过去的一切痕迹,回到人类在世界留下痕迹之前的原始状态。对作为欧洲白人后裔的殖民者而言,就是要抹去暴力殖民土著、奴役非裔黑人的历史,隐去针对美洲土地及生活在其上的万物生灵的生态暴力,遮蔽荒野内含的阶级歧视和性别歧视,重振白人男性的雄风,因而城市精英和美国官方要合谋

---

① William Cronon. "The Trouble with Wilderness." In *Uncommon Ground: Toward Reinventing Nature*. Ed. William Cronon. New York: W. W. Norton & Company Inc., 1995, p. 79.

② Ibid., p. 80.

打造国家公园或精心驯化的荒野，以留住"动力无限的野性边疆"和"气势磅礴的崇高之景"。

由此看来，只有那些与土地关系疏离异化的人才会将荒野看成人类在自然中的生存范式，因为浪漫主义的荒野意识形态根本没给人留有实际从土地谋生的地方。由此可看出，荒野隐含的核心悖论，即"荒野体现了一个二元论的观点，其中，人完全被置于自然之外"。① 也就是，真实自然中无人定居，野性十足，因而纯洁；反过来说，人在自然中的存在意味着自然的堕落，由此看来世界就被劈成两半，文明与自然，并将文明与自然置于两个对立的极端，并且将荒野看成评判文明之标准。一个成了牺牲地带，遭到忽视；一个需要强行保护，精心呵护。当然，克朗诺也指出，他并非谴责"野地"或留下大片野地的做法，甚至被称为"荒野"的地方，而是被称之为"荒野"的复杂文化建构产品生发出的"特殊的思维习惯"，因为被叫作荒野的地方本身不是问题。② 实际上，非人类自然和大面积的自然世界的确值得保护，他真正担心的是荒野观及其实践的危害。

最后，克朗诺还指出，如果将美国荒野保护实践和荒野价值观输出到第三世界及其他地区，将会助长生态文化帝国主义之危险，因而其结果必然适得其反，因为这种单纯保护荒野的简单做法必然要改变或终止土著民族传统的生存方式，这就意味着要冒着复制美国印第安人悲剧的危险——他们被强行赶出古老家园，实际上，这些非西方地区面临严重的环境问题和深刻的社会矛盾，两种领域相互交错，问题互相恶化，绝不可能靠来自美国的文化神话——倡导"保护"几百万年来这些地区实际并不存在的所谓"无人的"风景——就能解决。③

克朗诺还进一步深入分析指出，假如按照荒野意识形态的逻辑分析当前日益恶化的环境问题，那么解决环境问题或拯救自然的唯一办法只能是"杀人"或"自杀"，因为人进入自然，就导致自然之死，这种荒唐可怕的结论就来自荒野的二元论。实际上，激进环境主义者和深层生态学家因接受荒野观，因而通常也很赞同以上观点，当然也会提出类似荒唐可笑的办法应对环境问题。

---

① William Cronon. "The Trouble with Wilderness." In *Uncommon Ground：Toward Reinventing Nature*. Ed. William Cronon. New York：W. W. Norton & Company Inc.，1995, p. 80.

② Ibid.，p. 81.

③ Ibid.，p. 82.

五　对荒野理念的多元文化审查

罗摩占陀罗·古哈因于 1989 年发表《美国激进环境主义与荒野保护:第三世界批评》("Radical American Environmentalism and Wilderness Preservation: A Third World Critique")①一文而享誉国际学界。在该文中,他对作为第一阶段西方生态批评思想基础的深层生态学进行了全面、深入的批判甚至否定。作为当代激进环境哲学的一个派别,深层生态学还是荒野保护运动的组成部分,所以从某种角度看对它的拷问也就是对以国家公园为支撑点的荒野保护运动的审查。与此同时,他还分析指出,在第三世界等经济不发达国家和地区推行荒野保护将会导致灾难性后果。

在他看来,尽管深层生态学宣称自己是普遍性的,然而它只是美国生态意识形态,尤其是荒野保持运动的一个激进的分支,如果将其生态实践用于世界范围,将会产生大量生态难民,导致生态人道主义危机,发生严重的社会后果,尤其对不发达国家贫穷的农业人口更是如此。古哈首先总结了深层生态学的四大特征,并逐一予以批判,该文一定程度上也宣布了印度生态批评,乃至非西方国家生态批评将会与以美国生态批评为代表的西方生态批评有着不同的立场与环境诉求。古哈认为,深层生态学所倡导的人类中心主义/生态中心主义二分并将其作为理解当前面临的全球环境退化机制是没用的,可谓本末倒置,因为导致生态问题的原因是相当世俗的。有鉴于此,将荒野保护的主张用于第三世界肯定是有害的,简直就是无的放矢,甚至别有用心,它实质上是把资源从穷人手里直接转嫁给富人。在古哈看来,有两个特征把非西方与西方的环境运动区别开来:一是受环境影响最大的社会阶层——贫穷的无地农民、妇女和部落,对他们而言,是绝对的生存问题,而不是提高生活质量;二是作为结果,环境问题的解决涉及公平、经济和政治的再分配问题,把专注于荒野保护的深层生态学应用于第三世界带有浓厚的西方帝国主义色彩。②

荒野二元对立思维的另一重大危险是它忽视环境公正议题。重视遥远的荒野

---

① Ramachandra Guha. "Radical American Environmentalism and Wilderness Preservation: A Third World Critique." In *Contemporary Moral Problem*. 7th edition. Ed. James E. White. Belmont: Wadsworth/Thomas Learning, 2003, pp. 553—559.

② 胡志红:《生态批评与跨文化研究》,《中外文化与文论》,2017 年,第 37 辑,第 289—290 页。

保护,忽视现实的生存家园,忽视人与人之间因种族/族裔、阶级、性别或文化的不同而产生的环境经验的多样性、对荒野内涵的不同理解及因历史、文化的差异而导致的人与自然间交往方式的不同,等等。荒野二元论往往将任何利用自然的做法都界定为"滥用",因而否定"中间地带"的存在,该"地带"是我们构建"负责的利用自然与禁用自然之间达成某种平衡、可持续的关系"之场域。依克朗诺之见,只有探寻这个中间地带,我们才能学会构想一个可让所有各方和谐共生的美好世界:"人类与非人类、富人与穷人、女人与男人、第一世界之人与第三世界之人、白人与有色族人及消费者与生产者。"①这个中间地带就是我们实际生存之地,尽管我们生活的地方不同,却都以不同方式构筑我们的家。

　　默钱特在分析自然在西方主流文化中的命运变迁和重构伊甸园叙事时指出,西方白人宏大叙事演进的过程本质上也是美国印第安人和非洲裔美国人在肉体上和文化上被殖民的过程,也是自然生态被掠夺和退化的过程。印第安人为白人提供土地,黑人为他们提供免费的强迫性劳动,土地为他们提供资源。在这个漫长的过程中,美国男人是堕落的亚当,是英雄人物,新大陆是夏娃,堕落的自然,亚当的使命就是改善、开发、拯救荒野,其实质就是肆意改变、暴力殖民、无度盘剥,甚至强暴自然。② 欧洲文明妖魔化美洲大陆和生活在其上的土著居民,他们将美洲大陆界定为文明缺位的"荒野",也将印第安人等同于野人。然而,他们认为印第安人有"被开化"的潜力,因而可参与重构伊甸园的进程。③ 为此,欧洲人首先要对印第安人进行文化殖民。他们篡改土著创世神话,让基督教创世神话成为"人类大家庭"共同的"原初神话",印第安孩子也是"照上帝的形象造的,与创造者相像",从而将印第安人也纳入基督教文明的轨道,进而说明印第安人是"可教化、可开化、可基督教化",因而可进入"高等发展"的人类,印第安小孩也能成为"信仰基督教的、有教养的绅士淑女"。④ 然而,当他们在开化、教化印第安人的过程中遭遇抵抗或挫折时,这些文明的欧美人露出了真面目,放下十字架,亮出锋利的宝剑。

---

①　William Cronon. "The Trouble with Wilderness." In *Uncommon Ground: Toward Reinventing Nature*. Ed. William Cronon. New York: W. W. Norton & Company Inc., 1995, pp. 85—86.

②　Carolyn Merchant. *Reinventing Eden: The Fate of Nature in Western Culture*. New York: Routledge, 2003, pp. 93—184.

③　Ibid., pp. 147—148.

④　Carolyn Merchant. *Reinventing Eden: The Fate of Nature in Western Culture*. New York: Routledge, 2003, p. 148.

　　少数族裔文化学者金凯德(Jamaica Kincaid)和奇卡诺诗人、教育家阿拉尔孔(Francisco X. Alarcón)主张站在环境公正的立场,引入历史的维度,透过少数族裔的视野,历史地考察西方殖民者与有色族人民及土著人对待自然与文化关系所采取的不同观点,揭露了美洲"荒野"的形成过程及其隐藏的文化欺骗与种族暴力。在《在历史中》("In History")一文中,金凯德认为,西方殖民者叙述美洲大陆的历史是按照人与自然分离的二元论观点人为建构的历史,忽视了美洲土著人与自然互动共生的历史事实,他们"倒空了土著人的土地,然后倒空了土著人",照自己的意图进行想象建构,按照西方科学话语进行分类,重新命名,确立西方与土著之间的优劣关系、主从关系,非西方成了被建构、被想象的客体,成了话语殖民、文化殖民的对象,可谓饱受西方的话语殖民和语言暴力。在现实层面,美洲及其他非西方成了被占有、被征服、被殖民对象,这实际上是话语暴力、语言暴力向物质化、具体化的转变过程。① 由此可见,土著及非西方讲述人与自然间的关系史与西方殖民者讲述的美洲史之间存在着根本的区别。在《找回自己,复得美洲》("Reclaiming Ourselves, Reclaiming America")一文中,阿拉尔孔主张从土著人的文化立场重述美洲史,因为"在庞大的官方历史背后是被忘却的残片与裂痕,其中蕴藏着真实的故事,这就是被压制的、大多未言说的美洲大陆的土著人及其后代们的历史",因而殖民者的历史迷雾须澄清,土著人的历史要重述,以还原历史的本来面目。要再现有灵有肉的土著文化史,就需重现过去的一切误解、冲突与矛盾,以及欧洲殖民者所谓的发现美洲大陆后所带来的一切痛苦与灾难。我们甚至可以说,"'发现美洲',或更敏感的短语,'两种文化遭遇',只不过是种族灭绝、种族屠杀的委婉语,生态灾难是侵略、征服东西印度群岛的直接恶果"。这种征服不仅仅指物理上的征服与殖民,还包括文化上的征服与殖民,所以阿拉尔孔写道:"1492 年是靠剑、十字架、文法征服的前奏",如果说"在中美洲,天主教提供了十字架,那么西班牙语言提供了将中美洲土著文化钉在十字架上的钉子",西班牙殖民者用西班牙语打击扼杀古老的土著语言,企图彻底消灭土著文化。②

　　为此,曾经被殖民的少数人民要真正取得独立,拥有真正属于自己的文化身

---

　　① Jamaica Kincaid. "In History." In *The Colors of Nature: Culture, Identity, and the Natural World*. Ed. Alison H. Deming and Lauret E. Savoy. Minneapolis: Milkweed Editions, 2002, p. 21.

　　② Francisco X. Alarcón. "Reclaiming Ourselves, Reclaiming America." In *The Colors of Nature: Culture, Identity, and the Natural World*. Ed. Alison H. Deming and Lauret E. Savoy. Minneapolis: Milkweed Editions, 2002, pp. 29—34.

份,就必须重振自己的文化。因为文化独立是一个民族真正独立的前提。正如阿拉尔孔所言:"美洲必须能看、能听、能摸、能尝、能闻这个地道的美洲,这有助于我们想象出新的方式观看、阅读、感觉、思考、创造与生活。"为此,今天的美洲人必须回到古老、丰富多元的土著文化中寻找灵感,因为古老的土著文化范式能提供富有生机的思路,帮助现代社会走出困境。同样,阿拉尔孔主张美洲文艺界建构一个新的多元文化生态诗学,这种诗学是基于几千年美洲古老的多元文化遗产,坚信宇宙万物的神圣性。这种诗学"强调诗性自我与自然之间存在深层的相互联系意识,归根结底,这种诗性自我或栖居于集体无意识之中及/或与周围生态系统融为一体的意识之中"。这种诗学的主要功能之一是调节人的内在精神分裂,医治现代人的精神分裂症,避免其外在化、具体化,因为"这种精神疾病是西方通过对土著民族、土著文化及其土地的征服、殖民、掠夺以实现其无情扩张所导致的直接恶果"。① 在笔者看来,阿拉尔孔所说的诗学就是基于印第安神圣宇宙的诗学,一种基于万物有灵、有生命、有神圣性的诗学。由此可见,这种新的土著生态诗学不仅是医治现代西方文化精神疾病的一剂良药,而且还对陷入困境的西方绿色文化的构建具有重要的启迪意义。

六　荒野与伊甸园:表面的悖论,实质的共谋

欧洲殖民者在踏上美洲大陆以后,就对美洲构建了两个主导的生态意象,一个是丑陋可怕的蛮荒之地或曰荒野,另一个是美丽宜人的伊甸园。不论是荒野还是伊甸园,在欧洲人看来,新世界是一片"崭新的"土地,通过"拯救"东部的森林和西部的荒原,他们要占领,他们要改造印第安人及其"自然的"伊甸园。因而来自旧欧洲古老的"伊甸园"之梦就成了殖民者们肆意操控、殖民世界荒野的模型。② 由此可见,从表面上看,荒野与伊甸园似乎相互对立,其实质都是服务于欧洲殖民者的神圣使命,在新大陆构建山巅之城,以"复得亚当与夏娃被逐出天国时失去的对自然的控制权"。对此,谢波德·克雷西三世联系欧洲殖民者殖民新世界的历史,对荒野与伊甸园在对美洲殖民过程中的意识形态功能进行了较为全面、深刻的分析,

---

① Francisco X. Alarcón. "Reclaiming Ourselves, Reclaiming America." In *The Colors of Nature: Culture, Identity, and the Natural World*. Ed. Alison H. Deming and Lauret E. Savoy. Minneapolis: Milkweed Editions, 2002, pp. 37, 40, 41.

② Carolyn Merchant. *Reinventing Eden: The Fate of Nature in Western Culture*. New York: Routledge, 2003, pp. 39, 145.

从而揭示了二者在殖民逻辑上的统一与共谋。

克雷西在《生态印第安人：神话与历史》中深刻地分析指出，所谓的伊甸园之说实乃西方殖民主义的产物。用他的话说："欧洲人在占领了沦为寡妇的土地（美洲）后，有人跪谢上帝，许多人大谈这个新的伊甸园，即使他们所用的意象和隐喻都是他们在人满为患、已发生了翻天覆地变化的欧洲大陆中的生活经验所形成的，然而，这个天堂、这个伊甸园却主要是人口统计学和流行病学意义上的文化产物。"[①]也就是说，在欧洲人踏上美洲大陆之前，前工业革命的土著民族也改变着美洲的自然风貌，一如工业革命时代的欧洲人改变欧洲大地的风物一样。像殖民扩张之前的欧洲一样，土著民族也对他们的生活环境产生了不可磨灭的影响，这主要表现在地方性和区域性范围之内。当然，这并非意味着他们不具备今天的生物学家、动物学家和生态学家所羡慕的知识与智慧深刻了解他们的环境，而是意味着我们不要以为他们总是在大地上轻轻走过，不留下一丝痕迹。

克雷西在从人口学的角度对欧洲人眼中的"丰饶美洲天堂"一说进行文化探源[②]后指出，该说法背后隐藏着欧洲文化殖民主义的内涵。在克雷西看来，美洲天堂一说基本上是欧洲人建构的。也即是，欧洲拥挤的城市环境与广袤的美洲各地区之间的巨大差异形成了欧洲人将北美想象成天堂的客观"比较背景"[③]。欧洲不仅人满为患，而且资源匮乏，然而，美洲人烟稀少，资源极为丰富。仅以1600年来看，英法的人口密度平均是北美的900—1500倍，北美土著总人口大约4百万到7百万。这样一来，踏上美洲的欧洲人立刻能感到欧美之间的巨大反差，之后的欧洲殖民者利用瘟疫或疾病攻击美洲土著，导致美洲土著人口急剧减少，从而进一步放大了业已存在的巨大差异。

首先，由于美洲多数地方的人口密度低，因而物质需求也就低，对环境构成的资源需求压力也随之变小，这样就不至于对环境造成严重的破坏。再加上前工业时代土著民族所运用的是低影响技术，因而在欧洲人看来，美洲土著总是轻轻地走过大地，所到之处无不是满眼的丰饶。

其次，我们还可以从流行病学的视角解释北美人口进一步减少的原因。伴随

---

① Shepard Krech III. *The Ecological Indian：Myth and History*. New York：W. W. Norton & Company，1999，p. 99.

② Ibid. ，pp. 77—99.

③ Ibid. ，p. 95.

欧洲人的入侵而带入的欧洲疾病,许多土著人因缺乏天然免疫力死亡,从而导致美洲土著人口急剧下降,环境压力进一步降低。由此看来,欧洲人描绘的伊甸园实则可通过土著人口学和流行病理学加以阐释,具体而言,流行病导致的死亡进一步恶化了人口稀少的问题。尽管欧洲人登上北美之前,美洲也绝非是无疾病之天堂,也存在各种各样的流行病和地方性疾病,然而这些北美本土的传染性地方性疾病的人口学恶果与来自欧洲的病菌相比,其危害性简直是相形见绌,欧洲病菌所向披靡,像天花、流行感冒及麻疹等之类的病菌横扫美洲,给土著民族带来致命的打击。更为可怕的是,这些欧洲殖民者还将这些致命病毒当成生物武器,对付土著人。比如,殖民者就曾将带有天花病毒的被褥送给印第安人,这样在与白人接触之前,许多土著人已患病死亡。①

将病毒当成生物武器是个阴险毒辣的文化和现实的阴谋。携带病毒的欧洲人是一支可怕的侵略军。他们散播病毒但不俘获任何人,传播疾病并不需要与人合谋。肆意闯入不同地方,对这些未曾被骚扰的"处女地"而言,那儿的印第安人既没有免疫力,也缺乏应对的经验。所有的人都易感染这些病毒,一夜之间整个村庄都染了病,男女老少都因染病而死亡。成百上千的村庄都遭到同样的厄运,从而导致美洲土著人口锐减。难怪有人将欧美白人与北美印第安人之间的关系看成是"种族屠杀""类似于纳粹与犹太人之间的关系"。②

然而,对旧世界而言,文艺复兴以降到17世纪的几百年间,人文主义思潮罢黜了罗马天主教对人之精神的绝对统治,释放甚至是放纵了人的原欲,因而导致诸多与中世纪欧洲截然不同的"新"欧洲,人们物质需求的增加,技术的快速进步,城市化进程的快速推进,对自然资源的需求猛增,文化审美风尚的变迁,导致了乡村风貌的彻底改变,实际上已变得面目全非,早已失去了"自然"之本色,不少动物数量也锐减,资源也几近枯竭,一些地方生存环境也遭到了严重的破坏,水污染、空气污染严重。英格兰的乡村成了人们眼中的新宠,成了休闲娱乐的场所,有人甚至为了远离这些过度耕作的土地,渴望去更为荒凉的场所。

尽管人与自然的关系极为复杂,环境问题的产生也绝不能简单机械地还原为人口与环境问题。然而,总体而言,人口与环境之间的关系至关重要,不少人甚至

---

① Shepard Krech III. *The Ecological Indian: Myth and History*. New York: W. W. Norton & Company, 1999, p. 79.

② Ibid., p. 84.

认为,人口与资源之间存在一种直接的关系,人口规模与人口密度越大,对资源与环境的影响就越明显。人口是改变地球的主要因素,"纵观整个人类历史,人口增长是地球环境变化的第一动力"①。

简言之,欧洲病毒的入侵,导致美洲土著锐减,从而进一步加大欧美环境之间的对比度,城市化欧洲的喧闹与拥挤、自然的贫瘠与乏力凸显了美洲"荒野"的宁静与广袤,自然的富饶与生机。这就是欧洲游客奔赴美洲和欧洲人移民美洲的历史背景,更是欧洲想象美洲的历史背景。

七 走出荒野综合征,回到中间地带

荒野的悖论在于它最终体现美利坚民族的边疆神话,代表着美国过去无拘无束的自由,似乎也体现了现代文明虚幻、丑陋现实的自然替代品,颇具诱惑力。然而,具有讽刺意味的是,荒野观在演变过程中,最终反映了其热衷者竭力逃脱的文明本身。也即是,荒野实质上表达、复制了其热衷者试图拒斥的价值观,这就是荒野内在的核心悖论:"荒野体现了一个二元论的理想境界——人类完全置身于自然之外。"②荒野是自然的、未堕落的存在,代表着有形无灵的非自然的人类文明的对立存在物,因而成了衡量人类世界缺陷程度的标准,也成了恢复我们真实自我的自由之地,简而言之,荒野是"地道的终极风景"③。由此看来,荒野指的是野生状态的自然,意味着人的缺席,人的存在意味着自然的堕落。反过来,人之处所也意味着自然的缺位,从而将人与自然置于对立的两极,荒野成了衡量文明的尺度。荒野之要旨是鼓励其倡导者将荒野保护看成是"人类"与"非人类"之间直接冲突,这种冲突的社会转换往往成了珍视非人类自然者与不珍视非人类自然者之间的冲突。这种情况常常让人忽视人类之间的重要差异及复杂的历史文化原因——为何不同民族对荒野内涵的理解差异如此之大。

克朗诺还进一步指出,"摆脱历史正是荒野的要旨,这是逃脱历史责任的妄想,试图以某种方式抹去我们对过去的记忆,回到人类在世界留下痕迹之前的一种所

---

① Shepard Krech III. *The Ecological Indian*: *Myth and History*. New York: W. W. Norton & Company, 1999, p. 97.

② William Cronon. "The Trouble with Wilderness." In *Uncommon Ground*: *Rethinking the Human Place in Nature*. Ed. William Cronon. New York: Norton & Company Inc. , 1995, pp. 78—80.

③ Ibid. , p. 80.

谓纯净状态"①。由此可见,壮观与秀美兼备的"荒野"背后隐含的欺骗与荒谬。

由于荒野意识形态自身的内在悖论,如果将荒野保护应用到现实世界,并加以推广,必将引发诸多社会问题,必招致社会多方,尤其是弱势社群的强烈拒斥,因而荒野意识形态对负责任的环境主义构成严峻威胁,直接威胁到广大社会弱势群体和广大第三世界弱势民族的基本生存。保护热带雨林就是荒野保护实践的典型事例。在第一世界环境主义者的眼中,保护热带雨林常常意味着保护其不受原住民生存活动的影响,让自然自由自在地存在、发展。这实际上复制了降临在美国印第安人头上的悲剧,即被赶出祖祖辈辈生息繁衍的故土。由于广大第三世界人民面临巨大的环境问题和深刻的社会冲突,不可能靠来自美国的荒野神话来解决,鼓励保持"存在了几百万年的无人居住的"广袤风景,这种输出美国荒野神话的做法是"一种浅薄无知且必然招致失败的文化帝国主义行径"②。

如果要进一步分析荒野意识形态的内在悖论,我们会发现其隐藏着反人类思想倾向,人类的活动导致自然之死,那么拯救地球的最有效做法就是人之死。如果人类要在世上自然而然地生存,就必须放弃文明赐予的一切,那么就要回到远古在荒野伊甸园采摘狩猎的生活方式。激进环境主义者和深层生态学者常常热衷于荒野保护,并将其作为首要原则,因而得出了荒唐的结论。

克朗诺、古哈、默钱特、阿拉尔孔及克雷西等学者不仅检视了西方文化中"荒野"的缘起及演变,而且还指出了走出荒野困局的文化路径,实际上也为陷入困境的主流白人生态批评指明了方向。荒野将我们置入困境,是由于我们将体验自然之惊奇和他者性(otherness)的地带限定在星球遥远之角落或存在于无人定居的原始古朴的风景中。反过来,如果我们拒斥荒野二元论,并相信自然之奇和他者性无处不在,既在我们的花园中,也在遥远的风景中,既在我们体内,也在我们体外,荒野能帮助我们确认司空见惯、习以为常的事物中的"奇"与"野",那么荒野也就能成为解决环境问题的路径而不是问题本身。为此,我们须全盘接受一切风景,并认定它们既是自然的,也是文化的。这样,城市与郊区、田园与野地都有各自适当的位置,我们也不会顾此失彼,一味赞美此,而无端诋毁彼。"我们既尊重家里的他者,也尊重隔壁的他者,也同样尊重遥远的异域他者",这种启示既适用于人,也适用于

---

① William Cronon. "The Trouble with Wilderness." In *Uncommon Ground: Rethinking the Human Place in Nature*. Ed. William Cronon. New York: Norton & Company Inc., 1995, pp. 78—80.

② Ibid., p. 82.

其他自然之物。尤其我们得找到一个"共同的中间地带",从城市到荒野的一切东西都能以某种方式囊括在"家"这个词之中。毕竟,家归根结底是我们生存之地,是我们担当责任、持续生存之地,也是我们将一切美好的传诸后世的地方。[①] 也就是说,大地上的一切领域——无论是自然的还是文化的,美丽的还是污染的——田园、城市、荒野、乡村,甚至互联网虚拟空间都纳入考察范围,从而克服了荒野二元论思维的束缚,走出荒野研究中心的局限,无论从物理空间还是精神空间都极大拓展了生态批评的视野,丰富了其研究内容。为此,我们就必须引入环境公正视野,突出多元文化立场。

第三节　印第安生态批评与主流白人文学生态:解构与重构

多元文化生态批评是环境公正生态批评的核心维度之一,可谓是多种族环境公正运动的学术版,种族视野是其核心视点,其力荐生态批评学者站在环境公正的立场,透过各少数族裔的文化视野,联系他们各自独特的环境经验,考察文学、文化甚至艺术与环境之间的关系。与此同时,它还要与主流白人文学、文化及生态批评开展多角度、多层面的生态对话,一方面是为了揭露主流强势文化针对少数族群的形形色色的环境种族主义、环境殖民主义等行径,从而也揭示了少数族裔民族遭受生态不公的历史、文化及现实根源;另一方面也是为了发掘、阐发弱势的少数族裔民族文学、文化、艺术及现实生存方式所蕴藏的"更深"的生态智慧,彰显少数族群英勇抵抗生态殖民的历史,凸显主流文学、文化的生态盲点和生态偏颇。此外,少数族裔生态批评还敦促主流生态批评在探寻走出环境困局的文化路径时,必须摒弃西方宏大叙事思维的惯性,放弃西方主导环境问题的一元化老路,走多文化共同参与、精诚合作的新路,因为西方主导的"一元化思维"本身就是导致环境问题的一部分,由此可见,多元文化生态批评可为探寻人类生态可持续的生存方式提供别样的生态启示。

在开启、推动多元文化生态批评交流、对话的学者中,乔尼·亚当森、帕特里克·D. 默菲、戴明、萨瓦及斯科特·斯洛维克及葆拉·冈恩·艾伦等学者惹人注目。其中,从理论层面看,亚当森尤为突出,她在开展印第安生态批评与主流生态

---

① William Cronon. "The Trouble with Wilderness." In *Uncommon Ground: Rethinking the Human Place in Nature*. Ed. William Cronon. New York: Norton &. Company Inc., 1995, pp. 88—89.

批评之间的对话和对主流文学及文化的生态阐释方面的成就最大。从实践层面看,斯洛维克是个地地道道的多元文化生态批评的践行者,在推动国际生态批评学者之间的对话与交流方面成绩斐然,令人称道,在国际生态批评界颇具影响力。

在此,笔者主要就印第安生态批评对多元文化生态批评的构建、印第安生态批评与主流文学、文化之间开展的生态对话进行简要探讨,以阐明印第安生态批评独特的批评锋芒和生态文化构建潜力。

一 构建多元文化生态批评的学术联盟:基础与路径

乔尼·亚当森站在环境公正的立场,透过多族裔文化视野,探讨文学与环境之间的关系,揭示环境经验的多种族性与多元文化性,倡导建构一种多元文化生态批评,呼吁生态批评从荒野回家,回到人与自然交汇的中间地带,正视现实生存环境,倡导基于人与人之间、种族与种族之间普遍公正的环境主义。为此,她于 2001 年出版了专著《美国印第安文学、环境公正与生态批评:中间地带》。2002 年,她又与梅伊·梅伊·埃文斯及蕾切尔·斯坦共同主编了《环境公正读本:政治、诗学及教育》,该著采取灵活的叙事学术策略将种族、文化及环境公正等范畴编织在一起,揭示了围绕"环境"的诸多议题之间的复杂纠葛,该著也因此确立了多元文化生态批评的基本范式,是对第一波生态中心主义型生态批评里程碑式的文集《生态批评读本》的借鉴、批判与超越。后者确立了主流生态批评的基本范式,成为生态批评的奠基性文本,但它以人类中心主义/生态中心主义这种非此即彼的二元对立模式阐释生态问题的历史文化根源并探寻解决环境问题的文化路径,缺乏环境公正视野、自觉的种族意识和性别意识,这都成了其主要不足和盲点。2009 年,亚当森与斯洛维克二人作为《多种族美国文学》杂志客座主编,主持生态批评特辑《种族性与生态批评》[①],并共同撰写了导言《我们站在别人的肩上:种族性与生态批评导言》,开启了第三波生态批评的序幕,它将承认种族与民族特征,然而也超越种族与民族的边界。第三波生态批评将从环境的视角探讨人类经验的所有方面。此外,亚当森还撰写了大量的学术论文,为美国乃至国际多种族、多文化生态批评作出了重要贡献。

《美国印第安文学、环境公正与生态批评:中间地带》一著由亚当森撰写,是在

---

① Joni Adamson and Scott Slovic. "Guest Editors' Introducton : The Shoulders We Stand on: An Introduction to Ethnicity and Ecocriticism." In *MELUS*: *Multiethnic Literature of the United States*, Volume 34. 2,(Summer 2009), pp. 5—24.

她向印第安学生教授印第安文学、文化课程的过程之中以及在与学生们就环境、学术等问题直接交流之后,对主流文化、环境问题及生态批评深刻反思后的学术结晶。该著于 2001 年问世,是印第安生态批评发展史上第一部具有自觉的环境公正意识并透过印第安文学视野与主流白人文学、文化开展生态对话的专著,强烈呼吁生态批评立场的转变,从生态中心主义走向环境公正,从主流白人文化的视角转向从印第安文化的视角"看生态""评文学",在对话、质疑、矫正主流生态批评的过程中,凸显印第安生态批评的批判锋芒和文化建构潜力。

戴明和萨瓦两位学者合作编写的《多彩的自然:文化、身份及自然世界》一著是一部重要的多元文化生态批评文集,作者们站在环境公正的立场,透过各自的文化视野,联系各族群的历史经验及其遗产,探讨了文化、身份、自然之间的关系,跨越学科界限,多视角深挖生态危机产生及其进一步恶化的形而上思想基础、历史文化根源及现实结症,探索解决生态危机的多元文化对策,甚至建构多元文化生态诗学体系。

他们一方面质疑西方"宏大叙事"的合法性,认为在西方文化的框架下叙述历史,是对历史事实的歪曲,主张从各个族裔的文化立场上重述历史,还原历史的"真相";另一方面与主流文化生态批评展开对话,暴露其生态中心主义话语下探讨生态危机问题的种种盲点与偏见,试图对其文化预设予以修正,甚至纠正、否定。同时,多元文化作家也力图发掘自己民族文化的生态内涵,凸显在生态危机时代各少数族裔文化的生态潜力,对抗基于人类中心主义、消费主义、唯发展主义的西方主流文化,贡献自身文化的生态智慧,主张保护文化生态的多元性,因为生态多元与文化多元性是一致的。

多元文化生态批评力荐从多元种族或族裔视野而不是从主流白人文化、主流环境主义的观点看待环境问题,要追问环境问题产生的根本历史、文化及现实根源,正视导致有色族社区贫困的社会、环境等不公问题。生态批评学者不应该只关注主流环境主义者和自然书写作家赞美的原始、纯净的自然世界或曰荒野,而应该探究社会不公、环境压迫的根源及其出路。简言之,环境问题根源于社会问题,环境危机根源于人类社会中人与人之间、不同族群之间关系的异化与危机,要根除环境危机必须首先要解决环境剥削与环境压迫,具体来说就是要首先消除环境种族主义、环境殖民主义等社会毒瘤。否则,无论多么崇高、多么动听的环境宣言无非都是些生态乌托邦理想,甚至是环境种族主义、环境殖民主义的幌子、美丽的托词,反而激起被压迫种族的抗拒与抵制，使得环境形势更加严峻，甚至让整个环境事业付诸东流，因此生态批评应该回到中间地带。

　　就其研究文类而言，多元文化生态批评所涉及的文类极为广泛，远远超越了梭罗《瓦尔登湖》自然书写范式的藩篱，甚至不受文类的限制，诗歌、小说、散文、电影以及其他一切与生态探讨相关的文化文本都可纳入研究的视野，通过对少数族裔作家各类文化文本的分析，揭示其文化的特色，以及由此而了解对自然的多元文学、文化再现方式，为新的更加多元的自然、环境观开辟了丰饶的文化场域。多元文化观及多元文学、文化文本的引入为生态批评注入新的活力，为其开辟了新的学术空间。在研究策略上，亚当森在其学术中善用叙事学术策略进行文学文本分析，将其教授印第安学生的经验融入文学文本分析之中，以便进入"学术与经验的中间地带"，同时也探讨二者的交汇之处。①

　　简言之，多元文化生态批评敦促生态批评学者将视野从形而上转向形而下，从荒野归来，回到人与自然交汇冲突的中间地带，从生态中心主义的立场转向环境公正的立场，进而推动生态批评的转向，即从生态中心主义型生态批评走向基于环境公正的多元文化生态批评。

二　对话第一波生态中心主义型生态批评思想基础：质疑与批判

　　西方生态批评的发展大致分为两个阶段，即第一波生态中心主义型生态批评和第二波环境公正型生态批评，少数族裔生态批评也在环境公正运动的强烈推动下应运而生，由此，与第一波主流白人生态批评开展对话也就成了少数族裔生态批评的重要内容。生态中心主义型生态批评存在诸多缺陷，其中，最为严重的不足是其执拗地坚持人类中心主义是导致生态危机的终极思想根源，为此，要从根本上解决生态问题，以生态中心主义思想取而代之则可，照此逻辑，生态中心主义哲学中的激进派别深层生态学理论自然而然就成了其思想基础。具而言之，第一波生态批评就是以人类中心主义/生态中心主义这种非此即彼的二元对立模式阐释生态危机的历史文化根源及探寻走出危机的文化路径。然而，这种范式将生态问题与现实社会问题进行简单二分，从而将生态议题与基于种族、阶级及性别等范畴的社会公正议题剥离出去，即使涉及这些范畴，也试图单纯地考虑其生态因素，这种对

　　①　Joni Adamson. *American Indian Literature，Environmental Justice，and Ecocriticism：The Middle Place*. Tucson：The University of Arizona Press，2001，p. xviii.

社会公正议题加以回避抑或忽视,试图将生态问题简单化的学术探讨实际上成了第一波生态批评的主要危机。这种固守生态中心主义/人类中心主义的思维模式本质上是西方文化宏大叙事惯性思维的产物,其试图将复杂问题简单化,以证明其理论的普适性甚至普世性,其结果是放逐、压制其他文化尤其是弱势文化的生态之声,这不仅引发对"他者"文化的暴力与压迫,而且还排斥了解决生态问题的多元化文化路径,实际上又回到了西方文化主导的一元化老路上,从而使得生态问题的解决更加困难,更加渺茫。①

印第安生态批评学者梅莉莎·纳尔逊(Melisa Nelson)在《做一位混血儿》("Becoming Métis")一文中就此与第一波生态批评开展对话,指出"人类中心主义/生态中心主义"这种非此即彼阐释模式的严重不足和当代深层生态学运动存在的诸多问题。她倡导"思维的去殖民化",摒弃二元论,超越非虚构自然书写,因为该文类范式实际上复制了人与自然二分的西方主流传统二元论思维模式,二元论是"人类中心主义/生态中心主义"这种非此即彼阐释模式的元叙事,屡遭多元文化生态批评学者诟病,但这种模式有着深刻的思想渊源。作为多元文化"产品"的欧洲裔和印第安裔的混血儿,纳尔逊指出,人们常常对人类中心主义世界观与生态中心主义世界观进行区分,这种区分支撑了"人与自然"二分的思维模式,而这种模式对土著民族并无多少意义。为此,我们必须超越人类中心/生态中心二分模式,接纳"我们是天下一家亲"的模式,人必须认识到自己是"岩石人、植物人、鸟人及水人"等组成的大家庭中普通一员。在深层生态学运动中,有些人相信隐含在主流环境主义中的种族主义和殖民主义预设,坚信古朴荒野的神话,认为印第安人反环境,因为这些土著人要"使用未染指的野地"。他们不知道,在欧美人踏上美洲大陆以前,这些原住居民将美洲风景管理得井井有条,然而,这些白人资源管理主义者依然认为"印第安人肮脏懒惰",对环境有害无益,所以将他们排除在环境管理的圈子之外。实际上,深层生态学的基本信条无非就是对土著民族古老生存原则的重构,而这些古老原则却早已遭到了殖民势力破坏。要了解生活在这片土地上的我是谁,我们必须重拾这个古老的传统,实现一个"多元文化的自我"。事实上,我们都生活在一个多文化背景的现实中,硬要区分白人/有色族人的做法与"灵魂/肉体""文明/野蛮""理性/情感""科学/民间"的区分遵从同一逻辑,都是西方文化传

---

① 胡志红:《试论生态批评的学术转型及其意义:从生态中心主义走向环境公正》,《社会科学战线》,2013年,第6期,第144—147页。

统中根深蒂固的二元论思维所致。纳尔逊本人就具有混杂的身份，要进行非此即彼的区分，不仅浅薄无聊，而且荒唐可笑。有鉴于此，她提出了"心灵的去殖民化"的主张。祛除心灵的殖民化并非贬低理性或欧洲文化传统，而是超越自我中心、种族中心和西方霸权的掠夺性模式，质疑所谓的客观性和西方科学范式的普遍性特征。祛除心灵的殖民化还意味着允许其他多种多样的、神秘的了解世界的方式进入认知领域。换句话说，就是要承认各种土著文化、少数族裔文化认识世界的合理性、有效性。这就是纳尔逊所说的"心灵的去殖民化"的真实内涵，她的这种思维实际上是一种文化相对主义的观点。① 由此可见，纳尔逊通过对非虚构自然书写局限性的讨论，延伸到对深层生态学、环境主义的质疑，进而开展土著文化与欧美主流文化之间的对话，最终走向多元文化主义的观点，甚至她本人就是多元文化的结晶，她的这些观点对印第安生态批评颇具启迪性。

三　对话非虚构自然书写：质疑、挑战与拓展

在《作为对话的引言》（"Introduction as Conversation"）一文，戴明和萨瓦分析指出，人类历史和自然历史之间存在千丝万缕的联系，应该通过文化差异的视角来看待我们的世界，透过多文化、多种族的声音来认识自然文学，因为"不同族群如何描绘、理解世界是不能与其文化价值赋予的意义、预设或前见分开的"。当代自然书写已经超越了孤独体验荒野的叙述，开始探索人和文化如何受制于大地的影响，反过来，又如何影响大地的双向动态过程，证明人与自然伤痛的关系，探讨在重塑这份文化遗产过程中其可能具有的政治作用。自然书写热衷于探讨自然与文化之间的关系，渴望发挥政治作用，从这个方面看，自然书写应该反映美国学术界业已存在的多元文化文学的倾向，因为近五十年来美国少数族裔声音、土著声音及混血族群之声音一直极大地丰富了美国文学身份。然而，时至今日，非虚构自然书写基本上属于欧美特权阶层的领地，所以，戴明和萨瓦认为，"有色族人自然书写的缺位反映的是读者群主体与出版界视野的局限，而不是有色族作家对自然世界缺乏兴趣"。② 事实上，由于有色族作家的历史文化背景迥异，生存现实也不尽相同，他们

---

① 　Melisa Nelson. "Becoming Métis." In *The Colors of Nature: Culture, Identity, and the Natural World*. Ed. Alison H. Deming and Lauret E. Savoy. Minneapolis: Milkweed Editions, 2002, pp. 146—149.

② 　Alison H. Deming and Lauret E. Savoy. "Introduction as Conversation." In *The Colors of Nature: Culture, Identity, and the Natural World*. Ed. Alison H. Deming and Lauret E. Savoy. Minneapolis: Milkweed Editions, 2002, pp. 5—6.

往往不离群索居或走进荒野,孤独地沉思所谓人与自然之间的关系,反而更倾向于将历史遗产、失去的家园、流离失所、回归故里及人之身份与地方的关系等议题联系在一起,探寻生命的意义,他们还时常跨越文化身份,无论这种身份是源于文化内部的,还是外在强加的,探讨人在大地中的位置、文化与非人类世界间的相互关系以及走出当今环境困境的出路。

亚当森在分析印第安文学后也明确指出了超越主流生态批评非虚构自然书写文类局限的必要性。在她看来,从这曾经被建构为"他者"的种族的文化与历史中可以创生出新的故事,为我们建构一种更为包容、更为多元文化化的生态批评提供了宝贵的素材。她透过种族视野,让印第安文学、文化与主流文化中的自然观及自然书写开展对话,凸显后者的不足。与牛顿—笛卡尔机械自然观不同的是,在印第安文化中,"土地蕴含着集体的记忆",因而他们的"义务就是倾听与传承"[①],土地是永恒的,完全不因人的阐释而存在,像面包与水一样,是人的生存必不可少的东西,因而我们必须承认无形风景与物理风景之间的交融。亚当森还与第一波生态批评家格伦·A. 洛夫、默菲等开展对话,指出了其不足。比如:多数生态批评学者专注于研究梭罗、爱德华·阿比等自然书写作家的非虚构自然书写作品,以发掘其万物生灵普遍关联的生态内涵,但却边缘化甚至忽视了自然中包括人的或社会的领域,所以这些生态批评及作家的观点依然是基于人与自然二元对立的观点。在亚当森看来,这种两个对立世界的观点产生了盲点,忽视了荒野建构过程实际上是殖民压迫、剥削甚至杀戮殖民地人类居民与非人类居民的过程。美国国家公园体系的建立是为了划定面积足够大的荒野之地以有效地保护濒危动植物及生物的多样性,防止更多的生物物种因人为因素干预而迅速灭绝,从而危及人类的生存。然而,在确立荒野之地时,主流环境主义回避甚至忽视了物种灭绝等环境问题产生的根本原因正是近现代以来西方殖民者对美洲、非洲、亚洲等殖民地野生动物大肆杀戮造成的恶果,因为杀戮动物,尤其是杀戮大型稀有动物被看成是"帝国主义最重要的活动与象征",在殖民者的眼中,"野生动物代表着阻止殖民领土加入进步议程的障碍,为此,这些殖民领土若要享受欧洲文明的福祉,野生动物必须首先要被除掉"[②]。

---

① Joni Adamson. *American Indian Literature*, *Environmental Justice*, *and Ecocriticism*: *The Middle Place*. Tucson: The University of Arizona Press, 2001, p. 10.

② Harriet Ritvo. "Destroyers and Preservers." In *Western Civilization*. Volume II, 12th edition. Connecticut: McGraw-Hill/Dushkin, p. 123.

当面临物种的迅速灭绝及其他一系列环境问题时，西方殖民者为了自己的生存，开始寻找环境拯救之路，其中设立荒野就是拯救策略之一，但是，"荒野"概念的出现及其建构过程也充满了殖民色彩，是在牺牲印第安家园的基础上发展起来的，他们被赶出家园，流离失所，成了生态难民，或被关进印第安人保留地，这实际上是以保护的名义为印第安人铸造的囚笼，所以我们可以这样说，荒野是殖民主义的产物，荒野的建构过程也伴随着印第安社区边缘化、生存环境恶化及环境退化的过程。也就是说，生态批评既要研究生态问题现状，还要研究生态问题产生的历史文化根源；既要谈论生态理想，还必须首先要谈论少数族裔民族紧迫严峻的生存问题。为此，亚当森要求，拓展生态批评研究视野，以涵盖多元文化民族、多元文化文学的挑战、声音及创造性的理想。亚当森认为，"只有当生态批评学者愿意拓展研究范围，超越自然书写文类成规的限制，才能解释像奥菲利亚·塞佩达（Ofelia Zepeda）、舍曼·阿莱克希（Sherman Alexie）等多元文化作家在其非小说、小说及诗歌中所提出的种种相互关联的社会与环境问题，也只有这样他们才能理解这些作品对主流环境社区、学术团体及生态批评研究所发起的挑战"[①]。

多元文化作家通过揭露某些主流意识形态对人类和非人类世界的剥削、压制，以及所产生的社会、文化和生态恶果，证明了它们不能作为建构环境公正主义理论的基石。与此同时，他们也想象了建构和谐的人与自然共同体的多种可能，既确保人们能在自然中生活、工作及娱乐，也确保人与非人类物种能持续生存，既反对将印第安民族建构成为"行将消失的高贵野人"的形象，也拒绝"回归自然"或回到哥伦布到来前浪漫化的生态乌托邦时代。

在她看来，生态文学家爱德华·阿比《孤独的沙漠》可谓当代非虚构自然书写的经典之作。亚当森站在环境公正的立场，透过印第安文化视野，结合印第安人的环境斗争，通过对《孤独的沙漠》的深度分析，与阿比开展环境对话，指出了主流荒野观建构的诸多不足及由此产生的环境运动的诸多盲点。这些盲点遮蔽了环境危机本质，忽视了印第安人的生存困境，妨碍了我们认真思考日常文化活动所产生的不良后果，这些后果最终流向了"自然"。同时，亚当森也分析指出，如果生态批评仅专注于探讨严格区分自然与文化关系的自然书写作品，那么对发动具体的社会

---

① 　Joni Adamson. *American Indian Literature，Environmental Justice，and Ecocriticism：The Middle Place.* Tucson：The University of Arizona Press，2001，p. 26.

和环境变革就没有出路。① 根据亚当森的分析,荒野是殖民主义的产物,荒野上到处洒满了印第安民族的泪与血,因为"19 世纪末兴起的设立国家公园和荒野地区的运动恰好是在印第安战争结束之后,曾经把这些地区当作家园的印第安居民成了俘虏,被赶出国家公园,囚禁在保留地,他们曾经使用土地的方法被界定为不妥当甚至非法","游客似乎能悠闲地产生这样的幻觉,他们看到了国家原初古朴的模样"。② 主流荒野观念让我们不再关心发生在"非自然"或"人口过度稠密"的地方——这常常是主流环境主义者的一个关键问题。在《孤独的沙漠》中,阿比跳过了欧洲殖民美洲印第安土地的历史、他们语言丧失的历史以及保留地设立的历史,而直接讨论印第安人的人口增长过快等"麻烦",显然无视历史事实,有失社会公正。阿比代表的主流荒野是倒空了印第安土著人及其文化的所谓"纯自然"存在,任凭白人特权阶层陶醉在自然之中,"从欧美科学艺术的立场超验地重构、描绘或绘制自然世界及土著居民"③,而不再考虑从自然中索取任何物质好处。然而,对于土著印第安人而言,他们赖以生存的"家园"是自然与文化交汇的中间地带,水乳交融,不能分割。雪上加霜的是,贪婪的跨国公司长驱直入,涌入经济极度贫困的印第安保护地,这些居民在不知不觉中被转化成了"经济人质",他们的环境也随之蜕变成了有害物质堆放地。

环境公正人士、小说家及诗人不得不在历史、文化的大背景下讨论保护家园的斗争,因此他们考虑环境问题的方式要比主流环境人士、自然书写作家全面、深刻得多。他们将自然纳入文化历史中进行考虑,也涵盖对殖民压迫历史的伤痛回忆、种族边缘化所导致的日常环境恶果,但他们并不悲叹逝去的想象天堂,他们也承认先辈们对环境的操纵与利用,因为人类有权利靠山吃山,靠水吃水,但得以负责任的方式与土地打交道。他们要人们想象神圣宝地,但它不仅仅存在于荒野之地,而且也存在于我们生活的地方。对多元文学的研究,开辟了丰饶的学术土壤,从而"可培植一个更好的,文化上更加包容、政治上更加有力的环境主义,一个令多方更满意、理论上更具凝聚力的生态批评"④。

---

① Joni Adamson. *American Indian Literature, Environmental Justice, and Ecocriticism: The Middle Place*. Tucson: The University of Arizona Press, 2001, pp. 32—33.

② Ibid., p. 39.

③ Ibid., pp. 46—47.

④ Ibid., p. 50.

四　比较视野中的印第安文学：内涵、批判及其价值

亚当森在解读印第安裔作家西蒙·奥尔蒂斯（Simon Ortiz）的《还击：为了人民，为了土地》（*Fight Back：For the Sake of the People，and for the Sake of the Land*，1980）时指出，我们必须重构自然、公正及地方等观念，以使得这些关键概念在文化上更加包容，实践上更加宽容，操作上更接地气，因为这些概念不仅深深地植根于人与自然世界的互动关系之中，也扎根于我们多样的文化历史之中，还深陷殖民压迫的多种纠葛及种族与阶级边缘化所造成的各种恶果之中。因此，她认为，希望为最艰难的社会及环境问题找到解决办法的作家、批评家及环境人士必须从荒野归来，认真审视自然文化交汇的中间地带，揭露剥削人、剥削非人类及其环境的广泛社会势力，从而形成抗拒环境退化的政治联盟，只有将种族、阶级、性别纳入生态批评的视野之中，才能建构具有变革能力的多元文化生态批评。在分析该著的过程之中，亚当森还与自然主义者像梭罗等自然作家开展对话，指出他们荒野观、自然观念的不足，推崇印第安民族与自然之间所存在的一种负责任的互动关系，倡导参与自然的"花园伦理"，这是《还击：为了人民，为了土地》一著中反复强调的主题。也就是说，"人要生存，就必须承认人与土地之间的互动关系，人必然改变生活的环境，建造居所，耕作花园，养殖牲畜，以及从土地中摄取维持生存的各种其他资源"①。用奥尔蒂斯的话说，只要我们找到方法"善待土地，不让它被荒废、被破坏"②，它也将会丰饶多产，善待人类。简言之，亚当森在分析了多部多元文化作品之后指出，它们展示了人与自然之间的关系绝非统治与剥削的关系，这种关系承认野性不仅存在于"外面"，而且就在我们周围——在涵盖自然与文化的中间地带。

另外，亚当森还进一步指出，要产生实质性的社会变革，仅将多元文化文学与多元文化观纳入大学教育课程还远远不够，还必须强化地方民族传统文化教育与学术的联合。具体来说，就是加强具体的地方传统教育实践，深化对某一具体地方的人民、风土人情、文化历史、地形风貌的理解等。③ 在阅读路易斯·厄尔里奇

---

① Joni Adamson. *American Indian Literature，Environmental Justice，and Ecocriticism：The Middle Place*. Tucson：The University of Arizona Press，2001，p. 64.

② Ibid.

③ Ibid. ，p. 93.

(Louise Erdrich)的《路径》(*Tracks*，1998)一著时，亚当森分析了多元文化作家运用小说作为文化批判工具的机制，以便更广泛地影响学术圈内外的广大读者群，探讨了如何将这种阅读运用到变革性的地方教育实践之中。因为对某一具体地方及其人民的深情厚谊往往是萌生责任意识的第一步，反过来这又会促使与其他探求解决这个紧迫问题的人形成统一的联盟，共同解决相同的环境难题，因此，地方教育是环境公正运动的重要议题，也是多元文化生态批评值得关注的议题。

亚当森还分析了在印第安诗人乔伊·哈约的诗歌中创生的一种"基于土地的语言"的文学尝试，这种新的语言脱胎于英语和土著语言，更富表现力，能够传达一种世界意识——自然与文化以及时间与地方是不可分离的，这种基于土地的新语言"可拆解英语语言僵化二分的基础，吸纳土著观点与传统的道德力量，从而促使生活在较大的人类及生态共同体中个体成员的责任意识产生良性的转变"①。她还认为，对那些不再讲他们祖先的语言的民族来说，他们的当务之急是探寻一种能承载这样一种价值观的语言，他们在讲这种语言时，个体与社区能按照这种价值观组织他们的生活、规范他们的行为，并且同时还能在人与人之间以及人与其栖居地之间建立一种合乎伦理道德的关系。

最后，亚当森还涉及当代印第安小说中的生态政治议题。她结合环境公正运动，分析了环境公正文学经典名篇西尔科的小说《死者年鉴》(*The Almanac of the Dead*，1992)，以突出印第安文学的生态政治属性。亚当森将该著置入 1994 年初震惊世界的墨西哥南部恰帕斯印第安农民起义及对 1992 年危地马拉诺贝尔和平奖得主、女政治家里戈韦塔·门楚·图姆(Rigoberta Menchú Tum)的自传《我，里戈韦塔·门楚》(*I, Rigoberta Menchú Tum*)的争论风波背景之中，旨在说明自我再现问题是新兴国际环境公正运动的关键议题。在集中讨论西尔科小说中四位坚强的女性人物时，亚当森充分阐明仅满足于探讨当前生态危机的哲学根源是不够的，还必须坚信任何保护土著民族或拯救自然的方案必须要以环境公正为基础，为此，环境公正文学中的人物必须是善于行动之人，他们不仅要能够代表自己，还要随时准备为生存而斗争，与国际政治家、银行家、公司总裁、开发商以及环境主义者进行对话，以阐明"保护土著人"及"拯救自然"的真实内涵②。草根多元文化环境

---

① Joni Adamson. *American Indian Literature，Environmental Justice，and Ecocriticism：The Middle Place*. Tucson：The University of Arizona Press，2001，p. 117.

② Ibid.，p. 144−145.

公正人士在进行变革性行动以追求精神、政治、经济及环境公正目标时，还应该挑战人们最为珍视的关于土著民族、有色人种及其他社区被塑造为"贴近自然"一类人的僵化观念。

亚当森还认为，西尔科的《死者年鉴》可以被阐释为是对欧美各种形式的"自然话语"的批判，或是对"我们所处时代广泛存在的死亡倾向"的深入反思，诸如那些现代主义、无限进步与无限发展的殖民哲学等，它们都依靠西方特有的客观真理科学观、控制自然的理念，同时也赞同牺牲某些民族及其生存环境，这也因此构成了当代环境种族主义的哲学基础。亚当森还将《死者年鉴》中广泛存在的暴力图景与全美猖獗的校园暴力联系起来，旨在说明北美土著印第安口头传统与文化可为我们提供公正处理人与人之间及人与环境之间关系的范例。

总之，印第安生态批评敦促生态批评要真正从人与自然一体的整体视角考察环境问题，社会不公与环境不公是密切关联的，社会问题与生态问题都出自西方哲学的基本预设，因此，要解决环境问题，必须同时考量社会不公问题。西尔科的小说清楚地传达了这样的信息，"为环境而工作"不仅意味为濒危物种工作，还必须意味着与相关他者一道为整个社会及生物物理共同体工作。因此，亚当森认为，"隔离西班牙语居民区、黑人区、印第安保留地不可能，也绝不会让白人中产阶级社区远离犯罪，将人作为污染物赶出荒野也未必使我们能更靠近可持续的未来，如果要留给我们下一代美好的未来，我们要做的就不仅仅是在社区筑高墙，在学校入口处安装金属探测器，以及为濒危动物设立荒野保护地"①。要构建美好的未来，我们必须"重阐自然、环境，将其重构为像印第安人的花园一样，社区成员从一个田野走到另一个田野，相互帮助，播撒种子"。那么，他们曾经的环境为何如此丰饶肥沃、充满希望呢？这是由于人与土地之间存在一种深切的情感，存在一种浓郁的社区意识、地方意识，这是人在生息繁衍、谋求生存时，与大地交往、与人共事的过程中形成的。

尽管多元文化作家所属的族群不同、文化传统相异，或许他们的阶级地位与性别也不同，但他们都将相互关联的社会环境问题作为他们作品——无论是诗歌、小说，还是创造性的非小说——表现的重心，都运用了一个富有生命力的花园隐喻作为政治抵抗的强有力象征，质疑主流环境主义及多数美国自然书写支撑的人与自

---

① Joni Adamson. *American Indian Literature，Environmental Justice，and Ecocriticism：The Middle Place*. Tucson：The University of Arizona Press，2001，p. 176—177.

然二元对立观念。花园隐喻呼吁我们关注作为中间地带的世界,在这个多种力量博弈的地带,冲突产生的原因在于:由于文化不同,所以自然观也不同,对人在自然中的作用界定也不一致。多元文化作家邀请不同文化背景的读者了解、参与不断拓展的环境论坛,重点讨论影响人类居所及非人类居所的宏大经济、政治、文化、历史、生态及精神力量,对它们进行全面的评估、阐释及批判,讨论不同文化的环境实践及观点,就人在自然中的作用问题达成某些共识与妥协,求得人与自然之间的互动和谐共存。

根据以上分析可见,印第安生态批评不顾主流自然书写或环境文学严格的文类成规,跨越多种边界,诸如学科间的边界、学术与社会间的边界、自然与文化间的边界、种族间的边界,政治组织与草根运动间的边界、形而上环境危机探讨与形而下环境公正教育间的边界等,从而有可能让作家、学者、学生、环境(公正)人士、各色人种社区成员等都能坐在一起,探讨种族、性别、阶级、生存、公正、环境、文化及历史等问题,能从官方风景到民间风景、从宇宙到地方、从学术研究到故事讲述以及从理论到实践自由地来回走动,着力表现环境问题的社会属性,凸显环境问题的种族视野,谴责环境种族主义,运用生态政治策略,参与谈判、接受妥协,达成共识,形成多种族环境联盟,争取最大限度地实现社会公正。从某种意义上说,基于环境公正的少数族裔生态批评就是这个充满和谐与冲突、压制与抗争、妥协与共存、自然与人文、失望与新生等矛盾且极富生态精神的自然文化中间地带,因为它理论上更加成熟、文化上更加包容,既有形而上的探寻,也有形而下的挖掘,既有崇高的乌托邦生态理想,也有现实的人文环境基础,因而具有团结其他各种社会运动及社区共同参与的潜力,以构建更适合人类与非人类生存的希望世界,因此,可以这样说,少数族裔生态批评是充满希望的文学文化批评。

第六章

奇卡诺生态批评

奇卡诺生态批评已走出边缘化的学术困境,开始受到生态批评界较为广泛的关注,并已跨入生态行动主义的场域。作为文学与文化研究的环境行动人士,奇卡诺生态批评学者积极参与有关气候变化及国际生态公正等具有全球性视野的议题讨论,他们所提出的问题不仅具有较强的现实针对性,而且还具有深厚的理论支撑,其学术探究的思想境界之高,现实对策的专业知识之深,让主流学界叹服。他们倡导在兼顾社会公正的前提下,重新调整人与自然之间的关系,并就此提出了富有自己文化特色的独到见解。奇卡诺生态批评学者在提出解决环境问题的策略时,"立场之坚定,信心之充足,知识之权威"①,令人折服,不仅让主流社会的专家学者刮目相看,而且常常让他们难堪、汗颜。当然,由于奇卡诺生态研究学者的观点独特,对主流社会及其价值多有批判,有时近乎苛刻的批判,所以他们常常在与主流白人生态批评的对立、批判中构建自己的学术立场,拓展自己的学术空间,并积极介入社会运动。由此可见,他们的生

---

① Priscilla Solis Ybarra. *Writing the Good Life*: *Mexican American Literature and the Environment*. Tucson: The University of Arizona Press, 2016, p. 169.

态学术研究具有强烈的政治属性,可谓社会取向的学术研究,是"基于种族范畴"的学术追求,因而对主流社会价值甚至整个主流社会带来巨大的冲击。

奇卡诺生态批评是奇卡诺文学研究与环境议题的融合,是奇卡诺文学研究的绿色转向,其倡导站在环境公正的立场,透过奇卡诺文化视野,联系奇卡诺人长期被殖民、受歧视的历史,在对话、质疑、批判主流文化的过程中,凸显奇卡诺文学所蕴含的独特生态内涵,探寻奇卡诺文学、文化在应对环境退化过程中的作用,并提出相应的文化路径及其现实对策。当然,作为边缘文化的一支,奇卡诺生态批评与主流白人生态批评之间的重要区别在于它突出强调社会公正议题与生态议题之间的关联性,主张站在环境公正的立场,透过自己文化视野谈论生态问题,让生态学术服务于社会运动,促进奇卡诺人对赋权、自决及社会公正诉求的落实,因为奇卡诺作家和社会行动人士既对环境退化忧心忡忡,也对社会不公愤愤不平,并认为二者之间存在千丝万缕的联系。

另外,奇卡诺生态批评还主张在探讨生态问题时要紧密联系奇卡诺族群的历史与现实,考量主流社会与奇卡诺族群之间在文化观、自然观上的差异以及各自生存境遇的落差等,绝不能离开美国殖民和帝国的历史来理解奇卡诺文学和环境的真实内涵,由于奇卡诺人长期被殖民和被剥夺土地的历史深刻影响了他们与土地之间的关系和对待土地的态度,甚至在他们的灵魂深处有一种强烈的"土地饥渴",从而形成了他们独特的环境经验,进而铸就了奇卡诺生态批评与其他少数族裔生态批评不同的特征。

作为美国少数族裔生态批评的一支,奇卡诺生态批评正处于发展过程中,其发展势头颇为强劲,随着更多生态学者的加入,想必在不远的将来,定会有更多、更扎实的学术成果问世。迄今为止,其主要涉及奇卡诺文学对存在之殖民性的解构、奇卡诺文学与奇卡诺民族主义的生态重构、奇卡诺生态批评与生态文化多元性及奇卡诺文学环境主义与美国的移民政策等议题。

第一节　文学对存在之殖民性的解构

奇卡诺生态批评学者认为,抗拒美国主流文化对墨西哥裔人民及其土地的双重统治、探求人与自然共同解放的文化机制一直就潜存于墨西哥裔美国文学传统之中,这种文学传统质疑、解构对存在与土地殖民的合理性,力图重拾人之自由灵魂,并将灵魂注入被囚禁的对象土地之中,让土地也重获生机与自由,从而构建人与自然有机一体的文化策略,探寻实现它们共同解放的现实与文化路径。

一 构建人与自然一体共生的鲜活整体

从墨西哥裔作家的角度看待自然,单调的土地就会变得生机盎然,散发神奇魔力,激荡人之灵魂。正如卡韦萨·德巴卡(Fabiola Cabeza de Baca)在其回忆录《我们喂他们仙人掌》(*We Feed Them Cactus*,1954)中写道:"因广袤,它显得孤独,然而对于欣赏自然壮丽景色的人来说,它却应有尽有,天空、山脉、岩石、鸟儿、鲜花的多姿多彩对于焦躁不安的灵魂是个莫大的安抚。尽管它孤独,但并不绝望,仿佛整个世界都在那儿,充满希望,让人欢喜。"[①]在墨西哥裔作家眼中,自然不是培根—牛顿—笛卡尔的无聊单调、死气沉沉的自然,更不是一架无生命的机器,而是灌注生命的自然,是能与人相互交感、相互激活的自然,是可感可知的自然,能与我们一起欢笑一起忧愁的自然,因此,与自然相伴,你永远充满欢乐,即使身处干燥、贫瘠的西南边陲乡村,你只会感到"清静但不孤独",还会欣赏到美丽的景色。正如威尔伯·克吕什(Eva Antonia Wilbur-Cruce)在其草原回忆录《美丽残忍的国度》(*A Beautiful,Cruel Country*)一著中谈到风景对她精神的影响时写道:"我的孤独向来限于物理层面,而非精神层面,单独面对土地时,我从未感到沮丧或寂寞,神奇自然老是让我眼花缭乱、惊愕无措。"[②]实际上,作为草原作家卡韦萨·德巴卡与威尔伯·克吕什在其回忆录中突出了个人体验"没有绝望的孤独"和清静的好处,她们的孤独与白人经典自然书写作家,诸如亨利·戴维·梭罗、约翰·缪尔及爱德华·阿比是有区别,后者突出自然环境中离群索居的个体的思考,抽象思索人与自然之间的关系,强调作家个体品德之至善,凸显自然之全美,超然出世,鞭挞社会贪婪,憎恨大众之环境原罪,有愤世嫉俗之苦闷,孤芳自赏之清冷,世人皆醉我独醒之无奈,但失去了发动社会环境变革的集体原动力。而作为草原作家,她们往往并不将自己从所处社会中剥离,注重揭示社区与所处地域之关系,她们体验环境的方式总是与当地人体验环境的方式密切相关。也就是说,她们与社区的其他人构成一个

---

① Priscilla Solis Ybarra. *Writing the Good Life*:*Mexican American Literature and the Environment*. Tucson:The University of Arizona Press,2016,p. 73.

② Ibid.

不可分割的整体,共同的地域环境和文化语境将他们编织在一张生命之网上,因而环境经验既具有群体的相似性,也富有个体的独特性。她们有关美国西南部地区的知识与经验的描述直接挑战传统性别角色,颠倒了传统经济价值观。这些领悟与体验的获得绝非通过孤独的超然个体在自然中思索实现的,而是通过与社区、与自然风物、与土地的交融、合作中实现的,借此向读者展示了她们从在干燥西南部地区的生存经验中形成个性的方式。

前述两部牧场回忆录都挑战传统的经济观,都不将现金或物质的积累看成财富,而仅将金钱和物质看成生存之需而已。卡韦萨·德巴卡曾说:"我们的家宽敞明亮,温情四溢,只有几件非常必要的家具","我们从未感到贫穷,因为以土地为生之人绝不会感到贫穷,有时即使爸爸手里的钱很少也是如此"。在此,卡韦萨·德巴卡解构了传统的贫穷和富有的概念,亲近土地就完全排除了贫穷的可能性,贫穷的产生可能与土地是否健康有关。实际上,最大的贫穷是环境疾病,反过来说,环境的失衡导致的不仅仅是贫穷和人们基本生计的丧失,更糟糕的是,普遍的疾病,从而滋生一个永无止境的疾病与贫穷构成的怪圈。以上两部回忆录以干燥的西南部地区为背景,降雨对这个地区来说就显得特别重要,为此,对生活在这些地区的人来说,真正的财富是降雨,因此卡韦萨·德巴卡坚定宣称:"在我们的生活中,钱不重要,我们从不数钱,但是我们要数两次降雨之间间隔的时间,我总能准确地告诉别人上次降雨的具体时辰,对我们而言降雨可天大之事。"两位作家都拒斥资本主义积累财富的观点,注重基本生存和关爱土地并与之保持一种交互的关系。简言之,二位作家都致力于传承、培育一种基于土地的文化,保护新墨西哥知识与文化,并为其创造一种体制空间,这种文化就是与土地构建一种亲密交融的关系,从而拒斥了主流白人传统自然书写的结构,由此看来,她们的生活方式及其著作对主流白人自然书写作家来说是一种"认识论上的不服从"。①

二 墨西哥裔美国人身份重构的陷阱:与土地和其他族群的疏离

伊巴拉在分析奥特罗·瓦伦(Adelina Otero Warren)的《我们西南部的旧西班牙》(*Old Spain in Our Southwest*,1936)②一著时指出,奥特罗·瓦伦通过自然环

---

① Priscilla Solis Ybarra. *Writing the Good Life: Mexican American Literature and the Environment*. Tucson: The University of Arizona Press, 2016, p. 75.

② Adelina Otero Warren. *Old Spain in Our Southwest*. New York: Harcourt, 1936.

境表达了她对身份的困惑及对失去与新墨西哥自然亲密关系的文化之失望。在她看来,墨西哥裔美国人在疏离自然的同时也付出了沉重的心理代价,她对身份的疑虑透露出她对摆脱存在殖民性策略的探索与迷茫。她实际上通过自己的亲身经历展示了她的社区和阶层摆脱墨西哥裔美国人身份、重获西班牙裔身份的艰难历程,其间既有保护、传承西班牙裔美国文化,包括西班牙裔美国文化与自然环境的关系,也有对身份与环境之间纠葛的诸多思考,揭示了解放被束缚的存在的斗争的艰巨性与复杂性。

从文化学的角度来看,身份转化绝非简单的文字游戏,从墨西哥裔美国人转换为西班牙裔美国人也绝非简单的标签调换,其间包含着艰难复杂甚至诱人危险的现实与文化陷阱,不同身份标签承载着巨大沉重、迥然不同甚至相互对立的文化负担。在 19 世纪末、20 世纪初,如果一个人被看成是西班牙裔美国人,那就意味着,他"变白了",而那时多数英裔美国人认为墨西哥裔美国人是劣等、杂种民族,因而对社区或个体来说,弃拒强加的墨西哥裔身份、贴上自己纯正的传统白人身份——西班牙裔美国人,就具有重要的文化与现实价值。这样看来,对新墨西哥人而言,千方百计将他们昔日的西班牙精英身份与当下的新公民身份——美国人,结合在一起,实属正常之举,乍一看,这些做法似乎显得滑稽可笑。实际上,在新墨西哥成为美国领土后,只有生活在其上的白人才能成为合格的美国公民,而其他墨西哥人不是白人,他们种性混杂,墨西哥人的混杂性被认为显示了他们的种族劣等性,近两百年来,他们一直陷入"无知、迷信、懒散"的境地,甚至比他们的阿兹特克邻居印第安人还糟糕。[①]

然而,这种单方面索讨西班牙裔身份的做法也存在严重不足,仍然恪守"白人/有色族"之二分,承袭白人优越的病态综合征,将自己从与其战斗的其他族裔分离出去,甚至将加入白人行列作为摆脱压迫的途径,也将自己变成其他族裔的压迫者。从历史上看,在美洲的殖民化过程中,西班牙征服者及其后裔曾经长期就是美洲土著人民的压迫者,当他们面临盎格鲁美国人殖民的时候,又竭力通过不正当的手段变换身份摆脱殖民,不经意间离散了自己的同盟军。他们以自己"小我"利益作为终极目标,是一种自私自利的、不道德的短视行为,不可能从根本上解放自己和土地,依然陷入种族殖民的泥潭,在追求解放的过程中又落入传统美国白人文化

---

① Priscilla Solis Ybarra. *Writing the Good Life*: *Mexican American Literature and the Environment*. Tucson: The University of Arizona Press, 2016, pp. 77—78.

的惯用圈套,对桀骜不驯的少数族裔人民进行"化整为零,分而治之"。这种种族优越的做法消解了他们与占人口多数的各土著民族结为联盟共同抗击盎格鲁-撒克逊人种族霸权与无度霸占土地野心的可能性。更为严重的是,"让美国作为印第安人保护者身份合法化,美国法律制度成为解决争端和赏罚分明的中立、公正的平台"①。从墨西哥裔转变为西班牙裔除了暗含赞同美国的司法制度和在完全变白后虐待美国土著以外,西班牙裔美国人还失去了抗拒强化种族主义等级制的重要机会。也就是说,西班牙裔美国人在接受白人的种族霸权后又复制种族霸权,实际上进一步扩大和强化了美国种族主义。对此,戈麦斯(Laura E. Gómez)精辟地指出:

> 种族主义之威力在于意识形态方面,当遭受种族压迫的社区自身开始复制种族主义时,其达到巅峰……有时让墨西哥裔美国人成功索讨到白色的能力也将他们陷入怪异之陷阱。为了固化作为白人的分类,尤其要与非白人群体相区别,他们言谈举止必须要像白人。墨西哥裔精英群体的行为方式尤为突出,他们牺牲了在种族等级阶梯上比他们低的每个非白人群体,以硬撑他们的白色。无论是否有意为之,他们实际上成了复制种族压迫的代理人,进一步巩固了西南地区的新型白人至上主义。②

作为西班牙裔美国人的第二代,奥特罗·瓦伦和她的精英家族是有影响的望族,深受盎格鲁美国人的认可和尊重,她的作品及其政治和职业活动实际上就是尝试理解她的身份并坚称要保护她的文化及其功用。在伊巴拉看来,"奥特罗·瓦伦的著作实际上传达了她对西班牙裔美国身份的困惑,她也察觉到她的身份特权给其他人造成的不利并对此感到懊悔,她表达这种焦虑情绪的途径不是通过与其他族群关系的断裂而是通过与本土关系的疏离"③。瓦伦的以上著作自出版以来,有多位评论家曾对她的该著给予评价。1938 年,民俗学者 A. L. 坎帕(A. L. Campa)认为该著是"高度主观性的表达,强调新墨西哥文化的精神生活"。1978 年,奇卡

---

① Priscilla Solis Ybarra. *Writing the Good Life: Mexican American Literature and the Environment*. Tucson: The University of Arizona Press, 2016, p. 78.

② Ibid., pp. 78－79. 也参见 Laura E. Gómez. *Manifest Destinies: The Making of the Mexican American Race*. New York: New York University Press, 2007, pp. 113, 115.

③ Priscilla Solis Ybarra. *Writing the Good Life: Mexican American Literature and the Environment*. Tucson: The University of Arizona Press, 2016, p. 79.

诺文学评论家普雷德斯(Raymund Praedes)分析指出,该著"令人感到极度不安",是"一部因害怕和受到威胁而创作的作品,是对种族偏见的防御性反应"。考虑盎格鲁—美国时期的殖民历史和作为获得政治权利筹码的西班牙裔美国身份的产生,以上两位学者的评价是非常恰当的。当然,生态危机时代来临,有学者则从环境公正生态批评的视角给予重新审视,以发掘该著的生态文化内涵。1989 年,奇卡诺文学批评家雷沃列多(Tey Dianna Rebolledo)评价道:该著"是以文学形象的方式保存一种正在消失的生活方式的早期尝试","她也向我们传达了她日益意识到人与风景的疏离,从而阐明了过渡时期的她深感孤独与凄苦"①。在伊巴拉看来,奥特罗·瓦伦的困惑迷茫、惶恐不安实乃源于存在的殖民性所致,源于对少数族群的殖民统治和对土地殖民剥削及对二者之间关系的疏离扭曲。

实际上,在该著的开篇"大山的风"("The Wind in the Mountains")就为该著定下了基调,即她要借助人与土地的关联表达她的失落。她曾经是墨西哥裔美国人,现在摇身一变成了西班牙裔美国人,在她那个时代可谓"华丽转身",她的"蝶变"不仅标志着从被征服者跻身白人精英阶层的身份变化,而且也标志着她与土地、与梅斯蒂索混血儿(也即父母一方为西班牙人,一方为美洲土著人)及与印第安族群之间的疏离,进而强化了存在的殖民性,所以她不仅失落,而且孤独。在开篇中她讲述了一个暴风雨之夜的所见所感。她一个人待在房屋里,而一个梅斯蒂索混血牧羊人和一个印第安人却若无其事地在屋外顶风冒雨度过了整个夜晚,以下是她对这个场景的描写:

> 牧羊人在熄灭篝火时,山顶上出现了一个向天空伸出双臂的人影,好像要将自己献给太阳。我从窗户注视着这位露着上半身的牧羊人,他离开营地,似乎刚从大地钻出来迎接曙光,还听见印第安人向太阳祷告的声音。牧羊人对他印第安邻居的这一切早已习以为常,慢慢走他的路,将他的羊群赶出峡谷。印第安人做完他的祷告,而我孤零零的,与上帝的一切似乎早已不太合拍了。我感到失落,因为他们比我贴近自然,比我了解暴风雨。风从我小房屋缝隙穿过的时候,我冷得嗖嗖发抖,现在面对明亮的太阳光我又不得不遮住我的眼睛,然而,我的邻居却无所畏惧,愉快地迎接新的一天。②

---

① Priscilla Solis Ybarra. *Writing the Good Life*: *Mexican American Literature and the Environment*. Tucson: The University of Arizona Press, 2016, pp. 79—80.

② Ibid., p. 81.

此段文字语调哀婉惆怅，让人伤感，流露出对她邻居牧羊人和印第安人在大自然中潇洒自在的生存方式的羡慕。在雷沃列多看来，"奥特罗·瓦伦依然处于情感边缘地带，她渴望与被他者化的其他族群和自然融合在一起，但被傲慢扭曲的特权身份剥夺，其原因部分是由于她是女人，也因为她代表着正在经历深刻变化的一种文化和一个阶层"。她那个阶层的女性几乎不敢承认羡慕下层人，西班牙裔美国人竭力寻求、彰显与其他少数族裔的区别，然而，伴随与自然环境亲密关系的逝去，她依然表达了一种依依不舍之情。当然，她的失落惆怅、她的依依不舍与当时的社会语境、文化风尚紧密相关，与"自然"的失落与物种的锐减有关，也与全球化时代主流文化对文化多元性的侵蚀有关。不仅作家、艺术家甚至悠闲阶层都去新墨西哥探寻"纯正的自然体验、亲密遭遇墨西哥土著和多元的美洲土著"①。当然，奥特罗·瓦伦这样做绝非仅仅是因为她的浪漫情愫，更因为她哀叹可能允许与美洲印第安一起共事、与梅斯蒂索人亲密交往的时代的结束。在哀叹中，她委婉地表达了对盎格鲁美国人霸权的不满，因为这种霸权造成了西班牙裔美国人与美洲土著和梅斯蒂索人之间难以弥合的鸿沟，当然，也导致了与自然世界的疏离。然而，墨西哥裔美国人的历史是与人自然关系保持亲密关系的历史，他们恪守美好生活价值观，也习惯在被现代性和殖民性严重破坏的自然和社会经济环境中辛劳工作，以重整衰败的人文，修复破碎的自然。奥特罗·瓦伦在该著导言中表达了保护西班牙裔文化传统的愿望，也叹息西班牙裔身份之构建，完全是因为她因此不得不抛弃与梅斯蒂索人、印第安人及自然环境之间的构建亲密关系的可能，沦为一个无依无靠、漂泊无根的浪子。

简而言之，奥特罗·瓦伦之作表达了她对西班牙裔美国身份妥协的困惑不解，痛惜她与墨西哥裔族群和土地亲密关系的丧失，她也因此而陷入深深的孤独与迷茫，同时也透露出她对走出存在之殖民性怪圈的渴望与担忧。

当然，在对存在的殖民性抗拒中，也有作家借助民间故事，回归传统，以轻松的笔调讲述故事，记录现代性对墨西哥裔美国人与自然和谐关系的侵扰，委婉地表达了对20世纪初发生在南得克萨斯生态革命的批判性反应，谴责主流美国白人农耕方式对墨西哥传统草原生态及其文化的破坏。冈萨雷斯（Jovita González）就是这样一位作家。她在《得克萨斯与西南民间故事》（*Texas Southwestern Lore*，1927）

---

① Priscilla Solis Ybarra. *Writing the Good Life*：*Mexican American Literature and the Environment*. Tucson：The University of Arizona Press，2016，p. 81.

一著中记录了大量关于得克萨斯动植物故事,她通过试图保护行将消亡的传统生活方式和环境知识回应了她家乡发生的生态革命。乍一看,这些故事似乎简单易懂、轻松愉快。

三　下层人争取环境公正的策略:积极主体性

在笔者看来,积极主体性策略绝非无所作为或得过且过,也不是"当一天和尚撞一天钟"这种无奈的生存方式,恰恰是一种积极的斗争策略,是下层奇卡诺人走向解放,强化人天关系的新策略,这种策略近乎于梭罗所践行的与主流社会背道而驰的"公民之不服从",也与中国道家倡导的"天下之至柔,驰骋天下之至坚"的理念多有契合之处。

在《书写美好生活》一著中,伊巴拉通过分析农民工小说探讨了墨西哥裔美国下层流动农民工争取社会公正、拒斥疏离自然的新策略——积极主体性,这种策略不是运用暴力手段或发动大规模社会运动,而是一种"极为微弱"的实践,它"既不预设个体主体,也不预设具有相同境遇的诸群体共同的意图"。这种积极主体性理论旨在概括各类受压迫者的行为方式,也即为了确立他们积极主动的主体身份而不是消极被动的客体身份,它并不强求直接行动所期待的结果①。换言之,这种理论设定主体地位是连续不断的协商活动而不是静态的存在状态,从而在主体与客体之间、主动与被动之间撕开了口子,这就给予受压迫的主体可在多重压迫和多种身份间穿越的空间。墨西哥裔美国农民工这种去殖民化的主体性观念是对自由主义的行动期待和主动与被动绝对二分的超越与替代,因而对处于弱势和行动舞台狭窄的墨西哥裔美国农民工来说,这种策略既符合他们的现实处境,也适合他们的意识需求,更能推动他们环境公正意识的逐渐提升。积极主体性是流动农民工对抗殖民性对他者化族群的压制和现代性对客体化土地施暴的实用、有效、渐进策略。

伊巴拉在分析托马斯·里韦拉(Tomás Rivera)的农民工小说《大地不会吃掉他》(*And the Earth Did Not Devour Him*, 1971)时指出,该著是一部"苦难,暴力,几近绝望的小说,与此同时,它也透露出几分乐观,其表现在墨西哥裔美国农民工尽管历经煎熬,也不让人与土地的关系受损"。也就是说,该著是展示农民工积极

---

① Priscilla Solis Ybarra. *Writing the Good Life*: *Mexican American Literature and the Environment*. Tucson: The University of Arizona Press, 2016, p. 123.

主体性策略的典型文本。其主要透过一个成长中的小男孩的视野,创造性地再现了 20 世纪 40 年代得克萨斯流动农民工社区艰难的生存境遇。农民工们用朴实无华的语言讲述自己的生存经验,拒斥基督教及其神话,强化他们与土地的关联,成为土地的盟友,并从土地中获得力量与新生,农民工的口语文化特征是一种强大的文化凝聚力的象征,显示了他们实现自助的一种方式,一种从个体解放走向集体解放的策略。他们的故事将诸多矛盾冲突的主题,诸如殖民性、现代性、基督教、科学、民间医术、口头语言、家园、疗伤、农耕文化、草原文化、自然福祉等编织在一起,时而令人困惑,时而令人深思,当然,给以人生勇气和希望。[①]

第二节 奇卡诺文学与奇卡诺民族主义的生态重构

奇卡诺生态批评的重要议题之一就是检视传统奇卡诺文化政治,解构文化民族主义,拒斥殖民价值观,批判文化民族主义者借人民之名申索被殖民的土地的简单做法,超越土地占有的民族政治,从而构建一种既能尊重土地、维护其尊严,又能维护居住在其上的人民的主权,从而实现对文化民族主义的生态重构,对此,当代奇卡诺女作家彻里·莫拉格(Cherríe Moraga)进行了深深的思索与苦苦的探寻。莫拉格是最早对环境问题表示明确关注的作家,在她的作品中,她明确主张应构建包容土地的奇卡诺文化民族主义,进而构建生态关切的社区,这样,奇卡诺与土地的关系是一种非殖民性的关系,超越了现代性强加给土地的统治与占有的关系。

莫拉格将奇卡诺文化民族主义的语境拓展到广袤的大地,将民族主义与环境议题语境一并进行探讨,重构奇卡诺人与土地的关系。对她而言,人与土地的关系最重要的不是拥有或占有,而是与自然环境构建一种富有尊严的、令人尊敬的关系,这既可支撑人的生存,也可增进社区的福祉。[②] 为此,她的作品就不能当成一般的、轻松愉快的“旅游文学”来阅读,而是环境介入文学,一种让环境议题重构奇卡诺民族主义的新型文学,一种重新确立人与大地关系的文学,以振兴奇卡诺社区,当然,她再现这种意识转变的方式不是借助生之希望而是借助死亡意象,因为

① Priscilla Solis Ybarra. *Writing the Good Life*: *Mexican American Literature and the Environment*. Tucson: The University of Arizona Press, 2016, pp. 124—127.

② Ibid., p. 143.

死亡意味着关爱,关爱意味着尊重而不是畏惧死亡。

在《书写美好生活》一著中,伊巴拉重点审视了莫拉格的"生态理想三部曲",即《最后一代》(*The Last Generation*,1993)、《英雄与圣徒》(*Heroes and Saints*,1994)及《饥饿女人:墨西哥裔美狄亚》(*The Hungry Woman*:*A Mexican Medea*,2001)。在她的三部曲中,莫拉格特意将奇卡诺社区生生不息的魔力、关爱情怀与自然环境保持健康的关系联系在一起,开展了生态学与文化民族主义之间的对话,凸显基于生态学的文化民族主义的真实内涵。在这三部曲中,一个重要原则就是超越殖民主义占有观念的奇卡诺女性主义原则,这种原则看重关爱,拒绝统治土地及其居民。

实际上,莫拉格三部曲构想的是一种无任何形式压迫的生态乌托邦社会,这种社会遵从两个基本原则:关爱土地及其居民,尊重死亡,由此拒斥单向、变态需求的统治,代之以双向的互惠关系,从而为男女、老幼、同性恋、异性恋、人类及非人类提供包容的生存空间,进而重构奇卡诺文化民族主义。关爱土地需要在死亡面前保持谦卑,这是生态过程最为关键的一个阶段,超越占有的终极标志就是任凭生命自然舒展,任凭生命自生自灭,这种观点近似于深层生态学的最高原则之一——生物中心主义平等,该原则要求生物圈中的一切存在物都享有生存、发展及在大我实现中充分展开自我和实现小我的平等权利[①];也与老子倡导的"天地不仁,以万物为刍狗;圣人不仁,以百姓为刍狗"[②]大爱原则相契合,该原则要求顺应自然,清静无为,让万物照自己的本性生存发展,这也是现代生态学的原则。莫拉格这种顺应自然的生死观既是对主流社会重生轻死或曰重生恐死心态的批判,更能为构建和谐的奇卡诺社会带来希望。

在笔者看来,莫拉格的生态观具有布克钦的社会生态学取向,也就是说,社会剥削、社会压迫、种族歧视,甚至其他各种形式的歧视与人类剥削、压榨自然出于同样基于"等级和统治"的社会体制。换句话说,人类剥削压榨自然是人类剥削制度向自然的延伸,因此要根除环境退化的根源,就必须根除这种社会体制,甚至可以说,"社会等级制度和歧视、剥削体制强化了种族剥削和环境剥削"[③]。

---

① Bill Devall and George Sessions. *Deep Ecology*. Salt Lake City:Peregrine Smith Books,1985,pp. 66—68.

② 饶尚宽译注:《老子》,北京:中华书局,2006年,第13页。

③ Priscilla Solis Ybarra. *Writing the Good Life*:*Mexican American Literature and the Environment*. Tucson:The University of Arizona Press,2016,p. 141.

莫拉格的三部曲挑战奇卡诺文化民族主义的父权制和同性恋恐惧,坚持认为等级制和歧视强化了种族剥削和环境剥削,她将当前最严峻的生态挑战与奇卡诺悠久历史联系在一起,将全球气候问题与人际关系中最隐私的部分相关联,阐明了全球商贸引发的不公与疏离,她创建一种介入环境主义的方式,让生理性别、社会性别、种族和阶级等就像河流、冰川、大树及动物之间一样相互关联,作为一位颇有建树的同性恋作家、诗人、剧作家、散文家,莫拉格常常将个人的苦闷、孤独诉诸笔端并与自然危机及自然关怀融合在一起,她那些精心编织的故事讲述了她自己、家人及情侣的喜怒哀乐并导向一种颇具批判锋芒的激进政治,她呼吁主流白人女性主义者倾听有色族妇女的声音,敦促奇卡诺社区正视性别歧视、同性恋恐惧及异性恋规范性,其目的在于构建一种社区关系,她的社区不仅仅包括人,还包括自然环境,在这个大的社区里,不仅人人享有尊严、彼此尊重,而且还能维护自然环境的尊严和对它的尊重。由此可见,她的社区关系"创生的不只是包容之心而且还有高品位的快乐生活:心相通,情交融",诚如是,社区就会在相互依存中欣欣向荣。作为一位极富个性和经历独特的作家,她要讲述"这样的故事,让人拜倒在地,皈依上帝;让人谦卑,充分认识到人要相互依存,人要靠生命充盈的星球"。① 在此,笔者将从四个方面简要探讨莫拉格三部曲对奇卡诺民族主义进行生态重构的文化路径。

一 莫拉格对酷儿生态乌托邦的想象构建

在莫拉格的心中,要建构理想家园,就要回到她族群悠久的历史传统,回到他们曾经共同的家园——神奇的阿兹特兰(Aztlán),它不仅是他们身体的栖所,也是他们共同的精神家园,这就是超越基于歧视的酷儿生态理想:走向奇卡诺生态女性主义理想。她以阿兹特兰作为道德、生态高地,站在环境公正立场,谈古说今,评家论国,爱己及物,悲悯天下。在今天的许多人看来,"阿兹特兰"也许是一个古老的传说,一片想象的、虚构的土地,它惟恍惟惚,似存非存,也虚也实,忽远忽近,"剪不断,理还乱"。然而,千真万确的是,因为它的遥远,因为它的虚幻,令人无限想象,不断重构,因而成了最完美的、最神奇的地方,一个让人魂牵梦萦的地方,也是最具魔力的存在,它是一个民族、一个文化集体的记忆,幻化为他们的集体无意识,成了

---

① Priscilla Solis Ybarra. *Writing the Good Life*:*Mexican American Literature and the Environment*. Tucson:The University of Arizona Press, 2016, pp. 141—142.

一个民族永远向往的精神家园,一直在召唤一个民族,也许是一个背井离乡的、离散的、漂泊的民族的回归,他们总想回家,可永远在路上!甚至可以这样说,"阿兹特兰"之于奇卡诺人就像迦南(Canaan)——上帝应允之地——之于犹太人,陶渊明的桃花源之于中华民族。

三部曲视野宽广,广涉跨国交往机制、新自由主义政治、资本流动等议题,它们被穿上华丽的政治外衣,打着"公平、正义、自由、共享"等动听的旗号,将奇卡诺和其他有色族人民置于全球南方之窘境,被迫偿还世界生态债务,遭受环境种族主义剥削与压迫。尽管如此,莫拉格并不绝望,在她的著作中透露出几分天真与乐观,一种难得的理想主义精神,她始终致力于想象构建一种"祥和、关爱"的社区可能性,并将"祥和、关爱"延及奇卡诺同性恋和自然环境。伊巴拉则透过性别研究的视野认为,莫拉格作品表现的是"一种酷儿乌托邦冲动",这里的"同性恋特征"拒斥"此时、此地"的现时现世人生观,预示美好世界的可能,表征"未来和希望"。也就是说,莫拉格要在其三部曲中构想一种"酷儿乌托邦世界"。这种世界承载着她的多重关切,诸如"包容同性恋、有色族、妇女的文化,还能融合对自然环境的尊重和与其合作的文化",如果要为酷儿未来性的乌托邦主义留下一席之地,就应去认真思考各种环境挑战,由此可见,酷儿压迫与环境压迫之间关系在莫拉格心中的分量,作为生态批评学者,也许应该构想一种酷儿生态批评理论来理解她作品的深刻内涵。①

至于如何构建酷儿生态批评,我们可从生态女性主义批评学者格雷塔·戈德(Greta Gaard)的《构建酷儿生态女性主义》("Toward a Queer Ecofeminism")②一文中得到有益的启示。简要地说,酷儿生态女性主义站在环境公正的立场看待种族、性别与自然之间的关系,主张消除因种族/族裔和性别的差异而产生的一切形式的歧视和压迫,种族歧视、性别歧视、异性恋标准歧视与人对自然的统治在逻辑上是一致的,并都出自同一个压迫性的概念框架,它们之间的相互关联性在当今日益恶化的环境危机中得以充分凸显。为此,戈德敦促我们认真厘清种族、性别、性别压迫及自然统治之间的结构性关联及其作用的机制,以构建更为广泛的政治联

---

① Priscilla Solis Ybarra. *Writing the Good Life*: *Mexican American Literature and the Environment*. Tucson: The University of Arizona Press, 2016, p. 142.

② Greta Gaard. "Toward a Queer Ecofeminism." In *New Perspectives on Environmental Justice*: *Gender, Sexuality, and Activism*. Ed. Rachel Stein. New Brunswick: Rutgers University Press, 2004, pp. 21—44.

盟,有效应对环境危机。与此同时,戈德还指出,在当代环境公正斗争中我们要重视令人自豪的妇女历史文化遗产,尤其有色族妇女的历史文化遗产。具而言之,有色族妇女利用她们的环境知识、生理性别及对自己生育能力的管控曾有效抵御针对土地和有色族人民的殖民和操纵。

二 构建生态乌托邦的文学想象

莫拉格三部曲的一个重要议题就是充分发挥文学想象,构建生态乌托邦,这较为充分地反映在其第二部《最后一代》之中。该著是莫拉格的一部散文和诗歌文集,伊巴拉在生态阐释该著时指出,作者将土地的命运与被殖民的墨西哥裔人民及其他受压迫、被边缘化的群体的命运联系在一起,无论界定这些群体的边缘化文化符号是性别、阶级、族裔抑或酷儿欲望等都一样,她甚至认为,土地是他们身体的延伸,因而被殖民的身体与被污染的土体是联系在一起,由此她谴责殖民性和现代性,因为它们倡导人对他人和土地的统治,而不是自由之人与他人和谐相处,与土地互动共栖。莫拉格就是要书写他们共同的遭遇,探寻他们共同解放的路径,由此,她激情呼吁构建人与自然之间相互尊重、富有尊严的关系。

在该著中,莫拉格首先界定了"自然"或"土地"的概念:

> 尽管土地依然是所有激进行动的公共场域,然而,土地不只是构成阿兹特兰或纳瓦霍人的保留地(Navajo Nation)或中美洲的玛雅(Maya Mesoamerica)领土的岩石、树木、动物及植物。无论对移民还是土著居民来说,土地是我们工作的工厂,我们孩子们的饮用水,也是我们居住的房屋,而对妇女和男女同性恋来说,土地也是被称为我们的物质身体。①

根据上文莫拉格对"自然"或"土地"的界定可知,自然不是远离他们的独立存在,而是他们共同的家园,是他们工作、生活之地,也是他们生存的空间,物质的来源,甚至与他们的身体交织在一起,这种定义完全不像主流白人文化对自然的界定,后者将自然界定为外在于人之身体、外在于人之生存环境的天然给定,是与人相对立或分离的荒野或纯自然,尽管它也被看成是人之终极根源或终极依靠。美国生态哲学家罗尔斯顿(Holmes Rolston)就提出了"哲学走向荒野"的主张,并构

---

① Priscilla Solis Ybarra. *Writing the Good Life*: *Mexican American Literature and the Environment*. Tucson: The University of Arizona Press, 2016, p. 144.

建一种自然价值论的生态哲学体系,该理论强调指出,荒野自然界是一个有组织、自动调节的生态系统,无时无刻不在进行"积极的创造"。人类没有创造荒野,相反,荒野创造了人类。它不仅是生命的摇篮,而且是人类价值的摇篮。它比人类文化更为久远和完整。它是一切价值之源,也是人类价值之源。如果没有我们人类的文化,它们仍然能运行;但是如果没有它们,我们就无法生存,因为它们构成了我们赖以为生的生物共同体的金字塔。荒野在历史上和现在都是我们人类的"根"之所在。人类仅把自然界荒野当作一种可供消费的资源,是非常荒唐可笑的,因此,我们应当根据自然来确定自己。自然界荒野首先是价值之源,是在后来,在第二种意义上,它才是一种资源。因此,应当使"哲学走向荒野""价值走向荒野",从而建立一种"荒野伦理学"。这种扩展是新伦理学对旧伦理学的突破,"旧伦理学仅强调一个物种(人)的福利;新伦理学必须关注构成地球进化着的生命的几百万物种的福利"。① 当代生态哲学的代表人物之一利奥波德在其影响深远的著作《沙乡年鉴》(又译《沙郡年记》)一著中提出"土地伦理"的概念,并将社区的概念扩大到自然界,一方面将自然存在物也纳入社区的范围并成为社区的组成成员,另一方面也改变了人的角色,将作为土地征服者的人变成生物共同体的普通成员。用利奥波德的话说:"土地伦理只是扩大了社区的边界,以包括土壤、河流、植物及动物,或统称为土地",边界扩大后,社区(community)就变成了生物共同体(biotic community),在这个共同体中,"土地伦理转变了人的角色,从土地共同体征服者变成了普通成员和公民。这就意味着对同伴的尊重以及对这个群落本身的尊重"。② 在此,利奥波德实际上是针对人类中心主义对自然造成的破坏,提出了如何从文化上重构人与自然的关系策略,是非常富有价值的文化探讨。然而,利奥波德依然是一般地谈论人与自然之间的关系,这里的"人",他指的是生物学意义上的现代人(Homo sapiens),因而并未关涉在现实世界中因肤色、种族、族裔、性别、阶级及文化等符号的差异导致的人与人之间的不平等现象及由此形成的不同群体环境经验的独特性。

但是,在具体的社会实践中,西方主流社会、主流哲学、主流科学界都将自然对象化、客体化,依然承袭19世纪德国哲学家康德所主张的强行介入自然的传统,

---

① 胡志红:《西方生态批评史》,北京:人民出版社,2015年,第23—24页。
② 奥尔多·利奥波德:《沙郡年记》,张富华、刘琼歌译,北京:外语教学与研究出版社,2010年,第310—313页。

"人为自然立法"的专制的、物种中心主义的老套。莫拉格这样界定"土地"表达了她对导致北美人民与其环境之间关系的两个重要转变表示深切的关注,其一是欧洲殖民,其二是美帝国主义。前者指的是欧洲殖民者开始占领美洲印第安土地,后者指的是美国对墨西哥土地的占领,这种强占突然将墨西哥人变成了墨西哥裔美国人,但却不是对他们的牧场拥有完全法律权利的公民。这些被压制的人民与他们栖居的土地始终荣辱与共,"通过将岩石、树木、动植物看成土地是为了给土地注入生命并赋予自然以政治历史内涵,它们也像人一样饱受凌辱,背井离乡;通过将美洲印第安人、墨西哥妇女、男女同性恋的身体也看成土地,她从环境的视角将他们与历史上饱受凌辱、外部操控、殖民及剥削的任何生物场域勾连在一起"①。土地的争执非同小可,常常伴随冲突乃至战争。土地是冲突的物理场所,尽管土地是我们身体的延伸,但土地也像我们身体一样,一直遭受剥削、压迫、暴力,不仅在战争期间如此,而且在平常也是如此。

作为一位女同性恋作家,莫拉格将土地与身体、家园、工作、饮水、馒头及健康等生活基本要素联系在一起,而就这些还因为个体的种族、族裔、性别、阶级等身份符号的差异而不同,甚至因为身份符号差异而被剥夺。作为奇卡诺的一员,她与其他所有奇卡诺人及土著民族一样,都为争取能完全安居自己和土地的主权而斗争。然而,在她看来,"土地"不指现代民族国家意义上的地区,因为这往往可通过武力强行改变,而指"仅因为个体向世界呈现不同的性别化或族裔的外表,抑或自愿塑造的自我,而被迫与个体强行分离的地方"②。在此,莫拉格将界定个体与自然关系的权利交给自己而不是国家,这个举措淡化了民族国家的意义,让个体成为关爱自然的独立主体,也让自然成为确立自己身份的关键要素。实际上,莫拉格不只是从自然生态学意义上来界定人与自然之间的关系,她还考虑了社会社区中的种族、性别及阶级等因素。她在探讨环境问题时,也不像蕾切尔·卡逊在《寂静的春天》抨击滥用杀虫剂对人健康的危害时仅从生态学意义上一般地考虑人与自然的关系,而并未区分不同群体所承受的环境负担,实际上不同群体之间是有区别的③,莫拉格则考虑到客观上在人类社区里由于种族、性别、阶级及文化等的差异必然导

---

① Priscilla Solis Ybarra. *Writing the Good Life*: *Mexican American Literature and the Environment*. Tucsona: The University of Arizona Press,2016, p. 144.

② Ibid. , p. 145.

③ 蕾切尔·卡逊:《寂静的春天》,吕瑞兰、李长生译,长春:吉林人民出版社,1997年。

致人与人之间不平等,进而导致他们与环境之间关系的差异,简言之,她的自然观或土地观是生态学视野与环境公正视野的融合。

具体而言,莫拉格要透过奇卡诺族群女同性恋的视角就环境问题开展讨论,借助文学想象表现奇卡诺独特的环境经验及解决环境问题的文化策略。她在痛惜奇卡诺人与土地权和身体权疏离的痛苦经历时,并不感到绝望,而是怀着几分乐观与信心重拾这种权利,一种真切、实在的权利,一种基于尊严、尊重、关爱的人与自然之间的内在关联。"她的诗歌就证明了这种关联所唤起的对这种亲缘关系的直觉渴望,被殖民的身体从未真正地失去与自然环境的联系;她的诗歌也表达了她的失落、她对主权的渴望,因为这种心境伴随着她对土地的诉求和对她本应归属的社区的向往。"①莫拉格的诗歌《不只是为了萨尔瓦多》中就是探讨了土地、社区、情侣及孩子四个关键要素:

不只是为了萨尔瓦多

我是一位快四十岁还没有孩子的女人,
我是一位快四十岁还没有社区的艺人,
我是一位快四十岁还没有伴侣的女同性恋,
我是一位快四十岁还没有国家的奇卡诺女人。

如果安全,我将张开我的大腿,
接纳整个世界,
不断生出新的生命,
消融自我,拆除边界。

然而,一点不安全,
不仅对我,
也不仅对萨尔瓦多。

作为一位文学艺术家,莫拉格主张消解各种"边界"及其带来的各种隔阂与分

---

① Priscilla Solis Ybarra. *Writing the Good Life：Mexican American Literature and the Environment*. Tucson：The University of Arizona Press，2016，pp. 145－146.

离,甚至压迫与剥削,反对按照民族国家的政治边界来界定人的身份,渴望边界消融后的"大融合",人与人之间的亲密交流和人与自然的融合。她的终极理想是人类社会达到这样一种境界———一种足够安全的境界以至于可以"张开我的大腿","消解各种边界","接纳整个世界"。"张开我的大腿"是一个极为亲密的动作,也是一个令人联想的意象,它蕴含信任、关爱、母性、性别、情欲,一个女性能够这样做,说明在这样的世界,人与人之间、人与自然之间已能坦诚相见,相互信任,相互关爱,不用彼此提防,消除了因肤色、族裔、性别、阶级甚至物种的差异而产生的隔阂与歧视现象,是一种宇宙和谐。

在《不只是为了萨尔瓦多》这首诗中,莫拉格似乎在思考长期内乱的中美洲国家萨尔瓦多,然而,她借此将环境公正从国内拓展到国际,从国内种族间环境关系延伸到全球南方国家和北方国家之间的环境关系,从对国内环境种族主义的批判扩展到对国际环境殖民主义甚至环境帝国主义的谴责。众所周知,造成萨尔瓦多长期乱局的部分原因是由于美国的干预和外交政策的失误,而将环境公正的范围从美国国内延伸到全球范围进而消解政治边界,这的确是个勇敢的行动。在她看来,由于环境种族主义或环境殖民主义作祟,环境资源被不合理地用来支撑第一世界的奢侈消费,而从某种角度看,她也是这种行为的共犯。她一直宣称:"只要美国继续从饥饿的、赤脚的及能源匮乏的国家索要汉堡包、克莱斯勒汽车及冰箱,那么美洲就不可能有可持续发展的希望。"[1]她呼吁奇卡诺人认识到他们国家在全球社会政治舞台扮演的角色。在普拉特(Kamala Platt)看来,"全球资本主义依赖在家男女的免费劳动,对在家庭外工作及常常在本族外工作的妇女来说,她们实际上也相当于契约奴隶,全球经济框架实际上也主要依赖于未得到认可的、低报酬的劳动,也就是资本主义经济的繁荣依赖剥削弱势社会群体,主要是有色族人民和妇女的廉价劳动"[2]。简而言之,全球资本主义发展与繁荣靠剥削国内、国外弱势群体,尤其妇女和有色族人民的劳动,南方国家人民的惨状一定程度上是过度消费的第一世界主导下的掠夺性国际贸易造成的。实际上,以美国为代表的第一世界国家高消费的生活方式所必需的方便舒适就是不顾自然的承载极限,为享受这些好处

---

① Priscilla Solis Ybarra. *Writing the Good Life*: *Mexican American Literature and the Environment*. Tucson: The University of Arizona Press, 2016, p. 148.

② Kamala Platt. "Ecocritical Chicana Literature: Ana Castillo's 'Virtual Realism'." In *ISLE*: *Interdisplinary Studies in Literature and Environment* 3.1(1996): 67—96.

往往是以牺牲他国,尤其是全球南方国家人民及其环境为代价,生态脚印的概念就量化了这种不公平,美国是世界上生态脚印最大的国家,其生态脚印超过整个拉美国家至少 6 倍,全球要真正拥有一个可持续的生活方式,美国及其他发达国家必须进行生活方式的变革,简化他们的物质生活方式,像 19 世纪美国著名生态文学家亨利·戴维·梭罗那样过一种"简朴的生活",或像当代深层生态学家倡导的那样过一种"手段简朴,目的丰富"的生活。面对环境危机,中国生态批评学者鲁枢元也向物质富裕之人推荐了"一种低物质消耗的高品位生活"①,简单地说,就是过一种"低碳的生活"。在莫拉格看来,"可持续"除涵盖两方面的内容:生态敏感地使用自然和全球范围的人与人之间的伦理关系,为此就需构建一种能融合人类与自然的文化,这些变革对气候变化的影响比在南方国家呼吁减少人口的宣传效果要好得多,第一世界一方面对第三世界发善心,另一方面继续维持超高消费,对他们进行剥削压榨,又高调呼吁保护星球,他们言行的确虚伪。②

面对国内及国际环境不公,莫拉格主张修正奇卡诺民族主义,为此,就要回到奇卡诺悠久的历史传统中寻找答案,重构神奇、包容的阿兹特兰国,让它成为远离虚伪与剥削的避难地。阿兹特兰包括今天美国的西南地区,历史上曾是墨西哥的领土,被美帝强行占领,20 多年前墨西哥裔人点燃了民族主义热情,为争取平权、反对种族压迫而斗争。莫拉格试图借阿兹特兰来构建新型的人与人之间及人与自然之间的关系,也就是一种能兼容生态公正和社会普遍公正的新型阿兹特兰国。有论者认为,"莫拉格对奇卡诺民族主义话语中的土著生态关切的强调,允许印第安土地和褐色妇女身体在文本中并置,从而在理想的民族主体中为妇女创造存在的空间"③。尽管历史上,阿兹特兰民族主义话语中存在性压迫,莫拉格要在新型的阿兹特兰国度中为妇女、酷儿及其各种"另类"留下平等的生存空间。她要照酷儿生态理念构建阿兹特兰国,拯救在追求民族国家过程中常常被遗忘的性别政治,因为它也是解放政治的一个重要维度。传统民族身份是以"血缘关系纽带、领土的空间连续及语言共性"为基础,对此莫拉格全都进行了修改,她将血亲关系变为未必是血缘的或曰自愿同意的关系,该举措认同酷儿家庭及其他关系,从而挑战基督

①　鲁枢元:《陶渊明的幽灵》,上海:上海文艺出版社,2012 年,第 267—268 页。
②　Priscilla Solis Ybarra. *Writing the Good Life: Mexican American Literature and the Environment*. Tucson: The University of Arizona Press, 2016, p. 149.
③　Ibid., p. 150.

教传统中亚当/夏娃所界定的异性构筑家庭的模式及婚恋关系。"接受女同性恋意味着彻底重构我认同、我坚持的一切神圣的陈规,也意味着照女性中心的欲望行事,扫除一切障碍,包括我的教堂、我的家庭、我的'国家'……行动吧! 因为不作为意味着我将绝望地死去。"①在伊巴拉看来,莫拉格颠覆构建身份和关系的传统模式与其说是后现代文字游戏,不如说是一种特殊社会语境中的生存手段,因为"这种社会为了追求统一的民族身份否定和压制某些差异性的存在——尤其是酷儿特征和多族裔特征"。为了抗拒主流社会对统一、纯粹、纯正追逐的偏执,创作中她刻意回避语言的纯洁,其作品中至少混杂两种语言,常常是英语和西班牙语,由此引发各种新奇观点相继迭出。

笔者认为,莫拉格对性别歧视的挑战实际上要回到哥伦布以前美洲文化与西方基督教文化还未遭遇的传统印第安文化,那时的印第安文化是女性为中心的文化,近似于母系社会,在这种社会里,妇女享有崇高的地位,而且其他各种自然存在也与人处于一种交互、平等的地位,因而前哥伦布印第安文化可以称之为女性中心的生态型土著文化。正如印第安学者艾伦分析指出,最初,人、精灵、神、四脚动物、两脚动物、长翅膀的动物和爬行动物、钻洞的动物、植物、树木、岩石、日月星辰、风雨雷电、大地天空、山川河流、"我们"的生活方式、生存哲理及价值理念等密切相连,共存于一个世界之中。15 世纪末,欧洲人踏上了"新世界",开始了他们的殖民统治、开化"野蛮人"的使命,"我们"的部落、民族、联盟长期共同生存的旧世界开始分崩离析,接下来的几个世纪,"我们"传统的生活方式、生活的方方面面、"我们"的天、"我们"的地、"我们"的河流蜕变了。艾伦这样写道:"在 500 年的盎格鲁—欧洲殖民期间,部落已经历了从妇女中心的、平等的、基于仪式的社会制度到世俗的、近似于欧洲父权制社会结构的转变。在此期间,包括女同性恋在内的妇女、男同性恋,还有传统的医师、圣职人员、巫师及仪式主持人的社会地位、社会影响都遭受沉重打击,这些群体遭到同样的命运绝非偶然,因为与西方文化遭遇前,许多基于妇女的、妇女中心的部落传统与仪式紧密相关,仪式是基于精神阐释而不是基于经济或政治概念。"西方殖民者在美洲大陆进行长期的、体制化种族屠杀政策,这种屠杀涵盖两方面的内容,一是从肉体上消灭印第安人,另一方面是从文化上否定、消灭、取代印第安土著文化,也就是既否定美洲土著文化的"文化特性",又用基督教文化

---

① Priscilla Solis Ybarra. *Writing the Good Life: Mexican American Literature and the Environment*. Tucson: The University of Arizona Press, 2016, pp. 150—151.

强行取代土著文化,"教化"这些"野蛮人"。在欧洲社会里,人的角色是由其性别决定的,而在土著美洲文化中人的角色是由其职责而定的。土著美洲文化中个体性别是根据性格倾向、性情而定,因而在当代美国和欧洲文化中,那些被看成男女同性恋的人在前殖民的土著美洲社会仅属于不同的性别而已。"伴随妇女地位的贬低,传统的男女精神主持人的地位也被贬低,主要是因为他们宗教仪式的影响和地位遭到否定,作为主持人、巫师或仪式参与者的男女同性恋部落成员也遭到同样的厄运。"最近的研究表明,在部落民族中,男女同性恋几乎是普遍现象,常常也给予了他们很高的尊重,他们的处境一落千丈是由于欧美殖民主义的入侵造成了的。更为可怕的是,外在的殖民征服逐渐被被殖民的土著人内化,曾经在美洲部落人民中鲜见甚至完全没有的同性恋恐惧症逐渐流行,因为他们已经抛弃了自己部落传统的价值观,接受了基督教工业化的价值观。① 根据以上分析可知,在重构奇卡诺民族主义时,莫拉格倡导回到阿兹特兰,实际上是回到前哥伦布时代那种女性中心的、无性别歧视的、万物平等共栖的生态乌托邦世界。

　　在挑战传统国家身份时,莫拉格提出她要构建的国度"阿兹特兰更多是具有形而上的意义而不是具有明确物理边界的领土",也就是说,让阿兹特兰成为奇卡诺文化中的一个隐喻,一个团结奇卡诺人的精神纽带,他们共同的精神家园,一个完美的道德高地,不断追求,却不可企及的乌托邦文化工程。因为传统国家的政治边界是变化不定的,比如,美国西南部的几个州曾经就是墨西哥的领土,因 19 世纪的美墨战争后美国占领了这几个州,墨西哥人也随之变成了墨西哥裔美国人。传统上,一个国家公民总是认同它的政治和物理界定的领土。而在莫拉格的眼中,公民和家园彼此拥有并彼此都承担责任。批评家布雷迪(Mary Pat Brady)这样评价莫拉格:"她明确提出了一种反绘图法——不将空间看成可占有的东西或一整套可绘制的理性化关系。她提出了一个不同的空间概念,其间土地与身体在形而上和实际上都真正交融,因而认识和生活也难以明确区分"。② 由此可见,莫拉格构想了一种当代生态哲学意义上的人与自然间的关系,也就是,人与自然整体合一,水乳交融,互敬互爱,而传统西方主流哲学秉持人与自然二元对立,自然是异己的外在

　　① Paula Gunn Allen. " How the West Was Really Won. " In *A Cultural Studies Reader*: *History*, *Theory and Practice*. Ed. Jessica Munns and Gita Rajan. New York: Longman Group Limited, 1995, pp. 389—401.

　　② Mary Pat Brady. *Extinct Lands*, *Temporal Geographies*: *Chicana Literature and the Urgency of Space*. Durham: Duke University Press, 2002, p. 139.

给定,是需要人客体化、对象化、物质化的存在,因而可征服掠夺、可开发消耗。有鉴于此,在莫拉格想象家园阿兹特兰的居民都具有自觉的生态意识和高尚的公民平权意识,同时,她也将它看成由山川河流、飞禽走兽、花鸟虫鱼、风雨雷电等构成的物质空间,生活在其间的人拒斥民族国家滋生的掠夺性态度,与自然保持一种互惠关系,由此可支撑广泛的社区,因而她这样写道:"简单地说,我们从大地取多少,就必须回馈它多少,在未来的千年时间里,作为世界大家庭的成员,我们在创新发展文化、发展部落及生存繁荣的新方法时,必须服从崇高的自然权威"①。在此,莫拉格不仅明确地指出,人与自然之间是一种互惠依存的关系,而且还明确了自然法是人类必须遵从的最高法,是人类生存繁荣的前提。另外,她的阿兹特兰已经放大为"世界大家庭",她的家园也成了世界的梦想,奇卡诺民族主义也走出了狭隘的、自我为中心的小圈子。放眼今天的主流世界发展现状,第一世界国家往往打着可持续发展的旗号,假借科学之名,干掠夺自然、剥削南方国家之勾当,其结果是全球环境形势每况愈下,社会矛盾日益恶化。

三 对环境种族主义的强烈抨击

人类若要实现与自然间的永续和谐,让生态乌托邦理想变为现实,就必须首先要有一个普遍公正的世界,对像奇卡诺人这样长期遭受剥削、压榨的少数族裔来说,更是如此。为此,谴责形形色色的环境不公就成了莫拉格三部曲的主要议题之一。如果说《最后一代》重在虚构一个生态乌托邦社会,那么《英雄与圣徒》则是揭露、谴责环境剥削与环境种族主义的戏剧力作。在该著中,莫拉格主张文学艺术积极介入现实社会并致力于变革社会。《英雄与圣徒》是其最有名的一部戏剧,它力图深刻揭露美国加州农业企业和当地政府对奇卡诺小农社区造成的实际与隐喻性的伤害,生动再现社区何以凝聚成一个集体,共同反击恶势力剥削、破坏他们土地与家园的艰难历程,叙事时而激动人心,时而令人伤痛。像在现实中一样,该剧中奇卡诺小农社区并非生活在真空之中,他们一直周旋在社区外等级制价值观对他们文化不断施加的影响与融入主流的诱惑之间。与此同时,该剧也有力表明,一旦社区紧密团结,通过藐视压迫者最恐惧的疾病和死亡,就能给予他们有力的回击。该剧栩栩如生地再现了农业企业滥用农药对奇卡诺农场工人及其孩子身体健康所

---

① Priscilla Solis Ybarra. *Writing the Good Life*:*Mexican American Literature and the Environment*. Tucson:The University of Arizona Press,2016,p.152.

造成的巨大伤害,并给予无情的谴责。它迫使读者、观众直面身体的脆弱和死亡问题。尽管大众在经济上和物质上都从农场工人在田野的辛劳中受益,但公众对他们的身体几乎视而不见。为此,莫拉格将一个饱受摧残、残缺不全得只剩下头的女主角切雷齐塔(Cerezita)置于舞台中央,用最为夸张、最为集中的方式表现环境种族主义对少数族裔人民的严重伤害,令人不寒而栗。该剧开场就呈现这样场景:人物之间没有任何对白,孩子们戴着头颅骨面具走上舞台,一位儿童的尸体挂在一副小十字架上,十字架立在农田里,切雷齐塔坐着轮椅到舞台中央,一架直升机在田野上空嗡嗡地盘旋。① 开场就引入奇卡诺社区回应他们孩子疾病和死亡的独特方式,他们不掩埋他们死去孩子的尸体,而将他们挂在农药污染的田野里的十字架上,切雷齐塔也大胆地展示自己丑陋可怕的外表。她是一位有严重先天缺陷的年轻妇女,其畸形难以让观众接受,她生下来就只有头,没有身体,莫拉格让读者和观众悬置怀疑,要信以为真,然后对造成这种恶果的原因进行深入的思考与追问。切雷齐塔的母亲是个农场工人,她在怀孕期间一直暴露在毒素中,此后就生下了有头无身的婴儿——切雷齐塔。她母亲的工作生存环境在加州麦克法兰可谓是个再熟悉不过的现实存在的地方了。该戏剧场景虽然是个虚构的加州小镇,却真实地反映了麦克法兰孩子被诊断患癌症和天生缺陷人数异常偏高的十年,即从 1978 到 1988 年。② 直到今天,在美国少数族群地区有毒环境依然大量存在,大量研究已经证明了农药的滥用和农场工人孩子先天缺陷之间存在因果联系,但是农场主、农药公司、政府及游说者勾结在一起极力隐瞒,企图否认这种联系,这种状况与蕾切尔·卡逊于 1962 年出版《寂静的春天》的时候相差无几,因为《寂静的春天》的问世在美国社会掀起了反对滥用杀虫剂的浪潮,然而农药生产企业、大公司、游说者等利益链条上的所有人却合谋极力否认,还污蔑卡逊别有用心,甚至针对她的性别进行人身攻击。③ 批评家伯福德(Arianne Burford)认为,"没有为工人制定安全规则的主要原因是在现行的政治经济中农业企业的利润比他们的健康和生命还重要"。该剧夸张描写社区对孩子们染疾、畸形、癌症死亡的独特反应,揭露种植者滥用杀虫剂对水源造成严重污染,从而导致奇卡诺人民,尤其孩子们染疾以前所未有的速度剧增,这也是 20 世纪美国粮食生产的残酷现实,为增加粮食产量和资本积累不

---

① Cherríe Moraga. *Heroes and Saints and Other Plays*. Albuquerque: West End Press, 1994, p. 92.
② Ibid., p. 89.
③ 参见蕾切尔·卡逊:《寂静的春天·前言》,吕瑞兰、李长生译,长春:吉林人民出版社,1997 年。

惜牺牲少数族裔人民的身体健康。伊巴拉分析指出,在该剧中"莫拉格着重描写了奇卡诺人用身体体验资本主义形形色色的暴力的各种方式,这些暴力也是殖民统治和现代性的遗产",他们的劳动价值总是被市场贬低、稀释,他们的痛苦总是沦为统计数字。① 他们最有力的抗拒方式就是极力放大展示他们的疾病与痛苦,揭露农药对他们社区,包括自然生态可持续性的伤害,以此唤醒、团结同胞,责骂威吓压迫者! 批评学者格林伯格(Linda Margarita Greenburg)在评价公开展示孩子的尸体时指出,"这种习俗是以一种钉死在十字架的教育""它引导观众将死去的孩子重新解读为集体谋杀而不是个人死亡,一种积极主动的牺牲而不是消极被动的受害,最后激发社会变革,而不是消极无为、遵纪守法的死尸般的公民身份"。难怪尸体的展出引发公众一片哗然,媒体惊愕,地方当局害怕并称之为犯罪,组织调查。该剧的最后的场景非常具有战斗性、预言性,预示着长期遭受环境压迫的少数族裔人民已经觉醒,反抗的风暴将会来临,从而让压迫者感到恐惧。

当切雷齐塔的弟弟点火将田野付之一炬时,切雷齐塔侄女、一个死婴被挂在十字架上,切雷齐塔将自己也推入大火的中央,烧死在火中。在伊巴拉看来,"最后的场景表明奇卡诺社区跨越了曾经拆开他们的社会性别、生理性别、阶级及宗教的藩篱,终于团结在一起抵抗,毫无疑问,该场景也强调在抗议中对死亡的实际和象征运用"。至于为何要付出如此沉重的代价呢? 伊巴拉这样解释道:"通过展示死亡,奇卡诺社区最终迫使农场工人的剥削者们关注他们最害怕的东西——死亡。"② 尽管死亡是生命周期必不可少的东西,但是现代性进步的标志之一是操控自然,甚至延长生命,藐视死亡。从而导致对死亡根深蒂固的恐惧,因而现代人总是不惜一切代价避免死亡,甚至在今天的后现代语境中,死亡也是一个极不受欢迎的术语,因而承认死亡、在死亡面前保持谦卑实际上是挑战现代性的一个基本价值观。既然死亡对谁都不可避免,积累财富钱财有何用? 为何不与人共享? 如何在生命有限性面前保持几分谦卑,考虑到可持续的生存实践及个体生命,过度积累财富又有何意义? 由此可见,该剧给我提出了一个严峻的问题,是留给后代物质财富重要呢,还是留给他们可居住的星球重要? 在笔者看来,最后一个场景还蕴含一个启示意义:通常情况下,对每个个体而言死亡是自然过程的一部分,那么这些生活在毒性

---

① Priscilla Solis Ybarra. *Writing the Good Life*: *Mexican American Literature and the Environment*. Tucson: The University of Arizona Press, 2016, p. 154.

② Ibid. , p. 158.

环境中无辜的、过早夭折的婴儿或先天残疾的人就是非自然乃至反自然的,因为这种惨剧意味着剥夺了少数族裔社区年轻生命和未来,与过度消费和人为延长生命一样破坏了生命周期的完整,由此看来,环境种族主义不仅反人类,而且还反生态,因而施暴者迟早会遭到社会和生态的无情惩罚!

四　对走出环境困局的多元文化路径的探寻

生态三部曲的最后一部《饥饿女人:墨西哥美狄亚》(以下简称《饥饿女人》)通过揭示前哥伦比亚阿兹特克人、古希腊人、殖民地的墨西哥人存在的问题以及想象的美国族裔巴尔干化的潜在危险,莫拉格提出了构建生态理想最困难的方面,即探寻构建生态乌托邦的现实多元文化路径。该剧将以上这些文化中的传奇故事搬上舞台,旨在告诉人们,尽管这些文化存在差异,但具有相同的文化顽疾并因此遭到灭顶之灾:父权制、等级制及占有欲滋生的统治。走出怪圈的终极路径是克服统治逻辑思维惯性,让土地成为社区的有机成员,方能克服这些毁灭性的价值观。

《饥饿女人》中的主人公"美狄亚"自然而然让观众联想起古希腊三大悲剧大师之一欧里庇得斯的著名悲剧《美狄亚》。该剧讲述了远古时期英雄时代,曾盗取"金羊毛"的英雄伊阿宋抛弃妻儿后遭到妻子美狄亚报复的悲剧故事。美狄亚是这出悲剧主人公,她机敏热情,敢爱敢恨,挑战父权制,大胆追求性别平等,热烈追求个人幸福。爱时,狂热深情,几乎失去理性;恨时,冷酷无情,几近失去人性。最为疯狂的行为是,她心爱的并为之作出巨大牺牲的丈夫伊阿宋另觅新欢、抛下她和两个儿子后,她痛杀两个儿子,绝了丈夫的后嗣,以此报复、严惩伊阿宋。这种行为常被解释为"报复与惩罚",该剧也被认为是一出伟大的复仇剧。[①] 然而,在笔者看来,也可以这样解释:通过美狄亚的精心观察和深入思考,在她所处的男权社会里,没有真正主张男女平等、平等对待女性、真心尊重女性情感的男人,女性在他们的生活中无非就是像她一样的工具和玩偶,有用则取之,视若掌上明珠;无用则弃之,宛若敝衣破鞋,因而在她心爱的儿子成长过程中就缺乏效仿、学习的理想男性榜样,他们长大后一定也像他们父亲伊阿宋一样,对待女人忘恩负义、背信弃义,从而毁掉其他女性的人生和幸福,为此,她痛下决心亲自杀掉他们,这实际上等于"替天行道、为民除害"。由此看来,美狄亚的悲剧就绝不只是个人的悲剧,而是父权制社会

---

① 郑克鲁主编:《外国文学史》(修订版,上),北京:高等教育出版社,2006 年,第 41—43 页。

的悲剧,是父权制生发的统治、操纵女性的价值观酿成的悲剧,只要父权制存在,各种形式的美狄亚悲剧就会不断上演,要根除这种悲剧,就必须根除父权制。

《饥饿女人》中的女主人公墨西哥美狄亚也几乎以同样的方式报复父权制社会,她以毒死她的儿子查克·穆尔(Chac Mool)而结束全剧。该剧令人心碎的结局使得我们更关注莫拉格在生态三部曲中提出的核心论点:土地是社区无可争议的成员,不认识到这一点,将置整个社区于危险境地。在《饥饿女人》中,她将土地比拟成社区的孩子,尤其美狄亚的儿子穆尔。谋杀穆尔表明,当我们剥削土地时,我们毒杀了我们的生命力,无异于杀掉自己的孩子。① 然而,为何我们要杀死我们的孩子呢? 因为父权制、等级制及占有欲滋生对"他者"的统治、操纵价值观。在此剧中,莫拉格也警告说,奇卡诺文化自身也在吸纳白人文化的剥削、掠夺、殖民的价值观。该剧以因毒死十多岁的儿子而被关进精神病院的美狄亚开始,在此前,她因为爱上一位妇女而遭到阿兹特兰领导们的驱逐,阿兹特兰容不下同性恋,奇卡诺家园也没有酷儿生存的空间。遭到驱逐后,美狄亚、她的情人、母亲及五岁的儿子查克·穆尔不得不背井离乡,到亚利桑那菲尼克斯边疆穷山恶水的"无人之地",与那些被新政府遗弃的人住在一起。美狄亚毒杀了要抛弃她、重回阿兹特兰的儿子穆尔,是因为阿兹特兰培养不出尊重妇女的男人,这让她彻底绝望,走向疯狂! 在伊巴拉看来,该剧大量运用闪回场景追溯墨西哥美狄亚以及其他神话传说和民间故事中被界定的"坏女人"采取疯狂举动的真实原因,她们的行为看似极端疯狂,违背常理,违反人性,而实际上她们的行为是父权制、等级制的统治逻辑必然酿成的恶果,她们以自己看似病态的行为迫使公众正视社会顽疾,由此看来,她们是真正超越时代的英雄,因为她们早就开始"关注剥削性价值观及行为的毁灭性"。当她的儿子正长大成人时,美狄亚凶残地结束他的生命,因为她深知,"他成人,即意味着背叛"。在她的时代,没有男性角色教他尊重妇女,所以美狄亚告诉穆尔的父亲贾森(Jasán):"我希望我儿子变成的男人并不存在,因此必须创造。如果他要这样,他就要创造自己,而不要在成长过程中从你那儿学会背叛"。美狄亚也希望能给她儿子穆尔一个塑造崭新自我的空间,成为一个绝不背叛女人的男人。美狄亚也知道,"一个男孩长大成人,第一次把自己母亲看成女人时,就出现了背叛。一个女人,就是一件东西,一个可操纵的尤物"。实际上,无论是古希腊的美狄亚还是墨西

---

① Priscilla Solis Ybarra. *Writing the Good Life: Mexican American Literature and the Environment.* Tucson: The University of Arizona Press, 2016, p. 160.

哥的美狄亚抑或墨西哥殖民时代的民间传说人物拉·略雷纳(La Llorona),都过早结束她们儿子的生命,实际上是以最为荒唐的方式表达对父权制的愤怒、抗议,不让她们的儿子"复制操纵与占有的剥削制度",这种制度不仅被人类社区广泛、深入地内化,成为了社会常态、社会规范,而且还将这种制度延伸到广袤无垠的非人类世界,将非人类存在也纳入人类运行之轨道,从而导致人文危机、社会危机与环境危机犬牙交错,相互强化,搞得自封为"世界之精华,万物之灵长"的西方人焦头烂额,无所适从,在西方社会产生了一种普遍的环境焦虑、环境综合征,为此,他们企图甚至极力用他们几百年来惯用的手法,即西方文化主导的一元化模式解决全球生态问题,由此提出"宏大环境构想"或曰环境大叙事,并运用强势文化将这种构想推广全球,向全球传播"生态福音",对全球南方人民进行"生态救赎",甚至强制要求弱势的"全球南方"接受并落实,这实际上是基督教救赎思想在生态问题上的反映,无异于 18 世纪启蒙运动以来,欧洲殖民者对非西方进行启蒙,传播文明之光,其结果是给南方国家和人民带来巨大的环境灾难,引发更为严重的生存危机,甚至形成生态难民潮,这是殖民主义的新形态——环境殖民主义或环境帝国主义,与旧殖民主义以"科学、进步、文明"之名推行殖民剥削与压迫实际相差无几。

在进行跨文化生态批判的同时,《饥饿女人》也指出了走出社会危机与环境危机的路径,那就是拒斥父权制,遵从自然周期。具体来说,就是放弃等级制、统治、操纵、占有等殖民价值观。为此,莫拉格回到古老的印第安文化传统探寻走出生态困境的文化资源。查克·穆尔是阿兹特克人(Aztec)的雨神,阿兹特克人是北美洲南部墨西哥最大一支印第安人,雨对他们农业和生存而言是非常重要的自然福祉。在前哥伦布中美洲文化中,查克·穆尔也指一位战败被俘的战士,在此,美狄亚更倾向于突出该名字蕴含的谦卑之意,因为在该传统中正如穆尔问他母亲美狄亚他的名字是何意时,她告诉他,他的名字是照一个被俘的战士而得名的,对此穆尔感到失望,美狄亚又告知他,"赢并不重要",也就是说,做人要谦卑,要顺应自然,当然,她儿子没有理解她的话,更不可能接受她话之真意,最终离开了她。美狄亚的另一个名字"饥饿女人"也揭示出该剧试图传达的深刻生态内涵。"饥饿女人"是阿兹特克人的创世神话,该神话告诉人们,"生存斗争并非总发生在战场上,不放弃操纵和接纳死亡,生命将不复存在"。饥饿女人传奇明确指出,将土地纳入社区并成为它的一部分,并将这种认识置于文化的中心地位。饥饿女人是女神,代表激情澎湃的生命力,而不像基督教《圣经·创世纪》中的居高临下、掌管万物生灵生杀予夺大权的万能上帝,在创造大地以前,她因饥饿而喋喋不休地哭泣,搞得男神们坐立不安,因而遭到愤怒的男神们的摧残折磨,而后由她残缺的身躯生发出丰饶的大地,此后大地万物生死相依,相生相克,多元共生,循环往复。"饥饿女人"代表新生、死亡及再生构成的周而复始的生态周期,她不仅消耗生命,而且她的身体也为一切生命提供了生存之基础。该剧的核心意义表明,父权试图压制女性,而莫拉格强调女性的力量,同时也表明毁灭对于产生新生命的重要性。"饥饿女人"中女人的痛苦遭遇让读者同情之心油然而生,同情她实际上就是同情土地,该剧讲述了她的痛苦,也彰显了她的力量。我们认同土地,与她同欢乐,共患难。它是我们的家庭成员,就像我们的孩子或父母一样。

查克·穆尔最终理解母亲对他施加的"恶行",从而指明了医治基于殖民价值观的病态文化并给予生态重构的可能路径,这主要通过莫拉格运用拉·略雷纳传说加以暗示,该故事中涉及到殖民主义议题,揭示出土地统治与殖民统治之间的勾连,从而为环境问题的文化诊断增加了种族或族裔维度。穆尔理解略雷纳故事的内涵,暗示出迟早他也会理解并宽容他母亲的"暴行"。拉·略雷纳也是一位传说中爱哭的女人。"当吹风时候,你能听见她哭着要吃的东西"。拉·略雷纳传说是这样的:墨西哥和奇卡诺民间故事中她是个女妖,她杀死了自己的孩子,因此遭到永远流浪的严惩。夜晚在黑暗的路上流浪时,总是痛哭,寻找小孩或其他弱势的受害者。她杀害自己孩子的原因与美狄亚颇为相似,男人背信弃义并抛弃了她,然而与美狄亚有所不同的是,抛弃她的男人是个殖民者,也就是说,种族问题与性别问题交织在一起。联系西班牙殖民美洲时期西班牙士兵与土著妇女之间的关系就可知,当这些士兵的西班牙妻子到达新世界探亲时,土著妇女不得不面对被抛弃的痛苦经历。每代墨西哥人和墨西哥裔美国人都认为这种"爱"本身就大错特错,错在墨西哥妇女,并对她们的行为表示鄙视,由此看来,拉·略雷纳故事表达了土著美洲妇女几个世纪的内心伤痛。实际上,要说错,首先错在殖民主义,其次,错在父权制,最后,这种错还滋生了土著妇女与白人妇女之间不平等的错误关系。最后一个"错"告诉我们,在谈论女性主义、生态女性主义时,必须考量其中的种族或族裔维度。奇卡诺学者站在女性主义的立场重释拉·略雷纳传说,认为"女人的行为是对西班牙文化、经济及社会压迫的抗议",这样看来,略雷纳就不只是一个女斗士,更不是一个文化中无耻的反面人物。在《饥饿女人》中,儿时的穆尔在听祖母讲述这个故事时,祖母问他是否害怕,他说"不"并对略雷纳表示同情,他甚至能听见她的哭声："她的声音在风中……好像她在向我诉说她的悲惨故事,我好像是唯一的一个能听懂她故事的人。"①他能听懂、能理解、能同情略雷纳内心的伤痛,相信他也一定也能读懂他母亲美狄亚的"心痛",理解她的"冷酷无情"。他的鬼魂出现在他母亲的眼前,叫她与他同行,并帮他进入阴间,说明他同情、理解并宽恕了她。穆尔知道,他与其他被母亲杀害的孩子们以及他们的母亲们都是这种文化疾病的受害者,他们的母亲只不过具体化了这些精神毒害,无论在新旧阿兹特兰都是如此。要根除这种精神毒害,必须重构他们的文化,在伊巴拉看来,就是生态重构。

此外,"饥饿女人"与拉·略雷纳之间的关联还进一步阐明了穆尔与土地之间的联系。她们都与水相关——大地之水池、泉水及溪流都是"饥饿女人"的眼泪造成的,拉·略雷纳总是沿着水路哭泣——水的象征意义是再生或洗礼。莫拉格运用这两个与水相关的传说旨在表明社区再生或新生的希望,希望变成现实的前提是社区必须承认包括土地在内的所有成员享有尊严和尊重,不论他们是什么肤色、什么性别,是贫穷还是富有,是非人类自然存在还是人的存在。② 有论者在评价《饥饿女人》时指出,剧中所描写的革命的失败是一种"创造性的失败",可借此深刻地反思美洲的革命,甚至20世纪50—70年代的奇卡诺运动,该剧依赖于"一个许多墨西哥土著悲剧都共有的未来概念,即将当下肉体牺牲的成果寄希望于可能的、但未实现的团结"。伊巴拉赞同以上观点,但在她看来,还可引入生态维度以对该剧做更为深入的阐释。"莫拉格要表明,一旦革命目标得以实现,剥削性、等级制价值观将依然在奇卡诺社区继续存在下去,这些顽固的价值观将会渗入革命,摧毁革命,使得革命之团结昙花一现"③。当然,对奇卡诺社区而言,同性恋恐惧症和父权制是文化内矛盾,为此,莫拉格回到悠久的历史文化传统,以说明构建基于普遍公平正义的生态乌托邦社会的可能文化路径。

简言之,古希腊美狄亚主要涉及妇女问题,墨西哥美狄亚不仅涉及妇女问题,而且还涉及酷儿问题和土地问题,而拉·略雷纳传说涉及的问题则更为广泛,涉及父权制、种族、性别及土地问题以及它们之间的复杂纠葛。由此可见,要解决环境问题,必须全方位、多角度探究土地与种族、性别、阶级及文化等范畴之间的复杂勾

---

① Priscilla Solis Ybarra. *Writing the Good Life*: *Mexican American Literature and the Environment*. Tucson: The University of Arizona Press, 2016, p. 165.

② Ibid., pp. 164-166.

③ Ibid., p. 166.

连,综合进行考量,否则,为解决环境危机而构想的种种激进、快捷的文化策略多半是偏颇的、偏见的甚至压迫性的,不可能从根本上解决环境问题,往往反而会恶化更多的社会问题,由此稀释、弱化了解决环境问题的动力,从而使得环境问题的解决变得更为艰难。

根据以上分析可知,贯穿莫拉格三部曲的一个共同主题就是超越等级制、统治逻辑、占有价值观,构建包括土地在内的所有成员平等互爱且享有尊严、尊重的新型奇卡诺生态乌托邦社会。《最后一代》重在激励社区团结一致以免族群消亡之危险;《英雄与圣徒》主要描写社区在共同抵抗压迫时所面临的重重困难及探寻抵御压迫的文化策略;《饥饿女人:墨西哥裔美狄亚》则从跨文化角度指出人类文明面对的诸多顽疾,诸如父权制、同性恋恐惧症及占有欲等,假如不涤除这些弊病,渴望已久的革命将会产生令人失望的结果,为此,莫拉格主张回到印第安族群幽深的历史传统,以探寻深沉的智慧,返本开新,构建真正能让人性、环境及生命得以充分舒展的和谐生态社区。

由此可见,莫拉格作品绝不是休闲消遣文学,而是承载沉重的文化价值的文学,普通读者难以理解其作品内涵,是因为"对我们的象征符号、意象及历史构筑的文化、政治地理来说,他们是外来客"①,她为熟悉奇卡诺人之流离失所、饱受剥削、性别歧视及酷儿歧视等文学主题的人写作,她写作也是为了挑战传统环境主义和奇卡诺民族主义,拓展环境主义的边界,重构奇卡诺文化民族主义及民族身份,重建与大地之关系,超越占有、殖民的陈旧逻辑,以将奇卡诺文化、民族引向深绿色的、高品位的、可持续的复兴之路。

第三节　奇卡诺生态批评与生态文化多元性

由于生态批评是基于人与非人类存在物间的一体化构建和自然与文化间普遍联系、互动共生的生态整体主义哲学观,所以生态批评学者坚持认为,从某种角度看,文化的一个重要方面就是反映人类与自然环境相互作用的方式,不同的文化反映不同的自然环境。不同的自然环境就会孕育出不同的文化,进而影响人与自然

---

① Priscilla Solis Ybarra. *Writing the Good Life*: *Mexican American Literature and the Environment*. Tucson: The University of Arizona Press, 2016, p. 143.

间相互作用的方式。基于此,文化的多元性是生态多样性的物理表现,正如生物的多样性对生态系统的稳定、生存至关重要一样,文化的多元性对人类文化生态的可持续生存也至关重要,文化多元性的式微必然意味着生态多样性的丧失,进而威胁人类的生存。当然,在环境危机日益恶化的当今世界,文化多元性的保护更具紧迫性,处于优先的地位,因为丰富多元的文化可培养和提高人的生态意识,激励人的生态良知,进而推动生态文化的建设。从某种意义上说,保护文化多元性就是保护生态多元性,就是保护人类自身。由此可见,永续的"生态文化多元性"(ecological multiculturality)是维护人与自然可持续、互动共生的坚实文化路径。

关于奇卡诺文学与生态文化多元性诉求之间的关联性,奇卡诺生态批评学者表示出极大兴趣,并已着手进行研究。在此,笔者主要就生态文化多元性的现实生态意义、伊巴拉对奇卡诺作家鲁道夫·阿纳亚(Rudolfo Anaya,1937—)作品的生态研究及美国生态批评学者默菲(Patrick D. Murphy)对奇卡诺诗人帕特·莫拉(Pat Mora)作品的研究做简要梳理,旨在揭示他们作品中所蕴含的生态文化多元性特征,以期对处于边缘的奇卡诺文学的生态文化价值有更为深刻的认识。

一　生态文化多元性的生态现实意义

在默菲看来,生态多元文化的声音是对国际"齐一化安全"(the safety of uniformity)的文化偏执的拒斥,是对试图确立"反生态的单一民族文化霸权"的控诉,因为文化的齐一化、均质化通过削减文化与生物的多样性而减缩我们的世界。文化和生态并非互不关联的:"文化的传承者是那些依然与丰富多彩的自然和传统保持接触的人"[①],在文化的保护过程中我们必须倾听边缘化和受压制的族群的声音。

关于文化多元性的生态价值,诺贝尔文学奖得主墨西哥诗人奥克塔维奥·帕斯(Octavio Paz, 1914—1998)也曾说过:

> 我们被"判"走入现代。我们无法(也不应该)废除工业技术与科学。"回头走"不但不可能,事实上也无法想象。问题是看看如何把工业技术妥善调适符合人的需求,扎伊德(Zaid)的书《没有收益的进步》中这样说:如果我们要维

---

① Patrick D. Murphy. *Farther Afield in the Study of Nature-Oriented Literature*. Charlottesville: University Press of Virginia, 2000, p. 145.

持文化的多样性,不同传统的社会必须要保护。我们知道这是极端困难的事,但另一种走向将更加悲沉:文明的败落……(由是),维持多样性,社团的或个人的歧异,是一种预防性的自卫。把每一个边缘社会、每一个种族所存有的文化差异消灭也就是把所有不同类别的文化生存的可能性全然消灭。当工业文明把每一种独特的社会吞噬破坏时,人类文明进展的一种可能性便失灭,不只是过去和现在失灭,而且也是将来。历史发展到现在一直是多元的,人类不同的灵视,对于其过去与将来都各具其不同的视野。维持这样文化生长的多元就是维持将来种种可能状态的多元,也就是生命本身。其危机之一,就是把新社会作一种几何式的建构,几何式的诱惑是知性至上主义,是一种压制性的思维。我们必须培植和保护独特性、个体性和不规则性;也就是培植和保护生命。人类在集权国家的集体主义或资本主义创制的宰制群众的社会都是没有前途的。①

帕斯特别强调文化的多元性,因为文化的多元与人类在星球上的可持续生存紧密关联,保护文化的多元性就是保护生态的多样性,就是要保护不同个体的个性,不同种族和不同文化的差异性,保护边缘文化的奇异性,这些都是保护生命本身。文化多元的消失也就是生态多样的消失,也就是自然的终结,最终也许就是人类的终结。

美国华裔学者叶维廉也在其《道家美学与西方文化》一著中对全球化时代自然生态、文化生态与人类前途命运之间的关系进行了富有见地的探究,谴责全球化破坏全球生态环境的行为,吞噬全球文化多元性与独特性的罪恶,揭露文化工业借"进步、发展"的美名破坏自然生态和文化生态,伪装"相同性、重复性、均质性"的实质,疾呼抵抗"西方工业技术推动下打着现代化的旗号以经济意欲为纲、以语言框限权力为部署、以消费为主轴、以目的至上、工具理性至上所刻画出来的全球文化"。在他看来,"发展"与"进步"不代表"质的文化"或质的提升,只代表不断向前和数量的增加,其结果是加速自然的死亡。②

奇卡诺生态批评深入到对文学中叙事策略、文学创作手法、文学话语及互文性的探讨,旨在揭示奇卡诺文学家综合运用这些手法、策略传达生态主题、社会公正、

① 叶维廉:《道家美学与西方文化》,北京:北京大学出版社,2002年,第147—148页。
② 同上书,第146—161页。

文化传统等议题之间复杂交错的机制,彰显奇卡诺文学对生态文化多元性的执着追求,以便更有效地服务于生态宗旨。当然,就叙事策略而言,奇卡诺生态批评突出对文学中讲故事的文学技巧的探讨。相比较而言,主流白人生态批评偏重对文学中生态内容的发掘,少有或淡化对文学策略与环境议题之间关系的探讨。总的来看,奇卡诺文学有拒斥"百年孤独"的渴望,坚守自我的执着,搭建与其他文化沟通之桥梁的行动,为此,拆除妨碍沟通的"边界"就成了作家们的一个主要文化任务。比如,阿纳亚作品的一大特色是注重文学叙事策略的运用,以凸显奇卡诺文学兼容自己的文化本色与广收博取的生态文化特性。至于诗人莫拉则强调生态多样性与文化多元性的良性互动,倡导既要跨文化沟通,又要保护文化独特性的诉求。

二　阿纳亚多元生态文化策略:奇卡诺生态文化本底与多文化生态的共鸣

(1)阿纳亚独特的生态叙事策略

贯穿奇卡诺作家鲁道夫·阿纳亚作品的一个主题就是跨越或拆除边界,实现万物生灵在星球上平等地共荣共栖,通达此境的路径就是基于博爱情怀,传达博爱的有效途径是讲故事。此处的边界指的是人为构筑的种族边界、阶级边界、性别边界、物种边界、文化边界及其他基于差异而界定的带有殖民性质的边界,此处的博爱是基于生态中心主义与普遍环境公正的博爱,是基于宇宙精神的生物之爱。批评家曼纽尔·布龙卡诺(Manuel Broncano)在生态阐释阿纳亚作品时指出,"普遍的兄弟情与姐妹情、种族间团结与和平共处、不分民族或族裔的人与人之间以及人与一切存在的生物甚至包括活体地球之间的宽容和尊重是阿纳亚所有作品中要传达的重要信息"。关于这一点,阿纳亚在其作品中有明确的说明:"对家园的渴望内在于所有社区的集体记忆之中,也是与部落诸神所签订的契约,对家园的精神渴望可谓包罗万象,然而,因为地球空间有限,家园相互接壤,因而摩擦在所难免。我们还没有形成新的意识,地球乃每个人的家,作为阿兹特兰的后代和居民,我们是否有胆量往前再迈一步,将我们的家看成是没有边界的呢?我们与其他渴望家园的族群共享家园,可我们是否有胆识走出去接纳家园固有的、实在的精神关系呢。"边疆滋生摩擦、冲突,但边疆也是文化、种族协商的场域,是贫富悬殊但可平等栖居星球的民族谈判的场所,生物边疆是生物多样性最为丰富的地区,文化边疆是创生文化多样的土壤,也是最具活力的文化场域。为此,阿纳亚认为,应该有一个地区成为不同文化、不同民族接触摩擦、沟通对话、协商共处的中间地带,这个地区就是神奇的阿兹特兰。"阿兹特兰可成为盎格鲁——美洲和拉丁美洲协调交融的国度,我们能成为提出解决美洲人需求方案的领袖……培养一种意识,以提升人之精神,消除人之剥削,这终究是我们这一代人所面临的挑战,在当今世界大家庭中,我们需要的是疗伤而不是争斗,就此开始吧。"[1]至于在何处探寻疗伤的妙方,阿纳亚主张回到文化传统,回到古老的神话,它们所蕴含的疗伤妙方是帮助奇卡诺社区重拾"自尊""自重""自决"的文化工具,推而广之,对其他所有遭受种族歧视和经济歧视的族群也同样适用。

有鉴于此,在他的创作中,阿纳亚运用了一种讲故事的叙事策略,讲述古老的神话传说,讲述人与自然一同演进的生态故事,宣扬他的环境公正主张。在笔者看来,他的叙事策略就是一种"生态叙事策略"。这种策略经美国著名生态批评家斯科特·斯洛维克提炼后被界定为生态批评学术原则"叙事学术"[2]。斯科特认为,"生态批评卓有成效地整合思想观念、文本及作者于一体的关键是认识到我们的身份与位置,也就是我们在世界的何处及为何要写作。通过讲故事,再配以明晰的阐释,批评家就会写出最具感染力、最为生动犀利的学术论文"[3]。中国著名生态批评学者鲁枢元又将其进行中国化处理,称之为"绿色学术话语形态",这种新型的学术话语"既深潜于经验王国的核心,又徜徉于理性思维的疆域"。[4]简言之,叙事学术或绿色学术都强调个体经验、个体情感在传达生态智慧、生态知识、发动生态革命过程中的重要性。

在阿纳亚的文学世界里,神话扮演了重要角色,成了他思想的载体,因而讲述神话故事就成了表达思想的方式,为此,神话也就成了恢复我们这个充满对立冲突的世界应该具有的和谐的文化资源,神话人物"需要重新发现自身的价值,找到生活和斗争的理由",进而拥有"新的、明确的身份"。生态主题,或者说,自我与土地之间交融的关系是阿纳亚小说的重要主题,这种主题就深潜于他的神话故事中。对他而言,个体与社区身份和人栖居的风景之间存在千丝万缕的关

---

① Manuel Broncano. "We are All Serafina's Children: Racial Landscapes in Rudolfo Anaya." In *Landscapes of Writing in Chicano Literature*. Ed. Imelda Martín-Junquera. New York: Palgrave Macmillan, 2013, pp. 119—120.

② 胡志红:《西方生态批评史》,北京:人民出版社,2015 年,第 308—310 页。

③ Scott Slovic. "Ecocriticism with or without Narrative: The Language of Conscious Experience versus the Language of Freefall" on ASLE Website: www. asle. umn. edu. 也参见胡志红:《西方生态批评史》,北京:人民出版社,2015 年,第 10 页。

④ 鲁枢元:《绿色学术的话语形态》,《生态文化研究》,2016 年,第 6 期,第 1—5 页。

系,他也因此被看作坚决的环保主义者。比如,在小说《阿尔布克尔克》(*Alburquerque*,1992)中,阿纳亚以水为主题展开讨论。水是地球的生命之乳汁,是万物生存不可或缺的、不可替代的要素,因而也一定会成为未来普遍的民族间冲突对抗的重要原因,对此,该小说以滑稽悲观的方式给予了说明,水成了资本主义欲壑难填的掠夺对象,贪婪对白人和印第安人来说都是破坏性的。

(2)阿纳亚的神话叙事:多文化对话与生态关切的融合

当然,阿纳亚的半自传体小说《保佑我,乌勒蒂玛》(*Bless Me, Ultima*,1972)绝妙地展示了他讲述神话故事的杰出才能,在该著中他运用魔幻现实主义的表现手法将超自然的元素与现实生活融为一体,揭示了现实世界中善与恶、基督教与印第安土著信仰、白天与黑夜等各种对立势力之间的共存关系,也彰显了奇卡诺人个体身份、群体身份与自然之间密不可分的关系。作者不仅满怀深情地描写新墨西哥家园的田园美景,让日月星辰都成了小说中的人物,而且还把人化为自然风景。小说中民间老游医乌勒蒂玛(Ultima)就这样告诉主人公安东尼奥(Antonio):"我死后,你就在晚风中找我吧,死绝非生命的终结,也非人之价值化为虚无,无非是嵌入风景之中。"①生态批评家斯科特·斯洛维克在评价该小说时指出,该小说所传达的核心信息就是"我们必须敏锐地认识到不同的甚至互相冲突的世界观的存在,我们必须学会宽容,不要让愤怒、恐惧、绝望演变成仇恨。而环境文学和生态批评主要就是培养对他者的敏感性与欣赏他者"②。从这个层面上看,生态批评本身就具有社会维度的指向,具有社会价值与功能,它力荐协调各种不同诉求、不同文化乃至相互冲突的诉求、观点以达成妥协,寻找契合点,这既是生态现实,也是社会现实、文化现实,所以在阿纳亚的文学世界中他就运用"现代主义、社会现实主义、魔幻现实主义及后现代主义"③等表现手法,广收博取,由此可见,他的创作艺术体现了多元整合和混杂性特征,旨在更好地落实他的和解、宽容、融合、和谐之理念。

当然,既能体现阿纳亚多元的创作手法,又能较为充分地表现他生态关切的作品要算他的小说《乌龟》(*Tortuga*,1979)。像詹姆斯·乔伊斯(James Joyce,1882—1941)、T. S. 艾略特(T. S. Eliot,1888—1965)、威廉·福克纳及托马斯·

---

① Allison Amend. *Hispanic-American Writers*. New York: Chelser House Publishers,2010,pp. 21—25.

② Scott Slovic. *Going Away to Think*. Reno: University of Nevada Press,2008,p. 91.

③ Imeld Martín-Junqueraa, ed. *Landscapes of Writing in Chicano Literature*. New York: Palgrave Macmillan,2013,p. 122.

曼(Thomas Mann，1875—1955)等现代主义文学大师一样，首先他为在根基处分崩离析的西方文明深感忧虑不安，因为其支柱神话与信仰彻底崩塌，完全失去了帮助人类与其生存的世界达成和解的意义和力量。其次，他也深刻认识到，神话在调节人之心理方面起着重要的作用，所以各个文化都有传承古老神话之必要，并在当代混乱无序的语境中给予神话重新阐释，赋予新意。有鉴于此，阿纳亚回到丰富的土著美洲神话，以期填补存在之空虚。最后他也同样认为，既然人们已认识到上帝及各种古老神灵已经让人类失望，那么就应该以文学艺术取代宗教，并视之为救赎世界的文化路径。"我们已超越了已知的一切，过去于我们已经毫无价值，我们必须从我们的灰烬中创造，我们的英雄必须从荒原中产生，像荒野中的凤凰一样，它必须从我们僵尸的灰烬中复活。"①《乌龟》就是对古代美洲土著神话的重写，这种重写与现代主义大师对古代神话的重写有诸多契合之处，因而布龙卡诺还分析指出了该作与其他文学作品间所存在的广泛互文性关联，从而从文学层面指出了不同文化、文明在意义内涵、结构布局上的诸多契合。比如，《乌龟》与诺贝尔文学奖得主、德国作家托马斯·曼的长篇小说《魔山》(*Magic Mountain*，1924)、奥地利作家弗兰兹·卡夫卡(Frank Kafka，1883—1924)的小说《变形记》(*Metamorphosis*)及但丁的长诗《神曲》之间存在互文性，尤其对《乌龟》与《神曲》之间的互文关系作了较为详细的探讨，这种多文本、多种文学话语汇聚编织的互文性网络可谓是一幅活生生的艺术生态图景，这里的互文性实际上近乎于生态学中所描述的世界万物间本然存在的普遍相互关联性，从而说明主流白人生态批评与少数族裔生态批评之间存在契合之处，因而在应对共同的环境问题时，主流白人环境主义运动与少数族裔环境诉求之间存在合作的可能性。当然，与主流社会相比较，由于少数族裔迥异的历史文化传统、别样的环境经验及现实生存境遇的差异，少数族裔生态批评学者布龙卡诺在生态探究《乌龟》时，除了发掘这些作品在生态学层面的契合之外，还增添了新的维度，即环境公正维度，尤其是种族视野，从而调整或矫正了白人生态批评的偏颇，深化与拓展了生态批评的学术空间。

布龙卡诺在对《乌龟》与《神曲》进行互文探究时，首先指出二者在生态内涵方面的契合，这主要表现在三个象征不同生态状况的世界，即地狱、炼狱和天堂。两部作品的主要人物都在向导引领下游历地狱、炼狱后升入天堂，全面了解地狱的变

①　Imelda Martín-Junquera, ed. *Landscapes of Writing in Chicano Literature*. New York: Palgrave Macmillan，2013，p. 123.

态与恐怖、炼狱的悔恨与憧憬及天堂的至善与完美,从而深刻领悟了三种境界的生态状况实乃生活在其中的人之精神境界的象征,或者说,他们心灵的客观对应物,同时也暗示了人类摆脱生态困境的路径。对于《神曲》的生态内涵,美国生态批评先驱约瑟夫·W.米克于1972年在生态批评的开山之作《生存的喜剧:文学生态学研究》做了精彩的分析。在生态阐释《神曲》时,米克既揭示人性的自私、贪婪、无知及傲慢等所招致的生态灾难,也发掘其所蕴藏的丰富生态学内涵,从而说明《神曲》是一部具有重要生态启示价值的文学经典。但是,在生态阐释该著时,米克只是一般地考虑人与环境的关系,或者说,只涉及其生态维度,未言及其社会维度。

但丁本来称其伟大的诗作为喜剧(Comedy),可由于一些神职人员误解了其本意,给该诗添上了"神的"(Divine)一词,故误导读者将该作品看成是"一部中世界宗教信仰之教材"。然而,但丁这首长诗实际上是一部生态史诗,因为但丁之目的是"让那些过着如此生活的人摆脱悲惨状态,引导他们过上幸福安康的生活"①。为此,但丁认为,他必须呈现世界的复杂多重性,以让世人明白他们与其他一切存在物之间业已存在的物质与精神的关系。灾难是由于人的视野偏狭所造成的,只要我们全面认识到世界万物之间存在千丝万缕的、相互依存的关系,幸福安康是可能实现的。

从广泛的意义上来说,《神曲》所呈现的生活观是一种生态的生活观。《地狱》所描写的乌烟瘴气的恶劣环境实际上是人的反生态思想行为所招致的生态报应;《炼狱》是个供人学习的场所,让人们增长见识、扩大视野,明白灾难与退化的原因,进而找出摆脱生态困境的策略;《天堂》是在物理上和思想上都极为繁茂芜杂的生态之地,天堂之居民都具有很高的生态意识,他们将自己看成是世上复杂的物理、精神及社会生活的一部分,并强烈地意识到自己与所目睹的事物之间的关系。在天堂,人之意识得到拓展,足以理解万物的复杂性,而不是将复杂性还原为轻易可理解的简单原则。②

与居住在三个象征环境中的人类灵魂一样重要的是环境本身。地狱、炼狱及天堂的环境分别与居住在其中的人的道德、心理状态相对应。当一个人选择了决定他生活的某个具体环境时,他也相应地为建设这个环境出了力,这个环境也完全反映了他的价值。

---

① Joseph W. Meeker. *The Comedy of Survival*. New York: Charles Scribner's Sons, 1972, p. 163.
② Ibid., p. 164.

地狱是道德和生物污染的意象,其物理环境反映了人的道德上的错误,这种意象与现代人口拥挤不堪、高污染的现代工业化技术社会有着惊人的相似。地狱最明显的特征是敌视生命,一切动植物都是丑陋无比、畸形怪异、死气沉沉,整个环境乌烟瘴气,一派乱象、病象,通常与美相关的自然因素蜕变成了遭人类破坏的丑的见证物,也是对人的严厉惩罚。在但丁的世界,任何行动和事件的意义都不能脱离其环境,是环境自身,而不是外在的权威决定其结果。被打入地狱之人都已"丧失了智力的善性"。人之心智要人理解世界并为世界及人的福祉行事,谁不愿意理解世界必然遭到惩罚。但丁将地狱描写成人类污染的环境,而排除野生的或自然的形态的存在实乃但丁的精心创新之笔,因为他要传达这样的信息:人自己是其居住环境的创造者。

炼狱是适宜人居住的环境,那里山清水秀,景色宜人,可并不是由园丁耕作管理的环境。炼狱是一座真正的山,一个让人学习的地方。但丁的向导、古罗马大诗人维吉尔最经典的告诫是:不要紧盯着一个方面,这是他在强调知识的多面性及其诸方面之间的微妙关系时所提出的忠告①。在米克看来,维吉尔的教导实际上都是关于人与世界关系的解释,而不是对神秘世界的探讨。

在地狱及炼狱中,所有人的遭遇都是滥用心智的力量限制或扭曲"永远不会错的"自然过程所招致的恶果。在炼狱的顶层地上乐园(Earthly Paradise)但丁找到了"神圣葱郁的森林",它不是由人耕作、由人管理的标准基督教伊甸园的意象,而是一个有飞禽走兽的野生乐园,多样性是其最显著的特征。但丁的伊甸园绝非静谧的圣地,而是个非常忙碌之地。那里是自然过程与社会、人之智力及精神之力碰撞交汇之地。

至于但丁的天堂,就不能称之为一个环境,而是懂得与创造原则及其过程和谐一致的人的灵魂所体验的状态。天堂是他学习直视生命之源的场所,在这儿,不需要保护镜或研究反射形象,旨在完善其视力。

《天堂》全篇特别强调多样性作为稳定和秩序的必要条件。天堂既不是一个抽象观念,也不是一个禁欲修炼的场所,而是重视身体或肉体经验之价值的场所。天堂代表完成的体验,其中情欲之内涵、背景都受到人的欣赏,因此得到更为充分的享受,远胜于个体的感官满足。但丁升入天堂不是逃离地球,而是极大地拓宽了视

---

① Joseph W. Meeker. *The Comedy of Survival*. New York: Charles Scribner's Sons, 1972, p. 172.

野,从而更全面了解地球。但丁的天堂,尤其是其极乐景象简直就是个顶级生态系统,世界的各个部分,当然也包括人类,交织在一起,没有超越的神灵控制宇宙,宇宙只是一个融一切生命、思想和精神于一体的整体。

总之,米克认为,"整首诗充满了喜剧气氛,它呈现了人适应世界并接受其给定条件的意象,其间,人不逃避、不反抗,也不自以为是地固守人的中心性,因此,《神曲》洋溢着宇宙精神而不是神性启示"①。简言之,但丁对上帝之爱并没有使他远离世界,相反,满怀着近乎艺术杰作生发的情感,以一种新的、非破坏性的方式走向世界。

在情节设置及文学策略上,阿纳亚的《乌龟》可谓亦步亦趋地追随但丁的《神曲》,从而将他的小说变成了多种文学话语交汇的场域。《乌龟》的主人公乌龟也像《神曲》中的但丁一样在神话人物的引导下游历了类似于地狱、炼狱的象征境界之后渐渐接受了龟山脚下医院的环境和生活在其中的奇形怪状、面目狰狞的身残者,从而达到精神宁静与顿悟,如入天堂之境。在《神曲》中,但丁从古希腊——罗马神话中广收博取,以服务于他那个时代意大利的政治与美学现实。阿纳亚则从墨西哥裔—印第安神话中广泛吸取养料,让它们服务于当代奇卡诺人的生活现实、生态现实,从而揭示了环境问题的繁杂。也就是说,生态问题不可被简单、便捷地还原为"科学问题"或"技术问题",因而决不能天真地认为单靠技术理性就可解决。实际上,在《神曲》中,但丁在严厉批判基督教神学和教会的同时,也并未完全认可"理性"的力量,而是保留了几分"健康的怀疑",在《神曲》中他就这样写道:"造福世界的罗马/向来有两个太阳/分别照明两条路径/尘世的路径/和上帝的路径。"②也即是说,欣欣向荣的社会既需要靠理性来规划建设,也需要信仰来约束维护,甚至,他把宗教神学置于哲学之上,把信仰置于理性之上。文艺复兴以降,尤其是启蒙运动以来,西方文明的发展早已证明,对理性尤其技术理性的痴迷必然违背理性的初衷,走向理性的对立面,引发严重的社会悲剧和生态悲剧。对人而言,社会成了约束人的囚笼,造成人之精神萎靡;对自然而言,技术理性导致对自然的宰制。正如德国著名社会学家马克斯·韦伯指出,科技主导下的现代西方文明实际上已经驱除了自然观、社会观中的神话、奥秘、魔幻,这种试图凭借科技理性操控、算计万事

---

① Joseph W. Meeker. *The Comedy of Survival*. New York: Charles Scribner's Sons, 1972, p. 182.
② 郑克鲁主编:《外国文学史》(上册),北京:高等教育出版社,2014年版,第56—66页。

万物的做法,被他称作"世界的祛魅"①,这种祛魅过程对人类来说是个双刃剑,一方面它给人知识,赋予他们力量,另一方面科技以效率和产出的最大化为目标客体化和操纵个体,使他们丧失了灵魂和生命的意义,抹去人性的丰富性、自发性及创造性,将人还原成一个个分裂的社会原子,成了地球上有体无魂、无家可归的浪子、漂泊者。法兰克福学派代表人物阿多诺(Theodor Adorno,1903—1969)与霍克海默(Max Horkheimer,1895—1973)则指出,启蒙思想家借理性来攻击神话和宗教,旨在促进人的解放,结果走向了对立面,"成了强制个体服从现代技术官僚体制安排、组织、规训机制的工具"。启蒙运动所倡导的工具理性竭力以技术统治自然和社会,对不符合计算和功用标准的任何事物都加以怀疑并试图强行改造、重塑,这就是启蒙哲学的思想基础,其恶果就是允许一部分人操纵另一部分人,把人变成物,导致人与自然间关系的疏离,从而造成人的普遍异化、人与人之间的关系和人与自然之间的关系异化,加速环境危机,危及人类自身生存。②

美国著名科学史家林恩·怀特在其影响深远的文章《我们生态危机的历史根源》直接指出生态问题是文化问题,解决生态问题的根本策略是文化策略,决不能将解决生态问题的策略还原为技术或科学问题,正如他指出:"我们在生态问题上是否有所作为取决于我们对关于人与自然之间关系的认识,更多的科学、更多的技术不能帮助我们走出所面临的危机,除非我们找到新的宗教、反思旧的宗教。"在该文中怀特还指出,应用技术的发展导致人与自然关系日趋紧张对立甚至成为生态问题的直接动因。当然,怀特站在西方基督教文明的立场上,力荐绿化基督教,这实际上成了西方环境文化绿化的主流,这种趋势一直延续到 20 世纪 80 年代末。③具体来说,该文将生态危机根源归咎于基督教人类中心主义,认为生态危机所反映的是人类中心主义思想主导下的西方文化危机,并希望以生态中心主义思想取而代之。尽管用人类中心主义/生态中心主义的二元对立模式阐释危机根源和探寻解决危机之道显得天真,但怀特将生态危机界定为文化危机的观点,是颇具前瞻性和颇为深刻的。此外,他的西方中心主义的观点也失之偏颇,因为它排斥了其他文

---

① Marvin Perry. *An Intellectual History of Modern Europe*. Boston: Houghton Mifflin Company, 1993, pp. 330—331.

② Ibid., pp. 444—445.

③ Lynn White. "The Historical Roots of Our Ecologic Crisis." In *The Ecocriticism Reader: Landmarks in Literary Ecology*. Ed. Cheryll,Glotfelty and Harold Fromm. Athens: University of Georgia Press, 1996, p. 12.

化,尤其少数族裔文化、土著文化参与危机解决的可能性及其价值。对此,著名美籍华裔学者杜维有迥然不同的看法。在他看来,人类要有效应对全球环境问题,必须进行跨文明生态对话。他的《超越启蒙心态》("Beyond the Enlightenment Mentality")一文可谓是跨文明生态对话的重要文献。在他看来,解决全球生态问题、建构全球共同体的根本出路是一方面要超越启蒙心态,另一方面要深挖三种传统精神文化的生态资源,即:第一种精神资源是以希腊哲学、犹太教和基督教为主体的西方伦理宗教传统;第二种精神资源来自非西方的轴心时代的文明,包括印度教、耆那教、南亚和东南亚佛教、东亚儒学、道教以及伊斯兰教;第三种精神资源包括一些原初传统:美国土著人的、夏威夷人的、毛利人的,以及大量的部落本土宗教。①美国环境哲学家 J. B. 科里考特主张建构一种全球共享的国际环境伦理与植根本土传统文化的多种环境伦理相互激荡的生态型人类文化,以便能"立足本地,放眼全球",从而更有效地应对全球生态危机②。也就是说,要解决全球环境问题,人类必须在大的环境原则达成共识,据此让多元文化参与环境协商对话,考量各文化的生态、生存关切,这实际上承认了各种文化参与生态的必要性与价值,从而有可能形成全球多元文化生态联盟。

当然,《乌龟》也具有强烈的现实针对性,或者说,是一部现实主义作品。像阿纳亚的其他作品一样,该作强烈关注美国西南地区的印第安人和梅斯蒂索混血儿的生存状况,坚持不懈地为他们拥有土地的权利而辩护。主人公乌龟是根据他所代表的动物取名,旨在期望他能与自然和谐共生,他在游历地狱,目睹了人类经历的巨大痛苦遭遇之后回到地上,终于与生命、自我及赋予前二者意义的土地达成和解。在龟山下,众多的无家可归的身残者在一个自足、自律的小世界中苦苦挣扎,苟延残喘,善恶竞相影响这些面目可憎的人形动物。主人公乌龟只是一个正遭受围攻的奇卡诺文化中的普通人,他的瘫痪病也是他社区所患的病,作者阿纳亚让他康复实际上告诉墨西哥裔美国人"要找到摆脱枷锁,走出麻木不仁的状态"。生活在荒原中医院里的身残者实际上是来自社会各阶层,他们中有白人、印第安人、墨

---

① Tu Wei-ming. "Beyond the Enlightenment Mentality." In *Worldviews and Ecology*: *Religion, Philosophy, and the Environment*. Ed. Mary Evelyn Tucker and John A. Grim. New York: Orbis Books, 1994, pp. 19—28.

② J. Baird. Callicott. "Toward a Global Environmental Ethics." In *Worldviews and Ecology*: *Religion, Philosophy, and the Environment*. Ed. Mary Evelyn Tucker and John A. Grim. New York: Orbis Books, 1994, pp. 30—38.

西哥裔美国人及其他有色族的代表,因而医院是社会的缩影,种族或族裔归属在医院管理中起着重要作用,正如在社会体制中一样成为区分等级的界线,生活在其中的人都为了自己的利益使出浑身解数,在此,各种人的本性都得到充分的彰显,因而医院完全可以显示人的伟大与卑微。

阿纳亚运用魔幻现实主义的手法,充分借用常常掺杂了世界其他神话元素的美洲土著神话,既是为了解释人生痛苦之谜团,更是为了提供人之为人、人在宇宙中恰适位置的证据,以便告诫人们如何正确处理人与万物生灵之间的关系。在该著作中,印第安神话人物萨洛蒙(Salomón)对于主人公乌龟来说就像导师、先知,他的人生经历与成长成了指导乌龟成长的教科书,最终乌龟成了萨洛蒙的化身,不仅自己获得了凤凰涅槃般的重生,也帮助他的族群摆脱被奴役、绝望、麻痹的状态,获得文化自信,进而获得新生。根据萨洛蒙的介绍,他的伤残就是因杀戮自然所致,大胆放肆屠杀巨龟而亵渎自然,被判入地狱般黑暗的"地下花园",因瘫痪卧床不起,宛若死尸,仅有两只眼睛和舌头勉强让他活了下来,是因犯下环境罪而遭到的报应。该花园是地狱的最后一层,生活在此人都是一些重犯,他们个个畸形怪异、缺胳膊断腿、"骨瘦如柴,居然还活着!……仅靠空气和糖水为生……"当然,最终萨洛蒙因讲述自己伤痛的故事,成了"无所不知的良知",引导他的社区走出精神麻木的状态,获得生态觉醒,并发出声音。他的顿悟和精神复苏实际上是通过与自然的亲密接触获得的,一个普通的蝴蝶揭示了万物的本质与和谐,与自然的交融让他接受自己的悲剧命运、领悟了生命的真谛——"生命是神圣的,即使在荒原之中,在黑暗的病房,也是如此",生命的秘密就是爱,爱是统摄所有叙事的共同主题,就得走"太阳之路"——"用爱编织的宇宙和谐"。这是阿纳亚一个新的太阳转化神学,转变成新太阳的人类照亮新的世界,他的理念反映了万物归一的信仰,追求和谐、本真及澄明。当然,这种难得的信息只有通过魔幻现实主义手法方能传达,是美洲新世界本土独有的叙事方法,这种叙事模式为理解现实开辟了新的维度,对此,理性的双眼常常是难以观察,因而被人界定为"奇幻现实"。譬如,该小说中讲了这样一个奇幻故事:在某个阳光明媚早晨,一只巨型蝴蝶飞进他的窗户,在他的伤口上播下金色的花粉和它的卵,好像他既是花又是蝴蝶,让他授粉,这样一种充满诗意的做爱的仪式彻底改变了他的存在。他曾是神的弃儿,但由于奇迹般的事发生在他身上,忽然感到他血液中卵的力量,生命的种子在他身上生长,"每当他说话时,许多美丽的蝴蝶从他的嘴里蹦出,它们从他的灵魂中飞出,带着爱的话语,每只都带着一个新的故事,每个故事都承载同一个主题——生命是神圣的……"①

主人公乌龟探寻自我澄明是《乌龟》的一个基本主题,然而乌龟却走得更远,因为他自我觉醒的实现取决于他对社区的责任,一旦他"歌唱"或讲述他的同胞的故事——艰难困苦与悲欢离合,他的命运也将成为现实。呈现主角并非一蹴而就而是一个表达创造力的循序渐进的过程,因为他必须不断提高自己的能力才能兑现自己的承诺。

简言之,通过讲故事,萨洛蒙超越了生死,并把生命之真谛和生存之大智慧传递给主人公乌龟及其他社区的人们,他成了为社区生存而战斗的领袖、歌者、巫医、故事大王,护送主人公完成地府历程,就等于给了他争取社会和环境公正的武器。当然,作为一个著名墨西哥裔美国文学家,阿纳亚特别看重讲故事的能力,尤其是讲述相互包容和相互尊重的传奇故事,这样就能让所有种族都能栖居土地,能生活在像阿兹特兰一样融合神话与现实的家园,一个无边界的每个人都共享的家园,一个既是现实的又是精神的家园,因为家园一直存在于我们自己的故事里。

根据上文分析可见,在讲述神话故事过程中,阿纳亚突出拉美魔幻现实主义的底色,并将《乌龟》故事置于与西方多部经典编织的宽泛的互文性语境中开展对话、沟通,吸纳印第安神话故事,熔铸现代主义、社会现实主义、魔幻现实主义及后现代主义表现手法于一炉,体现了多元整合和混杂性的特征,旨在最好地落实他的和解、宽容、融合、和谐之理念,充分彰显了奇卡诺文学的生态底色。

三　莫拉的生态文化诉求:文化多元性与生态多样性的互动

作为当今少数民族一员的奇卡诺诗人莫拉极力倡导生态多样性与文化多元化的互动,并且指出文化多元性保护的重要性与紧迫性,所以在她的作品中,她既反对一国之内任何单一的民族文化主宰、同化其他民族文化的主张,也反对国际文化帝国主义。在她看来,一种文化能够而且必须跨越政治界限,同时也因忠实于自己的地方而存在。在她的散文集《内潘特拉:来自中部的散文集》(*Nepantla:Essays from the Land in the Middle*),莫拉写道:"美国有机会和义务向正在出现代议制政府的世界表明,对于民主政府而言,培育多元化是至关重要的而不是无关痛痒的

---

① Imelda Martín-Junquera, ed. *Landscapes of Writing in Chicano Literature*. New York: Palgrave Macmillan, 2013, pp. 127—128.

任务"，她用"培育"①(nurturing)这个词并非是偶然的巧合，因为她认识到自然和文化的多元性是人类生命网中的组成线条，人类只是巨大的地球生命网中的一条线。为此，莫拉怀着与历史遗产保护和自然保护一样的热情竭力呼吁重视文化保护。借助她的诗歌和散文，莫拉充分表达了对自然多样性和文化多元性之间的内在关系的认识，并探讨文化保护的策略。

莫拉指出："对自己的文化身份，我们必须培育一套共同的语言、象征和意义，它远见卓识，令人自豪，这不是因为留恋往昔或浪漫主义的情怀，而是因为这种自豪感对我们的生存至关重要。在当今国际技术和经济相互依存的时代，人类的这种压迫性的、均质化的倾向威胁着我们所有的人"②，人类文化的多元性只有依靠被边缘化和受压制的团体实施的文化保护才能得到维护，他们抗争、捍卫、恢复他们的文化遗产以建构未来。为此，生态批评家、生态文学家们极力呼吁维护文化的多元性，极力维护让生态多样和文化多元的健康互动。

莫拉在她的诗集《颂歌》(Chants)中提出了保护文化遗产的一些具体方法，比如，重新讲述古老的传说，废除自己文化以外的人对自己文化的阐释，弘扬以谦卑、尊重、关爱等美德为主导的人与非人类自然关系等。在她的诗集《边界》(Borders)中，莫拉一方面强调拯救和捍卫文化遗产，另一方面，她又认识到保护文化遗产以及在美国跨越"边界"传播过程中存在的困难。在此，"边界"不仅指性别之间的"边界"，也指语言文化、价值观等的"边界"。所以，跨文化传播总是"似是非是"③(like but unlike)的翻译，在其过程中，为了理解他人的愿望、需求、文化、遗产等，差异是不能被抹去的。当一种文化宣称具有普世性，称霸一方，主宰另一文化的生活时，翻译、沟通已经不复存在。虽然诗集《边界》涉及许多问题，但是自始至终都没有忘记谈论人与大地的关系。《80 岁的女医生》是其中一首诗，该诗讲述了一位民间女医生，像仪式一般，每天早上都要去菜园劳作，其目的是让她自己永远不忘植物生命具有的治疗、康复的特性，借此永远与大地相依。

> 多么刺激的味道，
>
> 我指尖的花草，

---

① Patrick D. Murphy. *Farther Afield in the Study of Nature-Oriented Literature*. Charlottesville: University Press of Virginia, 2000, p. 132.

② Ibid., p. 134.

③ Ibid., p. 139.

其疗效显著，

我的病人常常告诉我。①

在莫拉的眼里，民间医生成了民族文化传承的代表人物，保护民间文化就是保护文化的多元性，就是保护文化与大地的亲缘关系。所以，莫拉的《边界》中的另外一首诗《秘密》的第三节这样写道：

这样一位向导，一位女人，

教会我们屈向大地的艺术，

静静地倾听、感觉大地。②

在另一诗集《交流》(Communion)中，莫拉不仅将种植花草等民间技艺看成是人与大地沟通的桥梁，而且也是抵御文化同化、保持文化身份、培育后代的策略，甚至是重建和保护社区的基础。所以，即使你离开故土，来到喧嚣的大都市，仍然保持种花草的传统，这样你就依然植根于大地，保存自己的传统，抵御文化同化和身份的丧失，因为大地是智慧和康复力量的源泉，"没有了土壤，我们将会失落"，"城市，是充满机遇的闪亮的地方，然而展示给印第安人、他们的家庭以及文化的是争斗，带给他们的常常是毁灭"。③

在生态批评家默菲看来，莫拉的作品中蕴含着浓烈的多元文化的生态情感(ecological sensibility of multiculturality)。在此，生态(ecological)有两层意思：一、从生态系统的角度看，"生态"指的是一整套必要的人类——大地关系的隐喻。正如莫拉认为，"因为人类是自然世界的一部分，所以我们必须确保我们在大地上独特的表达方式，无论是艺术形式还是语言形式，让它成为我们民族或国际保护运动的重要工作"。二、将环境看成是文化遗产和文化连续性的组成部分。也就是说，风景指的是悠久的家族传统，这种传统不仅连接大地而且受它的滋养。正如雷沃列多认为的那样，"最近的作家走向过去的丰富多彩的文化遗产，目的是找到一种具有再生能力和变革能力的身份感，以建设未来"。④ 也就是说，文化是自然环境的产物，自然环境也受制于文化的影响。所以，文化保护与自然保护并行不悖，

---

① Patrick D. Murphy. *Farther Afield in the Study of Nature-Oriented Literature*. Charlottesville: University Press of Virginia, 2000, p. 140.

② Ibid., p. 140.

③ Ibid., pp. 142—143.

④ Ibid., p. 144.

实际同一。

莫拉一直在寻找一种文化的黏结剂,它并不消除民族之间的差异性,相反,它承认个人、社区、民族的多元性,这种文化的黏结剂也成了生态多元文化性的组成部分。总之,莫拉强调指出,"她的愿望是成为多种声音之中的一种,而不是唯一的声音,因为我们知道社区中蕴藏丰富的多元性,我们希望别人也认识到这是人类的财富"①。

文化多元性的消失,单一文化的存在,不仅意味着多元生态系统的消失,同时也意味着人类未来发展多种可能性的消失,人类前景的渺茫,这与物种稀少不利于生态系统的繁荣、稳定、美丽是一样的。文化的多元性不仅有利于人类的繁荣,还有利于自然生态的繁荣、健康、稳定,在科技高度发达的今天,人类仿佛具有了完全征服自然的能力,因此,维护文化的多元化至关重要,保护文化多元就是保护生态的多样化,就是保护地球,也是保护人类自身。健康的、富有生机的人类文化一定是多元文化的互动共存,也是自然与文化的互动共存。生态的多样性与文化多元性永远并行不悖,前者为后者不断注入生机与力量,后者为前者的健康发展提供保障。

简言之,保护文化的多元性与保护生态的多样性是一致的。没有文化的多元化就没有生态的多样性,没有了生物的多样性,生态系统将会遭受毁灭性打击,人类自身的生存将不可持续,保护文化多元化就是保护生物多样性,就是保护人与自然的和谐共存。在当今生态危机的时代,维护文化多元性更具紧迫性和现实意义,是生死攸关的头等大事。但是,在当今的自然保护运动和文化保护中隐藏着严重的虚假与虚伪,或曰"虚假自然文化保护",对此,生态批评学者予以深刻揭露与谴责。

第四节　奇卡诺文学环境主义与美国的移民政策

奇卡诺生态批评也可称之为文学环境主义,是一种去殖民的环境主义,与主流社会专注于生态保护、荒野保护、濒危物种保护、应对全球气候变暖等有着迥然不

---

① Patrick D. Murphy. *Farther Afield in the Study of Nature-Oriented Literature*. Charlottesville: University Press of Virginia, 2000, pp. 144−145.

同的特征,它的每一次具有环境意识的尝试或每一个具有环境保护意识的事件都与社会公正诉求密切相关,突显奇卡诺理想与其正发生的、为独特的存在和认知方式创造空间的斗争之间业已存在的本然关联。"不像倾向明确划分社会与自然之间界线的主流环境主义,奇卡诺环境主义将社会不公和环境破坏看成是社会不平等、冷漠无情这一相同社会结构的组成部分。"①换句话说,奇卡诺环境主义是基于社会与自然整体合一的世界观,与基于二元论的主流环境主义的世界观截然不同。

在美国,无论政界还是学界都对美国的移民政策持有不同的甚至似是而非的观点,其中一种观点就是反对移民,尤其是非法移民,这种观点大体可称为反对派,前任美国总统唐纳德·特朗普(Donald Trump)在2015年6月宣布参选时就提出在墨西哥与美国边界修筑一道隔离墙计划,以阻止墨西哥非法移民的入侵,因为非法移民会给美国国家安全、就业及环境等带来严重问题。顺便一提,许多欧洲国家早已经开始,或正在议定修筑隔离墙。比如,2015年9月20日,在法国边境城市加莱修筑的"加莱长城"正式动工,英国政府斥巨资修建的这道隔离墙,其目的是防止难民通过海底隧道涌入英国。难民简直成了洪水猛兽,成了灾难,西方富国唯恐避之不及。② 在2009年美国期刊《环境伦理学》(*Environmental Ethics*)的春季一期上,美国环境哲学家菲利普·卡法拉(Phillip Cafaro)和生物学家温思罗普·斯特普尔斯(Winthrop Staples II)就撰文以环境议题反对移民。2015年卡法拉还出版专著《多少才算太多:反对美国移民的进步观点》(*How Many Is Too Many*:*The Progressive Argument Against Immigration into the United States*)进一步阐明他对移民政策的看法。在他看来,美国当前高水平移民破坏了构建经济上更为公正、生态上更可持续的社会基础,过多的移民严重影响了美国普通家庭的财富公平分配、经济保障、美国领土内的其他物种保护及确保普通美国公民充分享有政治权利等议题,因此所有进步人士都应支持美国降低移民数量的政策。近年来,由于全球经济的不景气,在美国国内一种本土保护主义的反移民情绪日益高涨,反对者总是动用一切资源支撑自己的观点,当然,"环境"常常是方便利用的借口。什么移民总是"疯狂地"扔垃圾、在红杉树林乱喷洒农药、将会把我们变成"第三世界的地狱""他们无所顾忌,将会烧毁资本主义的舞台""他们没有垃圾的概念"。反对派可谓

---

① Priscilla Solis Ybarra. *Writing the Good Life*:*Mexican American Literature and the Environment*. Tucson:The University of Arizona Press,2016,pp. 169—170.

② 颜颖颛:《这些国家为何热衷修隔离墙》,《文摘周报》,2016年9月30日,第4版。

竭尽全力抹黑外来移民,更不可能想到来自拉美的移民有什么环境知识。实际上,根据我们的分析,西语裔美国人,包括移民,对人与自然之间的关系有着自己深刻的理解,也有独特的环境体验,更有自己文化所特有的与自然和谐共生的生存价值观,只不过因为他们的文化庞杂多彩且未得到应有的理解,又长期处于主流世界的边缘,由此常常背上了缺乏环境意识的黑锅而遭遇偏见和排斥。

平心而论,当今困扰欧美的难民潮不光是欧美的问题,也是困扰世界的难题,不仅给相关国家带来不少难以预料的社会问题,引发了人道主义灾难,也给世界带来难以估量的潜在安全隐患,因为走投无路或深陷绝境的难民有可能被恐怖组织利用,成为其后备力量。然而,欧美发达国家很少探究难民潮产生的深层社会根源,它们所做的基本上是一些表面文章,企图敷衍、拖延、推诿了事,甚至以邻为壑,或像特朗普所主张的那样修筑隔离墙。在笔者看来,难民潮根源在于西方发达国家长期主导下的不平等的甚至掠夺性的国际经济政治秩序,要从根源上解决难民问题,就必须调整乃至重构世界政治经济秩序,否则,所有的策略无非是头痛医头、脚痛医脚的权宜之计,它们无论修筑多么高的隔离墙也不能阻断难民们求生的欲望,正如柏林墙的残垣断壁上的标语所言,"最终,所有的围墙都会倒塌"①,因为靠暴力修筑、维护的墙终究被暴力摧毁,更可怕的是,人们之间那难以穿透的、冷酷的"心墙",它会生冷、生怨、生恨,生暴力。就美国而言,广大移民不是美国社会问题的根源,更不是"白人的负担",恰恰相反,他们给美国社会带来了巨大、切实的"红利"。移民政策反对派将反移民立场与道义上正确的环境实践联系在一起,似乎客观真实,令人信服。然而,稍加分析,仔细观察,就会发现,真正缺乏环境意识的不是移民而是美国人,是信奉、吹捧、践行消费主义,过着高消费的、体面的生活方式的广大美国人。作为民族国家,美国在星球上的生态脚印最大,作为美国人的个体,个人的生态脚印也是最大的,说明白点,无论从国家层面还是个体层面来看,美国是占有、消耗资源最多的国家,与此同时,给星球带来的生态破坏也最大。由此可见,美国人口的增长将导致美国生态脚印更大。然而,美国政府环保口号的调门却最高、最响、最动听。从这个角度看,紧缩移民的政策似乎是对的。我们甚至可以这样说,从历史与现实视野来看,以美国为代表的第一世界既能拥有良好的自然环境,享有高消费的生活方式,也能保持持续的经济繁荣,是建立在对少数族群、有

---

① 颜颖颛:《这些国家为何热衷修隔离墙》,《文摘周报》,2016 年 9 月 30 日,第 4 版。

色人种以及非西方发展中国家生态剥削、生态殖民的基础之上的，因此全球环境的恶化与不公正的经济秩序密切相关。正如汤姆·克努森在《转嫁痛苦：世界资源供养加州不断膨胀的胃口》一文中写道：美国加州当时拥有人口 3400 万，如果把它当作一个独立的经济体，那它将是世界上第五大经济体。但是，长期以来它一直是消费的多，生产的少。今天，它坚持保护国内的自然资源，然而却破纪录地从别的地方进口资源，已经引起了世界环境的生态反弹。它将"生产自然资源的痛苦（水污染、燃气事故、人与森林的冲突）输出到远离美国的各个角落，输出到眼不见心不烦的地方。加州是个不愿面对痛苦事实的地方"。加州对环境保护表现出极大的热情，可谓"疯狂地保护"，与此同时，加州也"疯狂地消费"。由于其依赖进口资源而又疯狂的消费，从而对输出国的自然环境、文化以及人们的生计造成了毁灭性的打击。因此，克努森认为，"我们不仅转嫁恶果，而且还放大恶果，因为我们将其转嫁给无严厉的环境控制手段的国家"。[①] 从某种角度来看，保护与消费之间的矛盾暴露了加州及美国环境保护运动的虚伪。

为什么要将环境问题及其他社会问题归咎于移民，而不怪罪于美国超级消费的生活方式呢？实际上，在伊巴拉看来，这些移民，无论他们是合法的还是非法的，同美国少数族群一样，有助于扭转消费主义浪潮，减轻环境压力，因为生活在社会经济边缘的人因生活所迫常常已养成了简朴的习惯，有时简朴成了文化遗产的一部分，这些都值得美国主流文化借鉴学习。

卡法拉和斯特普尔斯在文中探讨了减轻环境压力的策略，比如，降低消费率，通过制定法律削减合法移民，打击非法移民，重新议定外贸协定及增加对外援助，等等。在伊巴拉看来，要在世界上最大的经济体降低消费率，可谓比登天还难，即使要做，也收效甚微。至于其他策略，伊巴拉也逐一给予了回应。比如，卡法拉和斯特普尔斯在探讨美国的外交政策时已清楚表明，美国是将其他国家看成贸易伙伴和自然资源而不是自足的地区。滑稽的是，他们主张限制移民有助于改善全球环境时，却把美国看成是环境自足的实体。实际上，我们居住的星球在生态、政治、社会及经济等方面已经紧密交错在一起，没有哪个国家可孤立自足地存在，只想从与其他国家的交往中单向获取好处，奉行自私自利的本土保护主义政策显然行不通，盲目排外的愿望也很不理智。由此看来，反移民话语很动听，但要顺应这种浪

---

① Tom Knudson. "Shifting the Pain: World's Resources Feed California's Growing Appetite." In *Annual Editions: Global Issues* 2004/2005，2005，pp. 42—43.

潮确实不易,因为经不起理性的推敲和现实的拷问。可悲的是,"环境本土保护主义话语小瞧了美国有色族群,对其多样性也视而不见,也直接侮辱了生态关联性的理念,好像在整个星球气候处于危急的时刻,只要守住政治边界就会解决问题。最好的做法是先去探究导致环境灾难的根源——诸如掠夺性的外贸交易、廉价的进口商品,不要盲目地巩固那些虚幻的边疆"①。美国政府若真的关心全球变暖、全球贫困等问题,就去认真检视一下它主导的各种不平等的贸易协定吧,该废除的就废除,该修订的就修订,因为这些协定实际上破坏了其他国家的经济,加深和扩大了它们的贫困,践踏了它们的环境保护措施,恶化了它们的生存环境,这实际上加大了向美国移民的势头。

如果我们要深入分析一下美国移民到底给美国社会带来什么,是利大,还是弊大? 当然是利大于弊。为此,伊巴拉分析了两位奇卡诺作家乌雷亚(Luis Alberto Urrea)和卡斯蒂略的作品以考究移民、社会公正及环境问题之间的纠葛,阐明奇卡诺文化所蕴藏的基于生存的深沉环境内涵。乌雷亚的《魔鬼公路》(The Devil's Highway,2004)与卡斯蒂略的《守护者》(The Guardians,2007)。两部著作主要涉及美国—墨西哥政治边界沙漠地区的移民及其日益恶化的悲剧问题,前者写实,后者虚构。《魔鬼公路》主要讲述了26位试图穿越墨西哥边境进入美国南部亚利桑那州沙漠的非法移民,其中14位死在索诺兰沙漠,作者分析指出,导致悲剧产生的根本原因是边界两边的政策错误和经济差异。乌雷亚在历史回顾穿越被称为"魔鬼公路"的索诺兰沙漠时指出,或者是出于认识上的无知,或者是出于自然条件恶劣,这一地区鲜见人的踪影,但早期有西班牙的"探险家"和美国"先驱者"曾经光顾此地。只有北美印第安人的一个部落托赫诺奥哈姆族(Tohono O'odham)已生活在那里几千年,因此被称为"沙漠民族"。他们的家园也被政治边界肢解了。这些来自墨西哥和中美洲的移民将生死置之度外,大胆穿越恶劣环境,企图为自己、为孩子追求美好前程。令人遗憾的是,他们不仅不能享有探险家和先驱者的美誉,而且被迫扣上罪犯、非法移民的帽子。该著将最恶劣的环境与这些最亡命的穿越者并置是为了诉说今天不断上演的背井离乡和政策失败的真实故事。那里"荆棘丛生,毒草遍地""狼群夜间出没,凶神恶煞",魔鬼公路就是"无名死者的大坟场""在这块大沙漠地区我们都是非法外来者"。当然,乌雷亚这么说不是为声援本土

---

① Priscilla Solis Ybarra. *Writing the Good Life*: *Mexican American Literature and the Environment*. Tucson: The University of Arizona Press, 2016, p. 172.

保护主义的标签,而是要改变这个标签的语境,这些人千方百计都想在此生存。正如有论者这样精辟地指出:乌雷亚"重新语境化'我们',以便将前者的'他们'也包括进来——一个拥有足够灵活、流动边界的'我们',这样'非法的外来者'和美国公民就能同时居住于此"。① 实际上,人类共性多于差异,我们应该认真思考,弄清分割我们的边界和贸易政策何以迫使我们的同类踏上这片土地,即使他们一直遭人鄙视。

在乌雷亚看来,最早策划从墨西哥中部向北移民到今天的美国—墨西哥边境地区的是欧洲人:"移民,向北去是个白色现象,欧洲人构想和发起了北去的狂热,正如今天居住在美国的欧洲白人为此感到痛惜。"② 让人感到滑稽的是,北去进入索诺兰沙漠的人被誉为征服者,在北美东海岸登录的被尊为圣徒,西进的欧洲人被赞为开拓者,当然,也是打着"天定命运"的神圣旗号大肆屠杀印第安土著民族的恶魔,是自然生态的毁灭者。今天的移民潮不再是白色现象,因而遭到否定、抹黑,造成这种情况的原因在于不公正的世界政治经济秩序,错误的移民政策迫使来自南部的梅斯蒂索人和土著人背井离乡到今天的全球北方(Global North)的田野、工厂谋生,他们因为缺乏对白色的认同遭到墨西哥和美国当局的质疑,从而导致生活陷入绝境。表面上看,美国政府为这些非法移民提供了公共服务,也有所付出,然而,根据乌雷亚认真的分析研究,他们实际上并未占美国政府的便宜,相反,美国从移民纳税中大赚一把,对此美国政府一直保持沉默,对移民的贡献未给予承认,从而暴露了美国移民政策和本土保护主义主张的荒诞、滑稽、虚伪。

卡斯蒂略在她小说《守护者》中也展开对移民政策的讨论。这是一部21世纪初的现实主义小说,她用魔幻般的笔触将移民、贩毒、人口贩卖、女性杀害、黑帮及环境不公等诸多议题编织在一起,揭示环境议题与诸多社会问题之间的复杂交错。该著讲述了女主角丽贾娜(Regina)和她侄子加博(Gabon)在美墨边境城市埃尔帕索等待来自墨西的哥哥拉法(Rafa)非法越境团聚的故事,该著由此提出了一个严峻的问题:许多美国公民从非法劳工的劳动、人口贩卖的黑市及毒品加工生产中受益,可为什么要禁止越境者?该著利用干燥贫瘠的奇瓦瓦沙漠和富兰克林山区作为背景,呈现了边陲危机,诸如:经费短缺的学校、迷茫的青年、毒性的环境、凶杀盛

---

① Priscilla Solis Ybarra. *Writing the Good Life*: *Mexican American Literature and the Environment*. Tucson: The University of Arizona Press, 2016, p. 183.

② Ibid.

行、人们入不敷出,这些严重问题并非美墨边境独有,而是腐败政策和种族偏见导致的,该小说进一步深化了有关美国移民政策、环境及社会公正等问题的讨论,贫瘠、可怕的沙漠不只是作为背景而存在,而成了文学、文化的象征。丽贾娜家人及其朋友们的无助与伤痛故事栩栩如生地再现了边境的危机,这种危机包括污水横流的生存环境、环境的不公、环境滋生的疾病、贩毒、绑架、杀人等,犹如《圣经·新约》中的大灾难,而政府的不作为与腐败无能让人感到无助、绝望,因而急需像耶稣一样的救世主的出现。加博就是一位可能的救世主,因为他和他的姑姑丽贾娜试图通过个人的行动"扭转乾坤"。在批评家德尔加迪略(Theresa Delgadillo)看来,"加博和他姑姑丽贾娜胸怀大志,决心通过宗教信仰、社区改善抗击他们周围的社会顽疾,他们的希望之火种与他们周围的世界形成巨大的反差"①。伊巴拉指出,该小说要传达的不是边疆生活的悲观绝望,而是给读者提供机会,让他们认识到该地区的许多问题是紧密相关的,与此同时,由于丽贾娜的故事是小说的主要叙事,因而她的社区公园和其他工程也给人以希望之曙光,"只要我们共同努力,从基层的小事做起,就可以对付所面临的各种挑战"②。

尽管美国社会政界、学界甚至民间以生态议题反对移民的呼声很有市场,并有逐渐高涨的势头,也导致当下整个美国社会,无论是官方,还是民间,孤立主义、保守主义、本土保护主义、排外主义及种族主义偏见相当盛行。然而,移民,甚至非法移民给美国政府带去了很大的红利,给美国民间带去了实际的好处,只是没有被认可,甚至还背上破坏环境、影响社会稳定、抢美国人饭碗的黑锅。

如果站在环境公正的立场,透过奇卡诺生态批评的视野,联系美国乃至欧美白人殖民美洲的历史,对话美国政府的移民政策,多视角重审美国主流环境叙事,就可驱散笼罩在移民浪潮议题上的层层"生态迷雾",暴露美国主流环境主义所隐含的根深蒂固的种族歧视、排外主义、生态工具主义等偏执倾向,进而为构建普遍公平、正义、绿色的社会开辟现实可行的文化路径。

---

① Theresa Delgadillo. "The Criticality of Latino/a Fiction in the Twenty First Century. " In *American Literary History* 23—3(Fall, 2011), p. 616.

② Priscilla Solis Ybarra. *Writing the Good Life: Mexican American Literature and the Environment*. Tucson: The University of Arizona Press, 2016, pp. 185—186.

余　论

通过上文分析可知,由于美国黑人文化、印第安文化及奇卡诺文化与主流白人文化之间是互为异质的文化,更由于在白人踏上美洲大陆以后的几百年时间里各少数族裔人民在美洲大陆(美国)伤痛遭遇的历史与白人重构伊甸园的"恢弘"殖民历史迥异,他们不同甚至对立的历史或叙事就犬牙交错地缠绕在一起,由此铸就了各少数族裔族群独特的环境经验,进而界定了他们文学或文化特殊的环境特性,因而各少数族生态批评在阐释文学、文化生态时,总是在对话、质疑、颠覆、解构、重构或拓展主流白人生态批评的过程中展开,甚至可以这样说,美国少数族裔生态批评是在与主流白人生态批评的对立中开展生态议题的讨论,在否定抑或拓展其生态中心主义思想基础的过程中构建自己的生态批评理论,具有明确的环境公正和社会生态学取向。具而言之,在阐释环境危机根源时突出其世俗的现实社会政治因素;在探寻解决环境问题的对策时,重视社会公平正义和人之基本生存,尤其是少数族裔的生存问题,探寻"濒危的"少数族裔与濒危的动植物共同救赎的文化与现实路径。简要地说,美国各少数族裔生态批评都主张站在环境公正的立场,透过各自族群的文化视野,联系各自族群难以言状的伤痛历史遭遇,重审白人文学、文化生态,涤除无处不在的环境种族主义,发掘、凸显自己文学、文化的生态内涵,重构环境文学史,探寻既能兼容生态公正维度和社会公正维度,又能有效应对日益恶化的环境危机的可持续多元文化路径。

通过对美国少数族裔生态批评进行全面深入的研究后发现,它们表现出一些相近或相同的特征,这些特征与第一阶段主流白人生态批评存在明显的区别,大致可归纳如下:

(1)种族视野本位。因为种族是环境公正理论的核心范畴,因此多种族视野显然成了少数族裔生态批评的主导视野,从而昭示了其与主流白人生态批评迥然不同的学术立场。在探讨人与环境之间的关系及探寻解决环境问题的文化与现实路径时,少数族裔生态批评拒绝脱离具体的历史文化语境,笼而统之地玄谈无关种族的或种族中立的,甚至生物学意义上的"人"与环境之间的关系,要求紧密联系各少数族群独特的历史、文化传统及其独特的环境经验。比如,在探讨黑人文学与环境之间的关系时,就必须考虑种族主义、奴隶制的历史及其遗产对他们环境经验及其对他们自然观的深刻影响;在探讨印第安文学与环境之间的关系时,就需联系他们文化中万物有灵、有生命的神圣宇宙观对他们环境经验的影响、他们对待自然万物的态度及环境健康与个体和族群精神健康之间的关联等;在探讨奇卡诺文学与环境之间的关系,就必须联系美国殖民主义和帝国主义的历史对墨西哥裔美国人环境经验及其与自然之间关系的影响,等等。

(2)跨文化生态对话特征增强。少数族裔生态批评总是在对话、质疑、矫正、颠覆甚至重构主流白人生态批评的过程中展开学术探讨,在对话中彰显各自文化的生态智慧,超越欧美主流生态批评的区域主义文本中心、自然书写及荒野保护取向的偏见。比如,少数族裔生态批评学者要求透过多元文化视野重新界定主流环境主义的"环境"概念,"环境"不指别处,就指人们日常生活、工作、祈祷、娱乐之地。也即是,一切环境,无论是自然的还是人工的,像城市环境;无论是有形的物理环境,还是那些无形的、象征的、非物理环境,像互联网虚拟空间,都被纳入生态批评的考察范围。少数族裔生态批评也由此从荒野回家,回到人与自然交汇的中间地带,回到城市,甚至回到自家的花园。

(3)经典的解构与重构。具体表现在两个方面:一是对白人环境经典作家及环境经典作品的解构,二是少数族裔环境文学传统及其环境经典的建构。少数族裔生态批评学者认为,"环境特性"是一切文学、文化文本的共性,主张突破以生态中心主义/人类中心主义模式来阐释环境文学,超越以梭罗的《瓦尔登湖》范式来界定环境文学经典,引入多元文化视野,构建自己的环境文学传统和环境经典,从而极大地拓展了环境经典的范围,即便像《瓦尔登湖》、爱德华·阿比的《孤独的沙漠》之类的传统环境经典,也要透过多种族视野进行拷问,并在与少数族裔环境经典的对话中,要么其生态价值得到彰显,要么其生态盲点得到凸显。

(4)批评方法更加综合多元。少数族裔生态批评学者主张在聚焦"环境"范畴的前提下,借用多种批评理论或将其与少数族裔生态批评理论整合交叉,比如,主张借用后殖民理论、电影生态批评理论、妇女主义理论及艺术学理论等阐释包括少数族裔文学在内的文学、文化生态,从而极大地扩大了生态批评的学术版图,深化了环境议题的探讨。

(5)跨学科性特征进一步增强。也就是说,少数族裔生态批评不仅要采取多学科联合的学术路径,而且还要走出传统学术研究的象牙塔,探究其与各种社会公正运动、社会权利运动、生态政治、生态教育等之间的复杂纠葛,以便更好地平衡荒野保护与少数族裔的文化传承、濒危动物保护与少数族裔人之生存、社会公正与生态保护、城市规划与多元文化保护之间的关系,等等。

当然,尽管少数族裔生态批评与主流白人生态批评的文化立场不同,关注重心迥异,但二者绝非水火不相容,更非不共戴天的学术追求,实际上,二者在环境议题上也存在巨大的合作潜力,毕竟"生态福祉"是一种谁都离不开的公共资源,本来对谁都有益无害,可因为社会生态出了问题,广大少数族裔人民、妇女、穷人及其他受歧视的社会弱势群体和非人类世界就遭到了无尽的"伤害","伤害"就源于福祉的分配不公,"生态负担"被不合理地强加在少数族裔人民头上,危及他们的健康甚至生存,这种环境种族主义行径不仅违背"人道",而且还违背"天道"。① 尽管以少数族裔人民为主体的环境公正运动及其理论是人类导向的,是以关注人的生存为出发点的,但绝不是人类中心主义的,更不是以征服、掠夺非人类世界为目的。二者都愿意在基于"环境"的议题上,开展对话,理解对方的诉求,将生态诉求与社会公正诉求一并考量,开展合作,达成妥协,从而为应对日益恶化的环境危机找到多方可接受的、非压迫性的文化和现实路径。其主要表现在以下两个方面:一是主流白人生态批评的环境公正转型,力荐构建多元文化生态批评。积极推动其转型的学者主要是白人生态批评学者,他们中大多曾是第一波白人生态批评卓有建树的开拓者,而后又转化为少数族裔生态批评的理论构建者、学术的践行者及实践的行动

① 胡志红:《〈道德经〉的西方生态旅行:得与失》,《外语与外语教学》,2017 年,第 2 期,第 123—124 页。

者,比如,默菲、布伊尔、斯洛维克及乔尼等就是这样。对此,上文已给予了较为全面的分析,在此不再赘述。二是主流环境主义运动视野的拓展。当代许多主流环境主义者也试图竭力克服传统环境主义运动固有的环境种族主义倾向,接纳环境公正诉求,变革传统环境主义,构建开放包容、多姿多彩或曰无肤色歧视的新型环境主义,以下将给予简要说明。

1991 年,300 多名来自北美洲、南美洲以及大洋洲的少数族裔领导人在美国首都华盛顿召开了"首届有色族人民环境保护领导人峰会",会议旨在协调全球有色族人的环境立场,坚决反对环境种族主义和环境殖民主义,尊重多元文化,确保环境公正,重续人之精神与大地母亲间相互依存的神圣关系,表达了重建人与大地母亲和谐关系的强烈愿望,议定并通过了 17 条"环境公正原则",高度总括了致力于环境公正的政治信念。① 这 17 条"环境公正原则"实际上就是有色族人民的环境公正宣言,是指导环境公正运动的纲领性文件,也成了环境公正理论的奠基性文献,正式宣布了"环境公正"人士与主流环境主义者不同的立场。另一方面,主流环境组织也给予了环境公正运动积极的回应。一些主流环境主义运动的领导人应邀参加了此次峰会,其中塞拉俱乐部的执行主席迈克尔·费舍尔(Michael Fischer)和美国自然资源保护协会的执行主席约翰·亚当斯(John Adams)在会上都承诺要致力于环境公正的诉求。费舍尔对塞拉俱乐部过去在环境公正运动中的缺席表示真诚的后悔,并向会议代表坦陈"要与你们一道共建一座合作的桥梁",他还说,"就是本着我们开明的自私,我们要充分致力于环境公正,否则,我们将会沦为一无是处"。② 其中,最具代表性的理论回应要算 1992 年费舍尔在塞拉俱乐部百年庆典上的发言。在发言中,他诚邀有色族人加入塞拉俱乐部,并宣称塞拉俱乐部将拥抱多元文化主义,"21 世纪在美国及世界其他地区争取环境公正的斗争将成为塞拉俱乐部的首要目标",等等。③

然而,作为少数族裔生态批评学者,他们还必须清醒地认识到,在现实世界中,西方学者真要从骨子里涤除西方中心主义或曰白人种族中心主义的心态或意识,也绝非一朝一夕之事,因为他们的灵魂早已由孕育他们的文化塑造了,而他们的文

① Dowie Mark. *Losing Ground*: *American Environmentalism at the Close of the Twentieth Century*. Cambridge:The MIT Press, 1995, pp. 284-285.

② Mark Dowie. *Losing Ground*: *American Environmentalism at the Close of the Twentieth Century*. Cambridge:The MIT Press,1995, p. 152.

③ Ibid., pp. 286-292.

化蕴含一种将"局部当全部、个体当整体,具体当普遍"的强烈冲动,因为这样可以将复杂问题简单化,凸显现实的某些方面,同时也忽视甚至压制了其他方面,借此西方文化也构建了以进步、发展为目标的元叙事和诸多宏大的形而上理论、宏大的历史观、超验的伦理观及各种意识形态,旨在赋予现存的各种主流观点、论断及权威合法性,也因此生产出"客观的科学真理或知识",在法国哲学家米歇尔·福柯看来,这种真理诉求只不过是对其他人实行统治并让这种统治合法化的途径,以服务于社会强势阶层的利益。①

针对生态议题而言,西方生态学者对"普遍性"的执拗追求除了强烈地反映在主流白人生态批评的理论建构与学术探讨中,还普遍反映在其他人文学者的言论中,在此,笔者仅举一例予以说明。当代美国著名人文学物理学家卡普拉(Fritjof Capra,1939—)对中国道家思想的生态智慧似乎情有独钟。在其影响广泛的著作《物理学中的道》(*The Tao of Physics*,1975)和《转折点》(*The Turning Point*,1982)中他多次提及并都给予了高度赞赏。他在《转折点》中曾这样说道,"在这些伟大的精神传统中,道家对生态智慧的阐释是最为深刻、最为完美的表述之一,它强调一切自然现象和社会现象的基本合一,并且都充满生机与活力"②。在他看来,这种自然和社会的整体合一集中体现在道家之"道"中,"道"(Tao)指"不可界定的终极现实",是"统一万事万物之基础",是"宇宙之路径或过程,是自然秩序"③,因而他还认为,"当代生态学是道家有机统一整体观的西方版本"④。在此,卡普拉所涉的生态智慧主要指的是深层生态学视野。在他看来,这种深层生态学智慧绝非无源之水,无本之木,它不仅得到现代科学,尤其科学生态学的支撑,而且在其中还回荡着历史悠久的世界多种文化的生态之声,因而深层生态学的哲学与精神框架绝非全是新品,而在人类历史上曾多次浮现,一直就蕴藏在历史悠久的中国道家、古希腊文化、美洲土著文化、基督教少数派神秘主义者圣·弗朗西斯的著述以及后来的哲学家斯宾诺莎(Baruch Spinoza,1632—1677)、当代哲学家海德格

---

① Marvin Perry. *An Intellectual History of Modern Europe*. Boston: Houghton Mifflin Company, 1993, p. 476.

② Fritjof Capra. *The Turning Point: Science, Society, and the Rising Culture*. New York: Bantam, 1982, p. 412.

③ Fritjof Capra. *The Tao of Physics*. Boulder: Shambhala Publications, 1975, p. 104.

④ Roger S. Gottlieb. *This Sacred Earth: Religion, Nature, Environment*. New York: Routledge, 1996, p. 218.

尔(Matin Heidegger，1889—1976)等的著作中。当然，深层生态学也绝非老调重弹，其除了复活人类文化遗产中的生态意识以外，其最新亮点是将生态视野延及整个星球。[①] 也就是说，深层生态学是一个整合性的文化工程，其综合了从古至今的东西方文化、整个美洲土著文化的生态智慧，在 19 世纪美国诗人惠特曼及当代诗人斯奈德(Gary Snyder，1930—　)的诗歌中也给予精彩表达，因而具有极大的包容性，具有普世性和普适性，完全可作为一种引领当今全球生态文化运动的新范式，这样看来，西方似乎就占据了世界生态文化的制高点且具有垄断生态话语的学理依据和生态道义优势。

由此可见，尽管卡普拉对中国道家的生态智慧似乎赞美有加，但最后还是将它一并纳入当代西方深层生态学的思想体系中，从卡普拉宏大归纳中，也可窥视出西方学者惯有的对普遍性和总体性的执着追求。对此古哈批评指出，西方学者把复杂而相互之间又具有内在区别的宗教或文化传统——印度教、佛教、道教及美洲土著信仰等，当作相互一致的、本质上与深层生态学契合的世界观来阐释，这种做法"相当粗暴地歪曲了历史"，是对东方的"生态他者化"，将东方文化纳入西方思想轨道，这种歪曲明显带有浓厚的生态东方主义色彩，学术上是为了证明深层生态学的普遍性，本质上企图在生态议题上牵强附会地将非西方绿色文化传统或经典当作西方构建的生态哲学的注脚，为西方文化垄断生态议题提供学理上的依据。[②] 实践上，西方排斥、放逐甚至压制非西方的生态话语，消解解决生态议题的多元文化路径，让西方强国垄断生态议题，凸显西方文化的生态霸权的正当性，并支撑西方强国对东方世界的生态剥削，其恶果是形形色色、或隐或显的环境种族主义和环境殖民主义行径大行其道，进而使得人类走出生态泥潭的可能也因此更加渺茫。

此外，现实也明白无误地告诉我们，即使在当今人类的生存受到严重威胁的环境危机时刻，西方中心主义、文化霸权依然肆虐，真正要革除这种霸权心态，绝非一蹴而就。所以，意大利比较文学家——罗马知识大学的阿尔蒙多·尼兹教授把对西方中心论扬弃的过程称为一种"苦修"。他在《作为非殖民化学科的比较文学》一文中指出："如果对于摆脱了西方殖民的原被殖民国家来说，比较文学学科代表一

---

① Fritjof Capra. *The Turning Point：Science，Society，and the Rising Culture*. New York：Bantam，1982，pp. 411−412.

② Ramachandra Guha. "Radical American Environmentalism and Wilderness Preservation：A Third World Critique." In *Contemporary Moral Problem*. 7th edition. Ed. James E. White. Belmont：Wadsworth/Thomas Learning，2003，p. 557.

种理解、研究和实现非殖民化的方式，那么，对欧洲学者来说，他就代表着一种思考、一种从过去的殖民制度中解脱的方式。确实认为自己属于一个'后殖民世界'，在这个世界里，前殖民者应学会和前被殖民者一样生活、共存。"①

　　有鉴于此，作为从事少数族裔生态批评研究的有色族裔学者，他们也应该具有宽广的胸襟，对自己族群曾经遭受的白色种族主义暴力应该抱一种"宽恕但不忘却"的态度，在构建生态批评理论时，应有足够的文化自信，采取积极主动的姿态，与白人生态批评学者坦诚交流，真诚合作，但绝不是混为一谈，更不是放弃自我，而应该紧紧把握构建环境文学传统、阐释自己文学、文化经典的话语权，带着理解主动帮助白人生态批评学者克服他们根深蒂固的，也许是无意识的，"环境种族"偏见。一方面，他们要一如既往地固守自己植根大地的文化立场，把握自我，回归自己的生态文化之根，像黑人女作家托妮·莫里森一样，坚信回归自己族群的文化是民族复兴的必由之路，也是最为坚实可靠的道路。另一方面，在与白人生态同仁谈论生态议题时，他们还须透过生态整体的视角，既要对人与非人类世界之间关系及环境危机根源做形而上的探讨，也要密切关注人类生态中的形而下社会公正议题，更要深刻领会有关环境议题的形而上与形而下论述之间的相互关系及其互动机制，不可偏废，只有这样，方有可能构建既具崇高生态理想，也具坚实现实基础的可行性、可持续多元文化生态伦理。概而言之，美国少数族裔生态批评与第一波生态批评开展对话，突出种族视野，融合阶级和性别视野，接纳生态中心主义视野，以揭示环境经验的复杂多样性，探寻能兼容社会公正议题与生态议题的多元文化路径。

---

　　①　乐黛云：《跨文化之桥》，北京：北京大学出版社，2002年，第13页。

主要参考文献

一 中文及中译参考文献

阿尔贝特·史怀泽:《敬畏生命》,陈泽环译,上海:上海社会科学院出版社,1992年。

阿诺德·伯林特主编:《环境与艺术:环境美学的多维视角》,刘悦笛译,重庆:重庆出版社,2007年。

奥尔多·利奥波德:《沙乡年鉴》,侯文蕙译,长春:吉林人民出版社,1997年。

艾尔弗雷德·W.克罗斯比:《生态扩张主义》,许友民等译,沈阳:辽宁教育出版社,2001年。

巴里·康芒纳:《封闭的循环》,侯文蕙译,长春:吉林人民出版社,1997年。

白才儒:《道教生态思想的现代解读》,北京:社会科学文献出版社,2007年。

比尔·麦克基本:《自然的终结》,孙晓春等译,长春:吉林人民出版社,2000年。

布赖恩·巴克斯特:《生态主义导论》,曾建平译,重庆:重庆出版社,2007年。

曹顺庆主编:《比较文学教程》(第二版),北京:高等教育出版社,2010年。

戴斯·贾丁斯:《环境伦理学》,林官明等译,北京:北京大学出版社,2002年。

盖光:《生态文艺与中国文艺思想的现代转换》,济南:齐鲁书社,2007年。

——《文艺生态审美论》,北京:人民出版社,2007年。

格伦·A.洛夫:《实用生态批评》,胡志红等译,北京:北京大学出版社,2010年。

韩德信:《中国文艺学的历史回顾与向生态文艺学的转向》,北京:人民出版社,2007年。

亨利·纳什·史密斯：《处女地——作为象征和神话的美国西部》，薛蕃康等译，上海：上海外语教育出版社，1991 年。

胡志红：《西方生态批评史》，北京：人民出版社，2015 年。

——《西方生态批评研究》，北京：中国社会科学出版社，2006 年。

约翰·缪尔：《我们的国家公园》，郭名倞译，长春：吉林人民出版社，1999 年。

蕾切尔·卡逊：《寂静的春天》，吕瑞兰、李长生译，长春：吉林人民出版社，1997 年。

雷毅：《深层生态学思想研究》，北京：清华大学出版社，2001 年。

鲁枢元：《猞猁言说》，北京：社会科学文献出版社，2001 年。

——《生态批评的空间》，上海：华东师范大学出版社，2006 年。

——《生态文艺学》，西安：陕西人民教育出版社，2000 年。

——《陶渊明的幽灵》，上海：上海文艺出版社，2012 年。

——《文学与生态学》，上海：学林出版社，2011 年。

——主编：《自然与人文：生态批评学术资源库》（上、下册），上海：学林出版社，2006 年。

——主编：《走进大林莽：四十位人文学者的生态话语》，上海：上海文艺出版社，2008 年。

蒙培元：《人与自然：中国哲学生态观》，北京：人民出版社，2004 年。

饶尚宽译注：《老子》，北京：中华书局，2006 年。

唐纳德·沃斯特：《自然的经济体系——生态思想史》，侯文蕙译，北京：商务印书馆，1999 年。

王诺：《欧美生态批评：生态文学研究概论》，上海：学林出版社，2008 年。

——《欧美生态文学》，北京：北京大学出版社，2003 年。

王晓华：《生态诗学》，北京：人民出版社，2018 年。

——《西方美学中的身体意象》，北京：人民出版社，2016 年。

韦清琦：《绿袖子舞起来：对生态批评的阐发研究》，南京：南京师范大学出版社，2010 年。

徐恒醇：《生态美学》，西安：陕西人民教育出版社，2000 年。

徐嵩龄主编：《环境伦理学进展：评论与阐释》，北京：社会科学文献出版社，1999 年。

薛晓源、李惠斌主编：《生态文明研究：前沿报告》，上海：华东师范大学出版社，2007 年。

严耕、林霞、杨志华主编：《生态文明理论建构与文化资源》，北京：中央编译出版社，2009 年。

叶维廉：《道家美学与西方文化》，北京：北京大学出版社，2002 年。

余谋昌：《惩罚中的觉醒——走向生态伦理学》，广州：广东教育出版社，1995 年。

——《生态哲学》，西安：陕西人民教育出版社，2000 年。

詹姆斯·奥康纳：《自然的理由——生态学马克思主义研究》，唐正东、藏佩洪译，南京：南京大学出版社，2003 年。

曾繁仁：《生态存在论美学论稿》，长春：吉林人民出版社，2003 年。

——《生态美学导论》，北京：商务印书馆，2010 年。

曾繁仁主编:《人与自然:当代生态文明视野中的美学与文学》,郑州:河南人民出版社,2006 年。

曾永成:《回归实践论人类学》,北京:人民出版社,2005 年。

——《文艺的绿色之思》,北京:人民文学出版社,2000 年。

二 英文参考文献

Abbey, Edward. *Beyond the Wall: Essays from the Outside*. New York: Holt, Reinhart and Winston, 1984.

—. *Desert Solitaire: A Season in the Wilderness*. New York: Ballantine Books, 1971.

Adams, Hazard, and Leroy Searle, eds. *Critical Theory Since Plato*. 3rd edition. Beijing: Peking University Press, 2006.

Adamson, Joni. *American Indian Literature, Environmental Justice, and Ecocriticism: The Middle Place*. Tucson: The University of Arizona Press, 2001.

Adamson, Joni, and Kimberly N. Ruffin, eds. *American Studies, Ecocriticism, and Citizenship: Thinking and Acting in the Local and Global Commons*. New York: Routledge, 2013.

Adamson, Joni, Mei Mei Evans and Rachel Stein, eds. *The Environmental Justice Reader: Politics, Poetics and Pedagogy*. Tucson: University of Arizona Press, 2002.

Allen, Paula Gunn. *The Sacred Hoop: Recovering the Feminine in American Indian Traditions*. Boston: Beacon Press, 1992.

Allister, Mark Christopher. *Refiguring the Map of Sorrow: Nature Writing and Autobiography*. Charlottesville: University Press of Virginia, 2001.

Amend, Allison. *Hispanic-American Writers*. New York: Chelser House Publishers, 2010.

Ammons, Elizabeth, and Modhumita Roy, eds. *Sharing the Earth: An International Environmental Justice Reader*. Athens: The University of George Press, 2015.

Anaya, Rudolfo. *Bless Me, Ultima*. Berkeley: Quinto Sol Publications, 1972.

—. *Tortuga*. Albuquerque: University of New Mexico Press, 1992.

Anderson, Alison. *Media, Culture and the Environment*. London: UCL Press, 1997.

Anderson, Lorraine, Scott Slovic and John P. O'Grady, eds. *Literature and the Environment: A Reader on Nature and Culture*. New York: Longman, 1998.

Armbruster, Karla, and Kathleen R. Wallace, eds. *Beyond Natural Writing: Expanding the Boundaries of Ecocriticism*. London: University Press of Virginia, 2001.

Austin, Mary. *The Land of Little Rain*. London: Penguin Books, 1997.

Bader, Philip, ed. *African-American Writers*. Rev. New York: Facts on File, 2011.

Bate, Jonathan. *Romantic Ecology: Wordsworth and the Environmental Tradition*. London: Routledge, 1991.

—. *The Song of the Earth*. Cambridge: Harvard University Press, 2000.

Baym, Nina, et al., eds. *The Norton Anthology of American Literature*. Vol. 1. 2nd edition. New York: W. W. Norton & Company, 1985.

Becket, Fiona, and Terry Gifford, eds. *Culture, Creativity and Environment: New Environmentalist Criticism*. New York: Editions Rodopi B. V., 2007.

Bennett, Michael, and David W. Teague, eds. *The Nature of Cities: Ecocriticism and Urban Environments*. Tucson: University of Arizona Press, 1999.

Benton, Ted, ed. *The Greening of Marxism*. New York: The Guilford Press, 1996.

Berry, Thomas. *The Dream of the Earth*. San Francisco: Sierra Club Books, 1988.

Bigelow, Bill, and Bob Peterson, eds. *Rethinking Columbus: the Next 500 Years*. 2nd edition. Milwaukee: Rethinking Schools, 1998.

Bleakley, Alan. *The Animalizing Imagination: Totemism, Textuality and Ecocriticism*. New York: St. Martin's, 2000.

Branch, Michael P., and Scott Slovic, eds. *The ISLE Reader: Ecocriticism, 1993—2003*. Athens: University of Georgia Press, 2003.

Black, Brian, and Donna L. Lybecker. *Great Debates in American Environmental History*. Volume 1. Westport: Greenwood Press, 2008.

Borlik, Todd A. *Ecocriticism and Early Modern English Literature: Green Pastures*. London: Routledge, 2011.

Brady, Mary Pat. *Extinct Lands, Temporal Geographies: Chicana Literature and the Urgency of Space*. Durham: Duke University Press, 2002.

Brulle, Robert J. *Agency, Democracy, and Nature: The U. S. Environmental Movement from a Critical Theory Perspective*. Cambridge: The MIT Press, 2000.

Buckingham-Hatfield, Susan. *Gender and the Environment*. London: Routledge, 2000.

Budd, Malcolm. *The Aesthetic Appreciation of Nature: Essays on the Aesthetics of Nature*. Oxford: Oxford University Press, 2005.

Buell, Lawrence, ed. *Emerson*. Cambridge: Harvard University Press, 2003.

—. *The Environmental Imagination: Thoreau, Nature Writing, and the Formation of American Culture*. Cambridge: Harvard University Press, 1995.

—. *The Future of Environmental Criticism: Environmental Crisis and Literary Imagination*. Malden: BlackWell Publishing, 2005.

—. *Writing for an Endangered World: Literature, Culture, and Environment in the U. S. and Beyond.* Cambridge: The Belknap Press of Harvard of University, 2001.

Bullard, Robert D. *Dumping in Dixie: Race, Class, and Environmental Quality.* Cumnor Hill: Westview Press, 2000.

—, ed. *Confronting Environmental Racism: Voices from the Grassroots.* Boston: South End Press, 1993.

Bullard, Robert, and Beverly Wright, eds. *Race, Place, and Environmental Justice After Hurricane Katrina: Struggles to Reclaim, Rebuild, and Revitalize New Orleans and the Gulf Coast.* Boulder: Westview Press, 2009.

Capra, Fritjof. *The Tao of Physics.* Colorado: Random House, Inc. , 1975.

—. *The Turning Point: Science, Society, and The Rising Culture.* New York: Bantam Books, 1982.

Carroll, Grace. *Environmental Stress and African Americans: The Other Side of the Moon.* Westport: Greenwood Publishing Group, Inc. , 1998.

Chang, David A. *The Color of the Land: Race, Nation, and the Politics of Landownership in Oklahoma, 1832—1929.* Scala: The University of North California Press, 2010.

Christensen, Laird, Mark C. Long and Fred Waage, eds. *Teaching North American Environmental Literature.* New York: The Modern Language Association of America, 2008.

Churchill, Ward. *Struggle for the Land: Native North American Resistance to Genocide, Ecocide and Colonization.* San Francisco: City Lights, 2002.

Clark, Timothy. *The Cambridge Introduction to Literature and the Environment.* New York: Cambridge University Press, 2011.

Cole, Luke W. , and Sheila R. Foster. *From The Ground Up: Environmental Racism and the Rise of The Environmental Justice Movement.* New York: New York University Press, 2001.

Comer, Krista. *Landscapes of the New West: Gender and Geography in Contemporary Women's Writing.* Chapel Hill: University of North Carolina Press, 1999.

Costello, Bonnie. *Shifting Ground: Reinventing Landscape in Modern American Poetry.* Cambridge: Harvard University Press, 2003.

Cronon, William, ed. *Uncommon Ground: Rethinking the Human Place in Nature.* New York: Norton & Company Inc. , 1995.

Cuomo, Chris J. *Feminism and Ecological Communities: An Ethic of Flourishing.* New York: Routledge, 1998.

DeLoughrey, Elizebeth, and George B. Handley, eds. *Postcolonial Ecologies: Literatures of the*

Environment. New York: Oxford University Press, 2011.

Deming, Alison H. , and Lauret E. Savoy, eds. *The Colors of Nature: Culture, Identity, and the Natural World*. Minneapolis: Milkweed Editions, 2002.

Desjardins, Joseph R. *Environmental Ethics: An Introduction to Environmental Philosophy*. Belmont: Wadsworth Publishing Company, 1993.

Devall, Bill, and George Sessions. *Deep Ecology*. Salt Lake City: Peregrine Smith Books, 1985.

DeVries, Scott M. *A History of Ecology and Environmentalism in Spanish American Literature*. Lewisburg : Bucknell University Press, 2013.

Dixon, Melvin. *Ride Out the Wilderness: Geography and Identity in Afro-American Literature*. Chicago: University of Illinois Press, 1987.

Dowie, Mark. *Losing Ground: American Environmentalism at the Close of the Twentieth Century*. Cambridge: The MIT Press, 1995.

Dreese, Donelle N. *Ecocriticism: Creating Self and Place in Environmental and American Indian Literatures*. New York: Peter Lang Publishing, Inc. , 2002.

Driver, B. L. , Daniel Dustin, et al, eds. *Nature and the Human Spirit: Toward an Expanded Land Management Ethic*. Cato Avenue: Venture Publishing, 1999.

Dungy, Camille T. , ed. *Black Nature: Four Centuries of African American Nature Poetry*. Athens: The University of George Press, 2009.

Dunaway, Finis. *Natural Visions: The Power of Images in American Environment Reform*. Chicago: The Universtiy of Chicago Press, 2005.

—. *Seeing Green: The Use and Abuse of American Environmental Images*. Chicago: The University of Chicago Press, 2015.

Elder, John, ed. *American Nature Writers*. Vol. 1—2. New York: Charles Scribner's Sons, 1996.

Elliot, Henry. *John Muir: Protecting and Preserving the Environment*. New York: Crabtree Publishing Company, 2009.

Evans, J. Claude. *With Respect for Nature: Living as Part of the Natural World*. Albany: State University of New York Press, 2005.

Finch, Robert, and John Elder, eds. *Nature Writing: The Tradition in English*. New York: W. W. Norton & Company, Inc. , 2002.

Finney, Carolyn. *Black Faces, White Spaces: Reimagining the Relationship of African Americans to the Great Outdoors*. Chapel Hill: The University of North Carolina Press, 2014.

Finseth, Ian Frederick. *Shades of Green: Visions of Nature in the Literature of American*

Slavery, *1770—1860*. Athens: University of George Press, 2009.

Fisher-Wirth, Ann, and Laura-Gray Street, eds. *Ecopoetry Anthology*. San Antonio: Trinity University Press, 2013.

Fitzsimmons, Lorna, Youngsuk Chae, and Bella Adams, eds. *Asian American Literature and the Environment*. New York: Routledge, 2015.

Fletcher, Angus. *A New Theory for American Poetry: Democracy, the Environment, and the Future of Imagination*. Cambridge: Harvard University Press, 2004.

Flores, Juan, and Renato Rosaldo, eds. *A Companion to Latina /o Studies*. Malden: Wiley-Blackwell, 2007.

Foster, John Bellamy. *Marx's Ecology: Materialism and Nature*. New York: Monthly Review Press, 2000.

Fulford, Tim. *Romantic Indians: Native Americans, British Literature, and Transatlantic Culture, 1756—1830*. Oxford: Oxford University Press, 2006.

Furtwangler, Albert. *Answering Chief Seattle*. Seattle: The University of Washington Press, 1997.

Garrard, Greg. *Ecocriticism: The New Critical Idiom*. London: Routledge, 2004.

Gaard, Greta, and Patrick D. Murphy, eds. *Ecofeminist Literary Criticism: Theory, Interpretation, Pedagogy*. Urbana: University of Illinois Press, 1998.

Gaard, Greta, Simon C. Estok, and Serpil Oppermann, eds. *International Perspectives in Feminist Ecocriticism*. London: Routledge, 2013.

Gatta, John. *Making Nature Sacred: Literature, Religion, and Environment in America from the Puritans to the Present*. New York: Oxford University Press, 2004.

Gersdorf, Catrin, and Sylvia Mayer, eds. *Nature in Literary and Cultural Studies: Transatlantic Conversations on Ecocriticism*. New York: Editions Rodopi B. V. , 2006.

Glave, Dianne D. *Rooted in the Earth: Reclaiming The African American Environmental Heritage*. Chicago: Lawrence Hill Books, 2010.

Glave, Dianne D. , and Mark Stoll, eds. *African Americans and Environmental History*. Pittsburgh: University of Pittsburgh Press, 2006.

Glotfelty, Cheryll, and Harold Fromm, eds. *The Ecocriticism Reader: Landmarks in Literary Ecology*. Athens: University of Georgia Press, 1996.

Goodbody, Axel. *Nature, Technology and Cultural Change in Twentieth-Century German Literature: The Challenge of Ecocriticism*. New York: Palgrave Macmillan, 2007.

Gottlieb, Robert. *Environmentalism Unbound: Exploring New Pathways for Change*.

Cambridge: The MIT Press, 2001.

Gottlieb, Roger S. , ed. *This Sacred Earth: Religion, Nature, Environment*. 2nd edition. New York: Routledge, 2004.

Griffin, David Ray. *The New Pearl: Disturbing Questions about the Bush Administration and 9/11*. Northampton: An Imprint of Interlink Publishing Group, Inc, 2004.

Grounds, Richard A. , George E. Tinker and David E. Wilkins, eds. *Native Voices: American Identity and Resistance*. Lawrence: The University Press of Kansas, 2003.

Hackett, David G. , ed. *Religion and American Culture*. 2nd edition. New York: Routledge, 2003.

Harkin, Michael E. , and David Rich Lewis, eds. *Native Americans and the Environment: Perspectives on the Ecological Indian*. London: University of Nebraska Press, 2007.

Hay, Peter. *Main Currents in Western Environmental Thought*. Bloomington: Indiana University Press, 2002.

Heise, Ursula K. *Sense of Place and Sense of Planet: The Environmental Imagination of the Global*. Oxford: Oxford University Press, 2008.

Herring, Scott. *Lines on the Land: Writers, Art, and the National Parks*. Charlottesville: University of Virginia Press, 2004.

Hiltner, Ken, ed. *Ecocriticism: The Essential Reader*. New York: Routledge, 2015.

Hochman, Jhan. *Green Cultural Studies: Nature in Film, Novel, and Theory*. Moscow: University of Idaho Press, 1998.

Holthaus, Gary. *Learning Native Wisdom: What Traditional Cultures Teach Us about Subsistence, Sustainability, and Spirituality*. Lexington: The University Press of Kentucky, 2008.

Huggan, Graham, and Helen Tiffin, eds. *Postcolonial Ecocriticism: Literature, Animals and Environment*. New York: Routledge, 2010.

Hughes, Jonathan. *Ecology and Historical Materialism*. Cambridge: Cambridge University Press, 2000.

Hughes, J. Donald. *North American Indian Ecology*. 2nd edition. El Paso: Texas Western Press, 1996.

Ingram, Annie Merrill, Ian Marshall, Daniel J. Philippon, and Adam. W. Sweeting, eds. *Coming into Contact: Explorations in Ecocritical Theory and Practice*. Athens: University of Georgia Press, 2007.

Ingram, David. *Green Screen: Environmentalism and Hollywood Cinema*. Exeter: University of Exeter, 2000.

Iovino, Serenella, and Serpil Oppermann, eds. *Material Ecocriticism*. Bloomington: Indiana University Press, 2014.

Jefferies, Richard. *The Story of My Heart*. Ed. Brooke Williams and Terry Tempest Williams. Salt Lake City: Torrey House Press, LLC, 2014.

Kartiganer, Donald M. , and Ann J. Abadie, eds. *Faulkner and the Natural World*. Jackson: University Press of Mississippi, 1999.

Keriridge, Richard, and Neil Sammells, eds. *Writing the Environment: Ecocriticism and Literature*. London: Zed Books Ltd, 1998.

Kinsley, David. *Ecology and Religion: Ecological Spirit in Cross-Cultural Perspective*. Englewood Cliffs: Prentice Hall, 1995.

Klindienst, Patricia. *The Earth Knows My Name: Food, Culture, and Sustainability in the Gardens of Ethnic Americans*. Boston: Bacon Press, 2006.

Krech III, Shepard. *The Ecological Indian: Myth and History*. New York: W. W. Norton & Company, 1999.

Kroeber, Karl. *Ecological Literary Criticism: Romantic Imagining and the Biology of Mind*. New York: Columbia University Press, 1994.

Krupat, Arnold. *The Voice in the Margin: Native American Literature and the Canon*. Berkeley: The University of California Press, 1989.

Kuiper, Kathleen, ed. *Native American Culture*. New York: Britannica Educational Publising, 2011.

LeMenager, Stephanie, Teresa Shewry and Ken Hiltner, eds. *Environmental Criticism for the Twenty-First Century*. London: Routledge, 2011.

Leopold, Aldo. *A Sand Country Almanac and Sketches Here and There*. Oxford: University Press, 1997.

Lewis, Corey Lee. *Reading the Trail: Exploring the Literature and Natural History of the California Crest*. Reno: University of Nevada Press, 2005.

Lewis, David Rich. *Neither Wolf nor Dog: American Indians, Environment, and Agrarian Change*. New York: Oxford University Press, 1994.

Lodge, David M, and Christopher Hamlin, eds. *Religion and the New Ecology: Environmental Responsibility in a World in Flux*. Notre Dame: University of Notre Dame Press, 2006.

Love, Glen A. *Practical Ecocriticism: Literature, Biology and Environment*. Charlottesville: University of Virginia Press, 2003.

Lynch, Tom, Cheryll Glotfelty and Karla Armbruster, eds. *The Bioregional Imagination:*

Literature, *Ecology*, *and Place*. Athens: The University of George Press, 2012.

Maher, Neil M. *Nature's New Deal: The Civilian Conservation Corps and the Roots of the American Environmental Movement*. New York: Oxford University Press, 2008.

Marshall, Paul Marshall. *Mystical Encounters with the Natural World: Experiences and Explanations*. New York: Oxford University Press, 2005.

Martín-Junquera, Imelda, ed. *Landscapes of Writing in Chicano Literature*. New York: Palgrave Macmillan, 2013.

Marx, Leo. *The Machine in the Garden*. New York: Oxford University Press, 1964.

Mayer, Sylvia, ed. *Restoring the Connection to the Natural World: Essays on the African American Environmental Imagination*. Münster: LIT-Verlag, 2003.

Mazel, David. *American Literary Environmentalism*. Athens: University of Georgia Press, 2000.

McClinton-Temple, Jennifer, and Alan Velie. *Encyclopedia of American Indian Literature*. New York: Facts on File, Inc. , 2007.

Meeker, Joseph W. *The Comedy of Survival*. New York: Charles Scribner's Sons, 1972.

Merchant, Carolyn. *Reinventing Eden: The Fate of Nature in Western Culture*. New York: Routledge, 2003.

—. *The Columbia Guide to American Environmental History*. New York: Columbia University Press, 2002.

—. *The Death of Nature: Women, Ecology and the Scientific Revolution*. New York: Harper & Row, 1980.

Meyer, John M. *Political Nature: Environmentalism and the Interpretation of Western Thought*. Cambridge: The MIT Press, 2001.

Miller, Robert J. *Native America, Discovered and Conquered: Thomas Jefferson, Lewis & and Clark, and Manifest and Destiny*. West Port: Praeger Publishers, 2006.

Minteer, Ben A. *The Landscape of Reform: Civic Pragmatism and Environmental Thought in America*. Cambridge: The MIT Press, 2006.

Momaday, N. Scott. *House Made of Dawn*. New York: Harper Collings Publishers, Inc. , 1999.

Morrison, Toni. *Beloved*. New York: Knopf, 1987.

—. *Song of Solomon*. London: Vintage Books, 2006.

—. *The Bluest Eyes*. New York: Vintage Books, 2007.

Moraga, Cherríe. *Heroes and Saints and Other Plays*. Albuquerque: West End Press, 1994.

—. *The Hungry Woman: A Mexican Medea*. Albuquerque: West End Press, 1994.

—. *The Last Generation: Prose and Poetry*. Boston: South End Press, 1993.

Mukherjee, Upamanyu Pablo. *Postcolonial Environments: Nature, Culture and the Contemporary Indian Novel in English*. New York: Palgrave Macmillan, 2010.

Munns, Jessica, and Gita Rajan, eds. *A Cultural Studies Reader: History, Theory and Practice*. New York: Longman Group Limited, 1995.

Murphy, Patrick D. *Ecocritical Explorations in Literary and Cultural Studies: Fences, Boundaries, and Fields*. New York: Rowman & Littlefield Publishers, Inc. , 2009.

—. *Farther Afield in the Study of Nature-Oriented Literature*. Charlottesville: University Press of Virginia, 2000.

—. *Literature, Nature, and Other: Ecofeminist Critiques*. Albany: State University of New York Press, 1995.

—, ed. *Literature of Nature: an International Sourcebook*. Chicago: Fitzroy Dearborn Publishers, 1998.

Myers, Jeffrey. *Converging Stories: Race, Ecology, and Environmental Justice in American Literature*. Athens: University of Georgia Press, 2005.

Nash, Roderick F. *The Rights of Nature: A History of Environmental Ethics*. Madison: The University of Wisconsin Press, 1989.

—. *Wilderness and the American Mind*. Rev. New Haven: Yale University Press, 1973.

Nelson, Robert M. *Place and Vision: The Function of Landscape in Native American Fiction*. New York: Peter Lang Publishing Inc. , 1993.

Niethammer, Carolyn. *The Daughters of the Earth: The Lives and Legends of American Indian Women*. London: Collier Macmillan Publishers, 1977.

Nichols, Ashton. *Beyond Romantic Ecocriticism: Toward Urbanatural Roosting*. New York: Palgrave Macmillan, 2011.

Nixon, Rob. *Slow Violence and the Environmentalism of the Poor*. Cambridge: Harvard University Press, 2011.

Novotny, Patrick. *Where We Live, Work and Play: The Environmental Justice Movement and the Struggle for a New Environmentalism*. Westport: Patrick Novotny, 2000.

Outka, Paul. *Race and Nature from Transcendentalism to the Harlem Renaissance*. New York: Palgrave Macmillan, 2008.

Page, Yolanda Williams, ed. *Encyclopedia of African American Women Writers*. London: Greenwood Press, 2007.

Parham, John, ed. *The Environmental Tradition in English Literature*. Ashgate: Ashgate Publishing Company, 2002.

Peña, Devon G., ed. *Chicano Culture, Ecology, Politics*. Tucson: The University of Arizona Press, 1998.

Peña, Devon G. *Mexican Americans and the Environment: Tierra y Vida*. Tucson: The University of Arizona Press, 2005.

Pepper, David. *Eco-socialism: From Deep Ecology to Social Justice*. New York: Routledge, 1993.

Perry, Marvin. *An Intellectual History of Modern Europe*. Boston: Houghton Mifflin Company, 1993.

Poole, Kristen. *Supernatural Environments in Shakespeare's England: Spaces of Demonism, Divinity, and Drama*. New York: Cambridge University Press, 2011.

Porter, Joy, and Kenneth M. Roemer, eds. *The Cambridge Companion to Native American Literature*. Cambridge: Cambridge University Press, 2005.

Pulido, Laura. *Environmentalism and Economical Justice: Two Chicano Struggles in the Southwest*. Tucson: The University of Arizona Press, 1996.

Pulitano, Elvira. *Toward a Native American Critical Theory*. Lincoln: University of Nebraska Press, 2003.

Rhodes, Edwardo Lao. *Environmental Justice in America: A New Paradigm*. Bloomington: Indiana University Press, 2003.

Rigby, Kate. *Dancing with Disaster: Environmental Histories, Narratives and Ethics for Perilous Times*. Charlottesville: University of Virginia Press, 2015.

Rowland, Susan. *The Ecocritical Psyche: Literature, Evolutionary Complexity and Jung*. New York: Routledge, 2012.

Ruffin, Kimberly N. *Black on Earth: African American Ecoliterary Traditions*. Athens: University of Georgia Press, 2010.

Russell, Danielle. *Between The Angle and the Curve: Mapping Gender, Race, Space, and Identity in Willa Cather and Toni Morrison*. New York: Routledge, 2006.

Rust, Stephen, Salma Monani and Sean Cubitt, eds. *Ecocinema Theory and Practice*. New York: Routledge, 2013.

Sackman, Douglas Cazaux, ed. *A Companion to American Environmental History*. Oxford: Wiley-Blackwell, 2010.

Sagar, Keith. *Literature and the Crime Against Nature: From Homer to Hughes*. London:

Chaucer Press，2005.

Sandín，Lyn Di Iorio，and Richard Perez，eds. *Contemporary U. S. Latino/a Literary Criticism*. New York：Palgrave Macmillam，2007.

Sandler，Ronald，and Phaedra C. Pezzullo. *Environmental Justice and Environmentalism*：*The Social Justice Challenge to the Environmental Movement*. Cambridge：The MIT Press，2007.

Schweninger，Lee. *Listening to the Land*：*Native American Literary Responses to the Landscape*. Athens：University of Georgia Press，2008.

Shiva，Vandana. *Staying Alive*：*Women*，*Ecology and Development*. London：Zed Books Ltd. ，1988.

Silko，Leslie Marmon. *Ceremony*. New York：Viking Press，1977.

Slovic，Scott，ed. *Critical Insights*：*Nature and the Environment*. Massachusetts：Salem Press，2013.

Slovic，Scott，and Paul Slovic，eds. *Numbers and Nerves*：*Information*，*Emotion*，*and Meaning in a World of Data*. Corvallis：Oregon State University Press，2015.

Slovic， Scott， Swarnalatha Rangarajan and Vidya Sarveswaran， eds. *Ecoambiguity*，*Community*，*and Development*. New York：Lexington Books，2014.

—，eds. *Ecocriticism of the Global South*. London：Lexington Books，2015.

Skutnabb-Kangas，Tove，Luisa Maffi and David Harmon. *Sharing a World of Difference*：*the Earth's Linguistic*，*Cultural and Biological Diversity*. The United Nations Educational，Scientific and Cultural Organization，2003.

Smith，Kimberly K. *African American Environmental Thought Foundations*. Lawrence：The University Press of Kansas，2007.

Smith，Lindsey Claire. *Indians*，*Environment*，*and Identity on the Borders of American Literature*：*From Faulkner and Morrison to Walker and Silko*. New York：Palgrave Macmillan，2008.

Spence，Mark David. *Dispossessing the Wilderness*：*Indian Removal and the Making of the National Parks*. New York：Oxford University Press，1999.

Steady，Filomina Chioma. *Environmental Justice in the New Millennium*：*Global Perspectives on Race*，*Ethnicity*，*and Human Rights*. New York：Palgrave Macmillan，2009.

Stein，Rachel，ed. *New Perspectives on Environmental Justice*：*Gender*，*Sexuality*，*and Activism*. New Brunswick：Rutgers University Press，2004.

Stowe，Harriet Beecher. *Uncle Tom's Cabin*. New York：New American Library，2008.

Sturgeon，Noel. *Ecofeminist Natures*：*Race*，*Gender*，*Feminist Theory and Political Action*.

New York: Routledge, 1997.

Sullivan, Robert. *The Thoreau You Don't Know*. New York: Harper Collins Publishers Inc. , 2009.

Swann, Brian, ed. *Voices from Four Directions: Contemporary Translations of the Native Literatures of North America*. London: University of Nebraska Press, 2004.

Tallmage, John, and Henry Harrington. *Reading Under the Sign of Naure: New Essays in Ecocriticism*. Salt Lake City: University of Utah Press, 2000.

Thoreau, Henry David. *Thoreau*. Ed. Carl Bode. New York: Penguin Books, 1977.

Thoreau, Henry David. "Walden. " In *Walden and Other Writings*. Ed. Joseph Wood Krutch. New York: Bantam Bell, 2004.

Tippins, Deborah J. , Michael P. Mueller, et al, eds. *Cultural Studies and Environmentalist: The Confluence of Ecojustice, Place-Based (Science) Education, and Indigenous Knowledge Systems*. New York: Springer Science & Business Media B. V. , 2010.

Tucker, Mary Evelyn, and John A. Grim, eds. *Worldviews and Ecology: Religion, Philosophy, and the Environment*. New York: Orbis Books, 1994.

Valdivia, Angharad N. , ed. *A Companion to Media Studies*. Malden: Blackwell Publishing, 2003.

Vizenor, Gerald. *Dead Voices*. Norman: University of Oklahoma Press, 1992.

Wall, Derek. *Earth First! and the Anti-Roads Movement: Radical Environmentalism and Comparative Social Movements*. London: Routledge, 1999.

Wall, Derek. *Green History: A Reader in Environmental Literature, Philosophy and Politics*. London: Routledge, 1994.

Wardi, Anissa Janine. *Water and African American Memory: An Ecocritical Perspective*. Gainesville: University Press of Florida, 2011.

Wargin, Kathy-jo. *The American Reader*. An Arbor: Sleeping Bear Press, 2006.

Weaver, Jace. *Other Words: American Indian Literature, Law, and Culture*. Norman: University of Oklahoma Press, 2001.

Westra, Laura. *Environmental Justice and the Rights of Indigenous Peoples: International and Domestic Legal Perspectives*. London: Earthscan, 2008.

White, James E. , ed. *Contemporary Moral Problem*. 7th edition. Belmont: Wadsworth/Thomas Learning, 2003.

Willoquet-Maricond, Paula. ed. *Framing the World: Explorations in Ecocriticism and Film*. Charlottesville: University of Virginia Press, 2010.

Wilson，Thomas M. *The Recurrent Green Universe of John Fowles*. New York：Editions Rodopi B. V.，2006.

Wolloch，Nathaniel. *History and Nature in the Enlightenment*：*Praise of the Mastery of Nature in Eighteenth-Century Historical Literature*. Burlington：Ashgate Publishing Company，2011.

Worster，Donald. *Nature's Economy*：*A History of Ecological Ideas*. 2nd edition. Cambridge：Cambridge University Press，1998.

Wyatt，David. *The Fall into Eden*：*Landscape and Imagination in California*. Cambridge：Cambridge University Press，1986.

Ybarra，Priscilla Solis. *Walden Pond in Aztlán*：*A Literary History of Chicana/o Environmental Writing Since* 1848. PhD. Diss. Rice University. ProQuest/UMI，2006.

—. *Writing the Good Life*：*Mexican American Literature and the Environment*. Tucson：The University of Arizona Press，2016.

Wright，Richard. "Down by the Riverside." 1938. In *Uncle Tom's Children*. New York：Harper Perennial，1993.

—. "The Man Who Saw the Flood." 1937. In *Eight Men*. New York：Harper Perennial，1996.

三　网络资源和网络期刊(Internet/Journals,最终访问日期 2022 年 6 月 10 日)

ALECC：Association for Literature，the Environment and Culture in Canada

http://www. alecc. ca

The American Nature Writing Newsletter

http://www. asle. org/assets/docs/anwnl. 2

ASLE：The Association for the Study of Literature & Environment (CH，May'99，36—4807)

http://www. asle. org

A. U. M. L. A.：Journal of the Australasian Universities Modern Language Association

http://journalseek. net/cgi-bin/journalseek/journalsearch. cgi? field＝issn&query＝0001—2793

Environmental Justice Cultural Studies

http://www. wsu. edu/~amerstu/ce/ce. html

Green Theory & Praxis：*The Journal of Ecopedagogy*

http://greentheoryandpraxis. org/journal/index. php/

Journals(网络期刊)

Interdisciplinary Studies of Literature and Environment：*ISLE*

http：//isle. oxfordjournals. org/

Journal of Ecocriticism：*A New Journal of Nature*，*Society and Literature* ［JoE］

http：//ojs. unbc. ca/index. php/joe

New Literary History

http：//muse. jhu. edu/journals/new％5Fliterary％5Fhistory/

PAL：*Perspectives in American Literature—A Research and Reference Guide*（CH，Sup'04，
　41Sup-0124）

http：//www. csustan. edu/english/reuben/pal/TABLE. html

后　记

　　为自己即将出版的书写"后记"，交代成书的来龙去脉，说一些"感谢"的客套话，似乎成了学界的"常规"。在此，我也照"常规"说一些必须要说的"真心话"，发自肺腑地感谢那些我必须要感谢的人。

　　"天有四时，春秋冬夏，风雨霜露。"四季循环，花开花落，岁月摧人，经过五年多的鏖战，我的国家社会科学基金项目成果《美国少数族裔生态批评理论研究》(专著)在日月星辰的催促下终于杀青了。尽管我个人不敢说它是学术"精品"，但我敢保证它是我苦心孤诣的劳动成果。令我感到欣慰的是，该成果顺利通过多位专家的认真评审，并得到了很高的评价。有鉴于此，我才有信心、有勇气进一步对它修订、完善、充实，并努力尽快将其付梓，以期助力国内成长中的生态批评、生态美学、生态文艺学等学科的理论建构，深化学界生态阐释美国少数族裔文学的内容，能为我国少数民族文学的生态批评研究提供理论和方法论的启示。同时，我还希望该著的问世对国内生态文学的创作和生态文明的建设有所帮助。

　　2013 年 6 月该课题正式获批立项，原计划三年时间完成，但最终却花去整整五年时间才算完成。在这 5 年的时间里，我的所有节假日实际上都被取消了，其间的艰辛和寂寞，只有学术圈中人才能真切体会到。虽说学术是"公器"，生态诉求似乎是单纯无私的"白色共产主义"，但做生态学术的清苦却是"私人的、个体的"。在临近最后期限时，成果竟然达到

40 多万字,比原计划多出了 20 多万字。看着沉甸甸的结项成果和一张色彩温馨的结项证书,就像十月怀胎后的母亲看着自己初生婴儿一样,所有的不快顿然消失得无影无踪,喜悦之情油然而生。当然,为了完成本课题,除了我个人的辛劳以外,我还得到了学界许多前辈、同仁和亲朋的热诚帮助,他们的帮助令我难忘,依然激励着我,是我进步的不竭动力。在此,我要向他们表达最为诚挚的感谢。

该课题立项后,我开始全面搜索国内学界在此方面的研究成果,结果令我沮丧,甚至心生畏惧!因为国内的研究几乎是空白,相关参考文献也非常稀缺。万般无奈,我只好打算亲自去美国找资料。可喜的是,困难之时,美国著名生态批评学者斯科特·斯洛维克(Scott Slovic)教授向我伸出了援助之手,他邀请我到他任教的学校、生态批评重镇爱达荷大学访学。斯洛维克是国际生态批评界颇具影响的学者,长期担任《文学与环境跨学科研究》(ISLE)的主编,对美国少数族裔生态批评的学术现状非常熟悉。在我访学期间,斯洛维克教授给予了我许多帮助和指导。因为他的慷慨帮助,我才收集到了大量第一手生态批评学术资料,尤其课题所需的资料。更为重要的是,我亲身走进了美国社会这个鲜活的"生态文本",结识了来自美国多个少数族裔群体的人并就生态议题与他们进行交流,目睹了美国社会中的"生态、非生态,甚至反生态"面相,了解了生态、种族、社会公正之间的紧密勾连,深化了我对"生态"这个术语的认识,让我领悟到"生态、自然"绝非是个静态不变的客观给定,其承载着极为丰富多变的内涵,既受制于具体社会文化的影响,也深刻影响着文化。这种认识为我圆满完成"接地气"的课题研究奠定了坚实的基础。为此,我要对斯洛维克教授表示特别的感谢。

我要感谢我的博士导师曹顺庆教授和师母蒋晓丽教授。2013 年我在准备申报国家社会科学基金课题时,还就国内外生态学术的难点和学术前沿等方面的问题向他们请教,他们总是不吝赐教,他们的指点对该课题的成功立项起到了重要的作用,给我点拨的情景至今依然记忆犹新。在此,我要恭敬地向他们说一声:尊敬的老师,谢谢你们总为我指点迷津。

我还要感谢学界前辈山东大学曾繁仁教授、苏州大学鲁枢元教授及成都大学曾永成教授。他们都是我国生态人文学术的开拓者,学识渊博、思想活跃、视野宏阔,一直引领国内生态学术潮流。每次向他们请教,他们都乐意向我等后学解惑,让人听后如醍醐灌顶;每次拜读他们的大作,都受益匪浅。他们的探索精神和学术造诣一直都是我学术道路上的标杆。在此,我要向他们表达深深的敬意。我要感谢我的研究生张丹、张琼、张婷及王洵等,在研期间,她们都向我提供了许多有益的帮助。

我要感谢我原工作单位四川师范大学科研处处长虞光荣教授,无论在该课题的申报还是在研期间,她都给予了我许多具体的指导并为该课题的顺利完成提供了许多实实在在的方便。感谢西南交通大学人文学院和社科处的领导,他们为该著作的顺利出版提供了资金帮助。我还要特别感谢同事王长才教授,他一直在为该著的出版补贴奔走和协调,并最终得以落实。

我还要感谢北京大学出版社的李颖老师为本书的出版所付出的智慧与辛劳。

最后,我还必须提及我的爱人和女儿。在研期间,我爱人几乎包揽了所有的家务,并在生活上贴心呵护。小女胡湉湉在访学期间不仅帮我搜集到了不少有用的生态学术资料,而且还时常帮我修改、润色文稿,有时还就跨文化生态问题与我进行深入的探讨,让我颇受启发。在此,我要向她们道一声"谢谢"。

当然,在研期间帮助过我的人还有许多,在此我就不再悉数。尽管他们从不图报答,但我将铭记,他们的支持是我人生最宝贵的财富,更是我前行的动力。

美国少数族裔生态批评的百花园繁茂芜杂,不断扩展,各家争奇斗艳,让人应接不暇。说真的,要对它做全面深入的研究,光占有第一手学术资源还远远不够,研究者须学识渊博,境界宏阔,精力充沛,对此我时常感到心有余而力不足,因而会让人感觉该著"只折几枝",未能"弥纶群言"。有鉴于此,拙作无论在结构、观点、理论或话语等方面一定存在不足,责任当然在我,就权当抛砖引玉,还恳请学界同仁指正、海涵。

胡志红

2022 年 1 月于犀湖畔